2016'中国抚州汤显祖剧作展演暨国际高峰学术论坛开幕式
张鸿星市长致辞 / 李利报摄

学术论坛·曾永义教授作主旨报告〉周虹摄

汤墓拜谒活动现场·刘菊娇副市长致辞 / 吴鹤年摄

献花 / 谢昌建摄

敬献花圈 / 刘昌衍摄

张鸿星市长向抚州汤显祖国际研究中心荣誉研究员颁奉证书／周虹摄

大会分五个小组进行学术交流／刘昌衍摄

在前排就座的部分荣誉顾问与学术委员／刘昌衍摄

乡音版盱河高腔《临川四梦》剧照·抚州市汤显祖文化演艺有限责任公司演出／陈强摄

考察千古第一村乐安流坑村／罗崇辉摄

参观流坑古樟树林／罗崇辉摄

参观宜黄曹山寺／刘昌衍摄

参观宜黄谭纶墓／罗崇辉摄

各剧种杜丽娘大团圆 /梁家田摄

西班牙梅兰(Portacones)弗拉门戈舞团演出 /林君摄

《梦南柯》英国利兹大学演出 /陈强摄

音乐剧《汤显祖》剧照·上海音乐剧院演出 /李辉煌摄

郭汉城书
汤显祖纪念馆新馆玉茗堂匾额

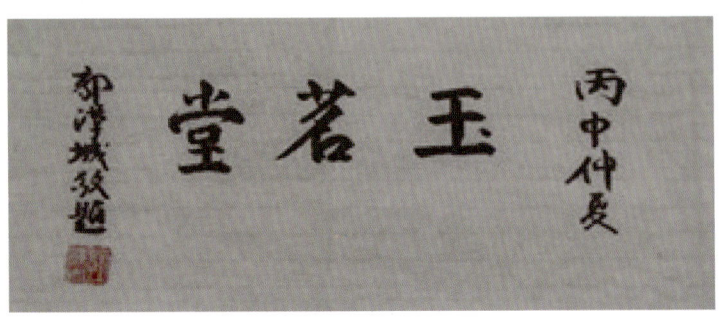

周育德撰 毛国典（中国书协副主席）书
汤显祖纪念馆新馆正门楹联一

叶长海撰 谢少承（中国书协理事）书
汤显祖纪念馆新馆正门楹联二

郭汉城作　周育德书 /刘东摄

为有人间难诉情，雕心镂骨写诗魂。
啼红遣树春将老，遍踏荒园梦可寻。
影迹山河悲宦海，柯猱风而扫巢痕。
有情世界终须到，花任芳菲鸟任鸣。

纪念汤显祖逝世四百年退士
中国戏曲学会　郭汉城撰并书

耕读世家

汤显祖纪念馆新馆内门匾额
吴风雏书

抚州杂咏
——参加汤显祖逝世400周年纪念活动
台北曾永义即兴口占

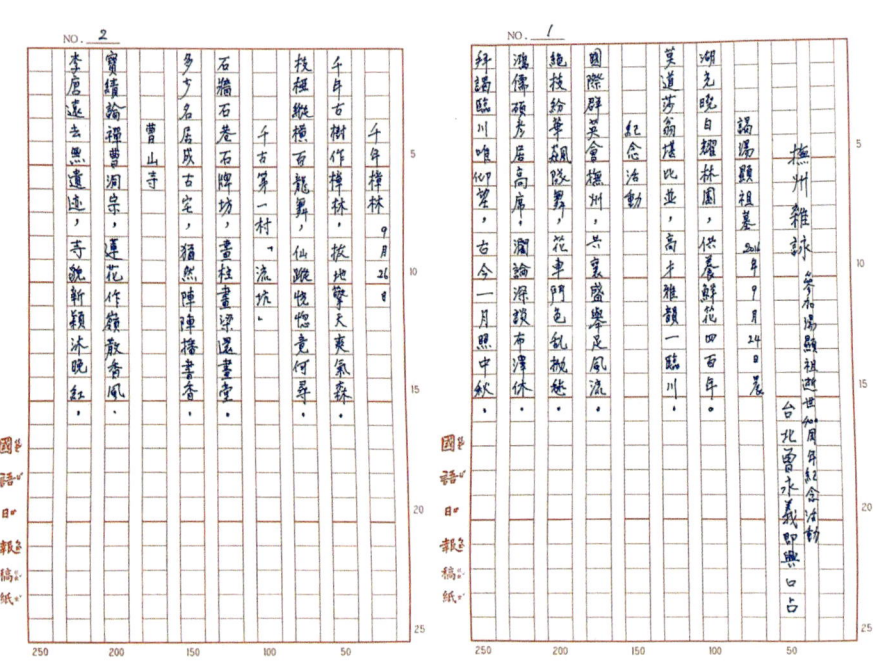

谒汤显祖墓 2016年9月24日晨

湖光晓日耀林园,供养鲜花四百年。
莫道莎翁堪比并,高才雅韵一临川。

纪念活动

国际群英会抚州,共襄盛举足风流。
绝技纷华飚队舞,花车斗色乱抛球。
鸿儒硕彦居高席,阔论深谈布泽休。
拜谒临川唯仰望,古今一月照中秋。

千年樟林

千年古树作樟林,拔地擎天爽气森。
枝桠纵横百龙舞,仙踪恍惚竟何寻。

千古第一村「流坑」

石墙石巷石牌坊,画柱画梁还画堂。
多少名居成古宅,犹然阵阵播书香。

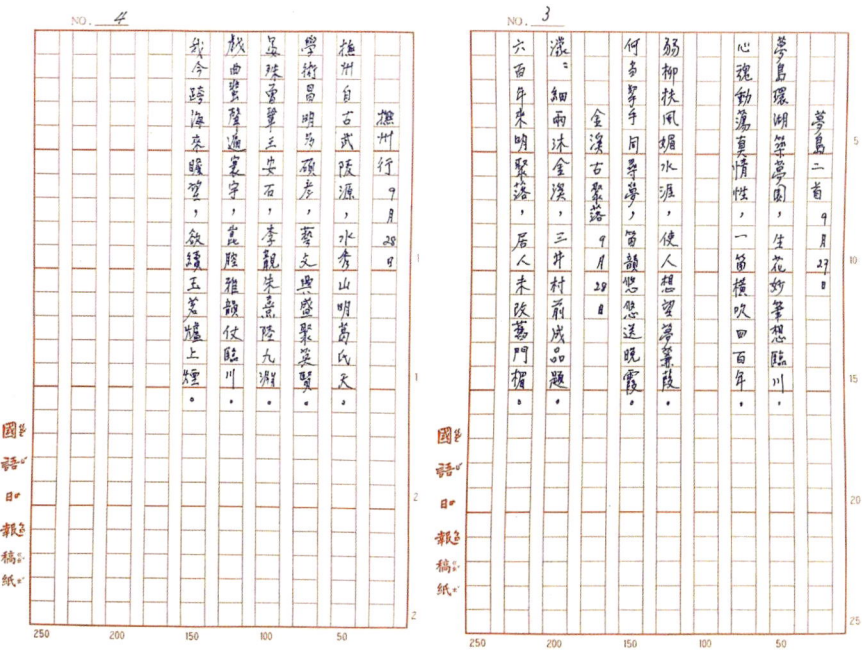

曹山寺

宝积论禅曹洞宗,
莲花作岭散香风。
李唐远去无遗迹,
寺貌新颖沐晚红。

梦岛二首 9月27日

梦岛环湖筑梦园,
生花妙笔想临川。
心魂动荡真情性,
一笛横吹四百年。

弱柳扶风媚水涯,
使人想望梦蘼葭。
何当挈手同寻梦,
笛韵悠悠送晚霞。

金溪古聚落 9月28日

濛濛细雨沐金溪,
三井村前成品题。
六百年来明聚落,
居人未改旧门楣。

抚州行 9月28日

抚州自古武陵源,
水秀山明葛氏天。
学术昌明多硕彦,
艺文兴盛聚英贤。
晏殊曾巩王安石,
李觏朱熹陆九渊。
戏曲輩声遍寰宇,
昆腔雅韵仗临川。
我今跨海来瞩望,
欲续玉茗炉上烟。

创刊号

汤显祖学刊

郭汉城题

图书在版编目(CIP)数据

汤显祖学刊/抚州汤显祖国际研究中心编.—北京:
商务印书馆,2017
ISBN 978-7-100-14986-0

Ⅰ.①汤… Ⅱ.①抚… Ⅲ.①汤显祖(1550—1616)
-戏剧文学-文学研究-丛刊 Ⅳ.①I207.37-55

中国版本图书馆CIP数据核字(2017)第180213号

权利保留,侵权必究。

汤显祖学刊
抚州汤显祖国际研究中心 编

商 务 印 书 馆 出 版
(北京王府井大街36号 邮政编码100710)
商 务 印 书 馆 发 行
山东鸿君杰文化发展有限公司印刷
ISBN 978-7-100-14986-0

2017年8月第1版　　开本640×960 1/16
2017年8月第1次印刷　印张29.75
定价:98.00元

目 录

发刊词 …………………………………………… 001

临川汤公

汤显祖与张居正 ………………………… 周育德 003
读明清汤显祖传 ………………………… 叶长海 018
汤显祖与王孙交游之历史光影 ………… 姚品文 034

文献文物

汤显祖著作的新发现：《玉茗堂书经讲意》……… 郑志良 051
来自汤公故里的新发现 ………………… 吴凤雏 058
　　——读最新出土两篇汤显祖撰墓志铭
新发现的汤显祖为母家广溪吴氏族人所作两篇
《墓志铭》考 …………………………… 刘昌衍 073
新见明刊朱墨套印本《南柯记》述评 ……… 华　玮 083
汤显祖研究的重要文献 ………………… 刘世杰 102
　　——项应祥《尊经阁记》《段公祠记》考

玉茗哲思

"情丝"与"茧翁" ………………………… 周华斌 115
　　——汤显祖晚年文化心态探识
从汤显祖与抚州正觉寺等的交往看儒禅相融 … 万斌生 135

论李贽对汤显祖的影响 ………………………… 邹自振　149

性·情·欲 ………………………………………… 周立波　164
　　——汤显祖至情观的内涵

案头场上

"拗折天下人嗓子"平议 …………………………… 曾永义　177

"临川四梦"说的来由与《牡丹亭》的深层意蕴 … 康保成　208

原乡无梦南柯成 …………………………………… 丁淑梅　230
　　——从王本"还原"看《南柯梦》的空间归转与自性证成

《牡丹亭·遇母》【番山虎】曲牌探究 …………… 洪惟助　239

影响传播

明末清初的"《牡丹亭》热" ……………………… 王永健　253

落落韵语　别有风致 ……………………………… 仝婉澄　285
　　——论子弟书对《牡丹亭》的接受与重构

汤显祖剧作在当代昆曲舞台2011—2015 ……… 朱栋霖　293

新世纪的传播与诠释 ……………………………… 刘　祯　303
　　——上昆"临川四梦"演出及汤显祖剧作的戏剧史意义

域外汤学

《牡丹亭》法文全译本前言 … ［法］雷威安著　罗仕龙译　317

"演'传奇'，再创造一个
　　传奇" ……………… ［加拿大］史恺悌著　黄　蓓译　332

《牡丹亭》的读法："发乎情，止乎
　　礼义" ……………………………… ［韩］郑元祉　366

汤显祖《牡丹亭》东传朝鲜王朝考述 …………… 程　芸　378

汤学学案

汤显祖研究资料的新发现 …………………… 江巨荣　399

俞平伯《〈牡丹亭〉赞》探析 ………………… 陈　均　420

也谈《汤显祖集全编》的收获与遗憾 ………… 龚重谟　433

从《汤显祖集》到《汤显祖集全编》 ………… 刘　赛　449
　　——五十余年出版历程考述

研究动态

汤显祖逝世400周年纪念活动及学术研讨动态（摘要）… 459

编后记 …………………………………………………… 463
稿约 ……………………………………………………… 465

发刊词

经过一段时间的筹备和有关各方的共同努力,《汤显祖学刊》于金秋之际呱呱坠地了!

在中国文化发展史上,汤显祖是一座丰碑,是一个富矿。时至今日,汤学的形成和崛起,已成为文化研究领域的一个新潮和新现象。《汤显祖学刊》的问世,恰逢其时。

《汤显祖学刊》是汤显祖研究的学术集刊。汤显祖研究的领域广阔,内容丰富,既涵盖汤显祖生平、思想、作品、家庭、社会、交游等各方面,也涉及其作品的价值、传播、影响等等,还包括汤显祖研究的历史与现状、汤学的形成与发展等一切相关领域和各个方面。本刊由抚州汤显祖国际研究中心主办,携手海内外广大汤学研究者共同打造。宗旨是:坚持百家争鸣、推陈出新、求实鉴真、服务当代;坚持国际视野、科学方法、包容意识、严谨学风;努力推出汤学研究新成果,反映新动态、新趋势;坚持学术平等,鼓励新发现、深拓展;竭诚服务广大汤学研究者,为弘扬汤学助力。

潮平岸阔,风正帆悬。我们起步了! 路很长远。研究汤显祖,既要阐幽抉微,又要弘明致远。让汤显祖活在当下、走向世界,任重道远,功在不舍。紧紧把握汤显祖既是历史的、又是当代的,既是高雅的、又是大众的,既是民族的、又是世界的这一特质,用发展眼光看待汤学,用科学精神致力汤学,就显得十分重要。

《汤显祖学刊》是一株嫩苗,需要关爱和扶植。诚请各方专家和读者不吝赐教。热切期盼汤学同道对《汤显祖学刊》——这方我们自己的园圃多关心多扶持,共同耕耘。深切期待《汤显祖学刊》能成为海内外汤学研究者和广大读者的朋友。

临川汤公

汤显祖与张居正

周育德

孟子曰:"诵其诗,读其书,不知其人可乎？是以论其世也,是尚友也。"(《孟子·万章下》)这就是所谓"知人论世"。这种为学方法无疑是正确的。在我们观汤显祖的戏,读汤显祖的书的时候,不知道汤显祖其人,是不可以的。要认识汤显祖其人,必须研究汤显祖所处的时代的社会文化背景,研究汤显祖和当时重要人物间的关系。由此,才更加可以认识汤显祖的人格与思想,认识汤显祖的政见和立场。

从这方面考虑,考察汤显祖与张居正的关系,似乎有着更为重要的意义。

汤显祖是走正常的科举之路而进入官场的。在漫长的科举道路上,汤显祖遇到的第一个重要人物就是张居正。

任何一种汤显祖的传记,如邹迪光《临川汤先生传》《明史·汤显祖传》、钱谦益《汤遂昌显祖传》、查继佐《汤显祖传》《抚州府志·汤显祖传》,都没有忘记汤显祖拒绝张居正的延揽这件事。隆庆四年,二十一岁的汤显祖乡试中举,接着就参加会试。第一次(隆庆五年)和第二次(万历二年)春试不第,都没有考中。虽然未能及第,但那时的汤显祖已经是"名蔽天壤"的士子,他的八股文已经非常出名。万历五年第三次进京会试,想不到和张居正发生了关系。内阁首辅张居正为了让自己的儿子名列前茅,就罗致海内名士以张大儿子们的声望,汤显祖和朋友沈懋学被认为是最佳人选。张居正"属其私人啖以巍甲而不应",汤显祖"谢弗往",没有进张府拜谒,沈懋学却去了。结果沈懋学中了状元,张居正次子嗣修中了榜眼。对于这件事,汤显祖淡然处之,只是在和沈懋学告别时感叹"天地逸人自草色,男儿有命非人怜","昨日辞朝心苦悲,壮年不得与明时"。①在和荆州张青野告别时,感叹"谁道叶公能好龙?真龙下时惊叶公","贱子今龄二十八,拔剑似君君不察。君不察时可奈何,归餐云实隐松萝"。"吏事有人吾潦倒,竹林著书亦不早"。②好像他已绝意仕进,只打算回家著书去了。但是,三年后汤显祖还是重新参加会试。这一次不巧又碰上了张居正的大儿子敬修和三儿子懋修同时赶考。"江陵子懋修与其乡人王篆来结纳,复啖以巍甲而亦不应。曰:吾不敢从处女子失身也"。上一次汤显祖不肯接受张居正的延揽,保持了节操。这次岂能失节?结果,张懋修中了状元,张敬修也进士及第,汤显祖则依然落第。这两次会试,汤显祖表现了高洁的品格,赢得了士林的尊敬。"公虽一老孝廉乎,而名益鹊起,海内之人益以得望见汤先生为幸"。③

达官贵人在科场中做手脚,已经是万历年间人尽皆知的潜规则,汤显祖见怪不怪,没有为此事对张居正做专门的评价,但是张居正的"人欲"给他留下了极坏的印象。后来汤显祖说张居正"刚而有欲"的"欲",当然包括为儿子抢元而做手脚这件事。

万历十年,张居正死了。万历十一年,汤显祖再一次参加会试,三十四岁的老孝廉终于拿到了做官的资格证书。

造成汤显祖对张居正恶劣印象的,还有一件大事。就在汤显祖万历五年会试落第后不久,张居正的父亲在江陵老家去世。张居正没有回家奔丧,虽然有小皇帝朱翊钧的挽留,但是在非战争年代非军事将领的"夺情",是严重违背礼法和祖制的事件。当时的张居正,已经是实际的政治独裁者。父亲过世,他非但没有坚持丁忧守制二十七个月,甚至不肯抽身一两个月暂离独裁的岗位回江陵安葬,确实是权力

---

① (明)汤显祖《别沈君典》,《汤显祖全集》,北京古籍出版社,1999年,第42页。
② (明)汤显祖《别荆州张孝廉》,《汤显祖全集》,北京古籍出版社,1999年,第43页。
③ (明)邹迪光《临川汤先生传》,《汤显祖全集》附录,北京古籍出版社,1999年,第2581页。

欲的突出表现,此事引起了众多朝臣的不满和抗议。一些尊崇礼法的朝臣,不顾生死接连上疏,结果纷纷遭受了残酷的杖刑。翰林院编修吴中行和翰林院检讨赵用贤各杖六十,杖毕,拖出长安门,再用门板抬出北京。刑部员外郎艾穆和刑部主事沈思孝,廷杖八十后,戴上手铐脚镣,收监三日,再充军。尽管有这些血淋淋的刑罚,刚刚中了进士,观政刑部的邹元标还是不顾死活地上疏反对张居正夺情,结果邹元标廷杖八十,打断了一条腿,谪戍都匀卫。

这些受刑者和张居正之间并没有私仇,都是为了维持纲常名教挺身而出的正人君子。这些受刑者大多是汤显祖的朋友,汤显祖在思想和感情上与他们相通。汤显祖写诗和通信,对他们表示了深切的同情和敬佩。汤显祖书信如《别沈太仆》《答沈司空》等说明汤显祖与沈思孝等交情匪浅。汤显祖诗如《送艾太仆六十韵》,追述当年艾穆"御梃惊魂落,丹墀溅血流"的惨状。①《奉赠赵宗伯二十韵》《送许伯厚归长水,便过吴访赵公》,称赵用贤为"节侠",描述赵用贤当年"睨柱众惊归赵客"的壮烈。②这些朝臣遭受廷杖的时候,幸而汤显祖还没有考中进士,没有上疏的机会。不妨设想,假如当年汤显祖能和这些人士同列朝班,他也很可能会加入这个批判张居正"夺情"者的行列。至少也会像新科状元沈懋学那样,联名上疏对这些即将受刑者施以最后的营救。

在"夺情"一事中的表现,是张居正"刚而有欲"的又一个注脚。汤显祖对张居正更加不满的是张居正禁讲学、毁书院的政策。

张居正很重视对意识形态的控制。他主持的万历新政,有多方面的内容。除了颁布"考成法"以提高行政效率,推动"一条鞭法"以改进国家税负,还特别重视思想文化的整肃,那就是禁讲学和毁书院。

明朝的教育界,和各级官学并行的还有私立的书院。官学是各级官府举办的教育机构,讲习的是宋代理学家二程和朱熹传注的四书五

---

① 《汤显祖全集》,北京古籍出版社,1999年,第305页。
② 《汤显祖全集》,北京古籍出版社,1999年,第321页。

经,教学子们练习八股文,走正统的科举之路。书院则是集藏书、教育、研究于一体的民间的教育机构。书院除了教习举业,还是各派学者的自由讲坛,学者们可以各标其宗旨,各讲其主张。有的在书院里讲学的学者,不光讨论学术,还要指点江山,批评时弊。这使得统治者很感头痛。

正德以后,讲学之风大盛。王守仁、湛若水和他们的弟子们倡导的"心学",和作为官方主流意识的理学大异其趣。他们不买理学家的账,提倡"致良知",常常表现为对儒家经典和程朱理学的不尊重。所以嘉靖年间起就有官员上疏,要求禁毁书院。

隆庆万历间,私人讲学之风愈加盛炽。王阳明学派的嫡传泰州学哲人,干脆"以转注为支离,以经书为糟粕",提倡保持"不思不虑"的"童子之心",偏偏还要做"帝王师"。

张居正本来也是很热心于心学的,但是他进入内阁,成为首辅,并且成为万历皇帝的老师以后,为了"万历新政"的推行不受阻挠,就很重视统一思想,要禁讲学,废书院,箝制言论,禁止自由思想了。为此他不惜采用极端的手段。江西著名的学者何心隐,就是因为到处讲学,而且妄议朝政,被迫害致死的。

万历七年张居正上《请申旧章饬学政以振兴人才疏》,①从整顿提学官着手,由皇帝出面整顿全国的学校。他提出"谨请旨敕谕提学官事理",共计十八款。关系到各级学校的办学宗旨,培养目标,招生数额,管理办法,课程内容,标准课本等全方位的要求。其第一款说:

> 圣贤以经术垂训,国家以经术作人。若能体认经书,便是讲明学问,何必又别标门户,聚党空谈?今后各提学官督率教官生儒,务将平日所习经书义理,着实讲求,躬行实践,以需他日之用。不许别创书院,群聚徒党,及号召他方游食无行之徒,空谈废业,因而启竞奔之门,开请托之路。违者提学御史听吏部都察院考察

---

① 《张太岳集》卷三十九,上海古籍出版社,1984年,第494—498页。

奏黜。提学按察司官听巡按御史劾奏。游士人等许各抚按衙门访拿解发。

这主要是对提学官的要求。其第二款,是对生员的奖惩办法:

> 孝弟廉让乃士子立身大节。生员中有敦本尚实,行谊著闻者,虽文艺稍差劣,亦必量加奖进,以励颓俗。若有平日不务学业,嘱托公事,或捏造歌谣,兴灭词讼,及败伦伤化,过恶彰著者,体访得实,不必品其文艺,即行革退。不许徇情姑息,亦不许轻信有司教官开送,致被挟私中伤,误及善类。

明确规定政治标准第一。特别规定生员不准帮人打官司,不准编写段子。接下来的第三款,更是进一步规定学校的生员不许乱说乱动,除了自己本人有了冤屈可以由家人出面代理控告,绝对不许代别人上访,不允许出入衙门陈说民情,更不许议论官员为政表现的好坏:

> 我圣祖设立卧碑,天下利病诸人皆许直言,惟生员不许。今后,生员务遵明察,除本身切己事情,许家人抱告,有司从公审问,倘有冤抑,即为昭雪。其事不干己,辄便出入衙门,陈说民情,议论官员贤否者,许该管有司申呈提学官,以行止有亏革退。若纠众扛帮,聚至十人以上,骂詈官长,肆行无礼,为首者照例问遣,其余不分人数多少,尽行黜退为民。

读此,可知考中了秀才,进了学,立即就失去了自由发言的权利,更失去了为民陈情的权利。第四款,则是针对教师的:

> 国家明经取士,说书者以宋儒传注为宗,行文者以典实纯正为尚。今后,务将颁降《四书五经》《性理大全》《资治通鉴纲目》《大学衍义》《历代明臣奏议》《文章正宗》及当代诰律典制等书,课

>令生员诵习讲解,俾其通晓古今,适于世用。其有剽窃异端邪说,炫奇立异者,文虽工弗录,所出试题亦要明白正大,不得割裂文义,以伤雅道。

观之可知学校的教师也没有了言论的自由,失去了独立之思想。至此,一个文化专制者的嘴脸跃然纸上。

这个诏令一下,到万历七年许多书院就被查毁了。自应天府以下,凡六十四处。

汤显祖曾经是官学就读的生员,但是他对民间书院的讲学也是很醉心的。他是泰州学大哲罗汝芳的及门弟子,他说:"盖予童子时,从明德(罗汝芳)夫子游。或穆然而咨嗟,或熏然而与言,或歌诗,或鼓琴,予天机泠如也。"①那种生活是非常自由的,所以"天机泠如"。后来为举业所销,天机就失去了。这是对两种不同的教育的亲身感受。

汤显祖是向往自由思想的人,他对张居正的禁讲学、毁书院的文化专制举措当然是反对的,以致对张居正更无好感。万历三年,张居正上这个有关文教的奏疏时,汤显祖正准备进京会试。万历七年,这个奏疏以皇帝的名义施行时,汤显祖正在准备第三次进京会试。这两次会试,汤显祖最终都因为不肯接受张居正的笼络而名落孙山。

张居正死后,万历十一年会试,汤显祖中进士,观政礼部。取得做官的资格之后,他立即找机会发表自己的政见。作为一名礼部的实习官员,他就带头奏疏开放学禁,恢复书院。汤显祖有书信《奉罗近溪先生》说:"道学久禁,弟子乘势时首奏开之。"②在《汤显祖全集》里虽然未收入这封奏疏,但其真实性无须怀疑。讨论教育问题,是礼部的正差,而面对自己所尊敬的老师,他更不必说假话。汤显祖自己也是热心于讲学的。在他被谪徐闻典史期间,他在本职之外创办了贵生书

---

① (明)汤显祖《太平山房自选序》,《汤显祖全集》,北京古籍出版社,1999年,第1097页。

② 《汤显祖全集》,北京古籍出版社,1999年,第1319页。

院,亲自讲学。量移遂昌之后,下车伊始就修复了相圃书院,也是亲自讲学。在张居正的时代,这是不可想象的事。

万历十九年,汤显祖上《论辅臣科臣疏》,批判的矛头是对准当政的首辅申时行的,但是也把死去多年的张居正拉来陪绑,说"前十年之政,张居正刚而有欲,群私人嚣然坏之"。①他没有列举具体内容,只是让万历皇帝自己去体会。

张居正的"刚而有欲",他的"嚣然"做派,是朝廷内外的共同感受。

张居正之"刚",表现在他整顿吏治的大刀阔斧,雷厉风行,也表现在他对待反对者的手段之严酷。张居正曾经信佛,他说:

  二十年前曾有一弘愿,愿以其身为蓐荐,使人寝处其上,溲溺之,垢秽之,吾无间焉。此亦吴子所知。有欲割取吾耳鼻,我亦欢喜施与,况诋毁而已乎!②

其实他言行不一。且看他如何对待反对他"夺情"的诸位朝臣,就可知佛教所要灭除的三毒"贪嗔痴",他完全不在乎。当时,只要他认真地陈情,小皇帝是能够让他回江陵奔丧的,至少也不会那样处分"夺情"的反对者。

张居正对言官也采取裁抑和钳制的手段。御史和给事中的意见和他稍有不合,即遭到诟责和处分。

张居正对权力的热中,毕其一生。直到生命的最后,他已卧床不起,稍为重要的公事,一切都送到张居正的病榻前,听候处理。临死前,张居正加太师衔,荫一子锦衣卫指挥世袭同知。这种情景,被汤显祖生动地写进了《邯郸记》。

张居正的"刚而有欲",除了表现在对权位的热恋,还表现在他强烈的物欲。张居正自称"受事以来,一切付之于大公。虚心鉴物,正己

---

① 《汤显祖全集》,上海古籍出版社,1999年,第1278页。
② (明)张居正《答吴尧山言弘愿济世》,《张太岳集》,上海古籍出版社,1984年,第300页。

肃下。法所宜加,贵近不宥。才有可用,孤远不遗",①"自当事以来,闭门却扫,士大夫公言之外,不交一谈"。②可是,在晚明普遍腐化的环境中,他也不能真正地抵御"潜规则"以自律。

张居正在北京可以"闭门却扫",但他没有管好在江陵的父亲和子弟、亲属以至于奴仆。地方官会使用各种手段,向张家行贿。又是给张居正建牌坊,又是给张家修豪宅,当然工价是不需要张家付出的。张居正虽然也写信谢绝,但都是半推半就,最后都成为事实而默认。还有一个更大的问题,是张家把废黜了的辽王的王府据为己有,变成张府私宅。凡此种种,都不能不使人生怀疑。万历四年正月,辽东巡按御史刘臺上疏,弹劾张居正云:"盖居正之贪,不在文吏而在武臣,不在内地而在边鄙。不然,辅政未几,即富甲全楚,何由致之?宫室、舆马、姬妾、奉御,同于王者,又何由致之?在朝臣工,莫不愤叹,而无敢为陛下明言者,积威之劫也。"③刘臺的提问不无道理。平民出身的张居正当上内阁首辅没有多久,哪来的那么多钱?

至于张居正的"嚣然",那更是人尽皆知的事实。单是万历六年张居正归江陵葬父时乘坐的那顶轿子,已经成为轰动天下的社会大新闻。王世贞说,这顶特制的大轿,前面是起居室、办公室,后面是卧室,两廊一边一个书童焚香挥扇,三十二名轿夫抬着,浩浩荡荡出京。一路上还有蓟镇总兵戚继光派来的铳手、箭手护卫。沿途的巡抚和巡按御史出疆迎送,府、州、县官跪拜迎接。连王爷也要迎接送礼。

张居正的这种刚而有欲的嚣然作风,汤显祖当然是极为反感的。

上述各项,都说明汤显祖讨厌张居正的为人。但是这不等于汤显祖否定张居正所做的一切。事实上,对于张居正成为内阁首辅之后所

---

① (明)张居正《与李太仆渐庵论治体》,《张太岳集》卷二十五,上海古籍出版社,1984年,第310页。
② (明)张居正《答司马王继津》,《张太岳集》卷二十五,上海古籍出版社,1984年,第306页。
③ 事见《明史·刘臺传》,引自朱东润《张居正大传》,陕西师大出版社,2009年,第205页。

推行的许多重大行政举措,汤显祖还是拥护的。尤其在经历过官海风波,亲自体验过晚明政治每况愈下之后,汤显祖弃官归里成为"偏州浪士",跳出政坛之外,对政局的观察变得客观而冷静。汤显祖对张居正当年推行的许多"便民"的政策,表示了更大的认同。

张居正死后,他推行的许多政策有的被否定,有的因官员的消极抵制而无形搁浅。但是,一些正派的官员还是择善而从的。

比如考成法,张居正推行的考成法曾令许多官员非常紧张。对地方官来说,考察的主要项目是赋与讼。完成田赋征收是经济方面的头等任务。而维持地方稳定,不出重大的群体性的案件,则是政治上的要求。

张居正死后,考成法基本废止了。汤显祖为官遂昌的五年,仍然是尽心尽力办事的,他用自己的方法努力完成考成法规定的任务。他做的是"减科条,省期会,一意拊摩噢咻,乳哺而翼覆之。用得民和。日进青衿子秀扬榷论议,质义斧藻切攡之,为兢兢。一时醇吏声为两浙冠"。①他在遂昌采取的措施则是去豪强之害而与民休息,教学校子弟以振作士习。他用人本主义的方式治理遂昌,重视兴教劝农,刑罚与教化并施,"缓理征徭词讼"。结果是"征徭薄,米谷多,官民易亲风景和","行乡约,制雅格,家尊五伦人四科","多风化,无暴苛","平税课,不起科,商人离家来安乐窝。关津任你过,昼夜总无他"。(《南柯记·风谣》)

他要公平收税,也遇到过乡宦豪族的抵制。他亲自出面,给在朝为官的项应祥写信,要求项某约束好自己的亲属,老老实实纳税。②这种勇敢行动,制服了遂昌的"害马者",完成了收税的任务。至于讼,汤显祖完成得更加出色。他用不着天天升堂判官司,做到了"赋成讼稀",可以"五日一视事"。差不多是"官也清,吏也清,村民无事到公

---

① (明)邹迪光《临川汤先生传》,《汤显祖全集》附录,北京古籍出版社,1999年,第2582页。

② (明)汤显祖《复项谏议征赋书》,《汤显祖全集》北京古籍出版社,1999年,第1364页。

庭"。(《牡丹亭·劝农》)

和考成法密切相关的一个问题是如何解决常年逋赋的问题。嘉靖、隆庆以来,各地拖欠的田赋事实上已经难以如数收清。神宗登极以后,曾下诏:隆庆元年以前的积欠,一概豁免。隆庆四年以前的积欠,免三征七。考成法实行以后,规定征赋不足额的,巡抚和巡按御史听纠,府、州、县官听调。这样一来,问题更加复杂了。各地官员在考成法的压力下,为了完成征收田赋的任务,就不择手段地搜刮压榨百姓。无名之征求过多,以致民力殚竭,反而不能完公家之赋。"其势豪大户,侵欺积猾,皆畏纵而不敢问,反将下户贫民,责令包赔",造成了更大的不公正。万历四年七月,张居正奏疏称:"近来因行考成之法,有司官惧于降罚,遂不分缓急一概严刑追并,其甚者又以资贪吏之囊橐,以致百姓嗷嗷,愁叹盈闾,咸谓朝廷催科太急,不得安生。"他提出"敕下户部,查各项钱粮,除见年应征者,分毫不免外,其先年拖欠带征者,除金花银遵诏书仍旧带征外,其余七分之中,通查年月久近,地方饶瘠,再行减免分数。如果贫瘠不能完者,悉与蠲除,以苏民困"。① 规定地方官只收当年的税赋,把以往多年来拖欠的税赋永远搁置,这是一个从实际出发,有利于民生的政策。

对这个政策,汤显祖是拥护的。我们在汤显祖的文集里,没有看到在汤显祖为官遂昌期间蠲免税赋的文字。但是,在汤显祖给朋友的书信等文字里,却分明看到汤显祖对这个政策的态度。汤显祖的朋友张梦泽曾任江西新渝知县三年,有极好的政绩。他本人勤政爱民,极其清廉,到北京上计述职,竟穷得没有路费,被北京人呼为"穷新渝"。汤显祖和张梦泽无话不谈。(汤显祖曾经把《紫钗记》的刊本和《牡丹亭》《南柯记》的手抄本送给张梦泽。张梦泽曾经想给汤显祖出版文集,汤显祖提出五项理由谢绝,畅谈自己的文学思想,批判当时文坛的歪风。)万历三十年,张梦泽因丁忧去职,新渝百姓非常舍不得他离开,

---

① (明)张居正《请蠲积逋以安生民疏》,《张太岳集》卷三十六,上海古籍出版社,1984年,第578页。

为之作去思碑,请汤显祖写了碑文。汤显祖引述新渝父老的话,评论张梦泽的政绩。

> 父老进曰:"渝贫,间于章、虔,岁赋当七万余,而所获常不足以半。赋或逋负至于十年。有令悉追之者。侯至数月,喟然而泣曰:赋逋至十年,籍亦有不可得而校者矣。此徒为老胥吏奸利地,何益?下令,课吾来渝以后者。余逋须后令。民乃无哗。旁大县或先一岁而毕征,或仅如其岁,渝不能也。侯与民期以十,且曰,尽来岁春当竟也。民乃益舒矣。"①

张居正在二十多年前想解决的问题,其实并没有解决。张居正死后二十多年,新渝县又出现拖欠了十年田赋的事。张梦泽到任后,一声令下,只收他来渝以后的税赋,剩下的就留待后来的县令去处理。并且给百姓十个月的缓冲期,只要来年春天上交完毕即可。汤显祖对张梦泽的举措大加赞赏,这其实就是对当年张居正奏疏的一种响应。

和考成法相关的还有一件大事,就是清丈田亩。张居正推行"一条鞭"税制,首要的工作就是清丈田亩。这个工作做不好,"一条鞭"就无法执行。但是,清丈田亩之事,在统治集团内部也很难统一意见。清丈田亩必定会有损隐占土地的豪右的利益,受到既得利益集团的抵制和干扰。万历七年,张居正《答福建巡抚耿楚侗谈王霸之辨》:

> 丈田一事,揆之人情,必云不便,但此中未闻有阻议者,或有之,亦不敢闻之于仆耳。"苟利社稷,死生以之",仆比来唯守此二言,虽以此蒙垢致冤,而于国家实为少裨,愿公之自信,而无畏于浮言也。②

---

① (明)汤显祖《渝水明府梦泽张侯去思碑》,《汤显祖全集》,北京古籍出版社,1999年,第1209页。
② 《张太岳集》卷三十一,上海古籍出版社,1984年,第383页。

可见清丈之难。其实,张居正自己对清丈田亩的事也信心不足,不得不慎重从事,他常常陷入焦虑之中。在他罹患直肠癌,自感健康每况愈下的时候,这种焦虑就愈发强烈。他给一些地方大员的书信里,明白地表达了这种焦虑。万历九年,张居正《答山东巡抚何来山》:

> 清丈事,实百年旷举,宜及仆在位,务为一了百当,若但草草了事,可惜此时徒为虚文耳。已属该部科有违限者,俱不查参,使诸公得便宜从事。昨杨二山公书,谓此事只宜论当否,不必论迟速,诚格言也。①

"不必论迟速",说明张居正知道此事推进之困难。张居正《答江西巡抚王又池》:

> 临川丈田事,偶有闻,即以告,今事已竣,法无阻滞,则其人亦不必深究矣。此举实属天下大政,然积弊丛蠹之余,非精核详审,未能妥当。诸公宜及仆在位,做个一了百当,不宜草草速完也。前已属该科老成查参,将此件不必入参,正欲其从容求精耳。江右事已就理,独五县未完,谅数月之内,即可了结,俟通完之后,具奏未晚。②

福建、山东、江西是清丈的试点省份,都遇到马虎从事的官员的消极应付。可惜,张居正小心谨慎地干了几年,到死也未完成这项天下大政。

不过,张居正死后,仍然有正派认真的地方官继续做清丈田亩的工作,这就不能不继续与地方豪绅势力作斗争。汤显祖的好朋友赵邦清就是这样一位认真的官员。汤显祖有《滕侯赵仲一实政录序》《赵子

---

① 《张太岳集》卷三十三,上海古籍出版社,1984年,第419页。
② 《张太岳集》卷三十三,上海古籍出版社,1984年,第422页。

瞑眩录序》等，生动地记述了赵邦清做山东滕县知县时，为清丈田亩与当地豪右作斗争的动人事迹。

赵邦清初到滕县时，"大祲之后，人大相食"，流民遍地，赋税收不上，府库无存粮，原因就是豪强阻挠。"豪右受民所寄田失税，而移责单细民。民有田不能深治，饥则徙而他之。田益以芜，赋益以逋"。赵邦清"必令自名其田，户度之，无寄隐而后可。豪者惧，挠之曰：若而年，固已度田不远矣。间以撼大吏。君朝上议，立行。身与豪贵人斗而驰田中。瞋目赭面，奋髯怒号。豪不可当，辟易就丈。无几何而籍定"。①

这是张居正死后二十多年的事。张居正活着的时候，就知道在山东清丈田亩是要啃硬骨头。他在《答山东巡抚何来山》信说："清丈之议，在小民实被其惠，而于豪宦之家，殊为未便。况齐俗最称顽梗，今仗公威重，业已就绪，但恐代者，或意见不同，摇于众论，则良法终不可行，有初鲜终，殊可惜也。"②事情被张居正言中了。他死之后，果然清丈的事在山东"有初鲜终"，证明了"齐俗最称顽梗"。

汤显祖对赵邦清的称赞，也就是对当年张居正清丈的响应。

汤显祖对张居正当年所推行的政策如此这般的认同，是汤显祖经历过十五年宦海风波之后的真正感悟。越到晚年，汤显祖对政局的认识越深刻。他对比了一下，世上没有了张居正，晚明政坛越来越腐败。张居正之后的历任首辅，一蟹不如一蟹。明王朝江河日下，鱼烂瓦解，已经不可收拾。此时回头一看，张居正当权的那段日子，还是有可取之处的。经过张居正的强力的治理整顿，明朝的内政外交都有起色。所以，万历三十年，汤显祖在给张位祝贺七十寿辰时，把徐阶与张居正相比较，说"凡所以为天下者，刚柔而已。华亭徐公以柔承肃祖之威，而事治。江陵张公以刚扶冲圣之哲，而事亦不可谓不治也"。(《张洪

---

① (明)汤显祖《赵子瞑眩录序》，《汤显祖全集》，北京古籍出版社，1999年，第1092页。
② 《张太岳集》卷三十三，上海古籍出版社，1984年，第415页。

阳相公七十寿序》)①

这种认识,是对当年《论辅臣科臣疏》的一种修正。正因为如此,汤显祖对张居正死后的被清算持保留态度,对张家人的悲惨遭遇表示了同情。

张居正死后才九个月,就遭到万历皇帝的彻底清算。万历十一年三月,诏夺张居正上柱国、太师,再诏夺文忠公谥,斥其子锦衣卫指挥张简修为民。接着是抄家。地方官封门,中央大员还未到江陵,张家已经饿死十余口。在严刑拷问下,张敬修自杀,张懋修投井不死,绝食又不死,保住一条性命。万历皇帝给张居正的罪状是"诬蔑亲藩,钳制言官,蔽塞朕聪,私占废辽田亩,假以丈量遮饰,骚动海内,专权乱政,罔上负恩,谋国不忠"。张氏子弟,活着的皆令充军烟瘴地面。②

当年攀附张居正,而在此时落井下石者大有人在。在万喙齐攻的形势下,能不避嫌疑,客观地为张居正说几句公道话人,显得十分可贵。汤显祖就是肯为张居正说公道话的人士。

汤显祖贬官徐闻时,在雷阳遇到了正在充军流放的张嗣修,相见握语,境况凄苦。汤显祖和张氏兄弟还保持着书信联系。他寄信给张懋修,深表怀念。追怀当年在北京会试时的情景,怅然感慨。也说到万历十九年冬天,在雷阳与张嗣修相见的情景。甚至还问及是否给张居正扫墓的事。③

张居正刚倒台,汤显祖就为这位辅臣的遭遇而伤感,有诗《送沈师门友张茂一饷使归觐蒲州相国,有感江陵家世》。④汤显祖去官归里后,有的是时间回首往事。抛却了宦情之后,他还偶然会想起张居正,发表"忽自悲伤忽笑歌"的感慨。⑤

---

① 《汤显祖全集》,北京古籍出版社,1999年,第1055页。
② 朱东润《张居正大传》,陕西师大出版社,2009年,第343页。
③ (明)汤显祖《寄江陵张幼君》,《汤显祖全集》,北京古籍出版社,1999年,第1344页。
④ 《汤显祖全集》,北京古籍出版社,1999年,第194页。
⑤ (明)汤显祖《拨闷偶怀江陵相以下八公》,《汤显祖全集》,北京古籍出版社,1999年,第806页。

这就是汤显祖。一个良知充盈的思想家、政治家。一个高洁而多情的艺术家、文学家。

能够冷静而客观地评价张居正的人士,也不只汤显祖。天启二年,第一个站出来为张居正鸣不平,请求给张居正平反昭雪恢复名誉的,正是当年因反对张居正"夺情"而被打断腿的邹元标。邹元标是汤显祖终生的好朋友。可惜,汤显祖没有活到为张居正恢复名誉的那一天。

读明清汤显祖传

叶长海

一

汤显祖友人屠隆曾为《玉茗堂文集》作序一篇,内有对汤显祖生平的叙述。屠隆,字长卿、纬真,号赤水、鸿苞居士,鄞县(今浙江宁波)人,万历五年(1577)进士。屠隆生于嘉靖二十一年(1542),比汤显祖年长八岁。《玉茗堂文集》刊于万历三十四年(1606),前此一年,屠隆已经逝世。屠隆的这一段文字,可以看作是最早的汤显祖小传。其文云:

> 义仍气节孤峻,由祠部郎抗疏谪南海尉。间关炎徼,涉瘴江,触蛮雾。访子瞻遗迹惠州,寻葛仙翁丹砂朱明洞馆。洒焉自适,忘其谪居。久之,转平昌邑令。邑在万山中,人境僻绝,土风淳美。君乐而安之。为治简易,大得民和。惟日进邑中青衿孝秀,程艺谭道,下上千古,假以练养神明,湛寂灵府。令德日新,而诗道亦且日进。登峰诣极,是天之所以陶冶义仍斯完矣。①

屠隆此序文未及汤显祖遂昌之后的生活,估计写作时间比较早。在屠隆之后所出现的汤显祖传记,在记叙汤氏在徐闻、遂昌的行迹时,

---

① (明)屠隆:《玉茗堂文集序》,《屠隆集》(第十二册),浙江古籍出版社,2012年,第47页。

大都曾参照屠隆的文字。但屠隆此文中的某些内容,后人却很少言及。如所述"访子瞻遗迹惠州,寻葛仙翁丹砂朱明洞馆"之类。

最先为汤显祖专文作传的,是汤氏的同时人邹迪光。迪光字彦吉,号愚谷,无锡人,万历二年(1574)进士。官至副使,提学湖广。罢官家居后,于无锡惠山之麓筑愚公谷,以度曲自娱。著有《郁仪楼集》《调象庵集》《石语斋集》等。

万历三十六年(1608),邹迪光致函汤显祖,为其文集《调象庵集》求序,函云:

> 谭者类言,词林百六,诗文道表,牛耳寝微。愚谓:鹜累百不如一鹗,世有义仍,则余可废,乌在其道表也!……义仍既肆力于文,又以其绪余为传奇,丹青栩栩,高出胜国人士,所为《紫箫》《还魂》诸本,不佞率令童子习之,亦因是以见神情,想丰度。诸童搬演曲折,洗去格套,羌亦不俗,义仍有意乎?鄱阳一苇直抵梁溪,公为我浮白,我为公征歌命舞,何如,何如?……而又有所乞:《郁仪》之后,复得《调象》。总之,瓦砾而欲借珠玉为饰以涂天下,不珠玉损而瓦砾受光,此是公家一饶益人事。①

汤显祖为其《调象庵集》作序,其中云:"嗟夫!有高才而鲜贵仕,其与能靖者与?折节抵蠘,非公所习,则其郁触喷迸而杂出于诗歌文记之间,虽谈世十一,谭趣十九,而终焉英英沄沄,有所不能忘者,盖其情也。……噫而风飞,怒而河奔。世能厄之于彼,而不能不纵之于此。"②言语间表示出浓厚的惺惺相惜之意。

邹迪光收到汤公之序文后,即付剞劂,刊于《调象庵稿》卷首。同时复函显祖致谢,附函致上《汤义仍先生传》,云:"小传唐突,无亦众比

---

① (明)邹迪光:《与汤义仍》,《调象庵稿》卷三十五,明万历年间刻本,收入毛效同编:《汤显祖研究资料汇编》(上),上海古籍出版社,1986年,第178—179页。
② (明)汤显祖:《调象庵集序》,《汤显祖集全编》(三),上海古籍出版社,2015年,第1482页。

丘之赞叹如来耳。"①

收到邹氏此传,汤显祖致函称谢:

> 与明公无半面,乃为不佞弟作传,至勤论赞,反复开辨,曲折顾护,若惟恐鄙薄之不传而疵颣之不洗。始而欣然,继之咽泣。弟何修而得此与鸿钜也! 汉人未有生而传者,唐有之,次者《种树传》最显,技微而义大。韩、柳二公因而张之,为世著教。弟之阅人不如承福,通物不如橐驼,雅从文行通人游,终以孤介迂寒,违于大方。槁朽待尽,而明公采菲集榛,收为莞藻。百世珉璆,岂在今日。②

汤显祖此后在致友人汤宾尹(号霍林)函中亦言及此事:"邹愚公未有半面,而以所闻为传以寄,感勒良深,奉览。弟未敢当此也。弟更当累积功行,为异日大笔里子。临风喟然。"③由以上通信中可以看出,汤、邹二氏虽"未有半面"之晤,却神交已久。邹氏为汤氏所作的传,亦已得到汤显祖的认可。

从经眼的明清两代所有汤显祖传世传记中,邹迪光的《汤义仍先生传》最为具体全面。此传记录了汤显祖的身世、行迹的许多信息,主要有如下数项。一、汤显祖"生而颖异不群",五岁能属对,十三岁补邑弟子员,"已能为古文词",且已遍读五经及诸史百家、汲冢《连山》诸书。庚午(1570,二十一岁)中举,"彼其时于古文词而外,能精乐府、歌行、五七言诗;诸史百家而外,天官、地理、医药、卜筮、河籍、墨兵、神经、怪牒诸书",故而"名蔽天壤,海内人以得见汤义仍为幸"。二、参加会试,江陵公(张居正)曾两度属人来结纳并"啖以巍甲",均不应。他说:"吾不敢从处女子失身也。"于是"名益鹊起"。张居正死后,乃中进

---

① (明)邹迪光:《复汤义仍》,《调象庵稿》卷四十,《汤显祖研究资料汇编》(上),第180页。
② (明)汤显祖:《谢邹愚公》,《汤显祖集全编》(四),第1855页。
③ (明)汤显祖:《寄汤霍林》,《汤显祖集全编》(四),第1834页。

士。三,时相蒲州(张四维)、苏州(申时行)想结纳显祖,以"酬以馆选"为诱,"而公率不应,安如其所以拒江陵时者"。后在南京任太常博士期间,有师友劝其"通政府",可谋上京入吏部为官,"而公亦不应,安如其所以拒馆选时者"。于是转任南祠部郎。四,因上疏论辅臣科臣,而"谪粤之徐闻尉"。"居久之,转遂昌令",因施行仁政,"用得民和","一时醇吏之声为两浙冠"。嗣因厌烦官场恶习,"又以矿税事多所踨蹩",遂于计偕之日,向吏部毅然"告归"。后于辛丑(1601)大计时被免职。五,居家贫困,有人劝其"请托",他说:"吾不能以面皮口舌博钱刀,为所不知何人计。"尝指床上书示人,而曰:"有此不贫矣。"朝夕与古人居,评骘人物,"雌黄上下,不遗余力,千载如对";与乡之人居,"则于于逌逌,屏城府,去崖略,黜形骸,而一饮之以醇"。对于年老父母,"以一人而兼兄弟五人以事其亲,故两尊人老而致足乐"。又喜任侠,"急人之难甚于己"。六,关于创作成就,"于诗文无所不比拟,而尤精西京、六朝、青莲、少陵氏。然为西京而非西京,为六朝而非六朝,为青莲、少陵而非青莲、少陵。……不可以为物类求,不可以人间语论矣"。"公又以其绪余为传奇,若《紫箫》《二梦》《还魂》诸剧,实驾元人而上。每谱一曲,令小吏当歌,而自为之和,声振寥廓,识者谓神仙中人云"。

邹迪光于此传之最后有一段概括性的文字,称赞汤显祖是一位全才:

> 世言才士无学,故戴逵、王弼之不为徐广、殷亮,而公有其学矣;又言学士无才,故士安、康成之不为机、云,而公有其才矣;又言文人学士无用亦无行,而公为邑吏有声,志操完洁,洗濯束服,有用与行矣。公盖其全哉![①]

邹迪光所作的汤显祖传,篇幅最长,内容最全。沈际飞编《玉茗堂

---

① (明)邹迪光:《汤义仍先生传》,《调象庵稿》卷三十三,《汤显祖研究资料汇编》(上),第83页。

选集》,即以此传置于卷首。后来的传记,大都采用邹氏文章中的一部分。略晚于邹迪光的过庭训,于《本朝京省人物考》卷六十一有《汤显祖传》,可以看做是邹迪光传记的简本,内容无出于邹传之外,却也面面俱到,只是文字只有邹传的四分之一。过庭训,字尔韬,号成山,浙江平湖人。万历甲辰(1604)进士。《本朝京省人物考》刊于天启二年(1622)。

清初查继佐《罪惟录》卷十八有《汤显祖传》,文字更为简略,只有过庭训所作传的一半。因文字不长,兹录于下:

> 汤显祖,字义仍,号海若,江西临川人。万历丁丑会试,江陵以其才,一再啖巍甲,不应。癸未成进士。时同门中式蒲州、苏州两相公子,啖以馆选,复不应。自请南博士。览胜寄毫末。转南礼部郎,以建言谪徐闻尉。久之,令遂昌。哺乳其民;日进儒生,论贯古义。性简易,不能睨长吏颜色。入计,辄告部堂归,留不得。抚按复荐起,不赴。忌者犹于辛丑大计夺其官。筑小室藏其书史,尝指客:"有此不贫矣。"喜任侠,好急人。博洽,尤耽汉、魏、《文选》。以其余绪为传奇。每制一令,使小史歌之,和不工,讽讽乐也。以不慕东林,终身宦不达。①

查继佐,字伊璜,号方舟,又号与斋,浙江海宁人。崇祯癸酉(1633)举人。《罪惟录》中的这一篇《汤显祖传》,文字简洁而内容全面,是一篇令人过目不忘的人物介绍。其内容虽并未超出邹氏汤先生传,但其文末"论"语却自出机杼:

> 论曰:海若为文,大率工于纤丽,无关实务,然其遣思入神,往往破古。相传谱四剧时,坐舆中谒客,得一奇句,辄下舆索市廛秃笔,书片楮,黏舆顶盖,数步一书,不自知其劳也。余评其所为《牡

---

① (清)查继佐:《汤显祖传》,《罪惟录》卷十八。

丹亭》一词,谓慧精而稍不择。海若初见徐山阴《四声猿》,谩骂"此牛有千夫之力",遂为之作传。①

这里记录了汤显祖作戏曲史的一则传闻,颇为生动。而所论之徐渭事,原见明末王思任之《批点玉茗堂牡丹亭叙》。王《叙》云:

> 往见吾乡文长批其卷首曰:"此牛有万夫之禀。"虽为妒语,大觉颇心。而若士曾语卢氏李恒峤云:"《四声猿》乃词场飞将,辄为之唱演数通。安得生致文长,自拔其舌!"其相引重如此。②

徐渭读汤显祖早期诗集时对汤诗的评语,查《传》此处却作为汤显祖读徐渭《四声猿》后的极致之语。未知孰是。但此两位文坛巨匠之相互推重,确是文学史上的美谈。徐渭比汤显祖年长二十九岁,但他对汤显祖的诗风十分赏识。他曾仿汤显祖《芳树》诗的写作方法而作《渔乐图》古诗一首,自注云:"都不证刱于谁,近见汤君显祖,慕而学之。"③徐渭读了汤显祖的《问棘邮草》诗集后,即作《读问棘堂集拟寄汤君(海若)》七律一首,予以盛评④。还曾写信致显祖,托人带到临川。信中说:"某于客所读《问棘堂集》,自谓平生所未尝见,便作诗一首以道此怀。……《问棘》之外,别物多多,遇便倘能寄教耶?"⑤徐渭对汤显祖的文艺创作一直有影响,而汤显祖对徐渭的感怀,亦终生未忘。晚年家居时,汤氏还曾函寄山阴知县余瑶圃,嘱咐他关照徐渭后

---

① (清)查继佐:《汤显祖传》,《罪惟录》卷十八。
② (明)王思任:《批点玉茗堂牡丹亭叙》,《王季重十种》,浙江古籍出版社,1987年,第32页。
③ (明)徐渭:《渔乐图》序,《徐文长三集》卷五,《徐渭集》第一册,中华书局,1983年,第135页。
④ (明)徐渭:《读问棘堂集拟寄汤君》:"兰苕翡翠逐时鸣,谁解钩天响洞庭。鼓瑟定应遭客骂,执鞭今始慰生平。即收《吕览》千金市,直换咸阳许座城。无限龙门蚕室泪,难偕书札报任卿。"《徐文长三集》卷七,《徐渭集》第一册,第251页。
⑤ (明)徐渭:《与汤义仍》,《徐文长三集》卷十六,《徐渭集》第二册,第485页。

人:"徐天池后必零落,门下弦歌清暇,倘一问之,林下人闲心及此,不尽。"①

二

与邹迪光《汤义仍先生传》大异其趣的是《明史》的《汤显祖传》。《明史》之汤传一共只有五百多字,其中引述汤氏《论辅臣科臣疏》内容即有三百多字。可以说,《明史》汤传的主要内容是介绍汤氏的这一篇疏。《明史》传介绍汤氏生平的却只有二百多字如下:

> 汤显祖,字若士,临川人。少善属文,有时名。张居正欲其子及第,罗海内名士以张之。闻汤显祖及沈懋学名,命诸子延致,显祖谢弗往。懋学遂与居正子嗣修偕及第。显祖至万历十一年始成进士。授南京太常博士,就迁礼部主事。十八年,帝以星变,严责言官欺蔽,并停俸一年。显祖上言曰:……帝怒,谪徐闻典史,稍迁遂昌知县。二十六年,上计京师,投劾归。又明年大计,主者议黜之。李维桢为监司,力争不得,竟夺官。家居二十年卒。显祖意气慷慨,善李仕龙、李三才、梅国桢,后皆通显有建竖,而显祖蹭蹬穷老。三才督漕淮上,遣书迎之,谢不往。

《明史》汤传与邹迪光汤传,详略不同,邹文数千言,《明史》只五百字,不惟篇幅大异,且其着力点更不同。关于汤显祖上疏言政,邹文中只有一句话:"谓两政府进私人而塞言者路,抗疏论之,谪粤之徐闻尉。"而《明史》文中洋洋数百字。而邹文中赞赏汤显祖文学创作,特别是赞显祖戏曲成就之类,《明史》中则只字未提。可见两者志趣之不同。

若将《明史》汤传与查继佐相对照,其相同处是文字均极其简略。但相异处亦是明显的。查文言汤氏上疏,只几个字:"以建言谪徐闻

---

① (明)汤显祖:《寄余瑶圃》,《汤显祖集全编》(四),第1759页。

尉。"而对于汤氏之个性及文学、戏曲创作,则均一一言及。查文最后记录汤氏作四剧时的传闻,则多不惜笔墨而深入细节之处。

《明史》汤显祖传的文字与万斯同著《明史稿》的汤显祖传则如出一辙。所言内容的详略安排一致无异,有多处文字完全相同。万斯同的汤传亦是大量抄录汤显祖《论辅臣科臣疏》的文字。万氏亦基本不谈汤显祖的文艺成就,不过不像《明史》只字不谈如此极端,而只是略下几笔。其一曰:"显祖一发不中,蹭蹬穷老。所居玉茗堂,文史狼藉,宾朋杂坐,俯仰啸歌,萧然意得。"其又一曰:"(显祖)少以文章自命。其论古文,则谓本朝以宋濂为宗,李梦阳、王世贞辈,虽气力强弱不同,等赝文尔。识者韪之。"这里话虽不多,却能生动地写出汤显祖的特色。不过万斯同的汤传中,无一字言及戏曲创作。可见,在当时,戏曲小道仍是不入史家的巨眼的。

由于王廷玉等人修纂《明史》,大抵是在万斯同《明史稿》的基础上减损而成,《明史》的汤显祖传亦基本上是抄录万斯同的汤显祖传。只是将万氏的几句有关汤氏文事的生动描叙删去了,颇为可惜。

三

万斯同笔下的汤显祖文事,应是由钱谦益的《汤遂昌显祖小传》中得来。钱谦益,字受之,号牧斋,常熟人,明万历三十八年(1610)进士。他是明末清初影响极大的著名文士。他所编撰的《历朝诗集》,选录了明朝二百余年间约两千个诗人的代表作,并为他们一一作传。后人根据《列朝诗集》中小传辑成《列朝诗集小传》一书。由于钱谦益是将笔下人物作为诗人来介绍的,因而他所作的"小传",着意最多的,自然是对他们的文学成就的评述。钱氏的《汤遂昌显祖小传》亦是如此。此"小传"中有关汤显祖的生平,与前人所诉大略相似,只是笔下增加了一些细节描写,使文字更具文学性。此"小传"对于汤显祖辞官归家后的生活以及对汤氏文学(特别是诗歌)生涯的描述最有独到之处。其曰:

义仍一发不中,穷老蹭蹬。所居玉茗堂,文史狼藉,宾朋杂坐。鸡埘豕圈,接迹庭户,萧闲咏歌,俯仰自得。道甫开府淮上,念其穷,遗书相迓,义仍谢曰:"身与公等比肩事主,老而为客,所不能也。"为郎时,击排执政,祸且不测,诒书友人曰:"乘兴偶发一疏,不知当事何以处我?"晚年师盱江而友紫柏,翛然有度世之志。胸中魁垒,陶写未尽,则发而为词曲。"四梦"之书,虽复流连风怀,感激物态,要于洗荡情尘,销归空有,则义仍之存略可见矣。尝谓:"我朝文字,以宋学士为宗,李梦阳至琅玡,气力强弱、巨细不同,等赝文尔。"……自王、李之兴,百有余岁,义仍当雾雾充塞之时,穿穴其间,力为解驳。归太仆之后,一人而已。义仍少熟《文选》,中攻声律,四十以后,诗变而之香山、眉山;文变而之南丰、临川。尝自叙其诗三变而力穷。又尝以其文寓余,以谓:"不蕲其知吾之所已就,而蕲其知吾之所未就也。"于诗曰变而力穷,于文曰知所未就。义仍之通怀嗜学,不自以为能事如此。而世但赏其词曲而已。不能知其所已就,而又安能知其所未就,可不为三叹哉!

万斯同所言显祖晚年"所居玉茗堂,文史狼藉",以及所言显祖论古文"本朝以宋濂为宗"云云,实均先见于钱谦益的"小传"。

谦益小传中提到汤显祖"尝以文寓余"。汤显祖曾让许子洽将其古文集携归,而请钱谦益作序。汤显祖曾对许子洽说:"吾少学为文,已知訾謷王、李,撏撦然骈枝俪叶,从事于六朝,久而厌之,是亦王、李之朋徒耳。泛滥词曲,荡涤放志者数年,始读乡先正之书,有志于曾、王之学,而吾年已往,学之而未就也。子归以吾文眂受之,不蕲其知吾之所就,而蕲其知吾所未就也。知吾之所就,所谓王、李之朋徒耳;知吾之所未就,精思而深造之。古文之道,其有兴乎?"①显祖的话,是说自己学习古文,由厌王(世贞)、李(攀龙)转而学"乡先正"曾(巩)、王

---

① (清)钱谦益:《汤义仍先生文集序》,《初学集》卷三十。

(安石)。这也就是钱"小传"中所说的,汤显祖四十以后,"文变而之南丰(曾巩)、临川(王安石)"。汤显祖试图通过学曾、王,使自己的文章达到"精思而深造"的境界。汤显然很谦虚地说,这是自己向往而未及的境界,即"吾之所未就"境界。所以钱谦益在"小传"中称赞他:"于诗曰变而力穷,于文曰知所未就,义仍之通怀嗜学,不自以为能事如此。"

汤显祖获得此序文后,致函言谢,并对钱谦益的文章大为赞叹:"捧读大制,弘郁之文,深微之旨,丰美者如群凤萋萋,而朝阳溢其采;简妙者如高鸿巇嵘,而灵露发其音。渴者饮其情澜,倦者惊其神岳。翰天飞而不穷,厄日出以无尽。粲矣备矣。"

显祖在此函中,亦不免要自谦自叹:"不佞壮莫犹人,衰当复甚。世途瞆瞆,妄驰王霸之思;神理绵绵,长负师友之愧。赋学羞乎壮夫,曲度夸其下里。诸如零星小作,移时辄用投捐。盖亦寸心所知,匪烦人定者也。"①

钱谦益在《汤义仍先生文集序》中记了一件佚事:

> 义仍官留都,王弇州艳其名,先往造门,义仍不与相见,尽出其所评抹弇州集,散置几案,弇州信手繙阅,掩卷而去。

谦益录此趣闻,目的亦只是为了说明显祖对王、李文章之不屑。所以他接着说:"弇州没,义仍之名益高。海内訾謷王、李者,无不望走临川,而义仍自守泊如也。"

钱谦益在《汤遂昌显祖小传》后还附载了《李生至清》传。李至清,字超无,江阴人,系一有侠气的游民,后冤死于昏官狱中。谦益说"超无有《问世集》,临川为序,载《玉茗堂集》中"。汤显祖文集中有一篇《李超无问剑集序》,真是一篇奇文,寥寥数语,活化出一个少年奇士的游侠形象。②显祖另有诗《问李生至清》云:"麻姑山水蔚蓝

---

① (明)汤显祖:《答钱受之太史》,《汤显祖集全编》(四),第 2031 页。
② (明)汤显祖:《李超无问剑集序》,《汤显祖集全编》(三),第 1495—1496 页。

天,醉墨横飞倚少年。却被倒城人笑煞,太平桥畔野僧眠。"①钱谦益于《列朝诗集》中引录此诗,并于小传中云:"(李至清)谒义仍于玉茗堂,髡发鬘鬘,然时时醉眠伎馆。义仍作诗讽之。所谓'倒城'、'太平桥'者,皆临川构栏地也。"又云:"录临川赠诗,遂牵连及之,无使其无闻也。"对于此一奇人,谦益文章着重言其"怪",显祖文章则着重言其"侠"。

四

清初朱彝尊对汤显祖的评论值得注意。朱彝尊,字锡鬯,号竹垞,秀水(今浙江嘉兴)人。清康熙十八年(1679)举博学鸿词,以布衣授翰林院检讨,参与纂修《明史》。由姚祖恩所编的《静志居诗话》系朱氏专记有明一代诗人的篇章。除评论诗歌外,兼及遗闻,为后来诗家多所取材。《静志居诗话》在为每名诗人作评论前,都先对作者作一简介。他的汤显祖简介文字谓:

> 汤显祖,字义仍,临川人。万历癸未进士。除南太常博士,迁南礼部主事,谪徐闻典史,量移知遂昌县。有《玉茗堂集》。

《诗话》按其书体例,介绍作者时,均只言其科名及仕途简历,尔后列出作者的主要诗集(或诗文集)名。《诗话》主要用力在对作者的诗作加以评论。在评论文字中,间有言及作者之经历或佚闻。朱彝尊对显祖的诗评价并不高,认为"诗终牵率,非其所长"。他认为显祖之长在戏曲。故云:

> 显祖填词,妙绝一时,语虽斩新,源实出于关、马、郑、白,其《牡丹亭》曲本,尤极情挚。

---

① (明)汤显祖:《问李生至清》,《汤显祖集全编》(二),第936页。

关于诗,《诗话》所抄示的两首亦与戏曲有关。一首是哀悼娄江女子俞二娘的:"画烛摇金阁,真珠泣绣窗。如何伤此曲,偏只在娄江?"另一首是《七夕答友诗》:"玉茗堂开春翠屏,新词传唱《牡丹亭》。伤心拍遍无人会,自掐檀痕教小伶。"前者写俞二娘读《牡丹亭》的传闻,后者写作者亲自教唱《牡丹亭》的情形。朱彝尊在《诗话》"汤显祖"条一开始就写道:"义仍填词,妙绝一时,语虽斩新,源实出于关、马、郑、白。其《牡丹亭》曲本,尤极情挚。"说明朱氏十分看重汤显祖的戏曲创作,特别欣赏的正是《牡丹亭》。由于《诗话》引述汤氏的这两首诗,遂使此两首诗广为人知,诗中所描述的事迹亦由此而广为流传。

朱彝尊在《诗话》中评汤显祖创作事迹时,有两例常为后人所引述。其一是:

> 人或劝之讲学,笑答曰:"诸公所讲者'性',仆所言者'情'也。"

其二是:

> 太仓相君,实先令家乐演之,且云:"吾老年人,近颇为此曲惆怅。"

关于汤显祖"言情"一说,先见于陈继儒的《王季重批点牡丹亭题词》:

> 张新建相国尝语汤临川云:"以君之辩才,握麈而登皋比,何渠出濂、洛、关、闽下?而逗漏于碧箫红牙队间,将无为青青子衿所笑。"临川曰:"某与吾师终日共讲学,而人不解也。师讲性,某讲情。"张公无以应。

陈继儒这篇题词登载在明天启四年(1624)刻《清晖阁批点玉茗堂

还魂记》。由于陈继儒的《题词》,再由朱彝尊的提点,于是,把汤显祖称为"言情"派的说法便流行于世。

陈继儒《题词》中的一些观点是对王思任《批点玉茗堂牡丹亭叙》的承续。如以《易》来解《牡丹亭》之情。王思任《叙》云:

> 若士以为情不可以论理,死不足以尽情。百千情事,一死而止,则情莫有深于阿丽者矣。况其感应相与,得《易》之咸;从一而终,得《易》之恒。则不第情之深,而又为情之至正者。今有形一接而即殉夫以死,骨香名永,用表千秋,安在其无知之性,不本于一时之情也?则杜丽娘之情,"正"所同也,而"深"所独也,宜乎若士有取尔也。

陈继儒《题词》则谓:

> 夫乾坤首载乎《易》,郑卫不删于《诗》,非情也乎哉?不若临川老人,括男女之思而托之于梦。梦觉索梦,梦不可得,则至人与愚人同矣;情觉索情,情不可得,则太上与吾辈同矣。化梦还觉,化情归性,虽善谈名理者,其孰能与于斯?

陈继儒以《易》首载"乾坤",《诗》不删"郑卫"为由,说明《牡丹亭》梦中"男女之思"的合理性。这种观点以后为许多研究者所阐释。不过有人把"男女之思"着重解为"情",也有人把"男女之思"着重解为"欲"。清初吴人的阐说具有代表性。他在《还魂记或问》中写道:"而后之言情者,大率以男女爱恋当之矣。夫孔圣尝以好色比德,《诗》道性情,《国风》好色,儿女情长之说,未可非也。若士言情,以为情见于人伦,伦始于夫妇。丽娘一梦所感,而矢以为夫,之死靡忒,则亦情之正也。"吴人是在夫人面前谈"情",故不避"儿女情长"。陈继儒则是与张相国谈"性情",故大谈"化情归性"。"化情归性"是对汤显祖原意的曲解。汤氏所谓"师讲性,某讲情",很明显,是将"性"、"情"明确分开。

他在《牡丹亭题词》中,着重强调"情之至"。朱彝尊《诗话》中只列述汤显祖的话,而不再说"化情归性"、"情之正"之类的话,是理智的。

《静志居诗话》中关于王相国一语,实首见于汤显祖本人的记录。见于《哭娄江女子二首》的诗序:

> 吴士张元长、许子洽前后来言,娄江女子俞二娘秀慧能文词,未有所适。酷嗜《牡丹亭》传奇,蝇头细字,批注其侧。幽思苦韵,有痛于本词者。十七惋愤而终。元长得其别本寄谢耳伯,来示伤之。因忆周明行中丞言,向娄江王相国家劝驾,出家乐演此。相国曰:"吾老年人,近颇为此曲惆怅!"王宇泰亦云。乃至俞家女子好之至死,情之于人甚哉!

俞二娘因读《牡丹亭》,由杜丽娘的悲剧而引起感情共鸣,"幽思苦韵",十七岁而"惋愤而终"。那么,王相国这位老年人为什么为《牡丹亭》而惆怅?我想,这或许是由于王相国由杜丽娘之死而联想起他那个年青而逝的女儿。王锡爵有一女,十七岁许配给徐景昭。景昭于当年即死去,王女从此就孤守在家,长斋奉佛,自号"昙阳子"。她在二十三岁时也悄然而逝。王锡爵为什么要选《牡丹亭》来家中演出?演后又为什么伤心"惆怅"?这应该是他思念逝去的爱女的一种表现。因为《牡丹亭》是演一个青年女子"生而死"、"死而复生"的故事,整个故事充溢着"忆女"的情绪。这就导致王锡爵观演后深感"惆怅"。

其实,汤显祖写《牡丹亭》,正是他死去了两个女儿之后。相传,汤显祖在写到《忆女》一出时,"乃卧庭中薪上,掩袂痛哭"。可以说,汤氏写《忆女》,其中杜母忆女儿,丫环春香思小姐的心情,实际上深深地寄寓了汤氏本人对爱女的忆念。

由于王相国与俞二娘,都是娄江(太仓)人。故汤氏诗中云:"如何伤此曲,偏只在娄江?"朱彝尊《诗话》亦引了此诗作为汤氏的代表作。由这一首诗可以看出《牡丹亭》的传播与影响。《诗话》另一诗《七夕答友》则表现汤显祖在排演《牡丹亭》。两首诗都与戏曲有关。由此可知,朱彝尊《诗话》中的《汤显祖》一条,亦可以看作是"曲话"。充分说明,朱氏十分看重汤显祖的戏曲创作。

至乾隆年间,蒋士铨创作传奇剧本《临川梦》,特作《玉茗堂先生传》附于卷末。蒋士铨字心余,号藏园,江西铅山人,乾隆二十二年(1757)进士。是当时的著名诗人,与袁枚、赵翼并称"三大家"。又是著名的戏曲家,作有《藏园九种曲》,《临川梦》是其中之一。蒋士铨的《玉茗传》亦是一篇文字简约的传记,前人传记中已写到的汤氏行迹,士铨均能择其要者摘录。但士铨亦有新的内容,特别在一些关节处,他会加几笔具体的描述。如写到汤显祖上疏事,即有交代事件始末:"十九年闰三月,以彗星变,诏责谏官欺蔽,大开言路。显祖抗疏,论劾政府信私人,阴扼台谏。语忼直数千言。谪徐闻典史。"显祖任徐闻、遂昌官职期间事,亦有一二言突出事迹:"至(徐闻)任日,立贵生书院讲学,士习顿移。升遂昌知县,灭虎放囚,诚信及物,翕然称循吏。"

蒋士铨之所以能要言不烦地写出汤显祖的一些事迹,这同他对汤氏生平的深入了解有关。因为它要以汤显祖为主角写一部戏曲,自然首先会全面深入地研究汤显祖。这一部《临川梦》亦可看成是一部传记戏。戏中有许多情节都是有史实根据的。士铨他非常敬仰汤氏,这在《临川梦》中有充分表现。其《临川梦自序》写道:

> 呜呼!临川一生大节,不迓权贵,递为执政所抑。一官潦倒,里居二十年,白首事亲,哀毁而卒,是忠孝完人也。……然则何以作此四梦也?曷观临川之言乎?题《牡丹亭》曰:"梦中之情,何必非真?"题《紫钗》曰:"人生荣困,生死何常,为欢苦不足,奈何?"题《邯郸》曰:"岸谷沧桑,亦岂常醒之物耶?概云如梦,醒复何存。"题《南柯》曰:"人处六道中,颦笑不可失也。梦了为觉,情了为佛,境有广狭,力有强劣而已。"呜呼!其视古今四海,一枕窍蚁穴耳。

在梦言梦,他何计焉。①

通篇文字,写尽了心中无限感叹。蒋氏生平与汤氏相似,都是"怀才不遇",因而这篇《自序》,即是为汤氏抒悲愤,亦是为自己抒悲愤。在这篇《自序》中,作者对汤氏的景仰之情更是溢于言表。所以,这篇文章正是作者对汤显祖的礼赞,亦是对《临川四梦》的礼赞。

---

① (清)蒋士铨:《临川梦》,上海古籍出版社,1889年,第213—214页。

汤显祖与王孙交游之历史光影

姚品文

汤显祖在他的时代是个影响很大、文坛交游非常广泛的人,记述他生平事迹的史料中有许多反映,但对他与宁藩后裔的交往,研究者鲜有提及。这也难怪。汤显祖一生经历、思想和著作是如此丰富,值得研究的论题太多。本文拟就汤显祖和宁献王家族后裔的关系作些述说。

这一问题之所以值得关注,是因为这一支王族的生存及延续,与明朝一些重大政治事件有着密切关系,他们身上承载着相当份量的历史重负。汤显祖与他们密切交往的事实,折射出了某些历史的光彩和阴影,值得研究;同时也可以从一个新的角度去理解汤显祖人生的丰富经历和人格的高尚。

一 宁献王时代

汤显祖和宁献王后裔的交往是在明中晚期,但要懂得这种交往的不平常之处,不得不从明初宁献王朱权说起,因为朱权的人生极不平常,从而对其后代有着巨大的影响。

宁献王朱权(1378—1448)是朱元璋第十七子,洪武二十四年封于大宁(在今内蒙赤峰市宁城县境),封号宁王。大宁时期他和燕王朱棣等率领大军与北元作战,保卫大明北方疆土,是一位气宇轩昂年青有为的将领。洪武三十一年朱元璋去世,建文帝即位后进行削藩。燕王朱棣发动了一场政变——称"靖难之变",挟持朱权参与其事,曾许以

"事成中分天下"。朱棣即位(即明成祖)后,将朱权改封南昌,"事成中分天下"之约却未兑现。朱权在南昌生活了四十余年,直至去世。朱权墓在今南昌市新建县西山之缑岭。

做了皇帝的朱棣及其继位的历代子孙对就藩南昌的朱权怀有强烈的戒心。朝廷和地方官员奉命对朱权进行监视,一有疑点就立即上报。朱权在这种情形下,隐居学道,并以主要精力从事著述,一生出版著作一百一十余种。同时他还以扶持江西地方文化为己任。他经常接见江西社会名流和文人,力所能及地给予提携帮助,这方面的业绩被许多史家笔诸史册。钱谦益《列朝诗集小传》以"弘奖风流,增益标胜"①来赞扬朱权所做的努力。朱权在这方面无须顾忌,原因是他无论有多少怨愤,都没有反抗报复和与四兄朱棣争夺天下的政治野心。

朱权有五个儿子,除长子磐烒立为世子外,几个庶子被封郡王。分别是临川王磐煇、宜春王磐㷆,新昌王磐炷、信丰王磐煃。他在世时,孙子也已经有好几个,仅世子磐烒就有了奠培(磐烒死后封世孙)、瑞昌王奠墠、乐安王奠垒、石城王奠堵、弋阳王奠壏五人。除去无子除爵者,后来形成宁王裔族的八支,至今仍在南昌繁衍。

朱权还在世时,他的子孙们在文化领域很少有什么活动和成就被记载下来。现在见于史料文献的只有一位,即世孙朱奠培(1418—1491)。由于世子磐烒早逝,献王去世后,奠培继承了王位,成为第二世宁王。作为藩王的朱奠培也是一个诗书画和音乐(琴)等都有成就的文化人,有多种著作传世。除此以外,其他王子王孙文化踪迹难以寻觅。《明史·诸王传》记载有他们与地方官员的冲突等事件,却没有与地方文人交往和与文化相关的事迹和成就,也没有什么著作传世。如果说是朱权对他们没有文化教育和培养,这是绝无可能的事。当时一般中上层家庭的子弟都要受到相当的教育,诗词文章的写作都是基本技能,何况王府子孙?是朱权因政治处境造成的局面,他不得不尽量缩小自己家族在地方上的影响,所以可以说是政治斗争给这个家族

---

① 钱谦益《列朝诗集小传》乾集下,上海古籍出版社,1959年。

投下了阴影。

朱权没有反叛朱棣及其后继者的居心,但他的后裔中有些年青人对朱棣挟持宁王并对"中分天下"自食其言,现在又处处妨嫌,是不可能不在意的,只要看后来朱宸濠终于反叛,就可以知道。朱权在世时对此非常警惕,对儿孙进行着严格约束。他知道子孙们的不满一旦失控,会造成严重后果。他自作《宁国仪范》七十四章以教训子孙和王府中的臣下,并且"盟诸山川社稷之神,有弗率教者,俾受显戮"。①《宁国仪范》内容必定是以忠于大明江山社稷为首要原则,为此他肯定要限制子孙们与王室以外的人过多交往。因为稍一不慎,就会有地方官员上报朝廷,加以"结党拉派、图谋不轨"等罪名,惹来杀身灭族之祸。诗文是最容易外露情感、内含讥刺的,所以肯定也要加以控制。他的王府有刻书馆,名叫文英馆。朱权在世刻印各类书籍见于记载的有百余种,其中没有一种是自己儿孙的著作,原因不难理解——被严格限制。朱权得以平安终其一生,家族基本无事,不能不说是这种约束起了作用。虽然这方面没有更多的直接记载和评述,但懂得中国政治历史的人,不难由此推论。

当然,明初的江西南昌,文化氛围不能与嘉靖万历时期相比。从地域看,江西自两宋以后,文化气氛之活跃,文人数量之多少,比起江浙一带都有悬殊。钱谦益《列朝诗集小传》说"江右俗故质朴,俭于文藻,士人不乐声誉"②,说的也是明初的情况。朱权对江西地方文化的扶持,正是与这样的背景有关。但这不会是王府子弟沉寂的主要原因。

二 宸濠之乱与宁王家族的命运

朱权于正统十三年(1448)去世,宁王爵传至四世,他的五世孙朱

---

① 朱统鐩《宁献王事实》:《朱氏八支宗谱》(民国二十九年修)卷首。
② 钱谦益《列朝诗集小传》乾集下,上海古籍出版社,1959年。

宸濠于弘治十二年(1499)袭爵。朱宸濠在文化方面的活动见诸记载者不多。明末陈宏绪《江城名迹》①中介绍朱宸濠所建"阳春书院"时说:

> 宁庶人宸濠建以祀高禖(即媒神)祈嗣,广求诗文揄扬。每士子秋捷,设宴邀请,人各一律。得一联云:"光联滕阁文章焕,春透徐亭草木香。"宸濠嘉赏,刻榜悬之,标为绝唱。

可见朱宸濠居王位时还是有提倡风流、推介文士的一些善言嘉行的。

但朱宸濠并不安于做文化事业。他弃献王祖训于不顾,正德初年就开始了造反的准备。他派人在朝廷内外勾结党羽,在地方聚集"死士"做着军事准备。正德十四年(1519)在南昌起兵向南京进军,到达安庆后,旋即又返回江西,不过四十余天,叛军就在樵舍被王阳明组织的地方官员和军队镇压下去了。

这次叛乱性质之严重,损失之惨重——主要的当然还是普通官兵和大量民众,根据记载:被擒斩首三千余人,落水三万余人。这一事件被各种史籍浓墨重彩地加以叙述,成为明朝历史上的一件大事。对于宁王家族更可称灭顶之灾。②叙述宸濠败状云:

> 宸濠与妃泣别,官人皆赴水死。宸濠并其母子、郡王、将军、仪宾(郡主婿)及伪太师、国师、元帅、参赞、尚书、都督、都指挥、千百户等官数百人皆就擒。

虽然正德皇帝降旨对宗族成员要加以甄别,但确属追随叛乱者被诛自不待言,没有参加的各支子孙也难免受到牵连。幸而性命保全者,有

---

① 陈宏绪《江城名迹》,《四库全书》本卷一。
② 王守仁《王文成全书》附录七任士凭《江西奏复封爵咨》,《四库全书·集部六》卷三十八。

的避难他乡,有的变姓名以远祸,一时宗族陷于一片混乱之中。宁王爵除,始祖朱权也因此蒙受羞辱,庙享废弛。

但这是个不屈服于命运的家族。嘉靖帝即位后,弋阳王朱拱樻几次三番上书,请求恢复献王朱权、惠王磐炡的庙享,说:"献王、惠王,四服子孙所共祀,非宸濠一人所自出。若臣等皆得甄别守职业如故,而二王不获庙享,臣窃痛之。"①理由正大,得到了嘉靖帝恩准。据《藩献记》说:

> 弋阳端惠王朱拱樻……嘉靖初上书请复(宁、惠)二王庙祀,得备礼乐,稍增设审理奉祠典仪,诸宫属藩臬诸司以下岁时皆入谒如大藩礼。嘉靖十九年抚按疏举王忠孝贤良,复修二王寝园。②

嘉靖时,宁献王地位的恢复和彰显,是家族命运改变的关键一步。接着嘉靖帝还下旨弋阳、建安、乐安三王分治宗族八支,整顿宗族事务,改变了混乱状态。但他们与朝廷的关系并没有很容易地得到缓和。弋阳王朱拱樻因事上书请旨,屡遭朝臣疑忌与诋毁。他们此时知道,保全家族,最重要的是放弃积怨,改善和朝廷的关系。于是,皇帝寿辰或皇子诞生等吉庆,立即撰颂词奉上。如瑞昌王孙朱拱枘给嘉靖皇帝上《大礼颂》,朱拱榣上《天启圣德中兴颂》《颂九庙皇嗣》等。另一方面则加强对家族成员的管理和修德习文、自立自强的提倡和教育。经过种种努力,终于出现了一批"孝友秉礼"、"谨约好学"的人。在这样的环境气氛中,他们可以吟诗作文,比较轻松地参加地方的一些文化活动,相对自由地与文人们交往。嘉靖中后期至万历年间,便出现了文化繁荣学人辈出的高潮。嘉靖中后期至万历年间宁献王后裔中出现的文化繁荣,可称之为宗族的"文化自强"。自强精神,有时候就

---

① 《明史诸王传·宁献王权传》,《四库全书·明史》卷一一七。
② 《藩献记》,北京图书馆古籍珍本丛刊本卷二。

来自灾难,这是被人类生活中无数事例证实了的。

虽然一定程度上他们被"甄别"了,但他们毕竟是叛乱者的族人,朝廷官员和社会的歧视仍然存在,他们心理上也仍然存在浓厚的阴影。汤显祖诗中提到的"瀑泉"(朱多炡)、图南(朱谋㙔)父子,双双改名来相如、来鲲出游,就是压力存在的证明。否则,大明皇帝朱氏子孙,为什么要更名改姓?有许多人改名换姓之后,再也没有恢复。如著有医书《尚论》《医门法律》《寓意草》(合称《喻氏三种》)的清初名医喻昌(字嘉言),就是将"朱"改成字形相近的"余",又改同音字"俞",再加上"口"旁为"喻"。他以后再也没有恢复"朱"姓。可以说宁王后裔在明代,从来没有摆脱过"叛乱家族后裔"的阴影。

或许有人以为我在穿凿附会,过去我也会这样想。但后来我在南昌,发现南昌年纪稍大的人,对宁王印象不佳,只是说不出所以然。后来知道,原来他们心目中的宁王就是朱宸濠,记忆恶劣而深刻,对献王的记忆早已被叛乱的历史冲淡,甚至朱氏后裔也讳言自己的先祖,他们莫名其妙地将自己祖宗的"罪孽"背负了五百年。

所以无论汤显祖是否有明确的历史意识,他高调地与朱氏后裔交往,应该给予特别关注和评价。

三 万历前后宁王裔族之文风昌盛

朱元璋二十几个皇子大都受了良好的文化教育,但其后裔中文化卓有成就者不多。公认突出的是周王朱橚和宁王朱权两支;两支比较,仍以宁藩为胜。钱谦益《列朝诗集小传》收明亲王以外宗室十人,其中周藩一人,唐藩二人,沈藩二人,而宁藩有五人(另附见二人)。清末陈田辑《明诗纪事》收明十七朝藩府后人诗三十六家,其中属太祖诸王后者二十三家,包括周藩二家,楚藩一家,齐藩三家,辽藩二家,而宁藩朱权后裔有一十五家,超过其余诸家的总和。各种书目和南昌地方志,载宁王后裔著作刻版刊行者六十余人,如果算上有诗文书画作品流传者有达百余人,可谓盛焉。

对此前人也早有定论。《明史·宁献王权传》称嘉靖以后,"诸王子孙好学敦行"。《(乾隆)南昌县志》编纂者按:"明宗室在江西者多好学。"明万历时人罗治为朱谋㙔(1553—?)所撰《朱君美诗集序》说:

以不佞而观今天下诸侯王子词赋,莫胜吾豫章。自余燥发时所善诸王孙,十殆二三。①

同时代的徐𤊹《笔精》说:"国朝宗藩之诗,宁府为盛。"②清朱彝尊称南昌宗室参加诗社活动为一时之盛:

南昌郭外有龙光寺,万历乙卯二月,豫章诗人结社于斯,宗子与者十人,知白朱多𤋟之外,则宜春王孙谋㓕文翰,瑞昌王孙谋雅彦叔,石城王孙谋㙔郁仪,谋圭禹锡,谋㻏诚父,谋堡藩甫,谋垦辟疆,建安王孙谋縠更生,谋垔禹卿,谋㓕辑其诗曰《龙光社草》。③

可见南昌王孙文风之炽盛超常,在当时已为社会普遍注意。

见于记载的优秀王孙文人,绝大部分出自朱氏八支谱系中"宸"字辈以下的拱、多、谋、统几辈。其中堪称大家,已经进入史册的不少,最著者如:

朱谋㙔,《明史·宁献王权传》突出介绍他:"尤贯串群集,通晓朝廷典故。诸王子孙好学敦行,自周藩中尉睦㮮而外,莫及谋㙔者。"④有著作一百一十余种。

朱议雱,又名林时益,是清初著名散文家,以"易堂九子"之一与魏禧等宁都三魏等一齐进入了中国文学史。

朱氏后裔中书画家也不少,有作品流传至今的有朱拱樋、朱多炡、

① 魏元旷辑《南昌文征》卷七,成文出版社有限公司,1935年。

② 《徐氏笔精》卷四,《四库全书·子部》。

③ 朱彝尊《静志居诗话》卷一,人民文学出版社,1990年。

④ 《明史诸王传·宁献王权传》,《四库全书·明史》卷一一七。

朱容重等,其书画被上海、无锡、北京等地的博物馆收藏。而成就最高的当然是大家熟知的朱耷(八大山人),是我国画史上杰出的大画家,久已闻名世界。

弋阳王府还继承了宁王府刻书事业。《古今书刻》等书目著录许多书的刻本出自弋阳王府,如朱权的《通鉴博论》,胡俨《胡祭酒集》三十卷等。江西藩府刻本也是中国出版史上优良刻本之一。

四　汤显祖与宁王后裔交往中的历史光影

徐朔方先生编辑的《汤显祖诗文集·玉茗堂诗》中与宁王朱氏后裔相关的作品集中起来,竟然有二十余题三十余首(有的一题数首)之多。诗中反映与汤显祖有过交往的都是朱氏后裔中的佼佼者,包括:朱多炡(瀑泉)、朱多炤(孔阳、嘿庵)、朱多熉(贞湖、宗良)、朱多煃(用晦)、朱谋埠(郁仪)、朱谋㙔(图南),以及建安王朱谋垅。

现在看到最早的一首《平昌怀余生棐中州并怀朱用晦》①,是汤显祖还在遂昌时(1593—1598)写的,既是怀念用晦,当然是早有交谊。其他都写在万历三十五年他五十八岁之后。有年代可考最晚的一首《郁仪从龙寄示禊诗怀旧张丁二公作二首》,为万历四十一年(1613)作。这一年他六十四岁,两年后就去世了,可以说宁王后裔是汤显祖家居之后交往最多的一个群体。其交往方式也很多样,除宴集、唱酬之外,还有探访、问疾、祝寿,以及别后的怀念。

下面从汤显祖诗歌里摘取一些片断进行考察。也许只是笔者个人的蠡窥,仅供参考。

1. 对一个家族的尊敬。

汤显祖交往的是这个家族中具体的个人,但他心中有一个朱氏家族,虽然他从没有这样宣称。在汤显祖诗中,他很突出他们的王族身份。例如《建安王夜宴即事二首》中就有:"龙沙正自拥名藩,秀骨凌霄

---

① 《汤显祖诗文集》卷十六,上海古籍出版社,1982年。

帝子孙"之句。还有一个细节值得注意：在他的诗题和诗句中常常出现"王孙"、"宗侯"等字样。诗题如《过贞湖王孙问疾》、《同孔阳宗侯陈伯达陈仲容小饮闲云楼》等，诗句中如：

  王孙良可游，交情及生死。(《澹台祠下别翰卿有怀余德父用晦王孙》)①
  簪裾藉朝宰，履舄延宗侯。(《丁未上巳同丁右武参知王孙孔阳郁仪图南侍张师相》)②
  王孙选客称清欢，羽爵成诗远寄看。(《郁仪从龙寄示禊诗怀旧张丁二公作二首》)③

  对贵族的尊重是普通的事，甚至还可以是一种谦卑、攀附，有什么值得一提的呢？前面我们已经说过，汤显祖面对的不是个一般的群体，历史与现实的光芒和阴影同时闪现在汤显祖眼前。汤显祖与他们交往，必然包含对无辜受祸者的同情，对他们自强精神的感佩和对宁献王朱权的崇敬。这些无须汤显祖来表白，也无须后来者来论证。

  2. 交往亲密，情感深笃。

  文人之间广泛交往，有着千年的传统。交往的方式多种多样，如宴集、游赏、唱酬等等。汤显祖与当时朱氏后人交往同样有这些方式和内容，而他们之间关系更加亲密，感情更加深笃。请看下面这些情境：

万历三十五年上巳聚会

  万历三十五年三月初，汤显祖到南昌，这一年汤显祖已经五十八岁。这次来南昌最重要的活动是参加退休相国张位在别墅杏花楼举办的上巳禊游。汤显祖诗有五首与这次聚集有关。参加聚会的宗侯有朱谋㙔、朱谋㙊，还有朱多炡，同时在座的还有参知邓太素，后来福

---

① 《汤显祖诗文集》卷十三，上海古籍出版社，1982年。
②③ 《汤显祖诗文集》卷十六，上海古籍出版社，1982年。

建的蓝翰卿也来了。虽然这一日风雨交加,但他们观赏美景,分韵吟诗,联想到王羲之等兰亭之集的曲水流觞,其乐融融。汤显祖当场作的五绝《丁未上巳同丁右武参知王孙孔阳郁仪图南侍张师相杏花楼小集莆中蓝翰卿适至分韵得楼字》①,描绘了禊游内容之丰富和场面之热烈。意犹未尽,后来又写了《上巳杏花楼小集》七绝二首,其中有"茂林修竹美南州,相国宗侯集胜游","坐对亭皋复将息,客心销在杏花楼"等句,可见聚会是非常愉快的。

但是在此前后,他写有一些相关的诗,表达的情绪却有所不同。

上巳的前一天,汤显祖到南昌名胜永宁寺,迎来了"同声百年内,朱门二三子",即朱谋㙔、朱谋㙔,还有邓太素以及蓝翰卿等人。至交之人久别重逢,应该是快乐的,可汤显祖写的《上巳前一日永宁寺同莆中蓝翰卿宗侯郁仪孔阳孝廉邓太素》②诗意虽含蓄,情调感伤却是明显的,有"零落在兹辰,留连及芳齿","物感阴晴候,人疑盛衰理。龙沙往犹滞,箫峰上难拟","且就声闻醉,将妨语言绮","萧条随曲终,局促非愿始"等,都给人以情绪压抑、欲言又止之感,似乎当时他们有过难以为外人道的内心深层交流。这种交流往往只有知己之间才会出现。

上巳聚会后,朱谋㙔有诗寄给汤显祖,汤显祖又写了《郁仪从龙寄示禊诗怀旧张丁二公作二首》,③诗中有"折取杏花楼畔醉,殢人愁绪祓除难"之句,似乎愉快的禊游并未消除他们的愁绪。愁绪内容难以揣测,但似乎并不是普通的离愁,且彼此心会。

问疾、馈赠、祝寿、怀念

朱多煃(贞湖)在当时宗族文人中年龄较大,威信很高,诗歌写作成绩卓著,人称"朱邸之隽"。朱多煃后来不幸罹患偏瘫,但居家仍然不废吟咏著述,受到广泛尊重。汤显祖登门探访问候,并写下了《过贞

---

①② 《汤显祖诗文集》卷十六,上海古籍出版社,1982年。
③ 《汤显祖诗文集》卷十七,上海古籍出版社,1982年。

湖王孙问疾》①,诗中评价多愦：

> 宗良一生称长者,古色峨峨澹潇洒。朝论几回择宗正,名流是处酬风雅。十数年中余一人,七十老翁余半身。尚有天机出文赋,深堂见客随车轮。

温情的慰问以外,还说到自己分别之后对他的想念和担心：

> 三年别君常忽忽,视日相看怕芜没。

语气坦率,关怀真切。特别是分别之后还以物寄赠,《沉角寄宗良王孙王孙肢节并废而韵思转清》②：

> 好逐王孙桂苑风,水盘烟烬博山红。由来一叶天香传,总在枯心断节中。

所赠"沉角"当是沉香,他希望博山炉中的香烟在宗良的桂苑中飘香,更相信宗良的身心飘出的天香流播。以"枯心"、"断节"这样的词语指宗良的疾患,只有略无芥蒂的友朋之间才会说出。

汤显祖还有七律《同相国为嘿庵王孙寿》,是汤显祖与张位同参加朱谋㙔（嘿庵）六十初度寿宴后作。除想象寿宴热情与风雅外,也含有宽慰之意。

有一些诗是为送别而写,如《夕佳楼留别海岳太素图南叔虞得八齐》；还有一些是抒发别后怀念之情,如《平昌怀余生棐中州并怀朱用晦》、《澹台祠下别翰卿有怀余德父用晦王孙》等,都表现了他们之间的情谊不是一时之兴,而是常在心中念念不忘。

---

① 《汤显祖诗文集》卷十七,上海古籍出版社,1982年。
② 《汤显祖诗文集》卷十九,上海古籍出版社,1982年。

汤显祖还有部分诗作,是怀念已经过世的故友朱多炡的。朱多炡(1541—1589)字贞吉,号瀑泉。弋阳王支,封奉国将军,卒后私谥清敏先生。他曾变姓名曰"来相如",遍游各地,广交各地名流。回到南昌后,有诗集《倦游篇》(亦作《四游集》。《藩献记》录有《五游集》,则其后或有增补)。他是宁献王后裔中成就非常突出的一位。汤显祖和朱多炡交谊深厚,但没有二人当时交往相关的诗作留下来。万历十七年(1589)多炡去世。数年后汤显祖到南昌,其子谋㙇(图南)邀宴汤显祖于朱多炡隐居之所,《图南邀宴其先公瀑泉旧隐偶作》即咏其事。当时(或以后)汤显祖读了朱多炡的《四游诗》,百感交集,又写下了《讽瀑泉王孙四游诗》,用"好诗清浅世人留"之句赞美朱多炡的诗。朱多炡或有题诗或题字刻于石上,故汤显祖诗中有"石架题名烟月里,海风吹尽瀑泉秋"之句①,称赞朱多炡的美名与人格精神与大自然永传。

与建安王的密切交往

由于当时(宁)王爵已废,南昌宗藩中最高爵位就是郡王了。在当时几位郡王中,汤显祖与建安王朱谋𡐪交往密切。他为与建安王的交游写了六组含十首诗,他们多在王府饮宴、观赏歌舞,"日暮留客",有时通宵达旦,有时可能留宿。这位王爷性情风雅开朗,平易近人。汤显祖与郡王的相处十分愉快和轻松,从未因尊卑之别而拘束,更毫无阿谀之态。有一次建安王派人将王府的香茶"蔷薇露"送到临川玉茗堂。汤显祖为此写了《建安王驰贶蔷薇露天池茗却谢》四首②,除了赞美蔷薇露之美和收到茶叶心情之愉快外,还有句:"便作王侯何所慕,吾家真有建安茶。"心中的感激与感动以轻松风趣的语调传达,平等友好而富有人情味。《建安王夜宴即事二首》③中有"似是建安逢七子,盈盈飞盖旧西园"之句,以魏晋时"建安七子"比拟他们的关系,巧妙的调侃中透露出亲近和无拘束。他们的交往是非世俗也非贵族化,而是文人化的。

---

① 《汤显祖诗文集》卷十九,上海古籍出版社,1982年。
② 《汤显祖诗文集》卷十八,上海古籍出版社,1982年。
③ 《汤显祖诗文集》卷十七,上海古籍出版社,1982年。

在王府观赏演出

汤显祖是剧作家,观赏戏剧歌舞是经常和必须的。而王府不仅有家班,也常请外来艺人演出。据陈宏绪《江城名迹》"匡吾王府"记:

> 建安镇国将军朱多某之居,家有女优可十四五人,歌板舞衫,缠绵婉转。生旦顺妹,旦旦金凤,皆善海盐腔。而小旦彩鸾尤有花枝颤颤之态。万历戊子,予初试棘闱。场事竣,招十三郡名流大合乐于其第,演《绣襦记》至斗转河斜。满座二十余人,皆沾醉灯前,拈韵属和。①

这里所记就是建安王裔家中戏班和演出的盛况。汤显祖在南昌时一定经常应邀到王府与王孙们共同观赏,汤显祖诗也有记载,如《王孙家踏歌偶同黄太次时粤姬初唱夜难禁之曲四首》②,其中第四首:

> 高堂留客正黄昏,叠鼓初飞云出门。但是看人随喝彩,支分不许姤王孙。

宁王始祖朱权是曲谱《太和正音谱》的作者,王府子孙也必深谙曲唱。汤显祖到王府与主人共同观看演出真可谓知音同赏,还可能常常交流切磋。

3. 对宁献王的尊崇

归根到底,这个家族的文化自强,植根于宁献王朱权,所以汤显祖《过贞湖王孙问疾》③以这样的诗句开头:

> 帝子阁中宁献王,神仙开国多文章。龙孙斗西实宗老,一时贞吉还宗良。

---

① 《四库全书·史部·地理类》,上海古籍出版社影印文渊阁本,2012年。
②③ 《汤显祖诗文集》卷十七,上海古籍出版社,1982年。

称宁献王为"神仙"是因为朱权曾学道求仙,"神仙"一词也包含着汤显祖的尊崇。还有这些诗句:

> 龙沙正自拥名藩,秀骨凌霄帝子孙。①
> 徵歌一一从南楚,守器累累奉北藩。②

"名藩",只有献王才当之无愧,"北藩"更是指宁王初封之北疆大宁。

  汤显祖在与这些王孙宗侯交往时,从未忘记他们的始祖献王。宸濠之乱后,朝廷和社会不少人将其与献王朱权当年与朱棣的矛盾联系起来,虽然朱权无可指摘,他们也自觉或不自觉地对献王的存在讳莫如深。朱权的一百余种著作大半散佚,有的被人遗忘,有的被误解为他人之作。而汤显祖看到王孙中文风的昌盛,追思到了宁献王,特别提到他"多文章",即文化上的建树;认为他的儿孙后代在暴风雨之后没有消沉沦落,还出现了大批有成就的文人,是继承了始祖所开风气,他们身上闪烁着宁献王的光彩。汤显祖的这一独到之处值得汤显祖研究者予以重视。

作者单位:江西师范大学文学院

---

①② 《汤显祖诗文集》卷十七,上海古籍出版社,1982年。

文献文物

汤显祖著作的新发现:《玉茗堂书经讲意》

郑志良

汤显祖著作的收集与整理,一直是学界关注的问题。1999 年,北京古籍出版社刊行徐朔方先生笺校《汤显祖全集》;2015 年,上海古籍出版社刊行《汤显祖集全编》,是对 1999 年版《汤显祖全集》的增订,笔者也参与了增补佚文的工作。近日,由于研究工作的需要,对汤显祖的作品做进一步调查,发现汤显祖还有一部学术著作存世,却甚少为人提及,《汤显祖集全编》也没有收录,它就是《中国古籍总目》"经部·书类·传说之属"著录的《玉茗堂书经讲意》一书。①

《玉茗堂书经讲意》,一函二册,明万历刻本,现藏中国国家图书馆。全书共十二卷,卷一署"临川海若汤显祖著,男汤大耆尊宿甫、汤开远叔宁甫、门人朱玺尔玉甫仝校",其余各卷皆署"临川义仍汤显祖著,男汤大耆尊秀甫、汤开远叔宁甫、门人朱玺尔玉甫仝校"。书首有汤显祖弟子周大赉所作《汤临川先生书经讲意叙》,交代此书由来:

> 先生童年说经,师傅为之辍席。癸未,以《书经》登进士榜,名动中华。拜太常博士,迁南祠部郎。郎署去坊间为近,早有请经书意刻者,弗许,谓初入宦途,少年英厉之气未除,未可著解也。既而改平昌令,居数载,卧治之余,不闻为典谟训诂解者,谓方以政学为体认,不遽著也。未几,忤权贵,遂掷五斗粟隐归汝水。是时颇索五经遗旨,里缙绅如帅君谦斋、郭君青螺、邹君南皋、张学

---

① 《中国古籍总目》"经部",中华书局,2012 年,第 255 页。

士洪阳皆劝为经意之刻,诺之未发也。日但寄兴声歌,以舒其平生豪迈之气,故《牡丹亭》、"二梦记"、玉茗堂词赋等集盛行海内,海内益想见其经意,而卒未启其楗。噫,岂其为王戎氏之李乎?非也,晦翁立注直于淳熙之载,凡以山川草木,鸟兽星辰,岁时举动,探之无言之先,究诸有言以后,试之人情世态之中,故久而后操作者之事。庚戌,先生始自玉茗堂谓两郎君曰:"予年来无事,一切情兴皆薄,将有事于《书》意刻。夫《书》以道政事,二十年为政于家,从前光景另是一番。"更取凤所编定者,益增修其未逮,壁经解于是乎成,且曰:"解以破人之不解。若解中既作一解,解外复增一解,一人聚讼,千人莫决,此夫以多解恣惑也。予合讲、意而一之,特其中一字主张,或判时议于千里,此《春秋》书官书人。予生平所得力在此,小子勉夫。"壬子,以张、罗两先生在白下,屡有文集、经书意之请,乃付之剞劂氏。告成,命赟序其末。呜呼,管见乌能测海哉?姑述其数十年究心理学,得其精要,每不轻于著解也如此。此解中之意义微矣夫,解中之意义微矣夫!邑门人周大赟书。

周大赟,江西临川人,是汤显祖的入室弟子,与汤显祖的关系非常亲近,据黄仕忠先生《"玉茗堂四梦"各剧题词的写作时间考》一文介绍,日本大谷大学藏万历间金陵唐振吾刻本《南柯梦记》、日本立命馆大学藏万历间金陵唐振吾刻本《邯郸梦记》都是周大赟校订的。① 在这篇序言中,周大赟先是简单地回顾了汤显祖的科第与政治经历。汤显祖自小就有"神童"之誉,极为聪慧,他解经,老师亦常为之避席。因不阿附权臣张居正,迟至万历十一癸未(1583)才中进士,而他所治正为《书》经,说明汤显祖对《尚书》一直都有深入研究。此后,汤显祖任职南京,因上《论辅臣科臣疏》被贬徐闻,量移迁遂昌令。忤权贵,辞职回家。序言中说汤显祖归家后,"颇索五经遗旨,里缙绅如帅君谦斋、郭

---

① 黄仕忠《"玉茗堂四梦"各剧题词的写作时间考》,《文学遗产》2011年第5期。

君青螺、邹君南皋、张学士洪阳皆劝为经意之刻",是指汤显祖师友帅机、郭子章、邹元标、张位等人都劝汤显祖把自己解经的著作刊刻出来,汤显祖虽答应了,但没有付诸行动,而是寄情词曲,以遣豪迈不平之气,于是《牡丹亭》、"二梦记"以及词赋作品风行海内。①这里有一处讲得不太准确,即汤显祖万历二十六年从遂昌辞职回家时,帅机已去世,他卒于万历二十三年(1595),因此不会有劝汤显祖刊刻经意之举。居家十二年之后,即万历三十八年庚戌(1610),汤显祖对两个儿子说,自己准备完成《尚书讲意》的工作。此二子应是参与《玉茗堂书经讲意》校订的汤大耆与汤开远。②从汤显祖个人从政的经历来看,应该说他并不是一个成功者,从遂昌辞职回家后,汤显祖并没有彻底忘情政治,这从他诸多诗文与尺牍中都能看出来。汤显祖对于《尚书》的研究也寄托了自己的某种政治情怀,汤显祖称:"予生平所得力在此,小子勉夫。"自己的政治抱负和政治理想得不到实现,他希望自己的儿子有更大的作为,而汤大耆、汤开远也没有辜负汤显祖的希望,他们二人后来皆出仕,且为政有声名。③万历四十年,《玉茗堂书经讲意》于南京出版,周大赉认为这是汤显祖数十年究心理学的结果,这种说法也帮助我们对汤显祖有一个更全面的认识。因为理学也称为道学,以前提到汤显祖,总会引用据称是他说的一句话"师讲性,某讲情",④将汤显祖

---

① 周大赉的序言作于万历四十年,从他的行文中可以看出,所谓"玉茗堂四梦"、"临川四梦"的说法此时似乎还未出现。

② 汤显祖一生育有四子,长子汤士蘧、次子汤大耆,正室吴夫人所生;三子汤开远、四子汤开先,续娶傅夫人所生。四子中,汤士蘧早逝,他于万历二十八卒于南京。

③ 关于汤大耆,《文昌汤氏宗谱》卷首"世传"《尊宿公传》载:"幼颖敏轶群,禀遵庭训,肄业成均,尽友天下才士。博观奇书,钩元咀华,语出惊人。屡试京闱不第,谒选得徐州同知。抚恤周至,处事明断,士民德之。职满寻请归养,杜迹不交公府。"汤开远,崇祯五年由举人为河南府推官,遇事直言上疏,颇有乃父之风,因惹恼崇祯皇帝,"命削籍,抚按解京讯治。河南人闻之,若失慈母。左良玉偕将士七十余人合奏乞留,巡按金光辰亦备列其功状以告。帝为动容,命释还戴罪办贼。……是时,贼大扰江北,开远数有功。巡抚史可法荐其治行卓异,进秩副使,监军如故。十三年,与总兵官黄得功等大破革里眼诸贼,贼遂乞降。朝议将用为河南巡抚,竟以劳瘁卒官,军民咸为泣下。赠太仆少卿。"(《明史》"列传"第一百四十六"汤开远传")

④ 程芸曾对这种说法提出怀疑,参见程芸《论汤显祖"师讲性,某讲情"传闻之不可信》,《殷都学刊》1999年第1期。

与道学绝然对立,周育德先生说:"近半个世纪以来,治文学史、哲学史和戏曲史的部分论者,在谈及汤显祖的哲学思想和艺术思想时,往往把汤显祖划到与道学家对立的营垒,甚至把汤显祖形容得与道学家势不两立。在'文革'后期,以至有人把汤显祖划为与儒家对立的'法家'斗士。时至今日,人们不会再把汤夫子称为'法家'家了,但是,如何认识汤显祖与道学的关系,仍然是值得探讨的问题。"①看到《玉茗堂书经讲意》,我们发现汤显祖与道学的对立可能只是一个表象,而且也为探讨这个问题提供好的材料。

周大赉在序言中特地引述了汤显祖对两个儿子所讲的话。汤显祖称《尚书》是一部关注政事的典籍,他希望两个儿子从《尚书讲意》中悟出一些为政的道理。序言中汤显祖训子一段话,让我们联系到朱彝尊《经义考》卷九十"书"著录汤显祖著有《尚书儿训》一书,②光绪《江西通志》卷一百"艺文略"根据《经义考》著录汤显祖撰《玉茗堂尚书儿训》。③《尚书儿训》应该就是《玉茗堂书经讲意》,这是因为《玉茗堂书经讲意》校订者不仅有汤显祖两个儿子,还有汤显祖的一位门人朱玺。朱玺,字尔玉,江西南丰人,《玉茗堂尺牍》卷五《与门人朱尔玉》载:"闻尔玉益贫,贫不失为尔玉也。唐宜之、傅远度、卓左车是秣陵三珠树,尔玉时往来否?《尚书儿训》梓成,幸惠百帙。身不能作尚书,犹欲以一经贻子也。"④汤显祖信中说《尚书儿训》在南京刻成,书刻成之后,汤显祖还向他索要一百册。而《玉茗堂书经讲意》有朱玺参与校订,也在南京出版,因此,这是一书而二名。只是朱彝尊《经义考》著录《尚书儿训》时,称"未见",他有可能是从《玉茗堂尺牍》中获知此书的。

在晚明时期,汤显祖的名气很大,一些出版商常借汤显祖的名头刊印书籍,因此冠以"玉茗堂"的伪书也不少。通过汤显祖自己的尺牍以及其门人叙述,我们可以确信这部《玉茗堂书经讲意》是汤显祖所

---

① 周育德《汤显祖论稿》(增订本),上海人民出版社,2015年,第434页。
② 朱彝尊《经义考》,《四部备要》本。
③ 曾国藩修、刘绎纂,(光绪)《江西通志》,光绪七年刻本。
④ 徐朔方笺注《汤显祖集全编》,上海古籍出版社,2015年,第1974页。

著,而非托名之伪作。另外,中国国家图书馆所藏《玉茗堂书经讲意》钤有"静远主人珍藏"、"邓拓珍藏"、"邓拓同志遗书"三个印章,静远主人尚不知为何人,而邓拓不仅是位著名的历史学家、诗人、杂文作家,同事也是一位著名的收藏家,他生前收藏有许多珍贵的古代书画作品,其中最具影响就是苏东坡的《潇湘竹石图》。《玉茗堂书经讲意》由邓拓收藏,从文物收藏的角度看,也增添了版本的可靠性。既称"遗书",当是邓拓于1966年逝世之后,才入藏中国国家图书馆的。

《尚书》是中国最早的历史文献之一,历代以来对《尚书》注解的著作很多,在《玉茗堂书经讲意》中,汤显祖说自己"合讲、意而一之",既吸收他人对《尚书》的研究成果,又有自己的见解在其中,因此《玉茗堂书经讲意》对《尚书》中每一句话都有大段讲解,以《虞书·尧典》的第一句:"曰若稽古帝尧曰放勋,钦明文思安安,允恭克让,光被四表,格于上下。"为例,汤显祖的"讲意"云:

> 《虞史》叙尧事,曰稽古帝尧者,开太古之皇风,值天地之中运,其勋无远不至也,功无不至,是德无所不至也。其德亦有可名言者乎?言其德之内含,则齐庄严于宥密,可谓钦矣。而钦体虚灵,又何明也?钦明莹以含章,可谓文矣。而明体沉几,又何思也?然皆德性之精,钦体而明用,悉根于自有之中。钦明之极,文显而思微,一运以默成之德,盖尧能尽其性,故心不烦于收敛。机无劳于作用,而钦明文思,若天心之自运也,惟其心法之精,故其德之外露也。端拱以正南面,见其恭矣,而声色之恭非允也。揖逊以治天下,见其让矣,而形迹之让非克也。尧之恭嘿临朝,皆有孚以颙,若谦光下济,皆至虚以受人,盖实能其性,故见天下无一之敢忽,见吾身无一之敢慢,而笃恭至让,若天象之自流也,其身法之粹有如此。凡此皆德之光也,勋之本也。由是放之,则远而有外者,四表之地;远而无外者,帝德之光;尽东西南北,光辉被于其表矣。分立其位者,三极之迹;合同其化者,帝德之光;极上天下地,光辉格于其际矣。盖尧固未尝推而大之,天地万物,皆在尧

一性中被格而为光,亦分内事耳。然非尧之钦,孰克臻兹乎?

在《讲意》中,汤显祖没有逐字注疏,而是尽量将每句话的含义揭示出来,作一定程度的发挥,整段看下来,他所阐释的《尚书》之意也十分清楚。

在汤显祖的一些文章中也会引用《尚书》,他对《尚书》内容的解释也可以与《玉茗堂书经讲意》相互印证。如《贵生书院说》有:"然则天地之性大矣,吾何敢以物限之;天下之生久矣,吾安忍以身坏之。《书》曰:'无起秽以自臭。'言自己心行本香,为恶则是自臭也。又曰:'恐人倚乃身。'言破坏世法之人,能引百姓之身邪倚不正也。"①这里引用的是《商书·盘庚》中的一句话:"今予命汝一,无起秽以自臭,恐人倚乃身,迁乃心。"这一句在《玉茗堂书经讲意》中的解释是:"此申前宣。乃心也,夫不迁之害如此,今我命汝一其心,以诚连属,无起二三之秽恶以自取臭焉。所以然者,盖是非无两在,利害无两从。汝今既从我而将迁矣,使尔心不一,吾恐浮言之人又将乘间相惑,得以倚偏汝之身,迁僻汝之心。身心非所自有,而是非利害又且茫无中正之则矣,如起秽正以自臭,岂能臭他人哉?予命汝一者,使秽无从起也。"汤显祖"心性本香,为恶自臭"的议论应该是从他研究《尚书》中获得,他对"香"又有进一步阐发:"不乱财,手香;不淫色,体香;不诳讼,口香;不嫉害,心香。常奉四香戒,于世得安乐。"②另外,汤显祖对于"一"的解释应该是"一其心"、"一心一意"。此处释义与蔡沈《书集传》相类似:"尔民当一心以听上,无起秽恶以自臭败。恐浮言之人,倚汝之身,迁汝之心,使汝邪僻而无中正之见也。"③顾颉刚、刘起釪《尚书校释译论》此句作:"今予命汝,一无起秽以自臭,恐人倚乃身,迁乃心。"并解释"一无"为:"'一',同'壹',皆,都。'无',同'毋',不要。'一无',都不要,一点

---

① 《汤显祖集全编》,第 1643 页。
② 《汤显祖集全编》,第 2018 页。
③ 转引自王春林《〈书集传〉研究与校注》,人民出版社,2012 年,第 269 页。

也不要。"①两相比较,后者似乎尚有可商榷之处。

  《玉茗堂书经讲意》全书约有二十万字,是一本厚重的学术著作,笔者只是简单地对它予以介绍,如果深入探讨,想必会引发更多问题。今年是汤显祖逝世四百周年,《玉茗堂书经讲意》的发现,无论是纪念汤显祖,还是研究汤显祖,应该说都有重要的意义。

作者单位:中国人民大学文学院

(原载《文学遗产》2016 年第 3 期)

---

① 顾颉刚、刘起釪《尚书校释译论》,中华书局,2005 年,第 910 页。

来自汤公故里的新发现

——读最新出土两篇汤显祖撰墓志铭

吴凤雏

最近,汤显祖故里——江西抚州市在推进临川文昌里老城区改造项目进程中,在汤显祖家族墓葬群区域取得一系列重要发现。①新出土的几块墓志碑石,其中两块的墓志铭文为汤显祖所撰:一是《祖母魏夫人迁祔灵芝园墓志铭》(以下简称《魏铭》),一是《明敕赠吴孺人墓志铭》(以下简称《吴铭》)。

镌刻《魏铭》的碑石:高78厘米,宽45厘米。碑额横刻一行篆书十三字:祖母魏夫人迁祔灵芝园墓志铭。板心高×宽=70×44厘米,竖刻楷书共28行,计1 346字。其第一行镌"祖母魏夫人迁祔灵芝园墓志铭"。末行署"大明万历岁在丙午嘉平吉旦 孝孙显祖泣血立石"。

镌刻《吴铭》的碑石:高95厘米,宽63厘米。碑额横刻一行篆书九字:明敕赠吴孺人墓志铭。板心高×宽=78×55厘米,竖刻楷书共24行,计829字。其第一行镌"明敕赠吴孺人墓志铭"。其末三行分署:"大明万历岁次丙午十二月二十一日巳","赐进士出身南京礼部祠祭司主事 汤显祖 雪涕立石","孝男大耆泣血百拜谨书"。

《魏铭》和《吴铭》均系最新出土、第一次面世的汤显祖新佚文,徐朔方先生笺校《汤显祖集全编》未收录。现将此两篇墓志铭分别句读,

---

① 文昌里汤显祖家族墓葬群,是2016年10~11月,抚州市在推进文昌里老城区改造项目进程中发现的。至目前,已初步发现墓葬二十多冢,新出土碑石若干,墓志铭数块。政府部门已采取相关保护措施。

并初步考析如下：

祖母魏夫人迁祔灵芝园墓志铭

我祖母魏，郡城福民街魏公鹗女，而我祖酉塘公懋昭君配也。公以诸生为祖子高公爱孙，一意孝谨为善。诸异母弟有不若者，常流涕自责，遇乞人于途，必拱而过之。喜诗书，尊贤拊众，醇如也。祖母继李孺人为室，振以端严。逮事廷用公瑄以孝，助公以仁，而宜家以敬，下至产畜园池之入，必以躬亲。诸娣姒常以节岁宴玩，祖母谨祀先，如礼讫，闭户坐，凝如也。佳客文士至，则脱簪珥，市厨具，必脓以精。抚子妇诸孙，慈而有礼，视明而听察，色毅而言庄。每自操刀匕，群婢子不敢前也，坐于堂，诸保媪不敢近也。至于今，遂以严净为家法。吾祖、吾父得以诸生，强立于有司、乡士大夫之间，吾伯父得为乡长者，而各以长寿宜子孙，皆祖母劳思之力焉。诸孙中最爱显祖。能读书，十四岁为诸生，尚为护视卧起。弱而冠，中庚午乡举。壬申岁除夕，祖母泣誉于燠室，不忍去也。岁丁丑，泫然而悲曰："室可更为之，独诏所旌立子高公义门，非郡县力不可复。"显祖请诸校，校以上郡太守古公行复之，则喜动颜色曰："孙必以进士大吾门矣。"己卯秋，病不起，太守以下皆临，异数也。文士帅机为之诔。庚辰会试，江行，显祖夜出旨蓄，饮同年士锺某，视覆纸皆祖母标识，因咽泣不自胜，而锺亦幼失母，感动流涕咽塞。罢就寝，朔风甚，舟儿乃醉。往五鼓发舟，有北船雄疾以来，横当之，舟碎，一舟人卧熟不知也。赖吾与锺以悲伤故，不能寐，闻水声，起促火走别艇以免。一舟人惊谢曰："老夫人灵以济也。"癸未，予成进士。甲午冬，克葬于县东十五里外之原。时显祖在浙，归而形家言水法非吉，急无可迁者。显祖为卜祔得坎之行有尚，而请于父、伯父曰："吾祖文德公、友信公之藏远矣，以次祖妣皆合于近园，惟祖酉塘公之茔也独。其上三四尺则伯清公与妣艾也，子高公与妣亦艾也，而廷用公与妣郑，则前左而丈余皆祔。且吾祖茔产芝，而吾成进士则其吉也。祔之宜吉,且无至远吾祖母于外,而诸孙得毕上冢便。"父谂于伯父,以为然。丙午长至,祖母复见梦,曰"余冻甚",内人傅亟为反楣以坐,更衣絮,卧之床。遂决迁。以十二月二十乙日之卯吉,奉以归祔公茔之左尺余。礼也。

祖母生弘治戊申闰正月初十日戌时,卒万历己卯七月二十二日亥时,享年九十有二。子二:长尚质;次敕封南京太常寺博士尚贤。尚质娶杨氏,继黄氏、杨氏;尚贤娶广溪吴公頵女。男孙七:显宗为尚质先室杨氏出,而尚贤子显祖、儒祖、凤祖、会祖,俱敕封吴孺人出;庶子良祖,陈氏出;寅祖,李氏出。曾孙男一十八人、女一人:显宗之子国璋、国瑞、国珍,先室何氏出;国玑,继室蔡氏出;国珂,妾蔡氏出;显祖之子士蘧、太耆,先室东乡吴州守公槐之孙女吴孺人出也;庶子开远、开先,女淑英,京师傅氏出;儒祖出为再从父尚贵,后娶潘氏,生彭年、维岳、长庚;凤祖娶杨氏,生历年、嘉年、振年,妾南都王氏,生京年;会祖娶何氏,生有年;良祖娶王氏;寅祖娶胡氏,生酉孙。玄孙男八、女二:而国璋娶曾氏,生世龙、世顺;国瑞娶范氏,生世泰、世安;国珍娶冯氏,生世昌;国玑娶冯氏,生女世妹;国珂聘艾氏;而彭年娶周氏,生启颜、二颜;太耆娶举人钱孔中女,生龚生;维岳娶举人易应昌妹,生女季妹;长庚娶潘氏,殇中。惟显祖以进士授南太常博士,主礼部祠祭司事,疏论时政,谪尉徐闻,移令平昌。凤祖、士蘧、太耆南太学生,士蘧高才而殇,无后;寅祖、彭年、维岳、开远皆诸生。开远娶提学副使、东乡王志女;开先聘刑部主事周献臣女;女淑英,字参议徐仲佳次子呈蘷;而世龙亦已聘王氏。曾玄无不秉礼受书,世其大矣。显祖谨铭,铭曰:

著代由兴,魏为大名。曰魏夫人,来降其灵。匪富而家,严君是承。生长教训,必躬必诚。绸纬布经,丝车夜鸣。度几裁牲,鸾刀中声。庭奥修窈,园池肃清。尝蒸孔夙,承筐是竞。不怒而威,必戒而成。贞良顺比,邪妮隐屏。维家之则,逾耄而明。载其矜庄,以被云仍。徽毖艾郑,乃远其茔。我时勤思,告祔叶贞。习坎已信,用往而宁。有园葱菁,华芝载荣。祖遇其妣,永保后生。
大明万历岁在丙午嘉平吉旦,孝孙显祖泣血立石。

"大明万历岁在丙午嘉平",即万历三十四年(1606)十二月。据铭文所述,祖母魏夫人卒于"万历己卯"(即万历七年,1579),于"甲午(1594)冬,克葬于县东十五里外之原",则此铭文是汤显祖将祖母魏夫人之墓从原葬地"迁祔"至故居文昌里"灵芝园"其祖父酉塘公(懋昭)"茔之左"时所撰。迁墓具体时间为万历丙午(1606年)"十二月二十一日之卯吉"。这是汤显祖此铭为我们提供的新信息之一。汤显祖于万历二十六年(1598)春,从浙江遂昌知县任弃官归里,此时正在临川家居。

临川文昌汤氏以伯清公为一世祖。伯清生三子:子高、子昂、子杰。子高也生三子:莹(廷蔚)、玉(廷器)、瑄(廷用)。懋昭是子高幼子廷用的长子,亦即伯清公长子子高的"爱孙"。《文昌汤氏宗谱》载:"廷用公长子讳懋昭,字日昇,号酉塘,郡庠生。娶李氏,子一:铭三;继娶魏氏,子二:铭四、铭六。夫妇合葬灵芝山。"铭三即汤显祖的伯父尚质,铭四即显祖之父尚贤,铭六即尚贵。"夫妇合葬灵芝山",现在看来,应该是先分而后合葬。懋昭生于成化二十三年丁未(1487),卒于嘉靖四十五年丙寅(1566),享年八十岁,"卜葬于后园"。①而魏夫人"生弘治戊申(1488)闰正月初十日戌时,卒万历己卯(1579)七月二十三日亥时,享年九十有二",即祖父卒后十三年,祖母才殁。祖父先葬于汤家祖山灵芝园。

为何祖母魏夫人卒后厝十五年而仍葬于外,又十二年才迁祔归葬?② 很可能是由于"壬申(1572)岁除灾",邻居失火,灾及汤家,旧居

---

① 以往资料,对汤显祖祖父汤懋昭的生卒年月及墓葬地,无详细准确的记载。这次,新出土的另一块墓志铭碑——《明故酉塘汤君墓志铭》系由汤显祖书丹。铭文明确记载:"公讳懋昭,号酉塘,为大父子高公之长孙……公生于丁未年七月初四日午时,而终于正寝之日乃嘉靖丙寅念三日子时,卜葬于后园。"即生于明成化二十三年(1487),卒于嘉靖四十五年(1566)。享年八十。安葬于故居后汤家祖山灵芝园。

② 汤显祖祖母魏夫人卒于己卯(1579),葬于甲午(1594),迁于丙午(1606)。

及数万卷藏书尽毁于火,损失惨重。从此"十载居无常",①母祖妻眷"三徙"于城乡,而文昌里故居因此场灾火,家人多年分离散居,故居地反倒颇显荒芜。祖母殁时,正寓居乡间,一时难以归葬,因而暂厝,后乃外葬。当时,显祖正在浙江遂昌任上,归来议迁,"形家"却说"水法非吉",急无可迁者而作罢,这一拖竟又十多年过去了。

关于汤显祖祖母魏夫人出身行状,以往资料记录不详。此铭为我们提供了十分详细的新资料。魏夫人系"郡城福民街魏公鹗女",是显祖祖父"酉塘公懋昭"继室,即"继李孺人为室",这与《宗谱》记载相合。在显祖心目中,祖母不仅礼孝"端严",而且十分能干。作为廷用公支系的长房媳妇,她侍奉公婆以孝,助夫以仁,宜家以敬,"抚子妇诸孙,慈而有礼"。遇有客至,则"脱簪珥,市厨具",亲自操办。每逢节岁,其他女眷"宴玩",她则谨祀先祖,如礼完讫,则"闭户坐,凝如也"。平日里,"视明而听察,色毅而言庄",以"严净"为家法。而且十分精明,泼辣能干,"下至产畜园池之入,必以躬亲",裁牲宰豕,有时竟"自操刀匕"。显祖认为,家族和睦振兴,祖、父皆得以诸生而强立于有司、乡士大夫之间,伯父得为乡长者,而各以长寿宜子孙,"皆祖母劳思之力焉"。可见,祖母的精明能干,端严认真,以及稍后所述的崇道信卜等等,无不给少年汤显祖留下深刻的印记,以至对汤显祖的心性养成都产生了久远的影响,值得注意。

魏夫人与汤显祖这对祖孙之间的至亲至爱的关系,久已为世所知。在汤显祖的诗、赋、文牍以及谱牒和友人的相关作品中都有不少记载。如显祖在《龄春赋》序中云:"余太母为魏夫人……动为小子治宾客,暴书器。小子或违去信宿,则卦卜。至游太学,应诏辟,为严装

---

① 对于"壬申岁除灾",即1572年除夕夜的那场火灾,汤显祖在其诗文中有多处提及。如诗《壬申除夕,邻火延尽余宅,至旦始息……》(参见徐朔方笺校《汤显祖全集》,北京古籍出版社1999年版,第11页)。徐朔方《汤显祖年谱》(修订本)据以明确:"(壬申)除夕,庐舍毁于火"。(上海古籍出版社1980年版,第26页)又,汤显祖诗《吾庐》:"藏书倏以火……十载居无常。"(见《汤显祖全集》,第166页)记载他家火灾后,长期居无定所的情况。

送发,不啼也。小子受恩念深至。儿时病,不好床席,常以太母腹为藉。至十余岁,补弟子时,尚卧其肘。以是外出夜梦,常惟梦太母耳。"①盖因显祖幼年体瘦羸弱,而其母吴氏亦"清瘦多病",辗转枕席,往往不能亲自抚育孩子。于是祖母魏夫人就代替了母亲的部分责任。显祖出生时,祖母已六十三岁,但身体健朗,知书识字,对孙儿满腔慈爱,关怀备至。显祖朋友来访,祖母总是热情款待;他的书籍箱笼,祖母代为收拾翻晒;他外出游学,祖母为其治备行装,送出家门,心中不舍,却不当面啼泣;他外出两天未归,祖母就要求神问卜;显祖幼年多病,常偎依祖母怀中睡觉,以至十多岁补弟子员,还不时枕着祖母的胳膊就寝。他成年后求学远游,夜里时时梦见的,总是祖母的慈颜……这种对祖母深深的眷恋之情,一直镌刻在汤显祖的心底。撰此墓志铭时,汤显祖年已五十七,但对祖母的缅怀眷恋,依然不减。笔牵思念,墨含浓情,字字生动感人:"诸孙中最爱显祖","十四岁为诸生,尚为护视卧起"。显祖仍记得,庚辰(1580)会试那年,乘船"江行",夜与士子锺某聚饮,"视覆纸皆祖母标识",见物思人,时祖母刚离世不久,音容笑貌历历在目,遗迹亲笔,就在眼前,禁不住"咽泣不自胜",也感动了自幼失母的锺某,二人双双"流涕咽塞",竟而不能入寐。恰巧因此避免了一次夜中行船,两舟相撞而险遭人员损失的事故。一船皆人惊而谢说:是老夫人显灵救了大家! 不仅有灵,而且依然有梦:是年冬至("丙午长至"),显祖又梦见老人家,她说:"我好冷啊!"夫人傅氏赶紧给她更换衣服,安卧于床上。这一梦,更坚定了汤显祖迁坟的决心,与伯父、父亲商议后,将已离世二十七年的祖母魏夫人墓葬迁衬至灵芝园,与祖父及诸宗祖合处。

值得注意的还有,除了上述有关魏夫人生卒年时、出身行状等诸多新资料外,此铭对文昌汤氏宗族谱系及墓葬分布的勘考、发掘、保护等,提供了更为准确的信息。"吾祖文德公、友信公之藏远矣,以次祖

---

① 《龄春赋》序,见徐朔方笺校《汤显祖全集》,北京古籍出版社,1999年,第149页。

妣皆合于近园",除文德(伯清之祖父)、友信(伯清之父)而外,自伯清公(汤显祖高祖子高公之父)以下,文昌汤氏宗祖,皆葬于汤家山灵芝园。这与《宗谱》记载完全一致,①且都是夫妇合处。在祖父酉塘公墓"其上三四尺",则是伯清与其艾夫人墓葬,旁则是子高(峻明)与其艾夫人墓葬,而子高公之子(即汤显祖曾祖父)"廷用公与妣郑"之墓,则在"前左而丈余",都是祔合而葬。同时,此铭还准确提供了酉塘公(懋昭)与魏夫人以下四五代(截至1606年前)的脉系繁衍较为详尽的信息。简述为:酉塘公(魏夫人)——"子二":长尚质(娶杨氏、黄氏、杨氏),次尚贤("娶广溪吴公頵女"、陈氏、李氏)(注:对于尚质之所出,此铭与《宗谱》述记有异。当从此铭所述。)——"男孙七":显宗(尚质杨氏出),显祖、儒祖、凤祖、会祖(尚贤吴氏出),良祖(尚贤陈氏出),寅祖(尚贤李氏出)——"曾孙男十八、女一":国璋、国瑞、国珍(显宗何氏出),国玑(显宗蔡氏出),国珂(显宗妾蔡氏出),士蘧、大耆(显祖吴氏出),开远、开先和曾孙女淑英(显祖傅氏出),②彭年、维岳、长庚(儒祖潘氏出),历年、嘉年、振年(凤祖杨氏出),京年(凤祖王氏出),有年(会

---

① 《文昌汤氏宗谱》首载:"予祖文德、友信公父子耳。生娶殁葬,惟伯清以下,历历可考。今以二公冠首,亦曰文昌之祖所自出耳。"并列记:第一世:伯清公,夫妇合葬灵芝山;第二世:子高公,夫妇合葬灵芝山;第三世:廷用公,夫妇合葬灵芝山。……又,《宗谱》卷首载刘同昪《序》曰:"江南之汤,得姓于殷公悦,而伯清公者,实开文昌桥头之族者也。"又载汤显祖弟子章世纯《序》曰:"忆讲课暇侧,聆先生道,其家自唐殷公文奎公之子悦,以避国讳,改而从汤……其子若孙,遂家于临川之文昌桥东。至伯清、子高公,赈济邑人,旌表尚义。"又载《抚郡汤氏廨宇规模记》:"予宗自伯清、子高、廷用、酉塘、承塘诸公,世居文昌门外。"

② 汤显祖长子汤士蘧,于万历二十八年(1600)卒于南京。次子汤大耆,《宗谱》"世传"《尊宿公传》载:"幼颖敏轶群,禀遵庭训,肄业成均,尽友天下才士。博观奇书,钩元咀华,语出惊人。屡试京闱不第,谒选得徐州同知。抚恤周至,处事明断,士民德之。职满,寻请归养,杜迹不交公府。"三子汤开远,万历四十三年中举。崇祯五年为河南推官,因直言上疏惹怒崇祯帝,"命削籍,抚按解京讯治。河南人闻之,若失慈母。左良玉偕将士七十余人合奏乞留……帝为动容,命释还。……开远数有功,巡抚史可法荐其治行卓异,进秩副使,监军如故。十三年,与总兵官黄得功等大破革里眼诸贼。朝议将用为河南巡抚,竟以劳瘁卒官,军民咸为泣下。赠太仆少卿。"(《明史》卷二五八"列传"第一百四十六《汤开远传》)四子汤开先,字季云。入清不仕,素有文名,常与诗坛名流酬和,沉湎于诗赋,其《憎蝉》、《春霖》、《朱鱼》三赋传诵一时。存诗集《壬午草》,陈允衡《诗慰》辑有他的《潭庵集》一卷。(参见曾燠《江西诗征》卷六十,嘉庆九年刻本)

祖何氏出),酉孙(寅祖胡氏出)。"玄孙男八、女二":世龙、世顺、世泰、世安;世昌;启颜、二颜;龚生(大耆钱氏出);以及世妹、季妹。且知,儒祖过继给叔父尚贵为嗣。维岳之妻易氏,即举人易应龙之妹。开先所聘周氏,即周献臣之女,①等等。这些对深入研究汤显祖及勘考文昌汤氏世系,均有重要意义。

另外,如将《魏铭》丹书楷迹与同时出土的另一块墓志铭碑石——《明故酉塘汤君墓志铭》之正文楷迹相对照勘比,则可推定:两碑文书法(楷体)应出自同一人之手。而上述《明故酉塘汤君墓志铭》署名为:"期制孙临川县庠弟子员显祖泣血书",由此可推知《魏铭》正文书法,亦出自汤显祖之手,则《魏铭》碑乃汤显祖撰文、汤显祖书丹,可谓"双绝"。只不过,"酉塘铭"碑刻立于"大明嘉靖岁次丙寅年冬月初四日",即嘉靖四十五年(1566),时汤显祖仅十七岁。而《魏铭》碑刻立于"万历岁次丙午嘉平吉旦",即万历三十四年(1606)十二月,相距四十年整,此时汤显祖已五十有七。所以,后者笔力更显老到而纯熟。若更从楷迹考析,其形态之端腴,笔法之规矩,气韵风格之一致,乃出自一人之手耳可判。

总之,《魏铭》记述精约,文笔隽永,细节生动,感情充溢,是一篇不可多得的优秀墓志铭。对汤显祖祖母魏夫人的出身家门、生卒年时、生平行状等,铭文提供了许多直接而准确的资料。对汤显祖与祖母之间的关系,披露了新鲜信息和生动细节。对全面了解汤显祖成长过程,进而深入考察其思想人生、价值判断形成等,具有积极意义。同时,对梳理、勘考文昌汤氏的宗族支系繁衍状况,了解、研究汤显祖社会关系脉络乃至地方区域变迁发展,以及弄清墓葬分布状况、做好发掘保护工作等,均能提供多种参考和帮助。特别是,此铭系汤显祖亲撰亲书,实为难得,具有重要的文献价值。

---

① 周献臣,字簌六,万历十四年(1586)进士。任太康知县,省刑简讼,令行禁止,颇得民心。监司荐为京官,改许州教授,升国子监博士。后出为推官、刑部主事、吏部郎。决狱明断。讨厌文书不雅,常加古文奇字,上司恼怒,被免官归乡。专事著述。存有《鸿乙通书》、《莺林外编》、《英巨剩言》等。

明敕赠吴孺人墓志铭

吴孺人小字玉瑛,东乡县塔桥吴知州槐第三男隐君长城女也。孺人生永州别驾署中,慧而知书,为祖母饶、母张所贵爱。余癸亥岁,从游吏科给事徐公良傅之门,而长城君在焉。奇余,属以女。是岁,余以童子为诸生,颇有贵豪家强而婿余者,余不可。余且冠,亲迎,家大人为择宾,以周君孔教加冠焉,而以饶君嵞宾余以迎。后皆前后为同年,官至御史若中丞。初,皆瘴然诸生也。过我,孺人常为具馆嵞兄,而余或新中衣履袜以出,孺人必笑曰:"当以敝衣决履见还。"余未解其语。比晓,而嵞兄起常先,则有余之衣履行缠在焉。待余起,取嵞兄敝衣履着之,殊适也,入而孺人始觉以笑。或以手钏一二具佐我,置书箧中,浃日,而嵞兄剪费尽。孺人亦复大笑:"饶君必贵幸。"无他也,终以好施,为媪孺所窘困。庚午,余举于乡。壬申除夕火,从余母吴孺人,于乡于城三徙。初,举女元英、元祥,殇。举男子士蘧、大耆,年已三十矣。孺人故秀惠,后乃苦幽忧之疾,时咳唾自伤。壬午冬计偕,送余于塔水。晨起,为我洗足,而别泪簌簌下。余笑曰:"安之,兹不一第,且为五岳之游。"孺人与母吴益掩泣送之户。癸未春,而余第。遣迎,则孺人且重伤。甲申冬十二月,强起至南太常官舍,益嗽瘠蕴热不自禁。思归,就其王母弟饶君之药,而不可为矣。生甲寅年十二月初二日戊,殁乙酉年十二月初十日巳,年三十有二。归时,余送之清河,而诀曰:"妾其已矣!一生开怀而喜者,四五度耳。一于归,已而举两男子,报君之两捷音,余皆妾之恨年也。"挥余无近病人,掩袂而别。以大耆从六龄耳,犹跪而授诗;大儿士蘧八九岁,能日诵万言,六经诸赋诵史传,大略已上口,而孺人不喜。余颇为讶,孺人曰:"他日当知之。"嗟夫!后孺人十余年,而士蘧才名动世,竟以性气不伦,殇于南雍,则孺人之智也。蘧无后,独大耆为南国子生,年二十七,才举一子龚名。耆妇钱孝廉孔中女也。余故穷,幸而薄仕,不能偕孺人以乐,病不能视其药,殁不能含蕞迩园。二十二年,而仅克祔于祖姑魏夫人之迁日以葬,余其非夫也欤！孺人逝，而余惟傅居室生男开远、开先，兄弟睦如，孺人其知之耶？哽咽而为铭，铭曰：

  妇幽而忧，为祖姑怜。祖姑来迁，礼其祔之。宦学以游，同室旷如。圹复无余，同穴未期。死生一情，伤此良人。东顾汝室，西望汝子。庶其依之，或泣或歌。千秋以尝，幼子童孙。

  大明万历岁次丙午十二月二十一日巳，赐进士出身南京礼部祠祭司主事汤显祖雪涕立石。孝男大耆泣血百拜谨书。

通读铭文即可知，此墓志铭系汤显祖为亡妻吴氏所撰，而由其次子大耆书丹。铭碑所署时间"大明万历岁次丙午十二月二十一日巳"，亦表明此《吴铭》与上篇《魏铭》几乎作于同时。以往，对于汤显祖吴氏夫人情况，由于资料遗缺，我们知之甚少，此铭的发现，大大填补了这一空白。

铭文披露，吴氏生于"甲寅年十二月初二戌，殁乙酉年十二月初十日巳"，即于嘉靖三十三年（1554）生，万历十三年（1585）卒，[①]却是"二十二年"后，"克祔于祖姑魏夫人之迁日以葬"。可见，吴氏是死后二十二年（1606年），随魏夫人墓迁祔灵芝园时，祔葬于魏夫人墓侧。所以，此铭与《魏铭》皆此时前后而作，故而读来语境联贯，感情充盈。

吴氏是汤显祖原配正妻，因丈夫有功名而获"敕赠"为"孺人"。[②]汤显祖在铭文中自始至终以孺人称之，深刻眷顾之中透着一份亲敬。如果说，在上篇《魏铭》中，贯穿着汤显祖对慈祖母深深的缅怀和眷恋的话，那么在此铭中，对结发亡妻的追忆、缅怀、思念中，还深含一份挥之不去的长久的歉疚，读来尤其感人。我们更愿将此铭当作一篇散文佳作来读。

[①] 吴氏生于嘉靖三十三年甲寅十二月初二日，换算成公历是1554年12月25日；卒于万历十三年乙酉十二月初十日，换算成公历是1586年1月29日。

[②] 孺人：宋、明以来，定为朝廷授予命妇的名号。明代为外命妇九等之第九。夫、子官轶七品者受此封。另，对在世者称"封"，对已死者称"赠"。吴氏夫人因汤显祖初为南京太常寺博士（正七品），又于万历十三年逝世，故被"敕赠"为"孺人"。

汤显祖告诉我们,吴孺人有小字,叫玉瑛,东乡塔桥人。祖父吴槐,曾任过晋安知州①,父亲长城君是吴槐公第三子。玉瑛是长城君的长女②,生在祖父任永州通判(别驾)官署中,乃是官宦闺秀,从小深得祖母饶夫人、母亲张夫人的"贵爱"。

汤显祖还披露,他与吴氏的姻配,机缘于显祖的老师徐良傅先生。徐良傅(1505—1565)字子弼,号少初,江西东乡人。明嘉靖十七年(1538)进士,初授武进知县,后任吏科给事中,因直言进谏,罢官归里。回乡二十余年,以讲学终老。徐良傅长于词赋,专治《书经》。少年汤显祖从学于徐氏,徐先生的词赋灵性、书经功底和旷达气质,对汤显祖影响深刻。嘉靖四十二年癸亥(1563),长城君见到了正从学于徐良傅的汤显祖,十分惊奇少年显祖的才华,遂将爱女玉瑛许于显祖。这年汤显祖十四岁。就在同一年,汤显祖成了秀才,立即就有不少"贵豪家"上门提亲,甚至于强求,却被显祖一一拒绝。于此可见,这对才子佳人姻缘的天成巧合和少年显祖的至性与钟情。

接下来是弱冠、成亲,二十才郎娶二八妙女。第二年(庚午,1570),显祖即以第八名乡试中举,可谓喜事接踵。这里,汤显祖又提到两位友人:一是周孔教,一是饶崙,"皆前后为同年,官至御史若中丞"。周孔教(1548—1613)字明行,号怀鲁,万历八年(1580)进士。初任福建福清、浙江临海知县,有功闻于朝,征拜御史、直隶学政,又以政绩迁太仆寺卿,应天巡抚,官至右佥都御史,致仕归籍。③饶崙(1549?—1590)字宗伯,万历十一年(1583)与汤显祖同举进士,出理顺德,有洁清公忠之名,三察并关将吏,凡却万金。征侍御史,以病,卒

---

① 吴槐:字汝植,嘉靖辛卯(即嘉靖十年1531)选贡(参见明嘉靖《东乡县志》)。另据《东乡塔桥吴氏宗谱》:"吴槐,号密斋,生于弘治戊午,嘉靖辛卯乡贡第五名。首选河南理问,迁永州通判,至晋安知府,生子四:一阳、一韶、一镇、一坚。"又,东乡塔桥,一作塔水桥,沓水。即今东乡县杨桥殿乡汶田村委会塔桥村小组。古石桥至今犹存,长约10米;桥旁原有七级石塔,已毁。

② 《东乡塔桥吴氏宗谱》载:"吴槐公第三子一镇,名长城,号心齐,生于嘉靖戊戌,授礼部儒宜。生子四:子佑生于嘉靖戊午、子烈、子晏、子明;生女一,适临川汤显祖。"

③ 王天晴《临川文化名人研究指要》,江西高校出版社,2001年,第54页。

于临清。对与这位少年挚友"奇士"的交谊,汤显祖在《哀伟朋赋》序中,有一段记述说,饶崙也长得清瘦,比显祖稍高些,都喜谈"帝王大略",意气慷慨,"而行乎道中,旁无人也。……晓夜诵书,常与予映雪月,交书而尽,乃已。同卧处三岁余,前后别去。至同赴南宫,试都下,卧未尝有异衾枕,履袜先起者即是,不知其谁也","服御无分于几覴,诗书或乱于巾箱。夜谈则风雨如晦,晓起而月出之光……"①类似的情况,在此铭中得到印证。且铭中还有细节更为生动的记载:有时显祖穿着新置的衣服鞋袜出门,吴夫人就会笑着打趣:回来的时候新的就要变成旧的啰!当时显祖不甚理解其意。第二天一早,饶崙常常先起,穿着显祖的新衣新鞋走了,显祖后起,穿着饶崙遗下的旧衣旧鞋,还很合脚。回到家中,夫人料得果如其然,于是大笑。有时,夫人常将些自己的私房钱佐助显祖,放置书箧中,十日过后,往往被饶崙陆续用去周济窘困媪孺,花得精光,夫人"亦复大笑",称其好施,"必大贵"。才子的潇洒放达,佳人的体贴大方,被描模得唯妙唯肖。

佳人故然"秀惠",可惜身体羸弱。先生两女(元英、元祥)早殇,又生两男(士蘧、大耆)辛苦,身体更差,"幽忧之疾,时咳唾自伤"。这应是心情忧郁、长期精神衰弱,加阵咳时唾,酿成阴虚肺痨之疾,却依然全力扶持丈夫。壬午(1582)冬,又是一次送丈夫赴京应试,"晨起,为我洗足,别泪簌簌而下"。为何幽忧?为何泪下?丈夫才高八斗,却试途坎坷,十余年来,数考不中;丈夫风骨清峻,而世道却如此不公,彼此明白,何用言表!然则,还是一番安慰,一番"掩泣"送别。对丈夫的侍奉和默默支持,牵挂和深深担忧,长期萦系和郁结于吴氏心中。来年春(万历十一年癸未,1583),显祖终于得中进士,后赴南京太常寺博士任,立即"遣迎"发妻,奈何此时吴氏已久病"重伤"。俟至甲申(1584年)冬十二月,"强起至南太常官舍,益嗽瘠蕴热不自禁",应该不久即回老家,就医于祖母饶太夫人之弟(应称舅公之辈),"而不可为矣"。病妻"归时",汤显祖送至清河渡登船。分手时,夫妻有段生死诀别的

---

① 徐朔方笺校《汤显祖全集》,北京古籍出版社,1999年,第1035、1036页。

话。多少年了，汤显祖依然记得，吴夫人说："我与夫君永别矣！一生使我开心高兴的事有四五次。一是初嫁新婚之时，二是连举两个儿子，再就是夫君中举和登第之日。其余的大都遗憾不称心……"主要是长期卧病，有许多想为夫君做的事，心有余而力不足，依依不舍，"掩袂而别"，生死永诀时的情景，犹在眼前……

　　写到这时，显祖情恸，连连自责："余故穷，幸而薄仕，不能偕孺人以乐，病不能视其药，殁不能含敛迩园。二十二年，而仅克祔于祖姑魏夫人之迁日以葬，余其非夫也欤！"我真不是个好丈夫啊！并在"哽咽而为铭"中又"或泣或歌"："……圹复无余，同穴未期！死生一情，伤此良人！"

　　吟读至此，令人掩卷慨叹：汤显祖真正至情人也！到此，一篇才子悼佳人的铭文，一幅佳人为才子"幽忧"、才子忆佳人"哽咽"的动人画卷，清晰地展现在读者面前。短短数百字，将吴夫人幼小颇得"贵爱"，妙龄千般"秀惠"，新妇体己"好施"，生来既"惠"且"智"，描绘得如此生动真切！

　　然而，《吴铭》的意义不仅于此，它对于我们考订汤显祖相关诗文的编年也有重要价值。关于吴氏夫人的卒年，徐朔方《汤显祖年谱》据汤显祖尺牍《与司吏部》，诗《清明悼亡》等推断为"万历十一年（1583）吴氏夫人卒于临川"，"吴氏夫人之丧，或在正、二月间首途赴北京前"。①即吴氏夫人病逝于临川的时间，是汤显祖中进士前。此说一直被各种传记一致采用。汤显祖的铭文明确告诉我们，吴氏卒于万历十三年十二月初十日（"殁乙酉年十二月初十日巳"）。此铭一出，即可颠覆流传许久的误断和成说。而汤显祖的尺牍《与司吏部》是表明自己心迹的一篇重要文献，其中有言："仆亡妇二年矣，遗息阿蘧八龄，阿耆六周耳。"徐朔方先生依据吴氏卒于万历十一年，定此文作于万历十三年。②如今看来，这一系年也有误，它应作于万历十五年。所谓"遗息阿蘧八龄，阿耆六周耳"，是指吴氏万历十三年病亡时，汤士蘧八岁，汤大耆六岁，而不是指吴氏死后两年兄弟两人的年龄。另外，汤显祖《清

---

① 徐朔方《汤显祖年谱》（修订本），上海古籍出版社，1980年，第55页。
② 徐朔方笺校《汤显祖全集》，北京古籍出版社，1999年，第1291页。

明悼亡》诗五首是吴氏逝世二十周年,汤显祖所作的悼亡诗:

清明悼亡

版屋如房闭玉真,新添一尺瓦鳞鳞。不应廿载还轻浅,好在殷勤同穴人。

沓水青林断女萝,廿年松柏寄山阿。南都不解成长别,才送卿卿出上河。(妇家东乡沓水。)

曾梦纱窗倚素琴,何知萎绝凤凰音。春烟石阙题何事?寒夜乌哀一片心。(署中梦于故窗下弹银琴。)

枕簟青林一到衙,相看几月病还家。药成不得夫人用,肠断江东剪草花。

欲葬宫商买地迟,深深瓦屋覆寒姿。秣陵旧恨年多少,梦断红桥送子时。(南都梦卿椎髻匆匆把耆儿中桥相付,指红寺云,欲往彼。月余讣至。)

五首诗中,不少诗句意涵,即可在《吴铭》中找到印证或顺理成章的解释。如"南都不解成长别,才送卿卿出上河",即铭文中所说"归时,余送之清河",此一别即夫妻永诀。"枕簟青林一到衙,相看几月病还家。药成不得夫人用,肠断江东剪草花",即铭文中所说"甲申冬十二月,强起至南太常官舍,益嗽瘠蕴热不自禁。思归,就其王母弟饶君之药,而不可为矣"等等。结合此铭提供的新信息,诗、铭还有多处可以相互印证。然而,徐朔方先生早归道山,他生前只能根据吴氏卒于万历十一年,定这五首诗作于万历三十一年清明。[①]今据新出土铭文,

---

① 徐朔方笺校《汤显祖全集》,北京古籍出版社,1999年,第632页。

应将这五首诗的作年系于万历三十三年清明,才符合历史的真实面貌。

要之,《吴铭》是一篇非常宝贵的文献。它不仅就吴氏夫人的出身家世、生卒年时、子息生养,以及城乡"三徙"、"克祔祖姑"等,提供了崭新而准确的资料;而且关于汤显祖与吴氏夫人之间的姻缘巧合、结发相知、喜忧相濡、生死长念的夫妻至情,也披露了极为宝贵的史实。相信对于深入研究汤显祖、剖析其情感世界、解读其心灵密码,都会有非同一般的意义。尤其是,此铭一出,从此又多了一篇可研可吟的妙笔文章,岂非幸甚!

以上仅是笔者对此次新发现的一个部分,进行初步读研后的肤浅心得。愿以此抛砖引玉,相信随着深入探讨的展开,这些新发现的文献一定会引发更多的问题和关注。恰逢汤显祖逝世400周年,抚州文昌里汤显祖家族墓葬群的发现,无疑是一份重要收获,对于纪念汤显祖和深入研究汤显祖,都有新的意义。

(本文形成过程中,得到抚州汤显祖国际研究中心、抚州市文昌里历史文化街区管理委员会、抚州市博物馆等单位提供多种方便和帮助,特别是郑志良先生和周育德、吴书荫先生,以及陈俊青、陈伟铭、刘昌衍、梁家田等,在文献、史料、勘误、校注等诸方面指导帮助尤多。在此一并说明,并深致谢忱!)

作者单位:江西抚州汤显祖国际研究中心

(原载于《文学遗产》2017第二期)

新发现的汤显祖为母家广溪吴氏族人所作两篇《墓志铭》考

刘昌衍

2016年12月4日，寻着临川杨友祥先生《找到广溪》(《魅力汤显祖》团结出版社2015年8月第一版)一文中提供的，临川区青泥镇广溪吴家是汤显祖母亲家的信息，笔者与朋友一行四人驱车来到这里。我们的原意只是想浏览一下《族谱》，拍几张照片，以作资料留存。吴氏族人吴伙生先生在明白了我们的来意后，热情地把我们从镇上领到老吴村，取出《广溪吴氏六修族谱》残谱与1993年重修的《广溪吴氏七修族谱》。如同村前扎根在抚河堤岸上的千年大樟树一样，这是一个具有悠久历史的大家族。然而遗憾的是，无论是《六修》还是《七修》的族谱，都存在着程度不同的残缺。然而，它不仅仍然保留有杨友祥先生发现的汤显祖与他的学生陈际泰写的吴氏祠堂古堂联，更令我们惊喜的是，其中还有汤显祖撰写的两篇《墓志铭》。这是新的发现，文中所叙述的数次在母家的情形，是汤显祖与母家亲密交往的真实记录，惜墨如金间，填补了汤学研究中诸多的空白。

为此，笔者对这两篇《墓志铭》分别进行了句读和所涉地名、人名的查考，并对其真伪进行了考证。

一、

宠十七公墓志铭

赐进士第南京礼部祠祭司主事愚甥汤显祖顿首拜　并题盖

本郡乡之南去羊城[1]七十里,八十五都[2]广溪吴姓者,乃予母族也。以庚午领乡荐,辄礼闱,尝出外家,时有元舅宠十七公,昕夕共谈笑。而外大父道六公、外王母赤堪[3]张俱仙逝。迄癸未京试及第,授礼部郎,赍敕荣归,二舅氏犹忻然往贺。至数岁,二舅抵予官舍,把酒自娱,洎从南京至家,不数日,遂以疫终,一别不获见焉。吾舅平生嗜于酒,不治家务,莘莘一散人也。舅之为人仁厚,其心愿朴,其貌清羸,其体在乡间宗,虽睚眦不形于色,恶语不发于声,惟靡靡循顺而已。吾舅讳惑,字德明,号少山,与元舅养所君、吾家慈大夫人,皆外大父道六公、外母张出也。舅生于嘉靖乙未年四月二十九日亥时,卒于万历己丑年三月十九日子时。厥子遍觅幽,未得安宅,停柩本里十五祀。越万历三十二年正月旦日癸丑寅时,始纳诸圹,考卜吉兆,奉棺葬王家陂酉山,卯向兼辛乙,永保终吉。舅娶塔下[4]李,生子阡[5]也、陇也、障也,女贵英。邢娶曾氏,生子二,长曰信,次曰伟;女三,长配樟山王,次赛姑、传姑;女贵英适赛源郑。予弟邢,偕弟颠惺诸予宅,言舅文以载公状,用志于碑石,垂之不朽云尔。予甚喜,慨然为铭。曰:

　　归墟征郁,郁□封堂,维舅之藏。潜德声闻,世袭其昌。

　　我居林下,备载行状。勒辞于石,万世允藏。

　　　　　　　　　　孤哀子隆七、隆十三、隆十七同泣血立石

【地名、人名考】

〔1〕羊城:古时抚州城西北部有一山,其山有一石破土而出,似羊角,名羊角山,其东北低处有一石横出,似羊脚,称羊脚石,故抚州城别名"羊城"。

〔2〕都:古时的一个行政区划制。八十五都位于现在的临川区青泥乡。

〔3〕赤堪:地名,待考。

〔4〕塔下:地名。现为临川区鹏田乡邓坊塔下村。因村舍傍丘岗而立,舍前都有较高的台阶,形似塔,故取名塔下。

〔5〕生子阡：此"阡"，及下句中的"邗"似为同一人，具体是哪个字的错误，无考。

二、

养所公郑氏孺人墓志铭

临汝崇德乡[1]八十五都，广溪吴母郑孺人，乃清溪[2]郑公桥之女也。桥公家赀累万，常以好施为德，与吾外大父东山公为姻娅焉。故孺人，予之大妗，配子元舅养所公，享齐眉之庆，谐琴瑟之和，自合卺至皓首，未尝反目。而公为昭武之德人，母亦为南乡之贤妇，娴于姆训，贻诸嫔则，举一切家务，不烦拮据而自理，即中馈之事，不必代庖而治之矣。孺人与吾舅共乐田园，甘其食，美其服，安其居，优游以卒岁已耳。予少为诸生时，尝读书外家，孺人视予犹子。迨予登进士，入官兰省，不得勤侍左右，徒遣使问候而已。予上言远谪，复过外家，而舅妗怡然。妗堂不数年，忽元舅告终，甚哀之。喜孺人独健，长舅十余龄，享春秋七十有六，寿亦永矣。第少年艰于子，苦于悲伤，舅惟恐其寿之不长，不意比公犹为难老，且有子亭亭，有孙英英，是吾舅与孺人之食善报也。生子二，曰宽、曰郁，皆克勤乃家，守前人之产，绍箕裘而不坠厥声。固元舅以静守者，而二即能以动创乎。则孺人食肉终身，得享安逸者，恃有能子在，盖生可无忧，殁当瞑目矣。其与子宽娶于郑，又与子郁娶于张、于李，俱有思媚之德，此亦孺人之乐所不容已者。宽之子衢也、俸也、俨也、伍也；郁之子启也、选也、献也、泰也。女一，适于聂。则后裔之昌，虽天所锡，夫非孺人之德所致乎。孺人之子繁，孺人之子其子又繁，螽斯之盛，正以见其麟趾之仁，一传再传，世世相传，不知其几千万派也。予为孺人喜，且为元舅子孙喜。予家富且贵，且多男子，而舅家之多男子，亦必富且贵也。予时告老于家，适外弟郁恳予为铭，纳绪幽以垂不朽。据孺人生于嘉靖庚寅年八月初九未时，卒于万历乙巳年九月十六日亥时。兹卜万历庚戌年九月初四日辰时奉柩，葬于本里八十一都蟠龙窠。首庚趾甲，附祖冢以襄事云云。铭曰：

　　山色苍苍，木光茫茫。佳气葱郁，淑人是藏。卜云其吉，终焉允臧。

　　如天之永，如地之长。祚延万古，厥后克昌。用勒斯石，巩固无疆。

赐进士第南京礼部清吏祠祭司主事愚甥汤显祖顿首拜撰
南京国子监监生除授福建建宁府府判愚甥汤凤[3]书丹
延甥禀生汤开远[4]篆额
明万历三十八年庚戌岁九月初四日
孤哀子宽、郁；孙衢、俨、伍、献、倖、启、选、泰；
重孙苏、藩、蒲、萼全泣血立石

【地名、人名考】

〔1〕临汝：临川建县始于东汉和帝永元八年（公元96年），因境内有临、汝二水，故初名临汝，归临川郡管辖。崇德乡：古时的崇德乡为今腾桥、鹏田，以及南城县沙洲镇的黄狮渡所构成。

〔2〕清溪，地名。现为临川区云山镇清溪村。

〔3〕汤凤：从《铭》文看，应与汤显祖是同辈兄弟。查《文昌汤氏宗谱》并无"汤凤"此人，而汤显祖的同胞兄弟汤奉祖，在《谱》中，"奉"、"凤"两字尽管有混用现象，但功名与《铭》文中的汤凤也不尽一致。如《谱》载"凤祖，字廷仪，万历癸巳由禀恩选进士赏太仓州判"、"奉祖由学生任太仓通判"。且宣统《太仓州志》卷十一《职官表·判官》：汤凤祖，江西临川人，监生。而康熙《建宁府志·职官·府判》中有一汤姓，但名盘，且任职年号为"宣德间"，相距甚远。待考。

〔4〕汤开远（1598—1640）：字伯开，汤显祖第三子，时年13岁。万历四十三年（1615）十八岁时由举人授怀庆府推官。

三、具　　考

由于诸多的原因,我们今天能看到的《广溪吴氏六修族谱》只剩下一册,《七修》谱中也注明有三代人的丢失,而无法还原明清时期广溪吴氏人口沿袭的清晰面貌,甚至于连汤显祖外祖父的名字都查阅不到。但从《族谱》以及现存的汤显祖诗文中,我们仍然可以得到充足的印证。

（一）广溪吴家是汤显祖母家考

其一,在《广溪吴氏七修族谱》的谱序中,留有大量的文献,其中在《新修大祠记》文后,附有三幅古堂联,其第二幅为汤显祖所作:

忠孝相传,宣君不受宣,[1]善老端行善,引千年叠嶂金峨

公侯必复,宅相前开宅,[2]庭兰盛绕庭,看万里高云玉马

赐进士外孙汤显祖顿首拜题

第三幅是汤显祖的学生陈际泰所题:

白马望深,延陵季子为高祖

石羊城左,[3]义仍先生是外孙

赐进士陈际泰题[4]

陈际泰题写的堂联,还把汤显祖的字号"义仍"二字镶嵌在了其中。

在《族谱》中,我们还发现有汤显祖之子汤开远于万历四十五年(1617)撰写的《恭所公暨李孺人墓志铭》。此《铭》中的恭所公,与汤显祖所撰《养所公郑氏孺人墓志铭》中的养所公,是父子关系。汤显祖父子先后为舅父父子撰写《墓志铭》,足见其来往之频繁,关系之密切了。

其二,汤显祖《哭外翁吴公允颇》[5]诗云:"并道青泥旗市开,谁言

大隐即仙才",既是说外公在青泥声名浩荡,也表明青泥是母家所在地。在《宠十七公墓志铭》中更是清晰地表述为"本郡乡之南去羊城七十里,八十五都广溪吴姓者,乃予母族也"。

然而,青泥并没有一个实际的地名称广溪,又如何确认它呢?《广溪吴氏族谱》载有一份撰于宋开庆己未年(1259)的《广溪始祖厚传公》,云:"我公厚观清泥盘,因山水之秀,由长乐乡[6]石井迁而居焉,名其地曰上庄。上庄者,即今之广溪也。"其迁入时间为宋天圣二年(1024)。

其三,据1986年版《江西省临川县地名志》,现在的青泥乡共有吴山、老吴、新吴、吴梅四个吴姓居住的自然村,共计三百多户,但都是由老吴村发支出去的,同为广溪吴氏一谱之族人。

以上史料表明,青泥广溪吴家确是汤显祖母家无疑。同时,汤显祖撰写的堂联中"宣君不受宣"句,还记录了一段失载了的隐秘历史,非常引人注目。其注脚在《族谱》中保存的历代承袭下来的始祖宣公夫妇的木刻版画像及诗中:"不膺王爵孟家封,跋涉云山几万重。来向江南为始祖,后人千古仰高风。"《谱》中的《宣公行迹实录》说,宣公旧居西蜀阆州巫锡山,娶蜀王孟知祥之女。"元泰年(即后唐应顺元年)甲午蜀将吏,极劝知祥称帝,遂即皇帝位于成都,国号大蜀。于是年为明德元年,封吾曾祖曰驸马宣城公、曾祖母曰公主孟氏夫人。知祥在位不一年而殂,太子仁赞即皇帝位,更名孟昶,未改年号,加封宣公为蜀王。宣公乃修德之长者,昼夜恐惧而有远虑,不膺王爵,竭家徙于江南。"孟知祥称帝建立后蜀国是载入了正史的,但对女儿孟延意婚配给了谁,至今仍然悬而未决,是否就是这位江南吴氏始祖宣公呢?不过这是另外一个尚待考证的课题了。在《广溪吴氏族谱》中,还载有宋末政治家、文学家文天祥为宣公画像的题词[7]。

(二)汤显祖诗文与两《铭》之互证

其一,落宿广溪事件的一致性。《养所公郑氏孺人墓志铭》中:"予上言远谪,复过外家"句,与汤显祖在其诗《初发瑶湖次宿广溪》[8]中"星谪郎官远"是同一事件的不同叙述。汤显祖宦海十五年,万历十九年(1591),因一疏而贬谪广东徐闻,这年九月初从临川出发,途中写下了许多诗句,第一首即是《初发瑶湖次宿广溪》,"星谪郎官远"行而"复过外家"。青泥与临川相距七十余里(非《汤显祖全编》中笺注的"临川东南二十余里"),且逆水而上。古时的木船仅是摇橹,第二天到达青泥,已经是披星戴月了,故有"次宿广溪"之举。至于"外家依广下"句,《全编》笺注"广下"即是指广溪。笔者认为,这样判定并不完整,容易造成歧义。因为广溪并非实际地名,也没有"广下"的称法。诗句语言往往是宽泛的,在以水路外出为主的古代,依水流方向划分地理方位,不仅是一种语言习俗,而且是临川方言中的一个组成部分。如南昌是抚河的下游,在临川方言中,到南昌去就成为下南昌了;而南城是抚河的上游,去南城便为上南城了。江西与广东接壤,循水路行走,江西境内都是逆流而上,故"外家"(江西)就是广东的下方了。再说"中国向穷边"句,在临川方言中,地理方位也简称为"边"。如东南西北四个方向,不管远近,口语都可说成东边、南边、西边、北边。(广东)徐闻是当时中国最南的穷乡僻壤,自然就是穷边了。所以,将此诗句置于临川方言语境中理解,不仅通顺,并且也更契合诗人此时的心境。

不止于此。两《铭》中所述"庚午领乡荐,辄礼闱……癸未京试及第,授礼部郎,赍敕荣归",不仅与史实相契合,而且"予少为诸生时,尝读书外家",以及在南京时,"二舅抵予官舍,把酒自娱"等,还填补了与汤显祖与母家亲密交往以及少年学习生活的空白。

其二,人物品性描画的相似性。如对母家族人爱酒的描绘:外公是"七十三岁,行无二心;六百余烟,谈惟一口"、"爱客偏浮太白杯"(《哭外翁吴公允颎》)。此处的"偏浮太白杯",无疑指的是外公喜欢饮酒,其爱酒到了"六百余烟,谈惟一口"的程度了;而二舅则是"把酒自娱……平生嗜于酒,不治家务,荦荦一散人也"(《宠十七公墓志铭》)。都是寥寥数语,但都把外公与二舅爱酒嗜酒的习性描画得唯妙唯肖。而且外公"偏浮太白杯"的爱好,还遗传到了其他家人,以至于甥舅见面,"赋诗耆旧引,尊酒乐人传"(《初发瑶湖次宿广溪》),其乐融融的场景栩栩如生。现代医学研究表明,嗜酒对后代身体的危害是极大的,按照这一思路发散推理,还能得知,汤显祖母亲("吾家慈大夫人")为何虚弱多病,汤显祖为何从幼"清羸故多疾"(《三十七》)[9],一生"酒盏都成药碗香,病禁风雨两蒲阳"(《辛丑五日又病,听稚儿念书》[10])的源头了。

在汤显祖的笔下,诗文中的外公还具有"防身不用流黄剑"的品性,而《铭》中大舅同样为"昭武之德人"。也就是说,都不是强势之人。外公是"风流郑重,良深长者之风",而二舅"为人仁厚",大舅"虽睚眦不形于色,恶语不发于声"。尽管是对两代人的不同描写,但诗句与《铭》文的措辞,达到了几乎可以置换的程度。

遗传的力量在于悄无声息,然若无亲密无间的"昕夕共谈笑"(《宠十七公墓志铭》),要作出如此形似的描写,是绝不可能的。这也是笔者得出推考结论的重要依据之一。

其三,人物名称的对应性:《初发瑶湖次宿广溪》序中的"别吴十一舅、隆八弟",在两《铭》文中我们没有看到,但从《宠十七公墓志铭》的落款"孤哀子隆七、隆十三、隆十七同泣血立石"中,可以推断,"隆八弟"是二舅宠十七公之子,不过其时已经去世,否则碑文上也是有他名字的。"吴十一舅"由于《族谱》不完整,待考。

(三)落款之疑与推考

由于我们所看到是后人印制在族谱上的文字,并非是出土石刻原作,所以也发现"赐进士第南京礼部祠祭司主事愚甥汤显祖顿首拜譔并题盖"、"赐进士第南京礼部清吏祠祭司主事愚甥汤显祖顿首拜撰"的落款,以及堂联"赐进士外孙汤显祖顿首拜题"的落款,其功名部分疑为后人所附加。因为,从语句分析,其功名部分与"愚甥"、"外孙"的称谓形成重叠关系。从情理分析,在为自己长辈撰写的《墓志铭》上前缀功名,难免有标榜之嫌。这与我们所看到的万历三十四年(1606)汤显祖为祖母魏夫人撰写的《墓志铭》原作,只署"孝孙显祖泣血立石"相比较,就足见其疑了。当然与给自己同辈的亲人撰写《墓志铭》又不一样,恰当地前缀功名,反而能为逝者增添荣耀。如同为万历三十四年(1606)为夫人吴孺人所作《墓志铭》原作,落款"进士出身南京礼部祠祭司主事汤显祖雪涕立石",当是如此,且无落款称谓重叠与赘意。故此推论,《广溪吴氏族谱》所载三佚文落款的前缀功名,是修谱者唯恐人们不知汤显祖赫赫大名而妄加的。

综上所考,这两篇《墓志铭》,无论是从史实依据或写作风格等全方位考证,均为汤显祖所作。两《铭》中所记载的汤显祖与母家族人的交往等诸多情况,在以往的汤显祖研究资料中,均未有记载,而足显其珍贵了。又 2015 年 12 月出版的《汤显祖全编》,以及其他地方史志文献及其刊物,都没有这两篇《墓志铭》的相关信息,故确定为新发现而无疑。其原因一是《族谱》存放的神圣性。按照当地的习俗,每年只有农历正月初一"写谱"(即将前一年出生的男丁登录到谱中),六月初六"晒谱"(即晾晒,防止霉变)才能查看,其他时间是不容轻易触动的。二是《广溪吴氏族谱》较为繁杂,收存的文献较多,仅谱序就有两册。而汤显祖撰写的堂联与《墓志铭》,分列在两册不同的类目之中,难以发现;三是"广溪"二字,古体"廣"字里面有个"黄"字,吴氏族人至今仍然固执地讹读为"崖(ai)",于是"广溪"成了"崖溪",相距甚远。所以几百年来外人无以知晓。直到 2014 年 9 月,临川区的杨友祥先生在吴家村采访,偶然间获此信息,发现并披露了汤显祖等撰写的堂联,才撩开了些许的面纱。

注:

〔1〕宣君不受宣:前一宣,人名,宣公。吴氏江南始祖。后一宣,动词,宣封。

〔2〕宅相:外甥的代称。

〔3〕石羊城左:临川城古称羊城,汤显祖的玉茗堂座落于城东,左方位。

〔4〕陈际泰:(1567—1641),字大士,号方城,江西临川鹏田陈坊村人。崇祯三年(1630)庚午科中举;崇祯七年(1634)甲戌科刘理顺榜进士。明末古文家,"临川四大才子"之一。

〔6〕长乐乡:为现临川区罗针镇、云山镇,进贤县的文港镇、温圳镇,丰城县的

箭港乡,南昌县的白马乡等所构成。

〔7〕文天祥《题宣公像》(全文):世以谱传而不能以像传,能并传者必先人之德泽垂世,而可绎思者也。吴氏谱像灿然传数百年,而不替。子孙瞻先人之像,读先人之谱,而不兴仰止之,未之有也。

〔5〕〔8〕〔9〕〔10〕分别见徐朔方笺校《汤显祖集全编》上海世纪出版股份有限公司　上海古籍出版社出版　2015年12月第1版　第273页、第626页、第409页、第872页。

作者单位:江西抚州汤显祖国际研究中心

新见明刊朱墨套印本《南柯记》述评

华　玮

一、刊　本　简　介

《古本戏曲丛刊初集》所收汤显祖《邯郸记》，为"影印北京图书馆藏明朱墨刊本"。此本刊刻者吴兴闵光瑜，在书前《小引》中将《邯郸》与《南柯》并论，①而此本批者四明天放道人刘志禅，亦在眉批中将二剧加以比较。②《邯郸》刻者与批者不约而同提到《南柯》，是否说明"二梦"可能为同时刊刻？笔者近日在台北故宫图书文献馆亲见明刊朱墨套印本《南柯记》三卷，经比对，系与《古本戏曲丛刊初集》所收《邯郸记》卷数、版式、正文字体均相同，应属同套。③此本在傅惜华《明代传奇全目》《善本古籍书目》中皆未言及，显系珍本。④

《南柯记》三卷三册，卷首书名标作"南柯"，版心题同。卷首有《南柯记题词》，署"万历庚子夏至清远道人题"。⑤次为"目"，依序列出卷

---

① "若《邯郸》，若《南柯》，托仙托佛，等世界于一梦。从名利热场一再展读，如滚油锅中一滴清凉露。"见《古本戏曲丛刊初集》第78册，《邯郸梦记·小引》，第1b页。

② 《邯郸记》卷下第二十五折《杂庆》眉批云："众人喜庆如此，卢生隆遇何如！是作者善形容处。正与《南柯·风谣》一律。臧每削之，何也！"《古本戏曲丛刊初集》第78册，《邯郸梦记》卷下，页14b。

③ 据我所知，"四梦"版本为三卷本的只此二部。故宫图书文献馆注明，此本原藏于国立北平图书馆。正文首页有董康印。

④ 只有《汤显祖研究汇编》所收《南柯记》版本中列有"（三）明刻朱墨印本。北京图书馆藏。三卷。"但编者未言其详。见毛效同编：《汤显祖研究汇编》（上海：上海古籍出版社，1986年），下册，第1426页。

⑤ 此为翻印臧本《南柯记题词》，唯版心题作"南柯序"而臧本作"南柯记序"。

上、卷中、卷下之折目。卷上由《开场》到《得翁》;卷中由《议守》到《朝议》;卷下由《召还》到《情尽》。①其次有插图十四幅。②每半叶八行,行十八字,四周单边,白口,上栏有眉批。与朱墨套印本《邯郸记》相同,此本《南柯记》正文"以汤本为主,而臧改附傍",③上栏亦同样将臧评刊于墨板,而将其他批语用朱印以示区别。"臧改"、"臧评",指的是臧懋循(1550—1620)在万历四十六年(1618)出版的"四梦"修订本《玉茗新词四种》。④

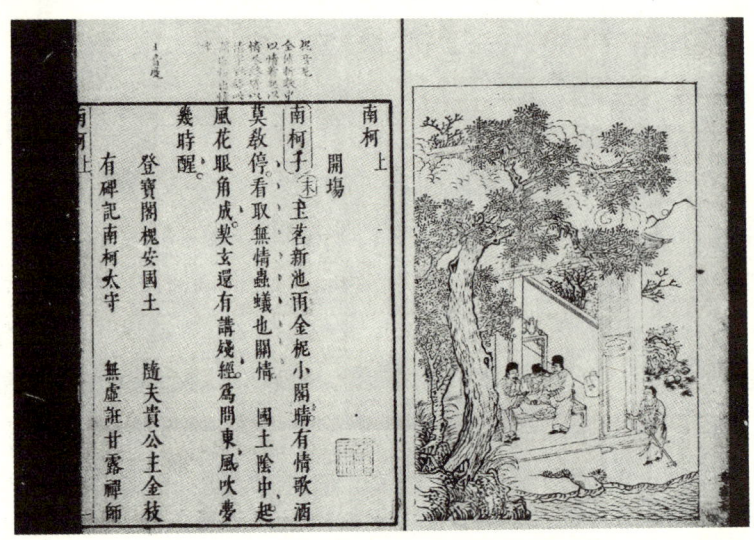

① 卷上:开场、第一折侠概,依次是树国、禅请、宫训、谩遣、偶见、情着、决婿、就征、引谒、贰馆、尚主、伏戎、侍猎、得翁(连开场共 16 折)。卷中:第十六折议守,依次是拜郡、荐佐、御饯、录摄、之郡、念女、风谣、玩月、启寇、围警、雨阵、围释、帅北、击〔系〕帅、朝议(共 16 折)。卷下:第三十二折召还,依次是卧辙、芳陨、还朝、粲诱、生恣、象谴、疑惧、遣生、寻寤、转情、情尽(共 12 折)。
② 版心下方有注:侠概一、树国二、禅请三、宫训四、谩遣五、遇粲六、就征七、引谒八、贰馆九、召还十六、芳陨十七、象谴十八、遣归十九、寻寤二十。
③ 见明天启元年(1621)刻朱墨套印本《邯郸记》三卷,《凡例》,第 1a—1b 页。
④ 扉页署有:"雕虫馆校定"、"玉茗新词四种"、"本衙藏版",美国柏克利加州大学东亚图书馆藏。内容依序为《牡丹亭》、《南柯记》、《邯郸记》与《紫钗记》。每剧正文首页均书有"临川汤义仍撰"、"吴兴臧晋叔订"。本文所引臧改本,均出自此版本。

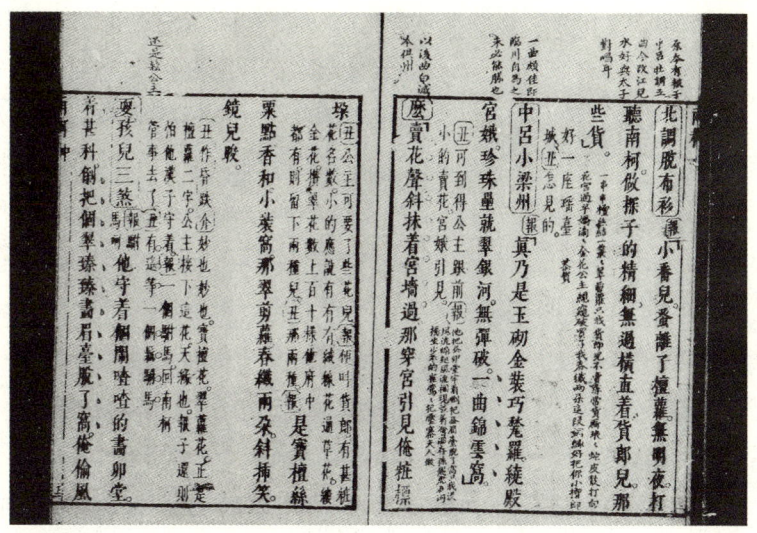

臧氏自述其改编主要目的是为了搬演。在《玉茗新词四种》卷首《玉茗堂传奇引》中他写道：

> 临川汤义仍为《牡丹亭》四记，论者曰："此案头之书，非筵上之曲。"夫既谓之曲矣，而不可奏于筵上，则又安取彼哉？……予病后，一切图史，悉已谢弃，闲取四记，为之反复删订。事必丽情，音必谐曲，使闻者快心，而观者忘倦。即与王实甫《西厢》诸剧并传乐府，可矣。①

由于此本刻印精美，并且附图多帧甚为美观，因而广受欢迎，一时之间，几有臧而无汤。至明泰昌元年（1620）吴兴闵氏朱墨套印本《牡丹亭》中，茅元仪即对臧改本有所批评：

> 雉城臧晋叔，以其为案头之书，而非场中之剧，乃删其采、剉其锋，使其合于庸工俗耳。读其言，苦其事怪而词平，词怪而调

---

① （明）臧懋循《玉茗堂传奇引》，《玉茗新词四种》，第 1a—4b 页。

平,调怪而音节平。于作者之意,漫灭殆尽。①

从朱墨套印本《邯郸记·小引》可知此书出版者闵光瑜于天启元年(1621)在晟溪里隆恩堂刻印此书,其出版时间与《玉茗新词四种》相隔仅三年,且出版地就在臧懋循雕虫馆的所在地吴兴。②依此可以推断朱墨套印本《南柯记》亦约在天启初年于吴兴出版。其时,臧懋循已于前一年过世。晚明江南刻书业以吴兴最为繁盛,吴兴刻书的重要特点,依学者的归纳是"采用多色套印和多刻评点书,将评点和套印完美地结合起来,相得益彰"。③朱墨套印本《南柯记》可谓此类刻印雅致的评点书的代表。

套印本《南柯记》与臧本《南柯记》相比,草书题词和版画相同,唯臧本有图三十五幅(即每折皆有图),在眉栏注出折数与折目,套印本则取消眉栏,改由版心标示折名与折数,且少十九幅图。有趣的是,尽管臧本第六折《遇粲》在套印本中已依原著改为《偶见》,但此处图版说明仍沿用臧本,显系因袭。套印本也同臧本,以"折"代"出",且将首折标作《开场》不算入折数,此与万历刊本或柳浪馆本作"第一出提世"相异。此外,臧本全文无圈点,而套印本有圈点,并于上栏增加不少臧评之外的他人批语。二者刻印都极为考究,套印本因用朱墨双色套印,更显精致。最重要的差别是,套印本将臧改本所删之折目、所改之文字全数补回。④

臧氏关注场上搬演,故在音乐方面,他注意曲文是否合律依腔、曲牌运用与编排是否合情合理而且没有重复;在表演方面,他补充了一些原著未说明的行当配置、指定穿戴、重订了角色上下场,有时还安排

---

① (明)茅元仪《批点〈牡丹亭记〉序》,收入《古本戏曲丛刊初集》,册74,第2b页。
② 有关吴兴闵氏家族刻书的历史,参见周兴陆:《明代吴兴刻书家闵、凌二姓世系考》,《浙江社会科学》2008年第7期(2008年7月),第86—89页。
③ 周兴陆:《明代吴兴刻书家闵、凌二姓世系考》,第86页。
④ 有关臧改本《南柯记》的详细讨论,请参见拙著:《思想与情感的简化:论臧懋循改本〈南柯记〉》,《戏剧艺术》2015年第6期(总188期;2015年12月),第14—24页。

吊场。在结构方面,他在一出内删减曲牌数量与宾白,时而重新创作。(如《启寇》批云:"原本有报子【中吕】北调五曲,今改【江儿水】,好与太子对唱耳。"①)就全本而言,则删去一些他认为与情节发展不太相关的出目,以使全剧结构更为紧凑。诚如套印本《邯郸记·凡例》所言:"新刻臧本,止载晋叔所窜,原词过半削焉;是有臧竟无汤也。兹以汤本为主,而臧改附傍,使作者本意与改者精工,一览并呈。"②可见闵光瑜是有意恢复临川"本意",但同时又认为臧改本亦有"精工"之处的。换言之,此书尽可一书二用,同时满足购买者对于原著与改编、案头之书与场上之曲的好奇需求。基于这样的出版想法,汤显祖《南柯记》之本来面目,在《玉茗新词四种》占有优势的情况下,始以独特的"复合"形式重现于世。

二、正 文 来 源

根据笔者考察,朱墨套印本《南柯记》的底本当是《柳浪馆批评玉茗堂南柯梦记》,③因为无论是曲文、宾白还是出名,均可见套印本只与柳浪馆本相同,而与其他明刊本相异的例子。④

首先,曲文方面,套印本卷中第二十八折《围释》,瑶芳公主唱【牧羊关】,中有"小心肠、心肠儿多大"句(页32a),与柳浪馆本同,而此句在长乐郑氏藏万历刻本《南柯梦》,即《古本戏曲丛刊》所收本中作"小则小、心肠儿多大"(页16a—16b)。此外,套印本卷下第三十三折《卧辙》,淳于梦唱【前腔〔懒画眉〕】,中有"重重树色隐隐銮"句(页5b),柳

---

① 卷上,第20折《启寇》,页55b。
② 见明天启元年(1621)刻朱墨套印本《邯郸记》三卷《凡例》,第1a—1b页。
③ 据学者考证,柳浪馆评点出自袁于令(1592—1672)之手。见郑志良:《袁于令与柳浪馆评点"临川四梦"》,《文献》2007年7月第3期,第51—58页。
④ 笔者手边虽没有《柳浪馆批评玉茗堂南柯梦记》原本可资比对,惟根据刘世珩与吴梅在《暖红室汇刻传奇临川四梦·玉茗堂南柯记·跋》中所云:"楚园先生此刻据柳浪馆本",可见暖红室本提供了柳浪馆的大量信息。经笔者将套印本与暖红室本比对后发现,后者眉批提到之柳浪馆原文,均与套印本完全相同。

浪馆本亦然;此句在万历刻本中作"重重树色隐鸣銮"(页 30a)。显然"隐隐銮"有误。

其次,宾白方面,套印本卷中第二十三折《风谣》,紫衣官道:"曾游几处,近见此邦"(页 15b),"近见"在他本均作"仅见",只有柳浪馆本作"近见"。另外,卷下第三十五折《还朝》,右相段功道:"朝房下有王亲酒到。"(页 12b),柳浪馆本同;在万历刻本《南柯梦》中,此句作"朝房下有列位老国公、王亲的酒到。"(页 35a)

再次,出(折)名方面,套印本卷下第三十五折名为《还朝》(页 10a),同柳浪馆本,此出在万历刻本中作《议冢》(页 33b)。①事实上,套印本只有首折循臧改本之例,作《开场》而柳浪馆本标作《提世》,其余之出(折)名,套印本皆与柳浪馆本相同。

套印本于原文之外的臧本改订文字,大体而言,或列于汤氏正文旁侧,或正文下空白处。需要指出的是,套印本也非一字不改照录臧本。例如第二折《树国》结尾下场诗,在臧本中标明为蚁王和右相各念二句,之后臧本增加了"王吊场",并以眉批说明原因,这些都不见于套印本。详见下表:

	臧 本	朱墨套印本
下场诗	(王)万物从来有一身,一身还有一乾坤;(右)敢于世上明开眼,肯把江山别立根。	万物从来有一身,一身还有一乾坤,敢于世上明开眼,肯把江山别立根。
王吊场	(右相净末先下)②(王吊场)我想公主瑶芳,年已及笄,该招驸马。只是本国中一时难得智勇之士,可以充选。不若到人世间遍行寻访,必得其人。如今且回宫去,与中宫计议而行便了。③	(无)
眉批	国王吊场,不但外等先下,便于卸妆改扮,且国母遣郡主选婿,亦觉有因。吴人每称此为戏眼,正关目之谓也。	(无此批语,但于上场诗"一身还有一乾坤"上增批曰:"妙句")

① 按:在目录中写作《还朝》。
② 臧本在此折开场时说明:"小生蚁王引净末扮内官,贴搽旦扮校尉执扇上"。
③ 卷上,第 2 折《树国》,第 7a 页。

从上表可见,臧懋循为《南柯梦》重订了角色下场,以使原剧更适于舞台搬演。我们可以想见,将二种文本并置纸上,在实际操作上并不容易,因此套印本只遵循"以汤本为主"的原则,而非处处顾及"使作者本意与改者精工,一览并呈"。汤本原来没有而臧本增加的部分(如上例)也就省略不录了。由此亦可见,相对于"案头之曲"的改编,套印本更注重"案头之书"的原著。批者细读原作文本,连下场诗也不放过,如其中一句"一身还有一乾坤",批者就特别于句旁加圈,并以"妙句"称赏之。考虑到此出《树国》主角本为蝼蚁,今为"大槐安国主"的情节,批者所赞不谬。

柳浪馆本和臧本之外,套印本所录文本当还有另一个尚不明确的来源。目前所见至少有二例可证。其一,《开场》之下场诗"登宝阁槐安国土,随夫贵公主金枝。有碑记南柯太守,无虚诳甘露禅师",其中第一句,柳浪馆本作"登宝位",臧改本作"登宝座",而此本作"登宝阁"。此外,在套印本第四十三折《情尽》【南步步娇】中原文"则一答龙冈,到把天重会。恰些时弄影彩云西"被改为"则一搭龙冈,是你归魂地。今日个弄影彩云西",批者云:"'一搭龙冈,是你归魂地。',句佳。"(页42b)经与臧改本比对,发现臧改本与原文毫无差别,仍是"则一答龙冈,到把天重会。恰些时弄影彩云西"。①究竟改动的文字从何而来? 会不会有可能出自批者自己? 目前尚难断定。

三、批 语 内 容

套印本的批语采用朱、墨双色刻印在每页正文上栏,内容可大致分为四类:(一)臧本原有的眉批,包括音释、改动说明,以及对原著的正负面批评,一般为墨印。(二)套印本批者对臧氏改订的意见,多以朱色印于臧批之旁。举例而言,套印本批者不同意臧懋循删去《念女》和《风谣》二折:

---

① 卷下,第35折《情尽》,第57a页。

> 此折间《伐别》(按:指《御伐》)之后,《召还》之前,联络上下情节,自不可少。况埋伏公主病患,又为《卧辙》张本。晋叔苦欲删之,不知何意?(第二十二折《念女》,页13b—14a)
>
> 非此折,七千三百条德政碑,无根据矣。二十年出守大郡,不见一毫政绩,岂不缺典?此是临川善穿插处,臧本删去,何也?(第二十三折《风谣》,页15b)

他反对臧氏是因为臧本如此删削使情节失去照应,而从思想意蕴的角度来看,此二折也不应删去,因为《念女》和《风谣》的意涵,也是汤显祖其他剧作所一贯关注的女性人生经验和个人声音的表达、士子功名抱负的实现,以及政治清明的理想等重要主题的呈现。

有时批者对于臧氏删减或增加某些字句,亦表赞同。例如:

> 不宜多着此想,删之是。①(第三折《禅请》,页9a)
> 此调"荔枝"句下当增六字。②(第三折《禅请》,页9a)
> "人非人",已见神通;又引道经明说蝼蚁便着相,删之是。③(第七折《情著》,页21b)

较为少见的是,批者偶尔也会称赞臧氏之改订。第十二折《尚主》【锦堂月】本四曲,臧删其半,并改动原剧之唱法与部分文字,批者认为"臧改较胜"。④另如第三十七折《生恣》【鹅鸭满度船】之原句:"则见香肌褪,望夫石都衬迭床儿上。"臧改作"早把相思枕、相思被都衬迭床儿

---

① 此指契玄禅师于唱完【正宫端正好】后的道白:"(回介)不去罢。我看衲子们谈经说诵的,不在话下;一般努目扬眉,举处便喝,唱演宗门,有甚里交涉也?"臧本删去。

② 此指【滚绣球】"那里有笑拈花吃荔枝"后,臧增"笑拈香听鹧鸪"六字。臧本中对此增改未加说明。

③ 此指臧本删除原著中琼英郡主与契玄禅师问答的一段:"(小旦问介)大师,似我作道姑的,也可度为弟子乎?(净)你那道经中,已云'道在蝼蚁',则看几粒饭,散作小须〔沙〕弥,怎度不的?"

④ 第12折《尚主》,页34b。按:臧所改包括唱法及曲文,见臧懋循订《南柯记》卷上,第12折《尚主》,第36a页。

上",并自诩"曲极紧凑"。①此本批者也赞曰:"'相思枕'等句,鲜美可爱。"②

批者也会指出臧懋循对汤氏原著之改订有所不足之处。例如第四折《宫训》,大槐安国母训女,问:"四德三从,可知端的?"瑶芳公主回答:"孩儿年幼,望母亲指教。"于是国母说道:"夫三从者,在家从父,出嫁从夫,老而从子。四德者,妇言,妇德,妇容,妇功。有此三从四德者,可以为贤女子矣。"批者对此处的写法表示不满:

　　四德三从,应有数曲作训,只直说便少精神。临川失检,晋叔亦未之及也。惜乎!徒删其白,与下曲何关?(第四折《宫训》,页11a)

显然批者认为三从四德的训诲,应由曲文表现而非仅以道白直叙,而臧本将国母所言删去,紧接原本【傍妆台】曲,③改订并不完善。事实上,我们可以从此一细节的处理看到,汤显祖并没有浓墨重彩强调女性教化的思想。

(三)直接采自柳浪馆本的批语。套印本《邯郸记·凡例》有云:"批评旧有柳浪馆刊本,近为坊刻删窜,淫蛙杂响。兹择其精要者,与刘评共用朱印。""刘评"是刘志禅的评语,此本前有其题词。④经笔者比对,套印本《南柯记》对柳浪馆刊本的批语同样也是"择其精要者",将其刻于眉栏。这类批语除了少数论及文字,多半属于借题讽世之类。兹列举如下:

---

① 卷下,第31折《粲诱》,第36b页。
② 卷下,第37折《粲诱》,第19b页。
③ 此曲为老旦国母所唱,曲文如下:"一种寄灵根,依然楼阁贺生存。论规模虽小可,乘气化有人身。中宫忝作吾王正,下国凭称寡小君。掌司阴教,齐眉至尊。你须知三贞七烈同是世间人。"臧本只改动曲牌名,作【二犯傍妆台】,并将"掌司阴教"至末句之唱法改订为"丑合";臧本以丑扮宫娥,原本未标明。见卷上,第4折《宫训》,第11b页。
④ 刘志禅的生平不详,我们只知道他是四明人,生活于晚明。他与传奇《李丹记》的作者刘还初(刘远)是否为同一人,殊难判定。有关刘志远生平的考证,可参见程芸:《明传奇〈李丹记〉作者刘还初新考》,收入《元明清戏曲考论》(北京:中国社会科学出版社,2013年),页19—29。刘还初,别署"天放道人"。

总评：只为老僧饶舌，蝼蚁成精。故今天下，蚁作讲师，讲师如蚁。（第三折《禅请》，卷上，页 9b—10a）

三从四德，人亦有不如蚁者。（第四折《宫训》，页 11b）

"虹作"、"蜂亲"，谑甚，趣甚！①（第四折《宫训》，页 12a）

佳词都入三昧。（第九折《就征》，页 27a）

妙谑解颐。（第九折《就征》，页 28b）

从来楚汉争天下，亦只如是。真可助达者一噱也。（第十三折《伏戎》，页 37a）

右相谋国甚忠，凡为相者不可有愧此蚁也。（第十六折《议守》，卷中，页 1a）

可笑段生，难道淳于遂不能为蝼蚁先驱？（第十六折《议守》，页 1b）

曾闻宋板《大明律》，这又在宋以前了。（第二十折《录摄》，页 10a）

此虽戏谑，实从经历得来，若书生何以知此？（第二十折《录摄》，页 10b）

对老婆讲书，是驸马弄文法，（按：柳本多"终是腐儒色相"）不如妇人倒暗合道妙。（第二十四折《玩月》，页 20b）

世上生祠碑记，无不如是。（第四十一折《寻寤》，卷下，页 31b）

世上文章，无不如是。世上妻孥，无不如是。（第四十一折《寻寤》，页 32a）

世上风水，无不如是。（第四十一折《寻寤》，页 32b）

世上江山，无不如是。（第四十一折《寻寤》，页 33a）

读此记竟尚（按：柳本作"而"）不大悟者，真梦汉也。（按：柳本多"即蚁子亦不如是也！"）临川先生大法师也。（第四十三折《情尽》，页 46b）

---

① 此指大槐安国母【傍妆台】曲文："知他同谁'虹作'夫妻分，了你'蜂亲'父母恩？"其中双关语运用所造成的谐谑效果。

由此可见,柳浪馆主的批语继承了唐传奇《南柯太守传》末尾"贵极禄位,权倾国都;达人视此,蚁聚何殊"①的政治性与讽喻性倾向,将此剧视为汤显祖醒世和度世之言。在《南柯梦记总评》中柳浪馆主写道:"此亦一种度世之书也。蝼蚁尚且生天,可以人而不如蚁乎","余尝谓情了为佛,理尽为圣。君子不但要无情,还要无理。又恐无忌惮之人借口,蕴不敢言,不意此旨《南柯记》中跃跃言之。"②个人以为,柳浪馆主快人快语,与他相比,套印本批者社会批判的力道相对缺乏,上引第二十四折《玩月》批语中"终是腐儒色相"以及第四十三折《情尽》批语中"即蚁子亦不如是也!"被省去,或者并非无意。

(四)此书批者对原著之主题思想、关目结构、文字声韵的评论。兹择其要者列举如下:

(1)主题思想方面

全传折数中以《情着》起,以《情尽》终,皆以"情"字联络。此《开场》拈出"情"字。(《开场》,卷上,页 1a)

"痴情妄起"四字,通本眼目。(第七折《情着》,页 22b)

"多情"二字,应第四折"有情"字。(第七折《情着》,页 23a)

"文墨"二字,世上无处用着,只得向蚁穴奏献,哀哉!(第十四折《侍猎》,页 39a)

垂不朽文章者看此。③(第十四折《侍猎》,页 40a)

名垂青史者看此。④(第十四折《侍猎》,页 40b)

讽切时弊,妙甚。⑤(第二十折《录摄》,卷中,页 11a)

---

① 钱南扬校注《南柯梦记》附录,人民文学出版社,1981 年,第 182 页。
② 《暖红室汇刻传奇临川四梦》册 9,江苏广陵古籍刻印社,1997 年,第 4a 页。
③ 此指蚁王所言:"这田子华才子之文,不可泯灭,可雕刻在金镶玉板之上。"
④ 此指下文所引大槐安国右相对国王的禀报:"(右)今日以南柯有警,讲武兹山。非乐也。臣已于国史之上书了一行。(王)怎么书?(右)大槐安国义成元年秋八月,大猎于龟山。讲武事也。"
⑤ 指此折结尾,南柯郡簿吏的曲白:"(吏)没钱粮,有处。因公且科派,事后再商量。"

梦中说梦。(第二十七折《雨阵》,页 28b)

是梦,是醉,是戏。①(第三十折《系帅》,页 41a)

情真。②(第四十折《遣生》,页 26a)

真禅语。③(第四十二折《转情》,页 37b)

度人法门。④(第四十二折《转情》,页 38a)

幻法。痴人。⑤(第四十二折《转情》,页 38b)

痴人还做梦。⑥(第四十三折《情尽》,页 41b)

此淳于生情障。⑦(第四十三折《情尽》,页 43b)

六根斩断淫心最难,故临川于此种种提醒。⑧(第四十三折《情尽》,页 44a)

金犀、槐荚作二观耶?(第四十三折《情尽》,页 45b)

是佛。(按:指"空个甚么?")(第四十三折《情尽》,页 45b)

批者一方面承袭了柳浪馆讽世的读法,另一方面则透过细读《情着》《转情》和《情尽》数出,阐发了汤显祖《南柯记题词》所云"梦了为觉,情了为佛"的主旨,此为柳浪馆主和臧懋循所未及。

(2) 关目结构方面

非此一别,则南柯聚首无根。(第一折《侠概》,卷上,页 42b)

金钗犀盒,关目好。(第四折《宫训》,页 12a)

---

① 此指周弁以下表白:"你不信,有诗为证:'暑往寒来春复秋,夕阳西下水东流。将军战马今何在? 野草闲花满地愁。'这都是你半万个泥头酒之过也。"
② 指生唱【逍遥乐】中"恨远芳容,惊承严谴,暗悖慈颜。"数句。
③ 指契玄禅师所言:"(净)彼诸有情,皆由一点情,暗增上骄痴受生边处。"
④ 指:"(净)待再幻一个景儿,要他亲疏眷属生天之时,一一显现,等他再起一个情障,苦恼之际,我一剑分开。"
⑤ "痴人"指:"(生)檀萝国是我之冤仇。我这一坛功德,颠倒替他生天。"
⑥ 此指淳于梦见到国王国母时,道:"前大槐安国左丞相驸马都尉臣淳于梦叩头迎驾。"
⑦ 指淳于梦见到瑶芳时唱道:"【南江儿水】我日夜情如醉,相思再不衰。"
⑧ 指淳于梦问瑶芳道:"天上夫妻交会,可似人间?"

引"宝珠璎珞"为金钗犀盒地步。(第七折《情着》,页 21a)

此与《象谴》折照应。(第十六折《议守》,卷中,页 2a)

惓惓付托,有体式,有关目。(第十九折《御饯》,页 8a)

请经照应《念女》折。(第二十四折《玩月》,页 20a)

一个"快讨酒来",关目最好。(第三十折《系帅》,页 38b)

做法恶,然亦为《风谣》折关锁。(第三十二折《召还》,卷下,页 3b)

此处哭公主,安顿得好。(第三十三折《卧辙》,页 8a)

右相背笑,使观者当场儆醒,有做法。(第三十五折《还朝》,页 11b)

应开国折,此乃为君之法。(第四十折《遣生》,页 26a)

国母首生哭,有做法。(第四十折《遣生》,页 26b)

为普度张本。①(第四十折《遣生》,页 27a)

不但为同在南柯根由,亦结同皈六合公案。②(第四十一折《寻寤》,页 33a)

收拾金钗犀盒,有情致。(第四十三折《情尽》,页 44b)

批者细心,能注意金钗、犀盒在《南柯记》中前后贯串的作用,也就间接称赞了汤显祖的关目安排。第七折取名《情着》,就因金钗、犀盒为淳于棼一见留情之物。当他看见琼英郡主代瑶芳公主献给禅师的金凤钗一对与通犀小盒一枚,他不禁痴情妄起,由物思人。唯有到剧末《情尽》,淳于了悟到自己一向痴迷,才会感叹:"咱为人被虫蚁儿面欺,一点情千场影戏。"那时他已梦醒情忘,再看金钗、犀盒,所见已不相同:金钗是槐枝,犀盒是槐荚子。此外,对于出与出之间的埋伏、照应,或某出中的人物动作及情节设计,以上批语亦有警省之处。

(3) 文字声韵方面

"酒徒"为半万泥头张本,"文友"为《龟山大猎赋》张本,非漫

---

① 指国母所云:"但要淳郎留意,便有相见之期。"
② 指田子华、周弁"同日无病而故"。

落此四字。(第一折《侠概》,卷上,页 2a)

"法度"二字与《遣生》折"小江山全凭一令法"字句相照应。(第二折《树国》,页 5a)

此调"荔枝"句下当增六字。(第三折《禅请》,页 9a)

去此数语,何等雅洁。①(第四折《官训》,页 10b)

"帮钻"诨是。②(第五折《谩遣》,页 14a)

谑亦趣。③(第六折《偶见》,页 18a)

以经典作曲白,句句是讲坛妙义。(第七折《情着》,页 20b)

惊疑光景,极似梦中。(第十一折《贰馆》,页 32a)

字字与广陵关切,妙,妙!(第十二折《尚主》,页 35b)

此仿《琵琶记》寄书。(第十五折《得翁》,页 42b)

荐本、奖语俱得体。(第十八折《荐佐》,卷中,页 5a)

"审雨堂"出《搜神记》,引用梦中事,切当。(第二十七折《雨阵》,页 27a)

用"蚁"字太多。④(第二十八折《围释》,页 32a)

学君瑞口角,妙,妙。⑤(第二十八折《围释》,页 32b)

填词应削。⑥(第三十一折《朝议》,页 44b)

以下数曲堪与《西厢》、《拜月》骖驾。⑦(第三十六折《粲诱》,页 14b)

声韵甚佳。⑧(第三十七折《生恣》,页 18a)

---

① 指删去国母自报家门中"初为牝蚁,配得雄蜉。细如虮虱之妻,大似蚊蚋之母。偶尔称孤道寡,居然正位中宫。"的几句。按:臧本删去,但并无批语。
② 此指沙三问丑:"你东人做甚么生意?",丑答:"做神将。"然后沙三道:"做皮匠。叫我去帮钻。"
③ 指(老旦)灵芝国嫂所说:"把水月观音倒做了。"
④ 此处批评的是【牧羊关】:"(旦)看他蚁阵纷然摆,……"
⑤ 此指檀萝四太子曰:"小子非为哺啜而来。"
⑥ 指:"(王)论我国家气势,得时而羽翼能飞,失水则蛟龙可制。琐琐檀萝,遭其挫败。"
⑦ 指【金落索】、【忆秦娥后】、【金落索】、【刘泼帽】。
⑧ 指【前腔(解三醒犯)】:"似咱这'迤逗多娇粉面郎'。"

此数曲不减元词。①(第三十七折《生恣》,页 19b)

即落场一诗,顽皮极矣。②(第三十九折《疑惧》,页 25a)

"风光顷刻"句佳。③(第四十折《遣生》,页 27a)

批者指出汤氏注意文字、机趣,乃受元曲启发,其文采不下元人,这些并不令人惊讶。比较特别的是,批者对汤氏曲文之声韵亦有佳评,不似臧懋循对其彻底否定;④但同时,他对汤氏用"蚁"字太多,念白有多余之处等也提出了批评。

总的来说,批者对于《南柯记》"情"的主题呈现、关目情节安排、内容和字句上的埋伏照应、人物情感刻画,甚至插科打诨的评点,都能言之成理。

四、版本意义

汤显祖传奇在晚明出版的朱墨套印本,学界以前仅知有《牡丹亭》和《邯郸记》二种,事实上还有第三种《南柯记》。此三卷本《南柯记》对于汤显祖研究、戏曲传播、接受与出版研究,具有以下几方面的意义:

首先,朱墨套印本对《南柯记》之曲文校勘有其价值。据笔者比对此本与万历刻本《南柯梦》(即《古本戏曲丛刊》所收本,下简称"古本"),除了前已提及的第三折《禅请》【滚绣球】:"此调'荔枝'句下当增六字"(页 9a),⑤以及第四十三折《情尽》【南步步娇】作"则一搭龙冈,

---

① 指:"【前腔(蛮儿犯)】:(贴众)风摇翠幌,月转回廊,露滴宫槐叶响。好秋光风景不寻常,人带幽姿花暗香。(合前);【前腔】(生)把金钗夜访,玉枕生凉,辜负年深兴广。三星照户显残妆,好不留人今夜长。(合前)"等。

② 诗云:"夫子常独立,鲤趋而过庭。一闻君命召,不俟驾而行。"

③ 指:"风光顷刻堪肠断"。

④ 臧懋循在《玉茗堂传奇引》云:"今临川生不踏吴门,学未窥音律,艳往哲之声名,逞汗漫之词藻,局故乡之闻见,按亡节之弦歌,几何不为元人所笑乎?"第 3b—4b 页。

⑤ 见 90 页注②。按:【滚绣球】"那里有笑拈花吃荔枝"后,臧增"笑拈香听鹧鸪"六字;古本、暖红室本、钱南扬校注本、汤显祖全集本,均未增加。

是你归魂地。今日个弄影彩云西"①之外,另有以下数处文字相异,可资参考:

  《开场》:落场诗"登'宝阁'槐安国土"(卷上,页1a),古本作'宝位'(1a)。

  第六折《偶见》:【对玉环带过清江引】"观音'坐'宝栏"(页17a),古本作'座'(14a)。

  第九折《就征》:【前腔(驻云飞)】"谁道俺去何来"(页26b),古本"谁"作小字(22a),为念白;【前腔(驻云飞)】"兄靠着小围屏"(页27a),古本"兄"作小字(22a),为念白。②

  第十折《引谒》:【前腔(点绛唇)】"素锦'霜袍'"(页30a),古本作'雪袍'(24b)。

  第二十折《录摄》:【前腔(字字双)】"山妻叫俺'外郎郎'"(卷中,页9b),③古本作'外郎外郎'(44b)。

  第二十六折《闺警》:【尾声】"须则是驸马亲来才救的我"(页25b),古本全句入宾白,作小字(卷下,10a)。④

  第二十七折《雨阵》:【啼莺儿】"猛端相'断云'何处"(页27),古本作'断魂'(12a)。

  第二十八折《围释》:【梁州第七】"怎便把颤嵬嵬'兜鍪'平戴"(页31b),古本作'兜矛'(15b)。⑤

  第三十折《系帅》:【北醉花阴】"俺这里疋马单鞭怕提起,即'滗'的一家儿。这里头直上滚尘飞,……"(页38a),古本

---

① 见89页注①。按:原文为:"则一答龙冈,到把天重会。恰些时弄影彩云西"。
② 暖红室本、钱南扬校注本、汤显祖全集本,均与套印本相同,作曲文。
③ 套印本此处虽录原文"山妻叫俺外郎外郎",但在眉批说明:"首句应是'山妻叫俺外郎郎'也,原本误多'外'字耳。"按:臧本此句作"山妻叫我是外郎",暖红室本与钱南扬注本同作"山妻叫俺外郎郎"。
④ 暖红室本与钱南扬注本均比作大字。前者少"是"字。
⑤ 应作"兜鍪",意为打仗用的盔。古本误。暖红室本与钱南扬注本等,均与套印本同。

作"渐"(20b)。①

第三十二折《召还》：【猫儿坠】"天公，'前定'紧处，略放轻松。"（卷下，页 2b），古本作'前程'(27b)。②

第四十一折《寻癐》：【前腔（宜春令）】"寻源洞穴"（页 31a），古本作"寻原洞穴"(50b)。

查钱南扬校注本和汤显祖全集本，以上仅有第九折《就征》、第二十折《录摄》、第二十六折《闺警》与第二十八折《围释》，同套印本。其他均与古本相同。然而个人以为，"素锦'霜袍'"、"猛端相'断云'何处"、"即'墼'的一家儿"和"寻源洞穴"，这几处套印本文字均较古本为胜。此外，套印本与古本相同而与今通行之《南柯记》本相异者还有第一折《侠概》【破齐阵】首句"'将气'直冲牛斗"，通行本作"壮气"。以上所列虽然不全，但已足以看出套印本在《南柯记》曲文校勘上的价值。

其次，套印本《南柯记》也提供了汤显祖作品在晚明传播与接受的一个新例，是汤氏作品之"文学经典"地位建立过程之具体反映。因为曲坛不再视其传奇为戏场搬演所用之脚本，而高度重视其文学价值，就连声名远远不如《牡丹亭》和《邯郸记》的《南柯记》也是如此。汤氏生前对他人擅改己作"以便俗唱"忿忿不平，③他曾以诗为自己的原作辩解："醉汉琼筵风味殊，通仙铁笛海云孤。总饶割就时人景，却愧王维旧雪图。"④然而在他死后二年，臧懋循大幅改订的"四梦"——《玉茗新词四种》问世后即大受瞩目，而从书名来看，颇有鱼目混珠之嫌。

---

① 按：此曲为周弁兵败于墼江后，只身逃回南柯后所唱。"墼"古同"堑"，此处意指挫败，与"墼江"一语双关。古本用"渐"不如"墼"。暖红室本与钱南扬注本等，均与古本同，作"渐"，语意难明，且标点与套印本相异，作"俺这里匹马单鞭怕提起，即渐的一家儿这里。头直上滚尘飞，……"

② 此曲为瑶芳病危时对淳于梦所唱。

③ 此在他《与宜伶罗章二》的短信中清楚可见："《牡丹亭记》，要依我原本，其吕家改的，切不可从。虽是增减一二字以便俗唱，却与我原做的意趣大不同了。"见汤显祖著，徐朔方笺校《汤显祖全集》册 2 北京古籍出版社，1999 年，第 1519 页。

④ （明）汤显祖：《见改窜〈牡丹〉词者失笑》，《汤显祖全集》册 1，第 682 页。

有学者曾指出，臧本刊布后，如何评价作者与改订者的工作成为问题，刊刻者斡旋于两者之间，提出自己的见解。①其时刻书业者吴兴闵氏，值得我们特别重视，因为无论是泰昌元年朱墨套印本《牡丹亭》，②还是天启元年朱墨套印本《邯郸记》，在其序言及《凡例》中均论及臧氏改订使汤氏原作泯灭的问题："臧晋叔先生删削原本，以便登场，未免有截鹤续凫之叹。欲备案头完璧，用存玉茗全编"③，"新刻臧本，止载晋叔所窜，原词过半削焉；是有臧竟无汤也。"④朱墨套印本《南柯记》将原著与改订并呈，此种"复合"的形式，虽有针对当时出版市场的商业考量，然事实上弥补了"有臧竟无汤"的流传缺失，在版面上就直接昭示读者，改本相对于原著在文字声律、情节内容、思想情感方面的差异。利用眉批和圈点，此书批者且循循善诱，阐扬作者本意，肯定汤氏传奇作为"案头之书"的文学与思想价值。这点与闵光瑜出版"二梦"的理念相互呼应：

> 若《邯郸》、若《南柯》，托仙托佛，等世界于一梦。从名利热场一再展读，如滚油锅中一滴清凉露；乃知临川许大慈悲，许大功德，比作大乘贝叶可，比作六一金丹可，即与《风》、《雅》骖乘亦可。岂独寻宫数调，学新声、斗丽句已哉！⑤

以上引文的最后一句，显然是针对臧氏改本标榜"场上之曲"而发。因此我们可以说，朱墨套印本对"二梦"作为文学作品的传播和接

---

① 王小岩《臧懋循改本批评语境中的套印本〈邯郸梦记〉》，《文化遗产》2012年第2期，第99页。
② 此刊本一般都未言及刊者，惟日本学者根山彻指出其为"吴兴闵氏朱墨套印本"。见《明清戏曲演剧史论序说——汤显祖〈牡丹亭还魂记〉研究》（东京：创文社，2001年），第六章《〈牡丹亭还魂记〉版本试探》，页257。
③ （明）泰昌元年朱墨套印本《牡丹亭·凡例》，收入《古本戏曲丛刊初集》册74，第1a页。
④ （明）天启元年朱墨套印本《邯郸记·凡例》，收入《古本戏曲丛刊初集》册78，第1a页。
⑤ （明）闵光瑜《邯郸记·小引》，收入《古本戏曲丛刊初集》册78，第1b—2a页。

受,功不可没。

  最后,朱墨套印本《南柯记》也彰显了戏曲评本的出版,在戏曲之文化传承和教育上的意义。由于其批语的多种来源,此本《南柯记》突显了评点作为批评方法的多向性、积累性与复合性。此书形同臧批的再批评,同时书中又择要摘录了柳浪馆本的批语,其眉批的内容包括音释、文字声律、关目结构与主题思想等多个方面,加上精美的版画,与对各出字句的圈点,实有助于读者亲近、欣赏理解戏曲作品。而从此本《南柯记》之例,我们还可以见到曲本在晚明作为出版物流通的蓬勃文化现象,以及刻书业者在出版市场竞争下,对戏曲经典建构与传播的大力推进作用。

        作者单位:香港中文大学中国语言及文学系

汤显祖研究的重要文献
——项应祥《尊经阁记》《段公祠记》考

刘世杰

一

汤显祖万历二十二年三月十八日任浙江遂昌县令,万历二十七年清明节前被罢官。①这个结论,除有汤显祖的诗文和交游书信等记载为证外,还有一些其他的文献记载可资考证。笔者经过认真审读后发现,由胡寿海等修、褚成允等纂的《遂昌县志》清光绪二十二年刊本中,②遂昌人项应祥所作的《尊经阁记》和《段公祠记》两篇文章,可谓汤显祖研究的重要文献。项氏这两篇文章,看似和汤显祖无关,甚至有些人以为项应祥和汤显祖关系不好,因而不为研究者所注意,或者注意得不够。毛效同先生编《汤显祖研究资料汇编》收录了项应祥《尊经阁记》,③但与《遂昌县志》所载文字颇有出入。而《段公祠记》在有关汤显祖研究的文献中也未见收入;研究汤显祖的一些专著中,也很少提及。笔者从胡寿海等修纂的光绪《遂昌县志》中录出,稍加考证,供研究汤显祖的专家学者参考。

毛效同先生《汤显祖研究资料汇编》的《前记》写于 1961 年 10 月 18 日,直到 1986 年 9 月方由上海古籍出版社出版,为研究汤显祖提

---

① 刘世杰《汤显祖量移遂昌县令时间考》,《甘肃社会科学》2015 年第 3 期。
② 胡寿海等修、褚成允等纂《遂昌县志》,台湾成文出版社有限公司据光绪二十二年刻本影印。
③ 毛效同《汤显祖研究资料汇编》,上海古籍出版社,1986 年,第 104—105 页。

供了丰富的资料,这是应当充分肯定的。但由于《汤显祖研究资料汇编》编成较早,印数较少,所以传播不广。因此,笔者认为有必要对项氏文章加以整理,以飨读者。

项应祥,浙江遂昌人。万历八年三甲一百四十三人进士。①光绪《遂昌县志》载:"项应祥,字元芝,号东鳌。万历庚辰进士。初令建阳,励志冰蘗,雪冤狱,《县志》有'抱案吏从冰上立,诉冤人向镜中来'之语。复补丹阳、巴县,调华亭,主勘势恶,定以大辟,声震南都。擢司谏,有翼储、请冠、请婚七疏,功在国体。掌天垣,秉公矢慎,海内想望风采。时南北党兴,挺然不阿,甘心者思欲中以奇祸,遂借妖人书诬蔑之。赖神庙素鉴其忠赤,终始无他。详见疏中。捐俸给养士田三百石,方伯温陵洪公启睿为之记。赡族田三百石,塾田五十石。累升应天巡抚。卒于家。祀乡贤。并祀建阳名宦。所著有《问夜草》《醯鸡斋稿》《国策胳》行于世。"②

光绪《遂昌县志》卷一《学校》下载:"尊经阁,在明伦堂后,万历二十二年知县汤显祖建。"后加注说:"旧名敬一亭,今为御书亭。"接着就是"邑人项应祥《尊经阁记》"。③毛效同先生《汤显祖研究资料汇编》题目作《平昌汤侯新建尊经阁记》,并在文后引出处"《醯鸡斋稿》卷四"。④

光绪《遂昌县志》中项应祥《尊经阁记》全文如下:

> 甲午春王正月,邑侯创尊经阁成。广文先生杨君士伟、黄君继先、夏君蓟,⑤率多士相与征余言为记。余以病、弗娴笔研辞(毛本作"谢病弗敢承"⑥)。三君起曰:"经,古人传心之要,道莫

---

① 朱宝炯、谢沛霖编《明清进士题名碑录索引》,上海古籍出版社,1979年,第395页。
② 胡寿海等修、褚成允等纂《遂昌县志》卷八《宦绩》,第766页。
③ 胡寿海等修、褚成允等纂《遂昌县志》卷八《宦绩》,第149页。
④ 毛效同《汤显祖研究资料汇编》,第104—105页。
⑤ 胡寿海等修、褚成允等纂《遂昌县志》卷六《职官》,第581、594页。
⑥ 括号内字句,不加注者,为毛效同先生《汤显祖研究资历汇编》中字句,简称为毛本。下同。

宏焉。尊经阁以萃古人之精蕴，典莫盛焉。阁成于临川汤义仍先生（毛本无"义仍"二字），文在兹焉。之三者，先生又乌得以无言耶（毛本作"又乌得无言"）？"余幡然曰："唯唯！三先生命之矣，不佞即不文，请得因三先生言为之记（毛本无"为之记"三字），从事以附不朽。"

夫侯成阁，阁萃经，经传心，则夫尊经也者，舍心其奚以哉！予读庄周斫轮之说曰，古之人与其不可传者，死矣。今之所读者，古人之糟粕已耳。此无他，知以可传者求古人之迹，不知以不可传者求古人之心。若然，则奚取于经，又奚取于尊经也与？

侯弱冠以博洽声驰宇内，其文炳矣（毛本无"矣"字）。甫入仕，抗疏大廷，权贵辟易避三舍，其节昭矣（毛本无"矣"字）。顷以迁官客吾（毛本作"下"）邑，邑人（毛本无"邑人"二字）且谓侯将传舍之，侯乃（毛本无"乃"字）谆谆民瘼，而尤注意黉序，殚厥心焉，其政勤矣（毛本无"矣"字）。余（毛本无"余"字）尝瞰鸣琴余暇（毛本作"晷"），就侯唇吻，则滔滔若大河长江（毛本作"长江大河"），一泻千里。其论宏矣（毛本作"渊以博"）。是文章、节义、政事、言语，侯以身兼之。自非心印古人，条畅六经懿旨（毛本作"之秘"），讵能是哉？乃今学者剽窃绪余，呻吟佔毕（毛本作"唔咿呫哔"），为袭取青紫窦，便诩诩号于人曰"吾能读经"，甚且句读未畅，而名利念头不窨交战于胸中（毛本作"柴据其胸"）。幸（毛本作"卒"）博一官，即侈然营营（毛本作"蝇营狗苟"），为身家计，罔所弗至（毛本无"罔所弗至"四字），曾不知所读古人书为何义（毛本作"曾不知古人书为何物，读古人书为何义"）。嗟乎，此离经叛道之尤，德之贼也，则何（毛本作"奚"）取于经，又何（毛本作"奚"）取于尊经也与！尔多士服习侯明训久矣。雍容庙门（毛本无"庙门"二字），仰止经阁（毛本无"经阁"二字），当思古人之遗经谓何，邑（毛本无"邑"字）侯之建阁谓何。日与一二（毛本作"二三"）同志商确其下（毛本作"切磋砥劂"），以文章则尚经世而陋雕虫，以节义则大纲常而小经渎，以政事则贵循良而贱搏击，以言语则崇忠信而黜浮夸,如是则(毛本无"则"字)庶几哉。读古人之经,不愧古人之心。异日者亦将如侯掇巍科、建大业,骎骎不可量焉。斯于建阁之意为无负焉(毛本作"耳")。不然,寻(毛本作"捋")章摘句,徒取世资,未免蹈斫轮糟粕之戒,为庄生所非笑,将不为经之罪人也与,将不为侯之罪人也与(毛本无"将不为侯之罪人也与"九字)!不佞发迹此中,不胜本根之念。而又亲承侯教,知侯所望于多士者殷,故以规不以颂如此。不识三先生以为何如?

侯讳显祖,字义仍,别号海若,登癸未进士。若簿君郭公襄、慕君王应科,乐观厥成,法得并书。

项应祥《尊经阁记》,第一句"甲午春王正月",甲午年是万历二十二年,而"春王正月",我在《汤显祖量移遂昌县令时间考》一文中认为这是"正"和"五"形近而讹。①正因这一字之差,造成了汤显祖甲午"一月,在明伦堂后建尊经阁"的错误结论。②

文中有"尔多士服习侯明训久矣。雍容庙门,仰止经阁,当思古人之遗经谓何,邑侯之建阁谓何。日与一二同志,商确其下"数句,证明尊经阁建成数月,但应当不及一年。万历二十二年项应祥病休居于遂昌,因此《尊经阁记》应写于万历二十二年秋冬之时。项应祥对汤显祖的文章、节义、政事、言语等方面大加赞颂,也说明这时的汤显祖和项应祥并无矛盾。只是后来征收赋税,项应祥家推脱不缴,汤显祖写信催租赋,以致二人分歧,那应是几年后的事了。

教谕杨士伟,"字循斋,天台人。举人。悃愊坦类,推语接物,会课诸生,出己作为程式。丁酉聘典广西分试,减膳堂之例,厚赠贫生之壮年不能婚者。寒暑延拔不倦,厚施而不责报,俸馀增置学田,多士德之。擢电白令"。③丁酉年为万历二十四年。

---

① 刘世杰《汤显祖量移遂昌县令时间考》,《甘肃社会科学》2015 年第 3 期。
② 徐朔方《汤显祖年谱》"万历二十二年甲午"条下。上海古籍出版社,1980 年,第 111 页。
③ 胡寿海等修、褚成允等纂《遂昌县志》卷六《职官》,第 581 页。

训导黄继先,寿昌人。①
训导夏蓟,平阳人。②
主簿郭公襄,寇县人。③
典史王应科,当涂人。④

二

项应祥《段公祠记》收在光绪《遂昌县志》卷四《祠祀》"段公祠"条下:"旧在报愿寺右,士民建,祀知县段公宏璧。邑人项应祥记。"项应祥《段公祠记》全文:

> 金坛段侯去遂昌十有五稔矣。士民惓惓焉,思慕不能释,相率修葺其祠宇恢廓之,勒贞珉以垂无朽。而诣余,请为之记。余囿旧沐波涠者,奚敢以不文辞?
>
> 次洲段侯,金坛世家也。弱冠掇魁名,雄才卓荦于江左。年甫强仕,念太夫人年高,冀以禄食其亲,遂上天官,选授遂昌令。甫下车,即洞烛民间利弊,而差次举废之。革额外之派用,而里中蒙惠;禁税粮之增耗,而合邑颂廉;杜狐鼠之觊法,而讼牍不下胥曹;防虎狼之噬民,而勾摄不遣吏役。时值矿税扰攘,税使恣睢,则请公廪给其食,持礼法驭其横,而东鄙藉以安堵。李直指按部历邑时,多彷徨莫措,则治途置署,百务绰有宜适。而道府诩其材谞,且锐情胶序,严试优遇,茂植榜山,以振文运。建义仓,听民乐输,储谷千余石,以备不秋。大都以勺水之操,抒游刃之略;以抱婴之爱,济拔薤之威;以空鉴之明,宏汪波之度。公庭间凛如秋肃,四封内霭若春嘘,在官不越一载,而德政芳猷,已章章若是。

---

① ② 胡寿海等修、褚成允等纂《遂昌县志》卷六《职官》,第594页。
③ 胡寿海等修、褚成允等纂《遂昌县志》卷六《职官》,第567页。
④ 胡寿海等修、褚成允等纂《遂昌县志》卷六《职官》,第571页。

则以纯孝为之本耳。

　　侯奉太夫人于公署,则进甘肥,色养备至,出则勤乳哺,覆露必周,内外称两至焉。无何,以太夫人八十考终,哀毁骨立,将舆榇以归,士民攀卧不能得。则谋建祠,肖像以尸祝之。侯固辞,既而曰:"吾母逝于斯,无已,则祠吾母,胜祠吾也。"乃创祠于藩署废址,而并祀焉。迨侯补任大田,寄俸十金置田为太夫人缮祀需,不欲以岁时烦遂邑也。甲寅,顺德黎侯至,闻侯之风,慕侯之政,谒其祠而赞叹,欲修饰之。允庠士增廊门堂之请,而慨然主维,属幕庭周君董其役。(按:考《遂昌县志》万历时遂昌典史周姓者唯一人,为"周应选,湖广人"。①)邑荐绅士庶,咸捐输以为工役助。由是奉太夫人于内寝,妥侯像于中堂,辟重门于左墙,以便士民之时祀者。越三月而工竣。

　　夫侯以己亥之夏莅遂,以庚子之夏离遂,临民仅碁月耳,何以得民至此哉?昔圣门推政事者最由、求,然而有勇足民,非三年则不能致,乃尼父自谓碁月而可耳。致也,固可尼父之可,而致由、求不能致哉!余不佞,敬采舆颂而记之,以俟之传循良者。②

　　首先,项应祥是遂昌人,他的记载应是可信的。在《段公祠记》中,项应祥高度评价段宏璧任遂昌令的政绩和孝亲的言行。

　　《段公祠记》中之段公,是接替汤显祖的继任遂昌县令。光绪《遂昌县志》载:"段宏璧,金坛人。举人。才猷敏达,以德化民。开采内监至,调度有方,不为民害。课士置馔,月三试之。创小亭直指堂后,革火耗,清衙蠹。奉母至孝,以内艰去,士民哀恸,如失所生。祀名宦祠,又祀遗爱祠。入《通志》。"③又查民国《大田县志》载:"段弘璧,金坛人,举人,万历三十一年任。"④这里的段宏璧和段弘璧自是同一人。

---

① 胡寿海等修、褚成允等纂《遂昌县志》卷六《职官》,第572页。
② 胡寿海等修、褚成允等纂《遂昌县志》卷六《职官》,第439—440页。
③ 胡寿海等修、褚成允等纂《遂昌县志》卷六《职官》,第541页。
④ 陈朝宗修纂《大田县志》卷四《职官志》,厦门大学出版社,2009年,第228页。

万历二十八年夏,母亲逝世在遂昌,段宏璧要守制——父母去世都要辞官,守墓三年。从万历二十八年夏到万历三十一年春,段宏璧任大田县令是符合守制要求的。

其二,文章一开始就说,"金坛段侯去遂昌十有五稔矣",说明段宏璧离开遂昌已整整十五年。文章最后说,"夫侯以己亥之夏莅遂,以庚子之夏离遂。临民仅朞月耳"。己亥之夏即万历二十七年夏天。庚子之夏即万历二十八年之夏。朞月,典出《论语·子路》:"子曰:'苟有用我者,朞月而已可也,三年有成。'"朞月,一年。①这里,项应祥准确无误地记载了段宏璧任遂昌县令的起止时间。这也证明,汤显祖被罢官的下限时间应是万历二十七年春。以此逆推,汤显祖任遂昌县令共五年——汤显祖是万历二十二年春就任遂昌县令的,②而不是某些研究者所坚持认为的万历二十一年三月十八日。汤显祖逝世距今已经四百年了,四百年来,对汤显祖在遂昌和在徐闻的时间问题,由于记载的不明确,造成研究者在推断上的错误。从这个角度论,项应祥《段公祠记》可谓澄清汤显祖遂昌县令时间提供的铁证,具有十分重要的文献价值。以此为基点,可以解决四百多年来围绕汤显祖任遂昌县令的时间问题,也可以再逆推,汤显祖万历十九年四月被贬为徐闻典史,九月九日南赴徐闻,在徐闻近三年的历史真相。③

第三,文中说到段宏璧离开遂昌"十有五稔",就是从万历二十八年夏天算起,已经过了十五个年头,即是说,项应祥此文写于万历四十二年。

段宏璧是汤显祖遂昌县令的第一位继任者,项应祥对段宏璧的评价,也间接地评价了汤显祖。段宏璧任遂昌县令仅仅一年,"革火耗,清衙蠹","开采内监至,调度有方,不为民害",而汤显祖就没有处理好这些问题。汤显祖在《戏答无怀周翁宗高十首》诗中写到:"平昌金矿

---

① 杨伯峻译注《论语译注》,中华书局,1980 年,第 137 页。
② 刘世杰《汤显祖量移遂昌县令时间考》,《甘肃社会科学》2015 年第 3 期。
③ 刘世杰《汤显祖被贬徐闻典史时间考略》,《中国社会科学报》2014 年 10 月 31 日。

浸河车,曾道飞烧人用佳。中使只今堆白雪,衰翁几日试黄芽。"①《感事》:"中涓凿空山河尽,圣主求金日夜劳。赖是年来稀骏骨,黄金应与筑台高。"②《寄吴汝则郡丞》:"搜山使者如何,地无一以宁,将恐裂。"末尾还加一句"时有矿使至"。③这些诗作或书信,都批判和讽刺了万历皇帝和矿使的贪婪,同时又流露出一丝无奈和忧虑,甚至恐慌,而不如段宏璧淡定。至于和项应祥催租赋,应该说目的也是好的,但却没有段宏璧讲究方法,以至十五年过去了,项应祥还感到"余囿旧沐波湄者,奚敢以不文辞",段宏璧处理与项应祥的关系,比汤显祖要融洽得多。

第四,这个"十五稔",也具有重要的考证价值。光绪《遂昌县志》卷六《职官》上记载历任遂昌县令:

> 万邦献,南城,举人,十七年任。
> 汤显祖,临川人,万历癸未进士。……
> 段宏璧,金坛人,举人。……
> 王焯,怀宁人,二十八年任。
> 辜志会,晋江会昌人,万历举人。醇雅有介操。釐弊剔奸,时清政举。会山城劫掠,修葺城垣,为民防御,邑有保障。前任临川汤公闻之,为作《土城记》。升万州守。入《通志》。
> 蒋履,武进,举人,三十五年任。
> 史可传,丰县,贡士,三十九年任。
> 黎来亨,顺德人,万历举人。醇朴端厚,加意爱士。旧制生员免差役,吏因为奸,青衿也几不免。来亨除之。摄篆郡丞,曾免长解外馀差。士类戴德,勒碑戟门之右。④

---

① 徐朔方笺校《汤显祖全集》,北京古籍出版社,1999年,第501页。
② 《汤显祖全集》,第501页。
③ 《汤显祖全集》,第1363页。
④ 胡寿海等修、褚成允等纂《遂昌县志》卷六《职官》,第541—542页。

试考证如下:

汤显祖前任万邦献万历十七年到任,汤显祖则于万历二十二年春任遂昌县令,则万邦献任遂昌县令时间为五年。

段宏璧,万历二十七年夏到万历二十八年夏,整整一年,就是上文说的"朞月"。逆推之,汤显祖万历二十七年春,清明之后就被罢官了。

王焯,万历二十八年任,万历二十九年春离职,任遂昌县令一年。

辜志会,万历二十九年春王焯离任,辜志会万历二十九年春任遂昌县令,到万历三十五年春天离任升万州守,共六年。

项应祥有《新建土城记》说:"比癸卯冬,公然磔间左而攫之金,则前兹所罕觏矣。邑侯辜公甫下车,巧与事遘。会冶金使者踞近郊,亡命乌合,阛阓益凛凛重足。……丁未秋八月,郡伯郑公移檄下里,申厥令,盖计侯将飞舄而垣或坏,无复固护吾民者。学博孙君懋昭、洪君有观、董君用威,率诸生周税辈,仍属余记,以勒诸石。"①癸卯即万历三十一年,丁未是万历三十五年,辜志会任遂昌县令六年,从而证明项应祥《新建土城记》写于万历三十五年秋天。

汤显祖为此写有《遂昌土城记》:"余去治一年,而遂有杀人于市,横桥门而去者,民胁息以哗。历三政,得晋安辜公,以名德渊雅,来靖兹邑。秉素丝之心,持大车之体,当其操执介然,虽极势力机利之众,不能夺也。一意酌损与民,俸薪时以治客,衣食无所余,至不能遗子嫁女。讼明而宽,清惠声有闻千里之外。民习教令,盗日以远。而公亦且上三年最矣。……已而监抚使者,上公治行,求即丞括苍,终其勤绩,不报。而且以知琼管万州事,士民愈用讴思。以城,予志也,千里而来告成,且求铭,予所不能为士民庇依者,公能为之,其又何敢以辞。"②《汤显祖全集》此文题目为《遂昌新作土城碑》,文后笺云:"作于万历三十五年丁未后,家居,五十八岁。据《遂昌县志》卷一《城

---

① 胡寿海等修、褚成允等纂《遂昌县志》卷六《职官》,第104页。
② 胡寿海等修、褚成允等纂《遂昌县志》卷六《职官》,第101—104页。

池》,八月,处州知府郑怀魁檄遂昌知县辜志会重修土城。志会晋安会昌人。"①徐先生笺中语,查《遂昌县志》中本就没有,汤显祖此文中也没有。而在汤显祖文之后,有"邑人项应祥《新建土城记》……丁未秋八月,郡伯郑公移檄下里,申厥令,盖计侯将飞舄而垣或坏,无复固护吾民者。学博孙君懋昭、洪君有观、董君用威,率诸生周税辈,仍属余记,以勒诸石",②项应祥记中说"丁未秋八月",不能张冠李戴或无中生有,这是古籍整理的原则,也不应该泯灭项应祥的记载之功。

汤显祖有《怀遂昌辜明府》:"粲彼河阳花,翳此柴桑柳。叱嗟诚一时,千金敝如帚。刀新付全目,锦伤归妙手。道引清源洁,气与温陵厚。冰雪明高堂,雨露深畴亩。虎槛壑已除,鹿蕉讼希有。自秉丹石契,何似青衿友。群山高隐天,一邑大如斗。琴歌君子堂,风流出溪口。始觉珠玉前,仍惊簸扬后。远音发疵贼,心知寄琼玖。侧侧含谦尊,依依惜贫朽。宛娈吏民意,感激为君寿。拜最及春明,云霄方矫首。"这首诗,揆诸诗意,是汤显祖罢官后,怀念辜明府辜志会,并为辜志会祝寿的诗。"拜最及春明,云霄方矫首",是说辜志会上计得政绩最好的评语,将要被提拔,青云直上了。辜志会"拜最",一个时间是万历三十二年,一个时间是万历三十五年。汤显祖《遂昌土城记》说"而公亦且上三年最矣",这里的上计,不是万历三十二年,因为辜志会并没有得到提拔,那么,"拜最"当是万历三十五年,辜志会在考满六年里的第二个"三年"。汤显祖对辜志会寄予了很大希望,这次辜志会可以"拜最及春明,云霄方矫首"了。"春明",明春之倒装。汤显祖此诗,当写于辜志会即将离开遂昌之前的万历三十四年冬。至于说"据《遂昌县志》,辜志会万历二十九年至三十四年任知县",③因《遂昌县志》中并无此记载,则此结论自属不立。事实上,汤显祖《遂昌土城记》应该写于辜志会即将赴万州守之时的万历三十五年秋天。

---

① 《汤显祖全集》,第1202页。
② 胡寿海等修、褚成允等纂《遂昌县志》卷六《职官》,第104页。
③ 《汤显祖全集》,第638页。

蒋履,万历三十五年任。到下任的万历三十九年春。任遂昌令四年。

史可传,万历三十九年春任遂昌县令。"甲寅,黎侯至",甲寅,万历四十二年。史可传任遂昌县令三年。

黎来亨,甲寅即万历四十二年任遂昌县令。段宏璧万历二十八年夏离开遂昌,到项应祥作《段公祠记》,恰恰"十有五稔"。因此,项应祥《段公祠记》写于万历四十二年。

作者单位:广东海洋大学文学院

玉茗哲思

"情丝"与"茧翁"
——汤显祖晚年文化心态探识

周华斌

汤显祖毕生仕途不畅,四十九岁年届知天命之时,主动弃官从文,告假返乡,于抚州故乡建玉茗堂,自号"茧翁",追求隐士人生,思想获得了相对自由。

一、入仕与避世

汤显祖在本质上是儒家文化人。

他幼习诗文,少年聪慧,在明代后期,走的是儒家知识分子科举入仕、希图发迹变泰的"正路"。其前半生的人生轨迹,在三十七岁自题五言古风诗《三十七》中有所概括①:

> 剪角书上口,过目了可帙。
> ……
> 童子诸生中,俊气万人一。
> 弱冠精华开,上路风云出。

他二十一岁考中举人,进入了风云仕途。

---

① 徐朔方笺校《汤显祖集》,中华书局,1962年。

> 留名佳丽城，希心游侠窟。

青年时期慕侠仗义，关注佳丽和游侠。

> 历落在世事，慷慨趋王术。

毕竟以朝廷王事为正途，慷慨从事。

他二十岁时已娶妻成家，尽管立志报效朝廷，但二十一岁中举后却屡试不第。直到十余年后，三十四岁的汤显祖才以"同进士"的资格试政于北京礼部。试政一年后，被内阁大臣申时行等召为南京太常寺博士，官拜七品，从事宗庙、礼仪、祭祀等事宜。

《三十七》是一首言志诗，表现了他对现状的不满。人到中年，从事的只是循规蹈矩的宫廷祭祀之类琐碎事务。尽管也属于"王事"，但无关国计民生，这与他"慷慨趋王事"的志向相距甚远。

年光紧迫，时不我待。孔子曰："三十而立，四十而不惑，五十而知天命"。"而立"已过，"不惑"将至，汤显祖接着写道：

> 神州虽大局，数着亦可毕。
> 了此足高谢，别有烟霞质。
> 何悟星岁迟，去此春华疾。
> 陪毚非要津，奉常稍中秩。
> 几时六百石？吾生三十七。
> 壮心若流水，幽意似秋日。

大意是：国家大事关系大局，但是数一数自己所从事"王事"的生涯，应该结束了。悟觉起来，一年又一年的岁月虽然慢慢过去，但是自然的变换不以人的意志为转移，不觉迅速过去。在京畿的时光中不过中规中矩地侍奉皇家，并不涉及朝廷要务，但内心意愿如秋日骄阳，仍当其时。年已三十七，宏志如流水般地流逝。什么时候才能升到太史令、尚书、刺史这样的要职,实现自己的价值和理想呢?

诗中表现出汤显祖对从事碌碌"王事"的腻烦心理和"壮心若流水,幽意似秋日"的人生感叹。同时,隐含着他"别有烟霞质"的出世观念,即寄情山水、佛道仙游。

在三十岁以前,也就是几次在南京国子监科举落第的阶段,他尝试将唐传奇《霍小玉传》改编为戏曲传奇《紫箫记》(约写于二十八岁至三十岁,即万历五年至七年,未完成)。其中反映着他"留名佳丽城,希心游侠窟"和"慷慨趋王术"的观念。他本来长于诗文,初次尝试戏曲文体,情节线索多有累赘和枝蔓,并且不忘歌颂王室,有"国泰民安、风调雨顺"之类谀词。汤显祖自称"度新词与戏,未成而是非蜂起,讹言四方",其文友看到片段后也批评说:"此案头之书,非台上之曲也。"

正是三十七岁那年(万历十五年,1587),在"碌碌王事"之余,他决定将早年的文稿《紫箫记》易稿为《紫钗记》。《紫钗记》同样不断修正,从三十七岁开始易稿,到四十六岁(万历二十三年,1595)才定稿刊行,又写了八九年。从青年时代的《紫箫记》到中年的《紫钗记》,他一直没有放弃唐传奇中霍小玉的题材,算起来前后写作进行了十六到十八年。《紫钗记》在情节设置、人物性格、曲词等方面更进行了精雕细刻,与青年时代的《紫箫记》大相异趣。

有学者称《紫钗记》在汤显祖戏曲创作的道路上是"转折点"和"里程碑"。①这个转折点不仅表现为文体上从由诗文到戏曲的转折,更表现为人生心态的转折,这一点在《三十七》诗中已有所流露。

三十七岁后,汤显祖的仕途际遇并没有发生本质上的变化。四十岁时,他被提升为六品官,任南京礼部祠祭司主事;四十二岁因上疏抨击朝政被贬谪到广东徐闻县一年;四十四岁仍以六品官身份调任浙江遂昌当知县。随着年龄的增长,他的仕途眼看将止步于此,这使汤显祖早年"慷慨趋王术"的心态变得消极,看待世事则渐趋豁达。

---

① 徐朔方《汤显祖年谱》所附"汤显祖年表",下同。上海古籍出版社,1980年。黄文锡、吴凤雏著《汤显祖传》,中国戏剧出版社,1985年。

脱世、空灵、豁达，是老庄的处世哲学，该理念联系着本土道家的"避世"、"入仙"、"游仙"观念。信奉老庄、由儒入道，是当时知识分子普遍的人生哲学，相当于"烟霞质"的归隐当隐士。

汤显祖一向关注唐代文学，白居易在五言古风《中隐》中称：

> 大隐住朝市，小隐入丘樊。
> 丘樊太冷落，朝市太嚣喧。
> 不如作中隐，隐在留司官。
> 似出复似处，非忙亦非闲。
> ……
> 唯此中隐士，致身吉且安。

白居易的"中隐"思想与汤显祖的"烟霞质"，以及中年后的处境相契合。隐居处世，不同于消极避世，内含有儒家知识分子追求独立、自由和养亲、守义的人文理想。四十岁之后，汤显祖最高只以六品官的身份担任祭司主事及遂昌知县，还遭受过一年谪贬。他越来越看透碌碌"王事"没有什么人生价值，眼看将近知天命之年，遂于四十九岁时向吏部告长假回到抚州老家，移居于在家乡新建的"玉茗堂"。

主动弃官，意味着汤显祖决心全力从文，是他人生道路的新的选择。继四十六岁在遂昌任上改定的《紫钗记》之后，四十九岁弃官后的四年，他连续完成了《牡丹亭》（四十九岁，万历二十六年，1598）、《南柯记》（五十一岁，万历二十八年，1600）、《邯郸记》（五十二岁，万历二十九年，1601），与此前在46岁定稿的《紫钗记》合称"玉茗堂四梦"，或"临川四梦"。

这四部作品都以"梦"为依托，基本上是汤显祖利用闲职余暇和退居林下的作品，其题材都是取自唐代小说——"传奇"。作为戏曲"传奇"，"四梦"尽管有影射政治的影子，但毕竟可以不受现实政治的束缚，充分表达主观的"意"了。

前辈学者吴梅评论道:

>《还魂》,鬼也;《紫钗》,侠也;《邯郸》,仙也;《南柯》,佛也。殊不知临川之意,以判官、黄衫客、吕翁、契玄为主人,所谓鬼、侠、仙、佛,竟是曲中之意。①

对照汤显祖的言志诗《三十七》,倘若以汤显祖的人生旅途和人文心态为视角,可以看出"四梦"是汤显祖三十七岁人生观念改变后隐居家乡从文的呕心沥血之作。其中,作为"曲中之意"的侠、鬼、仙、佛,可以作如下理解:《紫钗记》中的侠,存留有汤显祖青年时期关注佳丽和游侠的天性;《牡丹亭》中至情的鬼和通情达理的鬼判,意味着人性中"至情"的张扬和"冥冥间自有正义"的道德伦理;《邯郸记》和《南柯记》中的游仙入道与立地成佛,蕴含着晚年更加强化的老庄哲理和佛道心态。

《三十七》诗既有自述,又有言志,内含汤显祖青年时期怀才不遇、希望有所成就的苦闷心理。这在中青年知识分子中是一种普遍现象。在人生心态上,汤显祖《三十七》诗很容易使我们联想到鲁迅二十一岁作、五十一岁在照片上《自题小像》的诗句:"寄意寒星荃不察,我以我血荐轩辕。"这是鲁迅青年时代在苦闷与彷徨中重新选择人生道路的述志,表现了他强烈的爱国情怀,正是出于这种不满于现状的述志情怀,鲁迅像汤显祖"弃官从文"一样,毅然"弃医从文",随后创作了具有开创意义的白话小说——《呐喊》与《彷徨》。

二、归俗与超俗

汤显祖告长假退职还乡,三年后五十三岁时被官方考察为"浮躁",被正式免职(万历三十年,1602),从此,汤显祖不再享有官员的光

---

① 吴梅《四梦传奇总跋》。转引自卢前《明清戏曲史》。

环,回归到民间的俗世。在家乡,他赞助修"文昌桥",倡导创建"崇儒书院",身份只是受人敬重的"乡贤"。然而他毕竟保持有传统文人的雅志,没有无原则地依附于孔子所鄙视的"乡愿",①没有"流俗"。创作"四梦",可谓作为"乡贤"的汤显祖归俗后的脱俗之处。

明代中后期,文坛出现了尊重与提倡通俗文学和俗曲的进步思潮。汤显祖顺应这一思潮,不拘一格地与志同道合的文人和艺人交友。比较典型的是,在四十九岁离职返乡那年,他应戏班子弟之请,为刚刚落成的戏神庙撰写了碑记《宜黄县戏神清源师记》(下简称《宜黄戏神庙记》或《庙记》)。

清源,是宜黄、南丰周边地区的傩神,亦即戏神。明代江西的巫傩习俗很盛,宜黄戏神与傩神相互关联,尤其赣东的宜昌、南丰和赣西的萍乡等地,乡间普遍建有傩神庙,甚至有"五里一将军,十里一傩神"之说。乡间的傩神庙和戏神庙大都是民俗的巫傩小庙,不像中原佛教、道教的神庙那样受官府重视,而且各有宗教分工。然而,以"驱鬼逐疫"为宗旨的"傩"的习俗既有文礼,又有武戏,体现着"礼"与"戏"的交融。尤其民间的乡傩,在戏剧发生学上有独特价值。

北宋苏东坡曾将傩蜡仪典称作"戏礼",认为倡优在傩蜡仪典中的装扮和表演"皆戏之道也",甚至认为,"戏"是人的天性,"岁终聚戏,此人情之所不免",不过"附以礼仪"而已。②南宋理学家、同为江西人的朱熹也在《论语集注》中称:"傩虽古礼而近于戏。"宜黄县戏神庙现已不存,但宜黄与南丰相邻,同属抚州,南丰县尚存有一座傩神庙,也是由当地的乡贤创建的,可作为参照。

南丰傩神庙门口两边上的石柱上镌刻有一副乾隆时期的石联,与宋代苏东坡和朱熹的"戏礼"观念一致,云:

---

① 孔子称:"乡原(即"乡愿"),德之贼也。"(《论语·阳货》)所谓的"乡原"、"乡愿",属贬义词,指乡里流俗、污世的"原人",即不讲原则的"滥好人"、"伪君子",故而孔子称之为"德之贼"。

② 苏轼《东坡志林》。

> 近戏乎，非真戏也；
> 国傩矣，乃大傩焉。①

这样一种"戏"的观念，也是乡傩和社戏中傩神和戏神的观念，贯穿于汤显祖的《庙记》之中：

> 予闻清源，西川灌口神也……以游戏而得道……弟子盈天下。

他认为，灌口神清源，因"游戏"而得道，之所以没有庙祠供奉，乃是因为"非乐之徒"认为"戏"非礼乐，所以对之加以诟病。然而汤显祖认为，"戏"是有声有乐的，由此生发出对"戏曲"的阐论，并且在《庙记》中对清源师大加赞赏：

> 奇哉，清源师。演古今神圣八能千唱之节而为此道。……
> 初止爨、弄、参、鹘，后稍为末泥、三姑旦等杂剧、传奇，长者折至半百，短者折才四耳。生天、生地、生鬼、生神，极人物之万途，揽古今之千变。一勾栏之上，几色目之中，无不纡徐焕眩，顿挫徘徊。恍然如见千秋之人，发梦中之事，使天下之人无故而喜，无故而悲。

这段阐论显然是对"戏"的历史性概括。在接着阐述雅、俗、贵、贱各色人等观赏戏曲的生动状态之后，又谈到了"戏"的社会功能和美学功能：

> 无情者可使有情，无声者可使有声；寂可使喧，喧可使寂；饥

---

① 曾志巩著《江西南丰傩文化》，江西人民出版社，2014年。南丰县石邮村的傩神庙始建于明永乐年间，清乾隆年间迁建现地，1987年"搜傩"后曾经失火，但门墙依然是清代原物。

可使饱,醉可使醒;行可以留,卧可以兴;鄙者欲艳,顽者欲灵。可以浃父子之恩,可以增长幼之睦;可以动夫妇之欢,可以发宾友之仪;可以释怨毒之结,可以已愁愦之疾,可以浑庸鄙之好。……

然则斯道也,孝子以事其亲,敬长而娱死;仁人以此奉其尊;享帝而事鬼。老者以此终,少者以此长。外户可以不闭,嗜欲可以少营。人有此声,家有此道,疾疠不作,天下和平。岂非以情之大窦,为名教之至乐也哉?

与其说《庙记》敬奉戏神"清源师",毋宁说汤显祖尊重戏班艺人。当今学界普遍认为,清末民初王国维是开启中国戏曲史研究的鼻祖,殊不知在王国维之前三百年,汤显祖已通过《宜黄戏神庙记》对宋元以来场上表演的"戏"、"乐"、"曲"进行了精辟的概括。如果说宋代苏东坡和朱熹强调"戏"与"礼"的关系,称之为"戏礼"的话,那么汤显祖更强调"戏"与"曲"的关系,也就是"戏曲"。《庙记》还对历史上的"戏曲"形态进行了清晰的阐论,如爨、弄、参军、苍鹘、末泥、三姑旦、杂剧、传奇等。关于戏曲声腔,还具体涉及到南戏的昆山腔、弋阳腔、宜黄腔、海盐腔、乐平腔、青阳腔。戏——曲——声——腔,依然是当今中国戏曲史研究的主要脉络,因此,《庙记》至今依然是研究戏曲史尤其明代南戏声腔源流的重要文献。①

汤显祖知行合一,《庙记》中的戏曲理论付之于自身的戏曲实践。其中"生天、生地、生鬼、生神","发梦中之事","无情者可使有情"等观念,被自觉地运用在他的戏曲创作之中。非仅如此,《牡丹亭》更强调"情"对"礼"的突破和"至情"观念。正如他在《〈牡丹亭〉题词》中所称:

如丽娘者,乃可谓之有情人耳。情不知所起,一往而深,生者可

---

① 如《庙记》中称:"(清源师)此道有南北。南则昆山之次为海盐,吴浙音也,其体局静好,以拍为之节。江以西弋阳,其节以鼓,其调喧。至嘉靖而弋阳之调绝,变为乐平、为徽青阳。"并涉及宜黄人谭纶大司马的戏曲贡献:"治兵于浙,以浙人归教其乡子弟,能为海盐声"。

以死,死可以生。生而不可与死,死而不可复生者,皆非情之至也。

辞官回乡后,汤显祖自号"清远道人",所建玉茗堂的楼阁称作"清远楼"。"清远"与"清源"谐音,不能说与尊重"因戏得道"的戏神"清源"没有关系。在玉茗堂东侧,他还建有为戏曲表演而设的厅台,"四梦"完成后,命名为"四梦台",体现着汤显祖的"戏曲"情结。

在中国的乡村社会,明代儒家乡贤在乡村经济、乡村文化、乡村道德的建设上有不可忽视的作用。他们不仅在家乡建造庙宇、宗祠、修路、架桥、设戏台,更强调儒家文化的引领、倡导和示范,汤显祖就是如此。

当然,出于老庄心态和佛道心态,晚年的汤显祖以"戏"和"梦"面对人生,分别表现为《紫钗记》的"情痴"、《牡丹亭》的"情鬼"、《南柯梦》的"情了为佛"、《邯郸梦》的"知梦游兴"。①"四梦"一经刊行,便不同凡响。归俗而超俗,汤显祖退职后在"四梦"中实现了他的人生价值。

三、情牵梦绕,破茧化蝶

《牡丹亭·游园》"步步娇"一曲,在文坛上备受推崇:"袅晴丝吹来闲庭院,摇漾春如线。""晴丝"与"情思"谐音,如同少女的情思纷纷扰扰,飘荡不定,备受困惑。

其实,人生在世,必然会受到社会的规范与约束,给各个年龄段带来不同的思想情感上的困惑、游移与彷徨。汤显祖晚年的思想情感同样经历过情思不定的困惑。尽管他是主动辞职,但是在刚刚退职的那几年,他时常做梦,内心的情思不定表现为意识流的梦境。有意义的梦,他常用写诗来记录和回味。"情"牵"梦"绕,意味着心绪,在诗文中,汤显祖梦田园、梦戏曲、梦优伶、梦玉女、梦化蝶、梦亲友,唯独不梦官场。在 49 岁的《遣梦》诗中,他写道:

---

① 引文分别见于汤显祖《紫钗记》《牡丹亭》《南柯梦》《邯郸记》的卷前题词。

> 休官云卧散仙如,花下笙残过客余。
> 幽意偶随春梦蝶,生涯真作武陵渔。
> 来成拥髻荒烟合,去觉搴帷暮雨疏。
> 风断笑声弦月上,空歌灵汉与踟蹰。①

汤显祖在理性上清醒,他已然可以自由自在地做散仙了,虽然"偶随春梦蝶",但可以"真作武陵渔"。不过,习惯了数十年的官场生涯从此改变,心绪毕竟不大安宁。他毕竟已进入晚年,来时的青春佳丽伴随可以视同"荒烟",实际上已"搴帷暮雨疏"了。一旦夜晚降临,"风断笑声弦月上",只能"空歌灵汉",难免"踟蹰"。

尤其在完全进入晚年之后,他自署"茧翁",比喻为被"晴丝"即"情思"所困,自缚于茧屋之中。他在答友人的诗中写道:

> 茧翁入茧时,丝绪无一缕。
> 自分省眠食,与世绝筐筥。

在人生的最后几年,他像寻常的儒家知识分子一样,遵循儒家道德,奉养年迈的老父老母,培育子女,还多次梦见业已病故的大儿子。诗中称"自分省眠食,与世绝筐筥",实际上已处于贫困状态。于是,他不再有刚退休时那种原创和改编的创作激情,自称是"丝绪无一缕"(晴丝、思绪)。

晚年间有一次午睡,汤显祖若有所梦,醒来后写了一首《睡午》诗。他将退职回乡自比为"入茧"。"春晖"已过,"晴丝"消退,唯独希望精神上能"清魂化蝶":

> 门户从知气色微,花前浓睡过春晖。
> 庄生大有人间世,忍见清魂化蝶飞。

---

① 徐朔方笺校《汤显祖集》,中华书局,1962年。下同。

"入茧"与"化蝶"也是辨证的人生哲学命题。"入茧"表现为现实生活的无奈与彷徨;"化蝶"表现为精神追求。汤显祖曾经将"入仕"视为"茧缚","弃官从文"已表现为追求对人生自由理想的追求。"归俗还乡"又形成了一种"茧缚","超俗化蝶"则表现为文化理想的追求。虽然他自称"茧翁",但是在从文道路上,始终保持有积极心态。

在《睡午》诗中所期望的"清魂化蝶",一方面表现为坚守"情动形言"的美学观念;另一方面表现为坚守意识形态的"至情"观念。

汉儒在《诗大序》中称:"诗者,志之所之也。在心为志,发言为诗。""情"与"志"均融合于诗,"诗言志"同时延伸出"情言志":

> 情,动于中而形于言;言之不足,故嗟叹之。嗟叹之不足,故咏歌之。咏歌之不足,不知手之舞之足之蹈之也。

语言、嗟叹、咏歌、舞蹈,都发自内心萌动的"情",由此又延伸出"以情写意"的一系列美学概念。中国古典戏曲之所以称"戏曲",便表现为"诗、词、曲"的文学形态。而且,顺应诗的规律,同样以"情"的萌动为契机。汤显祖幼学诗书,"诗言志"、"情动形言"、以"情"写"意"的观念在他的戏曲创作中有创造性的发挥。他在明刊《玉茗堂评〈董西厢〉》的题辞中称:

> 《书》曰:"诗言志,歌咏言,声依咏,律和声。"志也者,情也。先民所谓发乎情、止乎礼义者是也。……嗟乎,万物之情,各有其志。董以董之情而索崔、张之情于花月徘徊之间,余亦以余之情而索董之情于笔墨烟波之际。董之发乎情也,铿金戛石,可以如抗而如坠。余之发乎情也,宴酣啸傲,可以以翱而以翔。[①]

---

① (明)汤显祖《董解元西厢题辞》,徐朔方笺校《汤显祖集》(二),中华书局1962年,第1502页。

至于面对封建礼教在自然人性方面的突破，涉及思想意识层面，当另作别论。

五十二岁完成"四梦"以后，汤显祖继续进行了唐传奇与花间词的点校品评工作，颇有与四梦相联系的独到见解。

汤显祖曾点校过唐代笔记小说集《虞初志》。《虞初志》"罗唐人传记百十家"，汤显祖为之写了总序。在《〈虞初志〉序》中，他高度评价唐传奇中的飞仙盗贼、佳冶窈窕、花妖木魅、牛鬼蛇神。认为唐传奇"意有所荡激，语有所托归"，是小说家的"珍珠船"：

> 以奇僻荒诞、若灭若没、可喜可愕之事，读之使人心开神释、骨飞眉舞。虽雄高不如《史》《汉》，简澹不如《世说》，而婉缛流丽，洵小说家之珍珠船也。

他又选唐人笔记小说三十二篇，编为《续虞初志》。在《续虞初志》各篇的评语中，他对唐传奇赞誉有加。如：

《聂隐娘传》——飞仙、剑侠无如此快心。每展读之，为之引满。

《崔玄微传》——花神安可无此一传？

《东方朔传》——东坡诗云："狂语不须删。"又云："使妄言之。"读此当作此解。

《昆仑奴传》——剑侠传夥矣，余独喜虬髯客、红线、昆仑奴为最。后人拟之不可及。

汤显祖的同乡丘兆麟按"传奇文"概念编集了"合奇文"百余篇。汤显祖为之写了《合奇序》。序中明确提出了"自然灵气"说：

> 文章之妙，不在步趋形似之间。自然灵气恍然而来，不思而至，怪怪奇奇，莫可名状，非物寻常得以合之。……或片纸短幅、

寸人豆马;或长河巨浪,汹汹崩屋;或流水孤村,寒鸦古木;或岚烟草树,苍狗白衣;或彝鼎商周,丘索坟典,凡天地间,奇伟灵异、高朗古宕之气……神矣!化矣!

文中还涉及"形"、"神"、"意"、"奇"、"灵"、"气"等美学概念,认为文章尚"奇",奇风、奇俗、奇趣、合奇,方能成为奇文。他同时批判了腐儒们了无生气的八股文,认为"世间唯拘儒老生不可与言文",这些腐儒"耳多未闻、目多未见","出其鄙委牵拘之识",对传奇文品头论足,乃是天下文章的灾难。因此,他鲜明地提出了"宁为狂生,毋作乡愿"的主张。

其"自然灵气"说达到了出"神"入"化"的"化蝶"境界。汤显祖之所以在《牡丹亭》中不避怪、力、乱、神,便有唐传奇余风。同时代文人有一种说法认为,汤显祖"意"之所至,"不妨拗折天下人嗓子"。①看起来,汤显祖似乎颇为狂傲,其实并非毫无道理。他不拘泥于词曲定格,强调"意、趣、神、色",同样反映了"破茧化蝶"的美学理想。扩大言之,戏曲领域里"破茧化蝶"的哲理,甚至寓含有苏联戏剧家斯坦尼斯拉夫斯基评价梅兰芳戏曲表演的理论:"有规则的自由行动"。②

万历四十三年(1615),汤显祖六十六岁,为福建刻板刊印的曲子词《花间集》写了序。

《花间集》十卷五百首,是晚唐五代专门描写女性的美、媚,包括装饰容貌、眉目传情、当筵歌舞、日常起居等内容的"曲子词"专集。古代通常将女性喻为"花",故称《花间集》。这种软媚香艳的"曲子词"在文坛上被称作"花间派",曾被认为是我国的第一个词派,《花间集》也被认为是第一部文人词集。

---

① 王骥德《曲律·杂论第三十九下》载,有人改《牡丹亭还魂记》中不协律的字句,汤显祖称,"彼恶知曲意哉。余意所至,不妨拗折天下人嗓子。"

② 1935年,前苏联斯坦尼斯拉夫斯基看了梅兰芳的京剧表演,称其为"有规则的自由行动"。意思是:既有严格规范的表演程式,又有从剧情和人物出发的"自由行动",即突破程式约束的生活化表演。

汤显祖《玉茗堂评〈花间集〉序》称,该书久已失传,明代正德年间方在南方的寺庙里发现一种版本。它与汤显祖《牡丹亭》和《紫钗记》的才子佳人题材有密切关系,因而汤显祖在序中称:"余于《牡丹亭》二梦之暇,结习不忘。"之所以对它加以评点,是希望"有志于风雅者"将被称作"唐调"的花间"曲子词"与唐诗宋词"互赏"。

序中沿用当时文坛上提倡"文必秦汉,诗必盛唐"的前七子领军人物李梦阳的观念,①考证了《花间集》中所呈现的"唐调之始"。今天看来,随着敦煌曲子词等文献资料的发现,其关于诗词由雅趋俗的观念不无瑕疵,比如他在《〈花间集〉序》中慨叹诗的形态不断降格,悲观地认为"诗其不亡也夫!诗其不亡也夫",②但是,他求真务实的治学态度还是值得赞许的。

第二年,六十七岁汤显祖便去世了(万历四十四年,1616),他始终关注着"二梦"和文坛。晚年的汤显祖贫病交加,却在文坛上实现了"化蝶"。

余 话

明末清初的李渔在《闲情偶寄》里说:"文章者,天下之公器"。③他认为:填词是"文人之末技","贵在能精","能精善用,虽寸长尺短,亦可成名"。在提到元代王实甫的《西厢记》和高则诚的《琵琶记》之后,他特意将汤显祖作为例子:

汤若士,明之才人也,诗文尺牍尽有可观。而其脍炙人口者,

---

① 李梦阳曾任江西提学副史,称"诗至唐,古调亡矣"。又说,"然自有唐调可歌咏,犹足被管弦。宋人主理不主调,于是唐调亦亡。"

② 该序认为:"诗三百篇,降而骚赋;骚赋不便入乐,降而古乐府;乐府不入俗,降而以绝句为乐府;绝句少婉转,则又降而为词,故宋人遂以为'词者,诗之余也'。"又以"唐调"反观乐府、骚赋、诗三百篇,感叹道:"诗其不亡也夫!诗其不亡也夫!"有"断代限体"的悲观意味。

③ 见《闲情偶寄》"词曲部·结构第一"。

不在尺牍诗文,而在《还魂》一剧。使若士不草《还魂》,则当日之若士已虽有而若无。……若士之传,《还魂》传之也。①

李渔立足于宽泛的"文章",尤其着眼于大众通俗文艺。他的意思是,尽管汤显祖精于诗文,但政绩不甚了了。倘若没写《还魂记》,那么,汤显祖的名字在仕宦和文坛上"虽有若无"。及至其退职以后,在词曲上求精,方以《牡丹亭》一举成名。

尽管李渔说得有点刻薄,却也是事实。

本文将汤显祖定位于儒家文人和乡贤,旨在探识他晚年的文化心态与成就。限于篇幅,尚有如下观点作为余话:

一、明代俗曲同样体现有汤显祖"四梦"的人文精神。

不可否认,汤显祖重"雅"趣,"四梦"倾向于"雅曲"。摆脱官场藩篱后,汤显祖通"俗"而意境超"俗"。明中后期的文坛,前后七子倡导"文必秦汉,诗必盛唐",以此为发端,崇尚"真实"、"自然",反对一味玩弄文字的"台阁"体。在戏曲和小说领域,尤以徐渭、李开先、冯梦龙,以及反对礼教、强调自然人性的李贽最为典型。

正如元代"朝阳鸣凤,不可与凡鸟共语"的马致远,这也是汤显祖作为儒家名贤与清初布衣文人李渔的区别。故而,汤显祖更为正统文坛及词坛、曲坛、剧坛所赞赏。与此相应的是,当时曲坛上俗曲泛滥。雅俗互映,同样体现有明代中后期的人文精神,如老庄的避世隐居观念和讽刺官场险恶带来的佛道出世思想(见附录)。

二、"四梦"对《长生殿》和《桃花扇》的影响及局限。

"四梦"是关于人生命运的宏大叙事。

其宗教精神,依托于天、地、鬼、神;人生哲理,依托于老、庄、佛、道;文化形态,是以"情"为枢纽的"诗剧"。这些,都对清初康熙年间的

---

① 见《闲情偶寄》"词曲部·结构第一"。

曲坛双璧——《长生殿》和《桃花扇》产生了影响。

《长生殿》与《桃花扇》的作者洪昇与孔尚任都是儒家文人，人生境遇和创作经历与汤显祖相仿。二人都出生于名门望族，都进入过京都国子监。二人都命运不济、仕途不佳，经历过人世沧桑后专治词曲。二人都有深厚的文化根底，对词曲的文字和音韵都严格推敲。《长生殿》和《桃花扇》作为成名之作，创作都曾三易其稿，有十年或以上。定稿时，二人都在"知天命"之后。洪昇《长生殿》定稿于 41 岁（康熙二十七年，1689）；孔尚任《桃花扇》定稿于 51 岁（康熙三十八年，1699）。"双璧"之间相差十年。

《牡丹亭》的"至情"观念对洪昇《长生殿》有明显的示范作用。

《长生殿》被清初相国梁清标称作是"一部闹热《牡丹亭》"。①至于表现李杨帝妃爱情的"占了情场，弛了朝纲"，阐发"乐极哀来，垂戒来世"的"情悔"的哲理，所谓"情缘总归虚幻"，希望能"清夜闻钟，邈然梦觉"，则并未超越汤显祖《南柯梦》和《邯郸梦》的"游仙入道"和"立地成佛"观念。至于后半部分月宫团圆的"曲终奏雅"，则体现为源于礼乐的中国古典戏曲的传统。其实，《牡丹亭》最后也是"曲终奏雅"的大团圆。

孔尚任的《桃花扇》在十年后问世。他很认可汤显祖的"传奇"观，②同样体现有"四梦"中的"归隐入道"观念。但是，《桃花扇》并不采用唐宋传奇的"复古"题材，而是采用为时未久的时人时事，③并且也没有以"情"的大团圆为结尾。所谓"南朝兴亡，系之桃花扇底"，④

---

① 洪昇《〈长生殿〉例言》称："棠村相国（梁清标）尝称，予是剧乃一部闹热《牡丹亭》，世以为知言。予自惟文采不逮临川，而恪守韵调，罔敢稍有逾越。"见洪昇著《长生殿》，人民文学出版社，1980 年版。

② 孔尚任《桃花扇》，人民文学出版社，1980 年。孔尚任《〈桃花扇〉小识》："传奇者，传其事之奇焉者也，事不奇则不传。"版本同上注。

③ 孔尚任《〈桃花扇〉小识》："桃花扇何奇乎？妓女之扇也，荡子之题也，游客之画也。……桃花扇何奇乎？其不奇而奇者，扇面之桃花也；桃花者，美人之血痕也；血痕者，守贞待字，碎首淋漓，不肯辱于权奸者也；权奸者，魏阉之余孽也；余孽者，进声色，罗货利，结党复仇，堕三百年之帝业者也。"版本同上注。

④ 孔尚任《桃花扇本末》。版本同上注。

基本情节结束后,《入道》的煞尾诗写道:"白骨青灰长艾萧,桃花扇底送南朝。不因重做兴亡梦,儿女浓情何处消。"后两句"不因重做兴亡梦,儿女浓情何处消"是针对《长生殿》的帝妃爱情而言的。《长生殿》李杨之"情",有"女色误国"影子,孔尚任认为仅作儿女浓情"情悔"的"兴亡之叹"不够,应该是"场上歌舞,局外指点",①给人以更深刻的思考和启迪,所以《桃花扇》进一步提供了"权奸误国"的历史性经验教训。

尽管剧中依然很赞赏李香君与侯方域的坚贞爱情,却在《入道》一出作了不团圆的处理。当二人历经坎坷后在栖霞山重逢,准备互诉衷肠的时候,老道张薇大喝一声:"呀呸,两个痴虫!你看国在那里?家在那里?君在那里?父在那里?偏是这点花月情根割它不断么?"于是,二人"遽然梦觉",各自修真学道而去。

在全剧结尾,孔尚任同样添加了"叹兴亡"。在"续四十出"《余韵》里,画家苏昆生、说书人柳敬亭和老赞礼三人作渔樵状,拍板说唱,叹南朝兴亡。正如《三国演义》卷首词《西江月》,"白发渔樵江渚上,……古今多少事,都付笑谈中"。也正如《长生殿》里的乐工黄幡绰,在流落江湖后以《九转货郎儿》叹大唐帝国兴亡。

所以,《桃花扇》作为原创性的历史剧,在一定程度上跳出了汤显祖"四梦"中"至情"、"隐逸"、"入道"、"升仙"的观念,其戏剧观更上了一层台阶。

三、汤显祖的"复古"与欧洲莎士比亚的"文艺复兴"。

与汤显祖同时代的英国戏剧家莎士比亚,同样弘扬的是"儿女浓情"的人性,被誉为欧洲"文艺复兴"的标志。同样是以复古来体现新思想、新观念,但汤显祖《牡丹亭》所代表的人文思潮仅仅被认为是中国文坛的"复古主义"。

莎士比亚(1564—1616)与汤显祖的生平颇有相似之点。莎士比

---

① 孔尚任《桃花扇》,人民文学出版社,1980年。《桃花扇》卷前《桃花扇小引》。

亚戏剧同样采用古典题材和民间神话传说,语言采用绚丽的散文诗,可以说是古典诗剧。莎士比亚"弱冠"时期也在故乡结婚,随后到"京都"伦敦加入所谓"宫廷大臣剧团"。在伦敦的二十余年间,他对喜剧、历史剧到悲剧、浪漫剧,乃至由悲而喜的传奇剧,都进行了全面而成功的探索。还作为股东之一,与人合作在泰晤士河边兴建"环球剧场"作为演出基地。四十八岁左右(1612),在"知天命"之前,他告别了伦敦,回故乡斯特拉特福定居。

二人回乡的目的和结果截然不同:汤显祖为了从文,弃官回乡,晚年"化蝶"而获得了曲坛成就,直到六十六岁病逝。莎士比亚晚年回乡之后再无作为,四年后病逝于故乡(1616),是年五十二岁。

莎士比亚除了在剧坛上久负盛名的悲剧、喜剧、浪漫剧之外,回乡前创作的"传奇剧"以往评价不高,情节表现个人命运由不幸而团圆。其实,就其晚年的人生心态和富有哲理的优美精辟的语句而言,也很值得深入探讨研究,如《暴风雨》。其中,悲欢离合的传奇性情节,以及惩恶扬善的道德哲理,在古典戏剧范畴中是世界性的,汤显祖的"四梦"创奇与之有异曲同工之处。

在莎士比亚之前,中古十三世纪末,意大利诗人但丁(1265—1321)创作了长诗《神曲》。《神曲》阐述但丁在人生中途做的一个"梦",表现他在地狱、炼狱(净界)、天堂里分别与各种灵魂过从交谈,同时表现他对真理的追求。因此,但丁被誉为欧洲文艺复兴的开拓人物。

在莎士比亚之后,十九世纪初,德国诗人歌德(1749—1832)创作了长篇诗剧《浮士德》。《浮士德》始写于歌德四十八岁(1797),十一年后在他五十九岁(1808)时第一次付印面世。在歌德逝世第二年(1833),《浮士德》才作为遗作刊发了第一部分。其时,离始创已有三十年,在定稿的时间上超过了《长生殿》《桃花扇》"三易其稿"的十年有余。

《浮士德》的故事是:从事枯燥乏味的科学研究的学者浮士德,用灵魂与魔鬼打赌,希望尝试荣华富贵。他返老还童,经历了人生浮华、政治生涯和对古典美的追求。他与美女海伦结合,但又遭遇到了孩子的夭折。最后,天使们用爱心和填海造陆的理性力量打败了魔鬼,浮士德回归到了希腊。

希腊是欧洲文艺复兴源头。在《浮士德》中,情与理的冲突、神与鬼的冲突、美与丑的冲突、雅与俗的冲突,都表现为欧洲文艺复兴思潮。其实这些冲突在汤显祖的"四梦"中也类似的体现。不妨说,"四梦"作为古典题材诗剧,在国际性的文艺复兴思潮中表现为浓郁的中国特色。

倘若没有进入晚年的世间沧桑和情感体验,这些名著中的形象难以描述和刻划得如此沁人心脾。不过,"四梦"中的"至情"也罢,老庄也罢,佛道也罢,毕竟都只是一己之情,有中国封建社会的烙印。不像18世纪末德国贝多芬作曲席勒作词的《第九交响乐》"欢乐颂",表现为民生的大众之情和公众的自由博爱之情:

> 欢乐女神圣洁美丽,灿烂光芒照大地。
> 我们心中充满热情,来到你的圣殿里。
> 你的力量能使人们消除一切分歧,
> 在你的光辉照耀下面人们团结如兄弟。

附录:

俗曲举隅。

明代俗曲中多花间词,在文坛上如汗牛充栋。此处略举与儒家人生观念相通的俗曲数例,可见撰写俗曲的无名文人与汤显祖在人生观念上是相通的:①

《古山坡羊·归隐》:打破功名一弄,跳出黄粱一梦。/束腰解带,摘下乌纱重。/撞开龙凤笼,遁脱狼虎丛。/高车驷马,抵

---

① 路工编《明代歌曲选》,上海古典文学出版社,1956年。

死抬不动。／绿水青山,余生还可逢。／天空,游心鱼鸟中。／从容,漫寻鸥鹭踪。

——与老庄"避世"的观念相通。

《水仙子·愤世》:蝇头利蜗角闹嚷嚷,蚁阵蜂衙处处忙,呼牛道马乔模样。／暗藏着参与商,霎时间祸起萧墙。／平地里翻成浪,满天空露结霜。分甚么红紫青黄?

——与《南柯记》观念相通。

《朝元歌·远是非》:名场利场,多少蛇蝎党。／花香酒乡,多少蜂蝶攘。／处处干戈,家家罗网,平地里风波千丈。／祸起萧墙,清白正直总是殃。／闭口若括囊,箝舌似探汤,是非虽广,飞不到达人头上。

——与《邯郸记》观念相通。

《朝元歌·无官身轻》:勋隆业隆,富贵三生梦。／官荣禄荣,罪恶千钧重。／玉带邀酸,乌纱头痛,六尺躯千般踢弄。／暮鼓晨钟,人生哪知万事空。／日日虎狼丛,朝朝麟凤笼,前呼后拥,总不如浇园抱瓮。

——与佛道观念相通。

作者单位:中国传媒大学艺术研究学院　戏剧戏曲研究所

从汤显祖与抚州正觉寺等的交往看儒禅相融

万斌生

一、汤显祖涉及故乡诗作中,记叙与寺院交往甚多

明代伟大戏剧家汤显祖,同时还是一位杰出的诗人。至今为止,包括陆续发现的佚诗,汤氏存世诗作多达 2 358 首(据《汤显祖诗文集》,徐朔方笺校,上海古籍出版社,1982 年 6 月第 1 版),从中可以透视汤显祖从故乡临川走向天下、最终又回到故乡的生平履迹,可以探究汤显祖从报国入仕受挫到专注戏剧艺术创作的心路历程。

汤显祖的诗歌中,有许多描写故乡的篇章,涉及临川、金溪、宜黄、南城、乐安、黎川、东乡、广昌等地,尤以临川为多。临川的山水名胜、风物人情,莫不收纳笔下,如灵芝山、文昌桥、拟岘台、正觉寺、祥符观、沙井、谢家池、宝应寺(翻经台)、青云峰、西津、瑶湖、二仙桥、千金陂、红泉碧涧、灵谷峰等。略为检索,其中记叙与故乡寺院交往的诗作不少,仅在诗题中点明正觉寺(正觉院)就有八首,即《孟冬闲步后池园田,偶至正觉院》《与陈汝英送帅郎中,夜饮宿正觉院》《正觉院篝龙轩饮帅大仪得七字》《正觉寺示弟儒祖》《东莞钟宗望帅家二从正觉寺晚眺》(三首)《正觉寺逢竺僧,自云西来访罗夫子不及》;此外还有涉及临川南禅寺、广寿寺、宝应寺、金溪疏山寺(白云禅院)、石门寺等诗作多首,恕难一一列举。

汤显祖与故乡抚州以及寓居地江苏、广东、浙江等地佛寺交往密切,乃是时代风气使然。佛教自汉代由天竺经西域传入中原,大、小乘并存,派系繁杂。南北朝时,天竺高僧菩提达摩泛海东来,先见南朝梁

武帝后渡江北上，入嵩山少林寺驻锡传教，成为中国佛教禅宗初祖，禅宗教义逐渐与源于庄周的魏晋玄学合流，吸引了大批儒家知识分子谈佛论禅，禅宗成为中国式的佛教，得到迅速发展。至唐初六祖慧能南下创立南宗，禅宗进一步崛起，并衍化出沩仰、临济、曹洞、法眼、云门五宗，与儒、道三分天下，从皇家贵族、高官显宦到一般士人，谈禅论道蔚为风气，历经唐、五代、两宋、元、明，隆盛不衰。就汤显祖所处明代来说，明太祖朱元璋少年时即在皇觉寺出家为僧，晚年还在朝廷设立"僧录司"，礼请僧人主持全国佛教事务；①明万历首辅张居正为一代政治改革家，"少时留心禅学，见《华严经》，不惜头目脑髓以为世界众生，乃是大菩萨行"。②他不但曾寄名寺院出家，并对禅隐云南鸡足山的"中溪山人"李元阳表示过"二十年后"要功成身退、归隐林下的愿望。③皇帝、宰相争相礼佛，士人亲近寺院，儒禅兼修，汤显祖写下诸多与禅院有关的诗文，就很好理解了。

当然，研究汤显祖诗歌，是一个系统工程，非举众人之力不可。汤显祖诗歌风格古奥，用典甚多，不仅古文功底较浅的普通读者难于透彻理解，就是一般学者释注解读，也难避免讹误。笔者不揣浅陋，谨就汤显祖咏抚州正觉寺诗作兼及有关史料和诗文写点读后感，冀从中探寻晚明儒禅相亲相融的密切关系，以沧海一粟、芳林一叶，而求正于方家。

二、"偶至"源于心动，汤显祖青少年时与佛禅结缘

《孟冬闲步后池园田偶至正觉院》，④是一首五言排律，篇幅较长。作者起首先写时令："秋日自孤清，云山好天气。酌水翠疑空，漱石寒

---

① （清）夏燮《明通鉴》卷七，中华书局1959年，第1册。
② （明）袁中道著，阿英校点《袁小修日记》卷五，上海杂志公司，1935年9月版。
③ 《张太岳集》卷26《答李中溪论禅》，上海古籍出版社，1984年2月，据明万历本影印版。
④ 《红泉逸草》之二，徐朔方笺校《汤显祖诗文集》第2卷，上海古籍出版社，1982年。

犹未。"秋末冬初,云淡风轻、欲寒还暖,秋水翠绿澄明倒映碧空,濯洗着石头虽清凉而未寒彻。再写闲步时所见风中的林木、园内的花卉,远山近原,高低错落。农夫无闲日,春天就开始的田畴平整工程早已完工,冬季收获的农作物还在灌溉,农妇喂猪,牧童饮牛,一派忙碌景象。

诗的后半段,集中写了正觉院:

白林在空蔼,光云时暖曛。
通关一正见,开轩四无畏。
花幡妙女持,暗烛灯王乞。
欲借蘧庐住,复恐香厨费。
西眺但城邑,至人绝髣髴。

白林是佛寺名称,很多地方都有白林寺,此处代指正觉院。"蔼",同"霭"。正见,佛佗证悟,此代指佛像。花幡,佛像前的旗幡。灯王,佛名,《法华经》作"云自在灯王",《维摩经》作"须弥灯王佛"。蘧庐即旅舍,典出《庄子集释》卷五下:"仁义,先王之蘧庐也,止可以一宿,而不可久处。"郭象注:"蘧庐,犹传舍。"髣髴,即约略、依稀,典出《楚辞·远游》:"时髣髴以遥见兮,精皎皎以往来。"此段诗句意为:建筑在汝水河边、犀牛山上的正觉禅院,远看时云蒸霞蔚、金碧辉煌;进入寺院,即见佛像正对大门,两轩左右塑四大金刚力士护卫,花幡明烛,宝相庄严;本想寺中借宿,又怕打扰僧众,增加寺院费用;站立寺前往西眺望,临川城郭就在眼前,看世间众生芸芸,忙忙碌碌,像寺中高僧那样超脱绝俗的人真难看到啊。

汤氏早慧,十二岁时即作有《乱后》诗,十四岁补县诸生即中了秀才,二十一岁参加江西乡试中举,二十六岁在临川刊行他最早的诗歌结集《红泉逸草》。《孟冬闲步后池园田偶至正觉院》即见于此书,写作年龄应在十四岁后、二十一岁之前。诗题中,点明时处孟冬即秋末冬初,作者在后池园田散步,"偶至正觉院"有感而作。

说是"偶至",其实亦是必然。为何说是必然呢？其一,汤显祖家居临川桥东文昌里,与正觉寺相距很近,不到两华里,随时都有路过的可能。其二,正觉寺乃江西名刹,始建于唐代,相传由禅宗洪州宗(临济、沩仰等宗派前身)宗师马祖道一创寺,初名妙觉寺,后改正觉寺,又称正觉禅院、正觉院。宋、明两代香火极盛,宋代王安石数次入寺游览,并留下《题正觉寺锋龙轩二首》《城东寺菊花》诗作,明代思想家、文学家李贽曾入寺品茶,并留下赞颂寺中甘泉的《醒泉铭》。晚明时期皇帝大都崇佛佞道,佛禅相容,寺院不仅是僧众禅修圣地,而且是文人墨客交往读书之处。汤显祖作为当地文士,不可能不拜访先贤留墨的正觉寺。其三,临川文昌汤氏乃当地名门,崇尚耕读为本、诗礼传家。汤显祖祖父汤懋昭曾考取贡生,并受诏出任过安徽清远县丞;父亲汤尚贤是当地著名经学家和藏书家。但其祖母魏夫人一生崇信佛道,对她一手带大的少年汤显祖有很大影响。汤显祖在《伯父秋园晚宴有述四十韵》长诗中,曾写到汤家昔日景象:"卧游仙袅袅,行乐醉乌乌。旧试朋簪合,新瞻佛座敷。"[①]汤显祖还写有记叙夫人吃素念佛的《内人入斋》诗:"不为成双学种麻,偶然闲独悔炊沙。清斋素服光如月,自赏香璎茉莉花。"[②]此诗首句,嗔怪夫人不和自己成双结对采桑种麻;次句是说夫人后悔煮沙做饭,徒劳无功。炊沙,出自唐顾况《行路难》:"君不见担雪塞井空用力,炊沙作饭岂堪食。"第三句,是赞颂夫人礼佛持斋后的清静圣洁;结句写夫人从容自在,念佛品茶。璎,即璎珞,指贯串珠玉而成的装饰品,此处代称佛珠。诗虽不无调侃之意,却也说明汤显祖家中的礼佛气氛。

就在汤显祖"偶至正觉院"后不久,明隆庆四年(1570)秋天,二十一岁的汤显祖赴省城参加乡试中举后,去南昌西山拜谢主考官张岳,顺路游览西山云峰寺,在寺中莲池照影时,将头上的束发银簪掉落池

---

① 《玉茗堂诗》之六,徐朔方笺校《汤显祖诗文集》第 11 卷,上海古籍出版社,1982 年。

② 《玉茗堂诗》之十六,徐朔方笺校《汤显祖诗文集》第 21 卷,上海古籍出版社,1982 年。

中。汤显祖写下五言绝句《莲池坠簪题壁二首》:"搔首向东林,遗簪跃复沉。虽为头上物,终是水云心","桥影下西夕,遗簪秋水中。或是投簪处,因缘莲叶东。"①诗中表达了随缘向佛的出世思想。

三、凌云笔,借禅堂,正觉寺成为儒生的书房和论坛

青少年时代的汤显祖虽有出世之念,但这并非他的思想主流,汤显祖的主流思想是儒家,是读书进取、入仕为官,实现报国安民的雄心壮志。他自许"某颇有区区之略,可以变化天下",②豪言"神州虽大局,数着亦可毕",③对治理国家充满信心。

汤显祖少有文名,二十一岁中举人后更是名声大噪。明代邹迪光《临川汤先生传》记载:"公虽一孝廉乎,而名蔽天壤,海内人以得见汤义仍为幸。"④因此,汤显祖青少年时代就结交了许多朋友,如帅机、姜鸿绪、饶仑、周宗镐、谢廷谅、曾粤祥、吴拾芝、陈汝敬、沈懋学、梅鼎祚等,有临川、金溪、进贤等抚州同乡,也有安徽宣城等外地人,大都是当地名士,一方豪杰。汤显祖与文友常在抚州正觉寺相会,借用禅房读书,辩难切磋,交流心得,或饮酒赋诗,畅谈国事。《与陈汝英送帅郎中,夜饮宿正觉院》《正觉院篝龙轩饮帅大仪得七字》《正觉寺示弟儒祖》三首诗作,就是汤显祖和帅机等文友以及自己兄弟与正觉寺密切交往的见证。

帅机(1537—1595),字惟审,号谦斋。江西临川唱凯人。与汤显祖、邱兆麟、祝徽齐名,被誉为明代临川"前四大才子"。隆庆元年(1567)进士。历官浙江平阳知县、户科给事中、汝宁(今河南汝南)府

---

① 《玉茗堂诗》之九,徐朔方笺校《汤显祖诗文集》第14卷,上海古籍出版社,1982年。
② 《玉茗堂尺牍》之一,《答余中宇先生》,徐朔方笺校《汤显祖诗文集》第44卷,上海古籍出版社,1982年。
③ 《玉茗堂诗》之三,《三十七》,徐朔方笺校《汤显祖诗文集》第8卷,上海古籍出版社,1982年。
④ 徐朔方笺校《汤显祖诗文集》附录,上海古籍出版社,1982年。

学教授、国子监学正、工部主事、礼部郎中等职。文武全才,曾随军出征西夏,回朝时写下《平西夏颂》,诏任职史馆,升南刑部郎,迁南礼部精膳司郎中。从其履历可见,帅机迁职频繁,一直在小吏闲官圈子中打转,显然从政非其所长。后辞官归里,专事著述,今传《南北二京赋》、《阳秋馆集》40卷(存23卷)等。

帅机比汤显祖年长十三岁。汤显祖三岁时,帅机就中举了,帅机登科之年,汤显祖才十八岁。但临川乡里却将汤、帅相提并论,始称两人是"帅博汤聪两神童",又将他们和邱兆麟、祝徽同列为"四大才子"。两人惺惺相惜,结为忘年交。万历五年(1577),年过四十的南礼部精膳司郎中帅机回临川,与汤显祖等友人盘桓多日。汤显祖时年二十八岁,已经历了三次会试落榜的打击,与仕途坎坷的帅机心意相通,一连写了《与陈汝英送帅郎中,夜饮宿正觉院》《正觉院䈰龙轩饮帅大仪得七字》《送帅机》三首诗,①记叙这次相会。前两首诗题中分别标明了"宿正觉院"和"正觉院䈰龙轩饮"。一宿一饮,吃和住都在正觉寺了。

与汤显祖一同迎送帅机的陈汝英,汤显祖在《与陈汝英送帅郎中夜饮宿正觉院》点名了他的身份为"陈氏富貂珰",身上穿戴貂裘,腰间佩系美玉,无疑是当地一位豪客。但这篇相当长的五言古风仅此一句涉及陈汝英,而且是为下一句写帅机作反衬:"吾兄自奇质"。其余全是写帅机和自己。"星郎既靡盬,轩车岂遑逸",帅机既鞅掌王事,忙迫中哪有闲逸的机会?表现了临别前一聚的不易。"语默趣非殊,泥尘道非一",志趣相同的挚友,相对默然,一时竟不知从何开口;命运多舛,同处艰困之境,哪一条路能让我们走出泥潭呢?生动地描绘了两人初见面的拘谨和对身处困境的思索。"不畏谈天辩,故是凌云笔。向暝息归轩,开灯坐玄室",两人谈天说地,相互辩难,出口成章,下笔凌云;白天从借住的䈰龙轩出去走走谈谈,傍晚回到轩中禅室,灯下打坐休息。"既谢樊中鹔,肯遵缝际虱",无论如何,最重要的是堂堂正正

---

① 《问棘邮草》之一,徐朔方笺校《汤显祖诗文集》第3卷,上海古籍出版社,1982年。

做人,笼中鸟不屑为,更不会做寄生在大人物裤缝里的虱子了!"芳兰对君酌,烟萝契应密",帅机兄高才雅量,能和你交往饮酒的应该也是蕙心兰质之人,我们乃难得的忘年之交,更应珍惜如草树茂密、烟聚萝缠,使之更加紧密才是。"乍觉濠鱼得,俱忘塞马失。何日济苍生,相期采风实",濠鱼之得不足喜,塞马之失何足悲,我们都该忘掉这些得失悲欢,坚守报国安民济苍生的远大理想,并努力去实现。

另一首《正觉院篝龙轩饮帅大仪得七字》,也是一首五言古风。此录于下:

> 十月天雨霖,寒虫愬秋毕。香风紫檀厨,法水波罗密。
> 荷池屡经嗅,雪山未曾失。轩虽篝龙旧,人希竹林七。
> 观君辩才相,颇同惠施质。讵有香厨馎?且摘祇园实。
> 何肉等荒淫,周妻谢灵匹。刍狗既同梦,中台岂殊秩?
> 祝发良已难,劳生几时逸?从来厌出山,慈缘送君出。

篝龙轩,王安石在《题正觉寺篝龙轩二首》诗中,称之为"北轩",可知位置在寺院北部;"山雨江风一披拂,篝龙还自有吟时",说明篝龙轩雄踞犀牛山,面临汝水,江风山雨中竹林萧萧宛如吟诗,正切合"篝龙"之名,而"壶中若有闲天地"的"壶中"二字,点出此轩乃住持或方丈接待贵客品茶谈禅之处。帅大仪,即帅机。明制,主持祭祀事务的太常寺卿称"大仪",礼部郎中一般称"中仪",称帅机为"大仪"显然是出于尊重。"得七字",应是汤显祖、帅机和其他朋友分韵作诗,汤显祖分到了"七"字韵,即平水韵入声"四质"。

与前首《夜饮宿正觉院》儒家语调不同,这首诗充满佛家色彩。诗的开头,点明时届冬令,再不闻寒蛩泣秋之声;接着写篝龙轩,紫檀木的橱柜,装满《波罗密多心经》等典籍;轩室墙上绘有佛家壁画,使人常闻七宝莲池的幽香,似见西天圣洁的雪山;篝龙轩虽显老旧,客人却是竹林七贤一般的人物;看眼前的帅机先生,既有唐代高僧辩机和尚的宽仁醇厚,又有战国名士惠施的多才善辩;辩久了,谈累了,香积厨中有素斋,还有寺中田园自产的水果,谁会跟美食有仇呢?"何肉等荒淫,周妻谢灵匹",何指梁代的何胤,周指南齐的周颙;何胤爱吃肉,周颙有妻子,二人学佛修行,各有所累。要想修行有所进境,就必须减少食、色之欲。诗的最后六句,作者直抒胸臆,表达对久困场屋、壮志难伸的愤懑。"刍狗既同梦,中台岂殊秩",刍狗,古代祭祀时用草扎成的狗,典出《老子》:"天地不仁,以万物为刍狗;圣人不仁,以百姓为刍狗。"中台,即尚书台,又称尚书省,其长官尚书令即后世宰相;此处泛指高官。卑微的百姓被朝廷视为草芥,寒门士子虽有理想也难实现,高官们尸位素餐、无不享受丰厚的俸禄。"祝发良已难,劳生几时逸",祝发,即削发出家。出家既不易,在人世辛劳度日何时轻松过呢?"从来厌出山,慈缘送君出",本心厌恶出山陷身名利,现实中我们却都在追求功名为国效力,这是帅机先生也是自己的佛缘和宿命啊!

七律《正觉寺示弟儒祖》①,则是一首劝学诗:

汝兄才地本无余,长日东皋自秉锄。
为道三荆悦同处,仍从双树偃精庐。
窗间白发催愁镜,烛底苍头劝读书。
万卷苦人难一一,三车时听讲如如。

汤显祖有弟儒祖、奉祖(凤祖)、会祖、良祖、寅祖五人。儒祖是大弟,字醇仍,后为郡廪生(秀才),曾任太常博士。此诗首句是说,你哥哥我本来就很平庸、没有超人才华,为了生计终日亲自在东郊田园躬耕务农。东皋,指水边向阳高地,也泛指田园、原野;秉锄,即把锄、持锄。次句是说,我们兄弟遵循道统友好相处,但这不够,应该学习佛祖苦修的精神,栖身书房潜心读书。三荆,是说荆树虽有三杈而同一株干,喻同胞兄弟;双树,娑罗双树之略称,佛祖入灭之处,由于佛祖具大

---

① 《问棘邮草》之二,徐朔方笺校《汤显祖诗文集》第4卷,上海古籍出版社,1982年。

愿心即菩提心,才能悟道而得正果。精庐,指读书讲学之所。《后汉书·姜肱传》:"盗闻而感悔,后乃就精庐,求见征君。"李贤注:"精庐即精舍也。"《魏书·儒林传·平恒》:"乃别构精庐,并置经籍于其中。"第三句是说,早晨窗前照镜,眼睹白发难掩愁容;晚上烛光之下,连家中的仆人也规劝我们好好读书。苍头,代指仆役。汉时,仆役皆以青巾作头饰,故称苍头。《汉书·卷七十二·鲍宣传》:"使奴从宾客浆酒霍肉,苍头庐儿皆用致富。"结句是说,万卷经籍,再苦读也难一一读完;必须去芜存真,努力探求真理。三车,谓牛车、鹿车和羊车,出自《妙法莲华经》,喻普渡众生之愿,大小随缘。如,理的异名;如如,指永恒存在的真理。

汤显祖在正觉寺赠弟劝学诗,是抚州寺院成为当地儒生书房的又一佐证。同样可作佐证的还有《南禅寺寻饶仑不见》,①说明除正觉寺外,抚州城东的南禅寺,也是儒生聚会所在。其实,魏晋以降,儒生将佛寺做书房者比比皆是,名人轶事史不绝书。南朝梁代的刘勰早年家贫好学,终生未娶,曾寄居江苏镇江南定林寺里跟随僧人研读佛书及儒家经典,写成我国最早的文学评论巨著《文心雕龙》;唐宣宗李忱,青年时为避难,逃到浙江盐官(今浙江海宁西南)的安国寺落发为僧,法名琼俊,后来登基为帝,勤于政事,颇有作为;名相狄仁杰,年少时曾在寺院读书十年,学有所成,才进京应试;茶圣陆羽,小时候成为孤儿,被竟陵(湖北天门市)龙盖寺住持智积禅师在西门外湖滨拾得,收养在寺院读书,唐肃宗诏他为太常寺太祝,他拒不入朝为官,隐居江南著成《茶经》三卷;北宋著名的政治家范仲淹,年少时曾在山东邹平县醴泉寺读书三年,后来终成大器;王安石晚年退隐江宁,在钟山定林寺借用僧房著书,写成《字说》,米芾拜访时题名"昭文斋";元代戏剧家关汉卿生平难考,但他在小令《四块玉·闲适》中自述"共山僧野叟闲吟和。他出一对鸡,我出一个鹅,闲快活",是他与僧人亲如一家的生动写照。

---

① 《问棘邮草》之二,徐朔方笺校《汤显祖诗文集》第 4 卷,上海古籍出版社,1982 年。

明代与佛禅关系密切者,除前文提到的皇帝朱元璋、宰相张居正外,还有许多名人。如战功赫赫的抗倭名将俞大猷,曾入少林寺指教少林僧人学习棍法,后来少林寺派僧人下山帮助俞大猷、戚继光等打击倭寇,僧兵将领天真、天池、天启、月空等,都立下战功。

四、忆禅友,见番僧,正觉寺兼为儒禅课堂和外交窗口

《东莞钟宗望帅家二从正觉寺晚眺》,是一组七言绝句,共三首。这组诗题目很长,类似小序,全称为《东莞钟宗望、帅家二从正觉寺晚眺,读达师龛岩童子铭三绝,各用韵掩泪和之,不能成声》。①诗曰:

天花拂水向城隅,八岁西儿爪发殊。
解道往生成佛子,偶然为父泣遗珠。

达公金骨也尘沙,万古彭殇此一家。
恰是钟情浑忘却,十年红泪映袈裟。

无情师印有情文,水点军持滴路坟。
止是金环何用觅,月明吹笛迳山云。

题中钟宗望,广东东莞人,汤显祖友人,曾因慕汤显祖文名,举家迁居抚州居住三年之久。帅家二从,即汤显祖挚友帅机的儿子帅从升和帅从龙,两子俱有文才,汤显祖誉为"帅氏二从"。达师,即达观。达观(1543—1603),明代高僧,江苏吴江人,俗名沈真可,号紫柏。万历十八年(1590)与汤显祖相识于南京,成为挚友。达观多次劝汤显祖出家,并为他取了法号"寸虚",后改"广虚",汤显祖亦尊之为师。万历二

---

① 《玉茗堂诗》之十一,徐朔方笺校《汤显祖诗文集》第 16 卷,上海古籍出版社,1982 年。

十六年十二月(1598),达观应临川知县吴用先的邀请,从庐山归宗寺来到临川,汤显祖热情接待,不仅同游抚州正觉寺(本诗可证),还一道乘船溯抚河而上,拜谒金溪石门寺、疏山寺,再到南城从姑山,凭吊汤显祖的老师、理学家罗汝芳先生,直到元宵节前才回到临川。元宵节当日,又亲自送达观乘船去南昌、回庐山。这次漫游,既是一次友谊的欢聚,也是一次"情"与"理"的交流。达观再劝汤显祖"情消"出家,汤显祖却宁愿留在尘世"为情作使";理念虽不同,友情却弥深。这次相聚,达观写有《游飞鳌峰悼罗近溪先生》《临川文昌桥水月歌》等长篇禅诗,①汤显祖则写有《达公忽至》《达公舟中同本如明府喜月之作》《己亥发春送达公访白云石门,过盱吊明德夫子二首》《达公来自从姑过西山》《达公过盱便云东返,寄问贺知忍》《达公来别云欲上都二首》《谢埠同紫柏至沙城,不肯乘驴,口号》《别达公》《江中见月怀达公》《章门客有问汤老送达公悲涕者》《归舟重得达公船》等十余首诗。②之后,达观与汤显祖书信往返,继续"情"与"理"的探讨,汤显祖又写有《疏山寺寻达公游处并问吴选部》(四首)和上述《东莞钟宗望帅家二从正觉寺晚眺》(三首)等诗多首,足见二人交谊之深。

《从正觉寺晚眺》写于万历三十六年(1608),是三首缅怀和悼亡的七言绝句,悼念的是达观和西儿。西儿是汤显祖的第四个儿子,万历十九年(1591)生于临川,万历二十六年(1598)八月夭殇,虚龄8岁。当时正值汤显祖弃官家居、由城东文昌里移居城内沙井新居即玉茗堂,当年初春已先有六子吕儿之殇,至秋又殇西儿,使汤显祖十分悲痛,作有哭儿诗《七月念日移宅沙井八月十九日殇我西儿惨然成韵》。也就是在这一年年底,达观来访临川。五年后,达观因反对朝廷征发矿税和卷入议论宫廷内务的"妖书案"被捕并死于京城狱中,闻耗后汤显祖作《西哭三首》哀悼。汤显祖写《从正觉寺晚眺》时,西儿已殇十

---

① (明)紫柏真可著,《紫柏大师全集》之《紫柏老人集》卷二十九,上海古籍出版社,2013年。

② 《玉茗堂诗》之九,徐朔方笺校《汤显祖诗文集》第14卷,上海古籍出版社,1982年。

年,达观遇害也已经五年了。

我们来读这三首绝句。

第一首专悼西儿。汤显祖满怀深情诉说,西儿啊,你是天花坠落汝水、漂流到临川城东一隅,故生有异征,手足和头发都与众不同;我知道你已经往生西天,成为佛祖的弟子了,可怜我偶然做了你的父亲,至今仍为失去你这个宝贝而落泪。天花,典出《心地观经·序品偈》:"六欲诸天来供养,天华乱坠遍虚空。"传说梁武帝时听云光法师讲《涅槃经》时感动上天,天花纷纷落下。拂水,佛家景观,江苏虞山藏海寺前有拂水晴岩。此处可解为天花拂动汝水(抚河)。

第二首专悼达观:达公您辞世五年,金骨已化尘沙;您本该像彭祖那般长寿,却因被害而未终天年,真是千古奇冤、只此一家。不为别的,只因为您钟情世事,而没有假装糊涂,你作为出家人,却为国家兴亡、百姓疾苦到处奔波多年,血泪沾湿了您的袈裟。金骨,尊称佛骨。宋仁宗赵祯《佛牙舍利赞》:"惟有吾师金骨在,曾经百炼色长新。"彭殇,意为寿夭。彭祖,古代传说中寿长八百岁之人;殇,夭折,未成年即丧。

第三首悼达观兼悼西儿:达观大师虽然是出家人,作的龛岩《童子铭》三绝,却句句有情,读了催人泪下;西儿走了,您也走了,我只能用净瓶给你们的坟茔或在大路口洒点水来表祭奠。大师的禅杖再也找不到,但风范和精神永存;但愿明月边的白云将我思念您的笛声送到您埋骨的迢山。"无情师",指达观。达观是出家人,理应无情,但是他却非常有情,这正是达观与一般和尚的区别。"有情文",指达观所作龛岩《童子铭》三绝,从汤显祖"各用韵掩泪和之,不能成声"来看,应是十年前达观为悼西儿所作。龛岩,指底部凹陷的岩石,样子像供奉佛像的小阁子。水点,意为倾倒容器洒水;军持为梵语音译,意为净瓶或澡罐,僧人云游时随身携带的贮水器,又称"君持"、"军迟"、"捃稚迦"等。唐玄奘《大唐西域记》:"次南石上则有佛置捃稚迦……捃稚迦,即澡瓶也。然则'军持'之名,捃稚讹文,又省迦字。释家以之洗手,故曰澡瓶,亦曰净瓶。"金环,疑指僧人所用七宝禅杖,上挂金环。迢山,即径山,在浙江余杭西北,达观葬骨处。

《正觉寺逢竺僧,自云西来访罗夫子不及》①,也是一首七绝,诗云:

> 万里伊州入汉关,罗公不见履空还。
> 今宵下马迎风塔,可似西南正觉山。

诗虽短,传达的信息却很丰富。第一,说明当时的正觉寺已有涉外交往。竺僧,即天竺来的僧人。天竺,唐以前是中国对当今印度、巴基斯坦等南亚国家的统称。《后汉书·西域传》记载:"天竺国一名身毒。"唐代以后,天竺始专指印度。唐玄奘西天取经回来后,曾在奏折中为天竺正名:"夫天竺之称,异议纠纷,旧称身笃、身毒、贤豆、天竺等。从今正音,宜云印度。"第二,说明儒教与佛禅的交融不仅在中国国内普及,且远及海外。罗夫子,即罗汝芳。罗汝芳(1515—1588)字惟德,号近溪,江西南城人,明中后期著名哲学家、教育家,泰州学派的代表人物。因曾为汤显祖的老师,故汤氏尊称"罗夫子"。罗汝芳博览群书,学出多门,曾师从胡清虚学道,又师从僧玄觉谈禅,后独钟理学。但他反对程朱理学"存天理灭人欲"的迂腐教条,提倡用"赤子良心"、"不学不虑"去"体仁",在体察社会民情中求取真知,被誉为启蒙思想家的先驱。天竺僧人远道来访罗汝芳,说明罗汝芳的启蒙思想已远传到西域和南亚了。绝句意为:天竺高僧从万里之遥的塞外伊州进入中华内地,来访罗汝芳先生却因他仙逝而无缘拜识,遗憾踏破鞋底只好返程;今夜在正觉寺迎风塔前下马寄宿,不知在天竺高僧眼中,临川正觉寺塔与西天灵山金刚宝塔有否相似的地方?伊州,西域名城,丝绸之路重镇。唐代曾在今新疆境内置三州即庭州(州治金满,今新疆吉木萨尔县北破城子)、西州(州治高昌,今新疆吐鲁番市东)、伊州(州治伊

---

① 《玉茗堂诗》之十六,徐朔方笺校《汤显祖诗文集》第 21 卷,上海古籍出版社,1982 年。

吾,今新疆哈密市)。汉关、阳关、玉门关甚至函谷关都有此称,应为泛指内地。履空,鞋子磨破穿孔,典出班固《汉书·鲍宣传》:"唐尊衣敞履空,以瓦器饮食。"迎风塔,明代正觉寺塔,今已不存。但从作者询问"可似西南正觉山",可以判断当年的迎风塔是一座西域风格的金刚宝座塔。史载,当时中国这种风格的佛塔很多,尤以北京西郊的真觉寺塔为代表,其原型是印度人为纪念佛祖释迦牟尼而建的五塔佛陀伽耶大塔,但在建筑上也融入了中国传统艺术特点。该塔由宝座和石塔两部分组成。金刚宝座的台座象征须弥山,而五座小塔则象征须弥山上的五峰。正觉,乃梵语意译,音译三菩提,意指真正之觉悟。"可似西南正觉山",应是作者询问天竺高僧:您看临川正觉寺的迎风塔,是否像印度供奉佛祖的须弥座五峰塔呢?

汤显祖在《临川县古永安寺复寺田记》中①,说"临川古为名郡,五峰三市在焉。三市者,市也;五峰之间,闻有观九、寺十三"。文中,明确点出临川城区寺院曾多至十三座。在《汤显祖诗文集》中,先后提到的有正觉寺(院)、南禅寺、文昌桥观音阁、广寿寺、宝应寺(故址)、古永安寺等,提到次数最多的是正觉寺。这也说明在当时临川境内,最为隆盛的是正觉寺,与儒家交往最多、相亲相融得最好的更是正觉寺。

作者单位:抚州市社会科学院

---

① 《玉茗堂文》之七,徐朔方笺校《汤显祖诗文集》第34卷,上海古籍出版社,1982年。

论李贽对汤显祖的影响

邹自振

被喻为"东方莎士比亚"的戏剧大师汤显祖,其一生经历嘉靖、隆庆、万历三个时代,那正是朝廷腐败堕落、社会动荡不安的明代中晚期。在那样一个年代里,汤显祖以"真人"、"真龙"、"真品"自勉,恪守耿介率真之人格,拒绝宰相辅臣的拉拢,蔑视高官贵胄的腐朽,坚持以德治邑、勤政爱民,高扬"情至"、"尚真"之大旗,直至临去世前,仍以"真人"明志。他说:"人自有真品,世自有公论",①"仆不敢自谓圣地中人,亦几乎真者也。"②这绝不可看作是汤显祖自我褒扬之词,他是当之无愧的。而同时代的思想家李贽也喜谈真人,其"童心说"表现了对真人、至文之喜爱,对假人、假文之厌恶。所以当"真人"汤显祖遇到讲"真"理之李贽时,将激发汤显祖怎样的创作灵感呢?可以认为,汤显祖的"情至说"正如袁宏道的"性灵说"一样,都是在艺术领域对李贽"童心说"的呼应。通过比较"童心"与"情至",我们可以发现两者在提倡真情,肯定人欲,崇尚真色上存在相互契合之处。而这三方面并不是零散的,而是有着内在的联系。提倡真情,反映到实际生活中也就是肯定人欲,反映到文学创作中也就是崇尚真色。而肯定人欲,崇尚真色既是提倡真情的必然结果,它们的最终指向也是真情。

---

① (明)汤显祖《寄汤霍林》,徐朔方笺校《汤显祖全集》,北京古籍出版社,1999年,第1380页。
② (明)汤显祖《答王宇泰外史》,见徐朔方笺校《汤显祖全集》,北京古籍出版社,1999年,第1305页。

一、"真"理启示"真人"

首先,"童心"与"情至"都提倡"真情",反对"假理"。

李贽在其"童心说"中集中反映了他的文艺思想,其核心是提倡"真情",反对"假理"。什么是"童心"呢?李贽说:

> 夫童心者,真心也。……绝假纯真,最初一念之本心也。①

这就是说童心也即真心,就是世界上初生儿童之心,它没有一点虚假成分,也不懂得矫揉造作,更不会虚与委蛇,那是最纯洁最干净的心灵,丝毫没有受到社会上任何不良风气的影响。"绝假纯真",即不受道学等处"道理闻见"的蔽障和干扰;"最初一念",指人生固有的私欲,所谓"夫私者,人之心也。人必有私,而后其心乃见"。他认为,一个人如果"失却童心,便失却真心",而"失却真心,便失却真人",成了一个"言假言"、"事假事"的伪君子。

对于李贽所谓的"最初一念之本心"、"童心",并不能简单地认为是一般的真情实感,它具有某些形而上的意义,也就是人的自然本性。亦如瑞士心理学家荣格所谓的人类都有"怕黑的集体无意识"一样,"怕黑的集体无意识"表现的是人类共同的对黑暗的恐惧。而"童心"则表现的是人所共有的对真的向往,对美的喜爱。童心之美,也就是人性之美,自然本性之美。

李贽不仅赞颂童心之美,而且反对障碍童心的"道理闻见"。具有童心的人之所以越来越少,出于童心的文章之所以越来越难见,就在于:

> 盖方其始也,有闻见从耳目入,而以为主于其内而童心失。其长也,有道理从闻见而入,而以为主于其内而童心失。其久也,

---

① (明)李贽《童心说》,明万历刻本《李氏焚书》卷三。

> 道理闻见日以益多,则所知所觉日以益广,于是焉又知美名之可好也,而务欲以扬之而童心失;知不美之名之可丑也,而务欲以掩之而童心失。①

而这种"道理闻见"指的又是什么呢?结合明代的社会背景我们知道,那是与童心格格不入的,是就道学家们所倡导的封建伦理道德以及由此而发的对人性束缚极深的各种传统观念而言的。童心是人的最初的天然本性,"道理闻见"是遮蔽童心的外在束缚之物。这样的观点在汤显祖的"情至说"中可以找到相对应的痕迹。

汤显祖在《牡丹亭题词》中突出地强调了其主"情"的思想观念。在讲到"情"之起源时,他说:

> 情不知所起,一往而深。生者可以死,死可以生。②

何以会"不知所起"呢?用汤显祖自己的话就是:

> 人生而有情。思欢怒愁,感于幽微,流乎啸歌,形诸动摇。或一往而尽,或积日而不能自休。盖自凤凰鸟兽,以至巴渝夷鬼,无不能舞能歌,以灵机自相转活,而况吾人。③

正因为"情"是人生所共有的自然赋予人的天性,所以也就不知它从何而起,而且不仅是人,世界上的一切生物,无论是凤凰鸟兽,还是巴渝夷鬼,而人作为万物之灵长,自然更具有这种天性。

在汤显祖看来,这种"人生而有之"的"情"往往会受到"荐枕而成

---

① (明)李贽《童心说》,明万历刻本《李氏焚书》卷三。
② (明)汤显祖《牡丹亭题词》,徐朔方笺校《汤显祖全集》,北京古籍出版社,1999年,第1153页。
③ (明)汤显祖《宜黄县戏神清源师庙记》,徐朔方笺校《汤显祖全集》,北京古籍出版社,1999年,第1188页。

亲,待挂冠而为密者"的"形骸之论"所束缚。不仅有有形的"形骸之论",更有无形的"恒以理相格耳"。(引文均见《牡丹亭题词》)不仅不能得到合理的表达与宣泄,而且还受到压抑与限制。在这里,"情"已不仅仅代表人世间的男女私情了,而是人性的象征,也就是李贽所说的没有受到"道理闻见"遮蔽的"童心",情之"生而有之",也就是童心之"最初一念"。情之被理所格,也亦如童心被"道理闻见"所障。情与理的对立,也就是"童心"与"道理闻见"的对立。

其次,汤显祖的"情至说"和李贽的"童心说"都反对把理和欲对立起来,肯定人欲、表现人欲成为二者之间的共同之处。理学家们所倡导的那种扭曲人欲的说法都遭到他们激烈的批判。在这里,我们不妨梳理一下当时统治阶级所规范的"存天理、灭人欲"的思想。在理学家看来,"人心"就是人情私欲,"道心"就是"天理",要使"人心"常听命于"道心",也就是"灭人欲,存天理"。程朱理学从维护封建统治和封建伦理道德规范的角度出发,无所不尽其极地压制人欲,希望人们都遵循礼教的条例做一个知礼义、守法度的顺民。北宋的程颢、程颐就认为:

> 人心私欲,故危殆;道心天理,故精微。灭私欲,则天理明矣。①

从以上所云,我们不难发现程朱理学家们在情与理问题上的基本观点,他们不仅将情与理对立起来,而且把情说成是恶的,把理看成是善的,最后提出"存天理、灭人欲"的主张。然而,汤显祖对"道心"作了一个与宋明理学家绝然不同的解释。他说:"道心之人,必具智骨,具智骨者,必有深情。"又说:"夫以欲闻道而伤其平生,此予所谓有深情,又非世人所能得者也。"②在汤显祖看来,正是"非世人所能得者"的品德与"深情",才是具有"道心"的表现。

---

① (宋)程颢、程颐《二程遗书》卷二十四。
② (明)汤显祖《睡庵文集序》,徐朔方笺校《汤显祖全集》,北京古籍出版社,1999年,第1074—1075页。

李贽受"泰州学派"思想的影响,提出"穿衣吃饭,即是人伦物理"(《答耿中丞》)。在其《童心说》中,李贽提出:

> 天下之至文,未有不出童心焉者也。苟童心常存,则道理不行,闻见不立,无时不文,无人不文,无一样创制体格文字而非文者。……故吾因是而感于童心者之自文也。①

即是说一切美的事物,一切真正的艺术创作,都只有出自"童心",表现"童心",符合"童心",才成其为美,舍此无他。这种"童心自文说"的文学观,肯定的是人欲,追求的是人欲,表现的也是人欲,它要求以人性作为批评衡量作品的标准。李贽肯定《西厢记》,肯定《水浒传》,肯定当时的民歌,都直接根源于这一点。

汤显祖则是从"情"这个层面上肯定人欲,反对理学的。《牡丹亭》中的杜丽娘就是一个情、欲结合的艺术形象,杜丽娘身上真实地再现了"典型环境中的典型人物"。杜丽娘的父母杜宝夫妇和私塾老师陈最良分别代表了顽固不化的封建统治阶级和迂腐不化的封建教育体系。他们是具有历史真实的"福斯塔夫式背景"。②杜丽娘"年已及笄,不得早成佳配",对美的追求和对爱的渴望,使她终于在梦境中,经由花神的指点与庇护,与梦中情人柳梦梅共坠爱河。在这里,灵与肉同时得到了释放与抚慰。

从《惊梦》这段描写,我们可以看出汤显祖并不像理学家们严禁情、欲之辩。杜丽娘就是情与欲的结合体,无论是伤春游园、思春梦遇,还是荐枕欢洽,无媒自合,直至写真闹殇,幽媾魂游等与柳梦梅之间生而死、死而生的真情,都是理学家们所深恶痛绝的人欲。无怪乎他们痛斥"此词一出,使天下多少闺女失节","其间点染风流,惟恐一女子不销魂,一方人不失节"。(黄正元《欲海慈航》)然而它却温暖了

---

① (明)李贽《童心说》,明万历刻本《李氏焚书》卷三。
② 福斯泰夫是莎士比亚《亨利四世》和《温莎的风流娘儿们》两剧中的人物。福斯泰夫式的背景,就是典型环境的形象化说法。

不知多少女性的心房,在杜丽娘身上无疑寄予了她们不尽的希望。

结合明代的社会现实,我们就不难看出为何《牡丹亭》具有如此摧枯拉朽的力量,为何汤显祖的"情至说"具有如此深远的意义。思想意识毕竟只是上层建筑,用程朱理学来遏制人欲过于抽象,在那些士大夫眼中"女子无才便是德",因此反映到现实社会中便是用太后、皇妃的《妇鉴》《女训》来教化妇女。此外,树立贞节牌坊更不失为一种更为直接、更有模范可循的方法。《明史·烈女传》中实收308人,全国的烈女人数则有万人之多。在统治阶级对妇女进行高度防范和管束的同时,他们却过着荒淫无耻、纵欲无度的生活。在那一块块贞节牌坊之下,一行行《烈女传》文字之中,记录的是多少被侮辱与被损害妇女的悲惨控诉。

总之,提倡"真情",反对"假理",从明代中晚期的社会背景来看,也就是要肯定人欲而反对"天理"。亦如真情是人所天生的一样,人欲也是"生而有之"的。提倡真情、童心的天然也就是肯定人欲的合理性。假理遮蔽真情,亦如天理泯灭人欲,反对"假理"即反对"天理"。

最后,提倡真情,反对假理的思想反映到社会生活中,也就体现为对人欲的肯定,对天理的反对;反映到文学创作中也就体现为"尚真色",提倡文学创作必须以情为主,抒发作者的真情实感,表现作者内心的真实感受,反对用外在形式束缚情的表达。在这里,"情"("童心")已成为评判、衡量文学的标准。

对于"童心说",李贽认为:

> 夫既以道理闻见为心矣,则所言者皆闻见道理之言,非童心自出之言也。言虽工,于我何与?岂非以假人言假言,而事假事、文假文乎?①

出于童心,即是出于作者的真心,正所谓"情动于中而形于言"(《毛诗序》),所表达的也是作者的真情。反之若出于"道理闻见",即

---

① (明)李贽《童心说》,明万历刻本《李氏焚书》卷三。

是"假文",其所表达的也是"假理"。在"童心"的旗帜下,李贽敢于批评古代圣贤的著作,他说:

> 然则六经、《语》《孟》,乃道学之口实,假人之渊薮也,断断乎其不可以语于童心之言明矣。①

之所以对古代圣贤的著作提出如此尖锐的批评,并不是说这些文章真的"十恶不赦",关键在于它们被道学家们当作"存天理、灭人欲"的口实,成为他们用以道德说教的蓝本,而不是"绝假纯真"之内心的流露。李贽在《杂说》一文中云:

> 且夫世之真能文者,比其初皆非有意于为文也。其胸中有如许无状可怪之事,其喉间有如许欲吐而不敢吐之物,其口头又时时有许多欲语而莫可所以告语之处,蓄极积久,势不能遏。一旦见景生情,触目兴叹;夺他人之酒杯,浇自己之垒块;诉心中之不平,感数奇于千载。②

这段话对作家创作时的心理、情绪都描写得十分深刻、细致,但最重要的还是告诉我们,只有人心中自然而然流露的情感发而为文,这样的文章才是好的文章,才是出自"童心"的至文。至于文章的体裁与形式,为近体,为传奇,为院本,为杂剧,甚至是举子业的文章,都没有关系。

汤显祖在《牡丹亭题词》中写到:

> 生而不可与死,死而不可复生者,皆非情之至也。……第云理之所必无,安知情之所必有耶!③

---

① (明)李贽《童心说》,明万历刻本《李氏焚书》卷三。
② (明)李贽《杂说》,明万历刻本《李氏焚书》卷三。
③ (明)汤显祖《牡丹亭题词》,见徐朔方笺校《汤显祖全集》,北京古籍出版社,1999年,第1153页。

可见"情"不仅具有超越生死的力量,而且情与理是对立的,而从杜丽娘身上所体现出来的情有冲决一切的力量,可见情是胜理的。既然情是生而有之,且情能战胜一切,那么在处理戏剧的内容和形式的关系时,就要以情为主,词曲音律都要服从于情。在这一点上,汤显祖与"吴江派"代表人物沈璟之间的争论已成为文学史上的一段公案。像沈璟那样"宁协律而词不工",以律害词、以律害情的作法在汤显祖看来是万万不可取的。他宁可"拗折天下人嗓子"(《答孙俟居》),也要"凡文以意、趣、神、色为主"(《答吕姜山》)。而"意、趣、神、色"的最终目的也是为了表现情。汤显祖在《焚香记总评》中说:

> 其填词皆尚真色,所以入人最深,遂令后世之听者泪,读者颦,无情者心动,有情者肠裂。何物情种,具此传神手。①

由此可见,在审美创作中,"神"和"情"、"真"是不可分离的。所传之"神"也就是真心真情,没有真心真情也就不能传"神",也就不能显"真",更不能使人"泪",使人"颦",使人"心动",使人"肠裂"。

从李贽、汤显祖二人对"前后七子"为代表的复古思潮的批判也可从侧面反映出他们以情为主的创作主张。

李贽坚决反对蹈袭仿古之作,"前后七子"则认为古人的作品一定好,今人的作品一定不好,这就是刘勰所批评的"贱同而思古"(《文心雕龙·知音》)。李贽坚决反对这种复古主义的文学思潮。他说:

> 诗何必古《选》,文何必先秦。降而为六朝,变而为近体,又变而为传奇,变而为院本,为杂剧,为《西厢曲》,为《水浒传》,为今之举子业,大贤言圣人之道皆古今至文,不可得而时势先后论也。②

---

① (明)汤显祖《焚香记总评》,徐朔方笺校《汤显祖全集》,北京古籍出版社,1999年,第1656页。
② (明)李贽《童心说》,明万历刻本《李氏焚书》卷三。

汤显祖也反对明代文坛"前后七子""文必秦汉,诗必盛唐"的复古风气。汤显祖在与友人论李梦阳、李攀龙、王世贞等人的文章时,云其"各标其文赋中用事出处,及增减汉史唐诗字面处,见此道神情声色,已尽于昔人,今人更无可雄"。①从中可明显看出汤显祖对于"前后七子"的创作是持否定态度的,认为他们所创作的诗文是没有"意、趣、神、色"的。

李、汤二人之所以对"前后七子"等人的复古思潮有这么大的排斥感,根源就在于这些人的文章太拘于复古,太过讲究声调格律,而忽视了对内心世界的抒发,缺少了"真情"与"童心"。

通过比较,我们可以发现"情至"与"童心"却有相似之处,李贽的"童心说"对汤显祖的"情至说"有相当的启示意义,但汤显祖在具体概念上有其特定的含义,比如在对"真人"的定义,对情和欲的判断上,汤显祖都有自己独到的见解。

二、"真人"自有之"真理"

汤显祖与李贽身交甚少,但神交颇厚。李贽在哲学思想、政治思想和文学思想诸方面,都给予汤显祖深刻的影响,奠定了汤显祖的戏剧和文学思想的基础。

汤显祖是通过读《焚书》而成为李贽的崇拜者的。万历十八年(1590),李贽的《焚书》在湖北麻城出版。那年,汤显祖正在南京礼部祠祭主事任上,见到李贽的《焚书》,就写信给担任苏州知府的友人石昆玉:

> 初,某公以吴宪拜中丞治吴,而明公亦以吴漕使守吴。南都人皆疑之,弟稍为不然。或二相亦欲得高品抚牧其乡耳。近从苏

---

① (明)汤显祖《答王澹生》,见徐朔方笺校《汤显祖全集》,北京古籍出版社,1999年,第1303页。

来者,并云石公有羔裘豹饰之节,仁而且勇,非吴大家所宜。然犹谓石而无瑕,人急不得施其牙。未几有此。虽然,公之品乃今无疑者矣。幸益自坚。有李百泉先生者,见其《焚书》,畸人也。肯为求其书寄我骀荡否?①

石昆玉是湖北黄梅人,黄梅与麻城相邻,故汤显祖为他访求李贽的著作。汤显祖写此信与《焚书》刻成同年,可见汤之心情迫切。

汤显祖读了李贽的《焚书》之后,顿受启发,他在给友人的信中赞道:

  如明德先生者,时在吾心眼中矣。见以可上人之雄,听以李百泉之杰,寻其吐属,如获美剑。②

按说,汤显祖与李贽的直接交往,远不如明德先生罗汝芳、可上人达观密切,但在汤显祖心目中,李贽的地位不在罗汝芳、达观之下,而且在汤显祖看来,李贽的思想"如获美剑",更有锋芒,说明李贽对汤显祖的思想影响相当深刻。汤显祖后来创作的"临川四梦",尤其是杰作《牡丹亭》中所塑造的执着追求爱情和幸福的美丽少女杜丽娘的形象,正是对李贽"童心说"的生动而具体的艺术表现;所赋予杜丽娘的反对封建婚姻制度、追求恋爱自由的精神,正是李贽反封建礼教和伪道学的艺术再现。

据《临川县志》卷十及徐朔方先生《晚明曲家年谱·汤显祖年谱》记载,万历二十七年(1599),即《牡丹亭》问世后一年,李贽往临川造访汤显祖,面晤于城东正觉寺。汤显祖很羡慕友人袁宏道与李贽有很深的交往,曾作《读锦帆集怀卓老》云:

---

① (明)汤显祖《寄石楚阳苏州》,见徐朔方笺校《汤显祖全集》,北京古籍出版社,1999年,第1325页。

② (明)汤显祖《答管东溟》,见徐朔方笺校《汤显祖全集》,北京古籍出版社,1999年,第1295页。

> 世事玲珑说不周,慧心人远碧湘流。
> 都将舌上青莲子,摘与公安袁六休。①

袁宏道曾师事李贽,李贽的激进思想影响了袁宏道"情灵说"文学主张的形成,也为公安派的文学活动奠定了基础。汤显祖在赞誉袁氏诗文成就的同时,对李贽反传统的文学思想表示了由衷的敬仰。

万历三十年(1602)三月,汤显祖在家中听到李贽狱中自杀的噩耗,不胜悲愤,遂作《叹卓老》诗以哀之。诗云:

> 自是精灵爱出家,钵头何必向京华?
> 知教笑舞临刀杖,烂醉诸天雨杂花。②

作为汤显祖尊敬与崇拜的导师,汤显祖说李贽以"笑舞临刀杖"的诗句,简约而准确地凸现出李贽的斗争精神和性格特点。

李贽去世后,在明王朝严禁李贽著作流行的情况下,民间学者仍然坚持编辑、评点、刊刻李贽的著作。汤显祖为《李氏全书》作总序,盛赞李贽的著作"传世可,济世可,经世可,应世可,训世可,即骇世亦无不可",③对封建文化专制主义表示了强烈的抗议,对李贽著作的流传起了重要的作用。

汤显祖的文学主张与李贽有许多共同之处,这在汤显祖的诗赋、制义和传奇创作中,在他与友人所作的序文中都有阐发。汤显祖始终不渝反对"前后七子"的摹拟风气,力主创新。他在《合奇序》中指出:

---

① (明)汤显祖《读锦帆集怀卓老》,徐朔方笺校《汤显祖全集》,北京古籍出版社,1999年,第825页。
② (明)汤显祖《叹卓老》,徐朔方笺校《汤显祖全集》,北京古籍出版社,1999年,第621页。
③ (明)汤显祖《李氏全书序》,转引自许苏民《李贽的真与奇》,南京出版社,1998年,第73页。

"予谓文章之妙,不在步趋形似之间。自然灵气,恍惚而来,不思而至,怪怪奇奇,莫可名状,非物寻常得以合之。"①又说:"天下文章所以有生气者,全在奇士。士奇则心灵,心灵则能飞动,能飞动则下上天地,来去古今,可以屈伸长短生灭如意,如意则可以无所不如。"②他还在《秀才说》中说:"秀才之才何以秀也?秀者灵之所为,故天生人至灵也。"③

上已言及,汤显祖与李贽都提倡真情,反对假理,在谈到这一点时,李贽由此延伸出"真人"、"假人"的概念。这些概念也还是从他所坚持的"童心"的丢失与否来判断的:

若失却童心,便失却真心;失却真心,便失却真人。人而非真,全不复有初矣。④

李贽认为,如果失去"绝假纯真"的"童心",那么就失去"真心",失去了"真心",也就不复是一个"真人"。那么,"童心"是如何失去的呢?李贽认为有道理闻见主于心,童心便失,而"夫道理闻见,皆自多读书识义理而来也"。⑤若以道理闻见为心,便成为假人。

由此可知,李贽的"真人"是因为读书识义理而成为"假人"的,即是说李贽所谓的"真人"是不读书的,不识义理的人。若有人的自然本性但却不识义理的人,长此以往,就缺少自我独立思考的能力,成为一个没有特殊个性的人。

汤显祖正是在后者的意义上来谈真人、假人的。他并不以"童心"的有无作为判断真人、假人的标准。反之,他具有自己一以贯之的思

---

① (明)汤显祖《合奇序》,见徐朔方笺校《汤显祖全集》,北京古籍出版社,1999年,第1138页。
② (明)汤显祖《序丘毛伯稿》,见徐朔方笺校《汤显祖全集》,北京古籍出版社,1999年,第1140页。
③ (明)汤显祖《秀才说》,见徐朔方笺校《汤显祖全集》,北京古籍出版社,1999年,第1228页。
④⑤ (明)李贽《童心说》,明万历刻本《李氏焚书》卷三。

维方式和处世原则。今人邹元江先生认为,"正是因为'假人'没有对人的生命价值的矢志不渝的执着肯认,因而这种'假人'永远没有一种自己所坚信的思维方式。而思维方式又决定了人的生存方式"。①汤显祖曾说:

> 世之假人,常为真人苦。真人得意,假人影响而附之,以相得意。真人失意,假人影响而伺之,以自得意。②

"假人"为"真人"苦什么呢?"真人得意",就在于对一以贯之的道的豁然领悟,而"假人"根本不知"真人"为何得意,为了以示风雅,自以为了解"得意"之所在,以便附合之,"以相得意",让"真人"不敢轻视自己。如论"真人失意",也多是因其耿介率真所致,假人不明,以为真人之不顺与自己相同,认为真人与自己也没有什么不同,因而"以自得意",实是以小人之心度君子之腹。③

基于这种认识,汤显祖并没有将其笔下的杜丽娘塑造成为不识义理的人,而是男、女《四书》,能逐一背诵,摹仿卫夫人的书法几可乱真,不仅有精巧过人的女红,而且有很强的分析意识和独立见解。她对陈最良"依注解书"的授课方法深感不足,认为《诗经》中的《关雎》篇并非歌咏后妃之德,而是表达男女爱慕之情的动人诗篇。当她步入春色满园的后花园后,她那番"这般花花草草由人恋,生生死死随人愿,便酸酸楚楚无人怨"的感慨,便成为她追求自由的呐喊。由"惊梦"到"寻梦",她由官宦千金小姐一变而为敢于决裂、敢于献身的深情女子,后又为情而死,死后与阎王据理力争,为情而出生入死,还魂再生,最终完成了她生命的抗争和追求。这始终不渝的对情的执着追求,对自由的无限憧憬使杜丽娘无愧于"真人"的化身。为了追求爱情自由、婚姻幸福而"生者可以死,死可以生"的杜丽娘形象,何尝不是明代卓文君

---

①③ 邹元江《汤显祖的情与梦》,南京出版社,1998年,第144页。
② (明)汤显祖《答王宇泰太史》,徐朔方笺校《汤显祖全集》,北京古籍出版社,1999年,第1305页。

的化身？显然,汤显祖在塑造杜丽娘这一形象时,受到了李贽对卓文君为了"自择佳偶",与司马相如私奔,是"天下第一嫁法"的启示和影响。《牡丹亭》所表现的强烈反对封建婚姻制度,追求个人自由的思想,除了在此之前已有李贽明确肯定卓文君私奔的观点在海内外广为流传外,同时代还没有一位思想家这么明确提出过。

李贽与汤显祖的"童心说"与"情至说"都肯定人欲,反对"天理",但"情至说"不同于李贽的"穿衣吃饭,即是人伦物理"的泛情论。泛情论实际上把封建正统学者所谓的"天理"和"人欲"没有区分,这样的后果就是"满街圣人","人欲横流"。而汤显祖的"情至说"的超越性正在于把握了对情、欲的转化。在汤显祖看来,情的高扬并不意味着情欲的放纵。汤显祖执着于情,但他所说的情也是有善有恶的。汤显祖的"四梦"所系莫非一"情":如果说《紫钗记》和《牡丹亭》是对"善情"的歌颂;《邯郸记》则是对"恶情"的批判;《南柯记》又别具一格,揭示了"善情"如何被"恶情"所吞噬。尤其是《牡丹亭》一剧,人物的感性之情转为大道之情,即至情,从而进入深层次的审美境界。

在《惊梦》一出,透过杜丽娘游园伤春的表象,揭示了这一大家闺秀内心深处被压抑的生命本能。人的自然天性越是在现实中遭压抑,就越容易受到外界刺激而喷发出来。而让杜丽娘在梦中与从未谋面的柳梦梅幽会欢合,实际上是将杜丽娘游园时表现的生理欲求展现出来,并且将这种平日里难以启齿的性梦"表现得淋漓尽致、深细精微、富有诗意,而且赋予性爱以启悟灵性、引导内在精神生命成长的意义,升华了性爱的生命意识"。[①]这种艺术描写使我们意识到,人的情欲并不是什么罪恶,相反的,压抑人的自然本真的情欲才是罪恶的。但这种情欲的满足只是人性自我意识觉醒的初级阶段,它还需要上升到高级阶段,也就是归本于道(情)。杜丽娘最后死而复生,并与柳梦梅结为佳偶,印证了汤显祖所说的"生而不可与死,死而不可复生者,皆非

[①] 魏远征《论〈牡丹亭〉性心理及其生命意识的升华》,《第七届全国古代戏曲学术研讨会论文集》2007年10月,福建集美大学。

情之至也",这也即是情上升为审美境界时所产生的效果:它可以超越世俗的规范和常理的束缚,最终达到极致的境界。

汤显祖自云:"一生四梦,得意处惟在《牡丹》。"他在《牡丹亭》中所刻画的执着追求爱情和幸福的美丽少女杜丽娘的形象,正是对李贽"童心说"的生动而具体的艺术表现。汤显祖曾说:"知音常苦稀。"茫茫人海,知音何在?所以当他看到李贽所著之《焚书》时,其欣喜之情是可以想见的。这种知遇之情与孔子所云"有朋自远方来,不亦乐乎"的心情相同。他们的"童心"、"情至"二说虽然仅是个人提倡的文艺思想,但却因其思想之深邃,影响之广泛而名留千古。如果非要将它们分出伯仲,则"童心说"在对"情"的提倡,"理"的批判上具有原创性;而"情至说"对"真人"的定义,对情与欲的判断方面,乃是以汤显祖率性贵真之气质为背景,并具有某种现代性的内涵。汤显祖敢于举起"唯情论"的大旗,以"情"做武器,与宋明道学和封建礼教分庭抗礼,其理论勇气和精神动力在很大程度上来自于李贽对传统的大胆怀疑、批判和反叛精神。这也是汤显祖之所以能与莎士比亚齐名,成为人类历史上天才的戏剧家、思想家的根本原因。

作者单位:闽江学院中文系

性·情·欲
——汤显祖至情观的内涵

周立波

汤显祖推崇至情,可以追溯到王阳明的致良知,良知出于本心,以无善无恶的性之体,从无入有,讲求良知的发用,从情出发,达到知行合一,即将性体与情用合于一心,排除私欲,只存天理。在对性的认识上,王阳明与朱熹存在根本的差别。朱熹归理于性,强调工夫的内外结合。王阳明则归理于心,强调工夫的内修。汤显祖的至情观正是秉承了王阳明的理论,从良知上体用性、情,并将性、情、欲严格地区分开来,从而通过具体的创作,尤其是戏曲作品的创作,充分展现了他的这一观点。

从王阳明到汤显祖

王阳明提倡童子教育当以情为中心,顺应儿童性情的自然抒发。他说:"大抵童子之情,乐嬉游而惮拘检。如草木之始萌芽,舒畅之则条达,摧挠之则衰痿。今教童子,必使其趋向鼓舞,心中喜悦,则其进自不能已。"① 他对情的阐释,在《答汪石潭内翰书》(辛未)中较为完全地表达出来,他认为:"夫喜怒哀乐,情也。"又云:"喜怒哀乐之与思、与知觉,皆心之所发。心统性情。性,心体也;情,心用也。"此乃阳明先

---

① (明)王守仁《训蒙大意示教刘伯颂等》,《王阳明全集》卷二《语录二》,上海古籍出版社,1992年,第87—88页。以下出自上海古籍版《王阳明全集》的引文,均不另注。

生少见的关于情的论说,然阳明先生的"情"非仅指男女之情。在《答黄宗贤、应原忠》(辛未)中又说:"凡人情好易而恶难,其间亦自有私意气习缠蔽,在识破后,自然不见其难矣。""情"与所有事物一样,需加一段"的实工夫",方能达其境域。这里,王阳明明确地认为情就是喜怒哀乐,而喜怒哀乐与思想、知觉一样,都是发自内心深处的,那么这种"不虑而知、不学而能"的"是非之心",正是阳明先生所说的"良知"。因此,他认为:"是非之心,不虑而知,不学而能,所谓良知也。良知之在人心,无间于圣愚,天下古今之所同也。"又谓:"古之人所以能见善不啻若己出,见恶不啻若己入,视民之饥溺犹己之饥溺,而一夫不获,若己推而纳诸沟中者,非故为是而以蕲天下之信己也,务致其良知,求自慊而已矣。"(丙戌《答聂文蔚书》其一)阳明先生并不排斥情,他从体用两方面来解释心,心之体是性,心之用是情。他一直坚持认为体用不能分为两截,只有将体用合为一体,才能使良知纯净光明。

关于性与情的关系,玄学家王弼在《周易·乾卦》曾经解释道:"不为乾元,何能通物之始?不性其情,何能久行其正?是故始而宗者,必乾元也;利而正者,必性情也。"①很显然王弼是将性与情分为两事,那么在王弼眼里何为性与情呢?他在《论语释疑·阳货》中说:"不性其情,焉能久行其正,此是情之正也。若心好流荡失真,此是情之邪也。若以情近性,故云性其情。情近性者,何妨是有欲。若逐欲迁,故云远也;若欲而不迁,故曰近。但近性者正,而即性非正;虽即性非正,而能使之正。譬如近火者热,而即火非热,而能使之热者何?气也、热也。能使之正者何?仪也、静也。"②在性与情之外,他又提到一个"欲"字。"以情近性"是"情之正",如果情脱离了性,则是"情之邪",欲念"流荡失真",自然违背了圣人的本意。很明显,"性其情"是一条要求很高的道德标准,在王弼那里,似乎只有圣人才能做到。

到了宋代,继承王弼性情说的是程颐。程颐首先解释了性与情,

---

① (魏)王弼注《周易十卷》,商务印书馆,1929年《四部丛刊》缩印本,第2页。
② (魏)王弼著楼宇烈校释,《王弼集校释》,中华书局,1980年,第631—632页。

他在《程氏遗书》卷九中说:"仁者,公也,人此者也;义者,宜也,权量轻重之极;礼者,别也;知者,知也;信者,有此者也。万物皆有性,此五常性也。若夫恻隐之类,皆情也,凡动者谓之情。"①他又在《颜子所好何学论》进一步阐发了性与情的关系:"天地储精,得五行之秀者为人。其本也真而静,其未发也五性具焉,曰仁义礼智信。形既生矣,外物触其形而动于中矣,其中动而七情出焉,曰喜怒哀惧爱恶欲。情既炽而益荡,其性凿矣。是故觉者约其情使合于中,正其心,养其性,故曰'性其情'。愚者则不知制之,纵其情而至于邪僻,其性而亡之,故曰'情其性'。"②在这里,程颐尽管有扬性抑情之嫌,但他并不排斥情,因为喜怒哀惧爱恶欲七情乃动于中所至,属于人的本能,只是因为对待情的对象不同,或者说把握情的方式有异,才使得情向两个相悖方向发展。

但这种将性与情分而为二的说法,在阳明先生看来显然是不可取的。他强调知行合一,就是知与行、体与用、性与情合为一体,在"一念发动处,便即是行了;发动处有不善,就将这不善的念头克倒了。须要彻根彻底,不使那一念不善潜伏在胸中"(《传习录》)。此处的所谓"不善"便是欲念。所谓"欲识浑沦无斧凿,须从规矩出方圆"(王阳明《别诸生》),就是这个道理。

到了王艮,将欲念的概念扩大了,认为凡是"心有所向便是欲,有所见便是妄"。他对良知的理解仍然沿袭阳明先生的观点,认为良知是"分分明明,亭亭当当,不用安排思索,圣神之所以经纶变化而位育参赞者"(《与俞纯夫》)。但他却又将良知归于性,认为:"夫良知即性,性焉安焉之谓圣;知不善之动而复焉执焉之谓贤;惟百姓日用而不知,故曰以先知觉后知,一知一觉无余蕴矣。"(《答徐子直》)又说:"夫良知即性,性即天,天即干也。以其无所不包故谓之仁,无所不通谓之亨,无所不宜故谓之利,无所不正故谓之贞。"(《答朱惟实》)③这里他显然没有把握住阳明先生的体用统于一心的认识,偏重于体,将性等同于

---

① (宋)程颐、程颢著《二程遗书》,上海古籍出版社,2000年,第152页。
② (宋)程颢、程颐著王孝鱼点校,《二程集》,中华书局,1981年,第577页。
③ (明)王艮著《王心斋全集》,江苏教育出版社,2001年,第43、43、45页。

良知,却忽视了良知之用,这就难怪他把情简单地归入到欲中,从而将用扩大到接近"欲"。

王艮的门人徐樾,最初学于王阳明,后从师于王艮。其对情的理解直接继承了王艮的观点,"指识曰心,名欲为情",已完全把情看成是欲,认为一有蠢动,便有私欲,有私欲便有情生。至于人最为可贵的东西,徐樾认为是"性之灵"。他说:"惟灵也,故能聪能明,能几能神,能谦能益,能刚能柔,卷舒变化,溥博高明,出入乎富贵贫贱之境,参酌乎往来消息之时,安然于饮食居处,怡然于孝弟忠信。"①他此后提到的"民愚而神",是指普通百姓虽资质愚笨,却灵明犹在。所谓神就是灵明,实即良知也。

徐樾的弟子颜钧,从孔子所谓"七十而从心所欲不逾矩"入手,申明自己对性、情、欲的理解,他在《辨精神莫能之义》说:"夫是之谓'从心所欲不逾矩'。夫是之为一团生气育类人。"在《辨性精神莫互丽之义》中说:"性情也,神莫也,一而二,二而一者也,如此申晰,是为'从心所欲不逾矩'之学。"在《日用不知辨》中说:"所以一生贸贸罔罔,日用此生此仁,而皆不知此即己心之良知良能,此即'从心所欲不逾矩'之大学中庸也。"在《题敖子霁雪卷》中说:"又曰人心霁雪,达天德哉!是以霁丽心明,雪沁心聪,聪明竭乎睿哲,即光天化日,六位时成之贞素也,仁之朏,知之灵,精之体,神之妙,絪缊朕兆乎御天造命,大中学庸乎从心所欲不逾矩也。"②他把性与情看成是"一而二,二而一"的一体,人皆有所欲,但只要在"不逾矩"的框架内体用,情也是性,性也是情。这一看法与王阳明的观点是一致的。

颜钧的弟子罗汝芳对情的理解,有独到之处。他认为:"夫惟其情之同深,故其念之独至,而所以为孝且弟者,必归之矣。岂独孝弟为然哉?推而君臣,而夫妇,而朋友,而万民,而庶物,固无一而不在好生之

---

① (明)黄宗羲著《明儒学案·泰州学案一·布政徐波石先生樾》,中华书局,1985年,第728—729页。
② (明)颜钧著黄宣民点校,《颜钧集》,中国社会科学出版社,1996年,第13、13、14、20—21页。

中,亦无一而或出于存心之外。"①(《一贯编》)这里所说的情与其提出的"赤子之心"具有同一义理,即"平易之处"的人情,顺乎自然,生动活泼。他提出:"只目下思父母生我千万辛苦,而未能报得分毫,父母望我千万高远,而未能做得分毫,自然心中悲怆,情难自已,便自然知疼痛。"②这里所说的"疼痛"就是情。

对于欲的理解,罗汝芳认为:"所谓欲者,只动念在躯壳上取足求全者皆是,虽不比俗情受用,然视之冲淡自得,坦坦平平,相去天渊也。"将欲附着在事物上,又把它与俗情分开,这正是罗汝芳的独到之处。他所说的欲,正是他提倡的赤子之心。他在提出"欲"的同时,又提出"乐"和"得"的观念,认为:"所谓乐者,只无愁是也。若欣喜为乐,则必不可久,而不乐随之矣。所谓得者,只无失也。若以境界为得,则必不可久,而不得随之矣。"③乐即无愁,得即无失。很明显,在罗汝芳看来,欲是晚明通常说的情,而俗情则是我们所指的欲。

罗汝芳对性的看法是生即性。在他看来,性是超越善与不善的东西,而善与不善的差别乃缘于天命和气质,是否能够化气质为天命之性,则取决于心之是否明觉,所以他说:"吾心觉悟的光明,与镜面光明却有不同。镜面光明与尘垢原是两个,吾心先迷后觉,却是一个。……若必欲寻个譬喻,莫如冰之与水,犹为相近。"又说:"冰虽凝而水体无殊,觉虽迷而心体具在,方见良知宗旨,贯古今,彻圣愚,通天地万物而无二无息者也。"④

罗汝芳的弟子曹胤儒曾经对其师作过评价,总结得非常到位,他认为:"天地万物为一体,使天地万物各得其所为极致,所谓大学,所谓

---

① (明)罗汝芳著,方祖猷、梁一群、李庆龙等编校整理《罗汝芳集》,凤凰出版社,2007年,第322页。
② (明)黄宗羲著《明儒学案·泰州学案三·参政罗近溪先生汝芳》,中华书局,1985年,第788页。
③ (明)黄宗羲著《明儒学案·泰州学案三·参政罗近溪先生汝芳》,中华书局,1985年,第791页。
④ (明)黄宗羲著《明儒学案·泰州学案三·参政罗近溪先生汝芳》,中华书局,1985年,第765页。

明明德于天下,是吾师之门堂阃域;老吾老及人之老,幼吾幼及人之幼,所谓仁义之实,所谓道迩事易,是吾师之日用事物;赤子不虑之良知、不学之良能,与圣人之不思不勉,天道之莫为莫致,是吾师之运用精神。"①

汤显祖少年时即从师于明德先生,汤显祖的《秀才说》谓其"十三岁时从明德游"②,周大赟《汤临川先生书经讲意叙》谓"先生童年说经,师傅为之辍席"。罗汝芳对性、情、欲的看法,自然会直接影响到其弟子汤显祖。

从无入有,由性入情

王阳明的四句教是其心学的精髓,可概括其心学观点:"无善无恶性之体,有善有恶意之动,知善知恶是良知,为善去恶是格物。"尽管他的后人在有无和体用上的侧重各有不同,但始终未离其良知之源。阳明先生的弟子王畿曾经在《抚州拟岘台会语》中曾经说过:"先师首揭良知之教,以觉天下,学者靡然宗之,此道似大明于世。凡在同门得于见闻之所及者,虽良知宗说不敢有违,未免各以其性之所近,拟议搀和,纷成异见。"③他拟出了大约有六种良知说:归寂、修证、已发、现成、体用和始终。其中影响较大的当属左右两派和正统一派,而影响最为广远的当属左派,即以王畿、王艮为代表的主张良知现成论的王学左派。汤显祖就是王学左派的第五代传人。王学左派的现成论的主张概括起来有以下几点:一、无中生有。自无入有,本体即无,良知现成,排除玄虚,达到浑融。二、本体上下工夫,提倡顿悟,排斥渐修。三、良知即性。良知本无,无为性体。四、工夫简易直接。良知现成,不假安排。这几个方面可以说是王学左派区别于以聂豹、罗洪先为代

---

① (明)罗汝芳著,方祖猷、梁一群、李庆龙等编校整理《罗汝芳集》,凤凰出版社,2007年,第400—401页。
② (明)汤显祖著,徐朔方笺校《汤显祖诗文集》,上海古籍出版社,1982年,第1166页。以下出自上海古籍版《汤显祖诗文集》的引文,均不另注。
③ (明)王畿著《龙溪王先生全集》卷一,明万历四十三年(1615)张汝霖校刊本。

表的王学右派和以钱德洪、邹守益、欧阳德为代表的正统派的最根本的依据。作为左派的传人,汤显祖自然传承了王阳明与王学左派的观念,并在这一基础上有所发挥。

在对心与性的认识上,汤显祖基本上是秉承王阳明的认识,认为体用于心,不假外求,知行合一。他在《玉茗堂书经讲意》中曾经认为:"而钦体虚灵,又何明也?钦明莹以含章,可谓文矣。而明体沉几,又何思也?然皆德性之精,钦体而明用,悉根于自有之中。钦明之极,文显而思微,一运以默成之德,盖尧能尽其性,故心不烦于收敛。机无劳于作用,而钦明文思,若天心之自运也,惟其心法之精,故其德之外露也。"他在《复甘义麓》中又说:"弟之爱宜伶学二《梦》,道学也。性无善无恶,情有之。因情成梦,因梦成戏。戏有极善极恶,总于伶无与。伶因钱学《梦》耳。弟以为似道。怜之以付仁兄慧心者。"在对性的认识上汤显祖显然继承了王阳明的观点,他认为情是有善有恶的,也正是阳明先生所说的"意之动",即心之发用。汤显祖在《明复说》里同样认为:"天命之成为性,继之者善也。"先有无善无恶的性,才有有善有恶的"意之动",他的"明复"思想,则可以更加完全地阐明这一看法,他认为:"何以明之?如天性露于父子,何以必以为孝慈。愚夫愚妇亦皆有此,止特其限于率之而不知。知皆扩而充之,为尽心,为浩然之气矣。文王'缉熙光明',故知其中有物而敬之,此知之外更无所知,所谓'不识不知,顺帝之则'也。《大学》'致知在格物',即'其中有物'之物,帝则是也。君子知之,故能定静。素其位而行,素之道隐而行始怪,阂而不通,非复浩然故物矣。故养气先于知性。至圣神而明之,洗心而藏,应心而出。隐然其资之深,为大德敦化;费然其用之浩,为小德川流。皆起于知天地之化育。知天则知性而立大本,知性则尽心而极经纶。此惟达天德者知之。"在他看来,在知性之前还需养气,而知性则须尽心。他在《朱懋忠制义叙》中从养气谈到性情:"养气有二。子曰:'智者动,仁者静;仁者乐山,而智者乐水。'故有以静养气者,规规环室之中,回回寸管之内,如所云胎息踵息云者,此其人心深而思完,机寂而转,发为文章,如山岳之凝正,虽川流必溶渽也,故曰仁者之见;有以动养其气者,泠泠物化之间,矗矗事业之际,所谓鼓之舞之云者,此其人心炼而思精,机照而疾,发为文章,如水波之渊沛,虽山立必陂陁也,故曰智者之见。二者皆足以吐纳性情,通极天下之变。"

汤显祖继承了罗汝芳的生即性的理念,在他看来,"故大人之学,起于知生。知生则知自贵,又知天下之生皆当贵重也。然则天地之性大矣,吾何敢以物限之;天地之生久矣,吾安忍以身坏之"。这里的"知生则知自贵",显然可以追溯到王艮的修身说。阳明先生讲心,万物皆本于心,心外无物也。心斋则说身,谓身为天地万物之本,而天地万物皆为末也。他认为:"修身,立本也;立本,安身也。安身以安家而家齐,安身以安国而国治,安身以安天下而天下平也。"陈继儒在《批点牡丹亭题词》曾经记载这样一件事:"张新建相国尝语汤临川云:'以君之辩才,握座而登皋比,何渠出濂、洛、关、闽下,而逗漏于碧箫红牙队间,将无为青青子衿所笑?'临川曰:'某与吾师终日共讲学,而人不解也。师讲性,某讲情。'张公无以应。"①这就足可以说明,汤显祖所说的情乃缘于性的。

情理共存,去欲尚情

汤显祖曾经就理与情、法与情作过阐述。他在《南昌学田记》中曾经提出过"政之情"、"天下之情"的观点,他认为,学田能够"饰其器于礼乐,而讲其财于仁义",就是"政之情"。同时他认为圣明的君王治理天下是"情以为田,礼为之耜,而义为之种"。他把情看成与仁、礼、义具有同样地位的东西。因此他才会在《牡丹亭题词》中感叹:"人世之事,非人世所可尽。自非通人,恒以理相格耳。第云理之所必无,安知情之所必有邪。"汤显祖说这句话的意思,并不是把情当成与理相悖的东西,而是两个共生共存、不可或缺的必然物。他在《沈氏弋说序》中在提到情

---

① (明)汤显祖著,徐朔方笺校《汤显祖诗文集》,上海古籍出版社,1982年,第1545页。

与理的同时还提到了"势"。他认为:"今昔异时,行于其时者三:理尔,势尔,情尔。以此乘天下之吉凶,决万物之成毁。作者以效其为,而言者以立其辨,皆是物也。事固有理至而势违,势合而情反,情在而理亡,故虽自古名世建立,当有精微要眇不可告语人者。"对于理、势、情的解释,汤显祖认为:"是非者,理也;重轻者,势也;爱恶者,情也。"落实到具体事物上,往往会出现"理至而势违,势合而情反,情在而理亡"的现象。

关于情与理,汤显祖曾经与达观有过讨论。达观在给汤显祖的《与汤义仍》之一中说:"夫近者性也,远者情也,昧性而恣情,谓之轻道……理明则情消,情消则性复,性复则奇男子能事毕矣。"①而汤显祖在复信《寄达观》中说:"情有者理必无,理有者情必无,真是一刀两断语。使我奉教以来,神气顿王。谛视久之,并理亦无,世界身器,且奈之何。"汤显祖显然不同意达观的观点,这在他的几首诗中可以得到验证。《江中见月怀达公》:"无情无尽恰情多,情到无尽得尽么?解到多情情尽处,月中无树影无波。"《章门客有问汤老送达公被涕者》:"达公去处何时去,若老归时何时归。等是江西西上路,总是情泪湿天衣。"《归舟重得达公船》:"无情当作有情缘,几夜交芦话不眠。送到江头惆怅尽,归时重上去时船。"……汤显祖对情的推崇在此可见一斑。他还曾经在《南柯梦记题词》对情与佛有过精彩的论述,他说:"经云:天中有两足多足等虫。世传活万蚁可得及第,何得度多蚁生天而不作佛?梦了多觉,情了为佛。境有广狭,力有强劣而已。""梦了多觉,情了为佛",梦何时能觉?情何时才能了?这自然让人想起他的一首《梦觉篇》,他在诗的序中说道:"予归,春中望夕寝于内,后夜梦床头一女奴,明媚甚,戏取画梅裙着之。忽报达公书从九江来,开视则刳成小册也。大意本原色触之事,不甚记。记其末有大觉二字,又亲书海若士三字。起而敬志之。公旧呼予寸虚,此度呼予广虚也。"

晚明学者多崇儒辟佛,究其根本,就在于对性的认识上。他们认

---

① 石峻、楼宇烈等编《中国佛教思想资料选编》第三卷第二册,中华书局,1987年,第193页。

为,儒之性是理根,而佛之性是欲根。因为佛是反对以本体本源为有的,相反儒认为本体的本源为无。甚至有人认为,以欲障为当然而以理障为无的无心论,必将堕入纵欲的俗人陋习。(冯从吾《辨学录》)因此,理就成了区分儒佛的根本。达观所说的理,并非儒者所云的理。阳明学者的最基本观念就是心即理。汤显祖讲情,并不是为了反对理,因为在他看来,心就是理,"从心所欲不逾矩",乃是他从师祖那里继承来的,只是他把"从心所欲不逾矩"的"理"冠之以"情"的名称。在他看来,"生者可以死,死可以生"都是天理,是"情之至"。而那种"必因荐枕而成亲,待挂冠而为密者",都流于私欲,徒有"形骸"而已。(《牡丹亭记题词》)

汤显祖在论述情的时候,还曾经提到过"想"的观念。他在《续栖贤莲社求友文》:"岁之与我甲寅者再矣。吾犹在此为情作使,劬于伎剧。为情转易,信于痎疟。时以悲悯,而力不能去。嗟夫,想明斯聪,情幽斯钝。情多想少,流入非类。吾行于世,其于情也不为不多矣,其于想也则不可谓不少矣。随顺而入,将何及乎?应须绝想人间,澄情觉路,非西方莲社莫吾与归矣。"这里所说的"想",与《韩非子·解老》中所说的"人希见生象也,而得死象之骨,案其图以想其生也,故诸人之所以意想者皆谓之象也"之"意想"同一个意思,也即阳明先生所说的"致良知",而良知本体则是无善无恶的性体,而性体的发用,在汤显祖的认识上则统属于情。所以他说:"情有所必穷,想有所必至。"情之至,则良知之致也。所以他说"人生而有情"(《宜黄县戏神清源师庙记》)、"深情合至"(《耳伯麻姑游诗序》)。

在汤显祖的世界观里与情相对立的不是理而是法。他在《青莲阁记》里曾经阐明了自己的看法:"世有有情之天下,有有法之天下。唐人受陈、隋风流,君臣游幸,率以才情自胜,则可以共浴华清,从阶升,游广寒。令白也生今之世,浮荡零落,尚不能得一中县而治。彼诚遇有情之天下也。今天下,大致灭才情而尊吏法。"他将世界分为"有情之天下"和"有法之天下",而这两种世界却又是格格不入的,尤其在当下的世界,"大致灭才情而尊吏法"。汤显祖自己则属于"有情之天下"。他的好友达观也曾经在《与汤义仍》之二中提出过相同的观点,认为:"屡承公不见则已,见则必劝仆,须披发入山始妙。仆虽感公教爱,然谓公知仆,则似未尽也。大抵仆辈,披发入山易,与世浮沉难。公以易者爱仆,不以难者爱仆,此公以姑息爱我,不以大德爱我。昔二祖与世浮沉,或有嘲之者,祖曰:'我自调心,非关汝事。'此等境界,卒难与世法中人道者,惟公体幸甚。"①

对于欲念,汤显祖是持排斥态度的。他在《骚苑笙簧序》中说:"天下英豪奇瑰之士,苟有意乎世容,非好色者乎。君父不见知,而有不怨其君父者乎。彼夫好色而至于淫,怨其君父而至于乱者,则有意乎世之极,而不得夫道者也。"好色与淫是有界限的。阳明先生曾经就好好色、恶恶臭作过精彩论述:"见好色时,已是好了,不是见后又立个心去好;闻恶臭时,已自恶了,不是闻后别立个心去恶。"(《传习录》)阳明先生藉此以论证知行合一之说,好色是知的本体,属于良知,好好色则是良知的发用,属于体用。因此,在汤显祖看来,"有意乎世容"与"好色"都是"天下英豪奇瑰之士"的本色,但如果逾越了一定的界限,就落入淫的范畴,"不得夫道者"。

黄宗羲晚年在《偶书》一诗中高度肯定了汤显祖借情谈性的心性学意义:"诸公说性不分明,玉茗翻为儿女情。不道象贤参不透,欲将一火盖平生。"②黄宗羲是理解汤显祖写作《牡丹亭》的初衷的,儿女之情只是其抒发自己说性观点的表象,其宣扬至情观的真正意义正在于以情说性。

作者单位:浙江艺术职业学院学报编辑部

---

① 石峻、楼宇烈等编《中国佛教思想资料选编》第三卷第二册,中华书局,1987年,第195—196页。

② (明)黄宗羲《南雷诗历》卷四,《黄宗羲全集》第11册,浙江古籍出版社,1993年,第232页。

案头场上

"拗折天下人嗓子"平议

曾永义

前　言

明代戏曲作家汤显祖以"四梦"著名,尤其以《牡丹亭》最为出色,但也因此遭受最多的批评。这也说明了"盛名所至,谤亦随之",正是古今一辙的"人情世故"。

汤显祖《牡丹亭》最受推崇的是词采高妙,最受非议的是韵律多乖。他和并世曲家沈璟,正成了鲜明的对比。对汤沈作鲜明对比首先提出立说的是吕天成,相为呼应的是王骥德。

吕天成《曲品》卷上：

> 吾友方诸生曰："松陵具词法而让词致,临川妙词情而越词检。"善夫,可谓定品矣！乃光禄尝曰："宁律协而词不工,读之不成句,而讴之始叶,<u>是曲中之工巧</u>。"奉常闻之,曰："彼恶知曲意哉！予意所至,不妨拗折天下人嗓。"此可以观两贤之志趣矣。予谓：二公譬如狂、狷,天壤间应有此两项人物。不有光禄,词硎不新；不有奉常,词髓孰抉？倘能守词隐先生之矩矱,而运以清远道人之才情,岂非合之双美者乎？而吾犹未见其人；东南风雅蔚然,予且旦暮遇之矣。予之首沈而次汤者,挽时之念方殷,悦耳之教宁缓也。略具后先,初无轩轾。允为上之上。①

---

① （明）吕天成《曲品》,《中国古典戏曲论著集成》第6册,中国戏剧出版社,1959年,卷上,第213页。

所云松陵、光禄、词隐先生俱指沈璟,临川、奉常、清远道人俱指汤显祖,方诸生则指王骥德。由吕氏之语,可见他主张"以临川之笔协吴江之律",用意在调和两家的冲突。

王骥德《曲律》卷四《杂论第三十九下》云:

> 临川之于吴江,故自冰炭。吴江守法,斤斤三尺,不欲令一字乖律,而毫锋殊拙。临川尚趣,直是横行,组织之工,几与天孙争巧;而屈曲聱牙,多令歌者龃舌。吴江尝谓:"宁协律而不工,读之不成句,而讴之始协,<u>是为中之之巧</u>。"曾为临川改易《还魂》字句之不协者,吕吏部玉绳(原注:郁蓝生尊人)以致临川,临川不怿,复书吏部曰:"彼恶知曲意哉!余意所至,不妨拗折天下人嗓子。"其志趣不同如此。郁蓝生谓临川近狂,而吴江近狷,信然哉!①

所云临川即汤显祖,吴江即沈璟,郁蓝生即吕天成。汤氏《玉茗堂尺牍》卷一有《答吕玉绳》书,并无是说,但于卷三《答孙俟居》书,则有是语:

> 弟在此自谓知曲意者,笔懒韵落,时时有之,正不妨拗折天下人嗓子。兄达者,能信此乎?②

据此,则王氏或为误记。又其中"是为中之之巧",据上举吕天成《曲品》之作"是曲中之工巧",知此句当作"是为曲中之工巧"。

就因为有吕王二氏之说,尤其是王骥德"临川之于吴江故自冰炭"之语,加上王氏以下论说,其《曲律》卷四《杂论第三十九下》又云:

---

① (明)王骥德《曲律》,《中国古典戏曲论著集成》第4册,中国戏剧出版社,1959年,第165页。
② (明)汤显祖《答孙俟居》,《玉茗堂尺牍》,徐朔方笺校《汤显祖全集》,北京古籍出版社,1999年,诗文卷46,第1392页。

自词隐作词谱，而海内斐然向风。衣钵相承，尺尺寸寸守其矩矱者二人：曰吾越郁蓝生，曰槜李大荒逋客。郁蓝《神剑》、《二媱》等记，并其科段转折似之；而大荒《乞麾》至终帙不用上去叠字，然其境益苦而不甘矣。……词隐之持法也，可学而知也；临川之修辞也，不可勉而能也。大匠能与人规矩，不能使人巧也。其所能者，人也；所不能者，天也。①

若此，则王氏既以"持法"与"修辞"区分沈璟与汤显祖之异同，又举郁蓝生(吕天成)和大荒(卜世臣)为沈氏传人。甚至于沈璟之侄沈自晋在所撰《望湖亭》第一出【临江仙】亦说：

词隐登坛标赤帜，休将玉茗称尊。郁蓝继有槲园人。方诸能作律，龙子在多闻。　　香令风流成绝调，幔亭彩笔生春。大荒巧构更超群。鲰生何所似，颦笑得其神。②

依次举出吕天成(郁蓝)、叶宪祖(槲园)、王骥德(方诸)、冯梦龙(龙子)、范文若(香令)、袁于令(幔亭)、卜世臣(大荒)、沈自晋(谦称为鲰生)等人在沈璟(词隐)旗帜下，休要使汤显祖(玉茗)唯我独尊。这支俨然"点将录"的曲子，大概是所谓"吴江派"的由来。可见与汤沈二氏并世曲家吕天成、王骥德、沈自晋都有如此这般的说法，则自吴梅以下的学者，如青木正儿、周贻白、俞为民、郭英德等，焉能不认为汤沈因主张不同，水火不能兼容，导致万历剧坛形成临川与吴江二派之争？但事实上真是如此吗？且看以下现象：

汤显祖在《答孙俟居》书中说到沈璟"曲谱诸刻"，不讳言"其论良

---

① (明)王骥德《曲律》，《中国古典戏曲论著集成》第4册，中国戏剧出版社，1959年，第165—166页。

② (明)沈自晋《望湖亭》，《古本戏曲丛刊》二集，商务印书馆，1955年，据长乐郑氏藏明末刊本影印，第1页。

快";在《答吕姜山》书中,也说"吴中曲论良是"。①虽然汤氏有许多批评的话,但起码也承认沈氏有可取的地方。至于沈璟之对汤显祖,除了以吴江之律要来范畴汤氏外,对汤氏其实是极佩服的。沈自晋《复位南词全谱·凡例》云:

> 前辈诸贤,不暇论。新词家诸名笔(原注:如临川、云间、会稽诸家),古所未有。真似宝光陆离,奇彩腾跃。及吾苏同调(原注:如刘啸、墨憨以下),皆表表一时。先生亦让头筹(原注:见《坠钗记》【西江月】中推称临川云),予敢不称膺服。②

所云"先生"即指沈璟,因为沈自晋这部书的全称是《广辑词隐先生增定南九宫词谱》。上引凡例中,最可注意的是原注中"见《坠钗记》【西江月】中推称临川云"这句话,是用来证据"先生亦让头筹"的。沈氏《坠钗记》有顺治七年钞本,为傅惜华旧藏;《古本戏曲丛刊初集》据姚华所藏康熙钞本影印,无【西江月】一语,但沈自晋所云应属不虚。又王骥德《曲律》卷四《杂论第三十九下》有云:

> 词隐《坠钗记》,盖因《牡丹亭》记而兴起者,中转折极佳,特何兴娘鬼魂别后,更不一见,至末折忽以成仙会合,似缺针线。余尝因郁蓝之请,为补又二十七卢二舅指点修炼一折,始觉完全。今金陵已补刻。(页166)

若此,可见沈氏对汤氏戏曲文学的成就是极推崇的,尤其对汤氏《牡丹亭》倍感兴趣,一则改编为《同梦记》,一则仿作为《坠钗记》。从这些迹

---

① (明)汤显祖《答孙俟居》,《玉茗堂尺牍》,徐朔方笺校《汤显祖全集》诗文卷46,第1392页;《答吕玉绳》,《玉茗堂尺牍》,徐朔方笺校《汤显祖全集》诗文卷44,第1301页。

② (明)沈自晋《南词新谱》(《复位南九宫词谱》),《善本戏曲丛刊》第3辑,台湾学生书局,1984年,据清顺治乙未(1655年)刊本影印,第33页。

象看来,他们之间是不可能"势同水火"的。戏曲史上有所谓"临川派"、"吴江派"壁垒分明之说,恐怕也是因缘王骥德"故自冰炭"一语,所衍生出来的吧!关于这个问题,周育德《汤显祖论稿》中《也谈戏曲史上的汤沈之争》一文,①已详列资料,说明被画为"吴江派"的吕天成、王骥德、冯梦龙等人对汤显祖都有极高的评价,对沈璟于肯定之外,也有不少微词;而被画为"临川派"的凌濛初和孟称舜对汤、沈二氏也各有"不满意"的批评。据此,则临川、吴江如何能壁垒分明,甚至于哪里有什么临川派、吴江派?周氏既已言之甚详,这里就不多说了。何况纵使吴江派有沈自晋的"点将录",但却从未见"临川派"有相对等的"名单";可见"临川"根本无派可言,则又如何"壁垒分明"对立相争呢?也就是说"汤沈之争"不过是王骥德以一己之见造设出来的而已。

一、汤显祖讲究自然音律

笔者对此吴江、临川二派分立势同水火说,已有《论说"拗折天下人嗓子"》《再说"拗折天下人嗓子"》《再探戏文和传奇的分野及其质变过程》《〈牡丹亭〉排场的三要素》《〈牡丹亭〉是"戏文"还是"传奇"》等与之相关的论文详论其事。②

在《论说"拗折天下人嗓子"》中先举诸家对《牡丹亭》之非议,次举汤显祖对诸家非议的反应,也论及《牡丹亭》实为宜伶歌场而作,并探究汤显祖不懂音律吗?

---

① 周育德《也谈戏曲史上的汤沈之争》,《汤显祖论稿》,文化艺术出版社,1991年,第264—280页。
② 曾永义《论说"拗折天下人嗓子"》,《王叔岷先生八十寿庆论文集》,大安出版社,1993年,第379—406页。曾永义《再说"拗折天下人嗓子"》,2004年发表于中央研究院中国文哲研究所主办"汤显祖与牡丹亭国际学术研讨会",后收入曾永义《戏曲与歌剧》,国家出版社,2004年,第291—372页。曾永义《再探戏文和传奇的分野及其质变过程》,《台大中文学报》第20期(2004年6月),第87—133页。曾永义《〈牡丹亭〉排场的三要素》,《汤显祖研究通讯》总第11期(2010年4月),第1—21页。曾永义《〈牡丹亭〉是"戏文"还是"传奇"》,《戏曲研究》第79辑(2009年9月),第70—97页。

对此音律问题,笔者从汤氏所体悟的观念看来,他所讲求的其实是"自然音律"而非"人工音律"。所谓"人工音律"是经由人们的体悟逐渐约定俗成终于制定的韵文学的体制规律。体制规律是由字数、句数、长短、句式、声调、韵协、对偶、语法等八个因素所构成。就诗词曲而言,可以说规律越来越谨严。譬如声调,古诗不讲求,近体诗产生平仄律,词仄声分上去入,北曲平声又别阴阳而入声消失。所谓"自然音律",是指人工音律之外,无法诉诸人为科范的语言旋律。丁邦新先生《从声韵学看文学》一文中,称"人工音律"为"明律","自然音律"为"暗律"。他对于"暗律"有极其精辟的见解,他说:

> 暗律是潜在字里行间的一种默契,藉以沟通作者和读者的感受。不管散文、韵文,不管是诗是词,暗律可以说无所不用。它是因人而异的艺术创造的奥秘,每个作家按照自己的造诣与颖悟来探索这一层奥秘。有的人成就高、有的人成就低。①

可见自然音律的道理是相当奥秘而不可明确掌握的。而我们可以断言的是,文学成就越高的作家,越能掌握自然音律,使得声情与词情相得益彰。笔者有《中国诗歌中的语言旋律》一文,②详论诗词曲中的人工音律与自然音律。指出"拗句"、"选韵"、"词句结构"、"意象情趣的感染力"都属"自然音律"的范围,都是格律家说不出道理而其实是构成语言旋律的重要因素。所以如果只"斤斤于曲家三尺",也未必能使声情词情完全相得益彰。

笔者另有《〈九宫大成北词宫谱〉的又一体》一文,③以其仙吕调只曲为例,检视九宫大成之"又一体"滋生繁多的原因,发现有"误于句

---

① 丁邦新《从声韵学看文学》,《中外文学》4卷1期(1975年1月),第131页。
② 曾永义《中国诗歌中的语言旋律》,《郑因百先生八十寿庆论文集》,台湾商务印书馆,1985年,第875—915页;收入拙著《诗歌与戏曲》,联经出版事业公司,1988年,第1—47页。
③ 曾永义《九宫大成北词宫谱的又一体》,《陈奇禄院士七秩荣庆论文集》,收入拙著《参军戏与元杂剧》。

式所产生的又一体",有"误于正衬所产生的又一体",有"因增减字所产生的又一体",有"因摊破所产生的又一体",又有"合乎本格而误置的又一体"和"并入么篇而不自知所产生的又一体"。也就是说,谱律家于"曲理"未尽了了。若此,所制定的"格律"焉能一一教人遵循?

于此,我们再来回顾一下诸家对汤显祖不守"曲律"的非议:沈璟讥刺他韵协不谨严四声不谐调。臧懋循说他北曲"音韵少谐"。王骥德说"绌于法",包括"剩字累语"和"字句平仄"的讹误,以及字音字义的偶然错失。沈德符指他不遵循谱律制曲和混用韵部。张琦指他不讲求平仄律以致"人喉半拗"。黄图珌也批评他"调甚不工,令歌者低眉蹙目"。到了吴梅更认为《牡丹亭》在曲律上有出宫犯调、联套失序、句法错乱和衬字无度等毛病。

综观这些"非议",无不就"人工音律"的立场出发,而诚如上文所云,曲谱所制定的格律,未必可完全遵守,而汤显祖重视"自然音律",使之与"人工音律"巧妙谐调,若一味以"人工音律"来衡量,就难免有时格格不入了;更何况"谱律"越来越森严,执此以考究诸家,何人能逃避批评?王骥德《曲律》卷四《杂论第三十九下》:

(词隐)生平于声韵、宫调,言之甚悉,顾于己作,更韵、更调,每折而是,良多自恕,殆不可晓耳。①

王骥德对沈璟颇为心仪,对他都有如此批评,何况其他!可见"词隐"讲了一辈子格律,不止因之"文采不彰",而且也落得严于责人却"良多自恕"的批评。王氏《曲律》卷四又说到:

词隐《南词韵选》,列上上、次上二等。所谓上上,亦第取平仄

---

① (明)王骥德《曲律》,《中国古典戏曲论著集成》第4册,中国戏剧出版社,1959年,第164页。

不讹,及遵用周韵者而已,原不曾较其词之工拙;又只是无中拣有,走马看锦,子细着针砭不得。①

接着举友人吴兴关仲通"帙中人所常唱而世皆赏以为好曲者,如'窥青眼'、'暗想当年罗帕上曾把新诗写'、'因他消瘦'、'楼阁重重东风晓'、'人别后'诸曲"(页174),加以仔细的"评头论足",其中提到诸曲语句,有云:

词隐亦以为"不思量宝髻"五字当改作仄仄仄平平,"花堆锦砌"当改作去上去平,"怕今宵琴瑟",琴字当改作仄声,故止列次上。②

像这些"人所常唱而世皆赏以为好曲者",谱律家如沈璟、王骥德者,执其"斤斤三尺之法"以衡量,而竟亦纰颣繁多,则曲坛并世无出其右的汤显祖,既享盛名,"树大招风",焉能不受较诸他人为多的非议?

我们于此又再进一步回顾南戏初起时的情况。徐渭《南词叙录》云:

今南九宫不知出于何人,意亦国初教坊人所为,最为无稽可笑。……"永嘉杂剧"兴,则又即村坊小曲而为之,本无宫调,亦罕节奏,徒取其畸(当作畸)农、市女顺口可歌而已,谚所谓"随心令"者,即其技欤?间有一二叶音律,终不可以例其余,乌有所谓九宫?必欲穷其宫调,则当自唐宋词中别出十二律、二十一调,方合古意。是九宫者,亦乌足以尽之?多见其无知妄作也。③

---

① (明)王骥德《曲律》,《中国古典戏曲论著集成》第4册,中国戏剧出版社,1959年,第173页。

② (明)王骥德《曲律》,《中国古典戏曲论著集成》第4册,中国戏剧出版社,1959年,第174—175页。

③ (明)徐渭《南词叙录》,《中国古典戏曲论著集成》第3册,中国戏剧出版社,1959年,第240页。

可见南曲戏文初起时只是杂缀时曲小调搬演,根本无宫调联套之事,而且"顺口可歌"即可,亦无所谓调律与韵书限韵。慢慢的,应当是从北曲杂剧取得师法吧!经过音乐家和谱律家的琢磨研究,才逐渐订出许多规矩来。所以如果拿出后世形成制定的森严"法律",去挑剔前代作品的话,那么《琵琶记》只好是"韵杂宫乱"了。张师清徽(敬)《明清传奇导论》一书,于三编第一章《明代传奇用韵的研究》中,以毛晋(1599—1659)编《六十种曲》为范围,以《中原音韵》为标准,考察明人传奇用韵的情况,发现"十九韵部中,除了东钟、江阳、萧豪三部没有和其他韵部发生纠葛的表现之外,其余十六部……相互间的钩藤缠绕,不一而足,令人耳迷目乱。统计下来,共得三十八目,一千一百四十七条。……犯韵最多的是支思、齐微、鱼模,这一项有三百一十七条;真文、庚青一百四十三条次之;先天、寒山、桓欢一百三十八条又稍次之"。①则明人于传奇之用韵,几乎无一人无毛病。这是什么缘故呢?因为旧传奇时代,作者制曲大抵"随口取协";万历以后沈璟等谱律家,方才提倡以北曲晚期形成的韵书《中原音韵》作为押韵的依据,直到清代李渔尚且有相同主张。②若以《中原音韵》为"斤斤三尺"加以衡量,则焉能不犯韵乃至出韵者?明乎此,那么《牡丹亭》在那"谱律"尚未建立绝对权威的时代,汤氏创作时保有南戏"遗习"也就很自然的了。而如果欲以沈璟所认定的谱律,乃至于往后因戏曲之演进更转趋森严的律法来"计较"《牡丹亭》,则其格格不入,也自是意料中事了。而如果拘泥谱律之声韵格式打成曲谱,再以《牡丹亭》之曲词以就此曲谱,则焉能不拗尽天下人嗓子?

二、诸家非议《牡丹亭》之道理

其次笔者《再说"拗折天下人嗓子"》,首先归纳"诸家"非议《牡丹

---

① 详见张师清徽(敬)《明清传奇导论》,华正书局,1986年,第69—71页。
② 周维培《论中原音韵》,中国戏剧出版社,1990年,考察明万历以后的传奇用韵,基本上是以《中原音韵》为准。第71页。

亭》的大要：

其一谓其句字平仄四声不合声调律：有沈璟、沈自晋、臧懋循、王骥德、黄图珌等。

其二谓其韵协混用不合协韵律：有沈璟、沈自晋、冯梦龙、臧懋循、沈德符、凌濛初、叶堂、李调元等。

其三谓当汰其剩字累语：王骥德、范文若、张大复。

其四谓其宫调舛错、曲牌讹乱、联套失序：吴梅、王季烈。

其五谓其不协吴中拍法：王骥德、张琦、臧懋循、沈宠绥、万树。

以上五条，前四条可以说是因，后一条可以说是果；而无论是因是果，其实都是站在以昆山水磨调作为腔调的"传奇"律法之基准来论说的。

其认为《牡丹亭》乃至《四梦》之不合声调律乃因平上去入四声，拿它发声的方法和现象来观察，具有三项特质，其一，有平与不平两类，平为平声，不平即仄，含上去入三声；其二，有长短之别，平上去三声为长音，入声为短音；其三，有强弱之分，上去入三声属强，平声属弱。

就因为四声具有这样的三个特质，所以四声间的组合，由其音波运行时升降幅度大小的变化和发声时无碍与阻塞的长短异同，便会产生不同的旋律感。所以唐代的近体诗，其所讲求的平仄律，基本上只是运用声调的平与不平，使之产生抑扬曲直的旋律感。但仄声中的上去入三声，其升降幅度其实颇为悬殊，并为一类，不免粗疏。所以谨严的诗人，便在仄声中又讲究上去入的调配，有所谓"四声递换"。①而杜甫"晚节渐于诗律细"，除了在恪守格律中更求精致外，也从突破格律中更求精致。崔颢和李白也都擅长于此。

就因为四声各具特质，不止关系声情，而且兼顾词情，所以诗以后的词和南曲便明白的规定某句某字该上该去该入，而四声的精致便也完全纳入体制格律的范畴。凡是这些严守四声的句子，

---

① 笔者有《旧诗的体制规律及其原理》一文，原载《国文天地》第14期（1986年8月），第56—61页、15期（1986年7月），第58—63页；收入拙著《诗歌与戏曲》，第49—77页。这里取其大要，但对平仄律原理已有所修正。

都是音律最谐美,足以表现该词调该曲调特色的地方,即所谓"务头",高明的作家都能在此施以警句,使之达到声情词情稳称的地步。就因为"声调"在语言旋律上如此重要,所以如果不守声调律,歌唱起来便容易"挠喉捩嗓"。也因此,如上文所举,沈璟《南九宫十三调曲谱》,纵使于仙吕过曲【月上五更】引《还魂记》曲文为调式,沈璟之侄沈自晋《广辑词隐先生增定南九宫词谱》更录汤显祖《四梦》十五支为调式,但对其不合声调律者,仍一一举出。

而我们若将《牡丹亭》①按之以谱律,就声调律而言,如第四出《腐叹》之【双劝酒】"寒酸撒吞","吞"字韵脚,应作仄声。第十出《惊梦》之【步步娇】"袅晴丝吹来闲庭院",应作"仄仄平平平平仄",而此句作六平一仄。【醉扶归】"可知我常一生儿爱好是天然"应作"仄仄平平仄平平",而此句作"仄平仄仄仄平平"。【皂罗袍】"赏心乐事谁家院",应作"仄仄平平仄平平",而此句作"仄平仄仄平平仄"。第十二出《寻梦》【品令】"便日暖玉生烟",应作"平平仄平平",而此句作"仄仄仄平平"。【川拨棹】"一时间望眼连天",应作"平平仄平",而此句作"仄仄平平"。举此可以概见其余,也难怪谱律家要以不合声调律来责难他。

其次诸家认为《牡丹亭》不合谐韵律,乃因为南朝梁刘勰《文心雕龙·声律》云:"异音相从谓之和,同音相应谓之韵。"范文澜注:"同音相应谓之韵,指句末所用之韵。"②则韵协是运用韵母相同,前后复沓的原理,把易于散漫的音声,借着韵的回响来收束、呼应和贯串,它连续的一呼一应,自然产生规律的节奏;它好比贯珠的串子,有了它;才能将颗颗晶莹温润的珍珠,贯成一串价值连城的宝物;它又好像竹子的节,将平行的纤维素收束成经耐风霜的长竿,而其袅娜摇曳的清姿,完全依赖那环节的维系。也因此,如果该押的韵不押,或韵部混用,便成了诗词曲家大忌。周德清《中原

---

① 徐朔方校注本《牡丹亭》,华正书局,1979年。
② (梁)刘勰著,范文澜注《文心雕龙》,台湾开明书店,1958年,下册,第15页。

音韵·正语作词起例》云:

> 《广韵》入声缉至乏,《中原音韵》无合口,派入三声亦然。切不可开合同押。《阳春白雪集·水仙子》:"寿阳宫额得魁名,南浦西湖分外清,横斜疏影窗间印,惹诗人说到今。万花中先绽琼英。自古诗人爱,骑驴踏雪寻,忍冻在前村。"①开合同押,用了三韵,大可笑焉。词之法度全不知,妄乱编集板行,其不知耻者如是,作者紧戒。②

因为尽管韵部庚青、真文、侵寻三韵相近,但毕竟收音有-n、-ŋ、-m 之不同,就会影响了回响的美感,所以古人以此为忌。

作诗协韵必须四声分押,亦即平声韵和平声韵押,上去入三声也一样。词则平声、入声独用,上去两声合用、独用均可,有时平声也可以和上去押在一起;又有平仄换协之例,即某几句协平声韵,某几句协仄声韵,平仄声则彼此不必协韵。北曲则是三声同押,即平上去三声的韵字可以押在一起。南曲起初随口取协,有如歌谣,后来规矩大致与词相同,而平上去三声通押的情形远较词为多,则又近于北曲。至于诗赞系大抵两句为一单元,上句仄声韵下句协平声韵。

就因为协韵律是韵文学与散文学最基本的分野,所以既称为韵文学,就非讲求协韵律不可。但是中国地域广阔,方言歧异,诚如元人虞集《中原音韵·序》云:

> 五方言语,又复不类,吴楚伤于轻浮,燕冀失于重浊,秦陇去

---

① (元)杨朝英编《明抄六卷本阳春白雪》,辽宁书社,1985 年,第 40 页"冻在前村"首字应增补"忍"字。据郑师因百(骞)《北曲新谱》,艺文印书馆,1973 年,【双调·水仙子】末三句格律为"三·三:四:"(页 301),故当作"自古诗人爱,骑驴踏雪寻,忍冻在前村。"按:杨朝英之作,系由衬字提升为增字,此处仍依本格正字而标示衬字。

② (元)周德清《中原音韵》,《中国古典戏曲论著集成》第 1 册,中国戏剧出版社,1959 年,第 212 页。

声为入,梁益平声似去,河北河东取韵尤远;吴人呼"饶"为"尧",读"武"为"姥",说"如"近"鱼",切"珍"为"丁心"之类,正音岂不误哉!(页173)

五方言语既然不类,则以各具特色的语言旋律所产生的"腔调"也就各有其韵味。如就各自方音作为填词协韵的基准,则必然各自为政,杂乱不堪;而南曲戏文在还没发展成为传奇以前,正是如此。如律以《中原音韵》,不难看出这种现象。如清人刘禧延《中州切音谱赘论·江阳韵》条云:

> 弋阳土音,于寒山、桓欢、先天韵中字,或混入此韵。如关、官作"光";丹、端作"当";班、般作"帮";蛮、瞒作"茫";兰、鸾作"郎";山作"伤",音似"桑";安作"映",难作"囊",完作"王",年作匿杭切之类。明人传奇中,盛行如《鸣凤记》用韵,亦且混此土音,而并杂入他韵。①

刘氏正说明了弋阳土音如律以《中原音韵》必然出现寒山、桓欢、先天三韵与江阳韵混押的现象。若律以《中原音韵》,则支思、齐彻、鱼模之间,真文、庚青、侵寻之间;先天、寒山、桓欢、监咸、廉纤之间。因为它们的主要元音相同或相近;而其藉资分别者,主要的只是韵尾的差异而已。所以曲家制曲,假如不基准"官话"的韵书,而随口以方音取叶,则异方之人歌之,便难免有错杂混乱的毛病。其歌之于口,至其歇脚处,即令人有散漫无所归的感觉。也因此,曲中的叶韵,向来很被重视。冯梦龙《太霞曲话》云:

> 词学三法,曰调、曰韵、曰词;不协调则歌必捩嗓,虽烂然词藻

---

① (清)刘禧延《中州切音谱赘论》,收入任讷编《新曲苑》,中华书局,1940年,据聚珍仿宋版影印,第6册,第36种,第6页。

无为矣。自东嘉沿诗余之滥觞,而效颦者遂借口不韵。不知东嘉宽于南,未尝不严于北。谓北词必韵而南词不必韵,即东嘉亦不能自为解也。①

调、韵、词为构成曲学的三要素,调指四声平仄,如不协,则如《牡丹亭》之"歌必捩嗓";《琵琶记》则素有韵杂宫乱之讥,也为论者叹为白璧之瑕。

而若考《牡丹亭》之用韵,二出《言怀》用齐微,而杂入支思之"字"与鱼模之"宿"。三出《训女》用鱼模韵,而杂入齐微之"西",支思之"二"、"儿"。四出《腐叹》【双劝酒】用侵寻韵,而杂入真文之"吞"。五出《延师》齐微、鱼模混用。八出《劝农》用家麻韵,【八声甘州前腔】杂入歌戈之"个"。三十三出《秘仪》用齐微韵,【绕地游】杂入支思之"齿",【五更转】杂入鱼模之"主",【五更转前腔】杂入支思之"士"。四十二出《移镇》用鱼模,而【夜游朝】杂入齐微之"北",【似娘儿】杂入齐微之"迟"。四十五出《寇间》【驻马听】用寒山韵,杂入先天之"旋"。四十六出《折寇》用齐微韵,而【破阵子】杂入支思之"施",【玉桂枝】杂入支思之"是"。四十八出《遇母》【针线厢】用齐微韵,杂入支思之"儿",仙吕【月儿高】套用寒山韵与先天韵混用。五十二出《索元》用先天韵,而【吴小四】杂入寒山之"万",【香柳娘】杂入寒山之"贯"。

可见《牡丹亭》之协韵,除齐微、支思、鱼模三韵易于混用,寒山、先天、家麻、歌戈,亦偶有出入外,其他如四、四十一、四十九、五十等四出之用尤侯韵,七、八、二十一、二十八、四十一、四十七、四十九、五十等八出之用家麻韵,九、二十七、二十九、四十等四出之用江阳韵,十一、二十一、二十四、二十六、三十、四十一、四十四等七出之用歌戈韵,十四、十五、二十、二十二、四十三、四十四、四十七等七出之用萧豪韵,二十三、三十六、三十七、三十九、五十五等五出之用皆来韵,二十、三十

---

① (明)冯梦龙《太霞新奏·发凡》第二则,收入王秋桂主编《善本戏曲丛刊》第77册,学生书局,1987年,第1页。

八、四十六、五十三之用东钟韵，三十二、五十四等二出之用车遮韵，十六、二十七等二出之用庚青韵，二十五出之用真文韵，皆未有混韵之现象，可见《牡丹亭》之于协韵是颇为谨严的，未知何以明清论者每每以此诟病，如不仔细考索，真要厚诬贤者了。

只是其韵协每有连续两折用同一韵部的现象，如七、八两折连用家麻，十四、十五和四十三、四十四连用萧豪，四十九、五十连用尤侯，三十六、三十七连用皆来，这种情形在用心讲究声情的作家，如后来的洪升《长生殿》是都要避忌的。

其诸家认为《牡丹亭》加衬不得其法，乃因为每支曲牌格式中所必须有的字叫"正字"，此外又有所谓"衬字"，郑师因百（骞）《论北曲之衬字与增字》云：

> 在不妨碍腔调节拍情形之下，可于本格正字之外添出若干字，以作转折、联续、形容、辅佐之用。盖取陪衬、衬托之意。①

郑师前揭文中列举有关衬字之原则十二条，其第四条云：

> 衬字只能加于句首及句中。句首衬字，冠于全句之首，如水桶之提梁；句中衬字须加于句子分段之处，如庖丁解牛，在关节缝隙处下刀。《螾庐曲谈》云："句末三字之内不可妄加衬字。"即因此三字为一整段，不能分开。

其第八条云：

> 每处所加衬字以三个为度。所谓"衬不过三"，虽为南曲说法，实亦适用于北曲。一句之中所加衬字之总数，则可多于三个，

---

① 郑师因百（骞）《论北曲之衬字与增字》，《幼狮学志》第 11 卷第 2 期（1973 年 6 月），第 1—1 页 7；又收入《龙渊述学》，大安出版社，1992 年，第 119—144 页。

但须分布各处。例如《西厢记》【叨叨令】曲:"见安排着车儿马儿不由人熬熬煎煎的气。"衬字至十个之多,然集中一处者仅"不由人"三字,其余或一字或两字,零星分布。

其第四条说明加衬字之位置,第八条说明加衬字之限度。补充如下:韵文学的句子,其音步停顿处自然形成音节的缝隙,首句的开头为音节将启,各句的开头不是上文的句末就是韵脚,其音节缝隙最大,故词曲加衬字多半在句子的开头。其次七言句粗分为43、34,六言句为33、222,五言句为23、32,四言句为13、22,亦即将句子分为大抵相等的两截,其间之音节亦有相当之缝隙,故亦于此处加衬字;至于上述音节段落,"4"可细分为"22","3"可细分为"21",其音节缝隙更为狭小,虽亦可于此加衬字,但已属少数,尤其"3"之为"21"其在句末者更是少之又少。为清眉目,兹以起首的两七言句为例,以符号标示如下:

　＊○○＊○○　＊○○＊句,　＊○○＊○○　＊○○＊韵＊。
　1　4　　3　5　　　2　4　　3　5

上例有"＊"号者皆为音节缝隙,其阿拉伯数字即表示其缝隙大小之等级,数字越小者,缝隙越大,可加之衬字越多;数字越大者,缝隙越小,可加之衬字越少。而由此亦可见,以七言为例,其第三四字间、第五六字间绝不可加衬字,因为其间没有音节缝隙。但是带词尾和迭字衍声的复词有如上文所举的《西厢记》【正宫·叨叨令】中的"车儿马儿"、"熬熬煎煎"等则为例外,因为词尾本身即为附加成分,与该词不可分离,而迭字衍声复词的下字,事实上等于词尾。

以上说的是有关衬字和加衬的一般法则,但事实上曲家制曲,每有逾越规矩者,王骥德《曲律》卷二《论衬字第十九》云:

古诗余无衬字,衬字自南、北二曲始。北曲配弦索,虽繁声稍多,不妨引带。南曲取按拍板,板眼紧慢有数,衬字太多,抢带不及,则调中正字,反不分明。大凡对口曲,不能不用衬字;各大曲及散套,只是不用为佳。细调板缓,多用二三字,尚不妨;紧调板急,若用多字,便躲闪不迭。凡曲自一字句起,至二字、三字、四字、五字、六字、七字句止。惟【虞美人】调有九字句,然是引曲,又非上二下七,则上四下五;若八字、十字以外,皆是衬字。今人不解,将衬字多处,亦下实板,致主客不分。如《古荆钗记》【锦缠道】"说甚么晋陶潜认作阮郎","说甚么"三字,衬字也;《红拂记》却作"我有屠龙剑钓鳌钩射雕宝弓",增了"屠龙剑"三字,是以"说甚么"三字作实字也。《拜月亭》【玉芙蓉】末句"望当今圣明天子诏贤书",本七字句,"望当今"三字系衬字,后人连衬字入句,如"我为你数归期画损掠儿梢",遂成十一字句。……又如散套【越恁好】"闹花深处"一曲,纯是衬字,无异缠令,今皆着板,至不可句读。凡此类,皆衬字太多之故,讹以传讹,无所底止。①

凌濛初《南音三籁·凡例》云:

曲每误于衬字。盖曲限于调而文义有不属不畅者,不得不用一二字衬之,然大抵虚字耳。如"这、那、怎、着、的、个"之类。不知者以为句当如此,遂有用实字者,唱者不能抢过而腔戾矣。又有认衬字为实字,而衬外加衬者,唱者又不能抢多字而腔戾矣。固由度曲者懵于律,亦从来刻曲无分别者,遂使后学误认,徒按旧曲句之长短、字之多寡而仿以填词;意谓可以不差,而不知虚实音节之实非也。相沿之误,反见有本调正格,疑其不合者。其弊难以悉数。②

对于衬字问题,明清曲籍加以讨论说明的,只有上引王、凌二家,而且偏于南曲略于北曲。元人论曲,仅周德清《中原音韵·作词十法》提出

---

① (明)王骥德《曲律》,《中国古典戏曲论著集成》第4册,中国戏剧出版社,1959年,第125—126页。
② (明)凌濛初《南音三籁》,收入王秋桂主编《善本戏曲丛刊》,台湾学生书局,1987年,第9—10页。

"切不可用衬垫字",并云:

> 套数中可摘为乐府者能几？每调多则无十二三句,每句七字而止,却用衬字加倍,则刺眼矣。①

他所说的"乐府"是指小令而言。小令文字谨严、体制短小,固以少用衬字为佳,若谓切不可用,则过矣。王、凌二氏虽旨在说明南曲之衬字逐渐演变为正字,致使本格讹乱的缘故,但南北曲之曲理其实不殊,故北曲之衬字亦有浸假而与正字不分之现象。

北曲中与正字不易分别之"衬字",因百师谓之"增字"。郑师《论北曲之衬字与增字》云:

> 衬字既为专供转折、联续、形容、辅佐之"虚字",似应容易看出。但常有时全句浑然一体,字数虽较本格应有者为多,而诸字势均力敌,铢两悉称,甚难从语气上或从文法上辨识其孰为正孰为衬。前人每云北曲正衬难分,即谓此种情形。细推其故,实因正字衬字之外,尚有予所谓增字。②

可见"增字"就是指本格正字之外所添加出来的字,它在地位上其实是衬字,但由于其意义分量与正字"势均力敌,铢两悉称",后人又在其上加上板眼,所以在全句中便有与正字浑然一体的关系。

增字之理,其百变不离其宗的,是句子的音节形式,也就是单式句增字后,不能变为双式句;同理双式句增字后,也不可变为单式句。就单式句而言,其作 21 音节的三字句,增一字为四字句,其音节形式止能作 13 而不能作 22;同理,就双式句而言,其作 34 音节的七字句,增

---

① (元)周德清《中原音韵》,《中国古典戏曲论著集成》第 1 册,中国戏剧出版社,1959 年,第 234 页。

② 郑师因百(骞)《论北曲之衬字与增字》,《幼狮学志》第 11 卷第 2 期(1973 年 6 月),第 11 页。

一字为八字句,其音节形式止能作44而不能作35。举此不妨类推,以见增字之原理。至其减字之理亦然,如34之七字句减一字为六字句,其音节形式止能作222;如43之七字句减一字为六字句,其音节形式则止能作33。

吴梅《顾曲麈谈·论南曲作法》云:

> 余谓《牡丹亭》衬字太多。……板式紧密处,皆可加衬字;板式疏宕处,则万万不可。汤临川作《牡丹亭》,不知此理,任意添加衬字,令歌者无从句读,当时凌初成、冯犹龙、臧晋叔诸子为之改窜,虽入歌场,而文字遂逊于原本十倍。此由于不知板也。①

又其《曲学通论》云:

> 【尾声】结束一篇之曲,须是愈着精神,末句尤须以极俊语收之方妙。凡北曲【煞尾】定佳,作南曲者往往潦草收场,徒取完局,戏曲中佳者绝少。惟汤若士《四梦》中【尾声】首首皆佳,顾又多衬字。②

可见加衬当视板式与音节缝隙处,不可乱加。再由前引周、王、凌三家对"衬字"的看法,可见都不希望制曲用太多衬字。

我们且来按核《牡丹亭》在这方面的现象:

二出《言怀》【真珠帘】末句作"且养就这浩然之气",句首用四衬字。【九回肠】中"还则怕嫦娥妒色花颓气"、"等的俺梅子酸心柳皱眉","有一日春光暗度黄金柳"、"笼定个百花魁",诸句皆于句首加三衬字。

三出《训女》【绕地游前腔】中"寸草心、怎报的春光一二",【玉山颓

---

① 吴梅《顾曲麈谈》,收入王卫民编校《吴梅全集·理论卷上》,河北教育出版社,2002年,第60、66页。

② 吴梅《曲学通论·十知》,收入王卫民编校《吴梅全集·理论卷上》,第219页。

前腔】中"他还有念老夫、诗句男儿,俺则有学母氏、画眉娇女"。诸句或于句首或于句中加三衬字。

四出《腐叹》【双劝酒】中,"可怜辜负看书心"当作 34 双式句,而此作 43 单式句。因百师《论北曲之衬字与增句》云:

> 单式双式二者声响之不同,或为健捷激袅,或为平稳舒徐。……诗中五言七言皆用单式,古风拗句偶可通融或故意出奇,近体如用双式即为失律。词曲诸调如仅照全句字数填写而单双互误,则一句有失而通篇音节全乱。①

可见音节形式对于词曲的"旋律"很重要。汤氏在音节形式的拿捏上大抵不差,但有时亦不免失误。

八出《劝农》【八声甘州】末句应作 34 七字句,而此作"有那无头官事误了你好生涯",其【前腔】则作"村村雨露桑麻"。就前腔而言,则为减字格,无妨音节形式之为双式句;就本曲而言,如此正衬分析法,则将双式句误作单式句;但如分作"有那无头官事误了你好生涯",作 34 之七字句增一字作 44 之八字句,则合乎曲格变化之法。而徐朔方校注本之分正衬,每多不按章法,譬如此句作"有那无头官事,误了你好生涯",分为 4、3 两句,未知何所据而云然。

十出《惊梦》【皂罗袍】,如分析其句法正衬可作:

> 原来姹紫嫣红开遍,似这般(都付与)断井颓垣。良辰美景奈何天,赏心乐事谁家院。(合)朝飞暮卷,云霞翠轩;雨丝风片,烟波画船。锦屏(人)忒看的这韶光贱。②

其中第二句和末句不止有衬字还有增字,这些在冯梦龙眼里,便都是

---

① 郑师因百(骞)《论北曲之衬字与增句》,《幼狮学志》第 11 卷第 2 期(1973 年 6 月),第 8 页。
② 华玮、江巨荣点校《才子牡丹亭》,台湾学生,2004 年,第 120 页。

剩字累语。又【隔尾】末二句"便赏遍了十二亭台是枉然,到不如兴尽回家闲过遣"。也是多用了些衬字。又【山桃红】后半作:

〔小桃红〕转过这芍药栏前,紧靠着湖山石边。和你把领扣松,衣带宽,(袖梢儿)揾着牙儿苦,也。〔下山虎〕则待你忍耐温存一晌眼。(合)是那处曾相见,相看俨然,早难道这好处相逢无一言。①

上曲每句开头都有三个以上之衬字,更有衬字之外加增字者;尤其"芍药栏前"、"湖山石边"二句应作 23 之五字单式句,此作双式音节之四字句,更不合调法。又【绵搭絮】其首句"雨香云片,才到梦儿边"本是七字句,自《浣纱记》作"东风无赖,又送一春过"在首句第四字下一截板后分作四、五两句,诸家皆仿之,便成新体。但诸家于首句第四字皆不用韵,如《长生殿》"这金钗钿盒,百宝翠花攒"亦然。又此曲末句诸家皆作 43 七字句,而汤氏于此作"坐起谁忺,则待去眠",亦因第四字用韵而破为四、三两句矣。

十二出《寻梦》【忒忒令】末句应是 23 五字句,此作"线儿春甚金钱吊转",其中吊字作衬不自然。【月上海棠】中"阳台一座登时变",应为 22 双式四字句,此作 43 七言单式句,不合调法。

由上面这些例证,一方面可以看出冯氏所谓"剩字累语"的情况和汤氏有时对句式未检点的地方;而若谓句首加三个衬字就算"剩字",则《牡丹亭》中正不烦枚举,只是这一来也太为难汤氏了。

而将《牡丹亭》的音律说成宫调舛错、曲牌讹乱、联套失序这样严厉批评的是吴梅先生,其《顾曲麈谈·论南词作法》云:

玉茗《四梦》,其文字之佳,直是赵璧随珠,一语一字,皆耐人寻味。惟其宫调舛错,音韵乖方,动辄皆是。一折之中,出宫犯调,至少终有一二处。学者苟照此填词,未有不声律怪异者。在

---

① 华玮、江巨荣点校《才子牡丹亭》,台湾学生,2004 年,第 121 页。

若士家藏元曲至多,但取腕下之文章,不顾场中之点拍。若士自言曰:"吾不顾捩尽天下人嗓子。"噫!是何言也!故读《四梦》者,但当学其文,不可效其法。尤西堂目《四梦》为南曲之野狐禅,洵然!用特表而出之。①

前曲与后曲联缀之处,不独与别宫曲联络有卑亢不相入之理,即同宫同调亦有高低不同者。同一商调也,【金梧桐】之高亢,与【二郎神】之低抑,相去不可以道里计也。故自来曲家,卒未有以此二曲联为一套者。《牡丹亭·冥誓》折所用诸曲,有仙吕者,有黄钟宫者,强联一处,杂出无序。《纳书楹》节去数曲,始合管弦。以若士之才,而疏于曲律如是,甚矣填词之难也。②

又其《曲学通论》云:

词牌诸名,备载各谱。兹所谓体式者,盖自来沿误之处,自应辨别而已。每一牌必有一定之声,移动不得些微。往往有标名某宫某曲,而所作句法全非本调者。令人无从制谱,此不得以不知音三字诿罪也。(此误《牡丹亭》最多,多一句,少一句,触目皆是。故叶怀庭改作集曲也。)③

王季烈《螾庐曲谈》卷二《论作曲》云:

玉茗《四梦》,其文藻为有明传奇之冠,而失宫犯调,不一而足。宾白漏略,排场尤欠斟酌。

---

① 吴梅《顾曲麈谈》,收入王卫民编校《吴梅全集·理论卷上》,河北教育出版社,2002年,第69页。
② 吴梅《顾曲麈谈》,收入王卫民编校《吴梅全集·理论卷上》,河北教育出版社,2002年,第63—64页。
③ 吴梅《曲学通论·十知》,收入王卫民编校《吴梅全集·理论卷上》,第193页。

玉茗《四梦》，其所填之曲，每不依正格。多一字，少一字；多一句，少一句，随处皆是。

玉茗《四梦》排场俱欠斟酌。《邯郸》《南柯》稍善，而《紫钗》排场最不妥洽。①《玉茗四梦》往往于平、上、去韵之间，参杂入声韵一二字，则其入声字必依北曲之歌法歌之，方可叶韵，殊不足以为法也。

由上录加上前引吴氏论衬字，可见吴氏认为《牡丹亭》在曲律上有出宫犯调、联套无序、句法错乱和衬字失度等毛病。王氏亦谓其失宫犯调、句法无度、排场不妥。则《牡丹亭》曲律上的缺失，在越往后的人眼中，似乎是"越来越严重"。

以下且来检验《牡丹亭》是否果然"宫调舛错、曲牌讹乱、联套失序"。

第二出《言怀》【真珠帘】，叶堂《纳书楹曲谱》改作【绕池帘】。

第三出《训女》【玉山颓】，沈自晋《南词新谱》作【玉山供】，谓【玉抱肚】犯【五供养】。吴梅《南词简谱》题【玉山颓】，乃据吕士雄《南词定律》，亦作【玉抱肚】犯【五供养】。

第五出《延师》【浣沙溪】，《纳书楹曲谱》改作【捣练子】。《南词定律》、《南词简谱》作【浣溪纱】。此止用前半四句。【锁南枝】，《纳书楹曲谱》改作【孝南枝】，谓【孝顺歌】犯【锁南枝】。《南词定律》、《南词简谱》引《琵琶记》曲，此合之。

第六出《怅眺》【番卜算】，《九宫大成》、《南词简谱》作【卜操作数】。简谱云："此与诗余同。旧谱又有【番卜算】一体，句法与此同，不当别立一格。"②又【锁寒窗】，《南词新谱》云："【锁窗寒】与诗余不同，今作【锁寒窗】，非也。"③

第七出《闺塾》【掉角儿】，《南词简谱》南仙吕过曲即引此曲为例，

---

① 王季烈《螾卢曲谈》，台湾商务印书馆，1978年，卷2，第2、11、32页。
② 吴梅《南北词简谱》，收入王卫民编校《吴梅全集》卷6，第343页。
③ （清）沈自晋《南词新谱》，收入王秋桂主编《善本戏曲丛刊》，第436页。

作【掉角儿序】。①

第八出《劝农》之联套如下：双调引子【夜游朝】外—【前腔】生、末—双调过曲【普贤歌】丑、老旦—羽调过曲【排歌】外—仙吕过曲【八声甘州】外—【前腔】外—双调过曲【孝白歌】净、合—【前腔】丑、合—【前腔】旦、老旦、合—【前腔】老旦、丑—北借作南尾【清江引】众合。计用双调、羽调、仙吕、双调等四个宫调。《南词简谱》引此【孝白歌】第四支作式，题作【孝金歌】为集曲。按此出排场类似《长生殿·禊游》，而《长生殿》但用仙吕入双调【夜行船序】套，不入其他宫调。又【夜游朝】，徐朔方笺校谓当作【夜游湖】；又《南词简谱》收【孝白歌】第四支改题【孝金歌】，以【孝顺歌】犯【金字令】。

第十出《惊梦》之联套如下：商调引子【绕池游】旦、贴—双调过曲【步步娇】旦—仙吕过曲【醉扶归】旦—【皂罗袍】旦、合—双调过曲【好姐姐】旦、合—【隔尾】旦—商调过曲【山坡羊】旦—越调集曲【山桃红】生—中吕过曲【鲍老催】末—越调集曲【山桃红】生、旦合—越调过曲【绵搭絮】—旦—【尾声】旦。计用双调、仙吕宫、商调、越调等四个宫调。其间排场有所转折。

第十四出《写真》，首用正宫过曲【刷子序犯】，至【玉芙蓉】转入越调集曲【山桃红】，再转入中吕过曲【尾犯序】，计用三个宫调。其间排场无转折。

第十五出《虏谍》用北曲南吕【一枝花】、双调【北二犯江儿水】,【北尾】成套。按北南吕套，以【一枝花】、【梁州第七】、【尾声】为基本形式，散套中使用极多，但剧套无用之者，以太短故也。【一枝花】之后接以【梁州第七】，例外甚少；此另作【二犯江儿水】，虽可南调北唱，为若士始创，但宫调毕竟不同。

第二十出《闹殇》之联套如下：双调引子【金珑璁】贴—仙吕引子【鹊桥仙】旦—商调过曲【集贤宾】旦—【前腔】贴—【前腔】旦—【前腔】老旦—【啭林莺】老旦—【前腔】老旦—仙吕入双调【玉莺儿】旦—【前腔】

---

① 吴梅《南北词简谱》，收入王卫民编校《吴梅全集》卷6，第357—358页。

旦—越调集曲【忆莺儿】外、老旦—【尾声】旦—南吕过曲【红衲袄】贴—【前腔】净—【前腔】老旦—【前腔】外—【意不尽】外。按此出用曲两套，商调套混入仙吕入双调【玉莺儿】二支，排场未转折，又加入越调集曲【忆莺儿】写杜丽娘临终，诀别父母，因其为集曲，有独立排场之作用。

第二十一出《谒遇》用仙吕过曲【光光乍】、越调过曲【亭前柳】、中吕过曲【驻云飞】、南吕过曲【三学士】，计用宫调四种，无关排场转换。

第二十三出《冥判》用北曲仙吕【点绛唇】套，计十曲，大抵合北曲联套规矩；惟其中【混江龙】、【后庭花滚】运用增加滚调，衍为长篇，以逞才情，为若士所创；此后《长生殿·觅魂》，尤侗《读离骚》首折，蒋士铨《临川梦·说梦》、黄韵珊《帝女花·散花》，吴锡麒《有正味斋》散曲"中元夕观盂兰会"仙吕【点绛唇】套，皆为模仿《冥判》之作。

第二十四出《拾画》用中吕过曲【好事近】、正宫过曲【锦缠道】、中吕过曲【千秋岁】联套。不合章法。

第二十六出《玩真》次曲商调过曲【二郎神慢】按联套章法，应作首曲。其后【莺啼序】与【集贤宾】连用，吴梅《南词简谱》谓"【莺啼序】与【集贤宾】腔格相似，凡用【集贤宾】者不必再联用【莺啼序】"。①

第二十七出《魂游》用商调过曲【水红花】接越调过曲【小桃红】诸曲由旦唱，不合章法。

第二十八出《幽媾》在南吕套曲【懒画眉】与【浣沙溪】之间插入商调过曲【二犯梧桐树】，不合章法。又南吕过曲【宜春令】之后，转入中吕过曲【耍鲍老】接黄钟过曲【滴滴金】，均不合章法。

第二十九出《旁疑》双调过曲【步步娇】二支，接中吕过曲【剔银灯】二支，再接仙吕过曲【一封书】，其间排场无明显转折，不合章法。【一封书】《南词简谱》引此，作黄钟集曲【画眉带一封】。

第三十出《欢挠》南吕过曲【称人心】、【绣带儿】下接正宫过曲【白练序】等曲，其间排场未转折，不合章法。

第三十七出《骇变》南吕过曲【朝天子】下接正宫过曲【普天乐】，不

---

① 吴梅《南北词简谱》，收入王卫民编校《吴梅全集》卷9，第672页。

合章法。

第四十出《仆侦》南吕过曲【金钱花】下接中吕过曲【尾犯序】,不合章法。

第四十一出《耽试》,联套作:商调引子【凤凰阁】净—仙吕过曲【一封书】净—黄钟过曲【神仗儿】生—中吕集曲【马蹄花】生—【前腔】净—黄钟过曲【滴溜子】外—【前腔】净。由黄钟宫转入中吕宫,排场未转,不合章法;但中吕之后再转入黄钟则排场已转,合章法。

第四十六出《折寇》联套如下:黄钟过曲【破阵子】外—仙吕集曲【玉桂枝】外—南吕过曲【浣溪沙】末—仙吕集曲【玉桂枝】外—中吕集曲【榴花泣】外、末—【尾声】末。排场未转而宫调四用,不合章法。

第四十九出《淮泊》联套如下:南吕引子【三登乐】生—正宫过曲【锦缠道】生—仙吕过曲【皂罗袍】丑—【前腔】丑—商调集曲【莺皂袍】生。仙吕以下排场无明显改变,不合章法。

以上举二、三、五、六、七等五出以"窥豹一斑",见其在曲牌方面之可议者。此后至五十五出,其宫调舛错、联套失序者,居然有十七出之多,也难怪吴梅有那样的批评。大抵说来,《牡丹亭》之联套,亦如明人戏文,以一般异调联套和迭腔联套为主要;只是其套中所用曲牌每忽略同宫调同管色之基本法则,以故导致宫调舛错之讥。

三、《牡丹亭》难于用昆山水磨调演唱

最后说《牡丹亭》难于用昆山腔演唱的有王骥德《曲律》卷四《杂论第三十九下》云:

> 临川尚趣,直是横行。组织之工,几与天孙争巧,而屈曲聱牙,多令歌者龃舌。①

---

① (明)王骥德《曲律》,《中国古典戏曲论著集成》第4册,中国戏剧出版社,1959年,第165页。

张琦《衡曲麈谭》云:

> 今玉茗堂诸曲,争脍人口,其最者,杜丽娘一剧,上薄《风》《骚》,下夺屈宋,可与实甫《西厢》较胜,独其宫调半拗,得再协调一番,辞、调两到,讵非成事与?惜乎其难之也。
>
> 近日玉茗堂杜丽娘剧,非不极美,但得吴中善按拍者调协一番,乃可入耳。惜乎摹画精工,而入喉半拗,深为致慨。若士兹编,殆陈子昂之五言古耶?①

沈宠绥《弦索辨讹·序》云:

> 临川胸罗二酉,笔组七襄,玉茗四种,脍炙词坛,特如龙脯不易入口,宜珍览未宜登歌,以声律未谐也。②

万树《念八翻·番订》之《眉批》云:

> 义仍先生,词情妙千古,而于曲调则多聱牙。吴中老伶师加以剪裁垛叠之功,方可按拍。故《牡丹》剧,非有秘本授受,不能登场。③

以上四家,皆在说明《牡丹亭》难于用昆山水磨调演唱。

但我们要弄清楚所谓"昆腔",就其广义而言实包括"昆山土腔"、"昆山腔"、"水磨调"三个演进阶段,而今日之所谓"昆腔"、"昆曲"、"昆剧"之腔调自是专就"水磨调"而言。即就"昆剧"而言,亦有广狭二义,

---

① (明)张琦《衡曲麈谭》,收入《中国古典戏曲论著集成》第 4 册,第 270、275 页。
② (明)沈宠绥《弦索辨讹》,收入《中国古典戏曲论著集成》第 5 册,中国戏剧出版社,1959 年,第 19 页。
③ (清)万树《念八翻传奇》,《拥双艳三种曲》,收于《久保文库》第 738 册(清康熙二十五年檠花别墅刊本),第 27 页。

广义指"水磨调"创发之前用昆山腔歌唱的"南戏"和其后用"水磨调"歌唱的"戏曲",其狭义自是今日专指用"水磨调"歌唱的戏曲。①

而"腔调"是方言的语言旋律,而作为内部构成成分并影响"腔调"的因素有字音的内在要素、声调的组合、韵协的布置、语言的长度、音节的形式、意义的形式、词句结构的方式等七种,这七种因素固然影响自然音律,同时也是凭借作为人工音律的要件。而我们知道"昆山水磨调"是经由像魏良辅那样不世出的音乐家和像梁辰鱼那样杰出的戏曲音乐文学家,用极为敏锐的感悟力和极为精细的分析力所创造出来的,也就是他们除了掌握自然音律的奥妙之外,同时也运用人工音律的成果,将语言旋律与音乐旋律的配搭达到融合无间的境地。也因此在适应"昆山水磨调"的戏曲作品中,自然要讲究"字音内在要素"等七项因素;也因此,曲牌规律化,字数、语句长短外,声调律、协韵律、对偶律,乃至于曲牌性格的选择、曲牌联缀间板眼过脉的灵动、宫调笛色的考虑,也都随着昆山腔、昆山水磨调的艺术提升而越来越考究,否则声情词情间便会扞格不适,甚至于歌唱时产生拗喉捩嗓的现象。

然而根据顾起元《客座赘语》②可以考见昆山水磨调真正崛起而逐渐称霸歌场与剧坛是在万历以后;请看用水磨调歌唱的"传奇"剧本,皆为万历以后刊本,亦可证明此种现象。而汤显祖《牡丹亭》是在万历二十六年戊戌(1598)秋天,③汤氏四十九岁时写成的。虽然

---

① 曾永义《从昆腔说到昆剧》,《台静农先生百岁冥诞学术研讨会论文集》,国立台湾大学中文系编印,2001 年,收入拙著:《从腔调说到昆剧》,第 182—260 页。

② (明)顾起元《客座赘语》卷九中华书局,1987 年,卷 9,第 303 页。《戏剧》条:"南都万历以前,公侯与缙绅及富家,凡有宴会小集,多用散乐:或三四人,或多人唱大套北曲;乐器用筝篥、琵琶、三弦子、拍板。若大席,则用教坊打院本;乃北曲大四套者,中间错以撺垫圈、舞观音,或百丈旗,或跳队子。后乃变而用南唱:歌者只用一小拍板,或以扇子代之;间有用鼓板者。今则吴人益以洞箫及月琴,声调屡变,益发凄惋,听者殆欲堕泪矣。大会则用南戏:其始止二腔,一为弋阳,一为海盐。弋阳则错用乡语,四方士客喜阅之;海盐多官语,两京人用之。后则又有四平,乃稍变弋阳,而令人可通者。今又有昆山,较海盐又为清柔而婉折,一字之长,延至数息。士大夫禀心房之精,靡然从好,见海盐等腔,已白日欲睡,至院本北曲,不啻吹篪击缶,甚且厌而唾之矣。"

③ 徐朔方《汤显祖年谱》,上海古籍出版社,1979 年,第 138 页。

那时昆山水磨调已流布广远,也有流布到宜黄的迹象①,但汤显祖在《答凌初成》书中有"不佞生非吴越通"②的话语,所以他写作《牡丹亭》乃至《四梦》时,不理会吴门诸谱律家为水磨调所讲究的格律,是很自然的事;亦即就体制剧种而言,他尚属宋元戏文进化至明初,经北曲化和文士化的"新戏文",而非进一步经昆山水磨调化、吕天成《曲品》中所谓之"新传奇",也就是现在戏曲史所说的"传奇"③。就腔调剧种而言,如用"昆山水磨调"来歌唱,尚无法避免"拗喉捩嗓"的毛病。亦即如果他坚持用"新戏文"的体制格律去创作,而不拘于吴江三尺之法,则自然不合乎昆山水磨调之板眼而难于歌唱了。

笔者关于《牡丹亭》的另外两篇:《〈牡丹亭〉之排场三要素》《〈牡丹亭〉是"戏文"还是"传奇"》,前者藉用构成排场三要素之"关目布置"、"脚色运用"、"套式建构",说明其全剧之内在结构"排场艺术"未臻妥贴,尚多新南戏之习染;后者旨在说明由"南戏"蜕变为"传奇"所需之"三化":北曲化、文士化、昆山水磨调化,《牡丹亭》尚缺少昆山水磨调化,因从文献考查,有清楚的证据:

其一,万时华《溉园诗集》卷三《棠溪公馆同舒苞孙夜酌二歌人佐酒》云:

野馆清宵倦解装,村名犹识旧甘棠。
松邻古屋□华□,虎印前溪月影凉。
寒入短裘连大白,人翻新谱自宜黄。

---

① 汤显祖《唱二梦》诗:"未学侬歌小楚天,宜伶相伴酒中禅。缠头不用通明锦,一夜红毡曰百钱。"所谓"宜伶相伴","未学侬歌",大概是指演员从海盐腔或宜黄腔的基础上习唱昆山腔的情况。"侬歌"指的就是吴侬软语的昆山腔。
② (明)汤显祖,徐朔方笺校《汤显祖全集》,第1442页。
③ 《牡丹亭》尚属"新戏文",即就其第二出但由生脚开场"言怀",但用一支引子与一支集曲组场来观察,与"传奇"之必用大场应之,显然有很大差别。也就是说《牡丹亭》尚保持戏文开场模式。

> 酒阑宜在嵩山道,并出车门夜未央。①

其二,熊文举《雪堂先生诗选·宜伶秦生唱〈紫钗〉〈玉合〉备极幽怨感而赠之》,其第五首云:

> 凄凉羽调咽霓裳,欲谱风流笔研荒。
> 知是清源留曲祖,汤词端合唱宜黄。

诗有注云:

> 宜黄有清源祠,祀灌口神,义仍先生有记。予拟《风流配》,填词未绪。②

以上两段证据,万时华,字茂先,明万历间江西南昌人,以文名闻海内几数十年。熊文举,江西新建人,明崇祯进士。他们两人皆籍隶江西南昌府(新建为属县),所言"人翻新谱自宜黄"和"知是清源留曲祖,汤词端合唱宜黄"自是可以据以说明,海盐腔流传到江西宜黄后,终于被融入江西宜黄土腔而流传在外被称为"宜黄腔";而汤显祖《临川四梦》用宜黄腔歌唱,其江西同乡已如是说,且此处"宜伶"自是汤氏诗文集中一再提及的"宜伶",都是指宜黄地方唱宜黄腔的伶人,今人实可不必再为"四梦"是否曾用宜黄腔演唱而争论不休了。甚至于宜黄腔之所以能留播驰名,实有赖于其"载体"《四梦》之盛名。

---

① (明)万时华《溉园诗集》,收入《丛书集成》,上海书店,1994年,续编辑部第177册,见中研院文哲所参考室《豫章丛书》,第674页。然此版本字迹第三句字迹不甚清晰,经请教江西艺术研究所研究员苏子裕先生,所提供信息为江西省图书馆藏1923年南昌退庐刻本得知内容为"松乡古屋霜华净"。

② 国内馆藏(中研院、台大图书馆)熊文举《雪堂先生诗选》,据清初刻本,首都图书馆藏,收入《四库禁毁丛刊补编》第八十二册,北京出版社,2005年,收有《雪堂先生诗选》四卷、《耻庐近集》二卷,然首页卷首写"以上原缺";翻检原书,并无此诗,此据苏子裕《中国戏曲声腔剧种考·海盐腔源流考论》,新华出版社,2001年,第14页;并请教苏先生所据文献来源为《雪堂先生诗选》之三《侣鸥阁近集》卷一,清康熙刻本,江西省图书馆藏善本书。

熊文举诗第三首云：

  四梦班名得得新，临川风韵几沉沦。
  为君掩抑多情态，想见停毫写照人。

按万历四十二年(1614)，汤显祖派遣宜伶赴安徽宣城梅鼎祚家乡演出，梅氏《答汤义仍》云："宜伶来三户之邑，三家之村，无可援助。然吴越乐部往至者，未有如若曹之盛行，要以《牡丹》《邯郸》传重耳。"正可说明这种现象。① 也就是说《牡丹亭》等《四梦》原本用"宜黄腔"来歌唱，尚为未及昆山水磨调化，而实为明人之"新南戏"。

结　　语

汤显祖为有明一代最受瞩目的戏曲家，是不争的事实。他受批评缘于不守吴江律法，他受推崇由于曲词高妙杰出。而由上文论述，我们知道，汤显祖的戏曲观，乃至于文学艺术观，无不以自然臻于高妙。所以他所顾及的不完全是谱律家斤斤三尺的"人工音律"，而重视的是"歌永言，声依永"，发乎"情志"的"自然音律"；加上他的《牡丹亭》根本不为水磨调而创作，只为宜伶传习的"宜黄腔"而施之歌场；所以如果执着于考究声调律、协韵律，乃至于宫调联套等律则来衡量《牡丹亭》，甚至于以此等律法打成的工尺谱来歌唱《牡丹亭》，则自然要平仄失调、韵协混押、宫调错乱、联套失序，终至"拗折天下人嗓子"。而我们也知道，音律之道玄妙无比，高才颖悟者，自能运用灵动，随心所欲；如若欲执以为是之"不二法"以"吹毛求疵"，则尽古今之律法家，亦必"作法自毙"。因之，我们于明清戏曲论者所哓哓不休的"牡丹亭音律"，也就不必过分重视了。

作者单位：世新大学、台湾大学、中研院

---

① 苏子裕《中国戏曲声腔剧种考·海盐腔源流考论》，第14页。

"临川四梦"说的来由与《牡丹亭》的深层意蕴

康保成

一

所谓"临川四梦"或"玉茗堂四梦",指的是汤显祖的四部传奇作品:《紫钗记》《牡丹亭》《南柯记》《邯郸记》的合称。这早已成为常识。想要颠覆常识十分困难,也十分危险。所以,当我们看到并非"临川四梦"而是"三梦"、"二梦"的说法时,就不能不怀疑自己的眼睛是不是看错了。

第一个提出"三梦"说的,是明末清初的熊文举,他的《夜泊文昌桥再怀义仍先生暨公子季云》诗云:

> 隆万氤氲士气醇,香风千载忆斯人。
> 金扼韵远留三梦,玉茗堂前垌万春。
> 祠部抗章嗔故相,平昌存画泣遗民。
> 盈盈一水怀公子,欲采芳兰藉藻苹。①

熊文举(1595—1669),字公远,号雪堂,江西省南昌府新建县人。明崇祯四年(1631年)进士,授合肥县令。在任时好士爱民,以廉洁著称。农民军三次攻打合肥,他亲率军民守城,叙功擢吏部主事,后迁稽

---

① (清)熊文举《雪堂先生文集》卷二十七,《北京图书馆古籍珍本丛刊》第112册,书目文献出版社影印清刻本,1988年,第60页。

勋司郎中。明季降附李自成，顺治元年降清，二年迁吏部右侍郎。康熙二年以病告归，八年卒。《清史列传》入《贰臣传》。①一生勤于学，尤耽著述，工诗、文、词，有《雪堂先生文集》二十八卷及《雪堂先生诗选》、《耻庐近集》等著作传世。

熊文举曾有《过临川追怀汤义仍先生》诗，故此诗题有"再怀"云。诗题中的"公子季云"，即汤翁幼子汤开先（字季云）。从年龄看，熊文举是汤显祖的后辈，约与开先同时。开先生年不详。汤翁万历二十九年（1601）有《辛丑五日又病，听稚儿念书》诗，徐朔方《汤显祖年谱》谓："此儿当即开先。如是年七岁，则天启辛酉（1621年）中举时21岁。"②据此，汤开先应生于万历二十三年（1595），恰与熊文举同年生。③诗中所说的"金柅"，指金柅阁，是汤显祖居所玉茗堂内的一处楼阁。④

清末民初，何海鸣（1884—1944）第二次提出"三梦"说：

> 临川汤显祖以作《牡丹亭》传奇称于世，所谓词人者是也。虽然，以词人目临川乃大冤特冤，兹得其所著《玉茗堂尺牍》读之，觉此老"三梦"之作不过一时游戏，不足以窥见其文章经济之堂奥也。⑤

何海鸣，湖南衡阳人。在"两湖书院"读书时与黄兴同学，曾起兵讨伐袁世凯，与孙中山等交好。后弃武从文，成为"鸳鸯蝴蝶派"重要作家。还曾在汉口创办《大江报》，成为当时名记。何海鸣文武兼备，饱读各类书籍。尤其是作为一个文学家，他不可能不知道"临川四梦"

---

① 参《清史列传》第七十九卷，中华书局校点本，第6598—6599页。
② 徐朔方《汤显祖年谱》，上海古籍出版社，1980年，第154页。
③ 龚重谟《汤显祖年谱新编》称汤开先生于万历二十二年（1594），见龚重谟《汤显祖大传》，上海人民出版社，2015年，第363页。
④ 童范俨修、陈庆龄纂同治《临川县志》卷十："玉茗堂，汤若士故居，在县学后。中有揽秀楼、毓霭池、金柅阁诸景。"
⑤ 何海鸣《求幸福斋随笔》，上海书店，1997年，第21—22页。

的说法,但他也明确提出了"三梦"说。

在当代,山东学者王晓家《"文艺精品"之我见》一文首提"临川三梦"说:

> 在中国戏剧史上,明代中叶的"言情派"(又称临川派)汤显祖与"言理派"(又称吴江派)沈璟,一个以《临川三梦》轰动一时,一个以《义侠记》标榜古今。①

熊文举、何海鸣、王晓家,这三位不同时代的学者,在"临川四梦"的说法广为流行之后,还异口同声地把提出"三梦"或"临川三梦"的说法,值得关注。遗憾的是,他们都没有明说:汤翁的四部作品中,哪一部不能入"梦"。

不能入"梦"的作品应该是《紫钗记》。

《紫钗记》共五十三出,取材于唐人小说《霍小玉传》,只把小说中李益的负心,改为卢太尉从中作梗;把小玉的悲愤而亡,改成了李、霍二人最终团圆而已。这里有"梦"吗?如果逐字检索,可以发现该剧第四十九出的出目是《晓窗圆梦》,写霍小玉梦到了黄衫豪客,给她递了一双鞋,鲍四娘为小玉圆梦,说是:"鞋者,谐也。李郎必重谐连理。"②这样一个小小的插曲,置于全剧中无足轻重,甚至可有可无。如果因有这样的桥段也足以将全剧归结为"梦"的话,那古典戏剧中可以入"梦"的作品可就数不胜数了。在《窦娥冤》中,窦娥的冤魂为父亲窦天章托梦,使窦天章在梦中获悉案件真相,遂得以破案,为窦娥昭雪,这算不算是"梦"?《张协状元》第二出,写张协梦见"两山之间,被一非(飞)虎擒捉",第四出写他请人圆梦,钱南扬先生将这出戏命名为《张协圆梦》,③《张协状元》能不能入"梦"?《西厢记》第四本为《草桥店梦

---

① 王晓家《琅琊子大文化漫笔争鸣篇》,中国文联出版社,2000年,第229页。
② (明)汤显祖《紫钗记》,徐朔方笺校《汤显祖集全编》五,上海古籍出版社,2015年,第2579页。以下引《紫钗记》不另出注。
③ (明)见钱南扬《永乐大典戏文三种校注》,北京:中华书局,1979年,目录页。

莺莺》，在全剧中举足轻重，难道《西厢记》也是"梦"？

且看汤显祖自己怎么说。

众所周知，明传奇第一出往往有提示全剧大意的作用。汤显祖的四部传奇，也在曲中概括全剧大意。如《牡丹亭》第一出【汉宫春】词前五句："杜宝黄堂，生丽娘小姐，爱踏春阳。感梦书生折柳，竟为情伤。"本出下场诗云："杜丽娘梦写丹青记，陈教授说下梨花枪。柳秀才偷载回生女，杜平章刁打状元郎。"①《南柯记》第一出【南柯子】末二句为："契玄还有讲残经，为问东风吹梦几时醒。"②《邯郸记》第一出下场诗为："何仙姑独游花下，吕洞宾三过岳阳。俏崔氏坐成花烛，蠢卢生梦醒黄粱。"③独独《紫钗记》的开场，未提一个"梦"字。这说明，《紫钗记》中的"梦"并不是要紧关目，而的确是可有可无。

此外，许多学者，都把汤显祖为他的四部传奇所写的《题词》，看成是作者自报创作主旨的宣言书，其中《牡丹亭题词》中的这段话经常被人征引：

> 天下女子有情，宁有如杜丽娘者乎？梦其人即病，病即弥连，至手画形容，传于世而后死。死三年矣，复能溟莫中求得其所梦者而生。如丽娘者，乃可谓之有情人耳。情不知所起，一往而深。生者可以死，死可以生。生而不可与死，死而不可复生者，皆非情之至也。梦中之情，何必非真，天下岂少梦中之人耶？必因荐枕而成亲，待挂冠而为密者，皆形骸之论也。④

在《牡丹亭》中，杜丽娘因做了一个春梦而病亡，"梦"是全剧的核

---

① （明）汤显祖《牡丹亭》，《汤显祖集全编》五，第2611页。以下引《牡丹亭》不另出注。

② （明）汤显祖《南柯记》，《汤显祖集全编》六，第2824页。以下引《南柯记》不另出注。

③ （明）汤显祖《邯郸记》，《汤显祖集全编》六，第2976页。以下引《南柯记》不另出注。

④ （明）汤显祖《牡丹亭题词》，《汤显祖集全编》三，第1552页。

心情节和故事起点。汤显祖宣称:"梦中之情,何必非真。"这其实可以理解成,在作者看来,惟有"梦中之情"方是真情,一旦醒来,则情与梦全失矣。详后文。

《邯郸记》和《南柯记》均用大部分篇幅写梦境,又非《牡丹亭》所能比拟。这两个戏分别来自唐传奇《枕中记》和《南柯太守传》。前者写卢生从枕中进入梦境,尽享人世间的荣华富贵,醒来黄米饭还未熟;后者写淳于棼醉倒在宅南古槐树下,梦见自己被大槐安国国王招为驸马,任南柯太守二十年,经历了从建功立业到被猜忌、受打击的一生,醒来后发现"槐安国"只是个蚂蚁窝。在汤显祖的时代,"南柯梦"、"黄粱梦"早已成为脍炙人口的成语,所以汤翁把这两个戏命名为《南柯梦记》和《邯郸梦记》,①其《邯郸梦记题词》(1601)云:"梦死可醒,真死何及?……既云影迹,何容历然?岸谷沧桑,亦岂常醒之物耶?第概云如梦,则醒复何存?所知者,如梦游醒,必非枕孔中所能辩耳。"②《南柯梦记题词》(1600)当然也谈到梦:"世人妄以眷属富贵影像执为吾想,不知虚空中一大穴也。倏来而去,有何家之可到哉?……梦了为觉,情了为佛。境有广狭,力有强劣而已。"③可见它们与"梦"的天然联系。

然而,《紫钗记题词》却无一字言及"梦"。原因很简单,实在是由于《紫钗记》无梦可言。由此可以断定,汤显祖在改定《紫钗记》及撰写《紫钗记题词》的万历二十三年(1595),尚未想到将它之归入"梦"。将《紫钗记》作为"四梦"之一是后来发生的,是有某种原因促成的。熊文举、何海鸣、王晓家所说的"三梦",应不含《紫钗记》在内。

总之,把汤显祖的四部传奇合称"临川四梦"的说法,无论从逻辑的层面抑或学理的层面,都显得相当牵强。

---

① 这两种传奇的早期刊本,无论是明万历刻本、天启刻本,都不叫《南柯记》、《邯郸记》,而是题为《南柯梦记》、《邯郸梦记》。
② (明)汤显祖《邯郸梦记题词》,《汤显祖集全编》三,第 1554 页。
③ 汤显祖《南柯梦记题词》,《汤显祖集全编》三,第 1556—1557 页。

二

这么明显的问题,难道除了熊文举之外晚明就没有人看出来吗?非也。早在汤翁在世时以及稍后,许多戏剧理论家不仅把《紫钗记》排除出"梦"的行列,而且也把《牡丹亭》排除出去,在他们看来,属于"梦"的,只有《邯郸梦记》和《南柯梦记》,这就是"二梦"说。

王骥德《曲律》(1610)多次以"二梦"代指《邯郸梦记》和《南柯梦记》,而称《牡丹亭》为《还魂》。且看他的叙述:

> 近惟《还魂》、"二梦"之引,时有最俏而最当行者,以从元人剧中打勘出来故也。(《曲律》卷三)
>
> 戏剧之道,出之贵实,而用之贵虚。《明珠》《浣纱》《红拂》《玉合》,以实而用实者也;《还魂》、"二梦",以虚而用实者也。(《曲律》卷三)
>
> 《还魂》、"二梦",如新出小旦,妖冶风流,令人魂销肠断,第未免有误字错步。(《曲律》卷四)①

显然,在王骥德看来,不仅《紫钗记》不能入"梦",而且连《牡丹亭》(《还魂记》)也不能算"梦"。

和王骥德持同一说法的还有吕天成、张岱等人。吕天成《曲品》卷下,在"汤海若所著传奇五本"下著录《紫箫》《紫钗》《还魂》《南柯梦》《邯郸梦》,只有后二种以"梦"呼之。又在"车柅斋所著传奇二本"下著录了"四梦",但云:

> 《高唐梦》亦具小境,《邯郸》《南柯》二梦多工语。自汤海若二

---

① 以上王骥德《曲律》三则,分别引自《中国古典戏曲论著集成》四,中国戏剧出版社,1959年,第138、154、159页。

记出,而此觉寥寥。《蕉鹿梦》甚有奇幻意,可喜。①

此处的"四梦",指的是明代作家车任远所作的四种杂剧:《高唐梦》《邯郸梦》《南柯梦》和《蕉鹿梦》(四剧合称《四梦记》),而并不是"临川四梦"或"玉茗堂四梦"。至于称车氏的《邯郸》《南柯》为"二梦"、汤显祖的作品为"二记",乃是为以示区别故也,且汤翁的这两个戏本来就叫《南柯梦记》和《邯郸梦记》。可见,在《曲品》成书的年代(万历癸丑,1613年),一般人心目中的"四梦",并不是汤显祖的"临川四梦"。

郑志良教授最近在国家图书馆发现了刊行于万历四十年(1612)年的《玉茗堂书经讲意》,汤翁弟子周大赉为《讲意》所作序言中称:先生"日但寄兴声歌,以舒其平生豪迈之气,故《牡丹亭》、'二梦记',玉茗堂辞赋等集盛行海内。"②所谓"二梦记",即指《南柯记》《邯郸记》而言。因其是"梦",也是"记",故称之为"二梦记"。这与汤翁《寄邹梅宇》中称其为"二梦记"相合。③此外,和汤显祖同年出生的邹迪光(1550—1626)在《汤义仍先生传》中说:"公又以其余绪为传奇,若《紫箫》《还魂》、'二梦'诸剧,实驾元人而上。"④此《传》载于汤显祖曾为之作序的《调象庵稿》,必作于汤显祖去世之前,是最早的一篇汤显祖传。邹氏把《牡丹亭》(《还魂》)和"二梦"分开,与王骥德、吕天成等人的说法完全一致。

明末另一戏剧理论家张岱在给袁于令的信中说:

汤海若初作《紫钗》,尚多痕迹。及作《还魂》,灵奇高妙,已到极处。《蚁梦》《邯郸》,比之前剧,更能蜕化一番,学问较前更

---

① 吕天成《曲品》,吴书荫《曲品校注》,中华书局,1994年,第288页。
② 周大赉《玉茗堂书经讲意序》,转引自郑志良《汤显祖著作的新发现:〈玉茗堂书经讲意〉》,《文学遗产》2016年第3期。
③ (明)汤显祖《寄邹梅宇》,《汤显祖集全编》四,第1938页。
④ 邹迪光《调象庵稿》,《四库全书存目丛书》,第160册,第9页。

进,而词学较前反为削色。盖《紫钗》则不及,而"二梦"则太过,过犹不及,故总于《还魂》逊美也。今《合浦珠》是兄之"二梦",而《西楼记》为兄之《还魂》。"二梦"虽佳,而《还魂》为终不可及也。①

袁于令写成《西楼记》传奇的时间是汤显祖去世的那年即1616年,故张岱写这封信的时间只能在此年之后。他以《西楼记》比拟《牡丹亭》,以《合浦珠》比拟"二梦"即《南柯记》《邯郸记》,说明汤显祖本人生前虽已提出了"四梦"说(详后文),但这一说法仅在少数人中流传而尚未得到普遍响应。

"二梦"说的核心是将《邯郸记》《南柯记》与《牡丹亭》分开,那么,将汤翁的四部传奇合称的场合又如何呢? 文献表明,即使如此,明末文人也极少使用"四梦"说。

明末茅元仪(1594—1640)《批点牡丹亭记序》称:"《玉茗堂乐府》,临川汤若士所著也,中有《牡丹亭记》……"云云。②这就是说,汤显祖四部传奇的合刻本并非题作"临川四梦"或"玉茗堂四梦",而是题作"玉茗堂乐府"。无独有偶,大约十年前,吴书荫先生发现了明人吴之鲸(伯霖)所撰写的《玉茗堂乐府总序》。吴先生认为,这部吴之鲸撰写总序的汤显祖四部传奇的合刻本的刊行年代应在万历三十五、六年(1607—1608)间,是汤显祖四部传奇最早的合刻本③。而这部合刻本也并非题作"四梦",而同样题作"玉茗堂乐府"。

明末文人,在提到汤显祖的四部传奇时,说法形形色色,而大都不提"四梦"。例如臧懋循和冯梦龙称其为"四记",④徐复祚称其为"玉

---

① 张岱《答袁箨庵》,夏咸淳辑校《张岱诗文集》,上海古籍出版社,2014年,第316页。
② 茅元仪《批点牡丹亭记序》,引自《汤显祖集全编》六,第3135页。
③ 吴书荫《玉茗堂四梦最早的合刻本探索》,《戏曲研究》2007年第1期。
④ 如臧懋循《元曲选序》(1615):"汤义仍《紫钗》四记";《玉茗堂传奇引》(1618):"临川汤义仍为《牡丹亭》四记";冯梦龙《古今谭概》(1620):"张洪阳相公见玉茗四记,谓汤义仍曰……"。分别引自《汤显祖集全编》六"附录",第3147、3148、3152页。

茗堂四传"，①王骥德则把《紫箫记》也合进来称其为"五传"，②叶绍袁的《叶天寥年谱·别记》称其为"玉茗堂诸本"，③张琦《衡曲麈谈》称其为"玉茗堂诸曲"。④最有比较意义的是，侯方域清顺治七到九年间（1650—1652）撰《李姬传》，写明末崇祯间李香（即《桃花扇》中李香君的原型）"十三岁，从吴人周如松受歌玉茗堂四传奇，皆能尽其音节。"⑤到康熙三十二年（1693）时余怀《板桥杂记》几乎照抄这段记载，惟将"玉茗堂四传奇"改为"玉茗堂四梦"。⑥盖此时"四梦"说已遍及天下矣。

三

就迄今发现的材料看，最早提出"四梦"说的就是汤显祖自己。

明末王思任《批点玉茗堂牡丹亭词叙》（1623）云："若士自谓一生'四梦'，得意处惟在《牡丹》。"⑦此《叙》写于天启三年，至于王何时从汤处听到了这个说法已很难考究，只从"一生"二字看，很像是汤显祖临终前不久的语气。

此外汤显祖在《与钱简栖》中亲口说过："贞父内征过家，兄须一诣

---

① 徐复祚《花当阁丛谈》："玉茗堂四传，临川汤若士显祖先生作也。"引自毛效同编《汤显祖研究资料汇编》下，上海古籍出版社，1986年，第659页。此书记载最晚的事项为天启三年，故其成书时间当在1625年前后。

② 王骥德《曲律》卷四："临川汤奉常……所作五传。"《中国古典戏曲论著集成》四，第165页。

③ 叶绍袁《叶天寥年谱·别记》："沈君张家有女乐七、八人，俱十四五女子，演杂剧及玉茗堂诸本，声容双美。"转引自邓长风《明清戏曲家考略》，上海古籍出版社，1994年，第320页。按此事发生在崇祯庚辰年（1640）。

④ 张琦《衡曲麈谈》（1637）："临川学士，旗鼓词坛。今玉茗堂诸曲，争脍人口。"引自《汤显祖集全编》六，第3153页。

⑤ 侯方域《李姬传》，王树林校笺《侯方域全集校笺》，人民文学出版社，2013年，第291页。

⑥ 余怀《板桥杂记》卷下："香年十三，亦侠而慧，从吴人周如松受歌'玉茗堂四梦'，皆能妙其音节。"李金堂校注，上海古籍出版社，2009年，第69页。

⑦ 王思任《批点玉茗堂牡丹亭词叙》，引自《汤显祖集全编》六，第3133页。

西子湖头,便取《四梦》善本,歌以丽人,如醉玉茗堂中也。"①这里所说的"贞父"是黄汝亨(1558—1626),字贞父,钱塘人,和汤显祖是好友。就迄今所知,这是汤显祖第一次也是唯一一次在自己的文章中提到"四梦"。徐朔方先生认为此信写于万历三十五年八月(1607),②黄芝冈先生则认为写于万历三十四年(1606)上巳以后,③二说相差不大。汤让钱希言(简栖)到黄汝亨那里取"《四梦》善本",可见至少汤、钱、黄这三人是明白"四梦"所指的。然而正如上文所言,对于汤显祖提出的"四梦"说,明末大部分戏剧家、戏剧理论家并没有立即随声附和。

迄今所知,最早附和汤显祖"四梦"说的,很可能是凌濛初完成于万历末天启初的《南音三籁》,④接着是前文所引王思任天启三年在《批点玉茗堂牡丹亭词叙》中的转述,至于冯梦龙的《风流梦小引》对王《叙》加以引用以及此后附和"四梦"说的,都在崇祯以后了。⑤清康熙间,随着钱谦益《列朝诗集小传》、李渔《闲情偶寄》、余怀《板桥杂记》、孔尚任《桃花扇》等名家名作的呼应,"临川四梦"或"玉茗堂四梦"之说便巍然屹立在中国文学史、中国戏剧史上,成为不可撼动的常识,而车任远的"四梦"便很少有人提起了。

那么,汤显祖为什么要将他的四部传奇说成是"四梦"呢?"四梦"说的来历何在呢?把"四梦"(其实是"三梦")看成一个整体,对于理解汤显祖的作品有什么意义呢?这才是问题的关键。

上文已述,吕天成《曲品》在把车任远的四种杂剧著录为"四梦"后又云:"邯郸、南柯二梦,多工语,自汤海若'二记'出,而此觉寥寥。"汤

---

① 汤显祖《与钱简栖》,《汤显祖集全编》四,第1944页。
② 徐朔方《汤显祖年谱》,上海古籍出版社,1980年,第171—172页。
③ 黄芝冈《汤显祖编年评传》,中国戏剧出版社,1992年,第316页。
④ 凌濛初《南音三籁》戏曲下眉批:"近日汤海若作'四梦',曲末类作一尾,盖先生不甚谙律,亦不足论。"引自魏同贤、安平秋主编《凌濛初全集》四,南京:凤凰出版社,2010年,第251页。叶德均先生考证:"《三籁》成书的年代,最早不能在万历四十五年以前,至迟也不会到天启七年,是万历四十五年至天启六年的十年间的产物。"叶德均《戏曲小说丛考·康熙刻本南音三籁》,北京:中华书局,2004年,第398页。
⑤ 今知崇祯间提到汤显祖"四梦"的,尚有倪元璐(1593—1644)的《孟子若〈桃花〉剧序》和陆云龙的《汤若士先生小品弁首》,不赘引。

显祖的"四梦"说,或即来自车任远的"四梦"。

据《曲品》载,车任远,字柅斋,浙江上虞人。又据雍正《浙江通志》卷二百五十三,车氏在万历丙午年(1606)曾参与纂修《上虞县志》。考光绪《上虞县志》卷九"人物"引嘉庆《志》,车任远"字远之,邑廪生,键户著书,非其人不纳。尝与杨秘图、徐文长、葛易斋等七人仿竹林轶事,结为社友。"今知其所撰杂剧五种,除"四梦"外还有《弹铗记》一种,今惟《蕉鹿梦》存沈泰编《盛明杂剧》二集中,其余全佚。

根据上述资料可知,车氏是一个不得志的文人。他所作的四个杂剧中,《邯郸梦》《南柯梦》和汤翁的作品同名,其意无须赘言,另两个"梦"也来自历史上有名的典故。《高唐梦》出自宋玉《高唐赋》,其核心情节是楚王在梦中与巫山神女相遇之事。梦中的神女自荐枕席,和楚王云雨一番而别。此后"高唐梦"、"云雨"都成了男女性交的典故。

相比之下,《蕉鹿梦》的哲学意味更浓,其本事出自《列子》卷三《周穆王篇》,说的是:郑国有个樵夫偶然打死了一只鹿,怕人看见,就用柴草把鹿盖起来,而"不胜其喜"。不久他忘记了藏鹿的地方,便以为这是一场梦,就在途中叨唠这事。有路人听到了,就依他的话找到了死鹿,回家告诉老婆说:"砍柴的说梦中打死了鹿却忘了藏在什么地方,我却找到了死鹿,他真是在做梦啊。"他老婆说:"你是梦见砍柴的打到鹿了吧,这附近哪有砍柴的? 如今得鹿,是你的梦想成真了吧?"路人说:"反正我们得到了鹿,还用知道是他做梦还是我做梦?"樵夫对于失去鹿耿耿于怀,夜间梦到了藏鹿之所和捡鹿之人,于是和路人打起了官司。士师(法官)对樵夫说:"当初你真得鹿,却以为是梦;后来却通过做梦找到了鹿。他以为你是做梦得鹿,而他老婆却说是他梦中得了别人的鹿,不算拿别人的鹿。现在只有一只鹿,你们俩就平分吧。"①

这个寓言故事,把梦境与现实的关系,叙述得扑朔迷离,云遮雾罩,虚虚实实,真假难辨。后世遂用"蕉鹿梦"比喻虚幻迷离、得失无常的状况。

---

① 原文见杨伯峻《列子集释》,中华书局,1985年,第107—108页。

《蕉鹿梦》杂剧共六折一楔子,其情节大体依照《列子》而略有增饰。剧本把路人改为渔翁魏无虚,由生扮;樵夫名乌有辰,丑扮。另有山神,外扮;士师,小生扮;国相,末扮。全剧末尾,末白:"此事梦觉相寻,真妄互见,倒可以感悟人也!"又唱【金谷园】:"人生分明是睡仙,诨世故黟花子佛眼。蜗角虚劳争战,何如鼻息齁鼾,今日事可参玄。"又全剧下场诗后二句为:"为看蕉鹿终何在?到底都如梦里人。"①这和汤显祖"三梦"的主旨庶几近之。

此外,《金瓶梅词话》第六十一回,写西门庆请申二姐唱"四梦八空",恐也是汤显祖"四梦"说的来历之一。作品写道:

　　西门庆道:"申二姐,你拿琵琶唱小词儿罢,省的劳动了你。说你会唱'四梦八空',你唱与大舅听。"分付王经、书童儿席间斟上酒。那申二姐款跨鲛绡,微开檀口,唱【罗江怨】道:

　　"恹恹病转浓,甚日消融?春思夏想秋又冬。满怀愁闷诉与天公也,天有知呵,怎不把恩情送。恩多也是个空,情多也是个空,都做了南柯梦。

　　伊西我在东,何日再逢?花笺慢写封又封。叮咛嘱付与鳞鸿也,他也不忠,不把我这音书送。思量他也是个空,埋怨他也是个空,都做了巫山梦。

　　恩情逐晓风,心意懒慵。伊家做作无始终。山盟海誓一似耳边风也,不记当时,多少恩情重。亏心也是空,痴心也是空,都做了蝴蝶梦。

　　惺惺似懵懂,落伊套中。无言暗把珠泪涌。口心谁想不相同也,一片真心,将我厮调弄。得便宜也是空,失便宜也是空,都做了阳台梦。"②

---

① 《蕉鹿梦》杂剧,《续修四库全书》第 1765 册,影印 1925 年董氏诵芬室刊本,第 256 页。
② 《金瓶梅词话》,香港太平书局影印明万历本,1992 年,第 1693—1694 页。

这四只小令解释出"四梦八空"的内涵:"四梦"者,南柯梦、巫山梦、蝴蝶梦、阳台梦是也;八空者,每只小令均有两处言"空",如首曲的"恩多也是个空,情多也是个空",四只曲子八处言"空",故总题"四梦八空"。汤显祖亲自为他的四部传奇命名为"四梦",除了沿用车任远的"四梦"之外,还可能受到《金瓶梅词话》的启发。"四梦八空",其主旨蕴含有"色空"观念。尽管宋代刘克庄已经有《题四梦图》诗,尽管"四梦八空"在嘉靖年间已被收入《词林摘艳》,但汤显祖的后期传奇,明显与《金瓶梅》关系最为直接,思想内涵也最接近。

徐朔方先生曾指出,最迟在《南柯记》完成这一年(1600),汤显祖"已经看完《金瓶梅》全书,而且在自己的创作中留下它的影响。"《南柯记》第四十四出《情尽》的"来历","就是《金瓶梅》最后一回普静禅师荐拔幽魂的情节。""《金瓶梅》对汤显祖的影响可能不限于《南柯记》的结尾……《牡丹亭》第十七、十八出都有过于刻露的描写……杜丽娘在梦中和柳梦梅幽会时也有【鲍老催】那种不必要的描写。"[①]徐先生的结论可以通过作品对比得到验证,此处不赘。而"临川四梦"说来自车任远的"四梦"以及《金瓶梅》中的"四梦八空",可能为探讨汤显祖后期传奇作品的思想倾向提供一个新的思路。

《金瓶梅》中的主人公西门庆,花天酒地,锦衣玉食,声色狗马,恣意妄为,但凡他看上的女人都能轻易到手。然而三十三岁便命丧黄泉,一切如梦成空。第六十二回李瓶儿的病亡堪称是西门庆命运的转折点。前一回申二姐唱"四梦八空",就是在李瓶儿病重的关头发生的,其中的每一句唱词都是暗示。首曲正与李瓶儿病入膏肓相应,后三曲则影射西门庆花言巧语、虚情假意。四支小令暗示男女双方的最后结局:无论"恩多"的、"情多"的、"思量他"、"埋怨他"、"亏心"的、"痴心"的、"得便宜"的、"失便宜"的,都落得一场"空"。最有象征意义的是,李瓶儿病故前梦见了被自己气死的前夫花子虚前来索命。这样,

---

① 徐朔方《汤显祖和〈金瓶梅〉》,《论金瓶梅的成书及其它》,齐鲁书社,1988年,第23—30页。

"亏心"的、"痴心"的,"得便宜"的、"失便宜"的,就都打了个颠倒。作品写李瓶儿"呜呼哀哉,断气身亡。可怜一个美色佳人,都化作一场春梦。"正如作家格非所指出的:"'叹浮生有如一梦里',可谓是全书悲凉之旨的总纲。""金瓶梅最大的意图所在,其目的,正是要我们看透现实世界坚不可摧的铜墙铁壁,见出万事成空,诸相皆虚的真谛来。"①而这样的创作意图,和车任远的"四梦"、汤显祖的"三梦",都相当契合。

四

上文已述,把汤显祖的四部传奇归结为"四梦"是牵强的。因而,讨论汤显祖后期传奇,就是要暂时搁置《紫钗记》,而只谈"三梦",即《牡丹亭》和《邯郸记》《南柯记》。由于后"二梦"的创作意图比较明显,故本文重点谈《牡丹亭》。

读汤显祖的"三梦",人们会不由地产生两个疑问,其一是:在《牡丹亭》中,杜丽娘曾经不顾生死地追求"爱情",生前在梦中和柳梦梅幽会,死后其鬼魂又主动和柳梦梅幽媾。可是一旦还阳回到人世,却拒绝了柳梦梅的求婚,提出"前夕鬼也,今日人也。鬼可虚情,人须实礼。"(第三十六出《婚走》)怎么理解这种描写?是否可理解成是汤显祖"以情反理"的"不彻底性"?其二是:从表面看,《南柯记》《邯郸记》的消极出世观念与《牡丹亭》存在明显差异。如何解释汤翁创作思想的变化?有人把这种变化看成是汤显祖晚年看破红尘。然而这种说法忽略了一个基本事实,即《牡丹亭》与"二梦"的创作时间只差一两年而已。其实,之所以产生这两个疑问,关键在于没搞清《牡丹亭》到底写的是什么。

徐朔方先生曾经将《牡丹亭》与《西厢记》《红楼梦》相比较,指出:杜丽娘"不是死于爱情被破坏,而是死于对爱情的徒然渴望"。②这话

---

① 格非《金瓶梅的声色与虚无》,译林出版社,2014年,第227、275页。
② 徐朔方《牡丹亭前言》,徐朔方校注《牡丹亭》,人民文学出版社,1978年,第5页。

曾经引起过笔者的强烈共鸣。然而细细想来,杜丽娘所渴望的,并不是现代意义上的爱情。

在中国古代,除了诸如《西厢记》《红楼梦》、"梁祝"中那种浪漫、前卫的男女主角之外,一般男女之间只有婚姻,没有爱情。夫妇双方的感情多是在婚后的日常生活中逐渐建立和发展起来的,这就是所谓的"柴米夫妻"。即使有"先结婚后恋爱"的情况,也多指相敬如宾、夫唱妇随的道德模式,而并非现代意义上的爱情。婚姻的功能,《礼记·昏义》里说得很清楚:"上以事宗庙而下以继后世也。"①说白了,结婚为的就是生儿育女,传宗接代。其实婚姻还有另一层功能,即为男女性爱提供合法的形式和保障的功能。可悲的是,在婚姻不自由的时代,性爱更是羞于言说、难以言说。而汤显祖正是把这一层难以言说的性爱(《牡丹亭》第一出"世间只有情难诉"),用剧本的形式,文学的语言,把李贽、达观他们没有说的话,把《金瓶梅》说得很直白、很粗俗的话说了出来,而且说得很神圣,很美妙,很婉转,很动人。然后,又通过杜丽娘的寻梦和反悔,通过现实中并不存在自由的性爱,来表达作者极度的幻灭感。

《寻梦》可以说是《牡丹亭》中最成功、最感人的一出。

在《牡丹亭》中,杜丽娘是作为男性——不仅是柳梦梅,还有作者汤显祖——性幻想的对象而被塑造出来的。一位16岁的花季少女,含苞待放,美艳诱人,对男性具有十分强大的吸引力。更使柳梦梅和作者动心的是,她不仅外貌美,而且是那么渴望男性的爱抚。她被《关雎》一诗挑起春情,发出人不如鸟的慨叹。在梦中她遇到柳梦梅,经历了人生第一次性体验,她的感受是:"好一会分明,美满幽香不可言。""他兴心儿紧咽咽,呜着咱香肩。俺可也慢掂掂做意儿周旋。等闲间把一个照人儿昏善,那般形现,那般软绵。忒一片撒花心的红影儿吊将来半天。"然而这般美妙的事情不过仅仅是一场春梦而已。梦醒之后寻梦,奈何"寻来寻去,都不见了",这不是一切皆空的艺术表达吗?

---

① 《阮刻礼记注疏》,浙江大学出版社,2015年,影印清阮元刊本,第3910页。

梦中情景在现实中找不到,所以她才表示:"似这般花花草草由人恋,生生死死随人愿,便酸酸楚楚无人怨。"(本节杜丽娘唱白均引自《寻梦》出)

她下定了必死的决心,因为死后成为鬼魂才可以无所顾忌地对柳梦梅投怀送抱:"每夜得共枕席,平生之愿足矣。"(《幽媾》)牡丹亭是性爱的象征,"牡丹花下死,做鬼也风流。"可她毕竟生还了。一旦回到现实,"父母之命媒妁之言"便重新主导她的身心,而这正是汤显祖所批判的"形骸之论"。杜丽娘的迷惘,正表达了汤显祖"肯綮在生死之际"(洪昇语,详下文)的创作意图。活着是平庸的、痛苦的,在梦中或者死去为鬼才是自由的、欢乐的。所以对《牡丹亭题词》中所说的"梦中之情,何必非真",其实可以理解成惟有"梦中之情"方是真情,一旦梦醒,梦没有了,情也没有了。难怪,杭州女伶商小玲在演到《寻梦》一出时竟触景生情,伤心而死。①

明末文人沈守正《牡丹亭寻梦》诗云:"佩解惊还在,钗横怯未安。不禁春澹荡,犹似雨汍澜。昨日逢欢易,今朝顾影难。那知谁是梦,梅馥送人寒。"②梦中的千般温存,万种风流,梦醒后还引诱得人细细回味,使人春心荡漾,然而那人却连影子都不见了。这种失落,是现代人难以理解的。显然,《牡丹亭》弘扬的是人的自然本能和宣泄本能的自由,是情欲、性欲而主要不是爱情。同时,又借梦境和现实的巨大落差,借杜丽娘"鬼可虚情,人须实礼"的话语和行为来否定现实,表达作者的极度惆怅和极度失望。

在《牡丹亭》中,花神是杜、柳性爱的守护神,他唱道:"单则是混阳蒸变,看他似虫儿般蠢动把风情扇,一般儿娇凝翠绽魂儿颠。这是景上缘,想内成,因中见。"(《惊梦》)神居高临下,人便成了蝼蚁。也许从

---

① 焦循《剧说》卷六引《蛾术堂闲笔》:"杭有女伶商小玲者,以色艺称,于《还魂记》尤擅场。尝有所属意,而势不得通,遂郁郁成疾。每作杜丽娘《寻梦》《闹殇》诸剧,真若身其事者,缠绵凄婉,泪痕盈目。一日演《寻梦》,唱至'待打并香魂一片,阴雨梅天,守得个梅根相见',盈盈界面,随声倚地。春香上视之,已气绝矣。"引自《中国古典戏曲论著集成》八,第197页。

② 沈守正《雪堂集》诗集卷三,《四库禁毁书丛刊》集部,第70册,第599页。

这个时候起，汤显祖便萌生了《南柯记》的创作动机。《南柯记》第一出《提世》中末唱道："有情歌酒莫教停，看取无情虫蚁也关情。"透露出《南柯记》与《牡丹亭》的联系。而"景上缘，想内成，因中见"的涵义更深，详下文。

汤显祖选择了戏曲，这种叙事文体可以比小说含蓄，但只要写的是情欲，无论怎样含蓄，怎样包装，都不可能严严实实，密不透风，所以汤显祖遭到卫道士们攻击是必然的。①

从表面上看，《牡丹亭》写的是"情"，不管这"情"是爱情、艳情还是情欲，终与"二梦"有明显差异。这种情况，清初的陆次云已经意识到并作出了合理的解释。他在《玉茗堂四梦评》中虽用了"四梦"说，但却说《紫钗记》"拖沓支离，咀之无味"，干脆把它排除出去不谈了。而在另外的三部传奇中，则指出《牡丹亭》写"艳情"，"与《邯郸》《南柯》迥别，亦似出于两手。"这和一般人的感受完全相同。值得重视的是他的如下解释：

  不知作佛生天之旨，早摄入情痴一往之中。不有曰"生生死死随人愿"乎？不有曰"景上缘，想内成，因中见"乎？山僧读"临去秋波那一转"句，可以悟禅。能读《还魂》，而后能读《邯郸》，读《南柯》也。②

在陆次云看来，《牡丹亭》所写的杜、柳间的"情痴一往"，其实都是虚妄的、不真实的，仿佛白日梦、水中月、镜中花，其中充满了禅机。佛教讲求一切随缘，能够勘破生死是最高的禅悟，故杜丽娘的唱词"生生死死随人愿"带有浓厚的佛家色彩。另"景上缘，想内成，因中见"三

---

① 杨恩寿《词余丛话》引《感应篇》："有人冥者，见汤若士身荷铁枷，人间演《牡丹亭》一日，则答二十。"徐树丕《活埋庵识小录》："闻若士死时，手足尽堕，非以绮语受恶报，则嘲谑仙真，亦应得此报也。"二则均引自徐扶明编著《牡丹亭研究资料考释》，上海古籍出版社，1987年，第222页。

② 陆次云《玉茗堂四梦评》，陆次云《北墅绪言》卷五，《四库全书存目丛书》集第237册，第416页。

句,徐朔方先生注云:"景上缘,景,影,与下文的想、因都是佛家的说法。景上缘,想内成,喻姻缘短暂,是不真实的梦幻。因中见(现),佛家认为一切事物都由因缘造合而成。"①"怎当他临去秋波那一转"是《西厢记》中男主人公张生的唱词,也是明代以来禅宗的著名话头。张岱《快园道古》卷四记云:

> 邱琼山过一寺,见四壁俱画《西厢》,曰:"空门安得有此?"僧曰:"老僧从此悟禅。"问:"从何处悟?"僧曰:"老僧悟处在'临去秋波那一转'。"②

邱琼山即丘濬(1421—1495),他从"临去秋波那一转"悟禅的传说流行很广。显然,陆次云看破了《牡丹亭》"艳情"背后的虚无、虚空观念,而且他认为这一观念是贯穿在《牡丹亭》《南柯记》《邯郸记》这"三梦"始终的,读懂了《牡丹亭》,《邯郸记》和《南柯记》自然也就不在话下了。法国汉学家雷威安(André Lévy)谓:"梦境之虚妄即汤显祖后来的戏剧作品的共同主题",③说的恐怕也是同一个意思。

其实,对于晚年的汤显祖来说,岂止梦境是虚妄的,人生乃至世界都是虚妄的。

《牡丹亭》完成于1598年汤显祖告别官场之际,这个时间节点非常重要。虽然汤显祖早年即有出世思想,但毋宁把这类诗作看做是"为赋新诗强说愁"。直到经历了科考的挫折、上疏的被贬、岭南的跋涉、遂昌的任职,经历了和李贽、达观、屠隆乃至利玛窦等人或深或浅的交往,经历了对禅学的钻研和顿悟,他才彻底勘破了人世间的种种玄机。

---

① 徐朔方校注《牡丹亭》,第49页。
② 张岱《快园道古》,高学安、佘德余标点,浙江古籍出版社,1986年,第49页。
③ 雷威安(André Lévy)《汤显祖和小说〈金瓶梅〉的作者身份——戏剧〈牡丹亭〉相关资料的启示》,载徐永明、陈靝沅主编《英语世界的汤显祖研究论著选译》,浙江古籍出版社,2013年,第101页。

在遂昌任上挂冠而去,对于汤显祖来说,既是一种失落,也是一种解脱。《牡丹亭》的第一句唱词就是"忙处抛人闲处住":既然被官场抛弃,那就更有"闲情"从事戏曲创作了。在我们今天看来,以汤显祖的绝代才华,做一个小小的知县,岂不是太委屈他了吗?但当时的情况却并不是如此。在中国古代,文人体现自身价值只有学而优则仕一条路。每一个文人,包括"不为五斗米折腰"的陶渊明在内,在决定弃官归隐之前,都必定要经历一番心灵的搏斗。在《南柯记》中,淳于棼在入梦前问契玄禅师"如何是根本烦恼?""如何破除这烦恼?"(《情著》),这或可看成汤显祖在出世与入世之间徘徊两端举棋不定的困惑与挣扎。到梦醒之后,淳于棼生发出"人间君臣眷属,蝼蚁何殊;一切苦乐兴衰,南柯无二"的感叹。不待契玄点拨,他自己便顿悟:"我待怎的?求众生身不可得,求天身不可得,便是求佛身也不可得,一切皆空了。"(《情尽》)淳于棼的禅悟不就是汤显祖的禅悟?

五

毋庸讳言,《牡丹亭》的深层意蕴不易被人洞悉。这就是为什么汤翁在获知沈璟要修改《牡丹亭》中"字句之不协者"时会作出"彼恶知曲意哉?余意所至,不妨拗折天下人嗓子"的激烈反应。[1]在汤显祖看来,《牡丹亭》的"曲意"犹如"雪中芭蕉",[2]常人不易理解,更不宜改动。然而从沈璟、吕玉绳、臧晋叔、冯梦龙等人一而再、再而三地改编来看,汤显祖显然是孤独的,他只能无奈地"伤心拍遍无人会,自捐檀痕教小伶"[3]了。

对《牡丹亭》深意的探索,是从汤翁故去之后开始的。

---

[1] 这是王骥德《曲律》转述汤显祖的话,引自《中国古典戏曲论著集成》四,第165页。

[2] 汤显祖《答凌初成》:"不佞《牡丹记》大受吕玉绳改窜,云便吴歌。不佞哑然笑曰:昔有人嫌摩诘之冬景芭蕉,割蕉加梅,冬则冬矣,然非王摩诘冬景也。"《汤显祖集全编》四,第1914页。

[3] (明)汤显祖《七夕醉答君东》,《汤显祖集全编》三,第1100页。

本文开头提到的熊文举,在《冀少司农斋中步虞山先生韵赠歌者王生》十二首之六诗中云:"人间幽梦几曾醒,玉茗檀痕字字灵。弹动琵琶天欲老,伤心宁为《牡丹亭》。"①这可以看作是对汤翁"自捐檀痕教小伶"的回应。而从"人间幽梦几曾醒","伤心宁为《牡丹亭》"句看,作者对《牡丹亭》的深层意蕴似已有所领悟。

此外上文已述,清初的陆次云已明显意识到《牡丹亭》"艳情"背后的"色空"内涵,并对《牡丹亭》与后"二梦"的联系作出了合理的解释。

然而,真正体会到《牡丹亭》的深层内涵,并在实际创作中加以汲取并发扬光大的,是洪昇的《长生殿》和曹雪芹的《红楼梦》。

《长生殿》对"李杨爱情"描写得那么缠绵悱恻,给予了那么高的礼赞。然而作者洪昇却在《长生殿自序》的末三句说:"情缘总归虚幻。清夜闻钟,夫亦可以蘧然梦觉矣!"②原来,所谓"钗盒情缘",从最初的定情到被谴送出宫,从翠华西阁的争风吃醋到长生殿中的切切私语,从马嵬坡的负心到上天入地的寻觅,直到最后在双星见证下于月宫中重圆,无论痛苦还是欢爱,罪孽还是忏悔,这一切,都只不过是一场梦而已。

洪昇的表白曾让人百思不得其解,直到明白了《长生殿》与《牡丹亭》的联系,方令人有梦醒一般的感觉。洪昇说:"棠村相国尝称予是剧乃一部闹热《牡丹亭》,世以为知言。"③洪昇自己对这个评价是相当满意的。洪昇的女儿洪之则曾耳闻其父对《牡丹亭》有如下评价:

> 肯綮在死生之际。记中《惊梦》《寻梦》《诊祟》《写真》《悼殇》五折,自生而之死;《魂游》《幽媾》《欢挠》《冥誓》《回生》五折,自死而之生。其中搜抉灵根,掀翻情窟,能使赫蹏为大块,噞喁为造

---

① 熊文举《雪堂先生诗选》卷四《耻庐诗集》,《四库禁毁书丛刊》补编,第82册,第120页。
② 洪昇《长生殿自序》,引自竹村则行、康保成《长生殿笺注》,郑州:中州古籍出版社,1999年,《自序》第1页。
③ 洪昇《长生殿例言》,引自《长生殿笺注》,《例言》第1页。

化,不律为真宰,撰精魂而通变之。①

"肯綮在死生之际"——洪昇恰恰抓住了《牡丹亭》的关键所在。正如上文所述,对于杜丽娘来说,活着是痛苦是平庸不能忍受,死去才是自由是幸福令人神往。洪昇在《牡丹亭》五十五出戏中选出的这十出,把杜丽娘在死生之际、阴阳两界的感受倾诉得淋漓尽致。无怪乎《长生殿自序》作了那样的表白:洪昇未必没有想让读者和观众从李杨月宫重圆中开悟的动机。

关于《牡丹亭》对《红楼梦》的启示与影响,已有不少学者指出过。其实《红楼梦》中的宝黛恋爱,已经具有现代爱情的性质,非《牡丹亭》所能比拟。但作者把宝黛爱情悲剧乃至每个人的命运都归结于虚空和宿命,便不能不说与《金瓶梅》,包括《牡丹亭》在内的"临川三梦",乃至《长生殿》相关了。作品中虚构的太虚幻境,以及体现全书主旨的《好了歌》、《飞鸟各投林》、金陵十二钗判词,以及穿插在故事中的神秘的一僧一道的奇特举止,都无不将全书主旨归结于宿命与虚空的境界。

《红楼梦》中的黛玉之死是大关节,而这一关节正是通过《牡丹亭》予以暗示的。作品第十八回元妃省亲,元春亲自点了四出戏:《豪宴》、《乞巧》、《仙缘》、《离魂》。其中《离魂》写的是杜丽娘病亡的场面,十分凄惨。这出戏原为《牡丹亭》中的第二十出《闹殇》,清代昆班演出本改题《离魂》,收入《缀白裘》第十二编,其内容基本保持原作面貌。庚辰本《石头记》在"离魂"下有脂砚斋双行夹批云:"伏代(黛)玉死。所点之戏剧伏四事,乃《牡丹亭》中,通部书之大过节、大关键。"②脂批所言极是,丽娘与黛玉日后病亡的场面简直如出一辙。

《红楼梦》第二十三回的回目为《西厢记妙词通戏语　牡丹亭艳曲惊芳心》,其中写黛玉听曲:

---

① 吴山《三妇评牡丹亭杂记》附洪之则跋,引自《汤显祖集全编》六,第 3163 页。
② 《脂砚斋重评石头记》,人民文学出版社,影印乾隆庚辰年(1760)抄本,1975年,第 398 页。

偶然两句吹到耳朵内,明明白白一字不落道:"原来姹紫嫣红开遍,似这般都付与断井颓垣。"黛玉听了,倒也十分感慨缠绵,便止步侧耳细听。又唱道是:"良辰美景奈何天,赏心乐事谁家院。"听了这两句,不觉点头自叹,心下自思:"原来戏上也有好文章。可惜世人只知看戏,未必能领略其中的趣味。"想毕,又后悔不该胡想,耽误了听曲子。再听时,恰唱到:"只为你如花美眷,似水流年……"黛玉听了这两句,不觉心动神摇。又听道:"你在幽闺自怜"等句,越发如醉如痴,站立不住,便一蹲身坐在一块山子石上,细嚼"如花美眷,似水流年"八个字的滋味。忽又想起前日见古人诗中有"水流花谢两无情"之句,再词中又有"流水落花春去也,天上人间"之句;又兼方才所见《西厢记》中"花落水流红,闲愁万种"之句,都一时想起来,凑聚在一处。仔细忖度,不觉心痛神驰,眼中落泪。①

《红楼梦》第一回即开宗明义地宣称整个故事历程是"因空见色,由色生情,传情入色,自色悟空。②"而作品中的贾宝玉和林黛玉,"一个枉自嗟呀,一个空劳牵挂;一个是水中月,一个是镜中花。③"宝黛这一对有情人永远无法结合在一起,只不过是一种空幻而已。正是在这个意义上,林黛玉此时的心态才和梦醒之后的杜丽娘有几分相似,乃至于她听到《惊梦》中的曲子,便"心动神摇"、"如醉如痴"。黛玉感慨"世人只知看戏,未必能领略其中的趣味",表明她才是杜丽娘与汤显祖的真正知音。

《牡丹亭》的色空意识以及汤显祖极度的幻灭感对《红楼梦》的影响,也是在这个层面上表现出来的。

作者单位:中山大学中文系

---

① 《红楼梦》,人民文学出版社,1979年,第271—272页。
② 《红楼梦》,第4页。
③ 《红楼梦》,第61页。

原乡无梦南柯成

——从王本"还原"看《南柯梦》的空间归转与自性证成

丁淑梅

《南柯记》作为汤显祖"临川四梦"之终篇的意义何在？除了对世事的感叹与对人生的感悟，如何理解作者《题词》之"梦了为觉，情了为佛"？王骥德为何说它"境往神来"？吴梅为何说四梦中"惟此梦最为高贵"？王本改编昆剧《南柯记》如何回转文本的空间感及其负载的人性真实？其为情说法、立地成佛之真旨究竟如何？诸多问题，值得再思考。

一、原乡无梦与南柯无归

《南柯记》演述武官淳于棼醉梦大槐安国，摇身一变为驸马与瑶芳结亲，后宦途通达、戍守南柯，权倾一时，寻欢作乐，遭谗被贬，返乡归国，大梦醒于暴雨洗刷、蚁穴乌有、禅师度蚁，顿悟成佛。作为汤翁"临川四梦"之最后一梦，此剧与前三梦最大的不同，在于通过戏剧空间叠层与向度的预设，架空情之虚实，着落佛性自在。

《南柯记》第二出《侠概》【破齐阵】云"乡心倒挂扬州。四海无家，苍生没眼，挂破了英雄笑口"，为淳于棼的现实世界定下了离散的基调。先君边将投荒、失散多年，是亲族的流散；精通武艺、怀才潦倒，是才华的失落；禅将抛掷，仕途落魄，是功业的无着；弟兄不伴，知交远去，是旧友的飘零。如【急板令】前腔"知交一时散休，到家中急难再游……肠断江南，梦落扬州"所唱，扬州的繁华与兵燹，拉开了渺远的外层空间断折的帷幕;扬州的驻足与凝望、倒挂与梦落,则暗示出切近的内层空间的悬置。淳于棼徒有英雄之志,却与身处的世界离散了情感纽带和精神联系,原乡无梦、四海无家,精神原乡流逝的残酷真相,逼仄着淳于棼在中观世界肉身的沦灭。

如何安顿这无在、无往、无住的肉身? 就空间的叠层预设看,如果说《邯郸记》是枕上梦,是以中观世界平行移出的"灵魂出窍",动欲征伐,邀功封赏,来演绎卢生出将入相的黄粱美梦,那一桩强以私休招赘的姻缘事与功名路无甚瓜葛的话;那么《南柯记》则是树下梦,是以中观世界对位的"肉身出离",因情入梦,欲去情尽,来书写淳于棼入地生天的大梦圆觉,功名路与情缘事则靡丽攀缠、同归于尽。正如《南柯记》第三出《树国》借蚁王之口,交代"国中有国",人下有人,淳于棼入幻故事的第一向度,不是"上天"而是入地,未活人间,先历地下,"蝼蚁国"是向下展开的一个微观世界。与夏松、殷柏、周栗堪称比并的大槐安国,俨然是一个时间上接续远古朝代的异邦;长安、吴都、北阙、南柯之所属,前二者集合了地上王城的北国与南朝,后二者则拉开了地下无何有的南方与北方,帝都与南柯幻城在空间上充塞着地上历史的叠层。而第十出《就征》紫衣使者所言"汉朝有个窦广国,他国土广大,也只在窦儿里;又有个孔安国,他国土安顿,也只在孔儿里。怎生槐穴中没有国土? 古槐穴,国所居",则以"窦"、"孔"比出"穴",疏散了蝼蚁世界的缩微攒聚感,强化了槐安国的空间存在感。而淳于棼作为一个被选择的闯入者,参与、见证了南柯——这异邦之中的异地,微观不断膨大、摄入、导化中观的历程。

因为蚁国求异族英俊之士为婿,决定了淳于棼被选择、被赐予的命运。与多情才子难遇佳人的现世磋磨不同,他与瑶芳公主一见钟情、姻缘美偕;与酣荡不习政务的人间武将颠倒,槐安一梦让他借妻族之势,求官外郡,镇守南柯。淳于棼在长期无守的远郡任职廿年,起废弛之政事,教化德政,挽颓败之风气,克己为民。不仅南柯大治,现国泰民安,一境清明之气象;且檀萝犯边,击退侵兵,守边有功,威震疆宇。然淳于棼的江湖之远,终不免受掣于庙堂之高,其于异邦异地的情遂事顺,均以蝼蚁前导,因公主成事,然助成之际已是无归之时。第三十三出公主一病不起,几度启请回朝,原想于己得以养息,于夫打点恩荫,却助力难继,视归如死,有"俺死为你先驱蝼蚁耳"之憾叹。究其实,南柯乃蝼蚁之远郡,太守乃放逐之去程。瑶台玩月,已见炎凉高寒;檀罗衅起,终须倒枝伐柯。蝼蚁之病起,即淳于之殇始,及至酒汉还朝有封相之荣,艳姬粲诱有狂荡之举,尚不知功高过主、槐王忌惮,部下损兵、右相间阻,"世情不同"、大势已去。槐安大王收清君侧、惩淫纵之网,股肱右相搅进谗、封杀之权,在南柯归不得、蚁国回不来的空间叠层里淳于棼被蛮力驱逐,梦断槐安。

《南柯记》以强烈的空间扭结与反转感,带给我们不一样的戏剧情境。尤其是以淳于棼为主角架构的"地下"内层空间,在背景模糊、见道轮回的第一重,即淳于生的现世人间之下,凌虚架空五重"地外地"。第二重乃槐树下之蚁穴,蝼蚁巨万,末小微缩。第三重是蚁穴内之蚁国王族,春秋史集结,小重天张大。蚁国之南柯则已入第四重空间,作为蚁族之远郡,南柯不仅是淳于棼因缘历幻的一场大梦,也是整本剧作地下天上反转、幻中设幻扭结的大关目。而南柯的放大,又是通过打开另外的人蚁互为幻影的空间实现的。南柯别郡成新筑瑶台,瑶芳僻地消弭凉热;毗邻西道有犯边檀罗,四太子填房欲夺金枝,则已是极幻而幻灭、渐次接近现世的"天外天"。"地外地"里延伸出"天外天",是一个设幻、示幻、极幻到除幻的循环。这多重套叠、不断缩放的内层空间,又与契玄禅师所在之外层空间——前世无量佛的"上天",彼此依倚、往复同在,慈悲喜舍,天地齐一,构成了《南柯记》爱与同情在、悦心无分别的"空"的空间的隐喻,正是王骥德《曲律·杂论》所称"境往神来,巧凑妙合",亦"言外示幻,居中点迷,直与大藏宗门相吻合",亦刘世珩《南柯记跋》所云"言外示幻,居中点迷,直与大藏宗门相吻合。①

《南柯记》以《禅请》《情著》《转情》《情尽》拾掇情理,缔造出"上天"应世说法的一故事向度,与淳于梦的入地历幻相对应,这一空间叠层

---

① 蔡毅《中国古典戏曲序跋汇编》(二),齐鲁书社,1989年,第1269页。

是亦由上向下展开的。淳于棼游禅智寺,禅机问对,前世佛契玄禅师示现烦恼因果:"如何是根本烦恼?(净)秋槐落尽空宫里,凝碧池边奏管弦。(生)如何是随缘烦恼?(净)双翅一开千万里,止因栖隐恋乔柯。(生)如何破除这烦恼?(净)惟有梦魂南去日,故乡山水路依稀。"鹦哥"蚁子转身,蚁子转身"的呼唤,叫不醒禅智寺道场的妄起痴情,"女子转身,女子转身"遂牵惹出秋槐空宫、凝碧池边的一场钗盒姻缘,发付了南去槐内梦、无归南柯因。及至寻悟,见槐树中蚁穴被暴雨冲走,淳于棼央求禅师度化其生天,方知四万八千听经穴下的蝼蚁,乃是禅师化出的生灵。"盒内金钗是槐枝,一点情千场影戏",都则是起处起、去处去。淳于棼与瑶芳公主再会,已是人神相隔,"忉利天夫妻就是人间,则是空来",情根断离,入地方能生天。"南枝之上,可宽四丈有余,也像土城一般,上面也有小楼子",蝼蚁之穴无在无复,自立尚可自安。"(净)众生佛无自体,一切相不真实,马蚁儿倒是你善知识。你梦醒迟,断送人生三不归",随缘见道,成人即佛,契玄禅师度化三生做道场;南柯大治,淳于无归,"求众生身不可得,求天身不可得,便是求佛身也不可得",善始恶终而原乡永在。南柯一梦始于契玄禅师之度化成佛,而终局却在淳于棼之自在成人,正如汤显祖《南柯梦记题词》自述:"火之视蚁,细碎营营,去不知所为,行不知所往,意之,皆为居食事耳。见其怒而酣斗,岂不哑然而笑曰:'何为者耶?'天上有人焉,其视下而笑也,亦若是而已矣……客曰:'所云情摄,微见本传语中;不得有生天成佛之事。'予曰:'谓蚁不当上天耶?经云:'天中有两足多足等虫。'世传活万蚁可得及第,何得度多蚁生天而不作佛?梦了为觉,情了为佛。"①

以梦外拾掇之人视之,佛是世间法,而非出世想;以梦中移情之人视之,三身不可得,成人即佛。淳于芬自在磋磨,立生而不执于生,深情而不病于情,梦了情了,立地成佛。这立地佛,不是生身、不是天身、不是佛身,是自性真身。

---

① 蔡毅《中国古典戏曲序跋汇编》(二),齐鲁书社,1989年,第1267页。

二、空间回转与自性证成

　　作为"临川四梦"之终篇大梦的《南柯记》，虽经万历刻本、覆刻清晖阁本、崇祯独深居本、清竹林堂刻本等版刻文献全本保存；亦有明清选本如《月露音》《怡春锦》，以及宫廷《穿戴提纲》《内学昆弋戏目档》存录《就征》《玩月》《瑶台》《花报》等析出折目；但相比"四梦"之前二梦的舞台演出，关于《南柯记》的演出资料却不多，全本演出尚难见记载。一般看来，《南柯记》在版刻与选本中的存录面貌，呈现出被过滤的痕迹和案头化倾向，如臧改本和冯改本訾议"临川四梦"音律不谐或许影响了它的舞台传播；但叶堂《纳书楹四梦全谱自序》却坚持汤本原貌之正，对臧本改编不以为然；而清代亦有《缀白裘》《缀玉轩曲谱》《霓裳新咏谱》等选本播于教坊、流行场上。《南柯记》的场上传播冷寂，如果不在音律不谐、文辞雅驯等演唱形式本身，那么，钱希言《今夕篇》诗及小序与祁彪佳《归南快录》邀诸友观《南柯记》等观剧记录提供的文人借戏自遣、嚼味哲思佛性的接受界阈，是不是可以说明作者的主观命意设定不适合大众化传播？还是在某一层面我们误解了汤翁《南柯记》的本旨表达？这是我一直以来读剧的困惑。王嘉明导演新版昆剧《南柯记》对戏剧舞台的空间演绎以及角色考量，让我对此剧有了不一样的理解。

　　"活明皇"蔡正仁、"昆曲皇后"张继青任艺术总监与顾问，王嘉明导演，施夏明、单雯担纲主演，苏州省昆剧院倾力打造的新版昆剧《南柯梦》，计上下两本二十出戏。上本为《序曲》《禅请》《树国》《侠概》《情著》《入梦》《伏戎》《玩月》《花报》《瑶台》；下本为《序曲》《击帅》《弄权》《召还》《芳陨》《蝶戏》《疑惧》《遣生》《寻悟》《情尽》。在依从原著主干结构、删而不改原作曲词的基础上，以落魄武官淳于棼的醉入梦境、谐情遂欲、远宦历险，营造了层层叠叠的空间里梦与戏的纠缠；不仅接续了昆曲演出史上"临川四梦"百年空缺的历史链条；而且以角色张大与空间回转对《南柯记》做了"还原"式的舞台全本呈现。

　　新版昆剧《南柯记》的上本，自《禅请》始，以契玄禅师追叙五百年前燃灯注油入蚁穴、坏了八万四千生灵,代入戏剧情境的第一重空间——虫业将近,前世佛扬州入定了障。《树国》一出接叙国中有国、人下有人的树下蚁国——大槐安国主千岁饮宴、请人择婿。接着《侠概》至《情著》三出,以七月十五中元节盂兰会为契机,不仅将契玄临照扬州孝感寺讲经的上层空间,与聘媒而来的琼英公主所示现的蚁国女儿之下层空间,与失意醉酒、烦恼无着的淳于棼"秋槐落叶空宫里,凝碧池边奏管弦"所在的俗世,并置在戏剧舞台上;而且当禅堂上淳于棼与琼芳郡主眉来眼去之际,借"双翅一开千万里,止因栖隐恋乔柯"的禅机问对,导入了"唯有梦魂南去日,故乡山水路依稀"的一场大梦。自《入梦》至《瑶台》五出,是为大梦之"渐入佳境"——入蚁国、招驸马、守南柯、伏檀罗、筑瑶台、庆升平,频示淳于棼次第飞升之福运。然福兮祸之所伏,下本自《击帅》至《遣生》七出,是为大梦之"层层跌破"——瑶芳病养归、夫妻情事冗、妻亡姻缘断、孤栖心意苦、三美设宴诱、右相谗言毁,极现淳于棼"非族异类"之颓势。最后两出,当紫衣使者"一头牛儿送还",淳郎大梦醒来,侍儿杯中茶尚温,见槐底大窟,生蝼蚁,拜父母,唤妻子,问因果,全本收于"一点情千场影戏",一佛圆满,万事无常。

如果从视觉效果上看,新版昆剧《南柯记》在调度舞台的预置场景和梦与戏的空间回转上,的确颇具匠心。如淳于棼醉梦入蚁国的过程,有两名使者手持长竹竿牵引游动,这类似幻影式的表演,不仅奇妙地实现了进入别有洞天的蚁国场景的虚实转换,而且一步步展演了淳于棼由沉霾黯淡的现实境遇,到被带入扑朔迷离的秘境,疑惧惊喜、焕然透亮的内心风景。而舞台上装置的从空而降的二十根长短不一、前后间隔有层次的木桩,更是将舞台活动起来,或悬空高挂、或升降悬浮,让出入于不同空间区隔里进行表演的角色,或明或暗、或前或后,形成对位和呼应,舞台的整体镜像与木柱间碎片化的呈现,切割了观众的视野,为观众提供了可能的、多重的可视点。此外还有不断变幻的暗示与表达,如果说琼英郡主、上真仙姑和灵芝夫人,是作为亮点人物的戏份改定与灵芝夫人男旦装扮,青花瓷与山水花鸟映衬的服饰写意;金钗佃盒幻化槐枝槐夹的入幻与出幻,是此剧可以传达的古典诗意的"空灵"复现;那么云锣音束打击乐器与昆曲曼妙婉转音声对撞形成的入梦与出梦,长杆木柱切割舞台带来的明场与暗场、前幕与后台的层叠镜像,以及游走其间的角色演绎的多重人物位置关系,则得益于导演对莎士比亚剧本的独到理解与中国式转化,"莎剧的流动性很强,空间是未知的,角色不是封闭的,这比较像日常生活,有很多面向",①莎士比亚剧作的空间关系铺陈得很复杂,在王嘉明看来就像地理学上的地层。正是植入了这种地层同生的意识,使得新版昆剧《南柯记》在结实幻象和破除幻象之间,造就了南柯故事前世佛、下世蚁与当下人一层层套叠的异质同在空间。

但从舞台演出对文本内层话语"忏情"的阐释看,新版昆剧《南柯记》在分层区隔的空间里由角色表演带来的情感张力和艺术触感,则更惊心动魄。此剧透过立体呈现的多核梦境与舞台流动空间,揭示淳于棼入梦的所有心理动机——其实是为了找回自我。但其间的细节处理与欲念表达得又非常巧妙,一方面为了建构进入幻境的通道,淡化了传统士人关注的家国情怀,没有寻找父亲的冲动,没有思念原乡的自觉,割断了淳于棼与现实、与社会的所有联系。另一方面,舞台演绎又不断地在破除幻象,让主人公常常在梦与戏中穿梭,稀释了个体此在的合理性,张大了角色所扮演的淳于棼"人欲"的部分。这"一点情"由琼英公主的回眸闪烁牵起,在柱子上上下下、错落有致的光影中,淳于棼的执念不舍、贪恋心性,影影绰绰抖落出来;而当三美人设宴求欢一声声动惹之际,伴随着木桩的悬空而下、垂落间阻,男欢女爱的挑逗与遮掩、真假与推让、诱惑与周旋、追逐与躲藏,一层一层地裸露出来。这"一点情"由琼英公主回眸悬起;由三女客猜姻缘、穿新郎以衣"胖瘦摸"、"好一份赤郎当五寸长牛鼻头"一地逗出;接着瑶芳公主"知为谁缱绻"请驸马开扇,"槐安国里春生酒,花烛堂中夜合欢"的天就地和;继而檀罗四太子大动干戈、寻欢猎艳的一气难耐;展开戎装

---

① 陈然《说我实验?我是乱搞吧?——王嘉明谈理查三世》,《新京报》2015 年 5 月 22 日。

剑舞、扎靠对阵、刀光剑影中才子佳人的两情缠绵;摇荡绿蚁香浮、恣欢逸乐、香艳旖旎挡不住的欲火心魔。正如王嘉明接受采访时所云:汤显祖"一直打破自己建立的幻觉,不断打断观众看戏的习惯,到了最后升天是他最大的一次叙事翻转,而且他升的是构成剧场中的众生相:生旦净末丑。……因此,容易令我们对于角色个性、戏剧张力、佛法,甚至所谓汤显祖风格的狭隘视野造成误解。"①如果理解了导演所说的一直以来我们对《南柯记》的误解,回过头来再对照吴梅《四梦总跋》所说:"所谓鬼、侠、仙、佛,竟是曲中之意,而非作者寄托之意",②或许可以触底新版昆剧《南柯记》对原作是一种怎样的"还原"——汤翁的因情成梦,因梦说戏,其实一直是立足于尘世,立足于芸芸众生,立足于常情常欲,在表演在世成人的生活,而不是引导众生出世成佛。而新版昆剧《南柯记》导演致力于建构的,也"不是要认同一个英雄,而是透过淳于梦去看到其他人。男主角淳于梦像是串佛珠的线,其他的人物像是佛珠的珠。'有线无珠'和'有珠无线'都不是人生,只有将佛珠和线串在一起才是人生"的角色关系。③新版昆曲《南柯记》借立地成佛的淳于梦道出的"人间君臣眷属,蝼蚁何殊?一切苦乐兴衰,南柯无二"主旨,其实是对原作的一种试探性接近和逆推式"还原"。

记得沈际飞《题南柯梦》云:"夫蚁,时术也,封户也,雉谍具也,甲胄从也,黄黑关也,君臣列也,此昔人之言,非临川氏之梦也。蚁而馆甥也,谣颂也,碑思也,象警也,佞佛也,此世俗之事,临川氏之说也。临川有慨于不及情之人,而乐说乎至微至细之蚁;又有慨于溺情之人,而托喻乎醉醒醒醉之淳于生。淳于未醒,无情而之有情也;淳于既醒,有情而之无情也。惟情至,可以造立世界;惟情尽,可以不坏虚空。而要非情至之人,未堪语乎情尽也。世人觉中假,故不情;淳于梦中真,故钟情。既觉而犹恋恋因缘,依依眷属,一往信心,了无退转,此立雪断臂上根,决不教眼光落地。即槐国蝼蚁,各有深情,同生忉利,岂偶

---

① 玉涵《诸色皆空〈南柯梦〉》,《江南时报》2015年3月10日。
② 蔡毅《中国古典戏曲序跋汇编》(二),齐鲁书社,1989年,第1272页。
③ 刘姝含《冲突矛盾中的虚幻人生》,《中国艺术报》2015年3月18日。

然哉？彼夫俨然人也，而君父、男女、民物，闲悠悠如梦，不如淳于，并不如蚁矣，并不可归于蝼蚁之乡矣。"①如此看来，汤翁之本说不及情与溺情，淳于梦所经历的执情、深情、溺情，"一切相不真实"，"勘不破，酣梦一场；勘得破，立地成佛"。"（净）你待怎的？（生）我待怎的？求众生身不可得，求天身不可得，便是求佛身也不可得，一切皆空了。（净喝住介）空个甚么？（生拍手笑介，合掌立定不语介）"，以其"断送人生三不归"方能"立地成佛也"；以其情尽方能情至；以其"叶落自归山"，方能自性证成人。如果说，《牡丹亭》的因情成梦，因梦而亡，将一个沉重的故事举重若轻地讲出来，那么新版昆剧《南柯记》则直面人性的庸常与暧昧，把汤翁原本沉重之下本来要表达的轻倩意念复原了。

"纷纷聚观人，谁短更谁长"？读"四梦"之终篇，看新版昆剧《南柯记》，或许可以用一种"姑妄言之姑听之"的游戏心态与非梦视角，来看待这一大篇"新世说"，来理解戾气搅扰的南柯一梦之虚幻性，来体贴淳于梦在众生蝼蚁之外孤独寻梦、爱欲难舍的生命温度与情了悟空、见道度世的永在感？

从汤显祖原作给示的"虚空中一大穴也，倏来而去……因天立地非偶然"的幻设空间出发，②新版昆曲《南柯记》演述了蚁国之下、瑶台之上的空间回转，在给定的传统中接引并突破了惯性逻辑。淳于梦以鲜亮本色的人生过往，原欲生情，因情入梦，自我放逐而无往无归；而当入地归乡、迷路知返、彼岸此岸、殊途同归之时，淳于梦即蜕去了原乡旧有的芸芸迷思，出离幻域而归真人间，从而立地成人——即人即佛；围绕着淳于梦自在之我的寻绎，自性在萎顿与舒展、无住与永在之间的证成，即一种新的人的还原——为人生天的世间佛。

作者单位：四川大学中国俗文化研究所

---

① 蔡毅《中国古典戏曲序跋汇编》（二），齐鲁书社，1989年，第1268—1269页。
② 蔡毅《中国古典戏曲序跋汇编》（二），齐鲁书社，1989年，第1268页。

《牡丹亭·遇母》【番山虎】曲牌探究

洪惟助

前　　言

汤显祖《牡丹亭》曲词不合格律,令歌者挠喉捩嗓,但由于文词精妙、意趣高远,为后学者所不忍弃。因而有沈璟、臧晋叔、冯梦龙等人的"改词就调",更有钮格、叶堂等人的"改调就词","改调就词"即以集曲的方法改变曲调以适应原作的歌词。钮格以集曲"格正"原作六十四曲,叶堂有集曲四十七首改变原作曲牌旋律。①这些集曲,以《遇母》折【番山虎】曲牌各家所论最为纷歧。《牡丹亭·遇母》原作【番山虎】四曲,分由老旦杜母,旦丽娘,净石道姑,贴春香所唱,四曲的句数、字数各不相同。兹将各重要曲谱论及此曲牌者分述于下:

一、沈自晋《南词新谱》

沈自晋《南词新谱》②在越调过曲中【番山虎】收三体,以《牡丹亭·遇母》第一曲老旦杜母唱为正体,旦丽娘唱为"又一曲";另有"又一体"列《鸳鎞记》"他挂名虎榜"。杜母唱一曲列于下:

---

① 参见洪惟助撰《绕喉捩嗓到歌称绕梁的〈牡丹亭〉》,收入《汤显祖与牡丹亭》,中国文哲专刊32,台北:中研院中国文哲研究所,2005年,第737—780页。
② 沈自南《复位南九宫新谱序》署"乙未菊月弟自南述"。乙未,顺治十二年(1655年),《南词新谱》当刊行于此时。

【蛮牌令】则道你烈性上青天◎端坐在西方九品莲◎不道三年鬼窟里。重相见◎【下山虎】哭的我手麻肠寸断◎心枯泪点穿◎梦魂沉乱。我神情倒颠◎看时儿立地。叫时娘各天◎怕你茶酒饭无浇奠◎牛羊侵墓田◎【忆多娇】〔合〕今夕何年◎今夕何年◎还怕这相逢梦边◎①

前四句以【蛮牌令】首至四句"格正",但【蛮牌令】曲,沈璟《南曲全谱》、沈自晋《南词新谱》、吴梅《南北词简谱》都以《进梅谏》传奇为例曲,前四句:"得遇艳阳时◎妆点在鬓云垂◎一从春去了。寂寞在疏篱◎"。第二、三、四句的平仄与《牡丹亭》都不甚合。第二句《牡丹亭》作"平平仄仄平",沈璟等谱【蛮牌令】作"仄仄仄平平"。第三、四句《牡丹亭》正字作"平平仄平仄。平平仄◎",沈璟等谱【蛮牌令】作"仄平平仄仄。仄平平◎"。徐于室辑钮少雅订的《九宫正始》列【蛮牌令】四格,首四句格律亦同沈璟等谱。

【下山虎】,沈璟《南曲全谱》、沈自晋《南词新谱》、吴梅《南北词简谱》、《九宫正始》第一格俱以《拜月亭》"大人家体面"一曲为例曲,兹录于下:

大人家体面◎委实多般◎有眼何曾见◎懒能向前◎他那里弄盏传杯。恁般腼腆◎我这里新人忒煞虔◎待推怎地展◎争奈主婚人不见怜◎配合夫妻事。事非偶然◎好恶因缘都在天◎

【下山虎】曲牌共十二句,《牡丹亭》集曲【下山虎】八句,很难在原曲牌中找到相对应的八句,句法、平仄均不甚相合。

【忆多娇】曲牌,《南曲全谱》、《南词新谱》俱以《荆钗记》"子嗣悭"一曲为正体,其末三句:"〔合〕休得愁烦◎休得愁烦◎他是读书大

---

① 本文曲词句逗符号:"。"表句,"◎"表韵,"、"表逗," + "表平仄皆可。"断"桓欢韵借韵。

贤◎"。《牡丹亭》【番山虎】末三句句法、平仄尽合。

《南词新谱》以旦丽娘唱为"又一曲",列于下:

【下山虎】你抛儿浅土。骨冷难眠◎吃不尽爷娘饭。江南寒食天◎可也不想有今日。也道不起从前◎似这般糊突谜。甚时明白也天◎鬼不要人不嫌◎不是前生断◎今生怎得连◎【忆多娇】〔合〕今夕何年◎今夕何年◎还怕这相逢梦边◎(此曲押先天韵,"嫌"廉纤韵,"断"桓欢韵借韵)

【下山虎】十二句,此取其前十一句,格律颇有不合。《南词新谱》等谱以《拜月亭》"大人家体面"为例曲,仅第五句"杯"字、第十句"事"字不协韵;此则第一句"土"、第三句"饭"、第五句"日"、第七句"谜",俱不协。第七句《拜月亭》"我这里新人忒煞虔"七字,此作"似这般糊突谜"只六字。平仄四声亦颇有不合,如第五句《拜月亭》作"弄盏传杯"仄仄平平,此作"不想今日"仄仄平仄。第二句《拜月亭》"恁般腼腆"仄平仄仄,此作"道起从前"仄仄平平。第八句《拜月亭》"待推怎地展"仄平仄仄仄("地"或当读平),此作"甚时明白也天"仄平仄仄仄平。

从上面文字格律的对比,可以看出《南词新谱》的《牡丹亭》【番山虎】集曲,也只是勉强凑合而已。真正要达到文与乐谐合的是沈璟改词又改律的《同梦记》【蛮山忆】。沈璟改《牡丹亭》为《同梦记》已佚,惟《南词新谱》存两曲,一为《言怀》中的【真珍帘】,一为《遇母》中的【蛮山忆】。沈自晋《南词新谱》将【蛮山忆】置于【番山虎】后,注云:"前《牡丹亭》二曲,从临川原本,此一曲从松陵串本。备录之,见汤沈异同。"沈璟【蛮山忆】列于下:

【蛮牌令】说起泪犹悬◎想着胆犹寒◎他已成双成美爱。还与他做七做中元◎那一日不铺孝筵◎那一节不化金钱◎【下山虎】只说你同穴无夫主。谁知显出外边◎撇了孤坟双双同上船◎【忆多

娇】〔合〕今夕何年◎今夕何年◎还怕是相逢梦边◎

以【蛮牌令】首至六句,【下山虎】末三句【忆多娇】末三句集曲。与原曲牌格律完全相合。

二、钮少雅《格正还魂记词调》

《牡丹亭·遇母》【番山虎】四曲,钮少雅《格正还魂记词调》以不同的集曲"格正"。少雅云:"下调据原题四曲皆曰【番山虎】,然【番山虎】一调按新旧诸谱从无此题,因散曲中不识何人撰有'一夜雨滴空阶'套,以致今人颇有仿彼而作之者。况此四曲之章句每各不同,甚至其腔板知识者亦少。今推其义,必为犯调耳。余今斗胆摩其句律平仄,妄拟数调于下,虽皆不脱【下山虎】之题,但其是非莫辨,再俟博者订正。"

第一曲老旦杜母唱以【黄莺儿】、【亭前柳】、【下山虎】、【桂枝香】、【忆多娇】五曲牌零句集曲,各为【山外娇莺啼柳枝】。录之于下:

【商调黄莺儿首至三】则道你烈性上青天◎端坐在西方九品莲◎不道三年鬼窟里重相见◎【越调亭前柳三至四】哭得我手麻肠寸断◎心枯泪点穿◎【越调下山虎首至四】梦魂沉乱◎我神情倒颠◎看时儿立地。叫时娘各天◎【仙吕桂枝香末二句】怕你茶酒饭无浇奠◎牛羊侵墓田◎【越调忆多娇末三句】今夕何年◎今夕何年◎还怕这相逢梦边◎

【黄莺儿】,《南词新谱》以散曲为例曲,其前三句:"霜降水痕收◎迅池塘已暮秋◎满城风雨还重九◎"。《牡丹亭》"烈性上青天"曲与之比对,三句句法平仄皆合。("窟"字入声,《中原音韵》入作上)《九宫正始》【黄莺儿】以《乐昌公主》作例曲,前三句:"深夜静沉沉◎睹天河白似银◎正双星牛女传芳信◎"。《南北词简谱》以散曲为例曲,前三句:"芳馆坐黄昏◎对幽兰欲断魂◎微风逗处香成阵◎"。句法、平仄皆同。

【亭前柳】,《南词新谱》、《南词定律》、《南北词简谱》俱以《荆钗记》"衰鬓已星星"为例曲,其第三、四句:"况兼寒凛凛。那更冷清清◎"。《九宫正始》以传奇《苏武》"北海牧羊群"为例曲,其第三、四句:"充饥皆草木。相亲是猩猩◎"。其格律应为:十平平仄仄。平平仄平平◎。《牡丹亭》此曲:仄平平仄仄。平平仄仄平◎,"点"字平仄不合。

"梦魂沉乱。我神情倒颠◎看时儿立地。叫时娘各天◎"四句。《格正还魂记》以【下山虎】首至四"格正",《南词新谱》等谱例曲【下山虎】第三句"有眼何曾见",《牡丹亭》"看时儿立地",平仄不合。其他三句平仄相合。"怕你茶酒饭无浇奠◎牛羊侵墓田◎"《格正还魂记》以仙吕【桂枝香】末二句"格正"。【桂枝香】《南词新谱》、《九宫正始》俱以《琵琶记》"书生愚见"一曲为例曲,末二句:"道你是相府公侯女。不能够嫁状元◎"。《南北词简谱》以《疗妒羹》"魂还非谬"为例曲,末二句:"烛闪寒衣护。窗开剪纸修◎"。均为两五字句,平仄作:仄仄平平仄。十平仄仄平◎。《牡丹亭》"酒饭无浇奠"句合律,"牛羊侵墓田"句平平平仄仄,"侵"字平声不合。

末三句,《格正还魂记》亦以【忆多娇】末三句集曲,平仄尽合,在"一、沈自晋《南词新谱》"中已论述。

钮少雅将《牡丹亭·遇母》杜母唱一曲,以五首曲牌零句集曲,真是开肠剖肚,动了大手术,才将格律大致"格正"。少数几个字仍不合律,只好在订谱时改动音乐旋律了。

其他三首【番山虎】亦以数个曲牌零句集曲,并改曲牌名。旦丽娘唱一曲名【山桃竹柳四般宜】,以【下山虎首至四】、【南吕番竹马二至三】、【越调小桃红明珠格五至六】、【越调蛮牌令七至八】、【越调亭前柳三至四】、【越调忆多娇末三句】六曲牌零句集曲。净石道姑、贴春香唱二曲名【山下多麻秸】,以【越调下山虎首至四】、【越调山麻秸六至终】(春香唱山麻秸全)、【越调忆多娇末三句】三曲牌零句集曲。三曲集曲方法与第一曲相同,此不再比对。

三、吕士雄等编的《南词定律》

《南词定律》由吕士雄、杨绪、刘璜、唐尚信等人合编,刊行于康熙五十七年(1720年)。它是格律谱,又附有工尺谱,其编辑体例影响了乾隆十一年(1746年)刊行的《九宫大成南北词宫谱》。

《南词定律》在《牡丹亭》原作【番山虎】四曲中收录两曲,一为旦丽娘唱的"你抛儿浅土",一为净石道姑唱的"近的话不堪提咽"。

旦唱一曲,《南词定律》名为【山桃竹柳四多娇】列于下:

【下山虎首至四】你抛儿浅土。骨冷难眠◎吃不尽爹娘饭。江南寒食天◎【番竹马四句】可也不想有今日、也道不起从前◎【小桃红八至末】似这般糊突谜。甚时明白也天◎【四般宜合至八】鬼不要。人不嫌。【亭前柳三至合】不是前生断◎今生怎得连◎【忆多娇合至末】今夕何年◎今夕何年◎还怕这相逢梦边◎

《南词定律》的集曲颇受《格正还魂记》影响,所用曲牌与《格正还魂记》大致相同。

首四句《南词定律》与《格正还魂记》均以【下山虎】首四句集曲,【下山虎】首四句,《南词新谱》等谱以《拜月亭》为例曲,前四句"大人家体面◎委实多般◎有眼何曾见。懒能向前◎"格律相合,仅第一句《拜月亭》押韵,《牡丹亭》不押韵。《南词定律》【下山虎】以《荆钗》为例曲,首四句:"正是见鞍思马。睹物伤情◎触起我关心事。教人怎不泪零◎",仅第四句第二字平仄不同。

第五句"可也不想有今日、也道不起从前",以【番竹马】第四句集曲。【番竹马】《南曲全谱》、《南词新谱》、《南词定律》皆以《拜月亭》为例曲,首四句:"喊声漫山漫野◎招飐皂旗、万点寒鸦◎千户万户每。领雄兵、围绕中都城下◎"(《南北词简谱》亦以《拜月亭》为例曲,但订为:

"喊声漫山漫野◎招飐皂旗。万点寒鸦◎千户万户。每领雄兵、围绕中都城下◎")。

《牡丹亭》第五句"可也不想有今日、也道不起从前◎",与《拜月亭》【番竹马】第四句"领雄兵,围绕中都城下◎"句法、字数、平仄俱不符。在《南词定律》中,其工尺谱亦不相似。《格正牡丹亭词调》《牡丹亭》第五句订为【番竹马二至三】,依《南词新谱》、《南词定律》订律【番竹马】二、三句是:"招飐皂旗,万点寒鸦◎千户万户每。"字数、句法、平仄均不合。如依吴梅《南北词简谱》所订,二、三句是"招飐皂旗,万点寒鸦◎千户万户。"比较接近,平仄亦未全合。

六、七二句:"似这般糊突谜。甚时明白也天◎",《南词定律》以【小桃红八至末】集曲。《南词定律》【小桃红】曲牌以《拜月亭》"状元执盏与婵娟"一曲为正体,仅八句,何来"八至末"? 后录有九句体《红梨记》八、九二句作:"天成就美前程。何须用卖花婆◎"字数、句法、平仄与《牡丹亭》未全合,后又录《牧羊》、《白兔》、《卧冰》三体,格律更不合。《格正还魂记》以【越调小桃红明珠格五至六】"格正",明珠格余未见,《南北词简谱》以《金锁记》为古体,五、六句:"年纪乍垂髫◎父亲行去求名。"以散曲为今体,五、六句:"和咱有燕莺期。凤鸾交◎",格律和《牡丹亭》均不合。

八、九二句:"鬼不要。人不嫌。",《南词定律》以【四般宜合至八】集曲,《格正还魂记》谓"越调蛮牌令七至八"。【蛮牌令】即【四般宜】,七至八,即合至八,两者相同。《南词定律》【蛮牌令】以《琵琶记》"终日走千遭"为正体,其七、八句:"穷酸秀才。直恁乔◎"。《南词定律》、《南北词简谱》以《进梅谏》"得遇艳阳时"为例曲,其七、八句:"雕阑畔。曲槛西◎"。字数、句法相合,平仄略有差异。

十、十一两句:"不是前生断◎今生怎得连◎",《南词定律》、《格正还魂记》都以【亭前柳三至四(即三至合)】集曲。【亭前柳】《南词新谱》、《南词定律》、《南北词简谱》均以《荆钗记》"衰鬓已星星"为例曲,其三、四句:"况兼寒凛凛。那更冷清清◎",字数、句法与《牡丹亭》俱合,平仄略异。

末三句"今夕何年……",以【忆多娇合至末】集曲,格律相合,前已论述。

由上文论述,可见《南词定律》之集曲,其文字格律亦未全合,只是勉强凑合。

净石道姑所唱"近的话不堪提咽"一曲,《南词定律》同《格正还魂记》均名为【山下多麻秸】。首四句二谱均订为【下山虎首四句】。五、六两句,《格正还魂记》订【越调山麻秸六至终】,《南词定律》订【山麻秸五至末】,其实二者相同,指的都是【山麻秸】的末两句,只是断句的不同。如《南词定律》【山麻秸】以《红梨记》为正体:

他恨好事无端蹉◎好—似天畔黄姑、望断银河◎多磨◎他一句句怨着、孤辰难躲◎料不是王魁浪子。尾生魔汉、宋玉伴哥◎

共六句。如将逗"、"断为句"。",句数就多出来了。

四、周祥钰等编辑的《九宫大成南词宫谱》

《九宫大成谱》将《牡丹亭》【番山虎】四曲均收入越调正曲中,曲牌名【番山虎】,不列入集曲,把它当正曲看待。断句与《南词定律》略有不同。且唱"你抛儿浅土"一曲,第五句《南词定律》作:"可也不想有今日、也道不起从前◎",《大成谱》作"可也不想有今日也。道不起从前◎"。作为两句,并在"也"字断句。"起"字《定律》视为衬字,《大成谱》视为正字。"鬼不要。人不嫌。"《定律》视为两句,《大成谱》作为一句。末句"还怕这相逢梦边",《定律》视"这"为衬,《大成谱》作为正字。

二谱的板位几乎相同,工尺谱相似度也很高,将前四句比对列于下:

```
          上 工 尺 四上四 上尺              尺工尺 四 上尺 尺工
《定律》①你 抛 儿 浅  土         ②骨    冷 难 眠
          ○ 尺 ▼ 四上四 ○              ○ ○ ▼ ○
          上 尺   四上四 上尺            尺尺上 四 上尺 尺工
《大成》①你 抛 儿 浅  土         ②骨    冷 难 眠
```

《牡丹亭·遇母》【番山虎】曲牌探究

```
              六   六   五   ▼六工尺  上尺   尺工尺上
《定律》③ 吃   不   尽   爹      娘     饭
                       ○                      ○
              六   六   五   六六工尺 上尺   尺工尺上
《大成》③ 吃   不   尽   爹      娘     饭

              尺   上   上   上   尺
《定律》④ 江   南   寒   食   天
              ▼    上尺  尺   四上  ▼
《大成》④ 江   南   寒   食   天
```

四句板位相同,只是《大成谱》点板眼,《定律》只点板。工尺几乎相同,《大成谱》略有改进,可以唱得更婉转一些。

净石道姑唱一曲,《大成谱》的格律、工尺与《定律》亦大致相同。《大成》将《定律》部分衬字订为正字。举四句比对,见其文字格律与工尺之异同。

```
              工   尺   工   ▼尺  尺   上尺  上四
《定律》① 近   的   话   不   堪   提   咽○
                              ○
              工   尺   工   尺   尺   上尺  上四
《大成》① 近   的   话   不   堪   提   咽○

              上   尺   尺   工   尺   ▼上  尺工
《定律》② 早   森   森   地   心   疏   体   寒○
                              ○           ○
              上   尺   尺   工   尺上  ▼四上 尺
《大成》② 早   森   森   地   心   疏   体   颤○

              六   工   六   五   六   五六  工   尺工
《定律》③ 空   和   他   做   七   做   中   元○
              六   工   六   五   工   五六  工   尺工
《大成》③ 空   和   他、 做   七   做   中   元○

              上   尺   尺   ▼   上   上尺  五   五六工
《定律》④ 怎   知   他   成   双   成   爱   眷○
              上   尺   尺   ▼   上   上尺  五六  工尺
《大成》④ 怎   知   他、 成   双   成   爱   眷○
```

第一句《定律》三个衬字,《大成》订为正字,但是板位工尺完全相同。第二句《定律》"早森森地"四个衬字,《大成》只有"早"是衬,"森森地"变成正字。后三字《大成》多两个音,旋律不那么平板,较有起伏。第三句《定律》"空和他"三个衬字,《大成》变成正字。工尺只有一个音不同,《大成》将《定律》"七"字的"六"音改为"工",《定律》前后都是"六五"、"五六","七"字又作"六",太平板,故改用"工"。第四句《定律》"怎知他"、"爱"是衬,《大成》都变成正字。前五字工尺相同,末二字的音符《定律》"五五六工",《大成》改为"五六工尺",似较婉转有韵。

由上所述,可见《大成谱》是在《定律》的基础上琢磨改进的。

五、冯起凤《吟香堂曲谱》与叶堂《纳书楹曲谱》

冯起凤《吟香堂曲谱》于乾隆五十四年(1789)由其子"懋才秀林梓",《纳书楹曲谱》乾隆五十七年(1792)刊刻,时叶堂仍在世。由此推测,冯起凤年岁可能大于叶堂一、二十岁。冯、叶二人同乡同行,《吟香堂》早三年问世,但叶堂从不提起冯起凤或《吟香堂曲谱》。叶堂在世时,名气已很大,《纳书楹曲谱》有正集、续集、外集、补遗、四梦全谱、西厢,著述宏富。《吟香堂》只有《牡丹亭》和《长生殿》全谱。

其实《纳书楹》、《吟香堂》及更早的《九宫大成》、《南词定律》都有很大的相似度。《牡丹亭》【番山虎】,《吟香堂》、《纳书楹》四曲皆收,曲名都称【番山虎】。《吟香堂》在曲牌名上标"越调正曲",《纳书楹》只标"越调"。兹以石道姑所唱一曲"近的话不堪提咽"的第五句至末(接上一节《定律》、《大成》的比对)做比对:

第五句

《定律》我 捉 鬼 拿 奸◎
　　　　　四 上尺上 四尺 尺工六 工

《大成》我 捉 鬼 拏 奸◎
　　　　　　 上尺上 四 上尺工 尺

《吟香堂》我 捉 鬼 拏 奸◎
　　　　　　 上尺 四 上尺工 尺

《纳书楹》我 捉 鬼 拏 奸◎
　　　　　四 上尺上 四 上尺 尺

第六句

《定　律》知　他　影　戏　儿　做　的　恁　活　现◎

《大　成》知　他　影　戏　儿　做　的　恁　活　现◎

《吟香堂》知　他　影　戏　儿　做　的　恁　活　现◎

《纳书楹》知　他　影　戏　儿　做　的　恁　活　现◎

第七、八句

《定　律》这　样　奇　缘◎　这　样　奇　　缘◎

《大　成》这　样　奇　缘◎　这　样　奇　　缘◎①

《吟香堂》这　样　奇　缘◎　这　样　奇　　缘◎

《纳书楹》这　样　奇　缘◎　这　样　奇　　缘◎

第九句

《定　律》打　当　了　轮　回　　一　遍◎

《大　成》打　当　了　轮　回　　一　遍◎

《吟香堂》打　当　了　轮　回　　一　遍◎

《纳书楹》打　当　了　轮　回　　一　遍◎

由上面四个谱的对照，可以看出它们彼此的相似度很高；曲牌音乐源远流长，一脉相传，个人的创造是有限的。《吟香堂》承袭《大成谱》较多，《纳书楹》承继《定律》较多。后出的谱音符较多，较为细腻婉转。

---

① 《大成谱》第八句"奇"字的工尺似作"六五仕上"，"上"字印刷很不明晰。昆曲在一板中做八度跳进，甚少见。《吟香堂》作"六五仕五"似较合理。

第六句"活现"二字,《纳书楹》"上尺　工尺上"比《大成》、《吟香堂》"上尺　上四"、《定律》"上尺　尺工",更能表达"活现"的情境。第八句"这样奇缘",《吟香堂》高揭其音,"奇"字有高音"六五仩五"四个音符,易吸引听者注意力,显现"奇缘"之"奇"。

结　语

汤显祖《牡丹亭》文辞精妙,但往往不合格律,有碍歌唱,同时代乃至后代曲家遂以集曲方式"格正"。同时代的沈璟即以改词又改调的方式改善其拗嗓。其后钮少雅《格正还魂记词调》、吕士雄等编《南词定律》、周祥钰等编《九宫大成南北词宫谱》、冯起凤《吟香堂曲谱》、叶堂《纳书楹曲谱》等都运用集曲改善《牡丹亭》的不合律。【番山虎】一曲,《格正》、《南词定律》甚至以五、六个曲牌集曲。但这些集曲仍非完全合律,还要订谱家做音乐的调整修饰。

由上文曲牌文字格律和工尺谱的比对,可以看出昆曲曲牌音乐源远流长,一脉相传,《南词定律》(1720 年刊)到《纳书楹曲谱》(1792 年刊)七十余年间的衍变并不大,是有迹可寻的。近当代学者将《牡丹亭》曲牌音乐的挠喉捩嗓改变成为歌称绕梁的曲调,多归功于叶堂。但从我们比对中可以看到历代曲家累积的贡献,叶堂只是其中一人而已,他对前人的改动并不多。

我在 2005 年曾有《从挠喉捩嗓到歌称绕梁的〈牡丹亭〉》一文,论述叶堂《牡丹亭》曲谱的集曲四十七曲,其中承袭旧有集曲者三十一曲,完全袭自钮少雅《格正》者十三曲,《纳书楹》自创集曲并不多。文中比对《惊梦》【皂罗袍】曲,《纳书楹》与《吟香堂》相似度甚高,其差异各有优胜。

叶派唱口当时即已名闻遐迩,叶堂整理众多曲谱确实有功曲坛;但其成就是奠基在众多前人的基础上的。在誉扬叶堂之时,也不要忘记众多前人的积累和贡献!

作者单位:台湾"中央大学"

影响传播

明末清初的"《牡丹亭》热"

王永健

引　言

1774年,歌德的《少年维特之烦恼》问世了。这部融合了作者及其朋友耶鲁撒冷的生活经历和体验的书信体小说,描述了这样一个悲惨动人的爱情故事:少年维特爱上了绿蒂姑娘,而同样深爱维特的绿蒂姑娘却已与阿尔贝特订婚了。为此,维特深深陷入了失恋的痛苦而不能自拔。维特一度强迫自己离开绿蒂,或试图在工作中求得精神上的寄托,可是种种努力均以失败告终。绝望的爱导致了维特对生活的绝望,他最后走上了自杀的绝路。

《少年维特之烦恼》真实地反映了十八世纪后期德国知识分子的精神苦闷,对腐朽的德国封建社会作了有力的批判。诚如恩格斯在《诗歌和散文中的德国社会主义》中所指出的,歌德创作的维特,建立了"一个最大的批判的功绩"①。由于少年维特的烦恼道出了时代的心声和人民的要求,具有鲜明的时代精神和深刻的社会意义,出版和流传之后,在德国和欧洲曾引起了巨大的社会反响,出现一股"维特热"。不少青少年在爱情上受到了挫折,便纷纷仿效维特,走上了自杀的绝路。少年维特的烦恼和悲剧,无疑具有一定的反封建的进步意义,但他的自杀却是一种消极的反抗,它反映了德国资产阶级反封建斗争的软弱性。为了防止读者产生误解,而步维特的后尘,并引导读

---

① 《马克思恩格斯全集》第四卷,北京人民出版社,1985年,第259页。

者对维特和绿蒂的爱情悲剧根源作正确的探究,一七七五年,当《少年维特之烦恼》再版时,歌德特地创作了一首题为《绿蒂与维特》的小诗,附录于小说正文之前,诗曰:

> 青年男子谁个不善钟情?
> 妙龄女人谁个不善怀春?
> 这是我们人性中的至情至纯,
> 啊,怎么从此中有惨痛飞迸?
>
> 可爱的读者哟,你哭他,你爱他,
> 情从非毁之前,救起他的声名;
> 你看呀,他出穴的精神正向你耳语:
> 请做个堂堂的男子哟,不要步我后尘。
>
> (郭沫若翻译)

令人颇感兴趣、并值得研究的是,在歌德《少年维特之烦恼》出版(1774)之前的176年,明代伟大的思想家、文学家和戏剧家汤显祖的《牡丹亭》问世了。这部昆腔传奇杰作诞生后不久,不仅"家传户诵,几令《西厢》减价"①,盛演不衰,风靡全国;在明末清初的中华大地上形成了一股巨大的"《牡丹亭》热";其社会反响之大,震撼人心之深,持续时间之长,均远远超过了一百多年之后德国和欧洲的"维特热"。

美国学者蔡九迪在《异人同梦:吴吴山三妇合评〈牡丹亭〉考释》②中对"《牡丹亭》热"有这样的描述:

> 1598年,汤显祖写成传奇牡丹亭《还魂记》……此剧一出现

---

① (明)沈德符《顾曲杂言·填词名手》,《中国古典戏曲论著集成》(四),中国戏剧出版社,1959年,第206页。

② 中国戏曲学会汤显祖研究分会、浙江省遂昌县文联、遂昌县汤显祖研究会主办《汤显祖研究通讯》2004年第一期。

便形成一股热潮。不仅在剧场上盛行,而且在阅读群中亦颇受欢迎。杭州一位相当有名的闺秀林以宁(1655年生,1730年仍在世)就曾写道:"书初出时,文人学士案头无不置一册"(《还魂记题序》)。而在现代学者看来,当时人们对杜丽娘之推崇有如十八世纪晚期风靡欧洲的"维特热"(此处有注:王永健《论吴吴山三妇合评本牡丹亭及其批语》,南京大学学报第四期,1980年,第18—26页),和歌德小说一样,《牡丹亭》是对"至情"最热烈的歌颂,且"数得闺阁知音"(此处有注:杨复吉《三妇评牡丹亭杂记跋》(1776))。

蔡九迪在这里提到了笔者1980年发表的《论吴吴山三妇合评本牡丹亭及其批语》一文的重要观点。这是笔者首次将"《牡丹亭》热"与"维特热"相提并论。由于拙作重点评论三妇合评本《牡丹亭》及其批语,故对"《牡丹亭》热"仅提及而已。1987年11月24日,笔者曾在香港《大公报》上刊发了短文《明末清初的"〈牡丹亭〉热"》,限于篇幅,此文也只对"《牡丹亭》热"略作介绍,仍然未作深究。不过,"《牡丹亭》热"这个有趣的研究课题始终萦绕于笔者心头,一直想撰写一篇有深度和新意的论文,总因难度较大而一再迁延未果。现在离2016年汤翁逝世四百周年越来越近,笔者不顾年老体衰,终于奋战两月而成稿。拙作虽不尽如人意,但多年来的夙愿终于实现了,私心仍颇觉欣慰。当然一得之见,也仅供海内外同好的参考,抛砖引玉而已。

一、"《牡丹亭》热"形成的原因探究

任何一种"热"在一定的历史时期内形成,都有其复杂的原因,决非少数人能煽动起来的。一部文学名著在一定的历史时期形成一股社会热潮,如明末清初的"《牡丹亭》热",如十八世纪后期的德国和欧洲的"维特热",亦复如此。中国传统的经史子集,在历史长河中,经历代专家的研究,可以逐渐形成为某种专门的学问,如诗经学、楚辞学、选学、龙学等等,他们虽然与"《牡丹亭》热"和"维特热"的表现形态不

一样,但其形成同样离不开一定的历史、社会和文化方面的原因。

在中国的通俗小说和戏曲领域,一部名著诞生后,由于巨大的社会影响而在一定的历史时期形成一股社会热潮,或形成一门专门的学问,却极为罕见,迄今公认的只有"《牡丹亭》热"和"红学"。究其原因,就在于一部小说或戏曲名著,在一定的历史时期,要形成一股社会热潮,或一门专门学问,必须具备一定的主客观条件。首先,这部作品必须具有巨大的思想深度,真实地反映时代精神,表达百姓的心声;其次,这部作品必须具有极高的艺术成就和艺术感染力;再次,这部作品必须拥有各阶层的广大读者群和研究者群。如果它是一部剧作,则必须盛演不衰,拥有广大的各阶层的观众群;最后,这部作品必须得到当时统治者的首肯或默许,至少不干涉其出版、发行和演出。以上四者,缺一不可。而最后一个条件,在封建社会尤为重要;一部作品即使具备前三个条件,若不符合最后这个条件,也难以形成社会热潮或专门学问。比如,"南洪北孔"的《长生殿》和《桃花扇》,作为昆腔传奇的杰作,其思想深度、艺术成就和艺术感染力,以及社会影响,均不在《牡丹亭》之下;可是由于其题材和内容触犯了清王朝的根本利益,尽管在康熙朝,"两家乐府盛康熙,进御均叨天子知。纵使元人多院本,勾栏争唱孔洪词。"①康熙以降,《长生殿》极少全本演出,而《桃花扇》连折子戏也鲜见搬诸舞台,更遑论形成一股社会热潮,或专门学问了。

汤显祖的《牡丹亭》,既有深刻的的思想内容,又有高度的艺术成就,舞台演出又有强烈的艺术感染力。它写的是儿女之情和梦,他们的青春和理想,其题材和情节,对明清两朝的统治者来说,均无违碍之处。同时,作为汤氏一生的最得意之作,《牡丹亭》集中反映了作者的"情至"新观念。剧作肯定和赞美了青年男女追求个性解放和爱情、婚姻自由的理想,以及他们的抗争行为;揭露和批判了压抑人性、束缚爱情和婚姻自由的封建主义礼法,强烈而真实地反映了时代的精神和百姓的心声。由于汤氏采用了浪漫主义的艺术方法,剧作通过杜丽娘和

---

① (清)金埴《壑门吟带·题阙里孔稼部尚任东塘〈桃扇〉传奇卷后》。

柳梦梅在梦中相识、相会和相爱,以及杜丽娘的为情而死,又为情死而复生这种超现实、超时空的奇幻情节,既具有极强的艺术表现力和感染力,又避免了对封建礼法的直接冲击,从而未遭到统治者的干涉。故而问世之后,家传户诵,到处演唱,风行全国,获得了深受封建主义礼法压抑和束缚的广大青年男女、尤其是妇女的强烈共鸣,产生了巨大的社会反响;同时并没有受到明清两代封建统治者的禁毁(虽也不乏封建卫道者对《牡丹亭》及其作者的污蔑和诋毁),这就是"《牡丹亭》热"之所以形成且热浪滚滚的历史、社会和文学方面的原因。

二、晚明"《牡丹亭》热"述评

《牡丹亭》问世之后,首先在汤显祖的亲朋好友间传播,随即士大夫文人纷纷加以评论,引来一片赞誉之声。《牡丹亭》成稿于明万历二十六年(1598)。汤氏友人黄贞甫(1580—1616)得到汤氏的新作《牡丹亭》后,随即转赠给沈德符(1578—1642)。沈氏如获至宝,赞曰:"真是一种奇文,未知于王实甫、施君美如何?恐断非近日诸贤所能办也。"沈氏虽也指出了《牡丹亭》的美中不足:"奈不谙曲谱,用韵多任意处",但仍肯定其"才情自足不朽也";并且特别指出:"汤义仍《牡丹亭梦》一出,家传户诵,几令《西厢》减价。"①黄贞甫在《复汤若士》中,则写下了初读《牡丹亭》的感受:"政雀鼠喧阗时,得《牡丹亭记》,披之,情魂俱绝,游戏三昧,遂而千秋乎?妒杀,妒杀!"②梅鼎祚从吕玉绳处得到《牡丹亭》,读后亦深感"丽事奇文,相望蔚起",特致信汤显祖表示要撰写有关《牡丹亭》的评论:"当为兄弁数语,以报章台之役。"③

吕玉绳之子吕天成,则在其《曲品》(自序于万历三十八年 1610)

---

① (明)沈德符《顾曲杂言·填词名手》,《中国古典戏曲论著集成》(四),中国戏剧出版社,1959 年,第 206 页。
② (明)黄汝亨《寓林传》卷二十五,徐扶明《牡丹亭研究资料考释》,上海古籍出版社,1987 年,第 82 页。
③ (明)梅鼎祚《鹿裘石室集》卷十一《答汤义仍》,徐扶明《牡丹亭研究资料考释》,上海古籍出版社,1987 年,第 82 页。

中,评《牡丹亭》曰:"杜丽娘事甚奇!而着意发挥,怀春慕色之情,惊心动魄。且巧妙叠出,无境不新,真堪千古矣!"①

潘之恒"抱恙一冬,五观《牡丹亭记》,觉有起色。信观涛之不余欺,而梦鹿之足以觉世也。"他与汤氏有同样的"情至"观,故认为《牡丹亭》"是能生死死生,而别通一窦于灵明之镜,以游戏于翰墨之场";"杜之情痴而幻,柳之情痴而动,一以梦为真,一以生为真,惟其情真,而幻、荡何所不至矣。"②

汤显祖尝有诗赞袁宏道曰:"每爱袁郎思欲飞,仍传子建足天机。"③袁氏评《牡丹亭》云:"《还魂》,笔无不展之锋,文无不酣之兴,真是文入妙来无过熟也。"④袁氏还将《牡丹亭》与诗经、左、国、南华、离骚、史记、世说、杜诗、韩、柳、欧、苏文、西厢记、水浒传、金瓶梅视为"案头不可少之书"。⑤

上述这些汤氏好友,或为戏曲家,或为戏曲评论家,或为散文大家,他们对于《牡丹亭》的赞评,不仅有助于《牡丹亭》的迅速传播,更引来了更多士夫文人对《牡丹亭》的关注和品评。

可是就在汤显祖的亲朋好友齐声赞评《牡丹亭》之时,也有一些戏曲家,虽然也赞赏《牡丹亭》的主旨,称道《牡丹亭》的文采;却认为这部传奇杰作在音律上存在着诸多缺憾,是案头之作。因此他们便亲自动手删改,以便演唱。

最早出现的《牡丹亭》改本,当是"吕家改的"本子和沈璟的串本《牡丹亭》。汤显祖《与宜伶罗章二》叮嘱说:"《牡丹亭记》,要依我原

---

① (明)吕天成《曲品》卷下,《中国古典戏曲论著集成》(五),中国戏剧出版社,1959年,第230页。

② (明)潘之恒《鸾啸小品》,徐扶明《牡丹亭研究资料考释》,上海古籍出版社,1987年,第83页。

③ 徐朔方笺校《汤显祖诗文集》卷十七《怀袁中郎曹能始二美二首》,上海古籍出版社,1982年,第715页。

④ (明)袁宏道评《玉茗堂传奇》,徐扶明《牡丹亭研究资料考释》,上海古籍出版社,1987年,第83页。

⑤ (明)李雅、何永绍汇定《龙眠古文》附吴道新《文论》,徐扶明《牡丹亭研究资料考释》,上海古籍出版社,1987年,第84页。

本,其吕家改的,切不可从。虽是增减一二字,以便俗唱,却与我原作的意趣大不同了。"①在《答凌初成》中,汤氏更指出"不佞《牡丹亭记》大受吕玉绳改窜,云便吴歌。不佞哑然笑曰:昔有人嫌摩诘之冬景芭蕉,割蕉加梅。冬则冬矣,然非王摩诘冬景也。其中驰荡淫夷,转在笔墨之外。"②或曰"吕玉绳常在汤、沈之间起着桥梁作用,因此很可能是汤氏把沈改本误与吕家改本。"③或曰"不仅无吕天成改本,也无他老子吕玉绳改本;汤氏本人说过有吕家改本,此乃沈璟改本之误。"④上述二说,其根据是王骥德的《曲律》:"(吴江)曾为临川改易《还魂》字句之不协者,吕吏部玉绳以致临川,临川不悦,复吏部曰:彼恶知曲意哉,我意所至,不妨拗折天下人嗓子。"⑤笔者认为,汤氏曾看过吕家改本,但有关沈改本的情况,则是吕玉绳在信中转告的,汤氏并未见过沈改本。而从王氏《曲律》这段话,绝难肯定吕氏曾将沈改本寄给汤氏。吕氏曾将沈氏《曲论》寄汤氏,并不能因此断定吕氏也曾把沈氏《同梦记》寄给汤氏。故据此确认汤氏所说"吕家改"的《牡丹亭》,即是沈改本《牡丹亭》,是难以成立的。此其一。其二,据吴吴山三妇合评本《牡丹亭》的批语:"又吕、臧、沈、冯改本四册,则临川所讥割蕉加梅,冬则冬矣,非摩诘冬景也。"⑥可见她们是看见过吕家改本的,此乃确有吕家改的《牡丹亭》的一大佐证。其三,汤氏不说吕玉绳改的,而曰:"吕家改的",此话大可玩味,很有可能吕家改的《牡丹亭》,乃是吕玉绳及其儿子吕天成合作而成,本子上甚至署上吕氏父子之名。

沈氏的《牡丹亭》改本,即《同梦记》,吴梅不仅见过,还曾做过校

---

① 徐朔方笺校《汤显祖诗文集》卷四十九《与宜伶罗章二》,上海古籍出版社,1982年,第1426页。
② 徐朔方笺校《汤显祖诗文集》卷四十七《答凌初成》,上海古籍出版社,1982年,第1345页。
③ 徐扶明《牡丹亭研究资料考释》,上海古籍出版社,1987年,第54页。
④ 徐朔方语,转引徐扶明《牡丹亭研究资料考释》,上海古籍出版社,1987年,第54、55页。
⑤ (明)王骥德《曲律》卷四《杂论第三十九下》,《中国古典戏曲论著集成》(四),中国戏剧出版社,1959年,第165页。
⑥ 徐扶明《牡丹亭研究资料考释》,上海古籍出版社,1987年,第78页。

录。《瞿安日记》丙子年六月二十六(1936.7.12)日:"校《牡丹亭》下卷,尽半日力,得十二折。沈宁庵《还魂》改本,止有唐刻,今既校录,可备临川曲掌故矣。快甚!"次日日记中,吴梅又有校沈改本的记载云:"盖沈宁庵所改《还魂》止有唐刻,今人但知臧改,沈改则无人见,并知者亦鲜。昔人谓临川近狂,吴江近狷,今合狂狷于一册,亦大可喜,益笑冰丝馆本之陋矣。"①

沈璟的《同梦记》后来不知去向,吴梅的校录稿亦未见流传。明末沈自晋《南词新谱·词曲总目》有记载云:"《同梦记》,词隐沈先生未刻稿,即串本《牡丹亭》改本。"《南词新谱》卷十六【越调】和卷二十二【双调】,选录了《同梦记》的两支曲子:【蛮牌令】和【真珠帘】。吕家改本《牡丹亭》,则未见传世。虽然我们已无法评判沈吕二氏的改本《牡丹亭》,但由于这两种改本而引发的汤显祖与沈、吕二氏围绕着《牡丹亭》的音律和意趣神色的曲学争论,却延续了几十年之久,且还涉及到臧晋叔、冯梦龙、徐日曦、硕园等人的《牡丹亭》改本。这场旷日持久的曲学大争论,不仅有助于昆腔传奇的理论批评的发展,得出了"汤词沈律"合之双美的科学结论,也为方兴未艾的《牡丹亭》热"掀起了一波巨大的热浪。

《牡丹亭》在沈吕二改本之后,又陆续出现了臧改本、冯改本(即《三会亲风流梦》),以及硕园的改本和徐肃颖的改本。

作为汤显祖的同僚和朋友,臧晋叔在汤氏死后,曾在《玉茗堂传奇引》、《元曲选序》和《元曲选序二》中,一再论及《临川四梦》,且多有指责。如谓汤氏"南曲绝无才情"②;"识乏通方之见,学罕协律之功,所下句字,往往乖谬,其识也疏"③;又如臧氏说《牡丹亭》"此案头之书,非筵上之曲";甚至批评说:"今临川生不踏吴门,学未窥音律,艳往哲之声名,逞汗漫之辞藻,局故乡之见闻,按无节之弦歌,几何不为元人所笑乎?"④臧氏的《牡丹亭》改本,不仅随便改动曲词,调换场次,还将

---

① 《吴梅全集》卷十四,王卫民编校,河北教育出版社,2002年,第761页。
②③ (明)臧晋叔《元曲选序》,《元曲选》,中华书局,1958年。
④ (明)臧晋叔《玉茗堂传奇引》,徐扶明《牡丹亭研究资料考释》,上海古籍出版社,1987年,第56页。

原作缩成三十六折。虽也有其合理和可取之处,但不当和可以商榷的地方极多。因此印刻虽精,但批评者不乏其人。明套印本《牡丹亭凡例》指出:"臧晋叔先生删削原本,以便登场,未免有截鹤继凫之叹。"茅元仪则对臧改本"删其采,锉其锋,使其合于庸工俗耳"的删削极为不满,尝面责臧氏。①

冯梦龙对汤显祖及其《牡丹亭》评价极高,其《风流梦小引》劈头即云:"若士先生千古逸才,所著四梦,《牡丹亭》最胜。王季重叙云:'笑者真笑,笑即有声;啼者真啼,啼即有泪;叹者真叹,叹即有气。丽娘之妖,梦梅之痴,老夫人之软,杜安抚之古执,陈最良之腐,春香之贼牢,无不筋节窍髓,以探其七情生动之微。'此数语直为本传点睛。"有鉴于汤氏"强半为才情所役","独其填词不用韵,不按律",不便于正宗的昆腔格律敷演,冯梦龙也"僭删改以便当场"。②冯改本虽易名为《三会亲风流梦》,或删除,或改作,或合并,或分坼,将原作压缩为三十七出,不仅符合昆腔音律,便于当场;其总评和眉批、夹批,对当时和后世的戏曲编剧、导演和演员,也颇有参考价值。

编刻于明崇祯年间的《六十种曲》,不仅收入了《临川四梦》和《紫箫记》,还选录了硕园删改本《还魂记》。这种绝无仅有的做法,充分说明了编者毛晋对于汤显祖及其剧作的推崇,也是当日"《牡丹亭》热"的一种表现形态。为什么《六十种曲》独选硕园本《还魂记》呢?徐扶明《牡丹亭研究资料考释》所录硕园有关修改《还魂记》的短文提供了一些信息:硕园幼年就景慕汤显祖,"曾获其《紫箫》半剧,日夕把玩,不啻吉光之羽。迨《四梦》成,而先生之奇倾储以出,道妙宗风,抵自抒其所得,匪与世人争妍月露,比叶宫商也。"在文中硕园也谈到了为何要对《牡丹亭》"稍为点次"的原因:"《牡丹亭记》脍炙人口,传情写照,政在阿堵中。然词旨奥特,众鲜得解,剪裁失度,或乖作者之意。余稍为点次,以畀童子。"由于硕园乃毛晋之友,毛晋看到硕园的点次本《还魂

---

① 徐扶明《牡丹亭研究资料考释》,上海古籍出版社,1987年,第50、52页。
② 以上引语,均见冯梦龙《风流梦小引》,可参见徐扶明《牡丹亭研究资料考释》,上海古籍出版社,1987年,第61、62页。

记》,"见而阅之,欲付剞劂"。笔者以为这是毛晋赞赏其多删而少改的修订原则。硕园尊重汤氏的原作,重视其意趣神色,多删而少改,与其他大删大改的改本,显然不可同日而语。在笔者看来,硕园本《还魂记》只能说是原作的删节本,而毛晋赞赏的恰恰正是这个特点。

徐肃颖的改本,因原作《牡丹亭》首出《标目》下场诗,有"杜丽娘梦写丹青记",故易名为《丹青记》。徐氏传世的两种传奇,均为名著的改本;《丹桂记》,是周朝俊《红梅记》的改本;《丹青记》现存万历刊本,署汤显祖撰,陈继儒批评,徐肃颖删润,萧傲韦校阅。

上述诸种明人的《牡丹亭》改本,因人而异,或恪守昆腔音律,改动不合昆腔音律的曲词;或着眼于排场,调整不便当场的人物、情节和场次;或删繁就简,缩长就短(主要删除李全叛乱副线上的折子,以及那些不便演唱的场次和曲白),以便俗唱。不管从哪个角度来看,这些虽然存在着诸多缺憾的改本及其批语,对于《牡丹亭》的流传、普及和提高,均有一定的积极作用,视之为汤氏和《牡丹亭》的功臣,实不为过。而由于《牡丹亭》的改本所引发的曲学争论,作为"《牡丹亭》热"的重要表现形态,更不可等闲视之。

在上述诸《牡丹亭》改本陆续问世的同时,又陆续出现了多种《牡丹亭》的评点本,它们只评点而不作任何的删改。可以说,这既是"汤沈之争"引发的曲学大争论的成果之一,也是"《牡丹亭》热"的又一种表现形态。在这里对各种评点本略作介绍:

泰昌本《牡丹亭》,现藏国家图书馆,《古本戏曲丛刊初集》据以影印。卷首有茅元仪批点《牡丹亭记序》、茅暎《题牡丹亭记》和《凡例》四则。此本插图题字中有庚申中秋写,按庚申为明泰昌元年(1620),此本眉上引录了不少臧晋叔的批语。茅元仪和茅暎对臧氏有关《牡丹亭》的评价,以及任意删改的做法,都是竭力反对的。他们认为《牡丹亭》"不惟远轶时流,亦当并辔往哲";他们之所以刊刻自己的评点本,为的是"欲备案头完璧,用存玉茗全编","与有情人相与拈赏"。①

---

① 引语分别见茅元仪《批点牡丹亭序》、茅暎《题牡丹亭记》、《凡例》。

天启四年(1624)张氏著坛校刻本《牡丹亭》，现藏国家图书馆，书名为《清晖阁批点玉茗堂还魂记》，即王思任评点本。王思任(约1574—1646)，字遂东，号季重，浙江山阴人。其《批点玉茗堂牡丹亭叙》撰写于明天启三年(1623)，这是一篇全面评论《牡丹亭》的思想和艺术的重要论文，历年来为研究者所推崇。在叙文中王氏对汤显祖的人格、思想、才学和文学创作推崇备至，对《牡丹亭》的立言神旨和人物评价，言简意赅，允当精辟。白石山眉道人陈继儒的《王季重批点牡丹亭题词》，则不仅推崇汤氏及其《牡丹亭》，也赞扬了王氏的评点："独汤临川最称当行本色，以花间兰畹之余彩，创为《牡丹亭》，则翻空转换极矣！一经王山阴批评，拨动髑髅之根尘，提出傀儡之啼哭，关汉卿、高则诚曾遇如此知音否？"陈继儒在《题词》中，还拈出了"括男女之思而托之于梦"这个《牡丹亭》的艺术构思特点，发人深思。

崇祯独深居本《牡丹亭》，现藏国家图书馆。独深居乃沈际飞的别号，沈氏字天羽，自署震峰居士。他于崇祯年间点定《玉茗堂四种曲》。其《玉茗堂诗集题词》署"崇祯丙子积阳日苏郡后学沈际飞天羽甫纂于晓阁"。按：崇祯丙子，即崇祯九年(1636)。沈氏的《玉茗堂尺牍题词》则署"鹿城沈际飞"，据此可知，沈氏当为苏州府昆山县人。沈氏可谓当时研究汤显祖的专家，对汤氏的诗文和传奇的评论，皆别具只眼。其《题还魂记》指出："临川作《牡丹亭》词，非词也，画也；不丹青，而丹青不能绘也；非画也，真也；不啼笑而啼笑，即有声也。以为追琢唐言乎，鞭篁宋词乎，抽翻元剧乎？当其意得，一往追之，快意而止。非唐、非宋，非元也。"对《牡丹亭》的艺术独创性作了极高的评价。在《玉茗堂文集题词》中，沈氏指出"若士积精焦志于韵语，而竟不自知其古文之到家。秾纤修短，都有矩矱。机也以神行，法随力满。言一事，极一事之意趣神色而止；言一人，极一人之意趣神色而止。何必汉、宋，亦何必不汉、宋。若士自云，汉、宋文字各极其致也。"在这里，沈氏对汤氏在文学创作(古文诗词和戏曲)的意趣神色上的艺术独创性的论断极有见解。

明末蒲水斋校刊本《牡丹亭》，现藏国家图书馆。正文首行书名

《牡丹亭记》,后署"临川玉茗堂编,公安洒雪堂批,新都蒲水斋校"。洒雪堂乃公安袁宏道之室号,此本当为袁氏的评点本。

明末柳浪馆评点本《牡丹亭》,郑振铎藏,书名《柳浪馆批评玉茗堂还魂记》。

上述五种晚明的《牡丹亭》评点本,连同六种《牡丹亭》改本的先后问世,以及它们的广泛流传和演唱,不仅扩大了《牡丹亭》的社会影响,更促进了晚期《牡丹亭》理论批评的发展,说它们是"《牡丹亭》热"在晚明的两波热浪实不为过。

明清易代之际,由于战乱以及政治、经济等因素的影响,士夫文人、缙绅富商的家乐受到了相当程度的冲击。但是,戏曲艺术并没有遭到毁灭性的破坏,包括《牡丹亭》在内的昆腔传奇和南杂剧名作,仍然演唱不衰。由晚明转入明清易代之际,《牡丹亭》依然好评如潮。

王骥德(?—1623)的《曲律》尝批驳臧晋叔所谓"临川南曲绝无才情"之说:"夫临川所诎者,法耳,若才情,正是其胜场,此言非公论。"王氏认为:"《还魂》妙处种种,奇丽动人。然无奈腐木败草,时时缠绕笔端。"在王氏看来:"使其约束和鸾,稍闲音律,汰其赘字累语,规之全瑜,可令前无作者,后鲜来哲,二百年来,一人而已。"在《曲律》中,王氏还将汤显祖和沈璟作了比较评论:"吴江守法,斤斤三尺,不欲一字乖律,而毫锋殊拙;临川尚趣,直是横行,组织之工,几与天孙争巧,而屈曲聱牙,多令歌者齚舌。"①此等评论,皆独具只眼,耐人寻味。

张琦《衡曲麈谭》则评汤氏牡丹亭曰:"临川学士旗鼓词坛,今玉茗堂诸曲,脍炙人口。其最著者杜丽娘一剧,上薄风、骚,下夺屈、宋,可与王实甫《西厢》交胜;独其宫商半拗,得再调协一番,词调两到,讵非盛事与?惜乎其难也!"②

李渔(1611—1679?)的《闲情偶寄》曾多处论及汤显祖及其《牡丹

---

① 《中国古典戏曲论著集成》卷四,中国戏剧出版社,1959年,第164、165、170页。
② 《中国古典戏曲论著集成》卷四,中国戏剧出版社,1959年,第270页。

亭》。李渔认为:"汤若士,明之才人也,诗文尺牍,尽有可观;而其脍炙人口者,不在尺牍诗文,而在《还魂》一剧。"李渔力主戏曲语言"贵显浅",推崇元曲。在他看来"无论其他,即汤若士《还魂》一剧,世以配飨元人,宜也,问其精华所在,则以《惊梦》、《寻梦》二折对。予谓:二折虽佳,犹是今曲,非元曲也。"这种着眼于戏曲艺术特点,力主"贵显浅"一家之言,颇有见地。谈到科诨的"忌恶俗",李渔对《还魂》和吴炳《粲花五种》作了比较评析:"吾于近剧中取其俗而不俗者,《还魂》而外,则《粲花五种》之长,不仅在此,才锋笔藻,可继《还魂》;其稍逊一筹者,则在气力之间耳。《还魂》力足,《粲花》略亏。虽然,若士之四梦,求其气长力足者,惟《还魂》一种,其余三剧,则与《粲花》比肩。"①

黄周星(1611—1680)对汤显祖极为推崇,但是对《牡丹亭》的评价却不高。其《制曲枝语》云:"曲至元人,尚矣!若近代传奇,余惟取汤临川《四梦》。而《四梦》之中,《邯郸》第一,《南柯》次之,《牡丹》又次之,若《紫钗》,不过与《昙华》、《玉合》相伯仲,要非临川得意之笔也。"②

袁于令(1592—1674)尝以佛理、佛法为喻评汤氏《四梦》曰:"临川先生作《紫钗》时,仙骨已具,豪气未除;作《邯郸》时,玄关已透,佛理未深;作《南柯》时,佛法已跃跃在前矣,犹作佛法观也;及至作《还魂》之日,儿女之事,俱证菩提游戏之谈,尽归大藏生生死死,不生不死,不死不生,了然矣!不言佛,而无不是佛矣;后即有作,亦不必再进竿头一步矣。"③袁氏此评,虽不易理解,却大可玩味。

张岱(1597—1685后),反对传奇创作中的狠求奇怪之风,他认为"汤海若初作《紫钗》,尚多痕迹;及作《还魂》,灵奇高妙,已到极处。《蚁梦》《邯郸》,比之前剧,更能蜕化一番,学问较前更进,而词学较前反为削色。盖《紫钗》则不及,而'二梦'则太过,过犹不及,故总于《还

---

① 《中国古典戏曲论著集成》卷七,中国戏剧出版社,1959年,第7、8页,23页,62、63页。
② 《中国古典戏曲论著集成》卷七,中国戏剧出版社,1959年,第121页。
③ (明)沈际飞《牡丹亭还魂记·集诸家评语》,独深居评点本《玉茗堂四种·牡丹亭还魂记》,国家图书馆藏。

魂》逊美也。"张岱曾对袁于令说:"兄作《西楼》,只一情字,《讲技》《错梦》《抢姬》《泣试》,皆只情理所在,何尝不热闹,何尝不出奇,何取节外生枝,屋上起屋耶。……今《合浦珠》是兄之'二梦',而《西楼》为兄之《还魂》。'二梦'虽佳,而《还魂》终不可及也。"①

　　文人学士对《牡丹亭》的评论林林总总,不绝如缕。虽也有批评和指摘,对其不合昆腔音律的批评尤为尖锐。可是,肯定和赞美其曲意和文采却是主流。人们爱读《牡丹亭》,"书初出时,文人学士案头无不置一本。"②有人自述:"予童子时爱读此记,读之数十年,自恨于佳处尚未能悉者。"为此感叹说:"世有见玉茗堂《还魂记》而不叹其佳者乎?然欲真知其佳,且尽知其佳,亦不易言矣!"③

　　当文人学士案头无不置一本《牡丹亭》,读得津津有味,以致家传户诵,几令《西厢》减价之时;各地的家乐和民间戏班,或用汤氏原作,或用各种删改本,甚至便于俗唱的自改本,纷纷将《牡丹亭》搬上昆曲舞台或用其他声腔演唱的戏曲舞台。诚如石韫玉《吟香堂曲谱序》所说:"汤临川作《牡丹亭》传奇,名擅一时,当其脱稿时,翌日而歌儿持板,又翌日而旗亭树赤帜矣!"④各地舞台上演唱的"《牡丹亭》热",是与文人学士阅读、评点、删改同步进行的,它是"《牡丹亭》热"不可或缺的组成部分。如果说,汤显祖友朋对《牡丹亭》的爱好和鼓吹,引起了晚明士夫文人对《牡丹亭》的评点热,而吕玉绳、沈璟等人对《牡丹亭》的删改,引发了晚明清初戏曲评论家的曲学大争论。那么,各地家乐和民间戏班的竞演《牡丹亭》,则把"《牡丹亭》热"迅速地推向广大的民间和市井妇孺,并给这股社会化的热潮增添了传奇色彩和市井气息。

　　《牡丹亭》最早的出演,当在万历二十七年(1599)秋,地点在临川

---

① (明)张岱《娜嬛文集·答袁箨庵》。
② (清)林以宁《三妇本还魂记题序》,徐扶明《牡丹亭研究资料考释》,上海古籍出版社,1987年,第72页。
③ 冰丝馆重刻《还魂记叙》,徐扶明《牡丹亭研究资料考释》,上海古籍出版社,1987年,第74页。
④ (清)沈起凤《吟香堂曲谱序》,徐扶明《牡丹亭研究资料考释》,上海古籍出版社,1987年,第190页。

汤显祖新建的玉茗堂,其《七夕醉答君东》诗可以为证。之后,汤氏友朋的家乐,也陆续开始演出《牡丹亭》。邹迪光《调象庵稿》云:"义仍既肆力于文,又以其绪余为传奇,丹青栩栩,备有生态,高出胜国词人之上。所为《紫箫》、《还魂》诸本,不佞率童子习工,以因是而见神情,想丰度。诸童搬演曲折,洗去格套,羌亦不俗。"①《牡丹亭》的演唱,从汤氏友朋的家乐逐渐扩大到士夫文人、富商缙绅之家乐和民间戏班;到明末清初甚至出现了"唱尽新词无俗肠,最擅临川玉茗堂"②的局面。据梧子《笔梦》记载,《牡丹亭》是常熟钱岱(1541—1622)家乐的拿手剧目,经常摘演一二或三四出折子戏欣赏品味。《牡丹亭》成为当时士夫文人、富商缙绅家乐的常演和拿手的剧目,肯定不止钱岱一家,当是明末清初的普遍现象。由此也培育和涌现了一代又一代擅演《牡丹亭》男女主角的名伶。比如,潘之恒《鸾啸小品》中记载的吴越石家擅演杜丽娘的"二孺";张大复《梅花草堂笔谈》记载的擅演杜丽娘的赵必大。又如曹寅词中赞美的白头朱老,曹寅说他"当场搬演,汤家残梦倘偏好。"③白头朱老即朱音仙,原是阮大铖家乐的演员;直到曹寅时代,他演出"汤家残梦"依然风采偏好,年轻时的演唱风采可以想见。

"玉茗堂开春翠屏,新词传唱《牡丹亭》。伤心拍遍无人会,自掐檀痕教小伶。"④沈际飞评汤氏此诗云:"有大不平。"此诗确值得玩味。《牡丹亭》问世之后,家传户诵,家乐和民间戏班争相演唱,评者蜂起,一片赞誉之声。面对如此大好情势,汤氏为何要感慨、不平和伤心呢?是因为点评者不解《牡丹亭》的意趣神色,抑是针对任意删改者而言?杨懋建《长安看花记》尝言:"嗟夫! 解人难索,自古已然;小伶自教,固犹愈于执涂人而语之。不然而西子骇麇,其遭按剑者几希。"以笔者之

---

① 徐扶明《牡丹亭研究资料考释》,上海古籍出版社,1987 年,第 140、141 页。
② (明)刘命清《虎溪渔叟集·旧伶篇》,徐扶明《牡丹亭研究资料考释》,上海古籍出版社,1987 年,第 144 页。
③ (清)曹寅《楝亭诗钞·念奴娇题赠曲师朱音仙(朱老乃前朝阮司马进御梨园)》。
④ 《七夕醉答君东》,《玉茗堂诗》卷十三,徐朔方笺校《汤显祖诗文集》卷十八,上海古籍出版社,1982 年,第 735 页。

浅见，汤氏之不平和伤感，主要是针对士夫文人过分赞赏文采，忽视曲意文化内涵探索的评论而发。当汤氏听到广大市井平民，尤其是妇女，因阅读、观看《牡丹亭》，心灵受到强烈共鸣和震撼后的反应，汤氏只会感到欣慰和喜悦，却无伤感和不平。在汤氏心目中，《牡丹亭》的真正知音，乃是那些能深刻领会剧作旨意的市井平民，尤其是感同身受封建礼法压抑的广大妇女（市井妇女和闺阁妇女）。

《玉茗堂诗》卷十一，有汤氏作于万历四十三年（1615）的《哭娄江女子二首》，其序曰："吴士张元长、许子洽前后来言：娄江女子俞二娘，秀慧能文词，未有所适。酷嗜《牡丹亭》传奇，蝇头细字批注其侧。幽思苦韵，有痛于本词者。十七惋愤而终。元长得其别本，寄谢耳伯，来示伤之。因忆周明行中丞言，向娄江王相国家劝驾，出家乐演此。相国曰：'吾老年人，近颇为此曲惆怅！'王宁泰亦云。乃至俞家女子好之至死，情之于人甚哉！"诗云：

> 画烛摇金阁，真珠泣绣窗。
> 如何伤此曲，偏只在娄江？
>
> 何自为情死？悲伤必有神。
> 一时文字业，天下有情人。

由诗序可知，汤显祖逝世前一年创作这两首诗，其情感之冲动，其一来自娄江女子俞二娘的"十七惋愤而终"；其二，则有感于王相国为家乐演唱《牡丹亭》而惆怅。《牡丹亭》的艺术感染力冲击和震撼了娄江的一个小姑娘和一位老相国，他俩皆可谓"天下有情人"，前者"为情死"；后者"为此曲惆怅"。汤氏认为这都是由于他的"文字业"而引发的伤心事，为此深觉不安。可是如作深一层的探究，笔者以为，汤氏得知娄江的这一老一小、一男一女由《牡丹亭》而引发的伤心事，他的内心应该是深觉欣慰的。因为他们都是真正领会《牡丹亭》曲意的知音者。尤其是俞二娘，因酷嗜《牡丹亭》，深受其"情至"的影响，最后"为情死"

的悲剧,更说明了汤氏和《牡丹亭》的真正知音,乃是广大深受封建礼法压抑的平民女子。

娄江俞二娘的悲剧深深感动了汤显祖,而娄江俞二娘的悲剧,以及汤氏的《哭娄江女子二首》并序,又深深地感动了一百五十年后的著名戏曲家蒋士铨(1725—1785)。蒋氏心仪汤显祖,瓣香《临川四梦》。在他创作于乾隆三十九年(1774)的那部为汤翁立传之作的《临川梦》中,借其丰富的艺术想象力,将俞二娘的"伤心事"写入剧中,精心塑造了一个酷嗜《牡丹亭》的俞二姑的形象,并敷演成《谱梦》《想梦》《殉梦》《寄曲》《访梦》《了梦》等极富感染力的戏文,成为剧作的一条副线。不仅形象地反映了《临川四梦》,以及明末清初的"《牡丹亭》热",在当日社会上产生了巨大反响;也生动地表达了作者对汤翁的人格、思想和文学创作的敬仰和追慕。①须要补上一笔的是,蒋士铨在《临川梦自序》中指出:"独惜娄江女子,为公而死,其识力过于当时执政远矣。特兼写之,以为醉梦者愧焉。"此说很值得玩味和沉思。

晚明,像俞二娘这样因酷嗜《牡丹亭》而最后"为情死"的真人真事还有不少。根据其具体情况,大致有这样几种类型:

其一,因婚姻不如意,受《牡丹亭》影响,为情感疾而死,如冯小青。冯小青与俞二娘不同的是,嫁人为妾,丈夫冯生乃一伧父;婚后两年,深受大妇虐待,含恨感疾而死。冯小青生前酷嗜《牡丹亭》,有绝句曰:"冷雨幽窗不可听,挑灯闲看《牡丹亭》。人间亦有痴于我,岂独伤心是小青?"②

其二,擅演《牡丹亭》的女伶,因爱情、婚姻不如意,演出《牡丹亭》时伤心过度,死于舞台之上,如崇祯时的杭州商小伶③。鉴于封建社会女伶地位低贱,备受欺压和凌辱,这类事例当不只商小伶一人,值得

---

① 王永健《为一代戏曲大师的立传之作——评蒋士铨临川梦》,《蒋士铨研究论文集》,江西人民出版社,1989年,第72—82页。
② 冯梦龙《情史》情仇类《小青》,朱子南等标点本,岳麓书社,1986年,第463—467页。
③ 参见蒋瑞藻《小说考证》引,《间房蛾术堂闲笔》,鲍倚云《退余丛话》。

关注和重视。

其三,闺阁少女爱读《牡丹亭》、《西厢记》等传情之作,因内心郁闷而夭折,如吴江叶小鸾。关于叶小鸾的夭折,情况比较复杂,但与她爱读《牡丹亭》有关,容后文再述。需要指出的是,闺阁妇女因酷嗜《牡丹亭》,深受其影响而酿成悲剧者,乃是明末清初的"《牡丹亭》热"中最令人痛惜的一种表现形态。

至于传说扬州的金凤钿,读《牡丹亭》成疾,决心留此身以待汤显祖,临死嘱婢以《牡丹亭》曲殉。①内江女子因爱读《牡丹亭》,访若士于西湖;见若士乃"皤然一翁,伛偻扶杖而行",失望投水而死。②此类民间传说,虽近于子虚乌有,也从一个侧面,反映了"《牡丹亭》热"的形形色色和群众性特点。

关于冯小青和叶小鸾,这里还须作些补充。

明末有关冯小青故事的记载甚多,除冯梦龙《情史·情仇·小青》外,尚有张岱《西湖梦寻·小青佛舍》、张潮《虞初新志》卷一《小青传》等。而取材于冯小青故事的昆腔传奇和南杂剧作品也不少,如吴炳的《疗妒羹》、朱京藩的《风流院》、来集之的《挑灯闲看牡丹亭》、徐士俊的《春波影》、陈季方的《情生文》、无名氏的《西湖雪》等等。其中不少剧作都有小青挑灯观看《牡丹亭》的关目;而《风流院》,更以小青为主角,以汤显祖为风流院主,以柳梦梅、杜丽娘为院仙。《春波影》杂剧,全名《小青娘情死春波影》,作于明天启乙丑(1625),也是专写小青为情而死的故事。由于众多戏曲、小说的渲染和鼓吹,小青在后世也颇有影响,杭州西湖孤山有小青之墓。诚如明末人卓人月《春波影序》所说,"天下女子饮恨有如小青者乎?小青之死未几,天下无不知有小青者。"清初人对冯小青其人其事的真实性是有不同看法的。但有一点必须指出的,天下无不知有小青者,这是与小青酷嗜《牡丹亭》有着密切的关系。因此有关小青的故事,以及取材于小青的小说和戏曲作品

---

① 邹弢《三借庐笔谈》。
② 焦循《剧说》卷二引黎潇云语。

的风靡于明末清初,实在也是"《牡丹亭》热"中的一波热浪而已。

叶小鸾(1616—1632),乃明末吴江叶绍袁和沈宜修夫妇之三女,她才貌惊人,小小年纪却向往仙游,所作诗词出世思想十分明显。诚如乃父所评:"多凄凉之词,无一秾丽气",真可谓"一清沏骨,冷气逼人"。崇祯五年(1632),年仅十七的小鸾将嫁而逝。虽然叶小鸾并非因读《牡丹亭》为情而死,但她与二位姐姐纨纨(1610—1632)和小纨(1613—1657)的诗词创作,皆离不开愁和闷,以及由此萌生的出世思想,这与明末的社会黑暗、动乱有关,也与叶氏姐妹同感受到封建礼教的无形压抑(她们的婚姻皆非自由恋爱而结合)不无关系,小鸾曾在坊刻的附有崔莺莺和杜丽娘画像的《西厢记》和《牡丹亭》上,题过六首《题美人遗照》,乃父叶绍袁在批语中指出:"何尝题画,自写真耳!"《牡丹亭》对叶小鸾的影响,由此也可见一斑了。①请玩味小鸾《题杜丽娘小照》三首:

凌波不动怯春寒,觑久还如佩欲珊。
只恐飞归广寒去,相愁不得细相看。

若使能回纸上春,何辞终日唤真真。
真真有意何人省,毕竟来自花鸟嗔。

红深翠浅最芳年,闲倚晓空破绮烟。
何似美人肠断处,海棠和雨晚风前。

上述有关闺阁妇女和市井妇女因酷嗜《牡丹亭》,最后或为情而死,或为情而愁闷,最有力、也最生动地说明了《牡丹亭》鼓吹"情至",抨击封建主义礼法的现实意义和社会影响;而闺阁妇女和市井妇女之

---

① 以上引文均见叶绍袁编纂于崇祯九年(1636)的《午梦堂集》。关于叶小鸾可参见王永健《吴汾诸叶,叶叶交光——晚明吴江叶氏三姊妹现象初探》,《苏州文艺评论》,江苏教育出版社,2008年。

所以成为《牡丹亭》的真正知音,也最生动地说明了《牡丹亭》的时代精神——为青年男女的自由恋爱和自主婚姻而呐喊,为青年男女的个性解放而呼唤,为青年男女追求"一生儿爱好是天然"的理想而鼓劲,从而赢得了青年男女的强烈共鸣。汤显祖《牡丹亭题词》尝谓:"梦中之情,何必非真?天下岂少梦中人耶!"上述闺阁妇女和市井妇女皆可谓天下之"梦中人"也!

改作、仿作和续作,既是对《牡丹亭》的一种特殊形态的评论,又是扩大《牡丹亭》传播的一种途径,它们同样是明末清初"《牡丹亭》热"的表现形态。有关《牡丹亭》的改作情况,上文已有所论述,这里再就《牡丹亭》的仿作和续作略作介绍。

《牡丹亭》风靡全国之后,心仪汤显祖和瓣香《临川四梦》的戏曲家,在汤氏"情至"观念和浪漫主义艺术方法指引下,努力效法《临川四梦》、尤其是《牡丹亭》创作传奇和南杂剧,于是明末清初逐渐形成了"玉茗堂派",其主要成员有吴炳、孟称舜、洪升和张坚,这派曲家深得《牡丹亭》基于"情至"的意趣神色。而一般效法《牡丹亭》的戏曲家,却往往在个别折子中刻意模仿《牡丹亭》的某些情节、关目和曲词。虽然在某些方面、甚至某些折子,可以达到以假乱真的水平,但他们与玉茗堂派戏曲家仍不可同日而语。明末的阮大铖、范文若的某些作品,就是最明显的例证。(关于玉茗堂派,后文还有论述)

明末清初,模仿《牡丹亭》的传奇不少,它们的出现,也是"《牡丹亭》热"的一种表现形态。范文若(1588—1636)《梦花酣自序》尝云:"此事微类《牡丹亭》,而幽奇冷艳,转折姿态自谓过之……"[①]《梦中酣》敷演肖斗南与谢倩花的爱情故事,在情节和曲词上模仿《牡丹亭》的痕迹十分明显,也有相当的水平。明末王元寿的《异梦记》,敷演王奇俊与顾云容的爱情故事,其第八出《圆梦》,第九出《思想》,也明显地

---

① (明)荀鸭《梦花酣序》,徐扶明《牡丹亭研究资料考释》,上海古籍出版社,1987年,第230页。

模仿《牡丹亭》的《惊梦》和《寻梦》。自署吴郡西泠长的《芙蓉影》,敷演文士韩樵与妓女谢娟娘的爱情故事。其第三出《情诉》也有堕入烟花的谢娟娘伤心阅读《牡丹亭》的关目,其情境和曲词,也颇有《牡丹亭》的神韵。朱京藩的《风流院》今存明刊本。朱氏怀才不遇,"抑郁不得志,穷愁悲愤,乃始著书以自见。"(柴绍然《风流院叙》)其《风流院》敷演冯小青的悲剧。朱氏自叙说:"小青为读《牡丹亭》,一病而夭,乃汤若士害之,今特于记中有所劳若士以报之。"这部传奇和冯小青的悲剧,与汤氏及其《牡丹亭》的关系太密切了。作者凭其丰富的艺术想象力,写小青为冯致虚之妾,被大妇折磨而死,魂入风流院;而舒新谭拾得小青题诗,因相思而其魂亦进入了风流院。经风流院主汤显祖和南山老人帮助,冯小青与舒新谭死而复生,结为夫妇。剧中人物的生死经历和思想感情,不少折子的关目安排,以及剧作的曲词,模仿《牡丹亭》的斧痕显而易见。梅孝己原著、冯梦龙改定评点的《洒雪堂》,敷演贾娉娉借尸还魂,与魏鹏终成眷属的爱情故事。第二十九出有冯批云:"死别略似《牡丹亭》而凄凉过之。"此出写贾娉娉病逝的情景,近似《牡丹亭》的《闹殇》。第三十二出,写冥府怜悯贾娉娉亡魂的情景,亦近似《牡丹亭》的《冥判》。康熙年间的龙燮(卒于康熙三十六年1697),亦是位心仪汤显祖的戏曲家,所谓"新声又见江花梦,旧曲还恋玉茗堂。"(高珩题词)龙燮的传奇《江花梦》,敷演书生江云仲,与袁餐霞、鲍云姬一夫两妻的爱情故事,与汤显祖的"情至"观念显然不可同日而语。但剧作的有些折子,如第二出《梦笺》,亦竭力模仿《牡丹亭》中的《惊梦》。

　　模仿《牡丹亭》之作,集中于明末清初。但直到乾隆年间,还有古檀的《遗真记》、黄振的《石榴记》、潘炤的《乌阑记》、张衢的《芙蓉楼》、张道的《梅花梦》等剧。在这里,笔者还想对黄图珌的仿《牡丹亭》之作《栖云石》传奇略作介绍。黄氏生于康熙三十八年(1699),卒于乾隆二十三年(1758),江苏华亭(今上海松江区)人。曾官杭州、衢州同知,著有《看山阁集》六十四卷,并有《雷峰塔》《栖云石》等传奇数种。《栖云石》,又名《人月圆》,三十二出,首署看山阁乐府,峰泖蕉窗居士填词。

在《自序》中，黄氏提出了"吾尝谓情之为患最大"的美学命题，指出"独情之所钟，始终不易磨灭，不畏变化，不穷真假。不借始，不能终，磨不能灭，千变万化，似真疑假。于是生可以死，死可以生，生死不能自主。此情之所钟，自亦不知也。"由此可见，黄氏的所谓"情之为患最大"，是与汤氏的"情至"观念是一脉相承的。故他模仿《牡丹亭》，创作《栖云石》，也是为了鼓吹"为患最大"之情，亦即"情至"观念。诚如张廷乐评语所说："我辈钟情玉茗传奇，以情之不死以创其说于前；此借旧事翻新，曲曲传神，情无不至，意无不达。"《栖云石》敷演姑苏士人文世高，与兵科刘老爷之女秀英的生死之情，剧作之旨意和情节，与《牡丹亭》相似，故陆汝钦题诗曰："《栖云石》比《牡丹亭》，香艳无分尹与邢。只恐呆呆痴女看，浑无才笔自通灵。"①

如果说《牡丹亭》的改作，主要是从艺术(尤其是音律上)对汤氏原作的窜改；《牡丹亭》的仿作，则主要在艺术(尤其是关目、曲词、风格)上效法汤氏的原作。那末《牡丹亭》的续作，则可谓对汤氏原作旨意的反动。明末清初的《牡丹亭》续作，今存者有陈轼的《续牡丹亭》和王墅的《后牡丹亭》。

陈轼，字静机，福建侯官人，崇祯十三年(1640)进士，由南海县擢御史，入清未仕，晚流寓浙江，著有《道山堂诗集》。今存《续牡丹亭》，藏南京图书馆，题《续牡丹亭传奇》，署静庵编，祓翁阅，二卷四册，共四十二出。另有古吴莲勺庐抄存本，藏国家图书馆。姚燮《今乐考证》之国朝院本，著录静庵一种：《续还魂》，一名《续牡丹亭》。《续牡丹亭》敷演杜、柳姻缘后事，《曲海总目提要补编》的《续牡丹亭》条谓："因汤载柳乃极佻达之人，作者欲反而归之于正。"故剧中的"梦梅自通籍后，即奉濂、洛、关、闽之学为宗，每日读《朱子纲目》，还纳春香为妾。盖以团圆结束，补《还魂》所未及云。"即此一端，已可见《续牡丹亭》反《牡丹亭》之意趣神色之一斑了。

王墅字北畴，安徽芜湖人，约生于康熙年间，创作有《后牡丹亭》、

---

① 参见汪超宏《黄图珌栖云石传奇考略》，《汤显祖研究通讯》2010年第一期。

《拜针楼》传奇两种。焦循《剧说》:"《牡丹亭》又有《后牡丹亭》,必说癞头鼋为官清正,柳梦梅以理学与考亭同贬,凡此者,果不可以已乎?"

明末清初的戏曲家,受《牡丹亭》与临川其他传奇的影响,无论对《牡丹亭》进行改作、仿作,还是续作,都是当时《牡丹亭》热丰富多彩的表现形态之一,值得另眼相看。当然,众多的《牡丹亭》的改作、仿作和续作,不符合汤氏原作意趣神色之处颇多,甚至还出现了"递相梦梦"(语见王思任《春灯谜序》),"活剥汤义仍,生吞《牡丹亭》"(语见《洒雪堂》第三出眉批)的怪现象,这也是当时传奇创作领域"狠求奇怪"以及以翻案为奇的一种表现。此种不良的风气,直到乾隆年间依然存在,对此,凌廷堪曾有尖锐的批评说:"玉茗堂前暮复朝,葫芦怕仿昔人描。痴儿不识邯郸步,苦学王家雪里蕉。"(《校礼堂文集·论诗绝句》)

最后,尚须一提的是,万历后期已有戏曲选本选录《牡丹亭》的折子戏。比如,《珊瑚集》(序撰于 1616 年)选录了《言怀》的两支曲子;《月露音》(万历刊本)选录了《惊梦》《寻梦》《写真》《闹殇》《玩真》《游魂》《幽媾》和《硬拷》等出;《乐府红珊》(序撰于 1602 年)选录的《牡丹亭》折子戏,则比《月露音》还多。崇祯年间(1628—1644)出版的《怡春锦》,选录了《惊梦》《寻梦》和《幽媾》;《醉怡情》则选录了《入梦》《惊梦》《寻梦》《拾画》和《冥判》;《玄雪谱》选录了《言怀》(易名《自叙》)《硬拷》(易名《吊打》)。

三、康熙前期的"《牡丹亭》热"一瞥

如果说,晚明是"《牡丹亭》热"的第一个高潮,那末,明清易代之际,则是其低谷。在这个朝更世变的战乱时期,虽然昆腔传奇和南杂剧的创作,并未受到致命的打击。但是昆曲艺术的发展受到了一定的影响,"《牡丹亭》热"也冷了一阵子。当历史进入了康熙中叶,随着清廷统治的稳固,全国的大一统,昆曲艺术重新振兴,昆腔传奇和南杂剧的创作再登高峰,《牡丹亭》热"又随即掀起了它的又一个高潮。这个高潮有三大标志:一是"南洪北孔"这两颗新星闪耀剧坛,"两家乐府盛

康熙",《长生殿》和《桃花扇》与《牡丹亭》殊有关系;二是吴吴山三妇合评本《牡丹亭》和程、吴合评本《才子牡丹亭》的先后问世,震撼了当时的社会各界,尤其是闺阁妇女;三是康熙三十八年(1694),陆辂的重建玉茗堂。

　　洪升的《长生殿》,被棠村相国誉之为"闹热《牡丹亭》",洪升对此深表赞同;而洪升的《长生殿例言》,乃是继汤显祖《牡丹亭题词》后的又一次"情至"宣言。《长生殿》不仅在歌颂"情至"的主旨上,与《牡丹亭》一脉相承;而且其意趣神色,也颇有玉茗之风,洪升无疑是玉茗堂派的一员大将。洪升还曾对《牡丹亭》作过精彩的评论。《吴吴山三妇评牡丹亭杂记》载有洪升之女之则跋文中尝记其父评论《牡丹亭》的一段话云:"肯綮在死生之际,记中《惊梦》《寻梦》《诊祟》《写真》《悼殇》五折,自生而之死;《魂游》《幽媾》《欢挠》《冥誓》《回生》五折,自死而之生。其中搜决灵根,掀翻情窟,能使赫蹄为大块,隃糜为造化,不律为真宰,撰精魂而变通之。"①尚须一提的是,激赏吴吴山三妇合评本《牡丹亭》的才女、"蕉园五子"之一的林以宁,乃洪升表兄钱肇修之妻,而三妇之丈夫吴吴山,则是洪升的挚友。

　　至于孔尚任,虽非玉茗堂派戏曲家,亦未见其评点《牡丹亭》的高论。但在《桃花扇》这部经典名著中,孔氏却让女主人公李香君高唱了《牡丹亭》的两支曲子。在笔者看来,由此已可窥见孔氏对《牡丹亭》的赞赏了。

　　陆辂重建玉茗堂,虽非大事,却极具象征意义;它也可说是"《牡丹亭》热"第二个高潮的一个标志性事件。玉茗堂原建于明万历二十九年(1601),明清易代之际毁于兵燹。清康熙三十三年(1694),常熟人陆辂任抚州通判,捐俸钱重建玉茗堂于故址。洪升和孔尚任的挚友金埴,在其《不下带编》中有记载云:"常熟陆次云辂,康熙中判抚州,重建玉茗堂于故址,大会府僚及士大夫,出吴优演《牡丹亭》剧二日,解帆

---

① 吴吴山《三妇评牡丹亭杂记》,载洪升之女洪之则跋文。徐扶明《牡丹亭研究资料考释》,上海古籍出版社,1987年,第91页。

去。辂自赋诗纪事,江以南和者甚夥。时阮亭王公官京师,闻而艳之,寄诗'落花如梦草如茵'云云。如许风致,耐人吟咏。"常熟人单师白的《海虞诗》卷一有关陆辂重建玉茗堂一事则记载了陆辂的纪事诗:

> 陆别驾辂,字载商,号次云。陆氏在明为簪世族。父名尊礼,构嘉阴园于辛峰亭之下,凿山开沼,亭台绣错,为城中胜地。次公由知恩县擢迁通判抚州府,因重葺玉茗堂,半载告归,堂适落成;遍召太守以下官僚,洎郡中士大夫,送入汤临川木主,出所携吴伶合乐演《牡丹亭》传奇,竟夕而罢。题诗二首云:

> > 百年风月话临川,锦乡心思孰与传。
> > 一代文人推大雅,三唐诗格会真诠。
> > 常看宦味同秋水,却任闲情逐暮烟。
> > 奇绝《牡丹亭》乐府,声声字字彻钧天。

> > 也学先生曲谱绪,还魂珍重十年论。
> > 偶寻烟月金溪岸,重整风流玉茗垣。
> > 白雪当年怜和寡,清高此日校澜翻。
> > 不才奈有归地志,却负春秋祀执幡。

> 时江左传其诗,多属和者。王阮亭《居易录》尝记之……

1980年,笔者研究吴吴山三妇合评本《牡丹亭》,撰写了《论吴吴山三妇合评本牡丹亭及其批语》,发表于《南京大学学报》1980年第四期。正是在这篇论文中,笔者提出了与德国和欧洲的"维特热"大可媲美的"《牡丹亭》热"这个研究课题。笔者确认汤显祖的真正知音是广大深受封建主义礼法压抑的平民百姓,尤其是妇女。因此,十分自然地从吴吴山三妇合评本《牡丹亭》及其巨大的社会反响,联想到了"《牡丹亭》热"。如本文第一部分所论述的"《牡丹亭》热"的形成于明末清初绝非偶然,自有其深刻的社会原因。明末清初,传统的封建主义礼法压得平民百姓、尤其是妇女(含闺阁妇女和市井妇女)透不过气来,而为青年男女的爱情和美梦、青春和理想高唱赞歌的《牡丹亭》,却通过一个极富人性、人道和人情的浪漫主义故事,向天下有情人指明了追求爱情和美梦、青春和理想之路。这就是为什么可怜一曲《牡丹亭》,能震撼天下儿女之心的原因。

酷嗜《牡丹亭》的女性读者和观众,之所以热衷于在闺阁中精心评点这部情至的颂歌,为的是大力宣扬作者的"情至"新观念,为天下与杜丽娘同样深受封建主义礼法压抑,又渴望获得人性的解放、爱情和婚姻的自由的广大妇女呐喊、助威和鼓劲。妇女评点《牡丹亭》,并不始于吴吴山三妇。早在明末,就有俞二娘、黄淑素等人,已在做评点工作了。遗憾的是,俞二娘对《牡丹亭》的"密圈旁注",仅留下了零星数语。黄淑素的《牡丹亭评》著录于卫泳编纂的《晚明百家小品》,卫泳评指出:"其评跋诸传奇,手眼别出,想路特异,此拈情死情生,又于谑庵批点之外,添一眉目。至云禅门机锋,更得玉茗微旨。"①

前文所述,晚明许多附有评点的《牡丹亭》改本和刻本,皆出于男性批评家之手。闺阁妇女,像俞二娘那样读《牡丹亭》时"且读且疏","饱研丹砂,密圈旁注,往往自写所见,出人意表者"②,虽也不乏其人,但大都湮没无闻。康熙三十三年(1694),吴吴山三妇合评本《牡丹亭》问世了,这是由三位闺阁妇女评点的刻本。她们站在妇女的立场和视角,对《牡丹亭》所作的独具只眼和风采的评点,震撼了中华曲坛,产生了迥异于男性批评家的社会影响。从《牡丹亭》的诞生,到康熙中期,历史又前进了将近一个世纪。可是《牡丹亭》这部为青年男女争取人性解放和爱情婚姻自由而呐喊和鼓劲的昆腔传奇,在广大妇女中的影响,却有增无减,吴吴山三妇合评的《新镌绣像玉茗堂牡丹亭》的雕板刊行,以及广为流传,就是一个有力的例证。

---

① 徐扶明《牡丹亭研究资料考释》,上海古籍出版社,1987年,第89页。
② (明)张大复《梅花草堂集·俞二娘》。

三妇合评本《牡丹亭》,刻成于康熙三十三年(1649)冬。所谓三妇是指吴人的先后三位妻子。吴人,又名仪一,字荼符,又字舒凫,因所居名吴山草堂,又字吴山,浙江钱塘人。髫年入太学,名满都下。工诗文词曲,与同里洪升并驰江浙间,曾评点洪升的《闹高唐》《孝节坊》等剧,并为《长生殿》作序和论文。吴人的先后三个妻子,即已聘将婚而殁的陈同,结婚三年病故的谈则,以及续娶的钱宜。陈同死于康熙四年(1665),其批点《牡丹亭》,当在前几年。谈则病逝于康熙十四年(1675),故三妇合评《牡丹亭》,从陈同搜集《玉茗定本》,加注评语,直到最后经钱宜之手刻印出版,前后长达三十多年。这是一个下了功夫校勘、评点的《牡丹亭》好本子。关于三妇合评本成书的缘由和过程,在吴人、谈则和钱宜所撰的序文、纪事中有着详尽、生动的记述。

陈同从小酷嗜诗书,曾对《牡丹亭》的各种版本作过比较,也读过不少评论。后来她得到了《玉茗定本》,于是"爽然对玩,不能离手,偶有意会,辄濡毫疏注数语:冬釭夏簟,聊遣闲间,非必求合古人也。"她对《牡丹亭》上卷所作批语,是吴人在她死后通过其乳母得到的。陈同弥留之际,曾口授其姊书录了好几首七绝,其中一首云:"昔时闲论《牡丹亭》,残梦今知未易醒。自在一灵花月下,不须留影费丹青。"由此不难窥见,这位少女对《牡丹亭》的至爱,以及《牡丹亭》在她心灵上所泛起的波澜。①

谈则也是位"雅耽文墨,镜奁之侧安书簏"的才女,她著有《南楼集》三卷。当她嫁到吴家,发现了陈同批点的《牡丹亭》旧稿之后,便爱不释手,甚至能背诵。于是"暇日仿(陈)同意,补评下卷.其秒芒微会,若出一手,弗辨谁同,谁谈。"在谈则逝世十年之后,吴人又娶了钱宜为妻。当钱宜发现了陈、谈二夫人的《牡丹亭》评点本,"怡然解会,如(谈)则见(陈)同本时,夜分灯炧,尚敧枕把读。"一天,钱宜"忽忽不悦",对吴人说:"宜昔闻小青者,有批《牡丹亭》跋,后人不得见。见冷雨幽窗诗,凄其欲绝。今陈阿姊评已逸其半,谈阿姊续之。以夫子故

---

① 以上有关陈同材料,参见三妇本《牡丹亭》吴人序文和钱宜批语。

掩其名久矣！苟不表而传之，夜台有知，得无秋水燕泥之感。宜愿卖金钏为锲板资。"于是在吴人的支持下，钱宜主持了附有陈、谈二人批语的《牡丹亭》的编辑、校勘和雕板事宜。她自己"偶有质疑，间注数语"，标明"钱曰"。另在谈则的钞本中，曾杂有吴人"以《牡丹亭》引证风雅"的一些评语，钱宜标明"吴曰"，并作夹批处理。①陈、谈、钱三人之评则作眉批处理，以示区别。

一夫三妇合评一部天下闻名、风靡昆曲舞台的名剧《牡丹亭》，此事本身就带有强烈的传奇色彩。诚如顾姒在三妇本《牡丹亭》跋中所指出的："文章有神，其足以垂后者，自有后人与之神合。设或陈夫人评本残缺，无谈夫人续之；续矣而秘之筐筥，无钱夫人参评，又废首饰以梓行之，则世之人能诵而不能解，虽再百余年，此书犹在尘雾中也。今观刻成而丽娘见影于梦，我故疑是作者化身矣！"三妇合评本《牡丹亭》，出于一夫三妇之手，事情如此巧合，评语又独具风采，因此很快就广为流传，且脍炙人口，这也有力地促进了"《牡丹亭》热"的升温。它在《牡丹亭》的研究史上，又该作何评价呢？还是让我们先看看当日闺阁才女的评论吧。

> 书初出时，文人学士案头无不置一册。唯庸下伶人，或嫌其难歌，究之善讴者，愈增韵折也。当时玉茗主人既有自解，而世之文人学士，反复申之者尤多。世乃共珍此书，无复他议。而批郤导窾，抉发蕴奥，指点禅理文诀，以为迷途之津梁、绣谱之金针者，未有评定之一书也！今得吴氏三夫人本读之，妙解入神，虽起玉茗主人于九原，不能自写至此。异人异书，使我惊绝。嗟乎！自天地以来，不知几千万年，而乃有玉茗之《还魂》；《还魂》之后，又百年余，而乃有三夫人之评本。自古才媛不世出，而三夫人以杰出之姿、间钟之英萃于一门，相继成此不朽之大业。自今以往，宇宙虽远，其为文人学士，欲参会禅理、讲求文诀者，竟无以易乎闺

---

① 以上引文均见三妇本《牡丹亭》吴人序文和钱宜批语。

阁之三人,何其异哉,何其异哉!予家与吴氏世戚先后,睹评本最早。既为惊绝,复欣然序之。盖杜丽娘之事,凭空结撰,非有所诬,而托于不字之贞,不碍承筐之实,又得三夫人合评表彰之,名教无伤,风雅斯在。或尚有格而不能通者,真夏虫不可语冰,井蛙不可语天,痴人前安可与之喃喃说梦也哉!①

在吕玉绳、沈璟、臧懋循等"诸家改窜以就音律,遂致原文剥落";"又经陋人批点,全失作者情致"的情况下,吴吴山三妇能尽力搜求"玉茗定本",严加校勘,精心合评,并雕板刊行,"使书中文情毕生,无纤毫憾,引而伸之,转在行墨之外",理应载入《牡丹亭》的研究史和中国戏曲理论批评史。②至于三妇从同样感受到封建礼法压抑的妇女视角,对《牡丹亭》的主旨,及其意趣神色所作的评点,不但可以看出她们作为真正批评家的勇气,也反映了《牡丹亭》所宣扬的"情至"新观念对于清初妇女的深远影响。有关吴吴山三妇批语的特色和价值,可以参见拙作《论吴吴山三妇合评本牡丹亭及其批语》,这里就略而不论了。

作为明末清初《牡丹亭》热"第二个高潮期的最后一波热浪,三妇合评本《牡丹亭》的出现,为明末清初的"《牡丹亭》热"作了一个完美的结局,给广大的《牡丹亭》迷,以及读者和观众,留下了难忘的情感冲击和心灵震撼,其社会影响是十分深远的。

在吴吴山三妇合评本《牡丹亭》诞生三十多年后的雍正年间(1723—1735),又有一位闺阁才女程琼,有鉴于吴吴山三妇对《牡丹亭》的批点过于简短,不足以阐明剧作的寓意,在其丈夫吴震生的合作之下,对《牡丹亭》作了匠心独具的注解、注释和评点。初稿《绣牡丹》刊刻于雍正年间,修订稿改名为《才子牡丹亭》;乾隆二十七年(1762)重新梓行时,又题《笺注牡丹亭》。③这部《才子牡丹亭》的独特之处在

---

① 吴吴山三妇本《牡丹亭》,林以宁《还魂记题序》。徐扶明《牡丹亭研究资料考释》,上海古籍出版社,1987年,第72页。
② 以上引文均见三妇本《牡丹亭》顾姒跋。
③ 参见史震林《西青散记》,台北广文出版社,1982年,第176页。

于"宛如百科全书般的丰富内容、情色化的评点,以及它的女性批者选择女性作为预设的读者"。①由于评点的情色化,乾隆年间《才子牡丹亭》曾被列为禁书。"奇文共欣赏,疑义相与析。"《才子牡丹亭》这部堪称中国古代戏曲评点本的异类奇书,同样值得认真的研究。鉴于《才子牡丹亭》问世之日,明末清初的"《牡丹亭》热"已告结束,因此本文也只能遗憾地割爱不论了。

结　　语

明末清初的"《牡丹亭》热",当开始于《牡丹亭》问世后十年左右,直至清康熙的前半期,前后长达八十余年。晚明是"《牡丹亭》热"的第一个高潮期,明清易代之际是低谷,清康熙前半期则是第二个高潮期。

明末清初的"《牡丹亭》热"内容丰富,而表现形态多种多样:既有《牡丹亭》的改作、仿作和续作,又有各具特色的《牡丹亭》的评点本;既有家乐和民间戏班的竞相搬演《牡丹亭》,又有阅读、欣赏和演出后的各种反应;既有士夫文人的曲学争论,又有伶人演唱的逸事异闻;既有闺阁才女的圈注评点,又有市井妇女的吟玩成痴。从各种视角,广泛而连续不断地反映了《牡丹亭》文本和演唱的巨大社会反响。

明末清初的"《牡丹亭》热",出现于昆曲艺术与昆腔传奇和南杂剧大普及、大繁荣的黄金时期,它的出现,既是昆曲艺术与昆腔传奇和南杂剧的大普及、大繁荣的一个突出的表现,又有力地促进了这种大普及和大繁荣。

明末清初的"《牡丹亭》热"结出了丰硕的成果,择其要者有四:使广大的读者和观众,尤其是妇女,接受了一次生动的"情至"新观念的洗礼和教育,唤醒和促进了他们的情至意识,此其一。

其二,引发了"汤沈之争"这一场曲学大争论,并最后形成了"汤辞

---

① 参见华玮《牡丹有多危险?——文本空间、才子牡丹亭与情色天然》,《文化艺术研究》,2012年第3期。

沈律,合之双美"的共识。这对昆曲艺术与昆腔传奇和南杂剧的发展具有十分深远的意义。

其三,在"《牡丹亭》热"中还形成了瓣香汤显祖及其《临川四梦》的玉茗堂派,其代表曲家是晚明的吴炳和孟称舜,清初的洪升和张坚。除张坚之外,其他三人均生活于明末清初"《牡丹亭》热"的高潮时期。玉茗堂派有三大特点:首先,"上下千古,一口咬定情字"(杨古林《梦中缘》首出[梁州第七批语]),"为情作使",这是玉茗堂派带有根本性的特点;其次,以幻笔写真境,借仙鬼以觉世,这是玉茗堂派在艺术表现上的显著特点;最后,"案头蓄之令人思,氍毹歌之令人艳"(无疾子《情邮记小引》)。①

其四,汤显祖生前深为人们不理解《牡丹亭》的曲意而苦闷感慨。但明末清初的"《牡丹亭》热",却不止有力地表明了广大观众和读者、尤其是妇女对《牡丹亭》曲意的理解和赞赏;而且对于汤氏的人格、思想和文学创作也作了全面的肯定和歌颂。汤显祖病逝于万历四十四年(1616),可以说,他生前已看到了"《牡丹亭》热"的端倪;而他身后那波澜壮阔的"《牡丹亭》热",乃是广大的士夫文人和平民百姓,对汤氏最深情的纪念,也是最公正、最热烈的称颂。汤氏若死后有知,当含笑于九泉矣!

余　论

2001年5月,联合国教科文组织评定中国的昆曲为"人类口述和非物质遗产代表作",这为昆曲的抢救、传承和振兴带来了契机。在党和政府的正确领导下,十多年来昆曲的抢救、传承和振兴工作,取得了举世公认的成就。昆曲开始走出国门,面向世界,已成为名副其实的全人类的文化遗产。令人颇感兴趣的是,在抢救、传承和振兴昆曲的

---

① 参见拙作《"玉茗堂派"初探》,江西省文学研究所编《汤显祖研究论文集》,中国戏剧出版社,1984年,第519—536页。

过程中,又一次出现了"《牡丹亭》热"。自 2003 年二月起,白先勇先生携手苏州昆剧院及两岸三地昆曲知音所新编的青春版《牡丹亭》,揭开了这次新的"《牡丹亭》热"的帷幕。诚如白先生所说:"青春版《牡丹亭》,自 2004 年台北首演以来,十年间已上演二百二十场。自台北出发,巡演遍及两岸四地,大江南北,远渡重洋,到美国西岸,观众人数达五十万,主要城市有台北、香港、北京、天津、上海、苏州、杭州,中国南方到达桂林、广州、厦门等地;以至美国、英国、希腊,几乎场场爆满,创下昆曲演出史的记录。"①更令人惊讶的是,在青春版《牡丹亭》一炮打响之后,各地昆曲院团新改编的十多种《牡丹亭》,也陆续演出于海内外舞台,争奇斗艳。在新世纪第一个十年之内出现的新的《牡丹亭》热",它以昆曲的振兴为指归,以昆曲走进高校,接近青年,走向世界为其显著特点。毋庸置疑,近十多年来的"《牡丹亭》热",与明末清初的"《牡丹亭》热"相比较,虽自有其特点、表现形态和成果,但同样值得关注和研究。限于篇幅和主题,拙文只能在文末提一下,不展开论述了。

作者单位:苏州大学文学院

---

① 《青春版牡丹亭制作感言——写在参加第十届中国艺术节演出之际》,《姑苏晚报》,2013 年 10 月 13 日。

落落韵语　别有风致
——论子弟书对《牡丹亭》的接受与重构

仝婉澄

子弟书为清代八旗人士创制的一种说唱艺术,大约在雍正、乾隆年间兴起于京城,乾嘉时期广为流行,并传至东北等地,后随清朝的灭亡而消歇,流传于世近二百年。其题材大多取自明清时期流行的戏曲小说。作为明代传奇的巨制,《牡丹亭》也自然被吸收到子弟书的创作中来。据《新编子弟书总目》(2012),关涉《牡丹亭》的子弟书作品有《闹学》(三回)、《春香闹学》(二回)、《学堂》(二回)、《游园寻梦》(三回)、《离魂》(三回)、《还魂》(一回)、《离魂》(四回)等七种。[①]关于子弟书中《牡丹亭》题材作品的研究,始于傅惜华。他在《曲艺论丛》(1953)一书"明代戏曲与子弟书"部分论及《离魂》《还魂》,认为《离魂》"此曲情文佳妙,亦为子弟书之前期作品",《还魂》"此曲亦为子弟书之前期作品,惟其文笔平庸,与《离魂》一本相较,绝非出于一人之手"。[②]此外,日本学者根山彻在他的著作《明清戏曲演剧史论序说》(2001)中论及子弟书相关故事,有关《牡丹亭》传播研究的著作或论文对此问题也略有涉及。笔者以《子弟书全集》(2012)收入的《牡丹亭》题材子弟书作品五种为依据再加探讨,分析子弟书对《牡丹亭》的接受与重构。

[①] 黄仕忠等《新编子弟书总目》,广西师范大学出版社,2012年,第277—282页。
[②] 傅惜华《曲艺论丛》,上海:上杂出版社,1953年,第126页、127页。

一、对原著情节的不同处理——兼论 《学堂》与《闹学》的先后问题

《牡丹亭》的《闺塾》一出讲述私塾先生陈最良在学堂上给小姐杜丽娘和侍女春香讲授《诗经》的故事。旨在通过陈最良对"窈窕淑女,君子好逑"的讲解引动小姐思春情肠,春香无意发现后花园的情节也为小姐游园做了直接的铺垫。《子弟书全集》中《闹学》(全三回)和《学堂》(全二回)两个作品均据此改编而来,但又不尽相同。

《学堂》第一回讲述由《诗经》"窈窕淑女,君子好逑"所引发的冲突,第二回讲述春香发现花园、引逗小姐,引发了与陈最良之间的矛盾。春香出恭回来对小姐说:"小姐呀我方便去,有一个地方甚乐心。几树梨花铺满地,大小粉蝶闹成群。柳苟儿多着呢,管揪一捆,桃枝儿当少吗,能戴几根。花影儿随身由着性儿穿,莺声儿满耳信着步儿寻。站在那太湖石上多清目,坐在那亭子中间更爽神。"结尾处小姐问:"可是我问你,那所花园在何处?"春香说道:"那座花园就在书房的后面,有一座牡丹亭子花木深沉。上任的夫人嘴稳全无提起,怕的是小小的女孩儿纵野了心。"①这与《闺塾》中的情节如出一辙。

《闹学》以春香为主人公,第一回写由《诗经》"窈窕淑女,君子好逑"所引发的争执;第二回写由于春香去花园、不专心读书,陈最良要责打春香,杜丽娘求情;第三回写春香听到卖花声后无心读书、引逗小姐,与陈最良的矛盾冲突进一步激化,杜丽娘无奈责打春香。其中,虽然春香在陪小姐读书的过程中去了花园,在回来的路上也忆及花园美景:"好一个地面方圆真快活。个个樱桃红满了树,片片青萍绿满了河。一园梨花开的不少,花园蝴蝶儿成对儿的偏多。柳狗儿多着呢,管揪一捆,桃花儿当少么,縠拉一车。花影儿浑身由着性儿串,莺声儿

---

① 本文所引子弟书文献,均出自黄仕忠等编《子弟书全集》,北京:社会科学文学出版社,2012年,以下不复出注。

满树冲着耳朵歌。站在那太湖石上真清眼,坐在那亭子中间好快活。观了观睢鸠尚在何知州院,可以人而不如鸟乎么?"但是,春香去花园的情节,并无《牡丹亭·闺塾》中为全剧情节发展张本之意,不再强调对花园的偶然发现,也没有特意告诉小姐的细节,只是在"窈窕淑女,君子好逑"的讲解冲突之后,为进一步引发春香与陈最良的矛盾而设置。

除对花园情节的不同处理外,《学堂》在其他细节上也显示出了对原著的遵循。比如头回第一句"大宋南安一府尊,唐朝工部少陵君",较之《闹学》中头回第一句"大宗南安一太守,箕裘克绍守清白",明确指出了杜宝为唐代诗人杜甫之后,这正是《牡丹亭》中交代的情节。再有,《学堂》中有些句子直接从《牡丹亭》中化出,比如春香所说"我记得不是昨朝非前日,也不是今年是去春",《牡丹亭》中作"不是昨日是今日,不是今年是去年",《闹学》中无。

子弟书《学堂》的解题中称该本"据《闹学》子弟书删削改写而成",表达了《闹学》在前、《学堂》在后之意。其实,并非如此。

《学堂》共两回,没有诗篇,《闹学》共三回,前有诗篇。《闹学》的诗篇与《离魂》的诗篇基本相同。《闹学》的诗篇为:"荏苒光阴冷落多,逝水年华可奈何?柳勾艳魄成幽梦,梅点香泥染绣阁。一段风流归浪子,终身伉俪访娇娥。《小青传》且留佳可,堪作揣摩。"《离魂》的诗篇为:"冷落梅花冷落春,奈何天气奈何人。柳拘艳魄成幽梦,花打春泥惊俏魂。一段风流归浪子,终身伉俪感花神。小青传诗且传佳句,杜丽娘堪作妙文。"两个诗篇因押韵不同,所以偶句有些分歧,但整体来看极为类似。且《闹学》《游园寻梦》《离魂》均为三回,每一回都有明确的内容指向,结构层次较为统一。另外,《游园寻梦》第一回讲述杜丽娘因身体不适让春香向陈最良告假一事,并与春香忆及此前学堂之事,通过春香之口提及陈最良用竹板打她一事(与子弟书《闹学》中相同,《牡丹亭》中为荆条),应是表明其接续《闹学》而来。据梅兰芳及故宫藏百本张钞本《游园寻梦》结句为"要知小姐离魂事,松窗自有妙文章",可知《游园寻梦》《离魂》的作者为罗松窗,因而《闹学》的作者应同为罗松窗。罗松窗熟悉子弟书的体制特点,在结构划分、语言运用等方面显示出了相对固定的写作范式和高超的创作水准,这也是《学堂》所无法相比的。再有,考察《牡丹亭》相关折子戏可知,《缀白裘》《审音鉴古录》《时剧集锦》《乐府新声》中入选的据《闺塾》一出改编的折子戏均名为《学堂》,《春香闹学》实为后出,至民国初年的《戏考》始收录《春香闹学》的文本。从折子戏《学堂》到《春香闹学》显示出了同样的变化轨迹,可为辅证。综合以上所论,《学堂》应为子弟书的早期作品,《闹学》为罗松窗所作,较《学堂》晚出。

二、情与景的着意描摹——《游园寻梦》之名的由来

《牡丹亭》题材的子弟书作品中有一本名为《游园寻梦》,单从名称来看实与《戏考》中收录的昆曲折子戏《游园惊梦》相类,以致傅惜华著录此本时另立一条《游园惊梦》,实则失当。① 子弟书《游园寻梦》共分三回,研读原文可知,第三回其实是对《牡丹亭》第十出《惊梦》中的游园场景和第十二出《寻梦》情节的嫁接,故而称为《游园寻梦》。现将三者相类的曲文列表如下:

子弟书《游园寻梦》	《牡丹亭·惊梦》	《牡丹亭·寻梦》
最关心绪是春光		最撩人春色是今年
只见那万紫千红都开遍	原来姹紫嫣红开遍	
转雕栏挨到湖山下	紧靠着湖山石边	
木兰紧靠荼蘼架,杜鹃红满曲槛傍	遍青山啼红了杜鹃,荼蘼外烟丝醉软	
到而今寻来寻去无影子		咳,寻来寻去,都不见了
便访遍十二栏杆何处觅	便赏遍了十二亭台是枉然	
今岁春光比去岁强		恁今春关情似去年

---

① 黄仕忠等《新编子弟书总目》,广西师范大学出版社,2012年,第280页。

(续表)

子弟书《游园寻梦》	《牡丹亭·惊梦》	《牡丹亭·寻梦》
牡丹虽是花之王,他若占却春儿,便不是花王	牡丹虽好,他春归怎占的先	
忽然那芍药栏边梅花盛		忽然大梅树一株,梅子磊磊可爱
自有奴死后魂灵在你傍		我杜丽娘若死后,得葬于此,幸矣
但与你酸酸楚楚同一处,谁把那死死生生挂心肠		生生死死随人愿,便酸酸楚楚无人怨

  李渔在《闲情偶寄·词曲部》中说:"汤若士《还魂》一剧,世以配飨元人,宜也。问其精华所在,则以《惊梦》《寻梦》二折对。"①为什么《牡丹亭》中最精华的部分会在子弟书中遭到如此大幅的改动呢?这首先要从子弟书的演唱形式和体制特点说起。

  子弟书起于旗人中的名门大户,家中日常娱乐以听戏为多,但因"昆戏南音推费解,弋腔北曲又嫌粗",所以用"条子板谱入三弦",创制了"子弟书"这种一人边弹三弦边演唱的"别致新奇、字真韵稳,悠扬顿挫、气贯神足"的艺术形式。②子弟书以短篇作品为多,其篇幅大多不超过四回,且以一回本最为常见,"即使演长篇故事,也不是着力于故事的曲折离奇,而是重在具体场景及人物心理的渲染描写"。③傅惜华曾引用王国维在《宋元戏曲史》中之语"写情则沁人心脾,写景则在人耳目"来评价子弟书。④子弟书分为东西两韵,宗彝在《道咸以来朝野杂记》中说:"西韵者,出于昆腔,多精致缠绵之曲,如《玉簪记》《会真记》诸折皆有之。尚有东韵书,出于高腔,多悲壮激越之音,如《宁武关》、《蒙正赶斋》、《十粒金丹》之类。"⑤《游园寻梦》的作者罗松窗为西

---

  ① 《历代曲话汇编新编中国古典戏曲论著集成·清代编》(第一集),黄山书社,2008年,第248页。
  ② 子弟书《子弟图》,见《子弟书全集》。
  ③ 黄仕忠、李芳《子弟书全集》前言,《曲学》第一卷,2013年,第324—325页。
  ④ 傅惜华《曲艺论丛》,上海:上杂出版社,1953年,第98页。
  ⑤ 宗彝《道咸以来朝野杂记》,北京古籍出版社,1982年,第8页。

韵子弟书的早期代表作家,所作篇章多写儿女情长,有学者论其"写子弟书似乎不太喜欢只靠故事吸引人,他的细腻的笔触可以把剧中主人公多愁善感的心理状态描画得淋漓尽致。"①罗松窗将《牡丹亭》原作中《惊梦》一出中的景物描写与《寻梦》一出中杜丽娘的心绪描写巧妙的融合在一起,创作出了彰显写景言情特长的子弟书作品《游园寻梦》。

类似的情形在罗松窗的《离魂》中也有类似的表现,其中写杜丽娘看到中秋之月,暗地感伤:

> 月儿呀,想照奴家无日矣,却是梅花树下魂。
> 嫦娥呀,虽是仙凡奴与你,关切了丽娘十五六岁的心。
> 夜深不怕栏杆冷,秋去从着风露侵。
> 今夜嫦娥应有意,叹奴缘尽两离分。
> 点点滴滴却是雨,嫦娥哭我泪淋淋。
> 又听得云外孤鸿哀入耳,草底寒虫叫碎心。
> 西风乱洒梧桐雨,霜杵悲闻万里砧。
> 断肠秋遇春前病,一意追思梦里人。

这段文字也做到了写情与写景的完美融合,实为《离魂》中最为精彩的一段。与着意写景言情相应,《牡丹亭》中的故事情节则被大大精简。《惊梦》一出中杜丽娘所作的惊春之梦、梦中与书生相会的具体细节,在《游园寻梦》中被浓缩成了"这佳人自从一梦梅花下,每在胸前思玉郎"、"恨当初不该午梦留春睡,勾惹起无限相思这一场"、"昨朝梦入桃花源,与相公绻缱相逢太湖旁"等几句。出于同样的原因,子弟书也较少详细介绍人物身份、刻画人物,杜丽娘的刻画相对简单,而柳梦梅这一人物形象甚至都没有在这几部子弟书作品中正面出现过。

---

① 郭杰,秋芙总主编《图文本中国文学史话清代文学》,2008 年,第 364 页。

三、趋向世俗的审美趣味——从《还魂》等作品说开去

子弟书以七字为句,间以衬字;每二句叶韵,回限一韵,与皮黄剧所用韵目,大略相同。子弟书的作者写作韵语曲文,多为闲度时光的消遣自娱之举,所谓"驱斑管感叹闲情解昼眠",①并不认为作品有劝世之功效。子弟书的演唱,也为业余演出,多不受酬。②正是在这种游戏赏玩的心态下,许多作品都呈现出趋向世俗的审美趣味。《牡丹亭》题材的子弟书作品也是如此。

首先,体现在情节中加入了民间故事中的流行元素。子弟书《还魂》共一回,讲述杜丽娘死后三天即还魂之事,与原著情节差别甚大。据杜丽娘回生后说"孩儿回归转家门,幽冥无到森罗殿,观音老母降牒文。儿乃龙女来世界,放奴轮回奉二亲。寿活五十零九岁,那时复转紫竹林",可知杜丽娘为龙女转世。更有趣的是,回生后的杜丽娘劝父亲纳春香为妾:"爹爹年高五十六,膝下无子未留根。奉劝老夫依儿话,春香收下作妾身。上天垂佑生下子,万代香烟祭先人。"在这一提议遭到其父拒绝后,故事最终以"老夫人五十二岁生一子,鳌头独占状元尊"的结局收场。龙女转世、老来得子,这些都是民间故事中常用的素材,子弟书的作者将其融入了杜丽娘还魂一事中来,形成了子弟书作品《还魂》。

其次,在人物塑造上,子弟书作品中的杜丽娘形象与原著相去甚远。《牡丹亭》中杜丽娘是个温柔典雅的深闺女子,子弟书作品中的杜丽娘则完全没有大家闺秀的姿态。《还魂》中身为龙女、劝父纳妾的杜丽娘姑且不论,即使在《学堂》《闹学》《游园寻梦》《离魂》中呈现出的杜丽娘形象也与原著有相当大的差别。比如《闹学》中杜丽娘打春香的这段描写:"小姐动气说:'合谁口降嘴?'用手揪发去掐脖。佳人无奈

---

① 子弟书《思玉戏环》,见《子弟书全集》。
② 参看李芳《子弟书称谓新探》,《满语研究》2009 年第 2 期。

将他打，嘴巴轻轻往脸上搁。"就是一个典型的例子。

再有，子弟书的语言活泼明快，俚俗浅显。《闹学》中春香对"窈窕淑女，君子好逑"一句不解，进而这样发问道："既是君子，他怎怎又求淑女？其中细腻费搬驳。哼，是了，君子必定是男子，哦，不错，淑女究竟是老婆！忽喇吧儿，窈窕怎么就是淑女？君子他好逑，求他什么？就是君子必要求淑女，到底是要把淑女怎么着？"李渔在《闲情偶寄》中批评《牡丹亭》"袅晴丝"等"字字俱费经营，字字皆欠明爽"，"犹是今曲，非元曲也"。①《牡丹亭》改编的子弟书作品正在"明爽"这个层面上显示出了与元曲相类的语言特点。

《牡丹亭》诞生于明代万历年间，作者汤显祖是一位有着卓越才华的、充满创作个性与风神的文士。他将戏曲看作一种表情达意的体裁，通过虚构的故事抒发自己的人生际遇和切身感受，重视独创性和思想性。时至清代，随着王朝、地域及接受群体发生变化，《牡丹亭》在旗人笔下以子弟书的形式得到进一步展现。《子弟书全集》收录的这五个相关作品，可以分为依次产生的三个类别。《学堂》为贴近《牡丹亭》原作的作品；《闹学》《游园寻梦》《离魂》为根据《牡丹亭》原作适度改写的作品；《还魂》为利用《牡丹亭》的架构、用旧瓶装新酒的大幅改窜之作。不同于韵散结合、曲白相生的戏曲作品，子弟书以"落"来区分层次，上述子弟书作品不仅展现了"落落韵语，别有风致"的独特风貌，也为我们了解《牡丹亭》在清代的传播提供了素材。

作者单位：广州大学人文学院

---

① 《历代曲话汇编：新编中国古典戏曲论著集成·清代编》（第一集），黄山书社，2008年，第248、249页。

汤显祖剧作在当代昆曲舞台 2011—2015

朱栋霖

一

2011—2015年,全国七昆剧院团演出汤显祖剧作的基本情况:

2011年,总演出1 434场,其中演出汤剧868折次。

2012年,总演出1 187场,其中演出汤剧533折次。

2013年,总演出1 271场,其中演出汤剧676折次。

2014年,总演出1 486场,其中演出汤剧812折次。

2015年,总演出1 741场,其中演出汤剧682折次。

按年度统计:

2011年,北方昆曲剧院总计演出187场,其中演出汤剧63折次;上海昆剧团总计演出113场,其中演出汤剧25折次;江苏演艺集团省昆剧团总计演出805,其中演出汤剧612折次(该团在昆山周庄戏台每天演出多场,已连续多年至今);浙江昆剧团总计演出108场,其中演出汤剧74折次;湖南省昆剧团总计演出60场,其中演出汤剧55折次;江苏省苏州昆剧院总计演出61场,其中演出汤剧36折次;永嘉昆剧团总计演出100场,其中演出汤剧3折次。

2012年,北方昆曲剧院总计演出176场,其中演出汤剧64折次;上海昆剧团总计演出190场,其中演出汤剧23折次;江苏演艺集团省昆剧团总计演出466场,其中演出汤剧389折次;浙江昆剧团总计演出190场,其中演出汤剧7折次;湖南省昆剧团总计演出69,其中演出汤剧26折次;江苏省苏州昆剧院总计演出39场,其中演出汤剧16折次;永嘉昆剧团总计演出57场,其中演出汤剧8折次。

2013年,北方昆曲剧院总计演出177场,其中演出汤剧74折次;上海昆剧团总计演出106场,其中演出汤剧18折次;江苏演艺集团省昆剧团总计演出754场,其中演出汤剧517折次;浙江昆剧团,该年无统计数字;湖南省昆剧团总计演出68场,其中演出汤剧13折次;江苏省苏州昆剧院总计演出54场,其中演出汤剧34折次;永嘉昆剧团总计演出112场,其中演出汤剧20折次。

2014年,北方昆曲剧院总计演出156场,其中演出汤剧83折次;上海昆剧团总计演出124场,其中演出汤剧25折次;江苏演艺集团省昆剧团总计演出740场,其中演出汤剧506折次;浙江昆剧团总计演出125场,其中演出汤剧82折次;湖南省昆剧团总计演出60场,其中演出汤剧19折次;江苏省苏州昆剧院总计演出140场,其中演出汤剧67折次;永嘉昆剧团总计演出141场,其中演出汤剧30折次。

2015年,北方昆曲剧院总计演出213场,其中演出汤剧91折次;上海昆剧团总计演出236场,其中演出汤剧23折次;江苏演艺集团省昆剧团总计演出734场,其中演出汤剧472折次;浙江昆剧团总计演出101场,其中演出汤剧46折次;湖南省昆剧团总计演出67场,其中演出汤剧15折次;江苏省苏州昆剧院总计演出305场,其中演出汤剧22折次;永嘉昆剧团总计演出85场,其中演出汤剧13折次。

按剧团统计,2011—2014年,七昆剧院团演出汤显祖剧作情况:

北方昆曲剧院:2011年共演出187场,其中汤显祖剧作演出63折次,在全年演出频率中约占33.69%。2012年共演出176场,其中汤显祖剧作64折次,约占36.36%。2013年共演出177场,其中汤显祖剧作74折次,约占41.81%。2014年共演出156场,其中汤显祖剧作83折次,约占53.21%。

上海昆剧团:2011年共演出113场,其中汤显祖剧作演出25折次,在全年演出频率中约占22.12%。2012年共演出190场,其中汤显祖剧作23折次,约占12.11%。2013年共演出106场,其中汤显祖剧作18折次,约占16.98%。2014年共演出124场,其中汤显祖剧作

25折次,约占20.16％。

江苏演艺集团昆剧院:2011年共演出805场,其中汤显祖剧作演出612折次,约占全年演出频率76.02％。2012年共演出466场,其中汤显祖剧作389折次,约占83.48％。2013年共演出754场,其中汤显祖剧作517折次,约占68.57％。2014年共演出740场,其中汤显祖剧作506折次,约占68.38％。

浙江昆剧团:2011年共演出108场,其中汤显祖剧作演出74折次,约占68.52％。2012年共演出190场,其中汤显祖剧作7折次,约占3.68％。2013年无统计。2014年共演出125场,其中汤显祖剧作82折次,约占65.60％。

湖南省昆剧团:2011年共演出60场,其中汤显祖剧作演出55折次,在全年演出频率中约占91.67％。2012年共演出69场,其中汤显祖剧作26折次,约占37.68％。2013年共演出68场,其中汤显祖剧作13折次,约占19.12％。2014年共演出60场,其中汤显祖剧作19折次,约占31.67％。

江苏省苏州昆剧院:2011年共演出61场,其中汤显祖剧作演出36折次,在全年演出频率中约占59.02％。2012年共演出39场,其中汤显祖剧作16折次,约占41.03％。2013年共演出54场,其中汤显祖剧作34折次,约占62.96％。2014年共演出140场,其中汤显祖剧作67折次,约占47.86％。

永嘉昆剧团:2011年共演出100场,其中汤显祖剧作演出3折次,在全年演出频率中占3％。2012年共演出57场,其中汤显祖剧作8折次,约占14.04％。2013年共演出112场,其中汤显祖剧作20折次,约占17.86％。2014年共演出141场,其中汤显祖剧作30折次,约占21.28％。①

2011—2015年,全国七昆剧院团演出汤显祖剧作总体情况:

---

① 说明:七个昆剧院团演出统计资料,系采自《中国昆曲年鉴》2012、2013、2014、2015、2016版,各昆剧团提供的年度演出日志。

2011年,总演出1 434场,其中汤剧868折次,为全年演出频率60.53%。

2012年,总演出1 187场,其中汤剧533折次,为全年演出频率44.90%。

2013年,总演出1 271场,其中汤剧676折次,为全年演出频率53.19%。

2014年,总演出1 486场,其中汤剧812折次,为全年演出频率54.64%。

2015年,总演出1 741场,其中汤剧682折次,为全年演出频率39.17%。

综合以上统计,2011—2015年五年间,全国七个昆剧院团总计演出7 119场次,其中汤显祖剧作演出总计3 571折次,占全部演出频率50.16%;

《牡丹亭》整本演出,2011年462场,2012年50场,2013年93场,2014年192场,2015年152场。五年总计演出《牡丹亭》949场。

五年中《游园惊梦》单折演出为2 485折次。以五年1 825天计,五年中平均每天演出1.38折《游园惊梦》(或《游园》《惊梦》)。

二

汤显祖剧作在当代中国昆曲舞台2011—2015年的演出,于此可见概貌与特色。

汤显祖剧作《牡丹亭》是当代中国昆曲舞台演出频率最高的。2014年文化部举办"名家传戏——2014全国昆曲《牡丹亭》传承汇报演出",演出大师版《牡丹亭》上、下本,共12折,南昆版(江苏省演艺集团昆剧院)、典藏版(上海昆剧团)、大都版(北方昆曲剧院)、天香版(湖南省昆剧团)、永嘉版(浙江永嘉昆剧团)、青春版(江苏省苏州昆剧院)、御庭版(浙江昆剧团),七个版本的昆曲《牡丹亭》。

在明清两代的昆曲舞台上《牡丹亭》就是演出频率高、被搬演折子多的剧目。清乾隆年间苏州钱德苍编辑刊印的戏曲选集《缀白裘》,以收录梨园当红名折一网打尽的丰赡性和剧场歌本特色著称。全书十二集,辑80余部明清传奇400多个折子,都是康乾时期剧坛盛演的名剧。入选折目排行在前的,依次为《琵琶记》26折、《荆钗记》19折、《牡丹亭》12折、《红梨记》11折、《西厢记》《一捧雪》《连环记》均为9折、《长生殿》8折。《牡丹亭》12折为《学堂》《劝农》《游园》《惊梦》《寻梦》《离魂》《冥判》《拾画》《叫画》《问路》《吊打》《圆驾》。《缀白裘》的收录反映了康清时期昆曲演出的盛况,《牡丹亭》达12折入选,可见其被搬演与受欢迎的程度。进入现代,《琵琶记》《荆钗记》的演出频率与搬演折数显著减少,《牡丹亭》演出频率显著上升。时代推移与观众的观剧审美情趣变化,昆曲演出市场逐渐萎缩,传字辈之后昆曲演员阵容锐减,能串演折子从清代的一千余折(李翥冈手抄《昆曲全目》)到传字辈800折,之后逐代减其半。在幸存的200余折剧目中,《牡丹亭》的《学堂》《游园》《惊梦》《寻梦》《离魂》《冥判》《拾画》《叫画》等八折继续被频频搬演。

  昆曲作为舞台综合艺术,融合了文学、戏剧、表演、音乐、舞蹈、美术于一体,格律严谨、形式完备、载歌载舞、声腔音乐婉转悦耳柔媚悠长。汤显祖《牡丹亭》经过叶堂度曲,历代艺术家精雕细刻,充分包容了昆曲艺术的诸项元素,是昆曲华彩的灿烂展示。这是《牡丹亭》高演出率的根本保证。

  百年来,有两件演出事件使《牡丹亭》与《游园惊梦》在昆坛演出中独占鳌头。

  梅兰芳鉴于昆曲的衰落,他传承与搬演了许多昆剧折子,他认为昆曲艺术是京剧艺术的根底。梅兰芳一生演的昆曲有47折,《游园惊梦》是演出频率最高的。1945年抗战胜利,蓄须明志的梅兰芳重返剧坛,开幕戏就是他与俞振飞的《游园惊梦》,轰动沪上。1949年12月梅剧团在上海中国大戏院演出长达一个多月,梅俞配的《游园惊梦》唱了八次之多。梅葆玖后来总结说:"没有昆曲就没有梅派艺术。"1962年梅俞配的《游园惊梦》还拍摄成彩色电影。梅大师的成功演绎使昆曲《游园惊梦》声誉飙升。

2005年以来,白先勇策划青春版《牡丹亭》打头阵,打开了昆曲走向全国的局面。青春版《牡丹亭》演出200余场,带动了全国昆剧团盛演《牡丹亭》的热潮。

三

昆曲《牡丹亭》是生、旦演员舞台功力的全面考量。它成就了一代代艺术名家,也训练培养了一代代青年人才。1949年梅俞配的《游园惊梦》在上海唱了八次之多,配戏的梅葆玖说就是上了八次课。在2014《牡丹亭》展演中,大师们的表演,一招一式、每个唱段都符合昆曲的规范,另一方面,又在昆曲的规范性中发挥自己独有的艺术创造性,艺术创造性的重点在于深入体验剧中人的内心世界——所谓传神,使演出的舞台形象韵味醇厚。

昆曲与《牡丹亭》的表演,都来自传字辈的传授,演唱音乐采自叶堂校谱。所以无论南北昆、青春版、大师版,其唱、念、做,一切程式,都是一样的,没有变化的,无需变也不必变。我曾经请石小梅与王芳串演《琴挑》在我的课堂上演出。她们两人分属两个剧团,而且从没配演过戏,更不用说合演《琴挑》。因为原先与石小梅配演的旦角因故不能来,我临时请王芳合演。但两位艺术家从没搭档演出过,仅仅在演出前略一对戏,就上场了,而且对手戏浑然一体、天衣无缝。因为两人的《琴挑》来自同一个师傅沈传芷的传授。《游园》《惊梦》《拾画》《叫画》《离魂》,无论哪位演员,都一样的唱念做,这保证了演出的基本范式与成功。但各位演员演出的艺术层次、水准还是有差异。

自从青春版问世,青春靓丽的杜丽娘、柳梦梅一遍又一遍在舞台上翩翩起舞,眉来眼去谈情说爱,博得大学生喜爱。一时全国昆坛都是灵动风骚青春版,于是张继青《游园惊梦》的优雅娴静再不复见。幸有梅兰芳《游园惊梦》电影留下大师艺术风貌,而梅兰芳的昆曲表演,比张继青的表演节奏更慢些许,表演程式的幅度更收敛些许,动作幅度更小些、慢些,更低眉敛眼。梅兰芳表演的杜丽娘更为幽雅娴静。因此有人担心今天的演员如果像梅大师那样静与慢的表演风格,恐怕当下观众没耐心。2013年上海国际艺术节,史依弘、蔡正仁演出俞言版《牡丹亭》。我没有见过言慧珠演杜丽娘的风采,但是很显然,史依弘塑造杜丽娘,其演出风格全部采自梅兰芳电影版《游园惊梦》的表演艺术。那一袭大红披风紧裹出场,缓慢转身,低眉敛眼,心事幽幽,轻慢的念白,幽幽地吟唱"袅晴丝吹来闲庭院"。游园的五支曲子【绕地游】【步步娇】【醉扶归】【皂罗袍】【好姐姐】,一样的幽幽唱来,心定气闲,舞台动作收敛稍缓慢。梳妆、照镜、步香闺,尽显幽雅娴静,而不是灵动风骚。这是梅兰芳塑造的大家闺秀、二八佳人风度,而不是闺中难耐寂寞的风流少妇。史依弘塑造杜丽娘,显然是师法梅兰芳的表演艺术的神采。我们从中领略到昆曲作为雅部艺术的优雅娴静风采。魏良辅创昆曲水磨调,要求演唱"全要闲雅整肃,清俊温润",昆曲"调用水磨,拍捱冷板","功深熔琢,气无烟火"(沈宠绥《度曲须知》)。雅静——这才是昆曲艺术的品位,体现了中国古典文化审美境界的艺术。这不免使我们怀疑当下在载歌载舞旗号下、戏曲舞蹈化的昆曲,还是否传承了古典昆曲的真正艺术风貌?

看惯了《游园》《寻梦》《拾画》《叫画》舞台动作精致繁复花哨,像苏州园林的繁复元素,满目缤纷地展示在观众眼前,那一支支意象纷繁的曲词与手脚挥舞并用的唱做,究竟要表现剧中人怎样的思绪情感?只是令人眼花缭乱目眩眼迷,而不知所云。而岳美缇演《叫画》,开场神定气闲,柳梦梅只是欣赏一幅与自己不相干的观音画像,之后逐步发现是一位美女,不是观音,再后看画上题诗,逐渐悟出竟似乎与自己有关,最后唤画中人是"姐姐"相携而行。岳美缇表演的仍是昆曲的唱与做,但她的艺术表现的是中心,是柳梦梅面对这幅画像的心理发现,在唱念做中有层次地一层层清晰地展示出来。岳美缇娴熟的表演艺术就转化为对《叫画》中柳梦梅内在心理的把握。《叫画》的舞台表演就是一个剧中人心理发现的过程。

也曾看到有的演员将《写真》仅仅演成一位美女为自己画像,唱腔优美,动作甜美。殊不知病入膏肓的杜丽娘为自己写真,内心的痛楚、无望与祈愿。也看到梁谷音演《离魂》是心灵的投入,她将杜丽娘低回欲绝的痛楚与难舍难分的悲情表现得催人泪下。艺术家将自我的心理经验、人生积累、自己对人生际遇的思考灌注在所塑造的人物身上。唱念做不是通常的舞蹈歌唱,戏曲化的表演已经化为自我的心理表现。汤显祖塑造的杜丽娘人生阅历曲折太多,由生而死,死又复生,为情而死,为情而生,每一出中表现的都是不同的情感。演好杜丽娘,演员需要深刻体验杜丽娘的内心情感,以自己的人生经验与生活细节来丰富演出。在大师版《牡丹亭》中,70多岁的张继青演《离魂》,杜丽娘与母亲诀别下跪,虚弱垂危的她由春香搀扶着,恰好显示出杜丽娘离死前气息奄奄的状态。

四

2014年《牡丹亭》展演,有大师版,有典藏版、南昆版、天香版、永嘉版、大都版、青春版、御庭版,八个版本的昆曲《牡丹亭》演出极一时之盛。

《牡丹亭》演出中着重塑造杜丽娘这一人物形象,柳梦梅基本是陪衬角色。苏昆青春版生旦并重,扮演柳梦梅的演员俞玖林以青春情真引人注目。在大师版《牡丹亭》中,岳美缇、石小梅、汪世瑜、蔡正仁等艺术家先后登场,独具匠心地塑造了柳梦梅形象,柳生的怀才不遇、风流偶傥、痴情真诚被表现得酣畅丰满。剧中的次要人物,经大师们的塑造,侯少奎的判爷形象、刘异龙的石道姑、张寄蝶的癞头鼋形象,一些有缺陷的角色的舞台表演也妙趣横生。

昆曲《牡丹亭》已是经典。但那是依仗传字辈演员的传授,连当年梅兰芳也聘请朱传茗教授。所以全国七个昆曲院团的《牡丹亭》演出,其唱腔都遵叶堂校谱,一招一式都传承自传字辈,当然上昆《牡丹亭》来自俞振飞亲授,但俞振飞的表演大体与传字辈同一渊源。所以八个版本《牡丹亭》的唱念做,出自同一母体,大体上是相同的。这就是经典的传承,其价值也就在此。但是如果昆曲的所有演员都仅是完全同一种表演模式风格,对昆曲来说,就没有它的丰富多彩性。在清代,昆曲走向全国,不可避免地与当地语言、文化融合,产生了湘昆、晋昆、川昆、滇昆等,这是昆曲在不同地域的演出风格。而今全国昆坛都演同一本戏,昆曲演出的雷同化日益严重。对于湘昆来说能将《牡丹亭》完整演绎实属不易,但是观众看到的却是没有湘音的《牡丹亭》。

源于《西厢记》,产生了突出红娘的《南西厢》,和以红娘为主角的京剧《红娘》,以张生为主角的茅威涛版《西厢记》。鉴于现今舞台搬演的都是《牡丹亭》节编本,显然《牡丹亭》是否也可以拥有以柳梦梅为主角,或以春香为重头戏的各种演出版本?

汤显祖《牡丹亭》的高演出频率,当然足证《牡丹亭》的价值与影响,它在当代昆曲界的顶尖地位。但另方面未始不包含遗憾。汤显祖剧作演出太单一,永远是一部《牡丹亭》。汤显祖"临川四梦"有《牡丹亭》《紫钗记》《南柯记》《邯郸记》四部。在纪念汤显祖四百周年活动中,没有"临川四梦"的演出。当然上昆曾排演《邯郸记》《紫钗记》,江苏昆有《南柯记》,但很少演出。

昆曲列为世界非遗已经一十五年了。根本的遗憾,是不能永远只是以一部《牡丹亭》为昆曲的旗帜。

五

文学是昆剧的灵魂,高品位的文学美韵与醇厚的文学蕴含令昆曲超越为戏曲的凤冠。昆曲演出中文学的重要性,在当下将古典传奇名著搬上舞台的过程中仍旧不容忽略。青春版《牡丹亭》的成功,首先在于白先勇主持整编汤显祖原作,截取哪些、舍去哪些,如何拼接连缀,都显出这位著名作家的精粹运思,焕发了汤公原作的神采,铸就青春版成为一个完美的艺术整体。2014《牡丹亭》展演中,就有人提出,浙昆御庭版的文本就稍显简陋,没有《写真》一出,《拾画叫画》就没有基础,很多内涵无法表达出来。北昆版则与其他剧团一样以《游园惊梦》

开场，失去了北昆的特色。通常版一开始就演《惊梦》，这样惊梦中杜丽娘的内心世界就没来由。《春香闹学》本是北昆的传统戏，应该传承下来，北昆版可以《春香闹学》一出为《牡丹亭》开端，这就更完美。

　　上昆《牡丹亭》是名角荟萃的经典演出，每一折演出都有可圈可点之处。但也并非无需再推敲。上昆《幽媾冥誓》折系拼合《幽媾》《冥誓》两折。两件事并不发生在同一晚上。合为一折就是发生在同一晚。在上昆《幽媾冥誓》折，杜丽娘夜扣柳梦梅书房，两人相会，柳梦梅问杜丽娘你从何而来？家住何处？杜丽娘当即告柳生自己乃是鬼魂，望柳生明天掘墓才能回魂，柳生承诺——这就是"冥誓"。已显明是鬼魂的杜丽娘转身即要离去，这一折应该结束了。但编者记得尚未"幽媾"。所以只见柳梦梅翻袖拉住杜丽娘，唱："我与你点勘春风第一花。"柳生拥杜丽娘同下——点题"幽媾"。每次看到这里，我都惊诧莫名。在原《幽媾》中，柳生是不知杜丽娘系鬼魂才有情趣与夤夜而来的美娇娘"幽媾"的。《聊斋》中人鬼妖相恋，许仙与白娘子相爱，都是男方不知对方是鬼与妖的。已知对方是鬼，明天还要去掘墓，哪还敢与鬼魂"幽媾"呢！

作者单位：苏州大学文学院

新世纪的传播与诠释
——上昆"临川四梦"演出及汤显祖剧作的戏剧史意义

刘 祯

当代昆曲剧团不论是六个半抑或七个,虽数量不多,却各具千秋,各有其长,是二十世纪昆曲兴盛的标志。而无疑,上海昆剧团(以下简称"上昆")演员行当的齐全、演员表演艺术的精湛、保留剧目的完整和保护传承的有序不断,则也是有目共睹的。文化部主办的纪念汤显祖逝世400周年优秀剧目展演,于2016年7月在北京国家大剧院拉开帷幕,上昆拿出的是汤显祖全部的"临川四梦",亦足见上昆的实力。

一、上昆演出"临川四梦"的价值意义

"临川四梦"是传奇创作的一个高峰,一个奇迹,也是昆曲表演的一个高峰,一个奇迹。特别是《牡丹亭》,自其问世以来,在昆曲舞台流行不衰。昆曲从清代中期以其"繁缛"逐渐走向衰落,涨涨落落,而《牡丹亭》无论是正本抑或折子戏演出,都是舞台最为流行的。进入当代,昆曲发展也是几起几落,但《牡丹亭》的上演、改编和整理都是最多的。据统计,包括昆曲之外的粤剧、赣剧、越剧、黄梅戏、采茶戏、豫剧、北路梆子的改编本达30多部。[①]围绕《牡丹亭》搬上舞台,汤显祖在世期间即发生过"彼恶知曲意哉!余意所至,不妨拗折天下人嗓子",表达他

---

① 参见赵天为《〈牡丹亭〉在当代戏曲舞台》,《东南大学学报》(哲学社会科学版),2013年第4期。

对沈璟动其曲词的强烈不满。当代改编,大致来看,有两种趋势,一种是汤显祖的"异化",这在二十世纪五十、六十年代,包括八十、九十年代均属此列,意识形态化下对古人作品按照时代要求和理解加以"改编"和"创作";另一种是步入二十一世纪非物质文化遗产保护以来对"遗产"的尊重和还原,体现为一种文化的自觉和自信,也是新时代背景下对"遗产"的历史再读、再诠释和再体验。这一时期的"改编"与此前当代的"改编"理念迥异。此次上昆"临川四梦"即是在这一历史背景下、秉承这一理念进行"改编"的。

"临川四梦"的完整推出,是昆曲表演和有效传承的结果,更是汤显祖戏剧艺术的魅力所及。昆曲发展有其深厚的传统与历史积淀,今日各昆曲院团能够上演多少、上演什么剧目是检验其实力的重要手段,同时也说明该剧目传播和流行的程度。《紫钗记》《牡丹亭》《南柯记》《黄粱梦》是汤显祖剧作的所有,以"临川四梦"著称于世,汤显祖并非职业戏剧家,他的理想在于"兼济天下",但人生仕途的变幻莫测、波诡云谲,改变甚至是颠覆了他对社会、对仕途、对人生的看法,"四梦"某种程度上是汤显祖精神与心路历程的象征和隐喻,侠、神、佛、仙,似幻似梦,似虚似实,似仙似俗,似真似假,他的戏剧是为人生的艺术,不意他的人生理想成了他戏剧艺术的映像,他以"四梦"取得了远比"正史"更高的认可和地位,这是汤显祖无论如何也想不到的。所以,"四梦"的整体推出,不只是一个剧作家作品是否具有完整性的问题,而是关乎对剧作家人生理想理解是否完整的问题。这,上昆做到了,并且,它在国家大剧院戏剧舞台的表演是如此美轮美奂。"四梦"中四部作品不是平衡的,这从他们传播传承的出数和频度可以见出,无疑,《牡丹亭》的家喻户晓毋庸置疑,上昆有多个版本的《牡丹亭》,此次整理改编,不能说是非常完整的,因为毕竟是一个单元的演出,没有很大的容量,保留了九出,这九出从文学性来看,是汤显祖《牡丹亭》的精华所在,从舞台表演角度看,也是最精湛和最有传统和传承基因的部分。《紫钗记》取材于唐传奇《霍小玉传》,是"四梦"描写中最具现实性的作品,表现李益与霍小玉之间始终如一、真挚感人的爱情,这也是传奇素有的题材内容,作为汤显祖早期传奇作品,从内容题材到形式可能因循的更多一些,相比较来看汤显祖个性和创新处要少一些。《南柯记》在昆曲舞台上已难觅其迹,但恐怕也就是上昆有这种实力能够把这样一部昆曲舞台久违的作品呈现给观众。这也是汤显祖剧作演出和传播史的一个历史,是上昆值此汤显祖逝世 400 周年之际一个完美的收官。

演出风格的统一性。上昆"临川四梦"演出风格的统一性,既是一个组织安排问题,也是一个艺术理解,还是一个对剧作思想及作者思想系统性和整体性的认识问题。昆曲的传播与传承,使得不同剧目以不同方式呈现,尤其是后来的折子戏,自由灵活,可长可短,故事不再繁复,但细节细腻,人物关系密切,感情真挚到位,它也为该剧目的改编、整理奠定了基础。一些剧团的"改编本"多由此而来。上昆"临川四梦"亦以此为基础,但显然不限于此,比如此次《牡丹亭》游园、惊梦、寻梦、写真、离魂、拾画、叫画、幽媾、冥誓九折演出本,即是在多种版本数十出中改编整理的,使得这九出既具有原作的主要情节,又能围绕杜丽娘与柳梦梅的爱情关系表达原作的思想精神。这种以"四梦"为整体性的意识和安排,特别体现在此次上昆演出的舞美和灯光所构筑的风格和色彩上。"四梦"舞美和灯光讲究整体、一致,而在这种整体和一致中因具体作品不同而有变化,这种变化又与该剧所表达的内容和思想契合,这种风格的质朴、雅致、简约,还有隐约的现代感,都在告诉我们这是昆曲,这是汤显祖的作品,也是今人理解和诠释的汤显祖"四梦"。舞台的色彩与灯光,是装饰与表演的辅助手段,还是一种无言的思想流露,具有象征意义。比如《邯郸梦》所具有的仙道思想,舞台色彩较多采用的是紫色,而"紫气东来"的典故是与道家创始人老子联系在一起的,无疑这一基调与该剧所要表达的题材和思想是吻合一致的。

如果说传承是文化的显著特征,那么我们可以说,传承是中国文化的精神,这是由中华文明早熟和对思想原典的追求所决定的。无疑,昆曲之于戏曲具有这种性质,而上昆在当代的风云际会中发扬了这种精神,使得昆曲、使得汤显祖剧作演绎能够持续不断。昆曲的"行当"规式可以消弭因不同演员扮演而带给观众所饰人物的明显差异,在这次演出中一个显著特征就是老中青演员的同台献技,展现了上昆在演员队伍所形成的梯队组合,老一辈艺术家计镇华、张洵澎、蔡正仁、梁谷音、张静娴、岳美缇等风采依旧,或粉墨登场,或亲自传承指导,而一批愈益走向成熟的演员如黎安、吴双、缪斌、沈昳丽、余彬、倪泓等也越来越为广大观众所熟悉、喜爱。其实,年龄的反差饰演同一人物对观众还是会产生一定阻隔影响,但这种传、帮、带的传承方式对演员成长的影响是显而易见的。"非遗"保护今天成为中国人文化自省和走向自觉的出发点和一种标志,而汤显祖和他的"临川四梦"成为经典示范。汤显祖的戏剧史和文化史意义某种程度上比既往历史的所有阶段更被人所首肯和热议,似乎今天人们才真正读懂了"临川四梦",也才真正在读懂汤显祖。这种认识和认识趋势,既是现实因素的,也是由中国文化的传承特点及对传统的向往、膜拜所决定的。从这一向度审视,汤显祖及其剧作的影响和价值还处于不断的增长中。

二、回到中国立场评价"临川四梦"

上世纪30年代,日本汉学家青木正儿比较中西戏剧,在《中国近世戏曲史》一书中,最早将汤显祖与莎士比亚并提:"显祖之诞生,先于英国莎士比亚十四年,后莎氏之逝世一年而卒。东西曲坛伟人,同出其时,亦一奇也。"[1]青木正儿最早从世界整体范畴出发,看待东西方戏剧,已明显具有世界性的眼光。毋容置疑,汤显祖与莎士比亚,均对自身所处的文化传统,产生了巨大的影响,甚至成为东西方戏剧的文化符号,他们的戏剧作品问世以来,不仅引起历代学者的研究与评价,也掀起舞台表演的热潮,成为久演不衰的经典,用莎士比亚来比况汤显祖,当然是很恰当的。

---

[1] 青木正儿著、王古鲁译《中国近世戏曲史》,商务印书馆,1936年,第230页。

将汤显祖与莎士比亚置于同一高度进行比较,不能仅仅停留在某些微不足道的偶然性巧合事件中寻求趣味,更应该发掘其作品的精神意蕴,因为艺术作品所产生的思想,必然有其深刻复杂的社会背景与文化背景,通过历史透视的经典细读与接受,才能创造当下的价值。从纵向的历史时间维度看,莎士比亚与汤显祖尽管同在一个时代,但是他们所处的横向文化空间却有极大的差别,其戏剧的表现形态、审美观念、思想精神、理念价值也完全不同,因此,我们必须回到两位戏剧大师所处的文化语境中,去体贴他们的生命情怀,才能对其剧作产生的价值意义做出更为公允客观的比较与评价。

　　理解晚明思想格局及发展走向,是解读汤显祖剧作的前提。伴随着资本主义的萌芽,中国 16 世纪的明代,"曾经存在一个土生土长的'文艺复兴'的人文主义者的反封建斗争历史和他的思想体系的轮廓"①,在社会哲学领域,便已开启了启蒙运动的进程,尤其以泰州学派为代表,王艮提出"百姓日用即道","愚夫愚妇"都"能知能行",一反过去的道统。崇尚饥思食、渴思饮、男女之爱自然而然的"人性之体",高扬个性解放,抨击禁欲主义,从思想领域反对"存天理、灭人欲"的封建礼教。王艮门人罗汝芳提出"大道只在自身",汤显祖主张"吾儒日用性中而不知者,何也?'自诚明谓之性',赤子之知是也。'自明诚谓之教',致曲是也。隐曲之处,可欲者存焉。致曲者,致知也。"②与欧洲的文艺复兴类似,社会思想的启蒙,总要与文学艺术相呼应,公安三袁提出文学"独抒性灵、不拘格套";以"狂狷"自我标榜的李贽倡导"童心说";通俗小说"三言""二拍"展现出市民阶层的生活观与价值观;绘画领域出现了"我行我法"强调自由创造精神的"文人画"理论;汤显祖更是以"唯情主义",提出人性解放,开启了戏曲艺术思想的新天地。诗歌、小说、戏剧、绘画等领域的思潮并不是孤立的现象存在,在晚明这个独特的时期,作为一场高扬感情的唯情主义的社会思潮,共同掀

---

① 卢兴基《失落的"文艺复兴"中国近代文明》,社会科学文献出版社,2010 年,第 4 页。
② 汤显祖《明复说》,《汤显祖集·诗文集》,中华书局,1962 年,第 1165 页。

起了中国式个性解放的思想启蒙运动。尽管这一运动被清军入关打断,但不能否认晚明社会思潮的进步意义。因此,理解汤显祖的"临川四梦"所折射出的精神世界,不能不将其放置于一个宏观的、整体的、中国语境下的社会思潮进行审视。

汤显祖十三岁即跟随罗汝芳学习,在人文启蒙思潮的影响下,提出人性解放的"唯情主义",认为"人生而有情。思欢怒愁,感于幽微,流乎啸歌,形诸动摇。或一往而尽,或积日而不能自休。"①"唯情主义"是一种新的价值观与人文主义精神的体现,奠定了汤显祖的思想理论,也贯穿了文学、戏曲的创作实践。在他看来,"性"、"心"、"情"根本就不能间隔,天理天道自在人情中显现,"世总为情,情生诗歌,而行于神"②,作为一种消解"理法"对人性束缚与压抑的巨大力量,"情"是人的生命内部涌起的精神自觉,价值理性的自我把握,可以穿透时空,超越生死。因此,文学创作,可以不拘格套、打破成规,"因情成梦,因梦成戏",以梦的方式吐纳性情,以"传奇多梦语"③构筑舞台之情景。诚如吴梅的评说:"盖惟有至情,可以超生死,忘物我,通真幻,而永无消灭;否则形骸且虚,何论勋业,仙佛皆忘,况在富贵?"④《霍小玉传》借助"侠义"的力量,突破世俗社会的现实,成就"情"的圆满;《牡丹亭》将深闺少女对爱情的渴望,渲染到极致,生而可以死、死而可以生,生生死死,寻寻觅觅,惊心动魄,巧妙迭出,只为寻求一种人间至真的深情,将生命诗意地安顿;《南柯记》的梦,将苦乐兴衰写尽,宠辱得失历遍,功名利禄,荣华富贵,不过是虚,是空,如同梦幻泡影,东风一吹,便破便灭;《邯郸记》中的黄粱梦,感叹浮生如秭米,付与滚锅汤。道在秭秭中,顿悟的却是生死情空。"临川四梦"构筑的梦境与至情,融入了

---

① 汤显祖《宜黄县戏神清源师庙记》,《汤显祖集·诗文集》,中华书局,1962年,第1128页。

② 汤显祖《耳伯麻姑游诗序》,《汤显祖集·诗文集》,中华书局,1962年,第1050页。

③ 汤显祖《与丁长孺》,《汤显祖集·诗文集》,中华书局,1962年,第1350页。

④ 吴梅《四梦跋》,毛效同编:《汤显祖研究资料汇编》,上海古籍出版社,1986年,第711页。

汤显祖对时空的认知,对生死的了觉,认知的不仅是"活着,还是死去"的问题,更在思考着宇宙生命与个体至情的存在意义,"灵奇高妙,已到极处"①。如果不从中国传统的哲思立场出发,便就看不到汤显祖这一灵魂,也无法贴近汤显祖的思想精神,更不可能解读出"临川四梦"的深刻与伟大。诚如吴梅所言:"世之持买椟之见者,徒赏其节目之奇,词藻之丽,而鼠目寸光者,至诃为绮语,诅以泥犁,尤为可笑。"②"四梦"之价值,不仅限于其昆曲的表现形式,更有其内在的精神价值,尤其在晚明历史转折的苦难危机时代,中国人以自身的哲思方式严肃地思考历史文化命运的发展方向,汤显祖作为个体的人,在历史的洪流中,以至情参透生命,以戏中之梦了悟生死,从而张扬个性,发掘人性,契合着中国式的早期启蒙精神,让"临川四梦"焕发出恒久的艺术生命力。无论在一经问世,便让"家传户诵,几令《西厢》减价"的明代,还是在当下通过上昆排演"临川四梦"所激起的"昆曲热",均可窥见"临川四梦"所具有的跨越时空的永恒性价值。在上昆的表演中,除了老中青三代演员精湛技艺所创造的形式美感之外,我们仍能从其改编本中,体会"四梦"之情的深刻,"生而可以死、死而可以生"这种表象上的合情不合理,彰显和洞烛的是一种普世、恒久的人的灵性生命与理想诉求,这种浪漫情怀和执着坚定,是中华民族的情感气韵,其意义和价值认同感,通过戏剧的表达被不断张扬,无论在哪一时代,均能引起观众的强烈共鸣,获得舞台生命的真实效果,亦愈益引起当代人的共鸣,这种评价趋势与中国文化所注重和倡导的精神实质是一致的。

三、莎士比亚与汤显祖:东西方文化立场与评价

时值汤显祖与莎士比亚逝世 400 周年之际,各地掀起了一股纪念热潮,各类学术活动、包括上昆"临川四梦"在内的演出活动,纷纷在世

---

① 张岱《琅嬛文集·答袁箨庵》,岳麓书社,1985 年,第 144 页。
② 吴梅《四梦跋》,毛效同编:《汤显祖研究资料汇编》,上海古籍出版社,1986 年,第 711 页。

界各地举行,如何比较与评价汤显祖与莎士比亚,成为学界争鸣的重要话题。其实,早在二十世纪六十年代,徐朔方先生就撰有深入研究和比较汤显祖与莎士比亚的文章,他特别强调其文"不想效法唐代元稹写李杜优劣论的样子硬要替古人分高低,这样做既不可能,又无必要。但是他们各自代表东西方的两大文化,至少代表中国、英国两种文化、两种文学,在适当的对照下,会有助于我们对他们遗产的认识和评价。"①我们既不能妄自尊大,也不能妄自菲薄,只有将二者放置于客观的历史语境中,才能得出中肯的论断,而评价视野中文化立场的选择就尤为重要。一部戏剧作品之所以成为该民族世代流传的"经典",既有内部的因素,即在艺术精神上具有超越性,在审美上达到典范性,在形式上具有示范性的权威作品。也有其外部建构的因素,诸如作家的种族国籍、文本所处的文化语境、不同时代的文化立场,甚至文化权利的博弈等等,很少有作品不经过外部的"建构"而天然的成为经典,包括汤显祖与莎士比亚戏剧作品。因此站在不同的阶层立场,对同一部作品便会得出截然相反的评价,例如在伊丽莎白时代,莎士比亚剧作主要是应剧组的要求而写的,其作品并非"不朽的"、"永恒的",在流传与接受的过程中,遭到不断地"改写"。伏尔泰就曾站在法国古典主义戏剧的立场,批评莎士比亚戏剧,"毫无高尚的趣味,甚至"断送了英国的戏剧"②。伴随着莎士比亚在中国的翻译,其一开始就作为英国戏剧文化的"经典"被传播到国内,经典地位随着阐释者的不断强化,已成为不可置疑的"真理",但哈姆雷特式的呐喊,所透露出来的价值理性,是否被中国人所吃透理解,恐怕胡适日记就是最好的反讽与证明:"萧士比亚实多不能满人意的地方,实远不如近代的戏剧家。现代的人若虚心细读萧士比亚的戏剧,至多不过能赏识某折某幕某段的文辞绝妙,——正如我们赏识元明戏曲中的某段曲文——决不

---

① 徐朔方《汤显祖和莎士比亚》,徐朔方《论汤显祖及其他》,上海古籍出版社,1983年,第73页。
② 参见伏尔泰《哲学通信》第十八封信(1734)(选),《莎士比亚评论汇编》(上),中国社会科学出版社,1979年。

觉得这人可与近代的戏剧大家相比。他那几本'最大'的哀剧,其实只当得近世的平常'刺激剧'(Melodrama)。如'Othello'一本,近代的大家决不做这样的丑戏!又如那举世钦仰的'Hamlet',我实在看不出什么好处来!Hamlet 真是一个大傻子!"①胡适的不解,也未能撼动莎士比亚在中国评价体系中的地位,因为近代以来,西方戏剧理论被舶来之后,已经成为一种主流话语,站在西方戏剧理论的立场,以悲喜剧的价值标准比附固有传统,强迫中国戏曲就范西方解释系统,已成为一种学术习惯。由此莎士比亚是幸运的,而汤显祖就显得有些悲情,有以"悲剧"的标准来诟病"临川四梦"的大团圆结局的;有站在西方话语体系的立场上,认为汤显祖属于"中世纪"而不具有"现代性"的;有以黑格尔的标准为绝对标准,批评汤显祖的戏剧不属于严格意义上的"戏剧"者;甚至有学者认为汤显祖与莎士比亚根本无法比拟,"如果从更高的形而上层面和精神境界来看,汤显祖与莎士比亚在文学殿堂中根本不属于相同的级别,不具有可比性。汤显祖在他所处的时代非常优秀,反映了时代的问题,但从根本上说是不能和人类文学中的顶级巨匠莎士比亚相提并论的,艺术和思想不会因其所处的国籍民族不同就随意变换标准,汤显祖的平面化叙述、为伦理道德所围而妥协了的矛盾,以及没能进入形而上层面的缺憾,在后世终于由他的同胞,伟大的曹雪芹全部弥补,如果说非要比较,这才是本民族真正与莎翁一个级别的作家。"②西方文明并非一种普世性的文明,也并不存在一个放之四海而皆准的西方标准,将莎士比亚预设在"人类文学中顶级巨匠"的位置,作为价值判断的依据,认为"更高的形而上层面和精神境界"有"级别",直接依据西方的文化模式来匡正自己的文化理念,并以此作为思想启蒙的资源,判断其他文化的"落后性",却不从中国传统文化活泼的生命力出发,深入中国传统艺术传达的价值系统与符号象征体系,探

---

① 沈卫威编《胡适日记》,山西教育出版社,1997 年,第 127 页。
② 张霁《缪斯殿堂的台阶是有层级的——汤显祖与莎士比亚的不可比性》,《上海艺术评论》2016 年第 3 期。

寻"临川四梦"构筑的精神情感与生命意义,动辄反讽嘲弄自己的艺术与文化,轻蔑自身民族文化的价值,这种认识和观点在二十世纪八十年代改革开放的初期,甚至汇为一时潮流,影响一世人心。但在二十一世纪的当下,那种"月亮都是外国的圆"早已遁形逃匿后,尚有论者以"更高的形而上层面和精神境界"来抑此扬彼,正是丧失思想和文化立场,缺乏民族文化自信的典型反映,完全以西方的话语及价值标准作为不能"随意变换的标准"来衡量、批判世界,貌似客观、公允而浑然不知自己的片面和无知。其实"艺术和思想不会因其所处的国籍民族不同就随意变换标准"这种观点,早在上世纪70年代已经遭到西方理论界的自我质疑,佛克马提出:"所有的经典都由一组知名的文本构成——一些在一个机构或者一群有影响的个人支持下而选出的文本。这些文本的选择是建立在由特定的世界观、哲学观和社会政治实践而产生的未必言明的评价标准的基础上的。"[①]审美性与特定社会的价值功利性,始终是影响艺术作品地位的两种重要的力量。

  不可否认,莎士比亚是伟大的,其剧作具有深刻的精神力量与生动巧妙的展现方式,深刻影响了西欧的戏剧文化,但不能因为莎士比亚的伟大,来否定汤显祖剧作的伟大,生硬地将不同文明系统下的戏剧家互比优劣,显然是无意义的。如果将汤显祖的"四梦"抽离出中国文化的语境,晚明的时代背景,阳明心学的哲学体系,将之放之西方价值评判的标准,恐怕就会得出非客观、不公允的结论。汤显祖剧作不是没有缺点和不足,但价值立场的混乱,导致评价标准的错位,"他者"视角和评判标准,使得评论者难以在更为广阔背景(超越西方)下真正从文化史、戏剧史的视野解读和评判,以至于出现了对汤显祖"平面化叙述、为伦理道德所囿而妥协了的矛盾,以及没能进入形而上层面的缺憾"的偏颇。

---

① 佛克马(D.W.Fokkema)著,李会芳译《所有的经典都是平等的,但一些比其他更平等》,童庆炳、陶东风主编:《文学经典的建构、解构和重构》,北京大学出版社,2007年,第18页。

其实，这样一种认识和"理论"并不值得反驳，因为它所反映的是学术眼光的狭隘与偏激，徐朔方先生早已做了回答："我深信只有对自己民族文化具有不可动摇的自豪感的人才能充分评价别民族的伟大成就而不妄自菲薄。一个最有信心的民族也一定最善于向别的民族学习，而不骄傲自满。"①在纪念莎士比亚与汤显祖的今天，我们更应该以此为契机，关注本土学术知识传统，走出西方的戏剧理论模式，建立符合自身文化传统的话语系统，纠正过度生搬硬套地将中国戏曲艺术置于西方话语阐释系统的做法，代之以"以中容西"的气度，扎根于自己深厚的文化土壤，思考和探寻艺戏曲的发展方向，才能使莎士比亚与汤显祖的戏剧，焕发出新的时代意义。

作者单位：梅兰芳纪念馆

---

① 徐朔方《汤显祖和莎士比亚》，见徐朔方《论汤显祖及其他》，上海古籍出版社，1983年，第88页。

域外汤学

《牡丹亭》法文全译本前言

[法]雷威安著　罗仕龙译

译者说明:1999年11月26日至12月5日,法国首次上演全本《牡丹亭》,由美籍华裔导演陈士争执导。主办单位"巴黎秋季艺术节"特请汉学家雷威安(André Lévy, 1925—　)翻译《牡丹亭》剧本供演出字幕使用,并于同年由巴黎 Musicafalsa 出版社出版。雷威安教授生于天津,巴黎大学毕业后曾于亚洲多处任教长达二十年之久,并历任法国波尔多大学、巴黎第七大学东亚系汉学研究中心主任,著作等身,译有《金瓶梅》《聊斋志异》《西游记》,以及白先勇《台北人》等多部古典与现代文学作品。《牡丹亭》法文全译本全书412页,附彩图16页,共收录20张照片,包括《纳书楹曲谱》书影、《牡丹亭》巴黎演出舞台模型、排练剧照、演出剧照等。本文系雷威安教授附于《牡丹亭》全译本前的简介,脚注皆出自雷威安教授,此处悉数予以保留。

一、中国的莎士比亚?

1616年7月29日晚间近十点,汤显祖与世长辞。莎士比亚恰好也是这一年过世。然而巧合的事情不仅于此。莎士比亚创作《罗密欧与朱丽叶》的1598年,很有可能也是他的中国同辈创作《牡丹亭》的年份。可以确定的是,1550年9月24日清晨六时许,这位中国剧作家来到人间,比那位声名远播的西方剧作家早了将近十五年。

我们当然可以和费海玑一起叹息,①叹我们如此熟稔却甚少言及其中一位剧作家,而另一位剧作家我们言之凿凿却知之甚少。重点是必须承认"中国莎士比亚"的头衔或许并不一定适合套用于汤显祖。作为一介文人,他的确在诸多同辈中出类拔萃,然而作为剧作家的时间只有短短数年,特别是在1598至1601年间创作力特别丰富。如果我们把汤显祖于1577年初次尝试且于1587年修订的作品算进来的话,那么他一生中充其量不过只创作了四到五出剧本。相较之下,身兼演员与作者身份的戏剧家关汉卿(约1230—1320年)显然更值得推介。如果我们假设关汉卿现存杂剧十八种(不管是全本也好,残本也好)只占其所有剧作一半的话,那么他的剧作总量差不多也就是莎士比亚创作剧目的总数(包括亡佚或假托于莎翁名下的剧作),更何况关汉卿创作的年代还比莎士比亚早了三个世纪。1958年,关汉卿也曾被当成中国的莎士比亚推崇。那时曾有一幅想象的关汉卿绘像,他飘扬的美髯比莎士比亚或列宁的须鬓都还要长。

必须直言不讳地说,因为戏剧传统在欧亚大陆两端有所差异,所以两相比较所造成的认知偏差,往往要比澄清的事实来得多。固然我们可以发现某些汇聚相交之处,但与此同时,这些相似处却让我们发现两者之间有更多本质性的分歧。笔者冒着过度简化问题的风险,试着扼要提醒这一点。总之,在戏剧领域里,若是强行类比,得出的结果恐怕是谬误比启发来得多。

二、戏剧或歌剧? 既非又是……

在汤显祖的年代里,社会的顶端是文人等级,或说文人阶层。这是国家人才的储备库,通过举世闻名的科举考试制度,在文人圈里为国选拔高级文官。于是,文人于公于暇之际以其他文人同侪为受众所做的文章,自然而然就是最被赞赏的美文典范。不管是文体风格或词

---

① 费海玑《汤显祖传记之研究》,台湾商务印书馆,1974年,第1页。

藻语言,这些创作对社会上其他领域的人来说,大多像是无字天书一样。至于带有娱乐性质的文学作品,根源自广大群众,且其生产者的社会阶级低下。从文学一词的正宗定义来说,这些作品甚至根本不能自称为文学。

是否就是这个原因,所以戏剧在古代中国无迹可循?是被抹灭了,还是根本就不存在?固然杂技和表演是存在的,但我们一般所谓的戏剧,其出现时间似乎不会早于十世纪。是受到佛教传播的影响,从印度传进中国的吗?此处需要再给戏剧文类下个更广的定义:有对话,而且有多位演员。戏剧一词在西方的意思,是指好几位角色在台上滔滔不绝讲了好几个小时的话。中国要到二十世纪才产生这种西方模式的戏剧,所以一般称之为"话剧"。对中国人来说,戏剧通常是用唱的。既然如此,为什么不干脆叫它"歌剧"呢?一般西方人的确是这么翻译的,虽然并不是很严谨地使用这个词,不过仔细衡量,其实这么叫它也并非全无道理。原因是在我们西方,歌剧体现的是音乐领域的成就,荣耀归于作曲家。在中国,某种程度上来说,在作品上署名的人并非不是脚本的撰写者。只是音乐家的名字常常隐而不见,更不用说音乐本身很少是原创的。整出作品其实是把人们已知的曲调和格式组织起来。但还不止于此。音乐一纵即逝,遗忘人间,因为在中国没有准确的记谱系统。然而文本却存活下来,甚至变成文学精髓。许多精美且附有插画的版本存在,证明这种称为"歌剧"的作品,是可以像小说一样拿来读的。尤其是这些作品早已经上不演了。至少从十六世纪起,它们就通过这样的方式,不断地被后人阅读。

所以,到了汤显祖的时代,这种歌剧式的戏剧早已经历了整整五百年岁月。此处容笔者大胆地用三言两语勾勒出主要的发展线条。在之前的一千年里,出现了各种伴随舞蹈的表演,演员面部化妆或戴面具,运用肢体或对话演出。演出内容的灵感来源是印度佛教,而佛教本身是一个复杂难解的领域,充满许多哲思辩证的题旨。到了将近十二世纪时,所谓戏剧才较具规模,而南北之间不管是音乐架构或形式,都已经出现明显对比。当时盛行的缠足风气可以解释,为何唱功比舞蹈更具有压倒性主导地位。于是我们不难想象,某种由各式短曲组串而成的长篇歌谣,慢慢在综艺纷杂的表演世界里形成所谓"杂剧"。"杂剧"是一种相对来说较短的作品,体制严整,分为四折,外加一个"楔子"。"楔子"类似前言,但也有可能安插在四折之间。原则上四折由同一位演员演唱,而且只有一位演唱。蒙古人建立的元代(1276—1368)一般被称为中国戏剧的黄金时代。而正是杂剧剧本,丰富充实了有元一代的演出剧目。十九世纪中,巴赞(Antoine Bazin)已致力使人认识这种戏剧。布莱希特从中汲取养分。曾经,我们以为西方的戏剧是最古老的形式,因此也就相信这么一种说法,说是蒙古的征服者带给了中国人戏剧。但是从哪里带去?又怎么带去呢?从西方带去。我们心里暗自这么想着,但没有人严肃地把这件事说清楚讲明白。于是这个论点自然不攻而破了。不过,倒是让异族征服者在这个课题上也分派到一个角色。他们对于通俗娱乐的支持,还有他们对于文人的鄙弃,似乎是造成传统文学价值崩坏的因素,而且可能还是决定性因素。到了汉族建立明朝(1368—1644)之际,此番文学价值的变动虽然有所节制,但基本仍延续下去,后世亦然。而既然皇亲贵胄之中不乏度曲编剧能手,那么文人士子以其为楷模,倒也不是什么有损尊严之事。事实上,正是与汤显祖同年登科的臧懋循(1550—1620),在1615年左右出版了著名的百种最佳元曲选集。这个文学群体渴慕民间源源不绝的生命力,认为庶民精神浇灌了戏曲史上第一次的繁花盛开。与汤显祖同时代的评论说,在《牡丹亭》里可以重新找回这种活力。这个恭维可不能等闲视之。

然而,汤显祖的剧作完全属于另外一种不同的形式,也就是南方的剧种,一般我们称为"传奇"。这个名词也可以用来称呼一种风行于八世纪左右的小说。两者同名并非纯属巧合。这些小说故事以情感丰富闻名,常常成为南方戏曲的题材来源。南方戏曲分出,而非分折,数量上也不是四折,而是有十几出。我们不妨可以把杂剧比拟作短篇小说,而传奇则可比做长篇小说。中国人比较倾向说"听"戏而不是"看"戏。南北戏曲的主要差异,正是在耳间立判。此外,还有人主张

《牡丹亭》在创作之初,就是为了作者故乡江西的音乐风格量身订做。这出戏似乎一直以来都是根据昆山腔演出。昆山邻近苏州,而苏州当时是整个中华帝国最活跃也最人口稠密的城市。十六世纪中叶左右,包括魏良辅在内的一群天赋优异的音乐家,发展出昆山腔。昆山腔事实上是融合的结果,由其他三种邻近声腔(包括江西的声腔)与昆山当地声腔融合而成。昆山腔基于昆山方言的发音,而昆山方言跟今天的上海话非常接近。"昆曲"的"曲"字是曲调,也是戏曲的意思。"昆曲"就是昆山之曲。这些昆曲音乐家并不属于文人的圈子。关于昆曲音乐家的生平事迹,文人只留给我们一些断简残编的讯息。

三、宦场里的小官,文坛上的大将

是文人剧作家?抑或剧作家文人?汤显祖显然属于后者,但他却远非此范畴的史上第一人。1404年,北京上演了一出名剧《琵琶记》。根据巴赞于1841年的译本指出,《琵琶记》作者高明(约1305—1368)也曾于1345年进士登科。这是科举考试的最高等级。然而这到底只是个特例。那些致力于创造中国戏剧黄金年代的文人,虽然让剧本不但可供场上演出,更有把卷诵读的文学价值,但他们大部分都是考运不顺的士子,或者厌倦了竞争激烈的科举考试之苦。

一般认为,帝国的专制统治者定出的科举办法,将原本不平则鸣的知识分子驯服,让他们变成只知道考试的奴才,进而转为统治者所用。此言不假。不过长期以来,这套国家机器也开始出现喘不过气来的征兆。早在1530年,远在北京发号施令的统治当局,就试图关闭各地士子麇集的名山书院,因为这些地方被视为危险的煽动纠众之所,尤以南方为烈。早在十五世纪伊始,南京已成为一座形同虚设的留都。1550年,汤显祖生于江西临川。此处西有湖南,东有沿海省份福建,南邻广东,北倚浙江。简言之,就地理位置而言,此处位在士子抗议争辩的中心地带。有为真道而牺牲的前人,也有乡人崇敬的英雄,历代冲突之多,本文无法一一列举。同时,此处的富庶也让它的地位于古于今都无法一笔勾消。

汤显祖的曾祖父以藏书丰富闻名,约有四万册收藏。汤显祖出身当地书香门第,家学渊源,展现出早慧的文学天分。1575年出版的文集里,就收录有他在11岁时所作的诗。青少年时期的汤显祖追随诸多名师学习,其中以罗汝芳(1515—1588)对其日后思想路线起到决定性的影响。罗汝芳系新儒学流派文士。这是一种佛教化的儒学思想,其中心思想归纳起来,就是拒斥所有的道德权威,仅以自我的良心为依归。1569年,罗汝芳与当时刚掌权的首辅张居正(1525—1582)不欢而散。汤显祖心怀戒慎,拒张居正拉拢,直到张居正过世后,也就是1583年,才考中进士。

十八世纪出版的正史《明史》收有《汤显祖列传》,可谓肯定汤显祖的生平事迹,但对汤显祖的戏剧活动却只字未提。倒是汤显祖上疏时对万历(1573—1619)首辅的尖锐批评,被完整收录在《汤显祖列传》里:"前十年之政,张居正刚而多欲,以群私人,嚣然坏之;后十年之政,(申)时行(1535—1614)柔而多欲,以群私人,靡然坏之。"事实上,张居正在1579年时已经下令毁弃各地山林书院,数年之间颇有成效。汤显祖考取进士之后,仍持续批评时政,不肯趋附当权者。于是1584年时,他被打发到南京任太常寺博士与礼部主事闲职。然而这无疑是为他开了另一条畅行大道,得有充分余暇可修订并完成他1577年动笔的《紫箫记》。这部作品旋之被禁,因为它被怀疑是暗中攻讦当权者。1591年,措词过度强硬的奏折《论辅臣科臣疏》又让汤显祖遭致流放的命运,罢黜至广东雷州半岛为典史。在那里,他想必听人说过澳门的葡萄牙人,因为在《牡丹亭》第21出里,葡萄牙人很怪异地被作者以"番鬼"一词描述。这个源自广东话的词语,是用来形容五湖四海的外国人等。但是汤显祖的好奇心似乎也就仅止于此。没有任何证据可以说明汤显祖是否遇过利玛窦(1552—1610)。事实上,利玛窦在1599年时,曾在南京与李贽(1527—1602)会晤,而汤显祖其实认识并且非常仰慕李贽。李贽是有名的不信道、不信仙释者,在当时颇具影响力。但是李贽与利玛窦会面后非常困惑,怀疑利玛窦居心叵测,打算在中国传播一种比其思想更为激进的教派。至于利玛窦也非常谨慎,担心被卷入这个有造反嫌疑的圈子。

1593年,汤显祖遇赦,内迁浙江遂昌知县。这在当时的中国是个位阶低下的官职。五年后,他因不堪税吏苛捐之扰,挂冠而去,结束仕宦生涯。事实上,万历年间支援朝鲜抗日的战役,因为缺乏有效的财务管理以减少行政事务的混乱,最终让明朝政府虽然战胜,却也负债累累。

辞官归乡后,汤显祖生活极其简朴。两年后,他受到正式处分,从官职簿上除名。1601年,他完成第四部长篇传奇之后,似乎就再也没有动笔写过剧本。话虽如此,闲居的汤显祖仍是一位交游甚广的名士,而且越来越潜心学佛。终其一生,汤显祖所作诗文戏曲的数量,以现代单行缮订的页数计算,共有一千五百页。1982年,这些作品在徐朔方教授锲而不舍的努力下,汇编整理完成。徐教授是《牡丹亭》最权威的校注者。

除了上述的作品之外,汤显祖身后还留下为数众多的手稿。但是,除了一篇迄今尚未寻获的宋代背景故事以外,其余已悉数被其子嗣销毁。《金瓶梅》的美国译者芮效卫(David Roy)曾试图指出,①汤显祖就是这部小说杰作的作者。不过他的论证有诸多疑点,难以完全令人信服。事实上,不管是在风格或思想方面,汤显祖显然都跟《金瓶梅》的作者有很大差异。不过,如果这部一流杰作是汤显祖创作身分的另一面向的话,那么只是更加证明,汤显祖之所以名留史册,不是因为他的仕宦事业,而是因为他的文学成就。

四、戏 剧 作 品

以今天印刷的书籍卷册大小而言,汤显祖的剧作将近有一千页,

---

① 《金瓶梅》由雷威安译为法文,法国迦利玛出版社"七星诗社藏书"丛刊,1985年。

占其文学创作的份量一半以上。这就是中国人一般所称的"临川四梦"。其实中国读者一般比较热爱短小精采的文学体裁。汤显祖这四部长篇大作,是不是有心要跟《四声猿》对比呢?《四声猿》的作者徐渭(1521—1593),其人性格怪异,较汤显祖年长,却是他的良师益友。《四声猿》以北曲形式写成,共由四个剧本组成,是否刚好和南曲形式的"临川四梦"相互映衬呢?

不管事实真相如何,"梦"只在汤显祖最后三部戏剧作品里才扮演着关键角色。除了其中一部以外,都取材自唐朝(618—907)知名小说的故事梗概,自由改编扩充而成。

1577年始作的《紫箫记》,全剧共34出。在汤显祖改编的版本里,几乎见不到唐传奇《霍小玉传》原著里种种使之成为感伤爱情故事的元素,也就是胡应麟(1551—1602)所强调的:不忠丈夫抛弃贫贱糟糠妻而得果报,厉鬼缠身使其猜忌无度。①倒是我们可以注意到,《紫箫记》里北方蛮族入侵,导致科举殿试推迟,这在日后的《牡丹亭》里也有类似情节。

本剧于1587年改写为《紫钗记》,全剧共53出。故事梗概较忠实于唐传奇原作,但所蕴意涵不尽相同,因为《紫钗记》里的分离不是由于丈夫背叛,而是外在环境使然。男女主角之间没有冲突,在《牡丹亭》里亦如是。

另外两部在《牡丹亭》之后编写的传奇剧本,都点出"人生如梦"的主题,并且相当忠于名气响亮的原作。②这些作品在作者基于义理放弃仕宦生涯之际写成,显然不是单纯的巧合。由此也可证明,剧中有些非专业的编剧手法选择并不令人意外:事实上,虽然这些剧本不乏满足观众的用心,但根本上仍是借此抒发个人心志。

---

① 唐传奇《霍小玉传》由雷威安译为法语。法语标题为《背叛的爱》,收录于《古代中国爱与死的故事》选集,Aubier & GF出版,1992年(1996年再版),第125—147页。

② 《南柯记》所根据的原作小说题名亦为《南柯记》,由雷威安翻译为法语,标题为《蚂蚁梦:南柯太守传》,收录于《古代中国的传奇与志怪故事》,Aubier出版社1993年出版,GF出版社1998年再版,第88—100页。《邯郸记》情况相同,收录在上述选集里,法语标题为《仙枕》,第57—68页。

相对来说，《牡丹亭》的原作小说要来得没有名气许多。特别是在汤显祖所处的那个年代。今日，它已被读者遗忘。即便可能是收录在通俗文学选集里，但选集缺稀罕见，实际上已无法找到。作者与创作年代可能与汤显祖相当，但无法确认。就笔者所知，古今论者尚无人大胆尝试分析汤显祖如何运用改造《牡丹亭》所本的传奇故事。

灵魂与肉体分离，在中国文学里并不是什么罕见的主题类型；死后三年复生，也不是前无古人的创举。当然，一般指的是因病昏厥，而不一定是真正死去。总之，在这一点上，汤显祖是刻意"非真"，而最终给他带来某种"罢黜"当朝首辅的痛快，至少在想象里如此。首辅形象是正统礼教秩序的化身。某种程度上来说，汤显祖让自己表现得像个浪荡子，不过却是个中国式的浪荡子，也就是说是反义的浪荡子，就跟中国其他许多态度一样，不能用我们西方惯用的方式来理解。此处容笔者进一步解释。所谓"子不语怪、力、乱、神"，汤显祖在《牡丹亭》最后一出里恰如其分地引用了这句孔夫子的警句。①中国人每每以这段话的前三个字"子不语"自我提醒，也就是说，一个端正的士子文人不该卷入超乎自然之事；一切只需坚守"理"的分际，抛却"情"（其中首要者就是爱情）字不论。最糟的情况，就是任凭自己被情所困扰。简言之，必须由一种极度僵化的理性主义来管控自己的所作所为。中国式的浪荡子则是要弃"理"求"心"，而"心"最主要的组成就是"情"。如果中国式的浪荡子对佛教的兴趣甚于道教，这是因为他们认为外来的佛教教义建构在唯心之上，能提供更加细致的思辨（至于他们的这个认知是否正确，此处暂且不论）。

汤显祖写于1598年的《牡丹亭·题词》倒不失为清楚的自剖：

> 天下女子有情，宁有如杜丽娘者乎！梦其人即病，病即弥连，至手画形容，传于世而后死。死三年矣，复能溟莫中求得其所梦

---

① 雷威安译《论语》，第七章21节，法国弗拉马里翁（Flammarion）出版社GF书系，1994年，第61页。

者而生。如丽娘者,乃可谓之有情人耳。情不知所起,一往而深。生者不可以死,死可以生。生而不可与死,死而不可复生者,皆非情之至也。梦中之情,何必非真?天下岂少梦中之人耶?必因荐枕而成亲,待挂冠而为密者,皆形骸之论也。传杜太守事者,仿佛晋武都守李仲文①、广州守冯孝将儿女事。②予稍为更而演之。至于杜守收拷柳生,亦如汉睢阳王收拷谈生也。③嗟夫!人世之事,非人世所可书。自非通人,恒以理相格耳!第云理之所必无,安知情之所必有邪!

简而言之,《牡丹亭》并不是一则写实的故事。身心健康的十六岁少女怀春而亡,三年后又因春情复生。对于受限于理性思维且被其主宰、忽略情感伟大力量的我们来说,这样一个故事,无疑是当头棒喝。

沈德符(1578—1642)指出,《牡丹亭》一出,家传户诵,令《西厢记》于时人眼中大为失色。两部作品的主题同样都是爱情的相遇、外力的阻挠,最后圆满收场。社会限制与个人自由之间的冲突或多或少都低调呈现在剧情推展过程中。《西厢记》与其源流故事最大的不同,就是剧中已经完全没有冲撞理性的成份。④相反,《牡丹亭》却是某种浪漫

---

① 见十一世纪刻本《太平广记》卷319,鬼四。所记之事取自佛教典籍《法苑珠林》。这则故事发生在四世纪前后,主题情节与《牡丹亭》有类似之处,不过墓穴太早开启,以致于少女无法顺利还魂。

② 见十一世纪刻本《太平广记》卷276。这则简短的故事,发生在四世纪前后。女子为鬼枉杀,故托梦于男子,愿为其妻,以求更生。墓穴洞开,女子尸首完好,喂以羊乳与羹汤后还魂复生。

③ 见十一世纪刻本《太平广记》卷316。故事发生于公元纪元初期,主题类似西方的赛奇与丘比特故事。女子与谈生结缡三载,育有一儿,已两岁。谈生不顾发妻禁令,夜伺其寝后以火照之,遂见腰上已生肉如人,惟腰下但有枯骨。女子离谈生而去,赠其珠袍一件。谈生鬻之。睢阳王见此为其亡女之袍,乃取拷之。生据实对,王不信,乃视女冢,冢完如故。呼其儿,正类王女,王乃信之。即召谈生,复赐遗衣,以为王婿。

④ 《西厢记》,一般认为绝对是中国戏曲剧目里不可或缺的巨作。本剧由王实甫于公元近1300年时完成,是以北曲格式写成的五本杂剧,也就是共有20折,长度与南曲传奇相当。儒莲(Stanislas Jullien)于十九世纪末曾译出前四本,后由雷威安重新编辑并撰写法文版前言,由日内瓦思拉克汀(Slatkine)出版社"珍藏"(Fleuron)丛刊印行,1997年,全书347页。

幻仙剧,在剧情里体现冲撞理性,让我们可以将之与莎翁的《仲夏夜之梦》相比。《牡丹亭》的成功,以及它在中国戏曲剧目里首屈一指的原因,一方面需要归功于它的音律,但同时也要归功于它的青春活力,以及结构上的巧妙安排,为它点染诙谐甚至喜闹的浪漫主义色彩。

借由一部字面上无声的文本,我们如何谈论它的音乐曲调呢?与汤显祖同时代者,一般同意其作品文采斐然,但就演唱而言,是宁可拗折天下人嗓子。当时足足有六位作者,其中不乏知名者,联合起来重写甚至重编汤显祖的作品,美其名是要使其作品便于俗唱。此事惹恼了汤显祖,以至于他在某封书信中论及:"昔有人嫌摩诘之冬景芭蕉,割蕉加梅,冬则冬矣,然非王摩诘冬景也。"

换句话说,汤显祖将大量自我置入《牡丹亭》里。我们固然不需要把剧中所有文学指涉,都直接对号入座到同时代发生的事件。不过,1596年日本军队第二次登陆朝鲜,却因丰臣秀吉过世而中止这次军事行动。这一年恰好也是《牡丹亭》完成的年份。

汤显祖出生之时,蒙古势力正盛。待到《牡丹亭》完成时,蒙古势力已为女真所取代。然而威胁真正成形还要等十五年以后,也就是随着后金于1616年建立,并于1618年进占辽宁之际。四分之一个世纪以后,满州女真势力越过长城,并且受惠于中国内部的动乱,里应外合,进而得以入主北京。汤显祖有可能借古讽今,看着眼下的时局,想着十二世纪的中国。那时候的中国同样也是内忧外患,受到女真祖先的侵扰。汤显祖身为一位南方文人,眼见起于淮安前线(此地点在剧中总是被提起)乃至遥远北方的时局变动,是不是带着某种疏离感呢?撇开地域差异的偏见,通过较为轻松的联想,或许,《牡丹亭》不失带有些喻世之意吧。

《牡丹亭》刊行版本之多,不胜枚举,此处不一一赘述。凡此足以证明《牡丹亭》受欢迎的程度未曾减损。无疑,《牡丹亭》很快就虏获南方女性文人的阅读芳心。当时在南方,女性文人的数量毕竟还是相对少数。人们甚至口耳相传,说是南国女子读《牡丹亭》后郁郁寡欢,自杀之风感染甚众。这个现象,不禁令人想起1774年歌德《少年维特之烦恼》问世后所造成的杀伤力。1697年,有位雅好戏曲的文士名叫吴人(吴舒凫),兴之所至,出版三位妻室(因前有两妻陆续亡故)的《牡丹亭》点评,将她们一读再读而得的体会,集结后题为《吴吴山三妇合评牡丹亭还魂记》。

《牡丹亭》对其他许多文学经典名作的影响是显而易见的,例如《长生殿》,以及洪升写于1688年的《桃花扇》。很少有戏曲论述不给予《牡丹亭》高度评价。焦循(1763—1820)的《剧说》述及江西抚州官员重建玉茗堂于故址,落成后大宴郡僚两日,宴席中上演全本《牡丹亭》,成为当时一件值得大书特书的重大事件。不过,在全本演出的机会里,人们也可以一而再再而三发现到,似乎作者觉得观众的记忆力有待加强,于是会不断在剧中提示已经发生或是还没发生的剧情,例如第1、28、41、55等出里都是如此。此处不一一指出。是否汤显祖早已预见到,日后人们将逐渐养成只演一两出的习惯,而最后欢迎的无疑是第7出,因为读者可以轻易发现个中蕴涵道理呢?毕竟,这些反复提醒,不就是为了因应剧情长度所需,所以显得必要吗?总之,当人们只演出折子以后,戏台上就可以在同一场里搬演好几部不同的戏了。

中国戏曲演出进行时,是允许观众自由走动的,甚至在漫长的演出过程里任君高谈阔论。观众即便注意分散,乃至睡意惺忪,半梦半醒,也不会引来旁人厌恶。又或者是送茶水、点心或热毛巾时,方才精神振作,这也不是什么惹人嫌的行为。而这些举动在今天的人眼里看来,可都被认为是卑劣不当。

总之,笔者无意耗尽读者的耐心,毕竟读者缺乏上述这些慰藉。最后,谨容笔者略述本剧的翻译。

五、别枪杀钢琴师……

剧本台词的语言,此处仅就中文来说,一般都是令人苦恼的:隐喻堆砌,或是句型结构变造,观其句美则美矣,但入耳则不尽然能懂。特别是古语与今日使用的语言相较,因时间距离而产生感知的落差。在汤显祖的作品里,情况尤其如此,因为他文采细腻,字里行间的指涉与暗示是一层又一层,且不弃嫌戏谑笔法。汤显祖生活的年代是十六世纪,使用的母语应该是江西方言,而官场使用的则是通用于南京的南方官话。

汤显祖在剧作中引用的诗词,不管他有没有特地点明,但我们可以观察到绝大部分是源于唐代,最多不会晚于宋代。至于明代的诗词,他是完全忽略。毫无疑问,汤显祖不认为当中有什么佳作。即便偶有引用年代错误,汤显祖似乎也丝毫不挂在心上。此外,还有为数众多的用典取自古代早期戏曲剧目,特别是元代戏曲。这一点也不惊人,因为这正吻合汤显祖一派文人圈的文学品味。

于是也就造成了翻译的挑战,比如说,在第17出里,石道姑拆解《千字文》调笑自娱。《千字文》是古代幼学启蒙之书,展现出高妙的技巧,运用一千个不同的汉字组成短句,由此得出各种或好或坏的不同意义。过去中国人幼学启蒙之时把此书内容铭记在心,所以看到石道姑玩字弄句的把戏,能发自内心体会,大笑不止。但对大部分今天的观众而言,就不一定是这么回事了,因为《千字文》早在半个多世纪以前,就已经被当作是过时教材。我们因此可以了解石凌鹤的尝试,为什么他提议将《牡丹亭》译为现代中文,将体制缩编为精简的九幕,并且使用江西地方戏的弋阳腔演出。①

当今的中文读者有许多注解版本可资利用,例如徐朔方校注版就是一个很好的例子,自1963年来经过多次审订,重新修编,以其详尽丰富的注释著称。早于这个年代出版的外语译本,很可惜无法参阅徐朔方校注本,例如早年出版的日文译本,或许还有俄文译本,以及一本1937年出版的德文译本。②两个近期出版的英译本,③就从徐朔方的

---

① 石凌鹤《汤显祖剧作改译》,上海文艺出版社,1982年,第77—124页。
② 洪涛生(Vincenz Hundhausen),《还魂记:一出浪漫戏剧》(Die Rückkehr der Seele, ein romantisches Drama),苏黎世与莱比锡出版,1937年。
③ 白芝(Cyril Birch),《牡丹亭》(The Peony Pavillion),美国印第安纳大学出版社,1980年,共343页。张光前,《牡丹亭》(The Peony Pavillion),北京旅游教育出版社,1994年。

教注本里获益良多。除此之外,还有不少节译本,收录在各种文选里,此处无需一一罗列。

法文首译全本《牡丹亭》,除了中文原文以外,笔者主要参阅日文译本与白芝教授的英译本。①这两个译本的文学水平可说与中文原文一样精湛高妙,但阅读起来也跟汤显祖原作一样艰深。

法文译本的首要宗旨,是希望提供读者在欣赏演出过程的音乐之外,同时有可能领略文字的意涵。为此,笔者在翻译过程中,采行与一般翻译相当不同的策略。舞台科介几乎完全按照中文译出,不加删改,而有时甚至更倾向采用字面直译:例如译为演员"上"场,因为传统戏曲的舞台高于地面。不过,有时笔者也就顺其自然,按照一般法语习惯译为"离"场,而不照中文字面意思译为"下"场。在中国戏文里,剧作家不直接写角色的名字,而是以行当称之。行当共有八种,恰好符合不同类型的角色。有些行当可以在名称前面加上个"老"字,表示年纪大的意思。南曲跟北曲的行当名称不尽相同。笔者选择采用较为传统的法国译法,也就是只有在角色首度登场时才指出其行当,之后就以名字称之,以求简单明了。此处大略提示:生,指年纪轻的第一男主角;旦,指年纪轻的第一女主角;老旦,指年长女性;末,指上了年纪的男性;净,指执行艰巨任务的男性;丑,就是滑稽逗弄的角色;外,指额外添加的角色;贴,指心腹,男女皆可;杂,就是过场角色。角色和行当要区分开来:例如一名行当为老旦的演员,绝对也可担纲演出年长的军官角色。

中国戏曲里的曲牌一般需要严格遵守格律,曲牌名称的字面意义和曲词内容则常常没有什么明显关联。笔者根据中文原作,保留曲牌名称且译出,唱词部分的字体与念白不同。至于斜体字则是用来标示原作里所谓"云"的部分,事实上是一种吟唱,有时需要随着特殊的曲调吟咏。我们知道在南曲里,所有行当都有可能唱,甚至同一出里有

---

① 日文译本见宫原民平译,《还魂记》,东京国民文库刊行会出版,收入《国译汉文大成》第十卷,1921年,第1—614页。

好几个不同行当唱。不过,"杂"行显然没有唱词。

译本里的注释尽量减少。固然《牡丹亭》的文本值得详尽注释,以求尽可能完整解释各种文学指涉与典故,但是这样一本博雅深入的译本,恐怕份量会扩增为原文的两倍甚至三倍之多。这是一项需要长时间灌注心力的任务,并不符合当下即时所需。拙作虽有许多限制,衷心企盼能收抛砖引玉之效。

书中译名根据中华人民共和国官方采行的拼音系统。这套系统在国际上最为通用,但不一定处处吻合法语字母的发音方式。发音对照表虽然篇幅不长,但此处毋须赘言,许多书本里都可轻易找到。

作者单位:法国波尔多大学中文系、巴黎第七大学东亚学系

"演'传奇',再创造一个传奇"

[加拿大]史恺悌著　黄　蓓译

> 就全本《牡丹亭》而言,我把许多被抛弃了的"糟粕"很宝贝地捡了回来,如果说重拾"糟粕"可以称得上你所谓的独到之处,那么就算它是好了。所谓的糟粕其实恰恰是中国戏曲最智慧的东西。
>
> 传统戏曲过分追求"美",舍弃了太多现实人生中极其重要的东西。
>
> ——陈士争①

1998年4月上海报纸文章中的这些话,透露出陈士争制作这部全本《牡丹亭》的初衷。这部作品曾是98年林肯中心艺术节备受期待的开幕大戏,却在全球首演前夜被阻止前往纽约,围绕它的争议多集中在:虽然陈声称要重现明代演剧的真实场景,实际上却不过为外国观众提供了一盘中国传统艺术的"杂烩"。如在上海进行过两次试演后,陈版的批评者指责他让昆曲名角们与傀儡戏、高跷甚至业余评弹

---

① 陈士争的第一段话摘自唐斯复、仄平《演"传奇",再创造一个传奇——〈牡丹亭〉导演陈士争访谈录》,《河南戏剧》1998年第5期,第9页;第二段参见蔡颖《连演三天三夜方能演完全本〈牡丹亭〉搬上舞台》,1998年4月2日《扬子晚报》。在此感谢驻扎上海,并为《纽约时报》、《华尔街日报》采访报道陈版上海排练演出情况的自由记者梅文诗(Sheila Melvin),注释中部分上海本地媒体的相关新闻报道由她提供。上海的许多朋友也为我提供了他们搜集的媒体报道及剧评信息。

演员混于一台。①《牡丹亭》中那些典雅优美的段落与一些决难称得上美的东西杂糅在一起。比如有一场戏表现妓女一边往台前搭建的鱼池中倒马桶(是真的木质马桶)一边向观众抛媚眼,还有一处让道姑用难懂的四川方言大谈自己的性史,而作为整晚演出的大轴,②竟然就是一场撒纸钱、放鞭炮的丧礼,起先还在观众席,之后则转移到了剧场外的大街上。陈士争用这些反传统的舞台呈现将中国最顶级的昆曲剧团变成了地道的"草台班子"。如果允许这样的演出展开全球巡演,世界观众对中国文化和传统戏曲的印象将会是扭曲变形的。

　　针对陈士争这台共计 55 出、长达 18 小时的《牡丹亭》,在中国人内部以及上海文化当局与该剧的西方合作者之间爆发了多次文化论争,这是值得所有人深思和自审的。论辩双方重演了历史上自《牡丹亭》流行以来就存在的争论,想要辩明究竟哪些东西才适合出现在公众舞台上。陈不仅挑战传统戏曲演出以求"美"为第一要义的信条,而且更进一步,意图为那些被人们扬弃的戏曲"糟粕"的艺术价值正名。作为昆曲界的门外汉,陈还在昆曲故乡工作期间通过媒体阐述自己离经叛道的艺术观念。他在这部作品中使用的方法和发表的言论会招致反感毫不奇怪,但后来这些反对声音激烈凶猛的程度却着实令人惊骇。

　　截至 2000 年夏,陈版《牡丹亭》已经实现了全球首演(比原定时间推迟了一年,仅有两名演员来自最初阵容)③,而且在三大洲的演出都

---

　　①　评弹指的是晚明以来苏州及周边地区流行的一种说唱曲艺,尤其受到妇女观众欢迎。评弹演员数量从一两人至多人不等,其语言从使用普通话的正式对话到说方言的科诨戏谑,形式复杂多变。主要演员("上手")的乐器是三弦,辅助演员("下手")则弹奏琵琶。
　　②　整出戏分为六场,每场三小时:《惊梦》(原剧第 1—10 出)、《寻梦》(原剧第 11—20 出)、《幽媾》(原剧第 21—28 出)、《回生》(原剧第 24—39 出)、《折寇》(原剧第 40—48 出)、《圆驾》(原剧第 49—55 出)。
　　③　这两名演职员是饰演杜丽娘的钱熠,和钱的笛师、乐队指挥周鸣。陈士争在纽约与笔者进行的两小时访谈中说,他感觉凭着原阵容中的这两位成员,自己有能力恢复这台作品。按照原定计划,陈版《牡丹亭》有四个赞助方(林肯中心艺术节、巴黎秋季艺术节、悉尼艺术节和香港艺术节);但经停演风波之后再度恢复时,赞助方只剩下林肯中心艺术节(其中彭博新闻社提供了大量帮助)和巴黎秋季艺术节。

受到了观众的热情好评(北美、欧洲、澳洲)。陈士争击败了他的反对者,也说服了其中许多人(包括笔者在内),但是要对这部国际性合作成果引发的问题进行条分缕析的梳理,要重新评估这部以颠覆性手法呈现汤显祖文本的舞台作品的美学贡献,还有待时日。在上海,陈士争曾提出《牡丹亭》应该既能娱乐观众,又能感动观众,早在试演时,这部令人兴奋的作品就赢得了至少一位评论家的支持,并且相信他能够拿出一部兼具学术性与娱乐性的舞台作品。①彼得·塞勒斯的《牡丹亭》版本具有实验性,观念前卫;陈士争的18小时马拉松版则刻意将姿态放得中庸平易,方便接受。两版作品在当下的跨文化成果中,定位大异其趣。

本章中,笔者重点关注的是陈版通过哪些途径来彰显与《牡丹亭》表演传统的不同——这些传统已在之前的篇章中多有论述。

一、打破传统构架

与上海文化部门的谈判失败后,陈士争返回纽约,随后发表了一篇中文声明。文中概述了他创作的基本理念,回应了来自上海和北美的批评声音。声明中,他特别针对一条批评发表了看法,即指责试演仅展现出一部"复杂的艺术工程"而未能"体现传统戏曲中最根本的艺术精神"。②陈开篇就写道,对他而言,传统是始终处于发展之中的,因此一部独特的舞台创造决不是对传统简单的亦步亦趋,而是要为特定

---

① 陈云发《经典返朴的可贵尝试》,1998年6月12日《新闻报》。这也是试演后笔者读到的唯一持支持态度的上海媒体报道,还有一篇是6月11日《人民日报》发表上娄靖的署名文章。与此同时,6月20日的《文汇报》发表了署名程骥的激烈批评文章,对舞台呈现和导演调度均有指摘,这篇文章为后来者奠定了基调,此后上海媒体的态度大多如出一辙。程文还引出了《河南戏剧》杂志关于此剧长达10页的专题讨论,见《河南戏剧》1998年第5期,第4—13页。

② 程骥《〈牡丹亭〉一曲惊天下?》,《河南戏剧》1998年第5期,第4页。程文标题暗含对之前一篇文章的讽刺——莫涛《〈牡丹亭〉一曲惊天下》一文,热情介绍了即将于6月2日—7日、9日—11日在上海试演的陈版《牡丹亭》,莫的这篇介绍文章刊载于《文学报》第60期(日期不详)。

的内容寻找到合适的形式。①

早在四月份,他也在几家上海报纸的长篇访谈中表达过类似观点。当被问到对当前国内舞台上演出的《牡丹亭》有何评价时,他回答:

> 是经典,但是跟我没关系。我要排我对《牡丹亭》的理解,演出我对《牡丹亭》的想法。对于《牡丹亭》这样一部名剧,应该每个人都有各自不同的理解和解释,观众能在舞台上看到不同版本的演出才是正常的。如果所有的昆剧团排出来的《牡丹亭》都一样,那还有什么劲?我强调创造并不是反对继承传统,恰恰相反,我所做的大量考证工作正是为使好的传统发扬光大。……我反对的是对传统没有经过自我独立思考的盲目因袭。此外另一点想强调的是,我对继承传统的程式不感兴趣,我感兴趣的是它的创作原则。②

陈的这段议论主要针对《牡丹亭》折子戏的演出传统而发。在纽约发表的文章中,他还谈到中国戏曲长期以来都处于发展变化之中,而近代文人不再活跃于戏场,角儿制悄然成风,这正是当今戏曲与明代相比面貌大异的原因。③陈还指出,就算在恪守传统的角儿体制内部,梅兰芳这样的角儿也超越了老师王瑶卿,迈开了改革的步伐。因此他提出以下问题:什么是传统?什么是真正的传统?什么是真正有价值的传统?三个问题逐层深入暗示了这样一个答案:只要还是"活的"传统,就需要摈弃那些对当代表演者和观众已没有意义的形式。

陈认为,对于昆曲乃至整个传统戏曲而言,传统已经成了某种束缚。④

---

① 见《〈牡丹亭〉排演构思》。感谢纽约亚洲协会的雷切尔·库珀(Rachel Cooper)为我提供这份声明的复印件。
② 唐斯复《演"传奇",再创造一个传奇》,第9页。
③ 笔者在第四章中讨论了这一历史变迁。
④ 指名陈士争担任本版导演的林肯中心艺术节前负责人约翰·洛克威尔也持同样看法。他曾在新闻报道中发表过如下观点:像昆曲这样处于衰退期的艺术样式,常常会沉溺于传统之中且激烈抗拒变革创新。参见林倩秀(音)《〈牡丹亭〉遽然夭折,"催生人"黯然神伤》,《世界日报》,1998年6月25日。

曾有报道说,在上海排演的初期,陈士争听闻演员中竟无一人完整阅读过这出常演剧目的原著时深感震惊,他还打算不遵循当前昆曲舞台上的演出陈规,努力恢复戏曲曾经的优势——灵活性与假定性。数周后刊登的另一篇文章中说:"陈先生在不断探索的过程中,更发现汤显祖诸多妙笔生花之处均已绝迹于舞台,只剩下程式化的身段动作,如手怎么指,如何甩水袖。"①

过于典雅以及一味追求形式美感已经将昆曲表演挤进了一个越来越逼仄的固有模式,陈正是希望通过这部戏的创作,打破这一模式,将昆曲重新带回原剧文本那丰富宽广的社会文化生活天地中。他还将自己的版本比作生动描绘了都城开封日常繁华的商业和文化生活图景的宋代名画《清明上河图》。与这幅画一样,《牡丹亭》中也描写了三教九流、各色人等:朝廷官员、儒生、贵族女眷、道姑、盗匪、阴间判官、小鬼、游魂等等。②

石道姑就是陈版将舞台丰富化的一个典型例子。陈士争发现,这一人物是被折子戏剔除的"糟粕"中最有趣的形象之一,他在文章中是这样评价的:

> 汤显祖生活在明代中叶,这时中国封建社会的程朱理学正值鼎盛期,"存天理,灭人欲"的禁欲主义教条造就了许多不健全的人。《牡丹亭》中的人物几乎都存在生理或心理上不同程度的不健全,甚至两者兼而有之。石道姑就是其中的代表……
>
> 事实上即便用今天的眼光审视,《道觋》(石道姑的独角戏)中的性描写也相当露骨,说淫秽大概也不为过。汤显祖如此落笔,大约是在他看来,如果话说得不够出格,就不足以向程朱理学宣

---

① 翟青《全本〈牡丹亭〉7 月在美上演》,《中国文化报》,1998 年 2 月 6 日;另一篇是刊载于 1998 年 2 月 19 日《文艺报》的未署名文章《美国将掀〈牡丹亭〉热》。

② 4 月出版的报刊短评中有好几篇都和本文一样列举了剧中出现的各社会阶层。如娄靖在看过首次试演后就提到了这幅名画,见《好一幅〈清明上河图〉》,《人民日报》,1998 年 6 月 11 日;《青年报》,4 月 1 日的一篇文章也提到了这幅画。

战,亦不足以明白无误地表明立场。

　　陈士争认为自己对杜丽娘形象的处理也是对《牡丹亭》表演传统的新贡献:相较于传统,他的杜丽娘更为"魔幻",有时行动更为"离奇"。①此外,陈认为昆曲折子戏中的陈最良这一形象也被曲解了。《牡丹亭》原作中对官员是不无讽刺的,因此陈版在描写这个渴望仕途的教书先生时,也开了些粗鄙甚至尖刻的玩笑。《腐叹》一出,陈最良初次登场,正在自家药店内捣药,当听闻自己被选为丽娘的塾师,台上的捣槌声变得越来越急促。《延师》中,他在杜宝面前卑躬屈膝,退场时还跌了一跤——这还不是最后一跤。他在《旅寄》中还跌过一次,那次他刚好路遇不慎滑入冰河的柳梦梅。听到呼救,他起初不愿理睬("彩头儿恰遇着吊水之人"),转念想到这是积福之事遂决定帮忙,但是伸手把柳梦梅拉上来时却一跤跌在了对方身上。②

　　柳梦梅也常常成为幽默嘲讽的对象。陈士争认为柳梦梅的形象应该比折子戏中那个单纯善良的书生更复杂,笔者认为这一看法是合理的。如在柳与苗舜宾的一场戏中,其追求功名之心通过诙谐的对话表现得淋漓尽致,《怅眺》中淡淡几笔表现出一个郁郁不得志的年轻书生的窘迫生活,与《腐叹》中对寒儒陈最良的刻画如出一辙。又如在寺庙寄居时,柳竟为争抢布施的饭团与同行秀才韩子才扭打了起来,有些台词还是嘴里塞满饭团念完的。柳梦梅第一次出场的《言怀》一出中,检场人先是抽走了他坐的桌子,接着又搬走了椅子。《硬拷》中他差点被吊死在木架上——这在《牡丹亭》演出历史上前所未有。这种折磨考验对上昆老演员岳美缇而言,尚能从容应对。而对年轻的小生演员张军,陈对柳梦梅的诠释则是始料

---

　　① 唐斯复《演"传奇",再创造一个传奇》,第 9 页。
　　② 一位观看了试演的上海票友告诉笔者,她认为剧中的陈最良被塑造得过于闹剧化了。

未及的。①

本书已经多处讨论过在《牡丹亭》的舞台处理中,正统思想的影响有多么深刻,因此笔者非常理解人们的争议,对大部分解读也表示赞同。就石道姑这一人物来说,我们能从那些看似过火的粗鄙玩笑中看出封建伦理教条的残酷性,但此版石道姑似乎还缺乏更本质、更人性的一面。在我看来,林森反串扮演的石道姑的是个纯喜剧形象(性压抑的道姑),却忽略了其诗意的一面,那正是这一人物滑稽外表下的闪光点。②这一版中对陈最良也有不少揶揄奚落,却不会带来这种困惑。温宇航扮演的柳梦梅则寻找到了一个平衡点——既是求取功名的小人物,又能在危难关头挺身而出、令人起敬。

然而,有些观看过上海试演的观众对陈士争的解读全不赞同。此剧四月在上海面向本地媒体小范围试演了两出,观众中不乏资深戏迷,于是矛盾就显现出来了。在演出后的提问环节,记者们质疑陈士争的导演资格,对他所说的将会抓住汤显祖原剧本质菁华表示怀疑。③随后有人在新闻报道中给此剧贴上了"杂烩"的标签,还有些质疑是围绕陈要摈弃"旧昆曲"传统的言论——他倾向于融合木偶戏、说唱艺术等多种艺术形式的"更开放"的风格。④一位记者写道,我们所熟悉的《牡丹亭》已经变得"面目全非"了。"革新"是从布景开始的,观

---

① 关于岳美缇的评论见蔡颖《连演三天三夜方能演完全本〈牡丹亭〉搬上舞台》,关于张军在阅读全剧剧本之后对柳梦梅的评价,见第一章注释 48。陈士争在声明中说,柳梦梅对爱情的态度是以追逐名利为基础的,要将他的这一侧面展现出来就必须借助非传统的舞台手段。

② 关于石道姑可爱的一面,参见本书第二章中关于第 48 出《遇母》的讨论。这里,上海一位朋友的意见又一次代表了票友对陈士争某些改革的反应。她反对用方言演出的这出石姑独角戏,因为表现人物粗鲁性格的语言不复优雅。梅文诗认为,由于扮演石道姑的演员刘异龙发现没办法用普通话念出汤显祖那段精心结撰的模仿千字文的自述,因此使用方言是必须的,也是可行的。

③ 关于这一质疑,参见刘敏君《全本昆曲〈牡丹亭〉将亮相国际舞台》,《人民日报》,1998 年 4 月 9 日。

④ 有一篇文章中说:"记者看到舞台上交织着各种元素:迪斯科和霹雳舞时不时出现,就连评弹也占据了重要的一席。"参见简华(音)《旅美导演端上"大杂烩"》,《劳动报》,1998 年 4 月 1 日。但报道都没有指出所看到的是哪些场次。

众进入剧场看到的是充满写实元素的全新舞台布景,六场戏每场均不相同。第一场,舞台上有座真的"牡丹亭",真的鱼池,真的农耕仪式,第二场中则有真的出殡队伍上场。第三、四场中,阴间的刑具是真的,观众还能看到一座逝者通往冥府的真桥。"总之,看到的,听到的,感受到的,无一不'真'。"报道没有直接批评这些"革新",而是委婉地表示这版《牡丹亭》的确会令观众惊讶——不过惊讶的是眼花缭乱、难以直视。①

中国的新闻报道中常会提到舞美设计中的这种写实主义,以及与之相适应的自然的表演风格。早在六月初试演之前,这种风格倾向作为陈士争整体导演观念的一部分就已经悄然出现了。据报道说,偏于自然的舞台风格方能与陈的观念相一致——也就是认为戏曲表演(尤其是昆曲)过于优雅精美,过于程式化。除了这个原因,陈与其团队所要排演的大多数场次也没有传统可循,而这些场次都必须在八个月内大体成型并且熟练掌握。②在这一背景下,尽可能少采用程式化动作就成为最可行的途径,但在全剧上演后,这一条就成了争论的焦点。

舞台布景中大量的写实元素起初只是引起好奇关注,随后就成为批评者议论的焦点。陈的目的,是希望通过放弃西方舶来的镜框式舞台,回归中国传统的三面观戏台样式,以及增加两个小型侧翼副台——一个供乐队文武场,一个供原本在后台活动,如化妆、换装的演员使用——来打开舞台的视觉效果。后台不再有帘幕遮挡,一览无余,侧幕则完全取消。打破前后台间的界限,营造一座"透明"舞台,是为了重建旧式戏台的装置风格,这种风格曾经风靡于中国古代乡村和

---

① 见蔡颖:《世纪末的浪漫绝唱》,《青年报》,1998 年 4 月 1 日。
② 上海昆剧团团长蔡正仁与陈士争因为排演《牡丹亭》而密切合作了一段时间,他对记者说,钱熠和张军要做一些他自己、他的老师甚至老师的老师都不曾做过的事。参见刘敏君《全本昆曲〈牡丹亭〉将亮相国际舞台》。钱熠说:"导演的构思是全新的,55 出戏不可能像以前精典片段那般一字一眼、一停一顿、一个眼神、一个角度、细琢细抠,况且没有样本,谁都不知道该是什么样,所以创作手段的切入点是人物塑造,当然我还是以戏曲程式为基础,因为有许多地方它是优美的,只是比以往更注意人物内心历程的转变。"钱熠还强调说,这样塑造人物演起来从容自如,因此也特别珍惜。见刘骅《钱熠——谈一次古典爱情给你看》,《上海戏剧》1998 年第 6 期,第 26 页。

都市厅堂。①陈试图通过消除当代剧场横亘在观众与演员之间的障碍,将观众带回明代轻松闲适的观剧氛围之中。

在上海,陈版这种开放式舞台收到的效果似乎有些适得其反,至少在部分观众那里是如此。一些看过试演的观众抱怨说,不但没能感受到轻松闲适,反而更加令人不安,其中最甚者莫过于在丽娘死亡后把一场声势浩大、阴森喧闹的葬礼直接搬上了舞台。全体演职人员披麻戴孝,从舞台进入观众席,最后来到剧场外的大街上烧纸钱、放鞭炮,纸马、纸车,甚至一个纸扎的戏班也被一同焚烧,葬礼一切仪程足以乱真。②在这里,舞台融合了传统戏曲典型的写意风格以及与之对立的写实元素(具体就是葬礼上的各种器物)。③陈解释说,使用真实器物是为了通过对比手法强化舞台的写意风格,同时它们也能向西方观众展示中国古代民俗风貌。

试演后,一些评论文章质疑陈士争是否跨越了一道不该跨越的界限,《人民日报》也登载了一篇情绪激昂的评论,质疑剧中出殡的场面是不是走得太远,连上海戏剧学院对该剧持支持态度的叶长海教授也认为,葬礼一场的表演不应该搬到舞台之外。随后在 6 月 20 日,程骥发表的剧评说该剧"肆意渲染封建、迷信、色情等糟粕"。④程文主要从宏观上对陈版进行批判,而仅仅将"葬礼"的处理作为舞台革新之一寥寥带过,说其"背离了昆曲的特色"。同一天贾方在《解放日报》撰文,引用观众的反馈说人们看到剧场里的葬礼是如此不安,直到出殡的队伍走到大街上还吐着口水,生怕触了霉头。这以后针对该剧葬礼场面

---

① 黄海威的舞美设计将两种风格融为一体。陆大伟认为这种将私人演出传统与商业戏剧布景相结合的做法既怪异又与历史不合,见《陈士争〈牡丹亭〉的传统与革新》,第 138 页。梅文诗在《长征:中国戏曲将访纽约》一文中描述了剧中的舞美和设计原则,见《华尔街日报》,1998 年 2 月 12 日。

② 陈士争告诉我使用纸扎戏班是中国北方的丧葬习俗,演出中使用的纸人是一位山东农民艺术家制作的。

③ 参见唐斯复《演"传奇",再创造一个传奇》中的长篇访谈。剧中的 1 000 余件道具从吊打犯人的木架到制药用的小刀无所不包。

④ 参见 348 页注②。

和写实倾向的批判逐步升级。①

对这版打破传统模式的《牡丹亭》的强烈抵触情绪从何而来？有篇报道指出，观众多已习惯了建国后极度净化的舞台，难以接受陈士争版呈现的粗俗元素。程骥的文章抱怨说舞台上出现的那些民俗内容淡化了昆曲的特有韵味，只剩下文化的一副"空壳"，并总说"大俗大雅不及"。纽约的汪班原本对陈士争的理念颇感兴趣，却也对那些写实道具感觉复杂："台上摆一朵真花只会遮蔽传统虚拟写意的美感。"②看不到写实与写意的交融，这是出现抵触心理的一个原因，③另一个原因则是人们对传统以求美为核心的舞台美学观的坚持。

西方观众没有这层传统的束缚，能够全盘接纳所谓的"糟粕"与"精华"。英文媒体的评论就毫无例外地将葬礼一场作为全剧高潮，妓院的相关场次也因为与观众的互动而备受关注。在纽约的演出中，这些青楼女子同观众调笑嬉闹，她们向池塘中倒马桶的水花溅到了前排观众因而引发哄笑——这也正是在上海引起愤怒的一幕。④陈士争曾坦言自己这版《牡丹亭》是为外国观众量身打造的，它在上海的演出也曾被贴上"外向型"标签。⑤但陈仍然希望作品能在北京上演，并且相信能被那里的观众接受——当然，只要不是昆曲专家和戏迷。

---

① 最受人诟病的是《索元》一出中的木质马桶。这出戏场景设置在妓院，因此也引起一些质疑，认为排演全本《牡丹亭》本就是不明智的。陈士争的回应是，这一场景对是汤显祖原作喜剧精神为数不多的还原再现，因为这种喜剧性本就几乎被阉割殆尽，无缘上演。参见田丹《〈牡丹亭〉搬不到纽约去》，《环球时报》，2000 年 6 月 18 日。贾方在《解放日报》发表的文章标题为《古典名著能这样改编搬上舞台吗》。还有一篇署名罗宾的剧评《是糟蹋名著还是忠于名著？》，见《河南戏剧》1998 年第 5 期，第 5—7 页。

② 汪班的评论见肯·史密斯的《终于能讲出来的史诗故事》，《洛杉矶时报》，1999 年 7 月 4 日。关于解放后舞台的评论，参见陈云发《经典返朴的可贵尝试》一文。

③ 例如有位在剧中担任顾问的老演员告诉笔者，对上海观众来说，马桶这种老物件会勾起某些令人不快的回忆，因此并不想面对。

④ "导演……让妓女们很写实地表演早晨倒马桶。她们面对观众擦马桶，还当着观众把水倒进池塘，甚至用马桶盛水然后倒掉，水花四溅。很多观众对这种粗俗的表演感到愤怒，说'演得太过了'。"参见贾方《古典名著能这样改编搬上舞台吗》。

⑤ 靳涛《昆曲首创'外向型'演出模式》，《文汇报》，1998 年 3 月 26 日，也有上海朋友称之为"出口版"。

笔者对陈版新增内容的看法也是褒贬参半。就葬礼这场而言，在演出被迫取消后笔者第一次听说这场戏时，内心就纳闷如此精心策划的礼仪场面与原剧的精神有何关联呢？笔者曾在本书第四章中讨论过《闹殇》一出，汤显祖用插科打诨淡化了丽娘之死带来的悲伤气氛。杜宝夫妇和春香短暂的悲悼很快就被石道姑和陈最良关于谁来看顾丽娘坟墓的争吵打断了。

丽娘尸骨未寒，剧中就不合时宜地插入了这段市井气息浓厚的戏谑段落，正好应了原关目标题中的"闹"字。在陈版《牡丹亭》中，这也是唯一一场改换了标题的，变成了《闹丧》，以笔者个人理解，此处的"闹"字指的是中国古代出殡时粗粝刺耳的哭丧声。葬礼的喧闹和隆重令人印象深刻，笔者最终在纽约看到的演出，第二场结尾就是如此。笔者认为，类似处理已与汤显祖的《牡丹亭》无甚关联，更多的是陈对西方观众趣味的迎合。

二、写实性与"传统"

平心而论，"葬礼"一场可见出陈士争偏爱那些深植于乡村生活，有着深厚宗教传统的戏剧样式。在1998年4月1日《申江服务导报》的一篇采访中，他谈到了童年看过的傩戏，那种湖南当地的古老仪式戏剧有着原始粗犷的情感力量，能够感染在场的所有观众。在陈看来，这种表演不能与城市中的国营剧团同日而语。[①]因此当他要在舞台上重新恢复一种古老的演剧形式，这种仪式戏剧就清晰地出现在脑海中。

然而，恢复明代演剧原貌并非简单回到一种原始即兴的仪式戏剧。陈还谈到要展现传奇戏曲和传统文化的丰富性，而《牡丹亭》正是一个理想的载体。首先它是一出传奇剧——一种容涵最为丰富的戏剧样式，其次透过传奇剧，我们还能看到古代中国更为广阔的生活画

---

① 杨海鹏《陈士争牵着杜丽娘上百老汇》，《申江服务导报》，1998年4月1日。

卷。陈认为如果说中国戏曲源自杂剧,那么《牡丹亭》正是当代的"杂剧"。正因如此,他希望能将舞台的每个侧面都展现给观众,观众进剧场不仅能观看演出,更能亲身体验到昔日的戏场的古老风貌:

> 台前幕后的虚虚实实……把演戏的过程毫不遮掩地展示给观众,要强调的其实只是"我在演戏"。剧场内外的人文环境、真情实感的愉悦氛围,要强调的其实只是"你在看戏"。《牡丹亭》本身是一个传奇,如果在传奇之外再创造一传奇,让传奇去说传奇,你想会不好玩吗?①

陈士争以《牡丹亭》模拟晚明戏场的观剧体验,展示传奇剧的表演形式。这其实是林肯艺术中心委托他排演此剧的重要内容之一——中心艺术节总监约翰·洛克威尔(John Rockwell)对这部作品的预期就是沿早期音乐运动的脉络而下,"对中国古代生活进行创造性的重释"。②

因为急于同传统昆曲拉开距离,陈在谈话中总是使用"传奇"一词来代替"昆曲"。他在上海同昆曲团合作时,演员们唱的都是传统昆曲,两名主演还专门接受了昆曲训练。但陈一早就强调,他做的是一部传奇剧,而非昆曲。在同记者杨海鹏的一次访谈中,他说《牡丹亭》最初并非以昆腔演唱,次日他也对《扬子晚报》的记者说:"我对传统戏曲的程式毫无兴趣。对我而言,(这部作品)是不是昆曲无关紧要,关键在于它是不是《牡丹亭》。"③回到纽约后,他又重申了这一观点,并且说《牡丹亭》不应被某种风格或某种表演传统框范,而应存在多种不

---

① 唐斯复《演"传奇",再创造一个传奇》,第9页。
② 约翰·洛克威尔《〈牡丹亭〉内外的爱、死与复生》,《怀古堂》第15卷(2000年春季辑),第13—15页。
③ 蔡颖《连演三天三夜方能演完全本〈牡丹亭〉搬上舞台》。陈最初的目标是在舞台上再现"原初"的《牡丹亭》,但这一目标已逐步让位于重拾一种比昆曲更古老的表演形态。关于后面这一点,参见周一倩(音)《三天三夜展示全本〈牡丹亭〉》,《文汇报》,1997年10月18日。

同的诠释方式。①

　　陆大伟在一篇评论中提到此版中热闹喧嚣的场面，认为这些处理是为了令观众不感沉闷无聊。②陈士争不否认确有这方面的考虑，但在上海排练的整个过程中，他更强调在艺术层面上与传统昆曲表演技巧划清界限的决心。笔者同陆大伟一样，起初对陈的动机是心存疑虑的，对他公开批评的昆曲传统，也怀有卫护之心。但在阅读了1997年10月至1998年7月间中国媒体的数十篇评论和访谈文章后，我发现自己对于陈的创作目的及总体方式逐渐产生认同。陆大伟质疑该版中究竟是否有值得效仿的地方，以及是否真有那么多创新之处。笔者知道未来再度排演一部全本传奇剧的可能性很小，而考虑到该剧的预演是在上海举行，导演陈士争对上海批评者们的言论虽然大胆，却也略显轻率。

　　在阅读这些新闻报道的时候，笔者感到再度面临着一场持续长达数百年的论争——文人与优伶戏曲的"雅俗之争"。陈士争受童年时农村戏曲表演的影响，后来又学习过湖南花鼓戏，因此在笔者第五章所提到过的雅俗格局中，应被归为"俗"的阵营。但陈本人对于这种定位很是抗拒，在笔者提出这一话题时颇有些不悦，他认为，同文本精美的"国剧"相比，那些没有剧本的地方戏曲在艺术价值上毫不逊色。他还告诉笔者，他认为票友对戏曲的影响是消极的，业余票友与专业演员同台表演是专业表演者自贬身价。这样看来，他对中国昆曲中这最后一座堡垒的进击最终惨淡收场，也在意料之中。

---

　　① 作品恢复上演后，陈士争没有提到任何关于传统的话题，只强调作品是自己对汤显祖的解读。参见詹姆斯·R·奥斯特莱克（James R. Oestreich）《林肯中心恢复上演在华受阻的歌剧作品》，《纽约时报》B3版，1999年3月16日。

　　② 陆大伟《陈士争〈牡丹亭〉的传统与革新》，第140页。笔者和陆大伟一样，都认为陈士争热衷于在台上展现五花八门的传统表演技艺会分散观众对汤显祖文本的注意力。蔡九迪（Judith Zeitlin）认为陈对于全本的重构富有创造力，但又常常显得"凌乱生涩"——尤其是与她之前看到的塞勒斯版相比较，参见蔡九迪《我的"牡丹之年"》，《亚洲戏剧杂志》19，2002年春季辑第1期，第128页。

附录：

1. 结语

"雅昆曲"与"俗昆曲"

> 旦已落场重上，直为情致而然。世谓临川非有情人，予不敢信。①
>
> ——臧懋循《还魂记》眉批

这条批注注意到杜丽娘退场的一个细节（第32出《冥誓》，也是她与柳梦梅最长的一场戏），这对于那些反对将《牡丹亭》女主角及作者视为"有情人"的批评者来说，很耐人寻味。《牡丹亭》问世后迅速风靡，某种程度上也可归因为此剧肯定了人生中"情"的重要性。在晚明倡"情"文化思潮中，丽娘成了"情痴"的象征，汤显祖也被公认为这一思潮的领袖人物。②

臧懋循的批注显得有些矫饰，因为他在自己的改编本中对丽娘的行动进行了语境重置。臧本《还魂记·冥誓》结尾，丽娘虽然也表达出可为爱而死，又愿为爱回生的愿望，但与汤显祖笔下那个为情妥协、备受煎熬的杜丽娘相比，仍然单薄不少。一个典型的例子是，臧本抽掉了男女主人公盟誓中所暗含的不确定和不安感，结果臧本这一折就变得中规中矩了。如柳梦梅确知丽娘身份背景后，听闻对方是鬼魂时竟并未表露惊恐之意；而丽娘在要求柳梦梅发誓救自己回生后，还特意告知对方掘墓回生已得到冥间许可并有"回生贴"为凭，以令其安心。③"柳梦梅不再害怕"这一改编较为重要，新增的"回生贴"则较为

---

① 臧懋循《玉茗新词四种·还魂记》卷下，第19折，第5b页；《〈牡丹亭〉研究资料汇编》第128页摘录。

② 关于"情"的文化思潮以及《牡丹亭》对"情"的强调，参见高彦颐（Dorothy Ko）《塾师——17世纪中国的妇女与文化》，斯坦福：斯坦福大学出版社，1994年版，第68—112页。此处"情痴"二字，是费春放于《中国戏剧与表演理论：从孔子到当代》（安娜堡：密歇根大学出版社，1999年版，第58页）中的译法。

③ 《牡丹亭》中，胡判官准许丽娘游魂重返阳间，吩咐身边小鬼发给了她一纸"游魂路引"，但并未提及"回生贴"。

琐碎,但两处改编却有着相同的目的,即将这对情侣的行动放置在一个价值观与动机均不逾矩的语境内——既被超自然力量认可,又给人一种安心的熟悉感。

　　笔者已经数次讨论汤显祖对传奇剧结构与惯常模式的综合性处理,其中各关目独唱曲牌的编排尤为独到。①笔者认为这些曲牌描摹出了丽娘的独特性;丽娘之"情",似有别于剧中其他角色。诚然,如以西式思维中的"个体"相比附,将汤显祖的女主角称为剧情过程中出现的某"个体"并不甚妥帖,但不可否认在一些关键时刻——虽非时时如此——丽娘的经历与情感确实令她与众不同,孑然独立。

　　狄百瑞曾研究晚明时期阳明学派几位儒学家的思想,主要关注"自我"以及圣人的主观化和内化问题。②此处的关键词是"主观性",关注的是人精神世界的活动与外在标准(如功名利禄、金榜题名)的不可信。对于身处功名世界的男性,汤显祖感同身受,因此这些人物时常形诸笔端。但笔者此前并未思考过这个问题:为何汤显祖偏偏要通过一位女性形象来探查"自我"世界呢?只能推测,选择一位富有魅力的女性主人公,能令他在思考哪些东西对于"个人"真正意义重大时——如对某个人而言,可能是人生历练、人际交往中蕴藏的创造性与自发性——与自己剧中的主要角色保持一定距离。如前所言,戏曲与其他形式的诗歌都是汤显祖自我表达的载体,作者本人并未细作区分。这与沈璟、臧懋循、冯梦龙等剧作家全然不同,这几位剧作家没意

---

①　张敬的文章《汤若士〈牡丹亭还魂记〉情节配套之分析》,《东吴文史学报》1976年3月第1期,第9页,肯定了汤显祖对曲词结构的安排,批评那些逐字逐句加以改窜的行为。

②　见《晚明思想中的个体主义与人道主义》,收入狄百瑞(De Bary)主编《明代思想中的自我与社会》,纽约:哥伦比亚大学出版社,1970年版,第150—154页。狄百瑞关于中国与西方"个体主义"(individualism)概念区别的分析,见该书第145—150页。另参见何谷理(Hegel)《阅读中华帝国晚期插图小说》(斯坦福:斯坦福大学出版社,1998年版)第58、160、317页。李惠仪(Wai-yee Li)在《魅力的有无:中国文学中的爱与幻象》(第47—50页)中也讨论了"梦境、想象或记忆自我(remembering self)的自主性"问题。

识到"曲"——至少是"剧曲"——具有这一功能。①

本书第二章中讨论过《牡丹亭》的舞台搬演,笔者提到伶人所演出的折子戏与原剧构思差距甚大,汤显祖曾颠覆的传统又被重新颠倒过来。笔者还认为,舞台程式化与高度行当化的美学倾向已经对丽娘的形象塑造产生影响。表演艺术的公共属性、行当规范对角色表演的限制,与剧中人物强烈的"个体性"之间难以和谐统一。因此,丽娘这一形象在由文字到舞台的转换过程中失掉许多原有的个性与锋芒,是不足为奇的。

第五章中,笔者探讨了在《牡丹亭》漫长的演出历史中,"高(雅)昆曲"(highbrow)与"低(俗)昆曲"(lowbrow)间的裂隙是如何长期存在并延续至今的。这一研究也揭示了一种现象,即有些文人剧作家——如冯梦龙——与其说其同本阶层剧作家(如汤显祖)有共同之处,还不如说他们更接近伶人。伶人搬演《牡丹亭》多以《风流梦》为蓝本,这种做法早已蔚然成风。而这些搬演,真正照抄《风流梦》文本词句的并不多,更常见的是在内容调整时借用了冯改本的思路——如要恢复理想的柳梦梅形象,加强春香的作用,淡化丽娘春梦中的自主意识等等。

第一章中,笔者借用皮埃尔·布迪厄(Pierre Bourdieu)的理论讨论了汤显祖剧本创作的自主性。布迪厄认为,自主的创作者具有"纯粹"的艺术创造能力,他们既不受市场也不受某些机构或代理人的制约,不向文化产品强加任何经济或符号化价值——布迪厄称之为"献祭"般神圣的创作过程。艺术家进行创作——哪怕只是为少数志同道合者创作,仍然脱离不了一个等级森严、高度制度化的文化生产"场"。同其他的文化生产者一样,他们自幼接受的教育和成长环境形成了其主导思维模式,也许他们自认与主流价值取向不同,事实上却仍然被这个"场"所影响,他们创作的成果无不是在其作用和压力下完成的。如果一件作品成为经典,这种影响还会持续到作者去世之后很久。尽

---

① 另一方面,冯梦龙的散曲却是极其个人化、情感强烈的作品,其直露程度在汤显祖看来恐怕以任何文体表现都不适宜。尽

管如此，布迪厄仍然将艺术家理解为毫不功利的、无私的天才人物，他们鄙弃商业成功，与那些只追逐主流文化进行创作的人志趣难投。艺术家通常"无功利之心"，而他们鄙弃商业行为的方式往往就是"特立独行且与主流艺术传统分道扬镳"，他们追求自主意识，追求离经叛道带来的真实体验。①

尽管中国晚明时期的文化生产领域与布迪厄文中所言（19世纪欧洲中产阶级社会）存在巨大差异，但他对文化产品的描述却适用于汤显祖这样的艺术家——他们进行创作的动机是为娱己娱人，为愉悦那些不图从中渔利之人。汤显祖并不排斥更多人欣赏自己的作品，他蔑视的是那种为令自己被文化圈内更多人（越多越好）赏识而特意制定标准的人。例如编纂了一套昆曲曲谱以为范式的沈璟，又如刊印《牡丹亭》改编本以影响原作意涵传达的臧懋循、冯梦龙。汤显祖曾向朋友抱怨说："此亦安知曲意哉……词之为词，九调四声而已哉！"②此语当指沈璟。

汤显祖以作画喻作剧，提倡"骀荡淫夷，转在笔墨之外"。③就如在一个尊重业余创作的文化氛围中，汤显祖会称赞一位有才能的写作者的"文人理想"，认为他无功利，具有单纯的艺术性。汤显祖的同时代人称赞他才华卓著、难以摹仿，也是基于这一出发点。④

---

① 见布迪厄《文化产品的场——文学艺术论文集》（兰德尔·约翰逊主编、作序，纽约：哥伦比亚大学出版社，1993年版），第40页（关于"热衷非功利性"、"悖逆传统"）、第101—102页、第106—110页（关于"离经叛道"、"特立独行"）、第63页、第114页（关于艺术家的"纯粹"艺术才能）、第120—125页（关于"献祭"）。

② 《答孙俟居》，见《汤显祖诗文集》，第1299页。在这里，"词"即指"曲"，都是为既有曲调填词的文体。汤显祖还曾向另一友人详细阐述过："凡文以意趣神色为主。四者到时，或有丽词俊音可用。尔时能一一顾九宫四声否？"见《汤显祖诗文集》第1337页《答吕姜山》。

③ 《答凌初成》，见《汤显祖诗文集》，第1345页。

④ 见本书第五章。关于"文人理想"，参见约瑟夫·R·列文森（Joseph R. Levenson）著《儒教中国及其现代命运》中《明代与清初社会中的文人理想：来自绘画的证据》一章，加州大学出版社，1968年，第15—43页。关于绘画的文人化及艺术的非物质化，参见高居翰（James Cahill）《画家生涯：传统中国画家的生活与工作》，哥伦比亚大学出版社，1994年，第5—11页。

从被臧懋循和冯梦龙的改编本商业化时起,《牡丹亭》就在改编者手中以及晚明甚至其后的文化市场上遭受了不少"合法的符号暴力"。我们所看到的文本形式反映出不同的市场品位对改编与接受的影响,文本内蕴的变化也与市场存在内在关联。布迪厄劝诫那些文本研究者放弃过于主观细致的内涵阐释,转而探索作为艺术产品创作、欣赏背景的"社会关系体系"。①但笔者在研讨这一问题时,并未将《牡丹亭》的各版文本放置在中国戏曲、甚至昆曲的特定社会背景之中。比如,我并未特别关注搬演的戏班、演出场所及观众群体。②笔者将大量篇幅用于关注文本,是以读者对舞台搬演十分了解为前提的——当然,也许这种估计是过于乐观了。但笔者也并未陷入布迪厄所说的主观、武断、过于刻板的内涵阐释,而是希望自己的研究能对素来重视创作与接受环境的中国戏曲史多少有些启发。

　　布迪厄还指出,文化产品的活力来自传统的与新的文化实践模式间的冲突与更迭。而笔者认为《牡丹亭》正处于戏曲发展史上的类似冲突之中。冲突在剧作面世后不久就爆发了。汤显祖作剧不循旧例,这自然为那些编纂了昆曲曲谱以规范格律的苏州剧作家们所不容,他们时常凭照曲谱对汤的新剧进行指摘。本书第二、三章所讨论的一个问题就是,这些批评家是如何用他们所理解的正统价值观改造汤显祖剧作的,尽管这很可能是一种无意识的改造。这两章在讨论《牡丹亭》时,选择的参照物不是其他剧作,而是其他剧作家;笔者的感受是,在那一时期,人们可以自由选取在文化场域中的位置,舞台搬演受到高度关注,南戏创作标准也不甚严苛。

　　臧懋循同汤显祖一样,都在一个有限的生产场中进行创作,只不过他与汤所占的位置正好相反。臧为一些富裕曲友刊印剧本,因此他极为关注所谓"正统性"的问题——也就是布迪厄所说的"是关于判定

---

①　布迪厄:《文化产品的场——文学艺术论文集》,第137页(关于"合法的符号暴力")、第140页(关于"过于主观细致的内涵阐释")。

②　伯克利加州大学郭安瑞(Anderea S.Goldman)即将付梓的论文《18至19世纪北京的戏曲表演与都市美学》将会讨论这个问题。

一种文化实践形态是否符合正统的标准问题。"[1]沈璟、冯梦龙与臧懋循情况相似。三人都坚信昆山腔是南戏唯一"正体",同时还要求其他剧作家都须遵守他们在定义这种形态时所依据的标准。布迪厄的理论提示我们,文化生产的很大一部分动力——那些随时间流逝而形成的新"经典",其"献祭"式的纯粹文化创造亦由此而来——源自一种有限的文化生产场,这种文化有时会被贴上"精英"的标签。当标准规范被建立起来,而部分创作者拒绝接受这套标准,二者间形成的张力反而成为了前述文化生产动力的源泉。晚明是传奇戏曲史上充满活力的时代,《牡丹亭》的接受情况反映出这种活力很大程度上源于人们选择的不同姿态与立场。

《牡丹亭》演出史中还有一个侧面,如最近北美上演的《牡丹亭》各版本,它们也同样处于这强大的张力之中。彼得·塞勒斯的先锋版,以及陈士争充满历史自觉的对明代剧场模式的重建,都源自对于一个问题的思考:全球文化中的当代剧场应呈现何种面貌?两部作品对原剧的阐释引发了中国和"西方"观众的不同反应。这个话题可以另成一书,笔者此处仅作简要分析。在文化生产中,塞勒斯是绝对的国际主义者。在伯克利召开的"剧评界"座谈会上,有人询问塞勒斯"认为自己保留了哪些昆曲表演传统",塞勒斯在回应时,首先强调的是传统应大于某个人或某种观念,任何作品都是新传统构建过程的一环。本世纪以来,剧场传统——这里具体是指昆曲——失去了原有活力,渐趋僵化,尤其是在形成这一传统的地域内(本例中即是中国)。在塞勒斯看来,文化观念不再有国界,文化产生于交融与互动。他与合作者们——一位是身处洛杉矶的传统昆曲大家,另一位是在中国接受传统训练而后长住纽约的作曲家——"跨越文化与年龄的鸿沟,努力在彼此尊重的层面上交流和讨论"。

陈士争与谭盾经历相仿——均在中国接受教育,而今活跃于纽约,同样是在全球化环境下工作的文化创作者,他也与塞勒斯一样对

---

[1] 布迪厄《文化产品的场——文学艺术论文集》,第117页。

以跨文化思维阐释经典感兴趣。二者不同的是,陈士争导演的《牡丹亭》采用了多种中国传统表演形式,避免跨文化折衷主义所热衷的文化内部仿效,也没有彼得·塞勒斯导演风格中那些典型的现代手法。① 正如一位评论家所说,他在舞台上重现了"从血统上说真实可信,又能与当代观众情感相通"的全本《牡丹亭》,从而使作品"感觉真实,而非追求逼真"。②

两位导演还有一个共同之处:都遭遇了来自相对封闭的昆曲界的批评,他们坚持卫护传统的舞台呈现方式,对北美上演的两个版本均拒绝接受——至少在中国是如此,其中对陈士争版本的抗拒在海外也有表现。从他们的言论来看,这些昆曲正统的当代守护者对于导演背离传统的工作方式深感不快,他们的批评从整体上看都是防御姿态。至于这两部作品最终将产生多大影响,就目前看来,说传统昆曲表演形式已有所松动似不为过,至少《牡丹亭》一剧确是如此,中国的文化部门决定让上海昆剧团重排一版《牡丹亭》即是显证。如若没有塞勒斯和陈士争提出挑战在前,这个重排计划应不会产生。③

将臧懋循与冯梦龙、彼得·塞勒斯与陈士争分组加以论述,反映的是他们在各自文化场域中的一种位置排列。而另一种截然不同的视角,则是将臧懋循与塞勒斯归为一类,因为二者都在有限的生产场

---

① 陈士争有一次对采访者说,在中国戏曲中,剧中角色"不须借助任何现代手段或是穿戴现代服饰"就能被观众认可。他说这番话可能与塞勒斯版有关。笔者认为陈的意思是,中国观众能够不藉任何现代手段就发现戏中角色能与现实生活中命运相同的人们形成对照。见玛丽·坎贝尔(Mary Campbell)《艺坛撷英》,《曼谷邮报》1999年6月9日。

② 马克·史维德(Mark Swed)《长篇史诗〈牡丹亭〉》,《洛杉矶时报》1999年7月20日。约翰·洛克威尔当初决定尝试搬演全本《牡丹亭》时,恐怕也是联想到了早期音乐运动中被重现于舞台的古代作品。

③ 这版全本《牡丹亭》于1999年8月21—23日在上海进行了连续三天的带妆试演,且仅可凭邀请函到场观看。本剧导演郭小男曾告诉笔者,1999年5月,文化部门领导请他排演一台忠实于原作的版本,但允许使用一些现代舞台手法。郭与陈士争一样,也并非昆曲出身,他的成名作是上海流行的一种新兴苏北地方剧种淮剧。另外,就在此书即将付梓之际,2001年9月10日,《南华早报》报道了中国起草《保护和振兴昆曲艺术十年规划》的消息。报道还引用上海昆剧团团长蔡正仁的话说,国际社会的承认有助于引起人们对中国非物质文化遗产昆曲的重视。

内创作,并且都假定观众是高素质、有学养的人群。冯梦龙与陈士争则在更广阔的场域内进行创作,他们努力借鉴流行表演形式的技巧,将一部复杂难懂的剧作变得通俗易懂。臧与塞勒斯属于文化分区中的精英(高端)层面,冯与陈则属于大众(中端)层面。①以上仅就创作风格而言,如果再考虑他们对内容的阐释,各人在文化场中的位置就更难简单划分。从我们的角度出发,回想起来,塞勒斯并非彻底摈弃传统阐释,例如他强调爱情主题,并剔除了汤显祖原作中大部分露骨的科诨内容。与他相比,陈士争毫不拒斥文本中的喜剧性因素,有时还会借用粗俗科诨和闹剧形式加以夸大,他还极为重视汤显祖那些辛辣的社会批评与政治讽刺,这也淡化了原剧的诗性色彩。塞勒斯的解读也打开了一片新视野,因为他在对爱情线进行模糊处理的同时,还在第二章丽娘魂游一场中发掘了其邪魅狂野的一面。中国官员在观看了塞勒斯版后已质疑此版难以在中国上演,而陈士争版则因在排演原剧全本时不循常例,在上海演出时更被视为异端。②

在昆曲发展史中一段漫长的时间内,将昆曲当作纯粹剧场艺术对待的是职业演员们。他们对《牡丹亭》舞台演出史的影响反映在折子戏脚本中——从晚明崇祯朝苏州印行的曲选《醉怡情》,至清乾隆朝的《缀白裘》和《审音鉴古录》。③本书第四、五章中,笔者曾简略提及职业演员们的不同演出环境——私邸厅堂、茶园酒楼、城市剧场、同乡会馆。笔者曾将其称作"二度创作者",自满清入关之后,他们的舞台活动弱化了文人剧作家的剧场影响力。笔者还希望讨论文人票友一直

---

① 如果借用布迪厄的语汇体系,塞勒斯和陈士争都在"当代戏曲"下一个"有限的子场域"(restricted subfield)中进行创作,其中包括了经典的和新生代的先锋派两块领域,不过他们二人应属哪一阵营不易简单划分。参见《文化产品的场——文学艺术论文集》,第53页。

② 1999年6月,马博敏曾对采访她的黄琼潘(Isabel Wong)说有种遭到背叛的感觉;她曾认为陈士争是"自己人",谁知"他已经变成了外国人"。塞勒斯也曾设想恢复汤显祖原作中带有政治性的部分,但由于时间限制最终放弃。

③ 颜长珂的文章提到最近的一种观点,认为最早的折子戏总集是《醉怡情》,这样就把折子戏流行的时间前推至嘉靖、隆庆年间(1522—1572年,比昆曲诞生的时间还早)。见颜长珂《谈谈折子戏》,《中华戏曲》1988年8月第6期,第243页。

以来所发挥的作用,考察他们的趣味及价值观念对《牡丹亭》折子戏的呈现面貌究竟产生过多大影响。

仍有些谜题有待解答,如各版本与主流儒家价值观保持了多大程度的一致性,而对原作中背离此价值取向的内容,删改情况又如何。这种删改在臧懋循、冯梦龙改本中已有明显反应,而在伶人演出的折子戏中,则更进了一步。从表面上看,这似乎有悖常理——清代职业演员在社会中的位置与知识分子全然不同,他们从文本中发掘的意义难道不该有别于臧、冯等人? 布迪厄建议我们在面对文本时,应考虑其社会关系体系①——那么此个案中的情况应如何解释?

首先,本书四、五两章在对各选本进行考察时指出,在折子戏演出史中,剧作主题已经发生变化:从着重抒情性与歌舞的关目(《惊梦》《寻梦》《写真》《拾画》《幽媾》)转向提供"惊奇"效果的关目(《冥判》《硬拷》《圆驾》)、富有喜剧性的关目(《延师》《闺塾》甚至《玩真》)以及仪式性关目(《劝农》《闹殇》)。后两类中的部分折子戏首现于乾隆时期选本,随后则越来越频繁地出现在各类选集中。笔者在第四章中谈到,这种趣味的变化是职业演员们在通俗的花部戏曲压力之下所作的反应。新入选的折子戏折射出清代戏曲行当细化的审美需求。如《缀白裘新集合编》所收《牡丹亭》折子戏就包含了这一时期所有主要的行当类型(生、旦、净、丑),而不仅仅是晚明折子戏舞台流行的生、旦。这一情形昭示了戏曲所蕴涵社会生活图景呈现出多元化趋势,这大概是对清代更为多元化的观众审美的呼应。

布迪厄本人也曾指出,作为一种艺术样式,戏剧的转型过程与诗歌与小说不同。因为戏剧需要保持长久生命力(换言之,就算主题已不合时宜,也须在公众面前保持流行文化的姿态),在先锋戏剧发展之前,美学观念的变革是缓慢的。布迪厄把戏剧这种相对守成的特征归结为应对一个"封闭网络"的措施——这个网络由批评家和被奉若神明的作家构成,他们令那些"自命不凡的新贵们"感到沮丧。他还发现

---

① 布迪厄《文化产品的场——文学艺术论文集》,第 140 页。

在剧场中,创作者与消费者、剧作家与观众间具有"共生"关系,因此在这里,主流文化价值观能获得认可。至少在欧洲,戏剧"因其价值观念与守成姿态得到资产阶级最直接的认同。"①

在我们考察一个与地方戏曲相对应的全国性剧种时,布迪厄对于传统戏剧意识形态守成主义的结论也是适用的。昆曲处于戏曲金字塔的塔尖,而《牡丹亭》又是昆曲剧目"皇冠上的宝石",具有权威和标本意义。并且,中国戏曲素来并不仅仅由官方评估其教化价值和社会功能,参与者还包括统治阶层精英。如冯梦龙改编和书商刊刻《牡丹亭》的目的之一显然就是宣扬儒家思想,这突出地反映在其改本中。②而在当代中国,这种倾向虽稍有消歇,但也仅局限在实验性的戏剧样式如话剧,以及一些虽流行但影响力并不太大的地方剧种之中——如上海淮剧。在昆曲领域,如我们所见到的林肯中心演出版的遭际,如何对经典剧目进行重新演绎,演员和剧团几乎没有话语权。③

然而,如果时间倒转,情形会怎样——譬如从1949年回溯至晚清甚至更久远的年代?假设没有与观众"共生"的剧作家,④昆曲演员与大众的关系又会如何?这个问题无法简单从文本中获知答案,更何况笔者所依赖的文本大多缺乏足够的语境,这确在很大程度上成为研究的障碍。因此我尽量将研究限制在对昆曲创作环境的宏观探讨上,考察那些我认为能在一定程度上解释为何《牡丹亭》折子戏具有明显保守意识的问题。

第四、五两章探讨了《牡丹亭》创作主体由剧作家转为伶人的原

---

① 布迪厄《文化产品的场——文学艺术论文集》,第52—55页、第96页。
② 臧懋循也是如此。理查德·谢克纳在为费春放翻译的中国戏曲剧场与表演论著序言中说,书中文章的作者们将那些受欢迎的戏曲作品视为参与构建社会良序的功臣,他们对接受群体的重视程度也令人惊讶。参见费春放《中国戏剧与表演理论:从孔子到当代》,第9—10页。
③ 探索性的实验在西方舶来的话剧和艺术形态序列中等级较低的地方剧种中是存在的。
④ 参见布迪厄《文化产品的场——文学艺术论文集》,第93页(关于"共生"等内容)。

因，笔者讨论的依据是中国的昆曲史著作。为写作这两章，笔者还阅读了其他艺术门类的相关研究成果（尤其是绘画），并与戏剧创作的客观环境进行了对照。如何谷理研究绘画史时提到，视觉艺术中反映出高度的社会融合，这在明万历年间体现得尤为明显。文人画家与职业画师跨越社会阶层鸿沟进行合作，两者的绘画风格、主题与技法也往往类似，以致作品并不存在明显差异。两个群体的艺术家会对同一"主题语汇"各自进行变换改造，对整套传统元素的运用也是相同的。①

何谷理关于绘画的分析也适用于明清之际处于转型中的中国戏曲，尤其是折子戏。职业演员承袭了文人传奇剧的主题语汇，观众欣赏他们的表演，主要也着重于技巧和对这种语汇的娴熟掌握。伶人与画家一样，有些常用主题和技巧，并且相互协作完成作品。商业剧团之间的合作与职业画家类似，特别是那些基本没有接受过正式教育的职业画匠。职业画师和文人画家一样，也会复制大家的经典之作，"没完没了地重复相同的权威作品"，并且机械照搬那些被顶礼膜拜的作品模式中的思想意识。②何谷理发现，业余与职业之间的关键差异在于不同的受教育程度，教育程度低的画师对传统旧习的忠诚度就高，而除旧立新、不拘一格往往是文人画家的专利；职业画师与权威之间则有着天然的勾连。③

这种关于守旧思想的分析有助于解释折子戏对汤显祖原作的呈现。笔者曾有论述，折子戏改编本中那些修改润色的内容能够反映出

---

① 何谷理《阅读中华帝国晚期插图小说》，第256—257页、第272页。
② 见《阅读中华帝国晚期插图小说》，第272页。对艺术优劣进行评判，主要看"以现有手段能在多大程度上对作品进行润色完善，重点在于完善的水准，而非是否有所创新。"这与判断一名优秀演员的表演水平如出一辙。参见该书第313页。
③ 见《阅读中华帝国晚期插图小说》，第275—276页。何谷理进一步将专业画家划分为商业艺术家与训练有素的从业者，但又指出这两者无论在绘画主题还是遵从传统方面都有别于文人画家。专业画家能将印刷版技法融入人们熟悉的形式之中，山水画画法也由此形成套路。在大量的手卷和画集中，这种印刷版风格随处可见（参见该书第266页）。

伶人的取舍——汤作中那些符合传统的部分被保留，否则予以淡化或删除。① 这种"二度创作"在摘选的折子和汤显祖文本之间撕开了一道裂痕，因为伶人所遵从的是戏曲的一般范式，而这正是汤显祖所极力颠覆的。二者间的这道鸿沟比何谷理所例举的山水画家还要明显，因为明代文人剧作家与清代职业伶人之间的教育差距是如此巨大，远非业余与职业画家间的文化程度差异可比。在昆曲领域，自清代以来这一差距越来越明显，直到我们所处的当代才再度呈现弱化的趋势。而晚明时期文人传奇剧多为私人堂会演出所作，这种昆曲创作环境更接近何谷理所描述的绘画创作，因此剧作家与伶人之间合作的可能性也较大。②

在昆曲创作过程中发生影响的因素还有票友，这一群体素来比单纯的戏迷要复杂。票友是天生的保守主义者，他们对昆曲传统的影响——至少在文本传播方面——不可小觑。由于晚明《牡丹亭》改编者多少抱有商业动机，他们并不是严格意义上的票友。但他们的地位处于纯粹的曲友和职业演员之间，因此通常会迎合两方面的需求和趣味。清前期，昆曲票友逐渐退出人们的视野，但现存大量这一时期的折子戏选本透露出了票友的审美品位和兴趣所在。随着乾隆年间《缀白裘》选本的面世和风行，伶人和票友对昆曲的共同作用就通过折子刊印本、手抄本等形式鲜明地显现出来。直至清代末年，业余曲家和职业演员的折子戏欣赏已经融为一体，不分彼此。事实上，不论作者是谁，几乎所有《牡丹亭》折子戏文本都与《缀白裘》一脉相承，而回归

---

① 白之发现汤显祖在第10出中为花神所写的曲词是全剧最为晦涩难懂的段落，而正如我们所见，改编者和演员要么直接将其删除，要么用"堆花"的轻盈曲词加以掩盖，参见《中国人的舞台：明代的精英戏剧》第141—142页。此外，还有如汤显祖对有情人梦境的特殊处理，石道姑在关键时刻出现等，又如对一些重要仪式场景的颠覆性处理——第20出丽娘亡故时的不和谐之音、第8出春耕仪式中的诙谐歌舞等（据文献记载，这出戏无论在宫廷还是乡间，演出时都是"原汁原味"的）。总体而言，汤显祖喜好将高度诗化与滑稽鄙俚的场景并置，而这种"不和谐"的搭配常常遭到伶人大刀阔斧的删削改篡。

② 这也许能够解释为何晚明清初时期折子戏选集中的文本较少遭到改动——例如最早的昆曲折子戏选集《醉怡情》（参见366页注③）。

原剧文本的倒甚为罕见。

而当非昆曲出身的导演们力图在舞台上重现《牡丹亭》全本,来自上海和海外的昆曲票友几乎一边倒地发出了批评声音。1999年3月,彼得·塞勒斯版演出期间曾于伯克利召开"剧评界"座谈会,会上许多昆曲老观众批评演出没有凸显昆曲传统。洛杉矶乐评人史维德说,这部作品并非要复兴昆曲,而不过是一出当代美国戏剧。而在林肯中心的陈士争版一例中,笔者猜测票友的不满情绪也在一定程度上导致了原导演版本最终的夭折。因为不少票友身份是退休干部,他们与阻止该版上演的上海文化部门之间有着千丝万缕的联系。随着公演的临近,以及陈士争表露出的越来越清晰的导演理念,这个群体的不满怎么可能不令官方警觉呢?①

自20世纪初以来,票友作为俱乐部成员或是专业人士,在各领域内竭尽全力为昆曲生存提供经济支持。20世纪20年代,票友资助了"传字辈"演员的培训,这批演员每人都起了一个带有"传"字的艺名,正是意喻肩负传承传统、发扬光大的历史使命。票友还刊印了无数折子戏选本,并且为了易于普及,以较为简易的形式替代了繁难的工尺谱。50、60年代,票友还参与了剧本编撰和为新戏排演提供参考意见等实践活动。职业昆曲演员定期同票友聚于曲社拍曲,曲社之外的同台演出也得以恢复。业余曲家理应是影响昆曲发展历程的重要因素,在刚刚过去的20世纪中,这种影响尤其显著。②

---

① 1999年5月笔者在上海访问期间,发现鲜少有人愿意谈论这版作品被停演的原因,尤其是那些直接卷入事件的当事人。但黄琼潘曾得到一个为马博敏做详细访谈的机会,后来她告诉笔者,马说自己是在排演的最后几周,当听到一些来自当地媒体和复旦大学中文系的批评声音才真正开始关注这部作品的(复旦大学的批评者没有透露姓名)。但按照马的说法,要禁演一部戏剧最终决定权还在其上级——上海市委书记手中。禁演的决定是在试演结束数天之后,充分讨论了坊间流传的"情报"方才作出的。昆曲"专家"是这些讨论的积极参与者,当然笔者推测,在此之前他们表达意见也是同样积极的。

② 《上海昆剧志》中对一些重要曲社进行了介绍,见《上海文化艺术志》编纂委员会编《上海昆剧志》,上海:新华书店,1998年,第46—58页。"传"字辈演员小传见第308—318页、第321页。上海昆剧团的演员在海内外的昆曲舞台上与票友同台演出,票友也对剧团进行了大量捐赠。

但陈士争认为,从艺术角度而言上述情形并非全然有益,因为在此环境下,演员必须向观众的审美趣味妥协,演员的地位被降低了。因此在上海排练期间,陈对票友和对折子戏表演的排斥显而易见。陈和塞勒斯一样,都认为昆曲折子戏演出固步自封、缺乏生气,他还认为票友持续不断的影响是昆曲固守传统程式化表演并趋于僵化的原因之一。这种影响阻碍演员的创新,而借助创新,昆曲本可以吸引更多的新观众。①

陈士争说这番话虽是以昆曲局外人的身份,但他却的确熟悉传统戏曲的艺术创作环境。此外,笔者还曾多次提及两位前辈艺术家——梅兰芳与俞振飞。梅、俞二人均以京剧大家名世,但也常常活跃于昆曲舞台之上。梅兰芳学习了大约 30 出昆曲折子戏,他在表演理念和技巧上的许多创新之处后来都成为昆曲演员摹仿的范本。俞振飞以昆曲票友身份下海,后成为职业京剧演员,这一转变是艰难的,也是罕见的。而无论在梅的回忆录,还是俞本人或他人讲述其演艺生涯的文字中,我们都看不出两人因与票友交往而感到不安。回忆录与传记中记载了大量演员与票友之间平等交往、互相助益的例子。至少从晚清开始,职业演员与票友之间的界限就是模糊的,以布迪厄的观念来看,这种共生关系极为重要。

但事情也并非全然如此。演员自然也会对折子戏改本中的一些思想意识进行抵制,以此迎合另外一部分观众的趣味。我们在小说②、剧坛轶事③和舞台回忆录中都能看到上述情形。唐葆祥的《俞振飞传》是一本以传主口述回忆为基础的传记作品,其中讲述了 1955 年俞振飞在久居香港之后回到大陆重新演出《断桥》的一段经历。当时,俞饰演的许仙一角遭到了激烈批评——"太露,太油",批评者认为这是俞在港演出时过于讨好香港观众造成的。书中谈到战后香港并

---

① 陈士争导演在纽约演出期间接受笔者的采访并表达了以上观点,感谢他在百忙之中同意接受采访。

② 《品花宝鉴》在描写《游园惊梦》的表演时就充满了男性童伶与观众之间的情色意味。

③ 本书第五章曾论及《消寒新咏》中关于《春香闹学》表演的批评即是一例。第六章注释 4 中塞勒斯对于梁谷音所扮演的杜丽娘的评价又是一例。

不健康的舞台氛围,令人联想到建国前大陆也曾盛极一时的剧场文化。①俞口述中总结自身演剧水平提高的原因是建国后"良好的环境",但我们也不应忘记,俞于剧界地位的确立,实在建国之前。俞当初以票友身份下海,在其父去世后正式成为职业演员,这一转型似乎决定了他此后的表演风格必须有所改变,因为他将面对的是新中国成立后极为审慎严格的艺术氛围。②

从类似的叙述中可知,演员对文本的阐释既可能与戏的思想一致,也可能相悖。本书第五章分析了《牡丹亭·闺塾》中春香的表演,不同演员在塑造"春香"形象时,对这一人物如何叛逆、如何恶作剧的表现是不同的。在《断桥》一折中,俞振飞饰演的许仙为赢回妻子芳心,着重强调了人物风流俊雅的一面,而这种表演在当时革命的中国是不合时宜的。可资比较的是俞的学生岳美缇,她曾在文章中谈到对这类带有情色意味表演的反感,以及自己在表演中是如何改正的。③岳的态度无疑与建国后意识形态大环境有关,当然也有其个人气质及性别因素的影响。生活中,俞振飞是一位对女性极富吸引力的男性,因此当他有机会在台上展示这种魅力的时候,就倾向于表现角色具有情欲挑逗意味的一面。④

---

① 郭安瑞曾以流行的昆曲和子弟书演出脚本《思凡》为对象,研究清代商业戏剧发展的内在推动力。郭将《思凡》置于表演语境中进行解读,在一个讲述小尼姑追求俗世欢愉的叙事文本中探查某些可能超越藩篱的潜在因子。她发现在自己所发掘的各表演脚本中,"巧妙"的情色表现倾向逐渐替代了原先仅通过语词描写的人欲。她将这种"巧妙性"归结为某种观演关系的达成。参见《不愿为尼:两个〈思凡〉表演文本中的女性欲望呈现》,《帝制晚期中国》22,2001 年 6 月第 1 期,第 71—76 页、第 121 页。

② 唐葆祥《俞振飞传》,上海文艺出版社,1997 年版,第 115 页。俞振飞回到大陆后,大部分时间是进行教学。关于"《断桥》",参见陈为瑀《昆剧折子戏初探》,中州古籍出版社,1991 年版,第 261—264 页。

③ 本书第四章曾引用岳美缇关于《叫画》的一段论述,这段话能够展现岳作为小生演员的表演风格;另外一个例子是她关于《玉簪记》中潘必正这一形象的分析,见《我——一个孤单的女小生》,第 110—115 页。

④ 旦角演员南铁生在讲述俞振飞《拾画叫画》中的表演艺术时,就暗示了俞身上的这种男性魅力:"当戏演到叫画的高潮时,他用精确的腕力,控制着柔如白云的水袖,轻轻一拂画卷上的杜丽娘,卷中的杜丽娘真是呼之欲出。"这段回忆初载于 1980 年 4 月 14 日《文汇报》,唐葆祥著《俞振飞传》转载(第 84 页)。梅兰芳在《舞台生活四十年》中也曾评价俞振飞,认为其舞台表演与本人性格有相似之处,见《舞台生活四十年》第三集第 27 页,《俞振飞传》第 96 页转载。

罗杰·夏特里埃认为在考察文化实践活动时,应当顾及这两者——即多少强制性施加了影响的文化模式与间或受到制约而通常仍然能够顺利开展的实践活动——之间的复杂关系。夏特里埃关于当今欧洲流行文化思潮的理论受到德·塞尔托与布迪厄的影响,他说:

> 我们应该设想,在标准与现实、法令与实践、意向与实施之间横有一道鸿沟——沟中奔涌着"重塑"与"规避"这两股激流。①

　　因此他同样批评劳伦斯·莱文关于美国文化模式的观点——不承认在文化更为多元、精英文化逐渐衰落的现代之前还存在一个生机勃勃的文化共生时期,并且以不属于严肃文化形态为由,拒绝承认大多数流行文化。夏特里埃认为这种模式过于简单化,因为它只是在社会共享的流行文化内部寻找到大量同质之处,在辨析文化形态存在的合理性时也过于绝对。②

　　此类批评令笔者不大情愿地承认,自己的研究的确十分依赖陆萼庭关于昆曲中雅俗关系的论述。因为我发现,要考察改编者和伶人阐释汤显祖剧作的策略,陆的论述很具参考价值。但当我在陈士争面前谈到陆的观点,他并不接受,认为这种区分毫无意义。在他看来,一切文化形式的存在都是合理的,既然如此又何必贴上各种标签?笔者以陈的立场为参照,相信本书对这些"标签"的使用是恰当的,正因为我们关注不同的语言形式与用以阐释剧作的不同舞台技巧,汤显祖的独特性才得以彰显。本书论及了多种《牡丹亭》版本,这些比较研究清楚

---

① 见《形式与意义:文本、表演及从古到今的观众》,第86页。夏特里埃既不赞同那些仅看到流行文化相对于主流文化的从属性和缺陷的理论,也不赞同一味强调其自主性与异质性的论调。

② 他引用了戴维·霍尔对莱文《高端与低端——文化层级在美国的诞生》一书的评论,《美国历史研究》1998年第18期,批评莱文在研究中没有充分考虑美国南北战争前社会阶级、性别、种族间的紧张关系,宗教(清教主义)与资本社会中经济力量的影响也被忽略。

证明了一点——汤显祖的独特性常常遭到曲解。当笔者看到几个世纪以来，汤显祖的《牡丹亭》与被奉为"传统"经典的那出戏之间竟至横亘着如此触目的裂隙，心底总是深感讶异。

汤显祖的独一无二在当时就已为人所公认，此后随着他这部名作命运的跌宕起伏，这种独特性就愈发凸显。舞台演出在继承《牡丹亭》文本的同时又改变了其组成元素与结构方式，结果这出戏不仅被简单化，还失掉了很大一部分原作特有的神秘魅力。即便如此，笔者还是要在全书终结前对戏曲伶人与明代改编者之间的一个重要区别略作分析。冯梦龙与臧懋循对《牡丹亭》文本的改编不仅限于正其音律，而且还试图将其剧情"合理化"。尤其冯改本的改动如此之巨，以至丽娘身上几乎已不见原有的复杂性，自然也就失去了那股令人心醉神迷的独特魅力。演员的情形则不同，演员能将自身的神秘气质投射于人物表演之中。笔者曾讨论过当代演员对杜丽娘形象的塑造，他们能忠实于原作中对丽娘那些幽微情绪的描写——那些美丽含蓄而又缠绕不清的情绪。演员大体上能够尊重汤显祖的曲词，而剧中人物主观世界的激情与张力，正是潜藏于曲词之间。晚明诸改本中汤作精神的流失，多半也是源于这些被改篡的曲词。

《牡丹亭》一剧构思上的复杂性与其普及程度似呈悖论，在这个问题上，笔者似乎忽略了一个简单的原因——舞台表演的魅力。中国的昆曲爱好者们在谈论这出戏时常常会说起它独特的魅力，这种魅力笔者在 1983 年第一次观看由华文漪、岳美缇主演的"全本"时就感受到了。[①]1995 年，我重返上海，又观看了钱熠表演的《游园惊梦》，当时，18 岁的钱熠正值扮演杜丽娘的韶华之年，她那天籁之音令人久久难忘。记得那天我左旁坐着两个十二岁上下的小女孩，一边看戏一边哼唱着丽娘游园的曲子。我不知道她们对自己所唱的曲词理解了几分，很有可能只是跟着音乐懵懂哼唱。但是看到她们全然沉浸在欣赏钱熠表演的美好氛围里，笔者亲眼见证了这出古典名剧所散发的永恒魅力。

---

① 这也是塞勒斯 1982 年访华时所看的版本。

2. 致谢

我是在夏志清先生(C.T.Hsia)著作的引领下走上中国文学研究之路的。夏教授既具宽厚长者之风,治学态度又极为严格,有幸于门下受业,笔者由衷自豪。我的堂兄芮效卫(David Roy)及他的双亲安德鲁·T·玛格丽特·C·罗伊同样予以我激励与灵感。但当1965年我决定在香港学习中文的时候,并不曾料到有一天我们的研究兴趣竟会聚焦在同一历史时期,乃至同一作家。

1978年,胡万川先生建议我将冯梦龙戏剧作为论文选题,这为我的研究奠定了第一块基石。在研读了冯梦龙的《牡丹亭》《邯郸记》改编本后,我又转而探寻更令我着迷的原作。1982年,浦安迪(Andrew Plaks)在普林斯顿的一次研讨会上重点讨论了《牡丹亭》,本书第三章即是受其中观点的启发而来。次年,笔者有机会与复旦大学的冯梦龙研究权威、晚明俗文学专家陆树仑交流研读《牡丹亭》《风流梦》两个文本,陆教授还向我介绍了昆曲。有时笔者过于执着于汤显祖语言中情色倾向的解读,陆教授所持态度则既耐心又谨慎,使我免陷歧途,我还向他学习了大量传奇剧的相关知识。此后,李林德(Lindy Mark)建议我放弃对曲律细节的繁琐考证,转而考察《牡丹亭》的舞台表演史。陆大伟(David Rolston)亦赞同这一思路,并认为这一研究能够勾勒出昆曲历史的大致面貌。1994—1995年期间,陆教授一家为远离故土的我提供了温馨的安身之所,不仅如此,他还仔细阅读我的每篇文稿并提出中肯意见,正由于这始终如一的帮助,本书才得以顺利完成,在此深表谢意。同时还要感谢密歇根大学中国研究中心为我提供博士后奖学金,并出版此书书稿,这是我学术生涯中一个重要的时刻。

得益于美中学术交流委员会的支持,笔者于1995年夏在沪上逗留四月,期间搜集相关资料,并深化了对仍活跃于当代舞台的昆曲的理解。通过上海戏剧学院谢柏梁先生的帮助,我有机会与上海昆剧团、上海戏曲学校近距离接触。剧团资料室的张万良先生为尽地主之谊颇为费心——为我联系演员,安排苏州、昆山考察行程,并慷慨分享他的私人藏书。张先生常言著书立说文献资料必不可少,再次感谢他的热情帮助。昆剧团团长蔡正仁先生允许我观看排练和购买剧团档案室的音像资料。前辈艺术家岳美缇友好邀请我观看她所指导的《游园惊梦》排练，甚至提出亲自教授我小生行当的演唱方法。黄琼璠(Isabel Wong)向我介绍剧团情况，大大方便了我对剧团的了解，她与我分享了诸多昆曲资料，在林肯中心演出版的论争问题上，她也提供了许多独特见解。上海戏曲学校的著名闺门旦演员张洵澎热情欢迎我参观她的教学，她向我阐述了自己的《牡丹亭》表演思路，这成为我研究《牡丹亭》那丰富玄奥的表演艺术的宝贵素材。我也参与了每周末的昆曲曲社活动，不少曲友还邀请我到家中共度拍曲和演出折子戏的快乐时光。

多位师友为我搜集资料提供了帮助。哥伦比亚大学的肯·哈林(Ken Harlin)、吴建生(Charles Wu)以及加拿大英属哥伦比亚大学亚洲图书馆的琳达·乔(Linda Joe)、袁家瑜(Eleanor Yuen)多年来一直为我提供帮助。吴戈及时为我提供复旦大学图书馆的参考资料，与我分享他对昆曲的热忱以及八月酷暑季节里清凉解渴的西瓜。在上海图书馆，我得到了一位唐先生(我仅知道他的姓氏)极为重要的帮助，他把我从三楼阅览室的一片混沌不明中拯救出来，并且为我提供了尽可能多的手抄稿本。一直以来予以帮助的还有美国国会图书馆的居蜜博士(Dr. Mi Chu)、伯克利东亚图书馆的赵亚静(Jean Han)、香港大学冯平山图书馆的尹耀全博士(Dr. Y. C. Wan)和张慕贞(Cheung Mo-ching)。东亚图书馆和冯平山图书馆为我寄送了古籍封页木版插图的副本，最终采用冯平山图书馆的图片是因为其出色的画质。我在普林斯顿大学葛思德东亚图书馆、哈佛燕京图书馆、芝加哥大学东亚图书馆度过的时光亦收获匪浅。郭安瑞(Andrea Goldman)、江巨荣、梅文诗(Sheila Melvin)、大木康(Oki Yasushi)、陆大伟(David Rolston)、芮效卫(David Roy)、史清照(Kate Stevens)、蔡九迪(Judith Zeitlin)都与我分享过颇有助益的参考文献。

1998—1999年彼得·塞勒斯导演在他的《牡丹亭》版本巡回演出期间，欢迎我前往观看排练活动，并且允许我与演员自由交流。他的助手凯文·比嘉(Keven Higa)对我有求必应,并为我提供所有关于演出的媒体信息。演出的翻译、顾问简苏珊(Susan Jain)也邀请我观看排练,后来我们成为亲密的朋友和合作伙伴。我初次见到华文漪是在1983年,此后她也数次与我分享过关于此版《牡丹亭》的心得;能够近身观察华女士和塞勒斯导演,确是难得的机缘。遗憾的是未能参与林肯中心版本的排练,但导演陈士争在纽约接受了我的长时间专访。此外,关于林肯中心版以及98年导致此版被停演的上海方面的影响,梅文诗与我的几次长谈也很有启发。在我长达两年、跨越三大洲的"牡丹寻旅"中,梅的友谊是令我难忘的收获之一。

蔡九迪为书稿提出了修改意见,十分感谢她的热忱和从写作初期就予以的各种支持。白之(Cyril Birch)、何谷理(Robert Hegel)教授也通读书稿并提供了有益的建议。芮效卫读了论文和书稿,后者由于他的博学而增色不少。还有许多朋友和同仁阅读了部分文稿并提出建议,他们是毕嘉珍(Maggie Bickford)、周婉窈(Chou Wan-yao)、柯丽德(Katy Carlitz)、顾德曼(Bryna Goodman)、霍华德·顾德曼(Howard Goodman)以及两位《亚洲专刊》(*Asia Major*)的读者。在中国,卜健、顾笃璜、江巨荣、徐扶明都为我打开了研究的新思路。查尔斯·斯通(Charles Stone)和我在英属哥伦比亚大学的同事肯·高岛(Ken Takashima)运用娴熟的计算机技术为书稿后期的编辑、索引提供了帮助。泽田奈绪美(Naomi Sawada)为复制版画插图的技术细节提出了建议,克里斯汀·谭(Christine Tan)分享了关于印刷史的知识。权赫赞(Kwon Hyukchan)、卢一鹏帮助录入本书中的汉字,戴联斌为索引提供帮助、通读全书并及时指出几处令人尴尬的错处。

撰写这本复杂的大部头著作我已竭尽全力,深深感谢那些一路扶持的朋友们。温哥华的贝丽(Alison Bailey)、艾莉西亚·布洛克(Alexia Bloch)、陈弱水(Chen Jo-shui)、周婉窈、亚历山德拉·迪贝尔(Alexandra Diebel)、乔伊·狄克逊(Joy Dixon)、伊莱·弗朗哥(Eli Franco)、狄尼克·赫尔维希(Tineke Hellwig)、希拉里·梅森(Hilary Mason)、莎若琳·奥博(Sharlyn Orbaugh)、卡琳·普莱森丹茨(Karin

Preisendanz)、琳达·罗宾斯(Linda Robbins)的帮助令我能够保持科研过程中的清醒理智。我还欠加拿大英属哥伦比亚大学的同事肯·布莱恩特(Ken Bryant)一个大大的人情,因为他帮我争取到了完成书稿的宝贵时间。而作为我的朋友、顾问,有时还是我的批评者,柯丽德、玛格丽特·戴克(Margaret Decker)、顾德曼、金滋炫(JaHyun Kim Haboush)、凯瑟琳·汉森(Kathryn Hansen)、劳雷尔·肯达尔(Laurel Kendall)、苏珊娜·莱布斯克(Suzanne Lebsoci)、卡拉·比泰维克(Carla Petievich)从各方面予我帮助。逗留纽约期间,我与李耀宗(Li Yao-tsung)共读传奇戏曲;而在普林斯顿度过的整个暑期,白迪安(Diane Perushek)为我提供了葛思德图书馆和她的私人宅邸作为工作、生活之所。玛格丽特·梅拉贝利(Margaret Mirabelli)的专业建议使我的行文更为缜密,编辑特雷·费希尔(Terre Fisher)极为仔细地两次通读书稿,为我提供了诸多改进意见,并且尽量适应我为纠正错误所做的修改。书中所遗留错讹之处,责任均由笔者承担。

生长于一个和谐无间的大家庭是人生幸事。双亲始终如一地支持我的学业,激励我探索无垠世界,我母亲的家族成员也多与我选择的职业息息相关。我将此书献给我的姨母玛格丽特(Margaret)、哈里特(Harriet)及母亲凯瑟琳(Catherine),她们一直鼓励我到中国去。

作者单位:加拿大不列颠哥伦比亚大学亚洲研究系

《牡丹亭》的读法:"发乎情,止乎礼义"

[韩]郑元祉

一、序　　言

　　以往论文对《牡丹亭》的主题的讨论方向主要以男女间的爱情为基础,通过对爱情世界的追逐从而对反对的封建一方予以压力。问题是作品的内容从梦中见情人,互诉情意,结合为夫妇这一过程中,两人的情感中不只是为了单纯的爱情。换句话说,男女之间的爱情取得的过程与儒家的品德和社会的治理是有不可分割的关系的。

　　所以,《牡丹亭》中明白的表现并强调了男女之间爱情的至情,爱情赞歌式的内涵表现得极为浓厚,此时的男女间爱情已经不只是两个当事人的问题,与家庭、社会、国家都有关联,这也是不能忽视的一点。如果我们说的男女之间的爱情史就是一条线,那么礼义就是秩序交织的组织。

　　男女个人的爱情成就怎样与家庭与社会、国家产生影响的前提比完成《牡丹亭》的主题是更为有深度的问题。在《牡丹亭》中男女的爱情有怎样的意义,对此进一步进行积极的分析,更深一步的把握主题为本次论文的重点。

　　所以,获得爱情的过程和爱情、社会、国家有关联的缘由,同时对获得爱情的过程进行说明。具体说明爱情、社会、国家之间的关系的现况和表明其伦理为本论文的课题。

二、前人研究倾向

到目前为止,以往学者主要是对《牡丹亭》主题中的情和理的对立关系进行研究。①《牡丹亭》中杜丽娘追求爱情反对礼教,情与理对立的倾向性更强。②研究《牡丹亭》的代表学者徐朔方认为,《牡丹亭》中强烈的感动力来自积极的浪漫主义理想,即强烈的幸福追逐与宗法礼教的反对。我们可以留意一点就是,她所在的明代当时妇女接受的宗教礼法的束缚是比任何一个时代都要残酷的,杜丽娘就是反抗宗教礼法的代表性人物。所以《明史》中收录的节妇和烈女的数字比《元史》以前的正史多了 4 倍多。原著中每次柳梦梅主动要求举行夫妇之事时,她都以要首先得到父母的允诺为由进行推诿,从这一点上并无法看杜丽娘是反抗宗法礼教的代表人物。③

他认为,在当时的思想方面,王艮为主的左派王学,即泰州学派,举着反对正统宋学的旗帜,希望摆脱礼教的束缚。汤显祖的故乡江西省是泰州学派的极盛地域,王艮的三传弟子罗汝芳是汤显祖的老师,左派王学另外的支派李卓吾和反对朱熹哲学的紫柏大师,也都在思想上给予了汤显祖很大的影响。汤显祖的思想倾向主要倾向于反抗性的特点。④

不论主张的是与非,由于其从作品外部环境过分的对作品进行解读以至于引导了不正确的解释,致使笔者无法完全接受他的立场。

特别是在《牡丹亭》中最重要的讨论对象"情"上面的挖掘也是多

---

① 黄文锡、吴凤雏《汤显祖传》,中国戏剧出版社,1986 年;徐扶明《汤显祖与〈牡丹亭〉》,上海古籍出版社,1993 年;宋子俊《有情人皆成眷属之外——〈牡丹亭〉主题小议》,《汤显祖研究资料》,许祥麟《浅析杜丽娘形象及其意义》,中国人民大学书报数据社,1985 年等。

② 侯外庐《汤显祖牡丹亭还魂记外传》,毛效同编《汤显祖研究资料汇编》,上海古籍出版社,1986 年,第 1060—1078 页。他将"晦以待明"的理想比为"情之所必有"的情。

③ 徐朔方《徐朔方说戏曲》,上海古籍出版社,2000 年,第 127 页。

④ 徐朔方,前书,第 135 页。

种多样的。不过虽说法与伦理具有说服力,但终究是大同小异的。侯外庐认为,"与晦以待明一样,改变现实的伟大理想"①;周贻白在《牡丹亭·闹殇》中,在杜丽娘生前时顺从封建礼教的甄夫人的曲词中举例,要把握汤显祖所说的"现实生活中的情",除此之外,还要把握"一般人的人情""个性解放""情志""人类的感情、欲望"等。②在先行研究中没有正式对至情的含义进行伦理性的说服。结果到现在为止还少有对至情的一个明确的解释。

品读《牡丹亭》的方式有很多。本文就至情的各个方面考察《牡丹亭》,比起以往对《牡丹亭》的主题研究,本文用更加深入的方法对其进行有说服力的解说。

三、作品构造:"发乎情与止乎礼义"的世界

《牡丹亭》的梗概为,前半部分男女的野合与分享爱情的过程,及后半部得到父母和社会的承认而组成的故事情节。

《牡丹亭》是以暗示和赞扬男女间至诚至真的爱情为中心的作品,这一点体现在作品的各个细节当中。故事从开始到结束,是从杜丽娘与柳梦梅的家(个人)开始的。围绕个人的社会状态(金国对宋国的动态把握,李全的淮扬包围),到国家(皇帝),与男女的爱情有关的国家和社会问题都体现在了作品中。像这样,在两人的爱情得到承认的过程中与社会状态紧密联系,社会的变化也随着他们的爱情展开,致使最终皇帝也登场参与其中,正符合所谓"修身齐家治国平天下"的模式。所以我们在把握《牡丹亭》的整体构造时要把握《毛诗序》"发乎情止乎礼义"的观念。

本文中将对所强调的"发乎情,止乎礼义"的角度,从两方面来看《牡丹亭》的深层世界。前者为欲望世界,后者为礼义的世界。解读这两方面的世界是如何结合这点有着重要的意义。同时在才子佳人的

---

① 侯外庐《汤显祖牡丹亭还魂记外传》。
② 对于《牡丹亭》的情,以往的意见,引用的是蔡守民的硕士学位论文(韩国高丽大学,1997)《牡丹亭研究——梦想中的情》,第43页。

爱情故事中探寻两面主题的契机。也是从阴阳结合至情的角度来把握说明"发乎情"与"止乎礼义"的关系。以阴阳的结合与阴阳的调节为前提考察情的存在与其意义。

3-1."发乎情"的世界：情（至情）的含意

《牡丹亭》中的"至情"表现得十分自然。杜丽娘在梦中与柳梦梅相遇之前，曾经在花园中随着感春有些情绪上的变化。其中以第10出《惊梦》中的"因春感情"、"游春感伤"最具代表性。

> 天呵，春色恼人，信有之乎。常观诗词乐府，古之女子，因春感情，遇秋成恨，诚不谬矣。吾今年已二八，未逢折桂之夫。忽慕春情，怎得蟾宫之客。①

杜丽娘的感春情节源于年轻处子的自然感情流露。《牡丹亭题辞》中的"情不知所起，一往而深"的"情"可以理解为杜丽娘强烈真挚的感情。②杜丽娘的"情"是强烈的且具有爆发性的特点。

> 情不知所起，一往而深，生者可以死，死可以生。生而不可与死，死而不可复生者，皆非情之至也。③

生者可为情而亡，亡者也可为情而生。这段陈述可以先看出，杜丽娘死而复生的过程是由于其极致的至情。《惊梦》中花神和杜丽娘说，因"感伤（游春伤感）"可"尝试云雨之情！"在"春情"后紧接着就是"云雨之情"。④云雨之情就是性行为的隐喻，是以"天地合，而后万物兴焉"⑤为据而来。

---

① 汤显祖《牡丹亭》，徐朔方、杨笑梅校注，人民文学出版社，1998年，第54页。下引《牡丹亭》版本均同，不另注。

②③ 《牡丹亭题词》"情不知所起，一往而深"。

④ 《牡丹亭》第10出《惊梦》，第55页。"咱花神专掌惜玉怜香，竟来保护他，要他云雨十分欢幸也"。

⑤ "天地合，而后万物兴焉"，《礼记正义》中，北京大学出版社，1999年，第814页。

第 32 出如杜丽娘在《冥誓》中的"前日为柳郎而死,今日为柳郎而生"所说的,杜丽娘死亡的原因是"前日为柳郎而死",即在叙怀"无法完成与柳梦梅的爱情而死"中诉说男女之情(男女的至情)。"今日为柳郎而生"中"为了完成与柳郎的爱情而复活"的美。杜丽娘三年后复活,在现实生活中与柳郎实现了男女结合。所以我们说《牡丹亭》的组成及主题为"至情",也就是围绕男女至情而展开的故事。

"生者可以死,死可以生"说的是什么呢? 杜丽娘所说的至情,是生者可为至情而死,死者也可为至情而生。

"情不知所起,一往而深"中杜丽娘所拥有的爱情是"发乎情,止乎礼义"中的"发乎情",是爱情的情愫产生后所产生的强烈的力量所赋予的美。

Van Gulik 在《中国性风俗史》中说,梅花具有快乐和女性的意义。①柳梦梅从名字中的"梦梅"就已经有暗示的意思。第 26 出《玩真》中柳梦梅看见杜丽娘所画的女子行乐图后,唱出了如下的歌。

【啼莺序】……小生待画饼充饥,小姐似望梅止渴。②

引用文中的"饥"和"渴"都是一种表现欲望的词汇,都间接的表现了男女一种渴望结合的欲望。③

第 17 出的《道觋》中的石道姑引用《千字文》中对性的描写,而这段对性的描写是十分淫乱的。体现了她对性的一种强烈的欲望。④石

---

① Van Gulik 在《中国性风俗史》中说,梅树在春天高低不平,像死了一样。树枝从开着花的细枝上落下,象征着多产与繁茂。寒冷的冬天过去,再次发芽充满生命力。梅花象征着性的快乐和年轻的女性。柳梦梅在花园中做梦,梦到梅花树下站着一个有缘分的女人,说要发迹,所以自己的名字为梦梅。这里的梦梅必须与年轻女性有性关系的梦境。他的名字中也象征着男女之情、云雨之情。R.H.Van Gulik 著,张源哲译,《中国性风俗史》,kkachi(까치),1993 年,第 352 页。

② 《牡丹亭》第 26 折《玩真》,第 156 页。

③ 闻一多认为"饥"的意思为对性的欲望。《闻一多全集》(一),北京生活读书新知三联书店,1982 年,85 页。

④ 道姑在第 17 折引用《千字文》进行文字游戏,《牡丹亭》,第 91—92 页。

道姑与陈最良之间的谈话中所包含的对性的欲望也是不容忽视的。只不过两人没有实现这种欲望的机会而已。其实从石道姑口中说出的关于性的话题,就是以一种委婉的方式来表达作者所强调的男女间正常的结合。值得注意的是,虽然石道姑是男女结合中有问题的环节,但在柳梦梅与杜丽娘的结合过程中,她却作为阴阳的调节者①的身份出现帮助主人公。

在《冥判》中杜丽娘的死因为"慕色而亡",其实说的就是她因"至情,也就是因云雨之情"而死。杜丽娘死而复生的原因为因情而生,其实也可以说是关于性的强烈的欲望。

像这样透露着作者汤显祖对男女之情(性)重视的段落比比皆是。《幽媾》中人与鬼的结合又是怎样的呢?地狱与人间的结合不仅仅是为了克服他们存在的差异,而是为了强调阴阳的一种结合。《幽媾》中人与鬼的结合也是体现强烈的欲望。

自古,人与鬼的爱情就有一定的关系。荒冢间的爱情与棺材边的性交形态就存在别有的恐怖与刺激。书生与女鬼相知相交的场所通常为充满了死亡和性的诱惑的荒废的山、民间古寺或报废的旧坟墓。②虽然柳梦梅与已经变为女鬼的杜丽娘的性交不是在荒废的山、民间古寺或废墟的旧坟墓,但是二人的激情与充满了性的诱惑的本质与上述的是基本一样的。所以《牡丹亭》里柳梦梅在梦中住所与杜丽娘的云雨之情都是上述的男女性的强烈欲望的极大化的表现。

"妾千金之躯,一旦付与郎矣,勿负奴心。每夜得共枕席,平生之愿足矣。"③

---

① 石道姑可以看成为巫的形象,《牡丹亭》中巫俗的性格特征参考郑元祉《〈牡丹亭〉里的巫俗的特性》,《中国人文科学》第 36 辑,光州,中国人文学会,2006 年 12 月。

② 王溢嘉《性、文明与荒谬》,野鹅出版社,1998 年;韩译本《性与文明》,Seoul,가람기획(2000) 第 116 页。

③ 《牡丹亭》第 28 折《幽媾》,第 168 页。

体现了杜丽娘毫无顾忌的要求与愿望和她对性的强烈的欲望。《牡丹亭》表现了一种强烈且原始的对性的执着,以及男女结合的强烈的兴趣。杜丽娘的死而复生也是对性的强烈的欲望,这种欲望同时也是链接杜丽娘死而复生的支点。至情说的是极致的情,完美的爱以及完全的阴阳结合。

一方面,这种完全的阴阳结合是社会秩序为其做担保,这时的社会秩序可以理解为是阴阳结合的自然结果。杜丽娘从"因情而死"到"因情而生"是为了她到现世再结合的程序,在这个过程中最大的媒介就是被称作云雨之情的对性的欲望。

与柳梦梅和杜丽娘的至情的结合相反的则是石道姑和陈最良的不完全的性,而这段对性的描写也并不是偶然。后者的出现可以理解为是柳梦梅与杜丽娘至情结合的对比作用。

追求阴阳结合可以理解为是对男女之情的赞美,至情是完整的爱情和对其的实现。从这种观点理解的话,"发乎情止乎礼义"的图式是从至情的角度出发的阴阳结合,而产生这种结合的原因可以理解为其实在秩序下自然而成的。我们这里谈论的《牡丹亭》之中的爱情,即"因情而死"或"因情而生"中的"情"都是至情的意思。

所以,至情不仅指单纯的情,更指男女之间对性的欲望,从而产生的强烈的生命力。像这样,《牡丹亭》中很多主题都展现的是原始的性的强烈的渴望。

从性的观点出发看因至情而出之事,在梦中的男女结合和幽媾的结合,都表明原始的热情世界或祭仪的世界是没有区别的。

以上讨论中,我们将至情的含义理解为男女的性的欲望和生命力。

3-2. "止乎礼义"的世界

到第 34 出的"发乎情"的世界,第 35 出的《婚走》以后,到第 55 出的《圆驾》,杜丽娘和柳梦梅的野合为了得到社会的认可,在这个过程中属于"止乎礼义"。作品的背景随着故事进展而变化,这是一个从家庭到社会,再从社会到国家,逐渐将空间扩大的过程。可以看成是为了社会的秩序体现乃至社会、国家的安全考虑的设定。所以《牡丹亭》

的后半部内容主要以"止乎礼义"为主,爱情、社会和国家的关系相连接,最终达到"止乎礼义"的目标。《牡丹亭》中杜丽娘与柳梦梅的爱情从个人关系到国家范畴的连接的证据就在这里。所以《牡丹亭》的组成形式就是从男女的野合出发,以男女的结合为结局的社会性质的完成图式。所以《牡丹亭》后半部的程序理解为"止乎礼义",前半部的野合是为了后半部得到社会承认的过程。其具体的事例如下。

(生)便好今宵成配偶。
(旦)懵腾还自少精神。
(净)起前说精神旺相,则瞒着秀才。
(旦)秀才可记的古书云:必待父母之命,媒妁之言。
(生)日前虽不是钻穴相窥,早则钻坟而入了。小姐今日又会起书来。
(旦)秀才,非前不同。前夕鬼也,今日人也。鬼可虚情,人须实礼。①

两人以没有父母同意和社会认同的野合开始,从第36出《婚走》为得到社会认同而展开故事。柳梦梅提出要即刻与杜丽娘成亲。杜丽娘却说要得到媒人及父母的许可。因为现在已经再生为人,所以不得不说出与之前为鬼时的言行有所出入的回答,这是二人为野合能为社会所接受的第一步。

像前面指出的对性的强烈的要求中处处插入社会、政治性质的内容,爱情的经线和礼义的纬线交织下的野合是为了得到社会认可的布局。第15出《虏谍》第19出《牝贼》第31出《缮备》第38出《淮警》第42出《移镇》第43出《御淮》第44出《急难》第45出《寇间》第46出《出寇》第47出《围释》中也有这样的例子。在这10出中掺加了两人爱情成就,在两人爱情成就的过程中加入了情和社会的关系。为了两人的

---

① 《牡丹亭》第36出《婚走》206页。

爱情成就,在接近尾声的地方处处加入了两人需要克服的障碍。这些关目,在社会和国家引起的祸乱的观点上,不仅具有作品的时代背景的意义,同时在最后两人为了爱情得到社会的认可付出上也具有通过仪式的性质。

这样的结构从"发乎情"出发的男女之情,符合末尾的"止乎礼义",并且可以与结尾共存。

《宜黄县戏神清源师庙记》中"人情之大窦,为名教之至乐也哉"的声明可以理解为一样的段落。人自然情感的流露不违背名教的伦理,是可以共存的。结果就是名教的肯定以及至情肯定都是不违背社会的秩序—名教,而且符合自然秩序。即汤显祖符合名教的至情,这种至情自然地提交男女之情。所以汤显祖以男女之情为主题创作了《牡丹亭》。

3-3. 至情与礼义的关系

中国人曾经把男女之间的结合看成是天地间的结合。天地结合后万物欣欣向荣。这是因为天空的气温下降,地上的气温上升,天地合,而后万物兴焉。① 形成阴阳的调节,只有风调雨顺,国家和百姓才可安全处之。②

男女的结合不仅使得大地之神孕育新的生命、稻谷繁殖,而且适时天降大雨,使大地不再干涸,解放处于困境的百姓。风调雨顺,是小农业得以丰收的基本保障,是农耕民族最关心的事。③

阴阳结合带来了万物的永远繁殖与生命的力量。男女愉快的结合可使风调雨顺,或得丰收。第 10 出《惊梦》中男女的结合,第 8 出《劝农》和第 9 出《肃苑》随后出现的几点,需要注意一下。《劝农》中父老、农夫、牧童、采摘桑叶的妇女以及采摘茶叶的女人等,所有从事农

---

① 李学勤主编,《十三经注疏》六《礼记正义》中,北京大学出版社,1999 年,第 814 页。

② 根据《后汉书·荀爽传》中所说,宫女遣回家中各自婚配的结果为"通怨旷,和阴阳"。Seoul,景仁文化社,第 216 页。萧兵、叶舒宪《老子的文化解读》,湖北人民出版社,1997 年,第 729 页。

③ 萧兵、叶舒宪《老子的文化解读》,湖北人民出版社,1997 年,第 727 页。

业活动的人物全部登场。在《劝农》的后面安排的《惊梦》中男女的结合正是男神与女神的结合,这一年的农事、牧畜、养蚕、茶事都顺利的祝愿,这正是古代农耕礼仪的象征。

阴阳的结合带来的结果是国家与百姓可平安处之。社会的秩序可得以保障的根本原因在于阴阳结合的基础。①第 10 出《惊梦》中花神有"要他云雨十分欢幸"的台词,这正体现了阴阳的结合。云雨之情是指云与雨,是暗指性行为。这是基于天与地结合万物产生变化的认识。

杜丽娘与柳梦梅在梦中的结合是阴与阳结合的图式化。梦中男女的结合是象征阴阳结合,是象征原始性的自由空间中女神与男神的结合。祭仪中为了农事顺利进行举行的仪式,也体系了男女的性的结合。如果理解为才子象征强的阳,佳人象征强的阴,那么才子佳人在古代的祭仪中就与男神与女神相对应。

这样阴阳结合的观点中,梦中两人的结合,在地狱的存在和在人间的存在的结合,都有着一样的意义。代表地狱的死亡的杜丽娘与在人间的柳梦梅结合,也是一种地狱的阴与人间的阳相结合,即也具有阴阳结合的意义。另外,人间与地狱的结合的观点也是为了强调阴与阳的结合。重生后的结合同时也是一种阴阳结合。

一方面,与此不同的第 12 出《寻梦》中梦后的男女结合是不可能的阴阳结合。杜丽娘在梦后是必死无疑的设定,导致了这样男女结合是不可能的,即因为其阴阳的不调。从阴阳的观点上来看,杜丽娘的死导致了阴与阳结合的不可能的主要缘由。②所以"因情而死,因情而生",因为无法实现在现世阴与阳的结合,所以只有在死后进行。死而复生后的男女至情(阴阳结合)也是可以找到原因的。

"发乎情"的情是自然的感情,同时也是至情。在至情充分的发现的时候,即顺利的完成阴阳结合时,社会秩序就会得以保障。这里的

---

① 萧兵、叶舒宪《老子的文化解读》,湖北人民出版社,1997 年,第 729 页。
② 徐朔方《徐朔方说戏曲》,上海古籍出版社,2000 年,第 124 页。徐朔方的主旨与本文是不同的,他的说法如下:"牡丹亭以杜丽娘之死写出她要找到爱人是不可能的,更不要说结合了。她不是死于爱情被破坏,而是死于对爱情的徒然渴望。"

阴阳结合指的是天地的秩序。

事实上《宜黄县戏神清源师庙记》中所说的"人情之大窦"中的名教极乐的前提条件就是至情或云雨之情。所以作为云雨之情的欲望就是不违背自然的道理。云雨之情就是顺利的完成阴阳结合，这种结合是使得社会的秩序和国家的安全也得以保障的必要前提和条件。所以发乎情的结果是导致止乎礼义的结果。这是阴阳结合后产生和谐秩序的结果。

我们把"发乎情止乎礼义"的关系看成"发乎情"为原因"止乎礼义"为其结果，可以理解为很自然的因果关系。《牡丹亭》的构图主题看成"发乎情止乎礼义"的原因也在于此。两者的关系，即不可看成单纯的男女之情（情）和礼义秩序（理）的对立与调节的关系。前者为原因与条件，后者为结果。理解为其原因和条件必然导致的一种结果。

其结果为《牡丹亭》成为了爱情的原因。因为原因与结果的关系等于爱情与礼义的关系，也可以理解为结果保障了礼义。《宜黄县戏神清源师庙记》中的"人情之大窦为名教之至乐也哉"的表述为另一种至情的表现。如果后者是在礼义中要求的极乐的话，那么两者的关系并不是对立关系，而是两者间的一种结合。一个为原因，而另一个为结果。即两者的关系为原因和结果。

所以汤显祖《牡丹亭》中的爱情与礼义的关系并不是对立而是调和的共存关系。①

四、结　　语

本研究以至今为止还深受中国读者和听众喜闻乐见的明代汤显祖的《牡丹亭》为蓝本，在探讨对其怎样阅读的前提下，试图探究作品的两面主题。

---

① 情与理不为对立关系而为和谐关系的例子为卢相均的《汤显祖之思想及其文学》（四）"情与理之调和"，学古房，2005 年，第 214—221 页。

以往的学者们对作品的理解多有不充分之处,即没有很明确的说明天理与人欲的对立构图形式而对应的柳梦梅与杜丽娘的爱情成就过程。

爱情追求是一种人欲的设定,社会秩序的维持理解为礼义(天理),两者间的关系对立乃至调和都只展示于命题中,两者间的关系并没有很明确的给予说明。关于《牡丹亭》的主题还有很多的误解需要我们直视。从《毛诗序》中"发乎情,止乎礼义"的视角出发,动用阴阳的观点,以一种新的接触点来看到作品中以往看不到的某些意义。

在探索《牡丹亭》的主题过程中,笔者个人的读法为联系"发乎情,止乎礼义"来阅读。所以《牡丹亭》的内容可以由《毛诗序》的"发乎情,止乎礼义"来概括。情的世界和礼义的世界可以分开来看。可以看成与《宜黄县戏神清源师庙记》中的"人情之大窦为名教之至乐也哉"为相同的段落。

《牡丹亭》中所定义的世界是什么都无法介入的原始世界中的自然人类的欲望的发散空间,礼义的世界就是在这种毫无抑制的感情世界中吸取的空间世界。通过至情的世界与礼义的世界,汤显祖建立的世界可以在两个世界中共存,从而构建两个世界顺利的沟通。如果后者为现实世界,那么前者就是他构造的理想世界。

其中最重要的是《毛诗序》的"发乎情,止乎礼义"的观点。不应在《牡丹亭》中把这种观点应用于情与礼义的对立关系,而是应该将其设定为原因与结果的关系。情与礼义最终归结为因果关系。用这种方法来理解作品时,汤显祖创作《牡丹亭》时所体现的爱情赞歌是一种积极的方法,当时封建社会的权利阶层要求维持礼义、维护秩序。在两者没有任何冲突的情况下,提出与以往学者的立场与解释不同,从其他的方面探究其意义与主题,是本次研究的意义。

作者单位:韩国全北大学校中文科

汤显祖《牡丹亭》东传朝鲜王朝考述

程 芸

汤显祖《牡丹亭》的域外传播是"汤学"领域的重要问题,然而,研究者通常关注西方的情况,对东亚地区《牡丹亭》的流播则有所忽视。事实上,《牡丹亭》早在清顺治三年(日本正保三年,1646)即流入日本,是江户时代东渡次数较多的中国戏曲文献。[①]本文勾辑古代朝鲜王朝汉文燕行文献(通称"燕行录")中的资料,并辅以其他相关记载,试图呈现《牡丹亭》东传朝鲜半岛的某些痕迹,并发掘其潜在的文学史意义。

明清时期朝鲜文人的"朝天"或"燕行"以使团出行为主,这种受制于"朝贡关系"("宗藩关系")的人物往来,也经常伴随着书籍的输出与流入,成为中朝两国之间极为重要的文化交流形式。《牡丹亭》完成于明万历时期,晚明的朝天使者接触到《牡丹亭》的机会并不大,因为明朝严格限制使臣的在华行为。清初大抵沿袭这一政策,直至康熙后期鉴于天下大定,不再禁止使臣观游,于是,中朝文人的直接交流更为频繁,朝鲜文人对中国社会的接触也更为深入而细致。某些有幸燕行的使臣及其随从,在记录中国"见闻"、追思中国"记忆"或描绘中国"想象"[②]的同时,也以一种不经意的方式推动了《牡丹亭》的东传,及其相关的文学生产。

---

① 黄仕忠《江户时期东渡的中国戏曲文献考》,《文化遗产》2009年第2期。
② 葛兆光《韩国汉文燕行文献选编》序,复旦大学文史研究院、韩国成均馆大学东亚学术院大东文化研究院编《韩国汉文燕行文献选编》第一册,复旦大学出版社,2011年,第1—2页。

一

　　以笔者目力所及,最早提及《牡丹亭》的朝鲜燕行文人,是清康熙六十年(李朝景宗元年,1721)充任谢恩使团副使的李正臣(1660—1727)。李正臣《栎翁遗稿》卷八《燕行录》所附《前后去来时状启誊本》中,保存了朝鲜使臣誊录的若干清朝"可信文书",其中一封康熙圣旨有云:"王锡爵行事,汉人亦甚恶之,故作《牧(牡)丹亭歌曲》,极肆诋骂,得此报应。其孙反叛,受贼伪劄,称为伐清总兵,不久被擒。朕宥其殄九族之罪,只戮其一身,别无株连。即此王掞之负心,可知矣。"①王掞(1644—1728)曾官至文渊阁大学士,以重立胤礽为太子事触怒康熙皇帝,后致仕。他是明万历时期内阁首辅王锡爵(1534—1611)的曾孙,而晚明以来曾流传着《牡丹亭》借杜丽娘还魂,以影射王锡爵女儿昙阳子"升仙"之事的说法。康熙皇帝不知从何途径得知这一传闻,在圣旨中借题发挥,又为燕行使者所直录,以呈报朝鲜国王,这是《牡丹亭》早期异域传播史上的一个有趣细节。

　　当然,这个细节并无下文,也无助于说明《牡丹亭》是否受到其他朝鲜文人的关注。有据可查的则是,五十余年之后,《牡丹亭》终于被燕行文人带入了朝鲜。李德懋(1741—1793)的《青庄馆全书》卷十九中有一封致清人李鼎元(1750—1815,号墨庄)的信函(《李墨庄》),有云:

　　　　东洛(络)山房之别,无论去留,销魂伤心,朱颜堪雕。天寒岁暮,细(缅)惟斯辰,起居增卫。不佞下土鳃生,乃敢接武东吴之名士,拍肩西蜀之胜流,谈艺于芷塘之室,订交于鸳港之堂。吹嘘羽毛,洗濯尘垢,莫非我墨庄为之先容,为之绍介。其为感幸,可胜

---

① 李正臣《栎翁遗稿》,《影印标点韩国文集丛刊》(续)第53册,(首尔)民族文化推进会,2008年,第175页。按,古代朝鲜汉文文献中常有一些讹字或异字,本文随文订正。

言哉。每与楚亭谈此事,未尝不詑足下为人之磊落奇伟,天下之士也。雨村、芷塘两先生信息,其果续续承闻。沈鲍尊无恙否?归时不得相别,至今茹恨。幸致此意,如何如何。五言律一首,奉寄左右,聊表深情。伴以香山小笺廿番,匪物为贵,俯念其孤怀,至可至可。姜山、泠斋既得《牡丹亭记》,留为一段风流,使之传致谢意耳。临池神溯。不宣。①

同卷另有一封致清人唐乐宇(1739—1791,号鸳港)的书函(《唐鸳港》),也提到了《牡丹亭》的东传,有云:

不佞之一生未可忘者,吴蜀名士,鱼鱼雅雅,伐我二人,飞觞陆续,颊饱丹砂,轩渠绝倒,雅谑淋漓,不知日之将暮,何其乐也。如今索居,回头指点,浑如梦中。仰天长吁,忽自无以为心。岁将暮矣!不审足下动止清吉,阿张兄弟,俱得无恙?种种驰念,不能自已。蔡吕桥、马青田,亦皆平安否?幸为之致意!别后积月,足下之著辑应充栋宇,无由从傍而读之,只自茹恨。或可寄示一种,以替对晤耶?姜山、泠斋,获见足下所赠《牡丹亭记》,深感足下之好奇,遥谢千万。不佞近得一诗,仰寄门下,可知其托情之深挚也。其幸赐和焉。香山素笺廿张伴去,俯纳如何。不宣。②

清乾隆四十三年(李朝正祖二年,1778)三月,李德懋以谢恩陈奏使团书状官随从的身份来到中国,同行者还有充任正使随从的朴齐家(1750—1805,字在先,号楚亭)。据李德懋《入燕记》,③使团五月十五日进入北京,六月十六日踏上返程,其间,李德懋、朴齐家与多位中国

---

① 李德懋《青庄馆全书》上册,(韩国)首尔大学古典刊行会,1966年,第267—268页。
② 李德懋《青庄馆全书》上册,第268页。
③ 中日韩三国已出版了多种规模不一的"燕行录",本文所引李德懋《入燕记》据复旦大学出版社2011年版《韩国汉文燕行文献选编》,不另注。

文人频繁往来,包括李鼎元、李骥元(凫塘)、唐乐宇、祝德麟(芷塘)、沈朝尊(心醇)、蔡曾源(吕桥)、王民皞(鹤汀)、马青田(马照)等。"天寒岁暮"、"别后积月"云云,可知这两封信是李德懋回国之后,第一次致函远方的朋友,作于本年年底。考虑到乾隆时期两国人物往来的主要形式是使节及其随从,那么,捎信人很可能是前往清朝的三节年贡使团中的某位成员。

这两封信函的收件人都与赠送《牡丹亭记》有关,不过,细究其意,唐乐宇更有可能是主谋。受赠者"姜山"(即李书九,1754—1825,号姜山)、"泠斋"(即柳得恭,1748—1807,号泠斋)却又并不在这次的燕行使团中,这背后事出有因。

就在清乾隆四十一年(李朝英祖五十二年,1776)十一月至次年四月(李朝正祖元年,1777),朝鲜文人柳琴(1741—1788)随进贺谢恩使团副使徐浩修来到了中国,他随身携带李德懋、朴齐家、李书九、柳得恭(柳琴之侄)的诗选《韩客巾衍集》手抄本,拜会了时任吏部考功司员外郎的四川文人李调元(1734—1803),并因李调元的介绍,结识了时任《四库全书》分校官的浙江文人潘廷筠。李调元、潘廷筠读到这四位朝鲜诗人的作品后,称赏有加,慨然作序、评点,并表示要在中国刊刻《韩客巾衍集》。① 柳琴回国后,此事在朝鲜诗坛引起诸多回响,也为后来的燕行文人结交清人埋下了伏笔。据李调元《八月二十日奉恩命督学广东恭纪再叠前韵》《良乡留别墨庄》(《童山诗集》卷十九)等可知,柳琴等人返程两个月之后,李调元奉命督学广东,待次年李德懋、朴齐家随使团进入中国时,他早已不在燕京。李鼎元是李调元从弟,大约于乾隆丁酉(1775)年进入北京,后参加了戊戌年(1778)的会试。据李德懋《入燕记》,李鼎元是在潘廷筠寓舍见到李德懋的。因此,以李鼎元、李调元、潘廷筠之间的密切关系,有理由相信,李鼎元早就获知四位朝鲜诗人的声名。

---

① 清代中叶《韩客巾衍集》是否曾在中国刊行,学界有争议,参见金柄珉《〈韩客巾衍集〉与清代文人李调元、潘廷筠的文学批评》,《外国文学》2001 年第 6 期;朴现圭《韩国的〈四家诗〉与清朝李调元的〈雨村诗话〉》,《四川师范大学学报》1998 年第 4 期。

唐乐宇(1739—1791)也应该早已听闻过他们。唐乐宇是四川绵州人,时官户部员外郎,据李调元《诰封朝议大夫贵州南笼知府唐公尧春墓志铭》(《童山文集》卷十六),唐乐宇与李调元童稚相交,曾为儿女亲家,又同在京城为官,关系密切。据李德懋《入燕记》,朴齐家曾访唐乐宇于四川会馆,而李调元的从弟李鼎元、李骥元当时正寓居四川会馆。《入燕记》记叙了李德懋、朴齐家与唐乐宇的六次见面,李德懋笔下的唐乐宇"通易理律历之类",又"娴于名物之学","其言多考据辨订",故称其"真博雅之君子也",对照李调元所撰墓志铭的相关描述,如云"胸罗万卷,兼精六壬五星,并著有《奇门纪要》。常于琉璃市得西洋浑天铜仪,购归,排列敷衍,遂通勾股之法",李德懋"深感足下之好奇"的赞叹,显然并非虚与委蛇之言。

就在《唐鸳港》这封信中,李德懋还表达了想读到唐乐宇著述的愿望。据李调元所撰墓志铭,唐乐宇病故后,"诗多散轶",这或反映了唐氏其实声名不广,并非当时文坛的重要人物。① 然而,与唐乐宇短短二十来天的密切来往,显然给李德懋留下了较为深刻的印象。两年后的李朝正祖四年(清乾隆四十五年,1780),朴趾源(1737—1805)跟随祝贺乾隆皇帝七十大寿的使团来到北京,特意遵李德懋之嘱去唐府拜谒,事见朴趾源《热河日记》之《关内程史》。

李德懋并没有明言《牡丹亭记》的文体性质,更没有提及其作者,但我们注意到,他对作为一种戏剧文体的"传奇"的基本体性、特征其实并不陌生。在勾辑中国文献而成的《磊磊落落书》(《青庄馆全书》卷三十六至卷四十七)中,李德懋曾提到数部传奇,如云间道人"精于《牡丹亭》乐府",陆符四岁抗声高唱《杨涟草疏传奇》,吴中好事者将黄孔韶父子事迹"编为传奇,演之春秋之社",黄周星创作《人天乐》。汤显祖的《牡丹亭》向来以奇幻、风情而称誉士林,李德懋"留为一段风流"、"深感足下知好奇"云云,既折射了李朝后期文人对中国戏曲基本

---

① 《(嘉庆)四川通志》卷百五十四唐乐宇小传称其"著有《奇门纪要》,并《东络山房诗文集》行世",然检阅晚近以来的多种书目,仅知唐乐宇今存《南笼遗稿》,传存有限,仅藏于四川图书馆。

特征的体认,也可与明清中土文人对《牡丹亭》的评价相互对接。作为一次根植于儒家文化的审美表达,虽然它来自域外,却体现了中朝文人能够共享的一种知识系统和阅读体验。

二

那么,为什么唐乐宇、李鼎元要向李书九和柳得恭赠送《牡丹亭》传奇?李书九的诗文别集如《惕斋集》(《影印标点韩国文集丛刊》本)、《姜山集》(美国哈佛燕京图书馆藏抄本)中未见到相关记载,然而,柳得恭选录中国、日本、安南、琉球汉诗的《并世集》中,却留下了明确线索。《并世集》编于李朝正祖二十年(清嘉庆元年,1796),录有唐乐宇的一首《别李炯庵朴楚亭东敀》,小传则有云:

> 鸳港与懋官(李德懋)、次修(朴齐家)谈次,称汤若思(士)《牧(牡)丹亭记》之佳。懋官、次修以未见为恨。鸳港即命仆书肆中取来,使读之。懋官、次修一读便曰:"殊不见其佳处。"鸳港大笑曰:"公不以为佳,惠风(柳得恭)必以为佳。"遂以其书寄来。①

柳得恭曾三次随团出使中国,第一次是在李朝正祖二年(清乾隆四十三年,1778),但行至沈阳即返回,第二次才进入燕京,时清乾隆五十五年(李朝正祖十四年,1790),柳得恭充任进贺兼谢恩使团副使徐浩修的随从,同行者还有朴齐家、李喜经等人,时唐乐宇已经调任贵州。柳得恭此行留下了在热河清音阁和燕京圆明园观看内廷演剧《返老还童》《升平宝筏》的记录,可见出他对中国的戏曲表演有一定的兴趣。此外,柳得恭有一首《送人赴燕求虞初新志》诗云:"送君渡鸭水,戎服折风巾。燕市三韩客,齐庄一楚人。闻鸿紫塞夜,跃马玉河春。

---

① 柳得恭《并世集》,《燕行录全编》第 3 辑第 2 册,广西师范大学出版社,2013年,第 329 页。

绝妙《虞初志》,无忘寄袖珍。"①可知,柳氏对正统诗文之外的通俗文学,也有浓厚兴趣。唐乐宇"惠风必以为佳"云云,细究之,似早已了解柳得恭的阅读趣味,不知是否与柳得恭的这次求书有关。考虑到汤显祖曾点校《虞初志》,所撰《续虞初志》又被《明史·艺文志》著录,而《明史》东传又是朝鲜王朝的大事(参见后文),我们或许可以说,柳得恭与汤显祖之间存在着某种超越时空的文学精神的关联。

然而,柳得恭又称"懋官、次修一读便曰'殊不见其佳处'",却值得再予推敲,至少与朴齐家的趣味、性情不符。李德懋在正祖倡导"文体反正"时,也受到过冲击,但大体而言,其文风较雍容端正。而相较于李德懋,朴齐家的文学思想更为开放,对中土风情人物的兴趣也更为多样,这甚至引起了李德懋的不满。他的《雅亭遗稿》中就留下了严厉批评朴齐家的若干信函,如有云:

> 足下知病之祟乎?金人瑞,灾人也;《西厢记》,灾书也。足下卧病,不恬心静气,澹泊萧闲,为弥忧销疾之地,而笔之所淋,眸之所烛,心之所役,无之而非金人瑞。而然犹欲延医议药,足下何不晓之深也。愿足下笔诛人瑞、手火其书,更邀如仆者日讲《论语》,然后病良已矣。
>
> 羡慕中原,嗜好小说,为近日痼弊……此挽回淳古振作大雅之一机会也。兄须十分详审,乃以悔过迁善、感恩知罪之意,结构一篇古文,又或七言绝句十许首,文与诗间,遣词命意务极驯雅,勿或浮靡;字句之间,慎勿犯用俗所谓小说及明末清初一种鄙俚轻薄口气……夫所谓小说者,即演义之流也。以其诲淫诲盗,坏伦败化之具,王政之所厉禁。故吾辈尝与痛恶而深斥之,此不必为累于吾兄,而每恨吾兄为人性癖突兀,生长东方礼仪之乡,而反慕中原千里不同之俗。其所设心,一何宏阔。甚至满洲铁保、玉保,看作兄弟;西藏黄教红教之流,视如士友。世俗所谓唐痴、唐

---

① 柳得恭《泠斋诗集》卷二,美国哈佛燕京图书馆藏抄本。

学、唐汉、唐魁之目,举皆集于兄身。此是公案。①

以朴齐家驳杂的文学嗜好,以及被李德懋视若病态的对于中国风俗的仰慕,柳得恭《并世集》中"殊不见佳处"云云,不免令后人生疑。朴齐家曾先后四次燕行,没有留下直接记录其见闻的"燕行录"一类的文字,不过,据其殁后由四子朴长馣纂辑的《缟苎集》来看,朴齐家与唐乐宇之间的交流非常深入,完全有可能涉及词曲方面的话题,如有云:"先君记曰:'乐宇号鸳港……明几何之学,著有《东络丛书》二百余卷。戊戌与余订交,家在琉璃厂之先月楼南,与余有乐律问答数千言。'"②唐乐宇通音律,其友人李调元所撰墓志铭中也有明确的记载,正可相互佐证。

再核之以李德懋《入燕记》,记"正祖二年五月二十五日"之事有云:"与在先因往唐员外馆论乐,盖从中指一寸为尺之说,以郑世子《乐书》为铁论。"这里郑世子《乐书》,指明宗室朱载堉(1536—1611)的《乐律全书》,清初康熙皇帝敕撰《律吕正义》时已采用其说,乾隆时期编修《四库全书》更受到重视,四库馆臣既称其多"精微"之论,又感叹其艰深难懂(见《四库全书总目》卷三十八经部三十八乐类)。我们则注意到,两年后燕行的朴趾源在《鹄汀笔谈》中记载了这样的对话:"宗室大臣未见一河间献王,有谁?郑载堉。余问:郑是何代人。鹄汀曰:前明宗室郑王之世子,名载堉,著《律吕精义》。"③《鹄汀笔谈》是朴趾源与中国文人王民皞(字鹄汀)的笔谈记录,显然,对于乾隆中后期的燕行文人而言,朱载堉及其著述、学说还是较为陌生的一种知识,而唐乐宇和李德懋、朴齐家之间的交流能涉及这样一个在当时具有"前沿性"的问题,足见主客双方趣味的相投。据此推测,柳得恭的话未必符合当时赠书的真实情境,不妨视作"一家之言"。

由李德懋、朴齐家带回的《牡丹亭》,是否是这部中国戏曲名作第

---

① 李德懋《雅亭遗稿》卷七,美国国会图书馆藏李朝正祖二十年芸阁活字本。
② 朴长馣纂辑,《缟苎集》卷一,美国哈佛燕京图书馆藏抄本。
③ 朴趾源《热河日记》,《韩国汉文燕行文献选编》第23册,第39页。

一次进入朝鲜？限于所见，不敢遽下结论。① 但大体可推断，这次东传消除了一个朝鲜文人的小圈子对于《牡丹亭》的新奇感。我们注意到，两年之后朴趾源从王民皡那里听闻《牡丹亭》时，已经不再陌生了。事见其《热河日记》之《忘羊录》，有云：

> 余曰：器譬则谷也，声譬则风也。知谷之不可改，则风之出也无变。特有厉风、和风、螽风、冷风之异耳。由是论之，律之有古今之殊者，无其器改而声变软？
>
> 鹄汀曰：然。律联而为调，调谐而为腔，腔合而为曲。律无奸声而调有偏音，果是一谷之风有厉和螽冷之不同，晓夜朝昼之变焉。此其腔曲之所以情变听移，随时耸沮，而始有古今之异、正蛙（哇）之别尔。唐虞之世，民俗熙皡，其悦耳者韶濩之声，则又其所黜可知也。幽厉之时，民俗淫靡，其悦耳者桑濮之音，则又其所黜可知也。如近世杂剧，演《西厢记》则倦焉思睡，演《牧（牡）丹亭》则洒然改听。此虽闾巷鄙事，足验民俗趣尚随时迁改。士大夫思复古乐，不知改腔易调，乃遽毁钟改管，欲寻元声，以至人器俱亡。是何异于随矢画鹄，恶醉强酒乎。②

《忘羊录》记录了朴趾源与中国文人尹嘉铨、王民皡的笔谈，其核心是"论说乐律古今同异"。综观这次笔谈，所谓"乐律古今异同"，并不局限于具体的知识领域，而往往延伸为古今风尚流变及其评价的探讨。正是在这样一个带有"价值判断"的话题框架中，《西厢记》《牡丹亭》成为论证文学、艺术风尚必然与世推移的重要例证。当然，这个时期的燕京剧坛并非曲牌体戏曲独霸的局面，已面临板腔体的乱弹诸腔的挑战，《西厢记》不受欢迎固然为一事实，《牡丹亭》是否为士大夫所

---

① 尹德熙(1685—1766)的《字学岁月》提到的《四梦记》，是否为汤显祖的《临川四梦》，尚待证实。参见陈文新、闵宽东《韩国所见中国古代小说史料》，武汉大学出版社，2011年，第439页。

② [韩]朴趾源《热河日记》，《韩国汉文燕行文献选编》第22册，第410—411页。

"洒然改听",其实也是问题。王民皡或也有可能从燕行文人那里风闻过《西厢记》在朝鲜广受欢迎的某些情况(参见后文),因此,他才将《西厢记》与《牡丹亭》相提并论。

借助于清代中叶中国与朝鲜王朝的宗藩关系,籍籍无名的四川文人唐乐宇,却有幸进入了若干朝鲜一流诗文名家的视野,并在当时尚不频繁的中朝文学、音乐和文化交流中,发挥了中介者的作用。从这个角度看,唐乐宇和李德懋、朴齐家都是《牡丹亭》异域传播史上值得被记住的姓名。

三

韩国学者全寅初主编的《韩国所藏中国汉籍总目》著录了三种版本的《牡丹亭》:

其一,署《牡丹亭传奇》,八卷八册,木刻本,玉振堂梓,云"年代不详"。玉振堂不见于杨绳信先生编著的《增订中国版刻综录》(陕西人民出版社2014年版)、瞿冕良先生编著的《中国古籍版刻辞典》(增订版,苏州大学出版社2009年)和杜信孚先生的《全清分省分县刻书考》(线装书局2009年版),经检索"高校古文献资料库"、台湾"国家"图书馆"中文古籍联合目录"等数据库,知玉振堂曾于清嘉庆十一年(1806)刊刻了《历代圣贤篆书百体千文》;那么,此本东传的时间,恐在李德懋、朴齐家等人燕行之后,或在嘉庆、道光时期。①

其二,署《牡丹亭还魂记》,清光绪十二年(1886)年同文书局刊本。据郭英德先生《〈牡丹亭〉传奇现存明清版本叙录》,此本乃以明万历年间的石林居士本为底本的石印本,流传甚广②;那么,它流入朝鲜的时

---

① 日本拓殖大学宫原(民本)文库藏有一种玉振堂刊刻的《绣像牡丹亭还魂记》,六册,不知与此本的关系。参见黄仕忠《日藏中国戏曲文献综录》,广西师范大学出版社,2010年,第125—126页。

② 郭英德《〈牡丹亭〉传奇现存明清版本叙录》,《戏曲研究》第71辑,文化艺术出版社,2006年。

间当更晚。

还有一种,署《牡丹亭还魂记》,二卷二册,石印本,有民国三年(1914)序,署"古歙在田氏题"。"古歙在田氏"是清末民初安徽书商唐在田,曾刊刻了《绘图万花楼传》《续洪秀全演义》《李公奇案》等;显然,此本东传的时间当在民国时期。

此外,据韩国学者闵宽东教授的《中国戏曲(弹词鼓词)的流入与受容》(韩国学古房2014年版),该国还存有另外两种《牡丹亭》:一是乾隆乙巳年(1785)冰丝馆据明末清晖阁原本重刊的《玉茗堂还魂记》,另一种是清后期同人堂的木刻本《牡丹亭还魂记》。

以上五种《牡丹亭》,大约反映了当今学界对韩国庋藏《牡丹亭》版本基本情况的掌握。大抵可以判定,它们都是清乾隆四十三年(1778)以后才传入朝鲜的,应与李德懋、朴齐家无关。

那么,《牡丹亭》被李德懋、朴齐家带入朝鲜之后,该本是否得到进一步的传播,乃至翻刻?除了《牡丹亭》,汤氏其他"三梦"是否很快传入朝鲜?笔者未见到明确记载,只能先存疑。① 但点检相关材料,并参以张伯伟所编《朝鲜时代书目丛刊》(中华书局2004年版)、全寅初主编《韩国所藏中国汉籍总目》(韩国学古房2005年版)等,汤显祖诗文的东传痕迹却因《牡丹亭》的流入,而更加清晰地呈现出来。

汤显祖的诗文曾多次结集刊行,汤显祖也早已因其诗文成就而赢得了声名,这在钱谦益《列朝诗集》等文献中有所反映,但对于朝鲜文人而言,认知、传播乃至接受其诗文的影响,同样需要一个"去陌生"的过程。我们注意到,李德懋《入燕记》记正祖二年(1778)五月十九日事

---

① 有研究者指出:"著名文人安鼎福(1712—1791)在《杂同散记》中,特意提到汤显祖的《还魂记》(《牡丹亭》)《紫钗记》《南柯记》以及《邯郸记》等'临川四梦'已传播朝鲜的事实。"参见李岩、俞成云《朝鲜文学通史》(下),社会科学文献出版社,2010年,第1143页。笔者未读到原书,不详具体情况,未敢采信。又,闵宽东《在韩国中国小说的传入与研究》,《明清小说研究》1997年第12期。据《杂同散异》只著录了《邯郸梦记》,则传入的或是小说,而非汤显祖戏曲?事实上,中韩学者提及安鼎福《杂同散异》时,颇有差异,或又作安应昌《考同考异》、安兴福《散同杂异》,不知何故,参见杨雨蕾《朝鲜燕行使臣与西方传教士交往考述》,《世界历史》2005年第6期。

云:"燕市书肆自古而称,政欲翻阅,于是余与在先(朴齐家)及干粮官往琉璃厂,只抄我国之稀有及绝无者",其中就有他在嵩秀堂发现"《玉茗堂集》"的记录。李德懋是李朝宗室,饱学多闻之士,如果《玉茗堂集》在他眼中都属于稀罕之物,那么,汤显祖别集流入朝鲜的时间应该不会很早;即便有之,也不为一般的文人所重视。

而另一方面,正祖时期的朝鲜王室也没有对汤显祖的诗文集表现出明显兴趣。徐浩修的《奎章总目》大约完成于正祖五年(1781),反映"朝鲜时代正祖初期奎章阁所藏中国本"的情况,著录了数十位明嘉靖、万历时期与汤显祖有来往的文人的别集,却不见汤显祖《玉茗堂集》。①正祖李祘曾"仿唐宋故事,撰《访书录》二卷,使内阁诸臣按而购贸"②,然今存《内阁访书录》中,也并无汤显祖《玉茗堂集》。张伯伟教授指出,《内阁访书录》"最初乃一导购书目,但购入后又陆续写提要,成为藏书目录",③据《内阁访书录》卷一之"《翰林记》二十卷"、卷二"《历代诗选》五百六卷"等条目来看,该书目编写时曾参考了清初黄虞稷的《千顷堂书目》,而《千顷堂书目》卷二十五别集类,早已有"汤显祖玉茗堂诗十八卷,又文十卷,尺牍八卷"的著录。这一反差,多少显示出李朝正祖时期朝野对汤显祖著作的忽视。

然而,年代更后的《承华楼书目》"集类"却著录了"《玉茗堂集》十册",这是整个《朝鲜时代书目丛刊》所见汤显祖诗文集的唯一著录;同书"说家类",则有"《玉茗堂四曲》八册"的著录,这也是该书目丛刊所见汤显祖戏曲的唯一著录。承华楼为宪宗(1834—1849年在位)所建,反映了当时王室的藏书倾向和阅读趣味。除了汤显祖《玉茗堂四

---

① 张伯伟《奎章总目》解题,《朝鲜时代书目丛刊》第一册,中华书局,2004年,第3页。按,朝鲜王朝时期的奎章阁藏书现归韩国首尔大学,检索台湾"国家图书馆"古籍联合目录,知首尔大学奎章阁韩国学研究院藏有康熙甲戌年汤秀琦序刻本《玉茗堂全集》,此本当即《韩国所藏中国汉籍总目》著录的汤秀琦序刻本《玉茗堂集》,然其来源注明"清宫旧藏",当非李朝王室旧物。

② 《正祖实录第一》,《李朝实录》第四十七册,学习院东洋文化研究所,1966年,第480页。

③ 张伯伟《内阁访书录》解题,《朝鲜时代书目丛刊》第一册,第450页。

曲》,《承华楼书目》"说家类"中还著录了《聊斋志异》(十六册)、《闲情偶寄》(八册)、《虞初新志》(十二册)、《曲谱》(十二册)等,这种混溶的图书分类与清代中叶的四库观念既有耦合,更有出入,也是一种颇有意味的现象。

以上说明,《牡丹亭》《玉茗堂集》流入朝鲜王朝的时间可能较晚。但这并不意味着对于包括李德懋、朴齐家、柳得恭等在内的正祖前期文人而言,"汤显祖"就会是一个非常陌生的姓名。事实上,即便没有接触到《玉茗堂集》《牡丹亭》,他们也有可能经由其他途径而得知汤显祖其人、其事,乃至得阅其作品。

第一种可能,是经由清人官修的《明史》。清代自顺治年间开馆直至乾隆时期《明史》纂成,又改订、录入《四库全书》,历经一百四十余年,其间朝鲜王朝一直密切关注,英祖十五年(清乾隆四年,1739)十一月更命前往清朝的冬至使团购进《明史》全帙。①《明史》卷二百三十列传第一百十八记载了汤显祖上疏论政以至被贬的事迹,将其列入《儒林》而非《文苑》,卷九十九志第七十五则著录了"玉茗堂文集十五卷诗十六卷",甚至卷九十八志第七十四有其"续虞初志八卷"的著录。《明史》传入朝鲜后,是否曾在普通文人中广泛流播,笔者未知其详,然据张伯伟《朝鲜时代书目丛刊》,洪奭周(1774—1842)于纯祖十年(1810)为其弟洪宪仲编纂的《洪氏读书录》中,就有"《明史》三百六十卷",其卷次与通行本有异,这反映了普通朝鲜文人对《明史》的兴趣。我们注意到,李德懋的《青庄馆全书》中就有《明史纰缪》这样的篇章,而且他还频繁引用《明史》,因此,《明史》当是他了解汤显祖其人其事的一个重要途径。

第二种可能,经由其他一些收录汤显祖诗文的书籍。徐浩修《奎章总目》中曾几次拈出汤显祖的姓名,如卷二地理类著录《名山胜概记》有云:"王穉登、汤显祖及王世贞俱有序",卷四别集类著录《睡庵

---

① 相关研究,参见孙卫国《清修〈明史〉与朝鲜之反映》,《学术月刊》2008年第4期。

集》有云:"汤显祖序曰:睡庵以山川为气质,以烟霞为想思,以玄释为饮食,以啸叹为事业,故道与文新、文随道真",卷四总集类著录《十六家小品》时也明确提到汤显祖为其中一家。这些或许是无意之举,但较为集中,也折射了汤显祖进入朝鲜上层文人视野中的痕迹。而从《奎章总目》《内阁访书录》等来看,一些晚明清初出版的流行读物,如郑元勋《媚幽阁文娱》(选录韩敬《玉茗堂全集序》和王思任《批点玉茗堂牡丹亭词序》)、俞安期《启隽类函》(保存汤显祖的三篇"佚文"①)、沈德符《万历野获编》(卷二十五"杂剧"条提到汤显祖"新作《牡丹亭记》,真是一种奇文"),以及清人编纂的明诗选如钱谦益《列朝诗集》、朱彝尊《明诗综》、沈德潜《明诗别裁集》等等,李朝正祖前期皆已流入朝鲜半岛,因此,都有可能拓展朝鲜文人传播、接受汤显祖及其作品的空间。

这其中,钱谦益的《列朝诗集》发挥了最为突出的作用。《列朝诗集》今有清顺治九年(1652)毛氏汲古阁刊本,至迟李朝肃宗十年(1684)已传入朝鲜,而《列朝诗集小传》则有清康熙时绛云楼刻本,至迟李朝肃宗四十六年(1720)传入朝鲜,②因其关涉有明一代诗风的评价,又专门收录了朝鲜诗人的作品,激起了李朝文人广泛而持久的回响。《列朝诗集》丁集卷十二收录汤显祖诗歌一百二十余题,钱谦益本人也非常推重汤氏的文学主张(见《初学集》卷三十一《汤义仍先生文集序》),他的《初学集》《有学集》等在李朝也较为常见,因此,尽管《玉茗堂集》对于正祖初期的朝鲜文人而言较为稀罕,然而,他们也有可能早已通过接触《列朝诗集》和钱谦益的相关著述,而对汤显祖其人、其作发生兴趣。

我们注意到,与李德懋年代相仿的成大中(1732—1809)就"用汤若士韵"创作了《大坂杂咏》绝句四首:

---

① 吴书荫《汤显祖佚文三篇》,《中国典籍与文化》2003年第4期。
② 王国彪《朝鲜诗家对〈列朝诗集〉的接受与批评》,《齐鲁学刊》2013年第1期。

浙舶闽樯到海涯,绒丝缆泛刺桐花。南都秘籍来三部,尽入长碕太守家。

七尺钢刀百炼成,双钩如月夜中行。空桥僻处逢人试,桥下惊波飒有声。

奸门利窦剧逶迤,画角声催晓色迟。白柄刀头惊赤血,馆中喊杀黑衣儿。

垣军五百出关多,步步旗亭簇网罗。借使传藏生羽翼,不教飞渡小滨河。①

根据其用韵特点,核之以《列朝诗集》所收汤显祖诗歌,以下四首当为成大中次韵的依据:

一疏春浮瘴海涯,五年山县寄莲花。已拚姓字无人识,检点封章得内家。(《漫书所闻答唐观察》之四)

少年豪气几时成,断酒辞家向此行。夜半梅花春雪里,小窗灯火读书声。(《与李太虚》)

东南山色翠逶迤,日照西陵上酒迟。看罢秋千微有恨,不敲方响出红儿。(《饮青来阁即事》之二)

插汉窥关事欲多,辽阳当已失红罗。宁前直钞开原路,止隔三岔一渡河。(《寄谢侍东辽左》之一)②

李朝英祖三十九年(1763)派出通信使团出使日本,成大中是正使赵曮的随从。次年四月返程经过大坂(阪)时,发生了铃木传藏杀害朝鲜译官崔天宗(浣)的事件,使团为此滞留一个多月。《大坂杂咏》四首当作于这期间,其中第三、第四首就叙写崔天宗的遇害。这是当时朝

---

① 成大中《青城先生文集》卷一,《韩国历代文集丛书》第 2733 册,(首尔)景仁文化社,1999 年,第 91—92 页。

② 钱谦益《列朝诗集》丁集卷十二,《续修四库全书》,上海古籍出版社,2002 年,第 1624 册,第 84—85 页。

日外交上一次突发事件,两国说法各异,后来的日本小说、歌舞伎、净琉璃更常常演绎、改造这么一个题材。①汤显祖的这四首诗作于不同的时间,并没有任何意义上或事实上的直接联系,虽早已出现于明天启刻本《玉茗堂全集》中,但所处卷次极为分散,然而,它们在《列朝诗集》中的位置则明显集中,第一、第四首甚至前后相连。显然,成大中从这四首诗中捕捉到了某些独特的艺术灵感,用以记叙他出使日本时的所见所闻。

联系十余年之后李德懋燕行时,依然视《玉茗堂集》为稀罕之书,我们可以推断,钱谦益《列朝诗集》才是成大中接受汤显祖诗歌的艺术影响,并从事再创作的依据。早已作古的明万历时期人汤显祖的这四首诗,却因清初钱谦益《列朝诗集》的编排,以及一百多年之后朝鲜文人成大中的次韵,勾连着18世纪后期东亚的一次重要外交事件。这种超越时空的"知识环流"和"文学生产",无论是钱谦益还是汤显祖本人,都无法预知或预想。

那么,清乾隆四十三年(1778)经由燕行文人而发生的这次《牡丹亭》东传,是否激发了朝鲜文人对汤显祖其人、其作更丰富的兴趣?点检相关文献,笔者认为,这种可能性是存在的。明显的表征是,《牡丹亭》故事及其相关传闻,成为了后人诗歌创作的用典。例如,李学逵(1770—1835)的《春星堂集》中有《红梅馆杂事同韩霁园作》六首,第一首云:"幼年三五最娉婷,惭愧人前赋小青。朱李半笼桃一盒,此生魂断《牡丹亭》。"②此诗据系年,作于甲寅(正祖十八年,1794)。又如,申纬(1769—1845)的《覆瓿集》中有《新收明无名氏古画二帧各系一绝句》,其第一首《仕女读书图》云:"金钗斜坠凤凰翎,是李香君是小青?非绪非情苔石畔,抛书一卷《牡丹亭》。"③《覆瓿集》诗歌大抵按时序排

---

① 日本学者池内敏的《唐人杀しの世界——近世民众の朝鲜认识》(临川书店1999年版)有专门研究,参见葛兆光《隔岸观澜——读东洋书札记选录之一》,《东方早报》2010年1月17日T03版;《揽镜自鉴:从域外汉文史料看中国》,《光明日报》2008年1月24日第10版。

② 李学逵《洛下生全集》上册,(首尔)亚细亚文化社,1985年,第5—6页。

③ 申纬《覆瓿集》,《申纬全集》第四集,(首尔)太学社,1983年,第1821—1822页。

列,《仕女读书图》约作于宪宗五年(1839)五月至七月。这两首诗的作年相距四十余年,但都涉及众说纷纭的"小青故事"。

自明末以来,与《牡丹亭》传播、接受密切相关的"小青故事"就被不断地加以记载或演绎,而有据可查的是,记录该故事的某些早期文献,如冯梦龙《情史类略》、郑元勋《媚幽阁文娱》、钱谦益《列朝诗集》,都曾流入朝鲜王朝。我们从这两首诗约略可感觉到,自《牡丹亭》被带入朝鲜之后,某些文人不但已经没有了李德懋、朴齐家等人初读《牡丹亭》时的新奇感,而且能较娴熟地运用"小青故事"、《牡丹亭》作为典故。申纬甚至还将《牡丹亭》联系到孔尚任的《桃花扇》,这与他的个人经历有关。清嘉庆十七年(李朝纯祖十二年,1812),申纬以奏请使书状官的身份燕行,曾应蒙古喀喇沁部扎萨克贝勒丹巴多尔济之邀,观看了《桃花扇》。其《贝勒丹巴多尔济求余扇诗》诗小注有云:"宴罢,邀过海淀别墅,引至后堂,前有歌舞之楼,榜曰'镜天花海',为余演剧,至《桃花扇》,音调悲艳动人。"①"是李香君是小青"的诗句看似平常,但其背后,隐藏着申纬相比于他的前辈们更为直接的观剧体验和更为丰富的阅读经验。

余　　论

朝鲜燕行文人还留下了大量在中国的观剧记录,然以笔者目力所及,并未见到他们观看《牡丹亭》的记载,②因此很遗憾,尚不知晓燕行文人对这部戏曲经典是否曾有某些独特的观剧体验。而且事实上,相比于元杂剧《西厢记》,作为文学文本的《牡丹亭》在朝鲜的传播与接受,大抵而言也呈现出一种"被忽视"的基本情形。

综合《朝鲜时代书目丛刊》、《韩国所藏中国汉籍总目》、《中国戏曲

---

① 申纬《奏请行卷》,《燕行录全编》第三辑第七册,第93页。
② 笔者曾辑录中、韩、日三国影印出版的各种"燕行文献"中的戏曲史料,并对其学术价值作了初步探讨,参见《"燕行录"戏曲史料的学术价值初探》,《戏曲艺术》2013年第2期。

(弹词鼓词)的流入与受容》、《〈西厢记〉在韩国的传播与接受》①等著述、论文可知,韩国现藏《西厢记》的版本数量要远多于《牡丹亭》,汉文本大多可归入金圣叹"第六才子书"系统,还有韩文的改写本或谚解本,甚至有韩汉合本或满汉合本。此外,《西厢记》不但影响到古代朝鲜的民族文学经典《春香传》,还出现了若干仿作的小说、戏剧。与《西厢记》东传之后广受欢迎,乃至被改写、仿作这一"经典的再生产"约略相似的,还有另外两部中国古典戏曲名作,即《荆钗记》和《五伦全备记》。②从这个角度看,《牡丹亭》东传朝鲜王朝,既非古典戏曲"走向世界"的一个重要例证,也并非其"经典化"历史进程中不可忽略的重要环节。

然而另一方面,近代社会变革之前的《牡丹亭》东传,又依托于东亚汉字文化圈的"人物往来"与"书籍流转"这两种最基本的文化交流形式,因此,从文化史、书籍史与阅读史的角度看,则有可能隐藏着丰富的象征意义。事实上,尽管材料有限,我们还是发现,《牡丹亭》或多或少地参与了古代朝鲜文学观念的表达或建构,甚至影响到该国汉诗的写作;此外,它的东传,也并非全然的单向度的流出,既有流出之后的信息反馈,也还牵连清代中叶中朝文人对于传统音律、社会风尚等问题的关切。考虑到近代之前东亚诸国之间并不对等的政治、文化地位,以使团出行为主的"人物往来"及其伴随的"书籍流转"也有畸轻畸重的差异,那么,汤显祖作品在朝鲜王朝的传播、接受尽管以"单向度"为主,却也不妨视为古代东亚"知识环流"的一个有饶有意味的例证。③

尽管"东传"几乎没有彰显《牡丹亭》作为中国文学经典或戏剧经

---

① 高奈延《〈西厢记〉在韩国的传播与接受》,《南开学报》2005 年第 3 期。
② 相关研究,参见吴秀卿《中国戏曲在韩国的传播与接受》,《戏曲研究》第 79 辑,文化艺术出版社 2009 年版。
③ 这几个论域的相关研究,参见张伯伟《书籍环流与东亚诗学》,《中国社会科学》2014 年第 2 期;关西大学文化交涉学教育研究中心编《印刷出版与知识环流:十六世纪以后的东亚》,上海人民出版社,2011 年版;陈捷《人物往来与书籍流转》,中华书局,2012 年。与学者通常的理解不同,张伯伟教授特别强调"环流"的"多向循环"。

典独特的内在体性(所谓"经典性"),然而,清乾隆四十三年(李朝正祖二年,1778)的这次"东传",其本身却又是一个意味深长的"文学史事件"。从这个角度看,《牡丹亭》的东传和《西厢记》一样,也具有重要的"样本分析"价值,可以借此管窥古代东亚文学交流的某些特征。中外文学关系史上类似的"偶然"事件还有很多,借用当代文化人类学的描述性解释("深描")这种研究方式,这些偶然发生的文学史事件,将有可能超越个案的局限,而折射出某些"普遍性"的意义。

如此一来,我们又不能不面对另外一个凸显出来的问题:同样是"才子佳人"题材戏曲,同样受制于"中华朝贡体系"这一基本的政治—文化格局,然而,无论就传播的广泛、普及,还是就影响古代朝鲜民族文学、文化心理的深度而言,《牡丹亭》都无法和《西厢记》相提并论,作为原创者的汤显祖也不能与作为批评家的金圣叹比肩,其原因何在,值得进一步的深入研讨。

作者单位:武汉大学文学院

汤学学案

汤显祖研究资料的新发现

江巨荣

汤显祖在文学上、戏剧创作上,成就很大,地位很高,影响很深。学文学的,都比较关心。2016 年,是汤显祖逝世 400 周年,他与英国戏剧家莎士比亚、西班牙小说家塞万提斯同年去世,也是 400 周年。世界各国都在准备纪念这三位世界文化名人,我们自然不能置身事外。而且汤显祖与莎士比亚都是戏剧家,是东西方两大巨星,无疑有更多的话题,值得我们去研究,去探讨。所以我们理应投入更大的热情,更多的精力,做出成绩与贡献。

我国学界对汤显祖的研究历来是重视的,在文学研究和戏曲研究中,汤显祖与他的"四梦"研究一直都是重要题目。近三十年来,汤显祖研究论著,更如雨后春笋,不断破土而出,引人注目。老专家老树长青,新专家不断涌现,这些都反映了汤显祖研究的新气象,新局面,我们从中可以学习到的东西是非常多的。

以前围绕教学需要,我对汤显祖的生平思想,他的剧作,有过一些接触,读过前人和今人的一些著作。写过几篇小文。但要说从事汤显祖研究,则大都在退休以后。以前因为找书不便,借书困难,读书很少;经过改革开放,许多大型丛书陆续问世,收录了许多过去无法看到的书,这时以自由之身,就开始在图书馆东翻西看,寻找读书之乐。先从《四库存目全书》《续修四库全书》《四库未收书》等作选择性阅读;接着逐册阅读、翻检《清代诗文集汇编》,陆续发现一些前人未曾见到或未曾论及的有关汤显祖研究的资料,于是兴趣就主要集中在资料上。经过多年的阅读、翻检,虽然只是做了几年书虫和文抄公,但也有一些新的发现。为了在汤显祖研究上不与他人重复或少与他人重复,愿借这次机会,与大家谈谈这些新资料,并分析一下这些资料的研究价值。

一、从汤显祖文献辑佚与考订着手,增加对汤显祖交游的了解

汤显祖文献辑佚不少人做过,如毛效同的《汤显祖研究资料汇编》、徐朔方《汤显祖全集》的辑佚部分,还有江西朋友如龚重谟等从方志、家谱中发现的一些序传,吴书荫、郑志良发现的汤显祖文章等,有相当多的收获。但从明人诗文集中辑录的却还不够。我因借助于"四库"系列丛书,从这些丛书收录的明人文集中,发现了汤显祖为师友、文友所写的六篇序文及一篇游记,即:为何镗《名山胜概记》所作《名山记序》及《记山阴道上》,为彭辂文集所作《彭比部集序》,为陈完所作《皆春园集叙》,为沈思孝所作《溪山堂草序》,为李言恭所作《青莲阁集序》,为周更生所作《虞精集序》。除《记山阴道上》真伪有疑问外,其余六篇,都是汤氏为名家文集所作序,也都刻入名家集中,其可信度、可靠性应无疑问。这些佚文,发表后即为徐朔方先生所肯定,随即征询鄙见,将四篇佚文收入其新编《汤显祖全集》中。现今又收入上海古籍出版社新版《汤显祖全集全编》,以飨读者,以供研究。

辑录佚文,属研究的第一步工作。有了材料,需要作进一步的考订与论证。即考订文字的真伪,阐释汤显祖与文集作者的关系,序文写作的若干背景,论述佚文对了解汤显祖的思想、交游的价值。如汤显祖为彭辂所作序,彭辂比汤显祖年长三十岁,属两代人。彭何以邀请汤显祖为他的诗文集作序呢?查读的结果是,因为彭辂早年就听说汤显祖的文才,对他刮目相看。出于对汤显祖人格学问的仰望,彭的两个儿子,又曾到临川师事显祖多年,彼此的来往沟通就不奇怪了。沈思孝为何也请汤显祖作序?通过了解沈思孝、汤显祖的仕途经历,他们曾在京城上计时有过一次会面。重要的是,沈思孝是反张居正夺情的英雄,因为反对张居正,他被谪戍广东神电卫。汤显祖不满张居

正的专横和官场的腐败,也被谪放徐闻,其往来岭表,所居房舍正是沈思孝当年留下的遗戍之所,睹物思人,不能不感慨系之。于是以序表达自己的心迹,显示彼此宦迹与心灵的契合。这两位在政治、文化上有重要影响的人物,在已有的汤显祖年谱中,或尚未留下踪迹,或虽有涉及,却独缺与谱主汤显祖的直接联系,这或是当时不曾得见汤显祖这类轶文的结果。发现这两篇序文,就可以填补此处的空白。可见这样的文字,对了解汤显祖的交游和思想,无疑有重要的意义。

在汤显祖的交游中,还有一位重要人物——李言恭(维寅)。这位李言恭,是随朱元璋造反的开国功臣曹国公、武靖侯李文忠的后人。李文忠的后人经靖难之变,有过衰落反复,但到嘉靖时起用功臣后代,六世庭竹,再袭临淮侯,开府湖湘,领南京军府。七世言恭,字惟寅,号秀岩。生于嘉靖二十一年(1542),卒于万历二十七年(1599)。他在万历三年袭封临淮侯,环卫侍直,留守南京,十四年调京城,加太保,总督京营。承袭"开国辅运推诚宣力武臣"的官阶。这充分显示了他的家庭背景,社会地位。这种开国显贵后裔,连带自己也袭侯王封号,位至元戎。这在明代文人中可谓绝无仅有。

然而李言恭并非以家庭背景和自己元戎的身份骄人,并以此立足朝野。其实曹国公、临淮侯及其后裔,在明代诸军将中,比较重文教,重读书。当年李文忠虽以贵戚佐太祖于马上,但在诸武将中唯他好读书史,所以开国后兼领过国子监。文忠后裔、言恭之父李庭竹,人称盱山公,开府湖湘,守备南京时,又以"宏德邃学,庄简恺悌"著称。故当时人王兆云说:"侯之先寔出岐阳武靖王文忠。文忠为佐明元勋,相传从戈矛以翊皇运,而马上诵读,迄成通儒。及宠司成,任兼文武,至今称之。厥嗣盱山公绍承祖烈,开府湖湘,其宏德邃学,庄简恺悌,又当文恬武熙,千载一时之会,由是观之,公子之诗学由来久矣。"①钱谦益对李言恭诗文的家学渊源也作了如下的概括:"李氏自岐阳父子,已好

---

① 王兆云《皇明词林人物考》卷十二。载周骏富《明代传纪丛刊》17册,台湾明文书局,1991年,第743页。

文墨,亲近文士。惟寅沿袭风流,奋迹词坛,招邀名流,折节寒素,两都词人游客,望走如鹜。"①这可以大致看出这位万历临淮侯的文化底蕴。

　　如此,较之前代,李言恭诗作愈多,与文人交往更频繁。据陈田《明诗纪事》及王兆云《皇明词林人物考》,李言恭有诗集四种。一为《贝叶斋集》,王世懋序之。集佚,序见存于《王奉常文集》卷六。言恭府邸有斋名"贝叶",他曾为此斋题诗曰:"时来杖锡僧,趺坐谈世劫。得悟真菩提,何须翻贝叶。"可见这部集的主要内容多与僧人往来之作,主旨多说佛家空寂之教。这大约与深知朝廷斗争的激烈而产生的恐惧感不无关系。二为《楚游稿》,据朱之蕃《盛明百家诗选》的诗人籍贯简介,知它是随其父守湖湘时以出游、访友、宴酬为主要内容的诗集。无锡人俞宪在所编的《盛明百家诗后编》又称之为《李公子集》,实即《楚游稿》。现存诗近 100 首,都是游历湖湘所作。俞宪的《盛明百家诗》收《李公子集》在隆庆三年(1569)秋,可知它们是 24 岁前的作品。三为《游燕集》,今亦不存。顾名思义,这应是万历十四年他从南京调北京后的作品。四为《青莲阁集》,十卷,有陈文烛万历辛卯(十九年)序,利瓦伊桢序,汤显祖二十三年序。

　　汤显祖为李言恭《青莲阁集》作的序,题为《李秀岩先生诗序》,原汤显祖诗文集缺载。其文曰:

　　　　昔先王治军以礼。太师持六同之音,以听其风。俎豆弓矢,其道不异。盖时天子六卿,六师帅也。下及春秋列国之卿,将三军者,必且于名誉甚都。如云郤縠,说诗书,敦礼乐,其浅者耳。故其军旅誓告之文,宾客劳赠之纪,各称《诗》引《礼》,学而后政可知也。师固邦政。无学而以军,此其于折冲也,必不在尊俎间矣。观惟寅有昔人之思焉。其于戎政也,若汉南北军皆肃之矣。咏其

---

① 钱谦益《列朝诗集小传》丁集,七。许逸民等点校《列朝诗集》8 册,中华书局,2007 年,第 4626 页。

《青莲》《贝叶》诸篇什如干,一何暇也。天子大搜、和戎、宴对之事,父子弟兄宾游、山川花鸟之观,行役瘁愉,一付之声诗。节和而锵,致蔚而亮。无论归来笳鼓,徒步山冈,即春秋列卿,酬奏音旨,当不是过。盖予于惟寅,游十余年矣,入都见其居处,供具萧然也。惟寅曰:吾名为侯,其实一禅那耳。唐人以诗思清,为"门对寒流雪满山",所致惟寅诗,其亦有清寒之色耶?善哉,太仓王奉常之言:他公侯好子女、玉帛、狗马,而惟寅好诗。嗟乎,子女、玉帛有尽,而风雅无穷。惟寅其不朽矣。

万历二十三年仲春上浣日　临川汤显祖谨序①

汤序的前半,从李言恭既是武臣又是诗人,既执兵权又操文柄的特殊地位出发,故始自先王的治军,说到战国的将军;从军旅之事,说到诗书礼乐之事。序文所说的先王治军之道,天子六师之制,以及郤縠说诗书敦礼乐等事都是依据儒家经典概括出来的。如《尚书·周官》谓天子六卿:冢宰、司徒、宗伯、司马、司寇、司空。其中司马有掌邦政,统六师,平邦国的权力和责任。天子即为总的统帅。周时六师,都重礼乐,不仅大小司马教战之法,要行祭祀,修祭礼,钟鼓之乐相随;大小宗伯更以执掌邦礼为主要任务,下有乐师教舞,大师掌六律六同(六吕),教风、雅、颂、赋、比、兴等六诗。《礼记·哀公问》说:"军旅有礼,故武功成也。"到战国时代,这种传统还有所保存。当时统帅三军的将军,也都熟悉诗书、礼乐,如《左传》记僖公二十七年,楚与诸侯围宋,宋君到晋国告急求救,晋国君臣议定借春猎(搜)为名,以解宋国之围。他们在为挑选元帅而犯愁的时候,赵衰提出:"郤縠可。臣亟闻其言矣,说礼乐而敦诗书。诗书,义之府也;礼乐,德之则也。德义,利之本也。"郤縠就凭着熟悉诗书、礼乐,做了元帅,赵衰、先轸等将军只好做了副将。在城濮之战中,一战而霸。这也是当时的治军、打仗需要发布誓词文告,需要应酬赠答,需要赋诗言志,所以仍然很注重诗书礼乐

---

① 李言恭《青莲阁集》,见《四库未收书辑刊》五辑。

的应对能力的反映。汤显祖从这里得出结论:学而后可以为政。没有学问而治军,没有较深的文化修养而为军旅之事,那就不能发挥文化积累的优势,发挥文化的智慧,以至在诗书礼乐、杯酒言辞之间,巧妙地化解冲突,化干戈为玉帛。这大约是汤显祖对军事家及如何化解军事冲突的美好期望。

汤显祖论先王治军,或论"学而后政",都是为了引出李言恭身兼文武、集武事和文事于一身的双重身份。序文说他,作为武臣,本职是京城侍卫,京营总督,职责相当于汉高祖时负责管理京师护卫的"南北军"。① 既然从事于"戎政",其中就有天子大蒐、和戎、宴对之事,有酬奏音旨、行役瘁愉之劳。寥寥数语,概括了李言恭军政生活的内容。然而他是"学而后军",才兼文武,故无论"归来笳鼓"或"徒步山冈",他都付之诗歌,而且都写得"节和而锵,致蔚而亮"。"归来笳鼓"泛指军旅生活,"徒步山冈"概指闲居生活。两重生活,他都写得音节铿锵,文词清亮,几乎与春秋列卿相比美。这一评价很有溢美之嫌,作为序文,汤氏亦必不能完全免俗尔。

序文的最后部分说自己与李言恭的交往以及从交往中认知李氏的为人。汤显祖说到,他与李氏交往达十余年。后到北京,还到过他的居处,曾见到堂堂侯府,竟然"供具萧然",几乎看不到甚么摆设。这应了王奉常(世懋)的话:其他公侯,都喜好子女、玉帛、狗马,也即沉湎于声色的享受,而惟寅独好写诗谈诗,趣味就与一般王公贵族不同。惟寅还亲自跟他说过:"吾名为侯,其实一禅那耳!"这大致是实话。从他的诗集中可以看到,他与僧人交往很密切,诗的内容也喜谈禅理。前引《贝叶斋》诗,已看到那部诗集的主题曲即求悟真菩提,其代表作《青莲阁集》的自题诗也说:"面面起青山,蒲团自愉快。时有老瞿昙,来话青莲界。"也是与老僧坐蒲团谈莲花妙谛的生活。此外,他还时常到名山宝刹访僧谈玄。如其《过广济寺赠宝藏上人》:"一谈名理罢,回首万缘轻。"受到名僧的启发,什么都不在意了。确有禅那的悟性。这

---

① 俞正燮《癸巳类稿》卷十一。《续修四库全书》1159 册,第 492 页。

些都可以看到,这位武臣和王侯后代在明代激烈的权力斗争中已想尽力逃出漩涡,并出现了性格的极度扭曲。然而在汤显祖看来,正因为有这样的生活,这样的性格和情致,李言恭的诗风就形成了"清寒"的特色。它们都带着一种清净、悠闲、清冷的色调。汤显祖用唐代诗人韦应物《访王侍御》中的诗句来作譬喻,谓之清、寒。韦诗说:"怪来诗思清人骨,门对寒流雪满山。"这把清冷、幽寒之色形容得十分生动。自然,李言恭的诗思并不全为"清寒",中如《团营阅武》诗就有些雄悍、热烈,不过这类诗也极少;如就《青莲阁集》的总体风格而言,"清寒"这一概括则无疑把握了要点,而切中肯綮。

序文的结尾,汤显祖说他风雅无穷,可以不朽,这固然是序文例行的客套话,但由于李言恭具有武臣与文臣、公侯显爵与禅那诗人的双重身份,又作了那么多有一定特色的诗,他在当时诗坛上可谓绝无仅有,因而以其独特性占有了一席之地。加之他的诗尚具有一定的水平,故《列朝诗集》《明诗纪事》《诗薮》都存其诗。他的诗集也有两种留传了下来,似都可以说是风雅未灭,久而未朽了。汤显祖的话倒像是对今日状况的一种预言。

序文在汤显祖的交游上提供了一个新情况、新信息。以前,我们很少说起汤显祖有这样一位上层文友,更不知道他们之间来往有十余年。我们读汤显祖诗文集,可以看到一篇题为《李惟寅宅恭阅洪武天容衡岳碑有赠》的诗,[①]一般也不知这位宅主是什么身份,汤氏与宅主有什么关系。虽说,没有这篇序要找出李惟寅的身份地位并不困难,但要了解他与汤显祖的来往、情谊,这篇序文提供的信息就更丰富了。有了这篇序,有关李氏的背景、为人、作品以及他们之间的交谊等疑问都可以迎刃而解。这是该序在了解汤显祖的交游上的价值。其次,因为知道汤、李有十余年的交情,也就可以理解,汤氏至京何以愿意出入李侯贵宅;李氏也愿意把祖上传下的天容衡岳碑文请汤显祖观赏。汤

---

① 徐朔方笺校《汤显祖诗文集》卷十,上海古籍出版社,1982 年,第 367 页,未加注。同氏《汤显祖全集》笺校,北京古籍出版社,1999 年,第 230 页,始加笺注。

显祖在这首诗里,说他"神爵推恩接上勋,列侯人地恣推君……画省半参江左客,柳营初按殿前军。"说他的出身,说他的人望,说他身边有不少金陵的文士,说他初来京城总督兵营。可以说句句落实,毫不走样。它对理解这首诗无疑有直接的帮助。其三,我们知道,李言恭在万历十四年二月奉调北京,而汤显祖在十五年以"京察"到过北京,这首诗当是这次在京会于李宅所作。"柳营初按殿前军"正是纪实。因此,这对于考定该诗的写作年月亦是很好的证明。

二、阅读轶文,意外发现了一位剧作家

以前我们不知道明诗人陈完,更不知道明剧作家陈完。前人戏曲目录,现今各种戏曲目录,都没有这位剧作家的身影。前些年读到陈完《皆春园集》,又读到汤显祖为此集所作《叙》,意外地发现了陈完不但是嘉靖间的一位诗人,还是撰写过二十余种剧作的剧作家。

南通陈氏,晚明时是当地望族。据明《通州志》、乾隆《直隶通州志》载,通州陈氏自陈尧始,有过一门三进士,数名宦,入乡国学者数十人的光荣。如陈尧,嘉靖十四年进士,官工部侍郎、刑部侍郎。有《梧冈文集》等著作。陈完,嘉靖二十五年中南畿乡魁。侄子大科,隆庆五年进士,历任兵部右侍郎,总督两广,晋右都御史。大壮,嘉靖四十一年进士,由中书擢刑部郎,转山东左参政。于此可见陈完家庭的政治背景和文化氛围。陈完因为没有中进士,未做官,所以有兴致写写诗,有条件在家里养戏班,写剧本,享受娱亲游宾之乐。

陈完著有《皆春园集》《海沙文集》《崇理编》等数种,多散佚无存。《皆春园集》虽存世,也是罕见之书。只有到《四库存目全书》出版后,才容易见到。《皆春园集》只收诗,并不收剧。但从汤显祖所作叙,可以知道陈完教戏、撰剧、演剧的情况。现将汤显祖《皆春园集序》摘录如下:

通州桐柏水之南,与姑苏挟海焉。姑苏多文人,或父子兄弟

相世,以海为灵。通当亦有然者。后从长安见陈思进省郎,貌敦而蕴,明示我其父书,为司寇,甚流博焉。客曰:非徒其父子然已。省君之季父为孝廉名甫,亦盛有所蓄。不能去太夫人,方壮,遂绝意都试。稍有诗歌文集如干卷,杂剧二十种余。整御流映,各极其体,如其人。斯亦能世其家,钟海之灵也。……然如小子,为孝廉,放矣,稍读书,然不能于世忘,所读书复因忘去。尝以小乐府讥涉时贵,俗相为疵,吾悔前时数上春官仕矣。如陈名甫者,岂不为善用其孝廉者乎?笙歌华黍以娱其亲,清讴少吕以游其宾,海上之欢已为至矣,此天下孝廉人所不能晓取者,篇可无传乎?已而其从子思受君来言曰:且传矣。因以予言为端云。①

此序简述了陈完的家庭环境,指南通与苏州挟海相望,姑苏多文人,南通亦复如此。又叙到陈完绝意都试,不愿做官,而作有诗若干卷,可见他是一位诗人。尤其值得关注的是,汤叙说陈完撰有杂剧二十余种,"笙歌华黍以娱其亲,清讴少吕以游其宾",足以尽海上之欢。这就使我们了解了明嘉靖间南通一位不应忽视的文学家和剧作家。也许因为陈完家处海隅,交游不广,又仕途困厄,绝迹公门,其戏剧活动与创作就少人知,以致前代与今人所有明杂剧目录、传奇目录或通代戏剧目录,都没有著录这位剧作者的剧作,不能不说是文献目录上的一个欠缺。汤显祖叙可以帮助我们填补戏剧目录的一个空白。

汤显祖序外,我们可以在陈完集中看到一篇重要文献:《词场合璧小引》。《词场合璧》是一部什么样的书,史志中或未加说明,或连书名也未著录,因而不明所以。张慧剑先生好像是唯一见过汤氏序的研究者,在他的《江苏文人年表》"1590年"的记事中,有"江西汤显祖此际序通州陈完集,谓完著有杂剧二十余种"的纪录,这很有价值;但同书"1546年"的记事中,却说:"(陈完)所著有《皆春园集》,杂剧二十余

---

① 见《四库全书存目全书》集部影印本,南京图书馆藏万历刻本,182册,第741页。

种,所辑有《词场合璧》十卷。"明显将杂剧二十余种与《词场合璧》并列,似乎在杂剧二十余种外,还另有一部《词场合璧》。称该书为陈完"所辑",似又是辑录或编纂多人作品集一样,并使人疑为词类辑录的著作,这都是未见《皆春园集》中的《词场合璧小引》而生的误会。为廓清这些迷雾,谨将这篇小引迻录于后:

词场合璧小引

古之贤达,甘于隐沦者各有所托。或托之诗,或托之酒,或托之声色,要非无意者也。余初以母老,绝意公车。已而母殁,无心捧檄。且鄙性不羁,又不能仆仆以逐时好。见世之升沈靡定,胜负不常,总是逢场作戏,于是感时忧事,触目激忠,辄着杂剧,填新词,久之遂成十余种。凡声之高下,字之阴阳,靡不统之九宫,得之三昧。揣切分别,务臻妙境,不然不已也。至于伎俩杂陈,每顾周郎之曲;宫商迭奏,颇善中郎之听。虽奇事足堪抵掌,而良工未免苦心矣。然戏,戏耳。余固托之乎戏,大都本人伦,阐世教,即感应可以观父子焉,触邪可以观君臣焉,轮回可以观人生之变幻焉。而诸本又以四乐为首,四乐者,余之所托而焉者也,盖有深意焉。岂徒流连光景,以耗壮心,颐养情性,以遣余年已哉!比岁杜门抱痾,百念俱废,回视旧业,如弁髦然。偶检笥中,不忍自弃,汇成十帙,贻厥同好。见余之托此,亦不为无意云。①

《小引》说及作者自己的经历,生活态度,创作杂剧的背景,剧作的主旨、内容,而且全是作者夫子自道,其真实性与重要性无庸待言。读了《小引》,便知道所谓《词场合璧》,其实就是作者的杂剧集。"词"是明代人对"剧"的习惯指称。如《南词叙录》以南词称南戏,李开先《词谑》除偶尔论及散曲外,主要以"词"称杂剧传奇。陈完以此名其剧集,合乎当时的习惯。作者写了剧本,又经家班作过演出,晚年家境变化,

---

① 《皆春园集》卷三。见《四库未收书辑刊》五辑。

撤弦罢曲,但敝帚自珍,不忍自弃,于是自辑自编,汇为十帙,就是这部《词场合璧》。所以,除这部剧集外,并无别的"杂剧二十余种"。集虽编好,可能并未刊刻,所以地志编者不明其详,著录紊乱,剧佚,后人就更不知其然了。

读汤显祖序发现了一位剧作家,是阅读中的意外收获。后来读清人诗集,见到更多的新剧目、稀见剧目,这是后话,此处省过。

三、阅读、发掘前人涉及汤显祖评价的诗文,可以加深对汤显祖的人格、才华、剧作的文化价值的认识

王国维在《录曲余谈》中说:"义仍应举时拒江陵之招,甘于沉滞。登第后,又抗疏劾申时行。不肯讲学,又不附和王、李。在明之文人中,可谓特立独行之士矣。"①由于这样的特立独行,他的风骨和见识,以及杰出的诗文戏剧成就,汤显祖在当时就受到热情的推崇和高度评价。他离世以后,直至入清,社会环境改变,社会矛盾变化,他的"四梦",仍然享有崇高的赞誉,得到持续的追捧。清代诗人各以自己的视角、语言、标尺,赞扬他的品格和艺术成就,留下脍炙人口的诗篇。很值得作深入的研究。这里以所见清人诗为例,研究清代诗人如何评价他的人生经历,热评他的"四梦",再塑汤显祖的形象。这在认识汤显祖和他的剧作的传承中无疑有重要意义。

1. 钱谦益:确立汤显祖"四梦"的大雅地位

钱谦益与汤显祖虽然没有见过面,但二人曾有书信来往,交情很深,文学见解契合。汤显祖的文集编成,托人带到常熟请钱谦益作序。钱谦益也不忘汤显祖对自己文学道路上启发引导之功。钱氏在与友人书中,多次谈到,自己十六七岁学古文,一头钻进后七子复古的圈套里,是李长蘅、程嘉燧、汤显祖把他从剽窃唐宋的歧路上扭转过来。由

---

① 王国维《录曲余谈》,《王国维遗书》,上海古籍出版社,1983年,第8页。

于这种启迪,在七子之外,知道有六朝、有白居易、三苏父子、有宋濂、有归有光。所以他为汤显祖文集作序时,反复为世上无人知道、理解汤义仍而愤愤不平。议论中"未尝不喟然太息也"。钱氏在《列朝诗集小传》为汤显祖写作传略时,也盛赞汤显祖的才华、风骨以及诗文成就。这些都是钱谦益对这位文学引路人深厚感情的流露。

钱谦益喜爱汤氏的剧作,观演过《邯郸梦》《牡丹亭》,都留有诗。观演《邯郸梦》有"邯郸曲罢酒人悲"之句。①观演《牡丹亭》则言"台上争传寻梦好,恰留残梦与君看"。②这都是有感之言。

他在《姚叔祥过明发堂共论近代词人戏作绝句十六首》第二、第三两首说:

> 一代词章孰建镳,近从万历数今朝。挽回大雅还谁事,嗤点前贤岂我曹。
>
> 峥嵘汤义出临川,小赋新词许并传。何事后生饶笔舌,偏将诗律议前贤。③

钱谦益领袖明清之际文坛数十年。他曾选录有明二百余年、一千六百余人的诗作编为《列朝诗集》,并对这些诗家的成就得失作过精到的评述。这两首诗,前一首回顾明末至清初的诗文家、词赋家,他以万历以来的词家(指剧家)为前贤,认为他们理应得到应有的尊重。后辈不应该随意加以嗤笑。这虽是两首绝句,却辞短意长,诗中提出:明末以来,是谁在挽回颓风,让戏剧回归大雅?是谁在磨砺锋刃,建立标的?这就把汤显祖的作品放在时代和戏剧发展的重要地位上来观察四梦的思想,观察他在艺术发展中的意义。后一首直说汤显祖。他以

---

① 钱谦益《有学集》卷四。见钱仲联标校《钱牧斋全集》,上海古籍出版社,2003年。

② 钱谦益《初学集》卷十六。见钱仲联标校《钱牧斋全集》,上海古籍出版社,2003年,第575页。

③ 钱谦益《初学集》卷十七。见钱仲联标校《钱牧斋全集》,上海古籍出版社,2003年,第601页。

为这位诗文家和剧作家是磅礴而出,峥嵘而生的人物。他的词赋戏曲,都照耀当代,可以流传后世。一些后生,不知深浅,他们不能领会和认识汤显祖剧作的精神和文采,理解他的意趣神色,却假借诗律韵律,妄发议论,嗤笑前贤,这只是一种言不及义的饶舌工夫。从这里可以看出钱谦益对人云亦云、妄发议论的不屑。这与杜甫《戏为六绝句》批评当年轻薄为文者嘲笑初唐四杰一样,杜甫说他们是:"尔曹身与名俱灭,不废江河万古流。"后世的饶舌者,自然也无法遮掩汤显祖的光芒,阻挡汤显祖被称作"小赋新词"的剧作传流后世,光照后代。这是钱谦益为捍卫汤显祖的文学地位、戏剧地位所作的努力。它在清人对"四梦"的评价中起有关键的作用。

"大雅"指才德高尚,文字雅正,汤显祖的剧作既挽回剧坛的颓腐之风,又建立起雅正的标的,是钱谦益对汤显祖剧作非常高的评价。这一评价标准在当时就得到呼应。如王夫之《夕堂永日绪论》在比较明代复古派与高启、汤显祖等人的不同时,把所谓大家,归于艺苑教师,而将高启、汤显祖、徐渭等人称为各擅胜场的风雅之士。王船山就教师与高手,艺苑匠人与有性情、有兴会、有思致、有灵警的风雅之士作对比。他引李文饶的话说:"好驴马不逐队行。"明复古派中,自立门庭与依傍门庭者皆逐队而行者也,也就不是好驴马了。①这是非常生动的比喻。这里所谓的"教师",只指那些无见解、无创见,只会按照教条、循规蹈矩、照本宣科的教书匠,他们不立门户,却也无真性情。就像普通驴马,随着马队,逐队而行,不敢越雷池一步。就像艺术家中没有创造性的工匠,只能模仿,不能创新。这样既束缚自己,又束缚别人。这算不上是好驴马。而艺苑高手,风雅之士,则横空出世,飞行于绝壁悬崖。他们有自己的追求,自己的道路,虽不按部就班,逐队而行,但光焰照人,无可掩抑,这才是好驴马。这就把汤显祖与一般的词曲家的不同区分得十分清楚了。这是对汤显祖所作的整体观照,与钱谦益的看法异途同归,在认识汤显祖的人格和艺术成就上有重要启迪。

---

① 王夫之《姜斋诗话》,见《船山全书》第15册,岳麓书社,1996年,第831页。

2. 顾嗣立心目中的贤人与仙才

顾嗣立喜看《牡丹亭》，其《秀野草堂诗集》留有两首观演《牡丹亭》诗。已录入拙著《明清戏曲：剧目、文本与演出研究》中，此处从略。司马迁说，观其文亦想见其为人。顾嗣立观《牡丹亭》，对汤显祖也是：观其剧，亦想见其为人。他是把汤显祖看作一位有学问、有见识、有安邦治国才能的贤人来看待的，而不是只把他看作一个普通的剧作者。这有其《读玉茗堂集有感二绝》为证。诗云：

> 公孙东阁为谁开，不放贤人一个来。收拾雄心传四梦，枉教玉茗费仙才。
>
> 平生百拜服临川，屈抑虽同亦偶然。欲续还魂才思减，空将哀怨托湘弦。①

第一首开头两句，说的是汉武帝时，公孙弘受到舆论攻击，说他做了御史大夫，俸禄很多，却穿普通的衣服，用普通的用具、衣被，是做作与欺诈行为。武帝问他是不是这样？公孙弘回答说：说得对啊，他们说到了我的痛处。我听说，管仲做齐国丞相时，娶了三位妻子，其奢侈简直与君王差不多，但齐桓公终于称霸。晏婴做齐景公的丞相，吃饭时不吃两份肉食，妻妾也不穿很好的衣服，齐国也治理得不错。可见丞相无论奢侈还是廉洁得同与百姓，都可以把国家治理好。我如果不是这样平民化，皇上恐怕听不到这样的意见。武帝认为他说得对，有礼让之德，后来就让他做丞相并封平津侯。武帝还借此下诏广开贤路，说要学习古人："任贤而序位，量能以授官。劳大者厥禄厚，得盛者获爵尊。"（班固《汉书》卷五十八）汉代从公孙弘开始，以丞相而封侯才成为常态。公孙弘于是造客馆，开东阁以延聘贤人。诗中所谓公孙弘开东阁招揽贤才的故事即原于此。

但东阁虽开，到他这里来的，都是旧友故交和一些宾客，家里的俸

---

① 顾嗣立《秀野草堂集中》卷十五。见《清代诗文集汇编》214册，第305页。

禄花光了,有德有才的贤人却没有招到。而且公孙弘本来就妒贤忌能,杀主父偃、迁徙董仲舒,都与他有关。他死后,接任丞相先后有李蔡、严青翟、赵周、石庆、公孙贺、刘屈氂,那就不管、不理"东阁招贤"这事了。公孙弘丞相府的客馆、东阁,后都成了废墟,甚至成为马厩。所谓招贤,也就付之东流,故诗谓"不放贤人一个来"。

顾嗣立用公孙弘的故事意在说明汤显祖的遭遇。汤显祖早承家教,要求"文比韩柳欧苏,行追稷契皋虞",胸有豪杰之气,本可以大用,而先后遭遇到的丞相级实权人物如张居正、张四维、申时行、王锡爵等人,反使愿望成了泡影。张居正欣赏汤显祖的才华,却只是想让这位人才做他儿子登上进士的陪衬。万历十一年登第后,申时行、张四维也想把汤显祖招致门下,汤显祖以"木强之性",不愿攀附权势而拒绝招揽,被打发至南京太常寺,作闲部冷郎。而王锡爵之为人,史书载:"为相三年,忠臣贤士悉被斥退,佞夫险人躐跻显要"。①这些丞相首辅之臣,是不会为他开启公孙东阁的,所以汤显祖一生仕途坎坷,没有施展抱负的机会。顾嗣立认为,汤显祖既然受制于人,无法在政治上有大的作为,就把他的才华和雄心收束起来,把他的才华用到"四梦"的创作上。这无疑是才非所用,属无可奈何之举,故诗称"收拾雄心传四梦,枉教玉茗费仙才",意在为汤显祖不能于仕途经济有所大用而深表惋惜。这说明,同传统文人的见解一样,顾嗣立眼中的汤显祖,首先是一位具有经国才略的政治家,文学,尤其是戏曲,只是末事,是不得已而为之。

即便如此,汤显祖的文才也非他人可比。他一旦投身所谓的"乐府""小词"之作,他的"四梦"在难以数计的传奇作品中,也别开生面,独树一帜。故顾嗣立虽觉汤显祖政治上屈才,戏剧中却崭露头角,从而对他的戏剧无限喜爱,诚心拜服。"平生百拜服临川",即表达他对汤显祖戏剧才华的折服。此外,他觉得自己与汤显祖在社会上的坎坷和遭遇有些类似,自己也想续写《还魂》之作,但又觉得才思文采不能与汤显祖相比,只好放弃这样的打算,而热衷观剧、议剧,在剧场演出

---

① 张廷玉等《明史》卷二三〇。

的管弦声中,寄托自己的悲哀了。这些可以看到顾嗣立观看"四梦"演出特殊的心理表白,这在诸多观演"四梦"诗中极为少见。

3. 陈瑚称临川为"狂流一柱"

如皋冒襄的水绘园,是清初以"世乱不出"的诗文家,如陈维崧、吴应箕、许承钦、邓汉仪、陈瑚、瞿有仲等人,聚会、演剧、议论时政、讨论人生哲学之处所。其得全堂演出剧目有《浣纱记》《红梅记》《玉簪记》等历史剧与风情剧,而以汤显祖的《牡丹亭》《邯郸梦》《紫钗记》最为多见,《清忠谱》《秣陵春》等政治时事剧同样受到青睐。阮大铖的《燕子笺》在艺术上受到赞赏,而剧作者则成为观剧家嘲笑抨击的对象。看过得全堂的演出,这些朋友知交互相唱和,留下了许多观剧诗文,不少名篇佳什。冒襄与其后人汇集这些诗文,编为《同人集》十二卷。此书详细记录了这些同声相应、同气相求的"同人"们相互间的经历、友情和观剧感受,有重要的文化史和戏剧史价值。

陈瑚(1613—1675)是明清间著名的诗文家和学者,太仓人。崇祯进士,入清后绝意仕进,专事著述。作为明代遗民,他与冒襄交往甚密,是得全堂观剧的座上客,共同观演过《邯郸梦》《狂鼓史》《青冢记》《燕子笺》等剧目。他于顺治十七年观演《邯郸梦》后,作《得全堂夜燕后记》。记中说:"伶人歌邯郸梦,……主人顾予而言曰,嗟乎,人生固如是梦也,今日之会其在梦中乎?予仰而叹,俯而踌躇,久之乃大言曰:诸君子知临川作此之意乎?临川当朝廷苟安之运,值执政揽权之时,一时士大夫皆好功名,嗜富贵,如青蝇,如鸷鸟,汲汲营营,与邯郸生何异。"此时,他想起汤显祖多次拒绝执政大臣的招揽,又出于义愤,凛然上疏,弹劾执政大臣与辅政大臣结党营私,卖官鬻爵,中饱私囊种种政治弊端,遭受贬官后愤然辞职。陈瑚不由不赞叹道:"若临川者亦可为狂流之一柱也。其作《邯郸》也,义形于外,情发于中,冀欲改末俗之颓风,消斯人之鄙吝。一歌之中,三致意焉。呜呼,临川意念远矣。"[①]他

---

① 《四库存目丛书》集部,385册,第448页。

无疑把汤显祖看作明代晚期腐败政治中的中流砥柱,把《邯郸梦》看作涤荡社会末俗,扫除士子钻营、贪鄙颓风的清醒剂。陈瑚以"狂流一柱",来概括汤显祖在明代政治生活、社会生活中的作用,显现了汤显祖道德人格的力量,也显示了汤显祖在晚明戏剧文学上独有的地位。陈瑚的这种评价,无论在当时和后世对了解汤显祖和《邯郸梦》都有重要的启示意义。

四、读明清人诗,可以加深了解"四梦"演出的盛况

戏曲固是案头之作,也是场上之曲。戏剧的流播必须借助演出才有生命力。因此在文本研究外,关注、重视《牡丹亭》及其余三梦的演出,也十分重要。过去学者,重文本、轻演出,对四梦演出史关注较少,所以对四梦演出状况,演出史实所知不够详细。1998 年上海出现《牡丹亭》全本演出的时候,报章就有人宣传这是 400 年来第一次全本演出,是首创。这种说法,显然过分夸张,与事实不符。当时即挖掘资料,写了《牡丹亭演出小史》的文章,简述了 400 年来原本演出、全本演出、折子戏演出的一些事例,对不符历史的说法提出质疑。此后,我开始比较有意识地翻检了明人诗文集,清人的诗文集,看到明清文人所作观演"四梦"留下的诗文,如从邹迪光《石语斋集》所见演《紫钗记》演出,杜诏《云川阁集》所见观剧八首,杨士凝《芙航诗襭》所见观演《南柯记》诗,等等。使我对明清以来"四梦"演出的场景,观演人士,演出时间,及观演者的观感等等,有了更直接的认识,丰富了我对"四梦"演出过程的了解,看到了汤剧在明清舞台上的生命力。

特别有意味的是,康熙初宋琬在杭州演出《邯郸梦》,引起数位著名诗人作诗填词,抒发感情,表现了这些文人观演《邯郸梦》的人生领悟,是文人官场受挫后一次集体的感情释放,值得研究。

康熙四年,宋琬在杭州,曾招王士禄(西樵)、林嗣环(铁崖)、曹尔堪(顾庵)、王追骐(雪洲)宴集,观演《邯郸梦》。五人作诗词记其事。

王士禄诗集《十笏草堂·上浮集》,有《荔裳席上观演邯郸梦剧歌

同顾庵学士作》,诗谓:

> 前年拥传邯郸道,红旆青油心草草。风尘回首黄粱祠,已向烟霞嗟潦倒。去年请室披银铛,鬼门人鲊纷相望。只愁恶梦不得破,华亭鹤杳青天长。今年春风殊浩荡,青鞵布袜西湖上。还策卢生旧蹇驴,故人相见欣无恙。于中曹宋尤情亲,两公亦是支离人。间阔崎岖重握手,各道中情难具陈。宋公顾我言,吾曹良苦辛,何以娱乐开心神?玉茗老子善说法,千年欲使炊粱新。好向场中看幻灭,了知万事如前尘。鼓吹阗阗间箫管,阳羡鹅笼事非诞。凄风苦雨杂阳春,浮云变态无停缓。邛崃九折悲羊肠,高牙大纛还堂堂,宋公慷慨催行觞。大叫丈夫会有此,吾曹七尺元昂藏。王生摇头谓否否,此意狂奴不复有。无梦唯期效至人,大开双眼邯郸走。举向曹公何者然,曹公两俱无褒弹。但言丈人且安坐,难得今朝壁上观。①

诗写于乙巳,即康熙四年。诗首先回忆作者与宋琬、曹尔堪前年路经邯郸,去年都银铛入狱,曾入鬼门关,险成人肉鲊。今年放出,始有幸相会于西湖。宋琬为让几位精神与肉体都受过伤害的朋友消解苦闷,选了汤显祖的《邯郸梦》来演出消愁。看戏当中,既有凄风苦雨,又有春风得意,情节变幻曲折。高兴时宋琬高喊大丈夫理应如此,诗人则连连摇头不予赞同。最后请曹尔堪评判是非,曹公一无褒贬,只请大家安心看戏,大家作为戏外人,都可置身事外作壁上观。

此诗所写王士禄、宋琬、曹尔堪"去年请室披银铛"事见下文。他们经历了仕途险恶,以看《邯郸梦》来抒发愤懑,纾解郁闷,相互解嘲,以求得心理解脱,是他们共同的观剧体验,和情绪释放。

除王士禄的长歌外,宋、曹、王还有【满江红】词的唱和之作。宋琬题作:"铁崖、顾庵、西樵、雪洲小集寓中,看演《邯郸梦》传奇,殆为余五

---

① 王士禄《上浮集》卷一。见《清代诗文集汇编》98 册,第 691—692 页。

人写照也。"词谓:

> 古陌邯郸,轮蹄路红尘飞涨。恰半晌,卢生醒矣,龟兹无恙。三岛神仙游戏外,百年卿相蘧庐上。叹人间难熟是黄粱,谁能饷。
> 沧海曲,桃花漾。茅店内,黄鸡唱。阅今来古往,一杯新酿。蒲类海边征伐碣,云阳市上修罗杖。笑吾侪半本未收场,如斯状。①

曹尔堪《南溪词》有【满江红】唱和之作九首,其中有《悔庵既庭赋柬荔裳观察》一首,词云:

> 枕畔邯郸,铜箭水乍消随涨。茫茫道,升沉倚伏,卢生无恙。歌舞终归松柏下,钓竿好拂珊瑚上。去山中服术饵松花,群仙饷。
> 蓬岛路,春潮漾。华胥国,钧天唱。但茧窝自蔽,蜜脾休酿。汉苑已分方朔酒,葛陂快掷壶公杖。梦此生梦觉总成空,无殊状。②

王士禄《炊闻词》步宋琬、尔堪原韵,后半阙有这样的句子:

> 墨有縠,微微漾。歌有雪,低低唱。算官厨清酿,更谁解酿。司马高才原合腐,彦渊博学真须杖。悟吾徒底事眤虫鱼,臣无状。③

这次【满江红】唱和,词旨内涵和押韵都依宋琬原作,成为清初著名的"江村唱和",为词史中重要公案。这次唱和,以演出《邯郸梦》为主轴,聚集了王士禄、林嗣环、曹尔堪、王追骐、尤侗几位名人,有的留下词作,有的留有诗作,有的留有其他的文字记录,它们都把这些文化人观

---

① 辛鸿义、赵家斌点校本《宋琬全集》,齐鲁书社,2003 年,第 818 页。
② 曹尔堪《南溪词》,见张宏生《清词珍本丛刊》册 2,第 580 页。
③ 王士禄《炊闻词》,同上,见册 4,第 790 页。

赏《邯郸梦》的感想现时地记录下来,是一份非常难得的演出记录。其中特别值得注意的是,宋琬说,二王、曹、林及宋琬看演《邯郸梦》的最深刻的感想,其实是"为余五人写照"。曹尔堪在给宋琬的信中引申说:"邯郸傀儡,聚首达曙,吾辈百年间,入梦出梦之境,一旦缩之银灯檀板之中,可笑亦可涕也。"其郁闷、悲愤溢于言表。

  演出《邯郸梦》,何以成为这些文士的写照?何以成为他们出梦入梦"可笑可涕"之事?就观赏此次演出的几位名士来说,我们知道,作为传统读书人,他们无不依循学而优则仕的生活道路,早年都希望读书做官。但一则诡谲云涌,朝政本多风险,加之官场腐败,尔虞我诈,帮派争斗,陷阱四布,仕途荆棘,随时有灭顶之灾;二则,他们处在明清易代之际,社会矛盾、民族矛盾,盘根错节,错综复杂,仕途顺逆,自己无法掌控。如宋琬,顺治四年,三十四岁始中进士,授户部主事,未过三年,不意因仆人诬告,其兄入狱,宋琬受牵累也被逮捕下狱,达一年有余。狱中作《写哀》诗,谓"生存何面目","遘闵欲呼天"(《宋琬全集》页459)。狱解起复,至顺治十七年升浙江提刑按察使,十八年忽然又有飞灾,再次入狱,至康熙二年出狱,在狱二年。其间备受牢狱酷烈难堪之苦,不可名状。①五十岁之前宋琬两次为官,两次入狱,与《邯郸梦》中的卢生,一度春风得意,旋受《飞语》《死窜》《谗快》《备苦》的遭遇,岂非有共通之处?它作为宋琬的写照,即其词中"笑吾侪半本未收场,如斯状。"再也贴切不过了。

  其余数人,虽经历不尽相同,但遭遇也多有近似之处。

  王士禄,顺治九年进士,任莱州知府,擢考功司主事。康熙二年典试河南,因上司复核试卷(即所谓磨勘)受责,逮捕下狱。久后得赦,终免官。(阮元《国史文苑传稿》卷二)他在和诗中说,"司马高才原合腐,彦渊博学真须杖",前句说司马迁因为才高而遭受腐刑事,后句说南齐时陆澄,字彦渊,吴人,好学博览,无所不知,却因在泰始初(465年)官尚书殿中郎,为了皇后称呼是否可以称其姓氏而违逆王后旨意免原

---

① 汪超宏《宋琬年谱》,人民文学出版社,2010年,第88—92、157—166页。

官,而成白衣领职。旧时该官有坐杖的处分,却未见执行,故有名无实,但轮到他时,"积前后罚,一日并受千杖"(《南齐书》卷39《陆澄传》)。这就是"彦渊博学真须杖"的出典。王士禄以此隐喻自己怀才不遇,受到不公平处罚,故现在只能混迹于书蠹虫鱼之间,他实在也忍受不了这种肮脏不平之气,故借观剧作诗,一吐为快。

曹尔堪,顺治三年举人,九年进士。入翰林,官至侍讲学士。康熙元年,受江南奏销案牵累,"夺级南归"。归乡后,又因童奴与县卒交恶,主人遭祸,被判谪居关外。①

林嗣环,福建晋江人,顺治六年进士。官观察。因倡议屯田,为武臣所中,被逮捕,久后得雪。从此寓居西湖,以著述自娱乐。②

王追骐,湖北黄冈人。顺治十六年进士,改庶吉士,礼科给事中。因言辞涉案,忼直忤时,革职。③

以上五人,都中进士,都相继为官,有过青云壮志的梦想。但或被诬陷,或为忼直,或受小事牵累,都受贬谪之苦,牢狱之灾。如此飞来横祸,世事翻覆,官场险恶,他们都有深切感受,切肤之疼。因此他们都从《邯郸梦》的卢生的升沉履历中,看到自己。当他们看到此剧时,确是感到,这种官场腐败,升沉出处,就像《邯郸梦》在"为自己"也"为余五人写照"一样。这是受陷失意官员观看《邯郸梦》特有的领悟。以往文人虽也抒发过类似感想,但这种集体感悟,只有在共同看戏时才表现得出来。可以说这次演出成了清初受挫文人观看《邯郸梦》后的一种集体意识,集体的感情释放。所以都对号入座,感情投入。这或许说明,戏曲的舞台生命,就来自剧作与观众的心理的契合吧。

作者单位:复旦大学中文系

---

① 施闰章《曹尔堪墓志铭》,《施愚山先生文集》卷十九。《清代诗文集汇编》67册,第166页。

② 易宗夔《今世说》卷三,载周骏富《清代传记丛刊》18册,台湾明文书局,1986,第375页。

③ 张维屏《国朝诗人征略初编》卷六,载《续修四库全书》1712册,第406页。

俞平伯《〈牡丹亭〉赞》探析

陈 均

俞平伯先生是中国现代著名的新文学作家及古典文学学者。在古典文学研究领域,尤以《红楼梦》研究和诗词鉴赏最为知名。相对而言,他的曲学撰述较受忽视,一则是数量较少,且为其他领域研究的盛名所掩,二则是他的曲学撰述多从他对昆曲的爱好出发,"理论与实践相结合",①注重昆曲音韵等方面的研究,实际上可归属于昆曲研究,流通与交流范围较小,又不同于一般以文本、文献为主的古典戏曲研究,因而关注者较少。

在俞平伯已公诸于世(或公开出版)的曲学撰述里,又以对《牡丹亭》的论述居多。1983年由上海古籍出版社出版的《论诗词曲杂著》,是俞平伯亲自选定的一本选集,内容以古典文学研究为主,篇末的11篇文章,为其曲学选文,其中4篇是主题为《牡丹亭》的相关论述,2篇以《牡丹亭》为例,且篇幅约占所选曲学文章的三分之二。1997年出版的《俞平伯全集》,共十卷,包括散文、诗词、《红楼梦》著述、书信等,第四卷为词曲,收录"曲论"23篇,其中主题为《牡丹亭》之论述5篇,但篇幅约占"曲论"部分之半。另有数篇涉及《牡丹亭》。这一情形,可证明俞平伯的《牡丹亭》论述在其曲学研究中的分量与位置。

---

① 在《〈重圆花烛歌〉跋》里,许宝骙评曰"平兄则歌喉不亮,唱来未必尽美,而深研曲学,成为理论与实践相结合之名家,实为难能可贵。"载《新文学史料》1990年第4期。

俞平伯与《牡丹亭》的渊源颇深,诗文书信里多涉之。①就文章而言,可分为两类:其一,对《牡丹亭》文本与美学的解读与阐发,如《牡丹亭赞》;其二,曲论与剧评,如《杂谈〈牡丹亭·惊梦〉》《说"借"字古今音读与〈牡丹亭·惊梦〉》《〈牡丹亭〉"丹"字的用法(附说英文"狗"字)》、《谈弋阳腔〈还魂记〉剧本》。在这两类《牡丹亭》撰述里,以《〈牡丹亭〉赞》最为特出。因《牡丹亭赞》的写作时间最早,用文言文写就,而且篇幅较长,自成系统。从学界相关研究来看,虽然俞平伯的《牡丹亭》论述很受忽视,较少有文章征引,即使提及,也是浅尝即止,当做一种观点来简单罗列。但述及《〈牡丹亭〉赞》的频率相对较高,而且以称赞为多,只是并未有较深入的探讨与阐发。本文拟探析《〈牡丹亭〉赞》之文本,以阐发其深意,并探讨俞平伯对于《牡丹亭》的阐释,以及由此阐发的文学观念。

一、《〈牡丹亭〉赞》的撰写与流传

《〈牡丹亭〉赞》分为四个部分:前言、一、二、三。其中,"前言、一、二"写成于1933年11月22日,"三"写成于1934年1月28日。"前言"发表于天津《大公报·文艺副刊》1934年1月13日,"前言、一、二"发表于《东方杂志》第31卷第7期(1934年4月1日刊行),"三"发表于武汉大学《文哲季刊》第4卷第3期(1935年6月刊行,发表时题为《〈牡丹亭〉赞之四》)。

关于《〈牡丹亭〉赞》的流传,俞平伯曾将其文出示给师友,查得两次:一次见于朱自清1933年12月6日日记:"昨读平伯《牡丹亭赞》,颇有可取处。"②另一次见于1935年6月19日俞平伯致周作人信,云

---

① 譬如赵敬立在《〈牡丹亭〉与五四新文学》一文里,从《俞平伯全集》里摘录、列举了一些与《牡丹亭》相关的文字,虽不算全,但也可拿来说明俞平伯与《牡丹亭》之关系甚深。载《2006中国·遂昌汤显祖国际学术研讨会论文集》,汤显祖纪念馆编,西泠印社出版社,2008年。

② 载《朱自清全集(第九卷)》,江苏教育出版社,1998年,第267页。

"昨日在城内拟邀吾师在城东吃饭,电询云出门,遂访废名于其屋,已稍好,尚未全愈耳。《牡丹亭赞之四》一册,留常出屋,属其转呈。"①

《〈牡丹亭〉赞》一文,从民国期刊里寻出,合璧成为完整的一篇文章,应是在 1983 年出版的《论诗词曲杂著》。伍立杨在《读俞平伯〈《牡丹亭》赞〉》一文里,提及"俞平伯先生的,在三十年代,曾集为一册出版"②,此说尚未见实据。1986 年由上海古籍出版社出版的《汤显祖研究资料汇编》,其戏剧评述部分,收录有《〈牡丹亭〉赞》,但选的是 1934 年《东方杂志》发表的版本(即只有"前言、一、二")。1997 年出版的《俞平伯全集》所选《〈牡丹亭〉赞》为全本。

关于《〈牡丹亭〉赞》的引述与评价,大约有三种:其一,在戏曲研究领域,从学术史角度列入俞平伯此文,如在《20 世纪中国古典文学学科通志》③里,将"三四十年代古典戏曲研究的进展"分为"写实主义式的研究"、"'历史的方法'的运用"、"社会批判式研究"、"悲、喜剧的美学批评"、"民族意识与救亡主题"五种,仅在"悲、喜剧的美学批评"写及俞平伯的《〈牡丹亭〉赞》,评之为"从审美的角度探讨《牡丹亭》的真与幻,虚与实"。但所引的材料来源注明为《大公报》,其实仅涉及《〈牡丹亭〉赞》的前言部分④。江巨荣在《20 世纪〈牡丹亭〉研究概述》⑤里,认为"30 至 40 年代""《牡丹亭》研究随之走向深入",而俞平伯《牡丹亭赞》是"比较重要的论著",并提及《〈牡丹亭〉赞》的特点,如"以物之本性、人情之本性来肯定作品表现的自然本性,以至情之委婉曲折来肯定回肠荡气之至文"、"指《牡丹亭》自为一家,独有千古,都有新意。他将黛玉必死之道与丽娘必生之情作对比,以为生死虽相反,尽情则

---

① 载《周作人俞平伯往来通信集》,孙玉蓉编注,上海译文出版社,第 232 页。此处所提的"一册",或是指发表此文的《文哲季刊》,或系此文之抽印本。
② 伍立杨《梦痕烟雨》,四川人民出版社,1995 年,第 236 页。
③ 刘敬圻主编《20 世纪中国古典文学学科通志(第 3 卷)》,山东教育出版社,2012 年,1 第 43—144 页。
④ 《大公报》所载"前言"部分其实并无作者所评述之内容。
⑤ 汤显祖著汪榕培译《牡丹亭:英汉对照》,上海外语教育出版社,2000 年,第 854 页。

一致,尤为独到。"这些列举及评价,都将俞平伯此文置于学术史里进行考察。其二,在论述《牡丹亭》时,引用《〈牡丹亭〉赞》的若干观点作为论据。如张燕瑾在《牡丹亭畔谁为情》①和《邯郸记评议》②等文里,引用俞平伯此文的相关论述证明情是人的"自然属性";此外还有一些文章涉及,此处不赘举。其三,将《〈牡丹亭〉赞》当做一篇独立的文章,称赞其写法或文采。如伍立杨写及"最大优点是讲究文采之美"③;程千帆谈及《牡丹亭》赞所体现的俞平伯的"趣味主义"④,张中行在《俞平伯先生》⑤一文里,即说"俞先生,放在古今的人群中,是其学可及,其才难及。怎见得?为了偷懒,想请俞先生现身说法,只举一篇,是三十年代前期作的《牡丹亭赞》(收入上海古籍出版社1983年版《论诗词曲杂著》)。这篇怎么个好法,恕我这不才弟子说不上来,但可以说说印象,是如同读《庄子》的有些篇,总感到绝妙而莫名其妙。"盖国梁在《论诗词曲杂著》的书评里提及"论析此剧特见精辟,从内容到形式,多有常人所不能道者"⑥。

以《〈牡丹亭〉赞》为主题的文章迄今只见到两篇,一篇是伍立杨的《读俞平伯〈牡丹亭〉赞》,据文末所标,写于"1990年春",一篇是万云骏的《赞俞平伯〈牡丹亭赞〉》,刊于《戏剧艺术》1990年第3期。伍文不仅针对文艺批评的现状,称赞《〈牡丹亭〉赞》的"文采之美",而且指出"这种文章效果,是俞先生努力造设的一种艺术境界"。并认为《〈牡丹亭〉赞》"扩展丰富了原作的结构和内容"。⑦万文认为《〈牡丹亭〉赞》"有相当的深度与广度",亦针对彼时《牡丹亭》的批评状况,据

---

① 载《南京师大学报(社会科学版)》2008年第4期。
② 载《戏曲研究》第72辑,文化艺术出版社,2007年。
③ 伍立杨《梦痕烟雨》,四川人民出版社,1995年,第236页。
④ 程千帆《为肃清古典文学研究领域中的资产阶级思想而斗争》,载《红楼梦研究资料辑刊》,华东作家协会资料室编辑发行,1954年。此文虽是特殊历史阶段的批判文章,但也指出了俞平伯写作《〈牡丹亭〉赞》的某些渊源。
⑤ 载《读书》1989年第5期。
⑥ 盖国梁《发前人之未发之覆》,载《中国社会科学》1984年第3期。文章刊于"图书评介"栏,盖国梁为《论诗词曲杂著》的责任编辑之一。
⑦ 伍立杨《梦痕烟雨》,四川人民出版社,1995年,第238页。

《〈牡丹亭〉赞》而提出"以《牡丹亭》为代表的汤氏的剧作,确实当得起'高峰'二字"。并依据俞平伯的观点,加以发挥,谈论《牡丹亭》的特色。这两篇文章谈及《〈牡丹亭〉赞》的"深度与广度",或"文采之美"与"艺术境界",都对此文有一定的认知,但皆未深入。

二、《〈牡丹亭〉赞》分析之一:《牡丹亭》的文学史位置及诠释

从目前的文本来看,《〈牡丹亭〉赞》虽分为"前言、一、二、三",共四节,但可视为两个相对独立、又互有联系的文本,"前言、一、二"为一部分,"三"为另一部分,这和此文发表时的情况相合,而且,在俞平伯的写作构想里,亦是如此。在1932年12月28日俞平伯致周作人的信里,俞平伯谈及"《还魂赞》尚阁置,'美人'难言哉"①,由此可见,在俞平伯的写作计划里,《还魂赞》(即《〈牡丹亭〉赞》)与《美人》(即《〈牡丹亭〉赞》之四的篇名)原是相对独立的两部分。

《〈牡丹亭〉赞》的"前言、一、二"又可分为两部分,"前言"为其一,"一、二"为其二,这不仅仅是"前言"曾独立先行发表于《大公报》,更是因为"前言"即是俞平伯的"《牡丹亭》赞",而"一、二"两节为俞平伯"《牡丹亭》赞"之解释说明。所以,"前言"可视为《〈牡丹亭〉赞》一文的总纲。

在"前言、一、二"这三节里,俞平伯最主要的观点,或对《牡丹亭》最重要的观点就是对《牡丹亭》在文学史上的位置的论定,以及由"正"与"真"两方面对《牡丹亭》予以阐释。

> 窃观于文则有盲左;于辞赋则有三闾;于诗则有彭泽,则有杜陵;于词则有清真。……而《牡丹亭》出,竟以荒远梦幻之事,俚俗

---

① 载《周作人俞平伯往来通信集》,孙玉蓉编注,上海译文出版社,第211页。此处《还魂赞》用书名号,"美人"用引号,想必是编注者所加,原书信不会有此符号。大概编注者以"美人"为《牡丹亭赞》之一部分,故如此处理。因未见原信,符号暂用编注者之处理。

俳优之语，一举而遂掩前古，……夫曲，晚近之作，小道也，得《牡丹亭》而与诗、古文辞抗颜接席，登临纵目，指点青螺……①

首先，在横的方面，在与其他文类的比较里，认定《牡丹亭》在"曲"这一文类里的代表性的位置。《牡丹亭》不仅是"曲"这一文类里的最好的作品，而且，将"曲"由"小道"提升到与"诗、古文辞"相提并论的程度。

其次，在纵的方面，俞平伯认为《牡丹亭》上承《诗经》，"盖直接《诗》三百之发乳也"。在相近时间所写的《古槐梦遇》里，俞平伯也有一则札记写道"《牡丹亭》是《诗经》的注脚"②。无论是"接"、"发乳"还是"注脚"，都表明俞平伯认为《牡丹亭》与《诗经》的精神是相通的。

如此，俞平伯就在历史时空的坐标上界定了《牡丹亭》在中国文学史上的位置。此后，用了两节的篇幅以"真"与"正"来具体诠释这一定位。

"一"这一节解释《牡丹亭》的"正"，俞平伯将"正"分为三步进行论证：首先说《牡丹亭》之"正"为何？"直自然之本然耳"，"是固授受之真，圣哲之微言矣。曲，小道也，却接此薪传，挥写出洋洋洒洒、花花絮絮之文章……"这一断语，常被论者引用，解释《牡丹亭》的情之本意。但这只是俞平伯解释《牡丹亭》之"正"的意思里最基本的一层。其次，他提出《牡丹亭》之"正"为何能成为"至文"，也即写人性、写男女之情的文章比比皆是，为何《牡丹亭》能成为"曲"之代表，并将"曲"提升为与诗文并列的问题？俞平伯以"诚"来说"正"，述杜丽娘的"伤春之诚"与柳梦梅的"惊艳之诚"：

人间女子伤春之诚有如杜丽娘者乎？春游而感之，感春而梦之，梦春而寻之，寻之而竟殉之矣。丈夫惊艳之诚亦有如柳梦梅

---

① 俞平伯《牡丹亭赞》，《东方杂志》第 31 卷第 7 期，1934 年 4 月 1 日。《〈牡丹亭〉赞》"前言、一、二"的文本皆引自此处，不再另注。

② 俞平伯《古槐梦遇》，世界书局，1936 年，第 14 页。

者乎？无非拾得一画耳,而玩之、叫之矣,不足,而见之矣,见之不知其为鬼也,及知其为鬼也,犹不足,遂掘墓而发棺矣。

在俞平伯看来,正是这种写法,使得《牡丹亭》达到了一定的深度,"夫《牡丹亭》者,是能瞠目直视吾人之情性,领会而洞澈之,而又能不弯不曲写放之者也,是能以芥子示视须弥者也"。因"立意之高远""取譬之切近",使得《牡丹亭》成为绝好的文学作品。

在"二"这一节,俞平伯则着力论证《牡丹亭》之"真"。首先,俞平伯指出汤显祖所说《牡丹亭》的"情之所必有""理之所必无"即是"真"与"实",因之辨析"真"与"实"的关系。俞平伯以黑狗白狗为喻,提出概念与文学上"真"与"实"关系的不同。在文学里,"真"与"实"的对应是多重的,"有不似实而真者矣,有似实而亦真者矣,有似实而不真者矣,有不似实而亦不真者矣",而《牡丹亭》则是以"不实为真":

若《牡丹亭》者,曲中之翘楚也,善以不实为真者也,善以凄迷如烟芜、愁艳如花雨之笔,舒儿女之情者也。

此后,俞平伯又引出"幻"与"至实"来进一步论证《牡丹亭》之"真"。

然谓之不实可也,谓之至实亦可也。不实安得谓之至实？真也。真非实,又安得谓之至实？生于实也。真不生于实,又安生耶？故谓真为至实也,亦谓不实之真为至实也。

由实而真。真者无尽实,此哲理也；由实而真而幻,幻者真之化身,此文心也。哲士不尽为文人。而文人者皆不知名不专业之哲士也,非哲士即非文人也。文之于哲多一弯,只此一弯中便生出种种是非来,所谓幻也。幻似实而非,是摄实而成者,非离实而生者。《牡丹亭》以幻示真。盖真不可徒示也；以真统实,盖实独言之不达,悉数之则不可终也。

"不实"即是"至实",而"实"借"幻"而显示"真"。俞平伯区分文学与哲学,而将这三个概念系于一身。

俞平伯再以小孩子描红为喻,来说明"真"与"实"之关系,并"人第赏其文章之奇幻,而不知乃正到极处,真到极处,忠厚到极处使之然。"

在"一""二"两节里,俞平伯论证《牡丹亭》之好处,"正"即是《牡丹亭》之精神,"真"即是《牡丹亭》的写法,两者统一起来,即构成了《牡丹亭》在"曲"这一文类中的位置,以及在文学史上的位置。

三、《〈牡丹亭〉赞》分析之二:"情"与"美"之统一

《〈牡丹亭〉赞》之"三",独有一个题目,为《美人》。在原初发表时,题为"《〈牡丹亭〉赞之四》",从这一顺序来看,这一节既是相对独立,与前三节谈论《牡丹亭》的文学史位置不同,这一节乃是分析其人物形象及其寓意。但是,这一节又是承接前三节之文意而来。

这一节的前半部分,以"春"来解释杜丽娘与柳梦梅,以杜丽娘为"春之化身"、"春之本然"。

> 杜丽娘之为荼蘼、杜鹃何?岂真以"杜、杜"、"荼、杜"为邻类乎,殆非也。盖杜鹃、荼蘼,春二三月花也,花之畹晚者也;子规,尽情之物也,尽春之情其为杜丽娘乎?①

俞平伯从传奇文本、曲词里归纳出杜丽娘为"尽春之情",而柳梦梅则是"春卿",亦是杜丽娘之"心象"。由杜丽娘和柳梦梅这一象征性的关系出发,俞平伯分析《牡丹亭》的结构及写法,如《牡丹亭》的第一出为《言怀》,正是"梅先春,柳亦先春";又云这种写法是"于笔,恰中锋也;于摄影,恰好正面全景也"。《牡丹亭》之写法,正是这种象征系统造

---

① 俞平伯《〈牡丹亭〉赞之四》,《文哲季刊》第4卷第3期,1935年6月。"三 美人"的文本皆引自此文,以下不另注。

就,因而可以解释或反驳之前对于《牡丹亭》结构上的种种批评。

之后,俞平伯又以"厚德配深情"来解释杜丽娘与柳梦梅之关系,以及《牡丹亭》的结构系统。

> 柳生是何罕物,遽欲占断三春耶。盖作者欲以厚德配深情也,非作者欲以厚德配也,以人世惟厚德堪耳。厚德载物,情深于是乎栖迟,且有终焉之志矣。柳生自许曰"一味志诚"(《欢挠》),丽娘复许之曰"志诚无奈"(《婚走》),柳生之德之厚诚然矣,然生宾卿也,《牡丹亭》能叙之,不能描之,复以杜女之情之深推知之。非至厚之德将无当至深之情,故作者遂濡染大笔,乐得淑女以配君子矣。

俞平伯回到"美人"这一主题,先是论说"春"与"美人"之关系,引《牡丹亭·惊梦》之曲为例:

> 【皂罗袍】"原来姹紫嫣红开遍,似这般都付与断井颓垣",此曲旦唱,美人(丽娘)惜春,主中宾也。【山桃红】"则为你如花美眷,似水流年"。此曲生唱,春(春卿)惜美人,主中宾也。

此后又探讨写"美人"之手法,实写与虚写,并因诗词及《西厢记》为例,而在《牡丹亭》里,则寻出柳梦梅邂逅重逢之三见,"一见诸《拾画》,二见诸《玩真》,三见之于《幽媾》",而在三见之际,柳梦梅分别以画中人为观音大士、嫦娥、人间女子。俞平伯以此情节,来写杜丽娘的"美"。

俞平伯并以"美"字易汤显祖《牡丹亭》自题里的"情"字,"今引自序之词,只以一字易之:'生而不可与死,死而不可复生者,皆非"美"之至也。'斯言也,仆固自信并能发作者之未发矣。"俞平伯这一提法,一方面表达了他对"美"之崇拜,"丽娘即以自身之美而超越死生之界也"。另一方面,将"情"易为"美",确也将《牡丹亭》原有的内涵翻出一层,打开了更大的空间。因此,俞平伯进一步探讨"情"与"美"之关联。

> 故有情焉、美焉,情必深而美必至。不深不至,意不快也。有深情焉、至美焉,必以一身兼之。

在俞平伯的观念里,"情"与"美"亦是一体的。而《牡丹亭》正是兼有"情"与"美",所以能成为妙文。此节主题为"美人",实际上还是分析"美"与"情",并论说《牡丹亭》之写法,因而得出结论《牡丹亭》为"至情至文"。

四、《〈牡丹亭〉赞》分析之三:《牡丹亭》与《红楼梦》

俞平伯于1923年出版《红楼梦辨》。虽然俞平伯的主要研究领域并非是《红楼梦》,但《红楼梦》一直是他所关注的领域之一。在《〈牡丹亭〉赞》中,有数处引《红楼梦》来阐释《牡丹亭》,其实亦是以《牡丹亭》来阐释《红楼梦》。此处举二处篇幅较长之文字为例:

其一在"二"之结尾,即俞平伯以"真""实"来论《牡丹亭》,《牡丹亭》之"不实"即"真",举《红楼》与《续红楼》为例,因《续红楼》里使林黛玉"还魂","分明"是《牡丹亭》里杜丽娘之"还魂"。但《续红楼》之所以被批评,是因为失"真":

> 盖《红楼梦》之黛玉有必死之道,《牡丹亭》之丽娘有必生之情也。黛玉之死必然也,不死不足以尽情也;丽娘之生亦必然也,不生不足以尽情也。生死相反也,而必然之致一也。

"尽情"乃是"真",故不在于"还魂"是否为"实"。所以俞平伯分析说续书作者不理解《红楼》之结构,所以"其病在于失真,不在于失实,以失真而遂失摄实之力,以悖乎实则举世笑之勿怪也。"

因此,俞平伯评说《红楼梦》与《牡丹亭》皆是"有情之宝典""天下之至情至文",并说"雒诵《牡丹亭》而熟读《红楼梦》"。从以上评语可知,俞平伯将《牡丹亭》与《红楼梦》同等视之,都当做是文章写法之典范。

其二在"三　美人"之中间,由以杜丽娘为"春",而向"美人"转换之时,举林黛玉《惊梦》【皂罗袍】之句"原来姹紫嫣红开遍,似这般都付与断井残垣",听"良辰美景奈何天,赏心乐事谁家院",举林黛玉听【山桃红】之句"只为你如花美眷,似水流年。你在幽闺自怜"。

> 尽人世之情于一美,尽美人之美于一叹,故有情领会唯在《还魂》,《还魂》主峰则曰《惊梦》,《惊梦》之警策只有这八个字,"如花美眷,似水流年",竟被他脱口说出,又立即被他说完了,使后之来者无以措词,文心之美至于此乎!

以林黛玉听《牡丹亭》之感叹,而读解《牡丹亭》,此是俞平伯以《红楼》来证《牡丹亭》,且提出"如花美眷,似水流年"之于《惊梦》、之于《牡丹亭》之作用。并以此证明《牡丹亭》的"文心之美"。

在其他文章里,俞平伯亦有此种引申,如《杂谈〈牡丹亭·惊梦〉》一文,谈及"《惊梦》两只【山桃红】,合头并作:'是那处曾相见?相看俨然。早难道好处相逢无一言。'这正和《红楼梦》第五回宝玉初见黛玉的说法相似"。① 此处不再多举。

总体而言,俞平伯举《红楼梦》来解说《牡丹亭》虽只是局部之例,但在俞平伯的文学观念里,《红楼梦》与《牡丹亭》同样都是"绝丽文章",而俞平伯比较《红楼梦》《牡丹亭》,既是探析二书的特点,也是探讨文章之写法。

结　语

在现代文学史及学术史上,《〈牡丹亭〉赞》的文体是独特的,用文

---

① 载《戏剧论丛》1957 年第 3 辑。

言文写作,且近似晚明小品,并不同于现代学术文体。以上分析只是举其大要,而此文的大量细节亦可玩味。《〈牡丹亭〉赞》一文的写作也可作更多分析,一方面,它是新文学家用文言写就,众所周知,新文学之成立,正是以批判旧文学为基础,俞平伯乃是第一代新文学作家,以新诗与散文成名。但在二十世纪二三十年代,忽然对旧体诗词、文言文的写作发生兴趣,不仅出版了《古槐梦寻》等明清小品式的随笔,而且还写作了此篇《〈牡丹亭〉赞》,并与朱自清、废名、周作人之间进行了交流。另一方面,它注重文章之美。俞平伯写作《〈牡丹亭〉赞》,不只是对《牡丹亭》之内涵作出阐发,对其结构进行分析,更重要的是,这一写作方式,如上所述,用小品、笔记的方式,借谈论《牡丹亭》来谈论文章的写法,再以文章写法来证《牡丹亭》,两者相互交织,几乎成为一体,构成了一种"浓质"的随笔写作方式。《古槐梦遇》一书里,俞平伯云"觉得有写出一大部绝丽的文章的把握"①。在俞平伯的观念里,《牡丹亭》、《红楼梦》皆是绝丽文章。而具有绝丽文章的写法,则是俞平伯竭力探寻的目标。所以,在《〈牡丹亭〉赞》的"前言"里,俞平伯首先提出"情生文""文生情"这一对概念,而在文章结尾则说"至情至文"。"情生文,文生情"之探讨,似是此时俞平伯及其师友所关注的一个主题,如周作人给废名所写《〈莫须有先生传〉序》里,即评废名之文《莫须有先生》的文章的好处,似乎可以旧式批语评之曰,情生文,文生情"②。与此同时,废名在北大讲解新诗,亦探讨"情生文,文生情"③。因此,这既是和俞平伯本人的文学观念的变化有关,亦是一种文学氛围,和二十世纪二三十年代"苦雨斋文人"或京派文人的文学观念的转向有关。

《〈牡丹亭〉赞》的写作追摹明清小品,于《牡丹亭》之阐释胜意颇多,可以说是近现代文学及学术领域里对《牡丹亭》阐释非常充分、且有深意与新意的一篇文章。而且,正如俞平伯以《牡丹亭》为"作者之

---

① 俞平伯《古槐梦遇》,世界书局,1936年,第27页。
② 周作人《〈莫须有先生传〉序》,载《莫须有先生传》,废名著,开明书店,1932年。
③ 废名《谈新诗》,人民文学出版社,1984年,第5—6页。

心影",《〈牡丹亭〉赞》之文亦是"作者之心影"。也即,在此文里,俞平伯全然倾吐了他的文学趣向、文学意象以及文学世界。可以从《〈牡丹亭〉赞》里,返观俞平伯的文学与人生。

《〈牡丹亭〉赞》一文,虽与俞平伯对昆曲的爱好与演唱有关(《〈牡丹亭〉赞》"前言"云:"夫岂不知《牡丹亭》本不必赞,赞亦不可胜赞耶!读之可耳。余读之数十遍,其中数折又歌之数十百遍,有一见而倾倒者,有数遍数十遍之后而渐觉好者,有数百遍而始开口笑者,有至今而茫然者,亦终身读之而已。赞何为哉!赞之者何?恨辞也"),但主要还是集中于《牡丹亭》文本及价值的阐发,并不直接与度曲关联。俞平伯还写有数篇探讨《牡丹亭》的曲学方面的文章,以及与华粹深一起整理改编了近代以来第一部缩编版全本《牡丹亭》,这属于昆曲研究的范畴,我将另文述之。

作者单位:北京大学艺术学院

也谈《汤显祖集全编》的收获与遗憾

龚重谟

为纪念汤显祖逝世400周年,2016年初,上海古籍出版社推出了《汤显祖集全编》。7月17日,广州周松芳先生在《南方都市报》发表了《新出〈汤显祖集全编〉的收获和遗憾》一文,批评"这是截至目前汤显祖存世诗文、戏曲作品最齐全的深度整理之作。然而,除了新增佚诗佚文构成'续补遗'一集之外,其余的增订,实并不多见","仅辑佚一项仍存不少疏漏"。显然,在他看来,这是只有"遗憾",不见"收获"的《汤显祖集全编》。所谓"截至目前汤显祖存世诗文、戏曲作品最齐全的深度整理之作"名不副实。文章篇末注明:"承浙江大学周明初教授审订补充"。可见,这不是周松芳先生一人的意见。在此文发表前,周明初教授已向"岭南行与临川梦——汤显祖学术广东高端论坛"提交了论文《〈以仁王先生文集序〉等十篇文章辨伪》,[1]对"续补遗"中有十篇佚文作了辨伪,指出其中8篇出自民间家谱,2篇为出土文献的佚文均为伪作或伪作嫌疑。我作为《汤显祖全编》"续补遗"工作的参与者,感谢"二周"(明初与松芳二先生)的教正,并对与我有关的"仅辑佚一项"的"疏漏"进行了思考,进一步认识到对宗谱中的佚文采录要"非常谨慎",但又感实际操作起来并非那么简单,辨伪中遇到的有些问题还值得探讨。下面,我也谈谈对新出《汤显祖集全编》的几点"收获"与"遗憾"。

---

[1] 周明初《〈以仁王先生文集序〉等十篇文章辨伪》,《岭南行与临川梦——汤显祖学术广东高端论坛论文集》,南方出版传媒、花城出版社,2016年,第129页。

一、《汤显祖集全编》的"收获"

《汤显祖集全编》问世的背景周松芳先生很了解,在文中也说得很精准:徐朔方教授笺校的"《汤显祖全集》甫一出版,即留下不少遗憾","电脑排字,错误较多,达140处"。徐自己意识到:"这个本子是不能留传后世的。"事实上也是"并未流行开来,学术界引用的,多半还是过去的《文集》"。随着徐先生的去世,"徐版的《汤显祖全集》将成为绝响"。2016年世界各国纪念戏曲大师汤显祖逝世400周年活动的开展,"汤显祖研究又非常需要一部新的全集,但如何能有一部新的全集?这是学术界颇焦虑的事情。"正是在这个时候,"经徐朔方先生家属授权,由上海古籍出版社社长高克勤与上海戏剧学院教授叶长海牵头,成立《汤显祖集全编》编辑出版工作委员会",①将增订出版《汤显祖全集》任务担当。2015年4月22日在上海开了半天的编辑工作座谈会,讨论了有关事宜。仅在半年多的时间内,修订了徐先生生前勘误出《汤显祖全集》错误140余处,吸收了十余年来学界主要研究成果,尽可能修订原书的疏误,新增了"汤显祖诗文续补遗"一卷,改大了书的字体,装饰印刷精美,一套六册,为立志从事汤显祖乃至明代文史研究的学者、有意领略汤显祖文化魅力的读者,提供了可靠的文本。它和上海戏剧学院主编、上海人民出版社出版的《汤显祖研究丛刊》,标志着2016年汤显祖逝世400周年系列纪念活动就此拉开大幕,为挖掘中华民族传统文化的精华,参与世界文化交流尽了一份责任。这是《汤显祖集全编》出版的意义,我也称作收获。

对汤显祖的诗文的散佚,长期以来,我们仅知康熙三十二年(1693)陈石麟重刻《玉茗堂全集》的序文中提到《雍藻》和《问棘邮草》"二编散佚无存"。随着汤显祖研究的深入,被发现的佚文越来越多。继1958年《问棘邮草》被发现后,自20世纪80年代到目前为止,仅从

---

① 《出版说明》,《汤显祖集全编》卷一,上海古籍出版社,2015年12月,第2页。

国家图书馆古籍文献中发现遗存的汤显祖的诗文著作就有:1982年我在(清)王介锡《明文百家萃》中发现八股文11篇;在我之后,徐朔方先生又发现了汤显祖的时文集《汤海若先生制义》,内收八股文55篇;2016年纪念汤显祖逝世400周年前夕,郑志良副教授又新发现约20万字的汤显祖《玉茗堂书经讲意》。另,我还在家谱和地方志中陆续辑逸到佚文有序、墓志铭、传赞、对联等计13篇;江巨荣、郑志良、吴书荫、徐国华、遂文、胡宏、何天然、罗兆荣、陈伟铭等教授、学者在古籍文献、家谱发现有汤显祖的序、记、尺牍、评语、对联、启、传赞、碑铭计30多篇。这么多的佚文,除《玉茗堂书经讲意》单独由江西人民出版社影印出版外,其他基本全部展示在《汤显祖集全编》中,是对汤显祖佚文辑逸工作的大检阅。参加辑逸的人员既有汤学泰斗,大学教授,文化工作者,也有普通群众。家谱上的佚文发现还有乡镇农民。2016年12月4日,抚州汤显祖国际研究中心刘昌衍先生又在汤显祖外祖父家的临川区青泥镇广溪吴家,从残缺的《广溪吴家七修宗谱》中,发现了两篇墓志铭;我出生地黎川县档案馆收藏的《寿昌寺语录》中,发现有晚明无明慧经禅帅答汤显祖书信一通,诗一首;另在洵口乡的农户家的家谱中,也载有汤显祖《寄建武张洪沙(公子)游武夷六绝》。还有,江西师大文学院欧阳江琳博士,从抚州市临川区唱凯镇石溪乡张家村出土了一块墓碑,上刻《明孺人潘母王氏墓志铭》,也是汤显祖的佚文。汤显祖辑佚工作没有结束,随着对古文献深入发掘,汤显祖佚文还可能有新的发现,《汤显祖集全编》要吸收所有的辑佚成果实难以做到。然从这些辑佚成果看到汤学已深入人心,辑佚工作引起社会广泛关注,这不能不说也是收获?

对我个人而言,我参加《汤显祖集全编》的"续补遗"工作,蒙周明初教授指正辨伪中"疏漏",这对我来说是"遗憾"中的收获。还有一收获是,徐朔方先生笺校的《汤显祖全集》收罗我发现于(清)王介锡《明文百家萃》中的11篇时文,就有8篇未注明发现者是我,违背了当初他托"探询人"写给我的白纸黑字承诺:"注明发现者——你的名字,并告出版社把应有的稿酬寄你。"责编韩敬群和在大连外语学院的汤显祖学术研讨会上我们见了面,亲口承诺再版时会补注我首先发现,可2001年再版时他却自食其言。这次上海古籍出版社增订出版《汤显祖集全编》,我向他们反映了此事。上海古籍出版社本着实事求是,尊重辑逸者的劳动成果,在《汤显祖集全编》诗文卷之五十《制义》卷末加了这样的按语:"本卷制义徐朔方先生以万历《海若先生文》(一名《汤海若先生制义》)为底本,其中八篇《为人臣止于敬》《夏礼吾能》《上好礼》《君子思不出其位》《鄙夫可与》《左右皆曰贤未可也》《其君子实……小人》和《民之归仁》,亦可见于清人王介锡所编的《明文百家萃》。龚重谟先生曾于二十世纪八十年代初率先发现《明文百家萃》中的这批文章,连同其他未被收入《海若先生文》的时文凡十一篇,发表在江西省文学艺术研究所编的内刊《文艺资料》(1983年第6期)上。"这样的按语,为徐先生收拾了残局,体现了他们的职业操守,令人尊敬! 这对我当然也属收获。

二、佚文采录辨伪中的一些问题

(一)佚文的认定。佚文是指失传或散存于古籍中的文章。一旦被人从古籍中发现并公诸于报刊就不再是佚文。一篇佚文散存在不同古籍文献中,虽不是常见现象但也并非个例。佚文公诸于众,后有人在别的文献中也"发现",文字内容与早发现一样或基本一样,本应不必再采录,采录了起码应注明该文已被谁发现于在何种文献。徐朔方先生收罗我辑逸的佚文那种做法不可取,我和他发生纠纷原因亦在此。然佚文辑逸成果得不到应有尊重常有发生,汤显祖的《玉茗堂书经讲意》是中国人民大学副教授郑志良先生2016年初在国家图书馆发现,然《中国文化报》记者柯中华、伍文珺却在《汤显祖〈玉茗堂书经讲意〉影印出版》中却说:"据了解,今年年初,江西省图书馆、抚州市图书馆等单位经过深入调查,发现汤显祖尚有一部学术著作《玉茗堂书经讲意》存世,却甚少为学界提及。随即向该书收藏单位国家图书馆征求底本,并交由江西人民出版社影印出版。"显然,这样的报道与事实有出入,但已被中国社科网、中国作家网、今日头条、中国民族宗教网等多家网站转载。就连《〈玉茗堂书经讲意〉影印说明》中也只提"一部学界甚少提及的汤显祖《玉茗堂书经讲意》被发现。"是谁发现的呢?隐而不说,留给人想象。还有令我挠心的是,20世纪80年代我发现并公诸于众的《华盖山志序》和汤显祖辑注《解缙千家诗注释合刻》(甲寅年新镌,原临川县图书馆藏,疑为伪托),有人手上明明有我收有该佚文的汤显祖论文集,却还要在网站、地方报纸上发新闻,说是他发现了汤显祖的佚文《华盖山志序》;还有人说他在临川发现了汤显祖的《解缙千家诗注释合刻》云云。佚文虽不是作者写出来的作品,但发现与采录者要付出智慧和心血,理应得到尊重,这是佚文采录应有的共识。

（二）佚文的辨伪。佚文辨伪关系到佚文的文献价值,是决定佚文是否采录的关键。我国古籍中伪书存在普遍,作伪的程度也不尽相同,有全伪,有部分伪,有作者伪,有时代伪,有误题撰人。然家谱中的序和碑铭中作伪现象应客观全面的判断。首先不可否定的是,汤显祖弃官归家后,确为乡村的老人和贫寒读书人写过一些谱序和墓志铭之类的东西。他自己说:"弟既名位沮落,复往临、樊僻绝之路。间求文字者,多村翁寒儒小墓铭时义序耳。"①"弃官一年,便有速贫之叹。……忽偶有承应文字,或不得已。"②这种"蹇浅零谇"的"应承文字"令他文学"声价颇减"。然而他从"平昌赤手而归","弃一官而速贫",为"治生诚急""不得已"而为之。在《明故南营聂公冯氏孺人合葬墓志铭》正文中,③竟记载了汤显祖写这篇墓志铭是"奉币捧笔",他与墓主并不认识("尔先祖予不获睹其丰神")。这正印证了汤写这类"承印文字"的"不得已"。若非汤显祖所作,将这样的内容写在墓志铭中便不好解释。徐朔方先生独力笺校的《汤显祖全集》卷四十收有墓志

---

① 《答张梦泽》,《汤显祖集全编》卷四七,上海古籍出版社,2015年12月,第1925页。

② 《答山阴王遂东》,《汤显祖集全编》,上海古籍出版社,2015年12月,第1852页。

③ 《汤显祖集全编·诗文续补遗》,上海古籍出版社,2015年12月,第2246页。

铭5篇,却都不见有作者身份的署名。如没有,那如何判定是汤显祖所作?很有可能也有署名身份不符史实处而隐去不录。我想,徐先生非常清楚,这样文字是立碑铭者所加。《明故南营聂公冯氏孺人合葬墓志铭》,不仅署有"赐进士出身承德郎南京礼部祠祭清吏主事汤显祖手撰",还署上"临川县儒学庠生徐应科书"。这大概是墓主后人,为抬高家族地位和声望,为作碑铭者署上曾经任过的最高官位,造成"真伪杂陈",以致署名身份不符史实。辨伪之所以难就在于不仅能将"伪"挑出,还能识得"真"的内容,并加以厘清。汤显祖在墓志铭中披露因"奉币捧笔"而作"承应文字",对了解晚年汤显祖的"蹭蹬穷老"的生活,具有研究价值。对"真伪杂陈"的佚文我主张虽不能收入正文也应作附录得到展示。我赞赏简文辉、叶锦青《浅谈古籍伪书的编撰意图及其价值挖掘》一文中的意见:"正视并重视古籍伪书的客观存在,提升科学辨伪的理论与技术,深入挖掘伪书中大量蕴藏着的史料价值、思想价值、学术价值、文学价值、语言价值与艺术价值,才是我们应该有的态度。"①

　　周明初教授说徐朔方先生对佚文的采录"非常谨慎",我认为不尽然。他收罗我辑逸的佚文不是我寄给他的,是他在我并没有完全同意的情况下,从已发表在刊物上抄录入编的,校样出来也没寄我校对。他作为《汤显祖全集》编者,本有审稿辨伪的责任。如果凭这样的落款就可认作伪作的证据,那徐先生也跟我一样没看出来,岂不是不谨慎所致。

　　还令我不解的是,同卷中还有《题叶氏重修宗谱序》一文,②落款为:"时万历乙未(万历二十三年,1595)春之王之吉赐进士出身文林郎知遂昌县事临川汤显祖拜首书赠"。"赐进士出身"、"文林郎",都属作伪"马脚"。这样同样性质的"疏漏",徐先生没看出来,周明初先生也不知何故没有看出作为伪作提出来?

---

① 简文辉、叶锦青《浅谈古籍伪书的编撰意图及其价值挖掘》,《古籍整理研究学刊》,2004年03期。
② 《题叶氏重修宗谱序》,《汤显祖全集》,北京古籍出版社,第1631页。

佚文采录固然要谨慎,然对佚文的去妄也应谨慎。徐先生将《玉茗堂批订董西厢》视"伪托"从《汤显祖全集》中剔除就显得不谨慎。徐判为"伪托"的理由是:此文末署为"乙未(万历二十三年)上巳日",批订《董西厢》时"适屠长卿(屠隆)访余署中,遂出相质",上巳即三月初三,按序所言,屠隆在春天曾来遂昌。徐先生说:"现在汤显祖为他写的六首诗中,没有一首提到旧地重游之意,或者时间在秋天以外的其他季节。"①然乾隆《遂昌县志》(卷十一)载有屠隆诗《春日登尊经阁》一首 20 韵,这就证明万历二十三年的"春日"屠隆来到遂昌,且登上尊经阁。徐先生说屠隆没有在春天到过遂昌也就站不住了,视《玉茗堂批订董西厢》为"伪托"成了误判。同时代的剧作家张凤翼(1527—1613 年)在其《〈西厢记〉考》中对此事有提及,可作旁证:"以故赤水屠先生、义仍汤先生均为当世博洽怀览君子,亦于《西厢》订正拟阅,盖不以曲词口(苴)视之也。"可见,徐先生的"谨慎"在此事上竟成了"疏漏"。徐还说,该文有 63 字,完全抄自陈继儒《晚香堂小品》。到底是《晚香堂小品》抄《玉茗堂批订董西厢》,还是《玉茗堂批订董西厢》抄《晚香堂小品》?徐先生却没有引证加以说明。

对《金溪允虞先生屺瞻亭赠言序》周明初教授因"能够捕捉到的可以证明此文为伪作的有效信息实在少,因此还不足以完全定此文为伪作,只能说此文疑似伪作"。嫌疑来自"落款中称'通家友弟',但查《汤显祖集全编》,并无发现汤显祖与桂绍龙有任何交往的痕迹,汤家与桂家也并无姻亲关系。"②我认为现存汤显祖的诗文没有"发现汤显祖与桂绍龙有任何交往的痕迹"不等于他们就不存在"通家友弟"关系。汤显祖有首《吴序怜予乏绝,劝为黄山白岳之游不果》,引用得很广泛。吴序竟能劝汤显祖去安徽休宁汪廷讷处"作客打秋风",可见与汤显祖应不是一般的关系,然我翻遍汤显祖现存的诗文,找不到除此之外汤显祖与吴序有"任何交往的痕迹"。这样诗作是否也把它打入"疑似伪

---

① 徐朔方《汤显祖评传》,南京大学出版社,1993 年 7 月,第 105 页。
② 《岭南行与临川梦——汤显祖学术广东高端论坛论文集》,南方出版传媒、花城出版社,2016 年,第 146 页。

作"之列？"通家"可指"姻亲"关系，也可指世代交好之家。这里就是指世代交好。本文辑逸者曾铭同志长期在县地方志办公室工作，他提交这篇佚文附有"备注"文字："桂氏家族居住在县城南门附近，与汤显祖挚友王民顺的西门王家毗邻，王民顺、胡桂芳、桂绍龙三人在万历、崇祯时担任布政使（方伯），故并称'金溪三方'，王、桂姻亲，胡、汤姻亲，四人关系很不错，写序应该没问题。"不知能否为"通家友弟"起点"释嫌"作用？

  我感到，对佚文的辨伪主要应从文章内容看，不要抓住文中的某一句不符史实就判为伪托。郑志良副教授新发现的汤显祖《玉茗堂书经讲意》，作序的是他的门人周大赍，说汤显祖弃官归家后"颇索五经遗旨，里缙绅如帅君谦斋（帅机）、郭君青螺（郭子章）、邹君南皋（邹元标）、张学士洪阳（张位）皆劝为经意之刻，诺之未发也。"①即这些师友都劝汤显祖把自己解经的著作刊刻出来，汤显祖虽答应了，但没有付诸行动。然而汤显祖万历二十六年（1598）从遂昌弃官回家时，帅机三年前已去世（卒于万历二十三年）。周大赍是临川人，和汤显祖、帅机都是同乡，是汤显祖非常亲近的入室弟子，对帅机的去世应该知道。是否可以说，这是作伪者露出的"马脚"从而断《汤临川先生书经讲意叙》非周大赍所写，进而怀疑《玉茗堂书经讲意》是否是汤显祖的？我想问题不是那么简单。古籍整理大家王树民先生主张："整理古籍遇到此类问题（指精华与糟粕的区分取舍），在无法做出明确判断时，最好保持原状，不可妄改或轻弃。"②

  （三）关于"专题研究"。周松芳先生提出："要充分吸收现在研究成果进行修订，同时进行一些专题研究加以完善，而不是仅仅满足于辑佚。"此建议当然好。然古籍整理的审定、校勘、标点、分段、注释等加工工作本属于专题研究性质。辨伪就是对古籍作研究而非整理。

---

① 周大赍《汤临川先生书经讲意叙》，《玉茗堂书经讲意》（影印），江西人民出版社，2016年8月。

② 赵太和《王树民的古籍整理思想与方法》，《北京电力高等专科学校学报》，2012年第6期。

《汤显祖集全编》对十余年来学界研究成果确也吸收了,只是难以做到没有遗珠。如周先生对诗《恩州午火》纠正了原徐先生定汤显祖来徐闻次年二月归程所作的错误理解,考证为"来时(十一月间)所见早放的如同内地二月始开的桃花",这样对汤显祖在徐闻供职时间就找到了较准确的依据。这是周先生对汤显祖研究的一项重要成果。他对该诗的理解我赞同,并在论著中加以采纳。我也认为对周先生这一研究成果应吸收进《汤显祖集全编》,在该诗笺注中来个徐下周上。然徐先生已作古了,周先生这样理解这首诗,徐先生若在世能否认同?能不与徐先生的"意愿相违背"?像这样的"专题研究"我也做了。如汤诗《端州逢西域两生破佛立义,偶成二首》,徐先生对"西域两生",笺为"指意大利传教士利玛窦和特·彼得篮斯神父"。对此,我撰写了《汤显祖在肇庆遇见的传教士不是利玛窦》一文,提出了七点质疑。香港城市大学郑培凯教授为找证据,特委托一位回意大利探亲的同事去到利玛窦的家乡查利氏这一年的日记。经查,利玛窦没有与汤显祖在肇庆相遇的记载。我深信自己意见是有说服力的。原《汤显祖全集》中的"笺注"要不要改?吴书荫教授考证出需要"补正"之处就达 26 条。这些研究成果如何吸进《汤显祖集全编》而不与徐先生的"意愿相违背"?徐先生在《汤显祖全集》笺注中的疏误,需要补正并还不只是上面这些,我试举二例:

1.《同于中甫兄伤右武并别六首》第五首"洪崖不可觌,萧峰长自清"一句,①徐笺:"当作箫峰。在江西新城。"显然错了,新城(今黎川)的萧峰在福山,位于距县城 20 公里处社萍乡竹山村境内,其主峰萧曲峰海拔 1045 米,然诗中所指萧峰位于南昌市湾里区梅岭之间的江西新建县大塘,距南昌市北 40 公里。俗称上天岭,上有大石头,内有石室、石床、石巷等名胜,为西山胜景之一。郦道元的《水经注》中探寻到古萧峰的踪迹,书中记述着"西山有大萧小萧二峰,盖萧史遨游之所"。

---

① 《同于中甫兄伤右武并别六首》,《汤显祖全集》,北京古籍出版社,1999 年 1 月,第 692 页。

汤显祖常侍其师张位至上天峰遨游竟日。

2.《答罗匡湖》信中说:"二梦已完,绮语都尽。"①这里说的"二梦"应笺:"指《紫钗记》和《牡丹亭》",因为这两个戏完成后,汤显祖剧作中华美绮丽的语言已然用尽,因而在《邯郸梦记》与《南柯记》中的曲辞都比较淡雅本色。这样笺注是必要的,但徐先生却没有笺。但对《寄邹梅宇》一句"二梦记殊觉恍惚。惟此恍惚,令人怅然",②徐朔方笺:"'二梦记',《南柯记》与《邯郸记》传奇。"这就使得一些很知名的研究者在引用时把"二梦"、"二梦记"混为一谈。若把"二梦"理解为《南柯记》与《邯郸记》传奇,那么"二梦已完,绮语都尽"就叫人不好理解。

徐先生对《汤显祖全集》笺注包括对汤诗的编年和《汤显祖年谱》,疏漏和值得商榷之处不只这些,如何作补正?这样的深度整理深到何程度?谁替代徐先生作整理担纲人?著作权、署名怎定?

(四)关于新增"诗文续补遗"。《汤显祖集全编》的增订出版,是经徐朔方先生家属授权,是合法的。该卷收罗的佚文徐先生已作古未能看到,为避开招来与徐先生"意愿相违背"之嫌,没有将新采录的佚文插进原《补遗》中,而是另立一卷"续补遗"。且注明了三位"担纲"者的名字。所谓"担纲",实为担责。也就是说,该卷出了"疏漏"不是徐的责任。该卷接在"补遗"之后,既与汤显祖诗文融为一体,又集中展示新的辑佚成果,且责任明确。这么处理周明初先生认为"不是很妥当",但将汤显祖全部诗文结集的仅这一部,这40多篇的辑佚新成果又不能单独出版,不知谁有比这更妥的处理办法?至于收了三副对联,有违徐朔方的"编集缘起"问题。我认为徐朔方在"编年笺校"中定下不收"对联"是对全书内容造成的小残缺。因为汤显祖的文学才华最早就是从对对子表现出来的。他五岁就能对对子,而且连对几次都不怕。对联是从诗、文中走了出来,成为独立的文学体裁,是文学百花

---

① 《答罗匡湖》,《汤显祖集全编》卷四六,上海古籍出版社,2015年12月,第1859页。

② 《寄邹梅宇》,《汤显祖集全编》卷四七,上海古籍出版社,2015年12月,第1938页。

园中一支独特的奇花异草,一直以诗、词、曲、联视作中国文学大家庭的"四姐妹"。汤显祖文学上"绝代奇才,冠世博学"应在这"四姐妹"都得到展现。不收对联,就掩盖了汤显祖这方面的才华,也暴露了徐先生对对联在中国文学史上的地位尚欠正确的认识,我们在"续补遗"中补了这一空白,我认为没有什么不妥。

三、也说《汤显祖集全编》的"遗憾"

我和江巨荣教授、郑志良副教授"共同担纲"汤显祖作品的续补遗,是"各人自扫门前雪"的工作,即各自将所自己所辑逸的佚文整理交出版社,由他们编排,校样出来后寄我们校对。除此,我们没有其他任务。江、郑二位是名校教授,古文献知识丰富,对这样辑佚整理不在话下,故"门前雪"扫干净了。此道对我本陌生,只是我辑逸几篇佚文出版社要收入增订,邀我"共同担纲",因而做了一回南郭。有"疏漏"主要出在我这里。如果周明初先生辨伪的 10 篇佚文都是伪作或伪作之嫌,有 5 篇是我提交。这 5 篇佚文虽不能算我辑逸,但辑逸者交我处理。我审读过佚文并加了按语,辨伪不严,出了"疏漏",造成了大书有"遗憾",责任在我。

对《汤显祖集全编》的"遗憾","二周"文章中已列举了很多,我仅再作两点补充:

一是周明初教授是徐朔方先生及门弟子,最清楚其师"意愿",且他研究领域又是中国古代文学和中国古典文献学,正是继承徐先生衣钵,主动请缨与校方商量将深度整理《汤显祖全集》任务担当的最佳时机,既为纪念汤显祖逝世 400 周年献上厚礼,又达到纪念先师徐朔方去世十周年而一举两得的目的。周明初教授非常清楚:"今年是汤显祖、莎士比亚和塞万提斯三位世界大文豪逝世 400 周年,联合国教科文组织了相关纪念活动,在英国,著名的 Bloomsbury 出版社出版了《1616:莎士比亚和汤显祖的中国》","整理出版文集,是纪念作家最好的方式之一,因为这是推动作家作品研究最重要的基础工作之一。"①随着徐先生去世,《汤显祖全集》将成绝响。"非常需要一部新的全集","是学术界颇感焦虑的事情"。不言为预,周明初教授若担纲《汤显祖全集》的修订整理,定能减少现存的很多遗憾。然而从事整理古籍的人,不但要知识基础好,而且要有兴趣,勇于担当。也可能周先生兴趣不在此或别的原因,因而令人遗憾!

我还要说的另一点是,《汤显祖集全编》是在徐朔方独力笺校《汤显祖全集》基础上的增订整理,而《汤显祖全集》的前身是《汤显祖集》,这是当年中宣部领导亲自选定的研究课题,不是某个人的自选题。钱南扬老先生担纲点校汤显祖的戏曲,徐朔方先生担纲笺校汤显祖的诗文,这是中宣部领导亲点的将。他们的合作虽是"上级的意志",但分工明确,出现学术观点上有不一致处,是学术研究合作中正常现象。然而《汤显祖集》问世后,在学术界影响很大,迄今为止一直是最经典流行最广的版本,说明这种合作是成功的。钱先生是当代曲学大家,他是近代南戏研究的科学基础奠定人,是继王国维《宋元戏曲史》以来在戏曲史研究上的重大突破者,在国内外学术界影响很大。尤其是《戏文概论》被公认为填补了中国戏曲史研究中的一个空白。徐先生在戏曲方面的建树还不能与钱先生相提并论。尽管在汤显祖剧作腔调和汤显祖是否有酒色财气四剧等问题上我是徐先生的附和者,但钱先生选定的汤显祖传奇的校点底本我深信是好底本。当年中宣部领导介入《汤显祖集》的整理工作,不是什么"强势行政命令",而是体现中央对弘扬民族文化遗产的高度重视。没有中央领导的这样重视,就出不了《汤显祖集》这样的整理成果。到1999年,徐先生却抛开钱老先生为汤显祖戏曲校点所做的艰苦的工作,去另选"四梦"底本,独力笺校《汤显祖全集》。然"《全集》甫一出版,即留下不少遗憾。"在诗文笺注方面,勘校未得到改正的错处多达140条(这次《全编》已一一改正)。潜藏没有指出的错处还有。他自己也认识到:"严格说来,这个

---

① 周松芳《新出〈汤显祖集全编〉的收获和遗憾》,《南方都市报》2016年7月17日。

本子是不能留传后世的。"更为严重的是,在戏曲校点上,徐先生的许多校点已是钱先生做过的工作。下面我仅将《紫箫记》一剧前十出两家同一校点作个比对:

一、《紫箫记》
钱南扬校
第一出　开宗

[1] 原题《紫箫记》,富春本作《新刻出像板音注李十郎紫箫记》,今据富春本改用全名。
[2] 富春本分四卷:一出至九出为卷一;十出至十五出为卷二;十六出至二十四出为卷三;二十五出至末为卷四。卷首无著者名,每卷均有:"临川红泉馆编、新都绿筠轩校、金陵富春堂梓"三行题识。
[3] 富春本无出目。下同。
[4] "众宾"上原有"末"字,衍,据富春本删。
[5] 勾消,富春本作"都勾",失韵,盖误。

第二出　友集
[1] 爱,原作"与",据富春本改。
[3] 官,原误作"宫",据富春本改。
[4] 预,当作"豫"。
[5] 尌,富春本作"瞻"。
[6] 尚未婚宦,富春本作"尚无婚室",则下文"柏叶"云云便无着落,盖误。
[7] 晓,富春本作"早"。
[8] 俺相公目即成诵,富春本作"在相公目过成诵"。
[9] 原无"花石尚"三字,据富春本补。
[10] "石尚二客辞别介"下,原有"十郎"二字;"下"字上原有"石尚"二字。案:这几句白乃是石尚告别语和下场诗,非十郎所念。据富春本删。
[11] "劳了"上,富春本有"有"字。下同。
[12] 优,富春本作"佳"。
[13] 原无"十郎"二字,据辞意补。

一、《紫箫记》
徐朔方校
第一出　开宗

[1] 原题《紫箫记》,富春堂本作《新刻出像板音注李十郎紫箫记》,分四卷:一出至九出为卷一;十出至十五出为卷二;十六出至二十四出为卷三;二十五出至末为卷四。每卷均有:"临川红泉馆编、新都绿筠轩校、金陵富春堂梓"三行题识。
[2] 富春堂本无出目。下同。
[3] "众宾"上原有"末"字,衍。
[5] 勾消,富春堂本作"都勾"失韵,据《六十种曲》本改。

第二出　友集
[1] 爱,原作"兴",据富春堂本改。
[3] 官,原误作"宫",据富春堂本改。
[4] 预,当作"豫"。
[5] 尌,富春堂本作"瞻"。
[6] 尚未婚宦,富春堂本作"尚无婚室",下文"柏叶"云云无着落。
[7] 早,据富春堂本改。
[8] 俺相公目即成诵,富春堂本作"在相公目过成诵"。
[9] "花石尚"三字,据富春堂本补。
[10] "石尚二客辞别介"下,原有"十郎"二字;"下"字上原有"石尚"二字。据富春本删。
[11] 据富春堂本有补"有"字。下同。
[12] 佳,原作"优",据富春堂本改。
[13] 原无"十郎"二字,臆补。

第三出　探春
本《中吕》曲,可借入《双调》,与上述诸曲名同辞异者不同。
[13] 厮,原作"索",据富春本改。
[14] 指,原误作"拍",据富春本改。

第七出　游仙
[1] 三雍,富春本作"三千"。
[2] "唤郑杜"上,富春本有"左右的"一句。
[3] 原无"六娘"二字,据辞意补。
[4] 原无"郑杜"二字,据富春本补。
[5] 原无"官臣"二字,据富春本补。
[6] 原无"六娘"二字,富春本注有"郑"字,据补。
[7] "有两个"上,富春本有"禀千岁"一句。
[8] 逐,富春本作"遂",形近而误。
[9] 事,富春本作"情"。
[10] 卿,疑是"乡"字之误。富春本此句作"温雅之卿"。
[11] 传位,富春本作"圣上"。
[12] "等闻"上,富春本有夹白"这正是悲莫悲分生别离哩"一句;"闪杀"上有"千岁呵"一句。
[13] "云残"下,富春本有白语:"六娘,就此拜辞了。[郑]:人日登高之乐,番成岐路之悲。"
[14] 原无"六娘""秋娘"四字,富春本分注有"郑""杜"字,据补。

第八出　访旧
[1] "李十郎"上,富春本有"我"字。
[2] 既生人世,富春本作"既谓之人"。
[3] 秋绝,富春本作"绝死"。
[4] 大,富春本作"人"。
[5] 锁,原误作"离",据富春本改。
[6] 受,富春本作"爱"。
[7] 居民,富春本作"分明"。

第三出　探春
本《中吕》曲,可借入《双调》,与上述诸曲名同句格异者不同。
[14] 厮,原作"索",据富春堂本改。
[15] 指,原误作"拍",据富春堂本改。

第七出　游仙
[1] 三雍,富春堂本作"三千"。
[2] "唤郑杜"上,富春堂本有"左右的"一句。
[3] 原无"六娘"二字,臆补。
[4] 原无"郑杜"二字,据富春堂本补。
[5] 原无"官臣"二字,据富春堂本补。
[6] 原无"六娘"二字,富春堂本注有"郑"字,据补。
[7] "有两个"上,富春堂本有"禀千岁"一句。
[8] 逐,富春堂本误作"遂"。
[9] 事,富春堂本作"情"。
[10] 卿,或当作"乡"。富春堂本此句作"温雅之卿"。
[11] 传位,富春堂本作"圣上"。
[12] "等闻"上,富春堂本有夹白"这正是悲莫悲分生别离哩"一句;"闪杀"上有"千岁呵"一句。
[13] "云残"下,富春堂本有白语:"六娘,就此拜辞了。[郑]:人日登高之乐,番成岐路之悲。"
[14] 原无"六娘""秋娘"四字,富春堂本分注有"郑""杜"字,据补。

第八出　访旧
[2] "李十郎"上,富春堂本有"我"字。
[3] 既生人世,富春堂本作"既谓之人"。
[4] 秋绝,富春堂本作"绝死"。
[5] 大,富春堂本作"人"。
[6] 锁,原误作"离",据富春堂本改。
[7] 受,富春堂本作"爱"。
[8] 分明,原作"居民",据富春堂本改。

第九出 托媒
[1][6] 原无"四娘"二字,富春本注有"鲍"字,据补。
[2] 点,原作"番",据富春本改。
[3] 无力凭栏,富春本作"无地遮拦"。
[4] 开,原误作"闻",据富春本改。
[5] "你还有"上,富春本有"四娘为何掩泪伤情"一句。
[7] "十郎"、"四娘"、"合",原都在每句之下,据富春本移前。末句下原也有"合"字,衍,删。

第十出 巧探
[1] 便,富春本作"更"。
[2] "相见介",富春本作"见郑介"。
[3] 尚,通作"向"。
[4] 原无"伤"字,据富春本补。下句"伤"字同。
[5] 来,富春本作"得起"。
[6] "妹也"下原有"四娘"二字,衍。富春本无"鲍"字,据删。
[7] "郡主来"下,富春本尚有"有话对他说、[内应介]"二句。
[8] 展,原误作"枝",据富春本改。
[9] 原无"何如"二字,据富春本补。
[10] "槑",富春本作"亲"。
[11] 原无"从"字,据富春本补。

第九出 托媒
[1][6] 原无"四娘"二字,富春堂本注有"鲍"字,据补。
[2] 点,原作"番"据富春堂本改。
[3] 无力凭栏,富春堂本作"无地遮拦"。
[4] 开,原误作"闻",据富春堂本改。
[5] "你还有"上,富春堂本有"四娘为何掩泪伤情"一句。
[7] "十郎"、"四娘"、"合",原都在每句之下,据富春堂本移前。末句下原也有"合"字,衍,删。

第十出 巧探
[1] 便,富春堂本作"更"。
[2] "相见介",富春堂本作"见郑介"。
[3] 向,原作"尚",当改。
[4] 原无"伤"字,据富春堂本补。下句"伤"字同。
[5] 来,富春堂本作"得起"。
[6] "妹也"下原有[四娘]二字,衍。富春堂本无"鲍"字,据删。
[7] "郡主来"下,富春堂本尚有"有话对他说、[内应介]"二句。
[8] 枝,富春堂本作"展"。
[9] 原无"何如"二字,据富春堂本补。
[10] "槑",富春堂本作"亲"。
[11] 原无"从"字,据富春堂本补。

像这样的校点,在徐先生笺校的汤显祖的五部传奇中,由此可见一斑。我不懂学问是否可这样做?如果已有的"笺注"和"校点"只要改动几个字,甚至有的根本就是照搬就可属于我,那古籍整理的成果如何得到保护?

都说人生是一部遗憾的大书,既是大书不存遗憾实也难。科学就是在不断地对未知世界试错纠错中发展出来的。我愿随时听取学界同仁特别是古籍整理专业人士对我参与整理汤显祖佚文的批评意见,当以开阔的学术视野和开放包容的胸怀,进行认真思考,积极回应。

学术乃天下之公器,不是少数人的专利。学术问题应摒弃门户之见,坚守学术道德,弘扬科学精神,推进协同创新。这是每位学者应共同履行的使命。

作者工作单位:海南省文化广电出版体育厅史志办

从《汤显祖集》到《汤显祖集全编》
——五十余年出版历程考述

刘 赛

2016年是我国明代著名文学家、戏曲家汤显祖逝世400周年。1月4日,由上海戏剧学院、上海古籍出版社和上海人民出版社共同主办的"纪念汤显祖逝世400周年学术研讨会暨《汤显祖集全编》《汤显祖研究丛刊》新书发布会"开幕,正式拉开了这一周年纪念活动的序幕。

由上海古籍出版社推出的《汤显祖集全编》(下或简称《全编》),凡6册,近170万字。主体分为两部分:首为诗文卷,包括《红泉逸草》、《问棘邮草》两种诗集,《玉茗堂全集》中的诗、赋、文、尺牍,《汤海若先生制艺》中的时文,徐朔方先生生前所编的诗文补遗一卷,以及此次由出版方邀请相关专家辑补四十余篇诗文而成的续补遗一卷,凡52卷;次戏曲卷,共收汤显祖传世戏曲5种,即《紫箫记》《紫钗记》《牡丹亭》《南柯记》《邯郸记》。书末有附录,收汤显祖相关"作品序跋""传记文献""诸家评论"和徐朔方先生所撰"汤显祖年表"。《全编》是截至目前收录汤显祖存世诗文、戏曲作品最为齐全的深度整理之作,为汤显祖相关学术研究提供了更加全面、更为可靠的文本,具有十分重要的学术价值。

从事汤显祖相关研究的读者可能会注意到,在汤显祖诗文、戏曲作品的整理出版历程中,先后存在着三种全集性质的汤显祖作品集,分别为1962年出版的《汤显祖集》、1999年出版的《汤显祖全集》和刚刚出版的《汤显祖集全编》。身为《全编》的责任编辑,有幸与学界与社内的前辈交流,爬梳相关档案资料,大致厘清了上世纪 60 年代以迄当前汤显祖作品整理与出版的背景,深感学者从事古籍整理、编辑坚守专业出版之艰辛,今略作梳理,向大家介绍这段学术研究与专业出版合作共进的历史。

一、1962 年"中华上编"时期徐、钱二氏合编的《汤显祖集》

1962 年 8 月,中华书局上海编辑所(即上海古籍出版社前身,下简称"中华上编")出版了《汤显祖集》,这是迄今最早的一部汤显祖的作品合集,收入当时已知存世的汤显祖的全部诗、文、戏曲等作品。这套书的诗文部分由徐朔方先生笺校,戏曲部分由钱南扬先生校点。

出版社之所以会邀约钱、徐二位,主要是看重他们在汤显祖研究领域业已取得的成绩。钱南扬先生早在上世纪 30 年代即以《宋元南戏百一录》蜚声学界,徐朔方先生则以 1958 年在"中华上编"出版的《汤显祖年谱》确立了他在汤显祖研究领域的重要地位。建国之初的十余年里,有关汤显祖的研究成果并不多,徐朔方先生的研究可以说是最具分量的。虽然同时期有黄芝冈撰《汤显祖年谱》连载于《戏曲研究》1957 年第 2、3、4 期,但徐朔方先生的《汤显祖年谱》影响显然更大:1960 年 6 月 5 日《光明日报》就该年谱发表了署名丹溪的评论文章——《不应该用资产阶级的观点方法来编写年谱——评徐朔方编著的〈汤显祖年谱〉》,徐朔方先生随之于 1960 年 7 月 10 日和 1961 年 3 月 5 日的《光明日报》先后发表回复商榷文章。《光明日报》的讨论与争鸣客观上将汤显祖的研究推向了深入。

自 1956 年创社以来的五六年中,以古典文学出版社和中华书局上海编辑所的名义出版的古典诗文别集有二十种左右,既有古本旧注的标校,也有约请学者笺注的新著,如《人境庐诗草笺注》(1957 年 9 月)、《稼轩词编年笺注》(1957 年 11 月)、《韩昌黎文集校注》(1957 年 12 月)、《鲍参军集注》(1958 年 2 月)、《姜白石词编年笺校》(1958 年 7

月)等,当时出版社约请的整理者不乏古典文学研究界的名家,如夏承焘、钱仲联、马茂元、萧涤非、邓广铭等。1961年"中华上编"继《汤显祖年谱》之后计划推出《汤显祖集》,显然是注意到学界对于汤显祖的关注,同时兼顾到本社在古典文学出版方面的整体布局。

当年徐朔方、钱南扬二位先生对汤显祖诗文、戏曲各集的整理,可谓筚路蓝缕,备尝艰辛。《汤显祖集》原计划1961年当年内出版,"中华上编"特地为此召开座谈会,邀请钱、徐二位赴沪讨论相关事宜,由于是计划任务,时间相当紧急。汤显祖诗文的整理工作难度相当大,主要在三个方面:一是作品数量多,汤显祖所存作品单诗歌一体当时所见已逾二千首,还不包括其他文章。二是徐朔方先生立志对诗文编年,而编年的工作费时费力,比单纯的校点要增出很多工作。三是"汤显祖的人际关系千头万绪"(《全编·编集缘起》),徐朔方先生不仅对诗作编年,还要对所有诗文作笺释,以解决作品中存在的疑难问题。这样的工作要求就需要徐朔方先生对汤显祖的生平作大量深入细致的考辨,若非有《汤显祖年谱》前期研究工作的积累,要在一年内完成编年笺释工作基本上是不可能的事情。年谱的成果在先,为诗文的编年笺释打下了良好的基础。戏曲部分,钱南扬先生择取当时所能见到的善本,予以校点。其难度在于所涉版本众多,在当时交通、通讯状况不够发达的年代,借阅善本均需通过出版社调动多方力量,殊为不易。

整理者与出版社的编辑都付出了极大的心血,《汤显祖集》最终于1962年8月出版。戏曲所收五种自不待言,其中诗文部分内容庞杂,编排原则如下:从潘次耕编顾亭林集体例,诗编年,文分体;所收诗集《红泉逸草》、《问棘邮草》和诗文集《玉茗堂全集》按编印先后为序;各集所收诗作,次序按年重编。其中《玉茗堂全集》中的诗作数量较多,由于原集所收诗作已重新编年,为方便读者查阅原书,于目录所列诗题下括注诗作所处原集卷数及排位数。另有徐朔方先生所作集外补遗和附录,收入相关传记材料、序跋题词、历代评论和汤显祖年表。上述诗文部分的编排原则及主体内容均为后起的《汤显祖全集》和《汤显祖集全编》所继承。

"文革"后,上海古籍出版社在"中华上编"等的基础上成立,于1982年将《汤显祖集》一分为二,徐、钱合编不再出版,自此徐朔方先生整理的《汤显祖诗文集》和钱南扬先生整理的《汤显祖戏曲集》分别印行,均收入后来影响很大的《中国古典文学丛书》,嘉惠学林多年。

二、20 世纪 90 年代徐氏独力编成《全集》

自《汤显祖集》出版三十余年后,徐朔方先生决心重编汤显祖的全集。首先是因为 1962 年版《汤显祖集》在汤显祖诗文原本方面尚存遗憾:版本方面有待进一步选择辨别,原集在制艺文方面有所遗缺。其次,除了与钱南扬先生在汤显祖戏曲研究方面观点有所不同外,三十余年里学界对于汤显祖生平也积累了不少新的研究成果,徐朔方先生深感有必要对汤显祖的诗文编年加以修订。

1999 年北京古籍出版社出版了徐朔方先生独力编成的《汤显祖全集》。《全集》的诗文部分虽然在主体编排结构和原则上没有大的更改,基本上继承了上海古籍出版社的《汤显祖集》和《汤显祖诗文集》,但在编年笺释、诗文辑佚方面还是有着较大幅度的增订。增订工作主要在对部分编年笺释加以补证,另除增辑佚文外,还对部分佚文的真伪加以考辨,予以增删。

徐朔方先生在阐述其编集的缘起时曾说:"经过三十多年的继续研究,原来不能编年的诗中,其中一百多首的创作年代已经查清,原来弄错的将予以纠正。"诗歌篇目之编年一旦有所调整,可谓牵一发动全身,可见较之原《汤显祖集》及后来单出的《汤显祖诗文集》,1999 年出版的《全集》在诗文编年方面作了不小的调整。同时《全集》特别增出"制艺"一卷,又另立"补遗"一卷,以汇辑除制艺之外的集外诗文。吴书荫先生在回顾、总结《全集》的成就时认为:徐朔方先生编校的《全集》,对戏曲史上的"汤沈之争"、汤显祖剧作演出的声腔等重大的学术争论问题,能正本清源,得出比较令人信服的结论,这是《汤显祖集全编》最见笺注者识见功力、最具有学术价值的地方。

《全集》的戏曲部分经过徐朔方先生本人重加整理校笺,在底本的选择方面同钱南扬先生有所不同,另外与钱南扬先生恪守版本、谨慎出校相比,徐朔方先生在校记中偶尔会旁引经史等其他文献,对戏文中的个别字词加以校释,不乏洞见。二人整理的戏曲集实可并行,各为一家。

三、《全编》是对徐氏《全集》的增订

《全集》出版十余年后,学界研究又有发现,《全编》正是对《全集》的全面增订。

由于徐朔方先生已于2007年辞世,增订工作受到一定程度上的限制:首先对于徐朔方先生生前确定的诗文编年及学术争鸣,出版单位自然没有权力自作主张对其原有内容加以大幅修改,我们只能在《全集》的基础上作力所能及的增订工作,这既是出于对整理者著作权的考量,也是出于对前贤的尊重。为此上海古籍出版社在2011年与徐朔方先生的二位公子取得联系,往复多次,诚恳沟通,终获授权,并于2013年签订出版合约。

为了使此次增订工作充分吸收当前学界有关汤显祖研究的成果,我们请上海戏剧学院叶长海教授牵头,成立了"《汤显祖集全编》编辑出版工作委员会",邀请到复旦大学中文系江巨荣先生、汤显祖研究与辑佚专家龚重谟先生、中国人民大学文学院郑志良先生共同担纲汤显祖作品的续补遗工作,上海古籍出版社承担续补遗部分的编次和全书笺校内容的修订。叶长海教授前期与各方反复沟通交流,部署合作与分工,出力甚多。2015年4月22日"《汤显祖集全编》编辑工作委员会"各方成员会聚一室,讨论商定编辑出版方案。

增订工作主要在以下几个方面展开:

其一,修订原《汤显祖集》存在的明显疏误。

《汤显祖全集》于1999年出版后,徐朔方先生曾自整理过一份勘误,指出该书数十处有待修订,这些问题有的是徐朔方先生本人失考,

有的则是编校疏误。部分问题在《全集》在重印时曾得以挖改,其余部分由于无法通过挖版处理,只能一仍其旧。此次《全编》得以全部吸收徐朔方先生生前亲自审定的勘误,这是比较幸运的事情。

除了吸收上述徐朔方生前所做勘误外,此次还尽量消除原集标点、文字、体例等方面的疏误。如文字方面,第三十四卷《宣城令姜公去思记》"然陈自强以仉胄流窜"句,其中"仉胄"二字殊不可解,查此处用南宋陈自强与韩侂胄事,"仉"实为"侂"字形讹。如体例方面,全书繁体竖排,而此前《全集》中的缘起与凡例竟未加专名线,大违全书体例,今全部予以补加。戏曲卷方面,我们在审稿过程中发现原《全集》之凡例所述与实际用所底本前后矛盾,今一一核实,知其凡例对所用戏曲版本的表述存在严重错误,应以书中各记所述版本为准。其他如笺校及行文之体例前后不一,专名线漏标误标诸如此类的疏误不复赘举,均为必须加以处理改正的。

其二,《汤显祖全集》较《汤显祖集》,虽然在诗文辑佚方面已增出一卷,成果颇丰,但自1999年《全集》出版以来的十余年中,学界对于汤显祖佚文递有发现,有待搜集入编。这些佚文有的已公开发表,尚属易得;有的则需从他处征求。比如原载浙江遂昌郑氏族谱的《太中大夫苍濂郑公神道碑》一文,最初仅有系以笔名"遂文"的简介文字刊登在2002年第4期的《戏文》上。我们辗转各方,最终与遂昌汤显祖纪念馆谢文君馆长取得联系,找到最初发现这篇碑文的罗兆荣先生,方才获得授权。

此次增订我们从各方汇拢佚文四十余篇,在编排次序之后依全书体例加划专名线,订正文字标点方面的明显错讹。部分佚文的整理工作量较大,如上述《太中大夫苍濂郑公神道碑》一文2 000余字,由于原稿系影印复件,今编次之后重为标点,并加划专名线。

其三,撰写编者按语及出版说明,新撰凡例。由于徐朔方先生已去世多年,原集存在的若干问题无人能代替立言修改,我们只能在徐朔方先生笺校内容不便径改之处均附编按,既为尊重前贤,又出于实事求是。此书之编集实可上溯至上世纪60年代,而徐朔方先生所撰前言、编集缘起、凡例均在上世纪90年代,若不向读者说明编辑出版经过,易致混淆,故于书前增补出版说明,向读者交代说明相关情况。又鉴于原书凡例所提戏曲底本存在舛误,又有新增内容,故针对本书实际情况,重新撰写了凡例。

就《全编》的编辑与出版来说,此书于2015年12月出版,新年伊始正式推出,但出版的计划却早在2011年就已确定。如果回顾上海古籍出版社整理出版汤显祖诗文、戏曲作品的历程,更可上溯到20世纪五六十年代。不管是上世纪60年代出版的《汤显祖集》,还是此后的《全集》和刚刚推出的《全编》,可以说在相当长的时间内都是汤显祖研究领域无可替代的出版物。

尽管此前先后出版了三种合集性质的作品,但这并不意味着汤显祖作品的整理与出版就此划上句点,汤显祖作品的深度整理仍是未竟的事业。

与汤显祖的成就与地位不相适应的是,当前社会大众对于汤显祖的认知基本上仍停留在"临川四梦"尤其是《牡丹亭》这一层面。在某种程度上,其在诗文创作方面的艺术光辉与其作品所具有历史文化容量被后世人为地遮蔽。在这种情况下,首先得寄望学界对于汤显祖的系列研究有所突破,而相关研究的基础仍然是汤显祖作品的进一步深度整理。笔者在与吴书荫、江巨荣、叶长海、郑志良等学者的交流中了解到,就汤显祖作品的整理而言,既往所出的三种合集,虽然成绩突出,贡献卓著,且历经修订,造福学界,但并非已臻完善。比如在新版本的发现、底本的选择、作品的编年笺释、佚文的真伪考辨等方面,还有待更加深入、细致的研究。总之,汤显祖作品的研究与整理、出版,在前辈成果的基础上尚有极大的拓展空间。

徐朔方、钱南扬二位先生对于汤显祖作品的整理具有拓荒性质,厥功至伟;上海古籍出版社在特殊年代在专业出版方面的眼光与长期以来对古籍整理事业的坚守,才有《全编》出版的水到渠成。相信随着汤显祖及明代文献相关研究的推进,将有更加完善的汤显祖作品的深度整理之作出现。值此汤显祖逝世400周年、上海古籍出版社创立

60周年之际,我们在盘点既往出版成绩的同时,也约请到相关学者,对汤显祖的作品作进一步的深度整理作了长远规划。在汤显祖作品的整理与出版方面,学术研究与专业出版的合作共进仍将传承、延续,希望通过学界与出版界共同努力,将汤显祖的研究向前推进一大步。

作者单位:上海古籍出版社

研究动态

汤显祖逝世 400 周年纪念活动及学术研讨动态（摘要）

（2015.10—2017.2）

▲2015 年 10 月 22 日　国家主席习近平倡议中英两国共同纪念汤显祖与莎士比亚逝世 400 周年。习主席访英在伦敦金融城市政厅发表重要演讲提出，"中英两国可以共同纪念这两位文学巨匠，以此推动两国人民交流、加深相互理解。"

▲2016 年 1 月 5 日　上海举办"纪念汤显祖逝世四百周年学术研讨会"暨《汤显祖集全编》《汤显祖研究丛刊》首发式。由上海戏剧学院、上海人民出版社、上海古籍出版社联合举办，拉开 2016 纪念汤显祖系列活动序幕。

▲2016 年 1 月 31 日　抚州汤显祖国际研究中心在汤显祖故里江西抚州成立。中国戏曲学会汤显祖研究分会会长、中国戏曲学院原院长周育德教授认为，"抚州汤显祖国际研究中心的成立标志着抚州汤显祖的研究站上了一个新的起点"。

▲2016 年 3 月 22 日　汤显祖逝世 400 周年纪念活动新闻发布会在北京人民大会堂举行。发布会由江西省人民政府主办、江西省抚州市人民政府和江西省文化厅承办。江西省汤显祖逝世 400 周年纪念活动全程横跨 2016 年全年，分别在海外、北京和汤显祖故里抚州举办 44 项系列纪念活动。江西省副省长殷美根出席发布会并讲话。中宣部、文化部、中国对外友协等相关单位领导和英国、西班牙驻华文化官员出席了发布会。抚州市市长张鸿星介绍了相关情况。

▲2016 年 4 月 20 日—28 日　江西抚州市政府文化交流团分别访问英国莎士比亚故乡斯特拉福德和西班牙塞万提斯故乡阿尔卡拉

市。互签建立友好城市关系协定。举办"抚州文化活动周"。并参加当地举办的纪念莎士比亚和塞万提斯活动。

▲ 2016年4月8日—10日 浙江遂昌县举办汤显祖文化节暨汤显祖·莎士比亚逝世400周年纪念系列活动。主要活动有开幕式及汤显祖戏曲之夜、汤公塑像揭幕及缅怀仪式、班春劝农、戏曲文化踩街展示和国际高峰学术论坛。英国莎士比亚故乡等中外嘉宾和学者参会。

▲ 2016年4月—12月 上海昆剧团启动《临川四梦》世界巡演。

▲ 2016年6月 广州举办"2016汤显祖·莎士比亚广州戏剧文化年"系列活动。主体是戏剧演出。6月3日至6日,上海昆剧团演出《临川四梦》;9月,英国伦敦莎士比亚环球剧院演出莎翁《威尼斯商人》;广州本土剧团排演汤显祖、莎士比亚戏剧作品。马林斯基剧院芭蕾舞团、香港话剧团、日本铃木忠志剧团、白俄罗斯剧团上演了经典剧目。同时,还组织了多场讲座。

▲ 2016年6月21日—23日 "岭南行与临川梦——汤显祖学术广东高端论坛"在广东徐闻县举行。由广东省文史馆和徐闻县委县政府联合主办。来自中国戏曲学会、中国戏剧文学学会和多所高校及研究机构的30多位专家进行了学术研讨,并组织了戏剧演出和参观。

▲ 2016年8月28日 美国硅谷飞扬艺术中心举行"美国纪念汤显祖逝世400周年硅谷座谈会"。抚州市副市长刘菊娇率团出席。2016年伊始的1月8日,在"硅谷之都"圣荷西卡拉巴萨斯公园"纪念汤显祖 印象江西年"系列活动即拉开了序幕,美国纪念汤显祖活动有一个系列。

▲ 2016年9月3日 刘延东副总理视察抚州,调研汤显祖家乡的文化工作。

▲ 2016年9月14日 中宣部举行《纪念汤显祖逝世四百周年》座谈会,中宣部长刘奇葆出席并作《礼敬优秀传统文化 增强中华文化自信》的重要讲话;抚州市委书记肖毅在会上发言。刘奇葆指出,汤显祖是我国文艺史上的一座丰碑,和莎士比亚一起被誉为同时代东西方两大文学巨匠。他体恤民情、忧虑民生,始终葆有一颗赤子之心。他创作的《牡丹亭》等作品具有永恒的艺术价值,是历史的、也是当代的,是高雅的、也是大众的,是民族的、也是世界的。

刘奇葆强调,要礼敬优秀传统文化,增强中华文化自信。要扬弃继承、转化创新,赋予优秀传统文化新的时代内涵和现代表现形式,实现中华文化现代化。要积极推动中华文化走出去,把最具标志性的文化符号宣介出去,充分展示中华文化的独特魅力,让世界了解一个文化的中国、多彩的中国、博大的中国。

▲2016年9月23日—27日　抚州隆重举行纪念汤显祖逝世400周年暨第三届中国(抚州)汤显祖艺术节系列活动。活动由江西省人民政府和中国人民对外友好协会,中国戏剧家协会和抚州市人民政府分别主办。近10个国家的25位驻华使馆官员,英国莎士比亚和西班牙塞万提斯故乡代表,英国、美国、加拿大、韩国、新加坡、马来西亚等国以及来自港、澳、台地区的嘉宾和学者参会。主要活动有共同纪念三翁大会、祭拜汤墓、大型戏剧文化巡演、汤显祖纪念馆新馆和莎士比亚、塞万提斯展区开馆、国际高峰学术论坛和艺术节戏剧展演等。240余位海内外学者提交了150多篇论文。参会人数之众、提交论文之多,创汤学研究之最。

▲2016年10月16—20日　乡音版(盱河高腔)《临川四梦》进京演出。该剧由抚州市汤显祖文化演艺有限责任公司创排,分别在国家大剧院、清华大学、北京大学成功演出。场场爆满。

▲2016年10月17日《光明日报》在京举行　乡音版《临川四梦》座谈会。光明日报社副总编李春林主持,中国文联原副主席廖奔、抚州市政协主席黄晓波,中央党校教授梅敬忠、北京大学教授李简、中国传媒大学教授路应昆、中国戏曲学院教授谢柏梁、抚州汤显祖国际研究中心主任吴凤雏等出席座谈会。抚州市委常委、宣传部部长傅云介绍有关情况。乡音版《临川四梦》编剧曹路生、导演童薇薇介绍剧目创排情况。与会专家对该剧给予了高度评价,并就把这台戏打造成精品,提出了意见和建议。

▲2016年10月17、19日　"走近汤公"学术讲座在清华大学、北京大学先后举办。由抚州汤显祖国际研究中心主任吴凤雏主讲,并与两校师生分别进行了现场交流。

▲2016年10月22日　浙江乌镇木心美术馆举办2016年度特展"莎士比亚&汤显祖"文化展。

▲2016年12月6日　中英高级别人文交流机制第四次会议在上海举行。刘延东副总理出席并作主旨发言。主题为"聚焦合作,突出共识"。签署了《联合声明》并见证签署10余项合作协议;其中一项重要成果为:推动

汤显祖故乡抚州与莎士比亚故乡斯特拉福德建立友好城市关系。期间还举办了中英纪念汤显祖和莎士比亚逝世 400 周年研讨会、第六届中英青年领导者圆桌会等配套活动。

中央政治局委员、国务院副总理刘延东,英国卫生大臣杰里米·亨特出席出席中英纪念汤显祖莎士比亚逝世 400 周年研讨会并作主旨发言。国家文化部长雒树刚致辞。会上演出了《牡丹亭·惊梦》和《亨利五世》选段。抚州市委书记肖毅,常委宣传部长傅云等应邀参会。肖毅作为汤显祖家乡代表发言。汤学专家、抚州汤显祖国际研究中心主任吴凤雏在研讨会上发言。

▲2016 年 12 月 20 日—21 日　2016 年汤显祖文化传播研讨会及各剧种杜丽娘返乡省亲晚会在汤公故里江西抚州举办。由中国文艺评论家协会、中国戏曲学院、抚州市人民政府主办,中国文艺评论(国戏)基地、抚州市文广新局、抚州汤显祖国际研究中心承办。抚州市政府与中国戏曲学院签订战略合作协议。

▲2017 年 2 月　抚州汤显祖演艺有限责任公司在广东东莞市启动"盱河高腔"乡音版《临川四梦》在全国的巡演。

编后记

《汤显祖学刊》创刊号收录论文三十余篇,研究动态若干则。根据稿件内容,大体将文章分为"临川汤公""汤学哲思""文献文物""案头场上""影响传播""域外汤学""汤学学案""研究动态"等栏目,今后将按照来稿的实际情况对栏目略作增减调整。

本卷所收论文部分选自 2016 年 9 月中国抚州汤显祖国际研究中心举办的"纪念汤显祖逝世 400 周年剧目展演暨国际高峰学术论坛"上提交的论文,亦有部分选自其他汤显祖纪念会议上的论文,从一个侧面反映了 2016 年全国纪念汤显祖逝世 400 周年的盛况。

尤为需要说明的是,本卷所收文章由于主要选自会议论文,或许有少量论文同时已在其他刊物发表,对于知情者本刊注明原发表出处,对于不知情者,则未予一一注明。此外,由于种种原因,有极少量注释未能完全按照《稿约》格式要求予以统一,请读者谅解。

本刊的出版发行诚仰于上海商务印书馆的合作和大力支持。谨致谢忱!

恳请各位专家关爱本刊的成长,并积极赐稿支持,以进一步深化汤显祖研究,为弘扬我国的优秀传统文化做出贡献。

《汤显祖学刊》编辑部
2017 年 4 月 10 日

稿约

一、本刊刊发有关汤显祖的研究性论文。

二、来稿一般以 20 000 字以内为宜。

三、来稿使用标准简体字,可以保留必须的繁体字、异体字与俗字。

四、来稿请用 A4 型纸单面打印,正文用小四号宋体字,行距为 1.5 倍;引文用小四号楷体,行距为 1.5 倍,左缩进两格。

五、来稿注释请采用当页脚注,注释当页连续编号,下页另起,均用阿拉伯数字加圆圈号表示(即①②……)。注释用小五号宋体字,行距为 1 倍。

六、关于注释格式。

注释书写格式:①作者(含编译者),古代作家注明朝代,使用()符号,外国作家注明国籍,使用[ ]符号;②书名;③篇名、子目或卷次;④版本(含出版机构、出版年份);⑤页码(影印本出新编页码,线装书或影印无新编页码者出原书页面)。如:

《汉书》卷九九《王莽传》,中华书局,1962 年,第 4121 页。

(明)张禄辑《词林摘艳》卷一,影印明嘉靖四年刻本,《续修四库全书·集部》(1740),上海古籍出版社,2002 年,第 4 页。

(清)李斗著,周光培点校《扬州画舫录》卷五,江苏广陵古籍刻印社,1984 年,第 107 页。

李零《中国方术正考》,中华书局,2006 年,第 52 页。

[瑞士]卡尔·古斯塔夫·荣格著,储昭华等译《象征生活》,国际

文化出版公司,2011年,第151页。

　　如引用报刊,则格式为:①作者(含编译者);②篇名;③报刊名;④刊物出版年份及期次、卷次或报刊出版日期(年、月、日)。如:

孙作云《敦煌画中神怪画》,《考古》1960年第6期。
范宁《〈桃花扇〉作者孔尚任》,《光明日报》1951年11月10日。

　　七、来稿请发电子版本,于文末注明作者工作单位(如××大学××系)、通讯地址、邮政编码、联系电话、电子邮箱。

　　八、来稿文责自负;本刊有权对文字来稿作文字修改。如不同意修改,请在稿件上注明。

　　九、联系方式:中国.江西省抚州市竹山路规划展示馆三楼(1—7信箱)

抚州汤显祖国际研究中心《汤显祖学刊》编辑部。
邮编:344000
电话:(86)794—8266279;13767644276(李娟)
电子邮箱:jxfztxz@163.com
网站:www.fztxz.cn